Yoram Kaniuk:

Adam Hundesohn

Roman

Aus dem Hebräischen von Ruth Achlama

Deutscher
Taschenbuch
Verlag

Ungekürzte Ausgabe
Februar 1994
Deutscher Taschenbuch Verlag GmbH & Co. KG,
München

Titel der hebräischen Originalausgabe:
›Adam ben kelev‹

ISBN 3-446-14879-5
Umschlagtypographie: Celestino Piatti
Umschlagbild: Thomas Bode
Gesamtherstellung: C. H. Beck'sche Buchdruckerei,
Nördlingen
Printed in Germany · ISBN 3-423-11797-4

Das Buch

›Adam Hundesohn‹ ist das Porträt eines kranken Clowns. Adam Stein, einst Hund von Lagerkommandant Klein, jetzt Hellseher, begnadeter Schwindler und König der Irren, lebt mit anderen im »Institut für Ruhe und Therapie«, von Rebecca Zisling für KZ-Überlebende mitten in der Wüste errichtet. Ihnen wird sich Gott von neuem offenbaren, glauben alle. Adam Stein ist ihr auserkorener Prophet, Adam Stein, der einst im Lager die Todgeweihten mit seinem Geigenspiel abzulenken hatte. Mit ihm ziehen die Irren in die Wüste, um Gott zu finden, in einem Dornbusch ... »Hinter dem unbändigen Gelächter, das Kaniuk einem immer wieder abtrotzt, lauert stets das Bewußtsein des Grauens«, schreibt Eva-Elisabeth Fischer in der ›Süddeutschen Zeitung‹. »Yoram Kaniuk, Philosoph, Clown und Dichter, hat in ›Adam Hundesohn‹ eine Sprache des Lachens und der Liebe geschaffen, zu Geschichten verdichtet, die in ihrer verzweifelten Grausamkeit hoffen lassen auf Versöhnung, die der Opfer mit sich selbst und ihrem Gott.«

Der Autor

Yoram Kaniuk, 1930 in Tel Aviv geboren und dort aufgewachsen. Nahm am Unabhängigkeitskrieg 1948 teil. Lebte von 1951 bis 1961 in New York. Werke u. a.: ›Wilde Heimkehr‹ (dt. 1984), ›Bekenntnisse eines guten Arabers‹ (dt. 1988), ›Der letzte Jude‹ (dt. 1990), ›Wassermann‹ (dt. 1991).

Für Miranda Kaniuk

Eleasar, Sohn des Jair, sagte: Wir hätten wohl Gottes Absicht erkunden und erkennen sollen, daß er die Juden, sein einstiges Lieblingsvolk, für den Untergang bestimmt habe. Denn hätte er uns sein Wohlwollen bewahrt oder wäre sein Zorn gegen uns in Grenzen geblieben, so hätte er nicht eine solche Menge Menschen ruhig untergehen lassen.

Josephus Flavius, Der jüdische Krieg

Der Mensch ist ein Gott in Ruinen.

Emerson

1. Kapitel
Der Clown

Die Pensionswirtin klopft mit zarten Fingern an seine Zimmertür. Ihr feines silbergraues Haar über dem seidenglatten Gesicht ist straff zurückgekämmt. Am Leib trägt sie ein leichtes, geblümtes Sommerkleid, dem man ansieht, daß es vor nicht allzulanger Zeit gekauft worden ist, und um den Hals eine breite Seemannskrawatte. So wirkt sie, als sei sie geradewegs einer alten Fotografie entstiegen. »Adam! Adam!« ruft sie, verbessert sich aber sofort und sagt: »Herr Stein«, worauf sie murmelnd hinzufügt: »Es wird auch Zeit... Adam... und es tut mir wirklich leid«; und es tut ihr auch tatsächlich sehr leid.

Sie umfaßt ihren Hals mit den schlanken, weißen, blaugeäderten Händen, und einen Augenblick lang scheint es, als werde sie ohnmächtig unter dem Würgegriff. Sie, die erst gestern gewürgt worden ist, geht dem neuen Morgen, der Tür, dem bezaubernden Mörder mit stolzer Brust und klopfendem Herzen entgegen wie ein junges Mädchen auf dem Weg zum ersten Rendezvous. Wie schön war ihr der morgendliche Glanz erschienen, als sie, noch nicht gänzlich aufgewacht, im süßen Dämmerzustand gelegen hatte, aber als sie dann völlig zu sich gekommen war, hatte sie sich erinnert und alles begriffen. Sie befühlt ihren Hals und haßt ihn, denn sie weiß, daß ihr Schicksal in einem einzigen Augenblick besiegelt worden ist.

Adam ist schon vor einer Stunde aufgewacht, doch wie ein Kind, das sich zu verstecken glaubt, wenn es die Augen zumacht, stellt er sich schlafend. Seine Lider sind geschlossen, aber nicht ganz fest, so daß er zwischen ihnen hindurch die Schatten der Autos über die Wände gleiten sehen kann. Diese Wände sind mit abgewetzten, verblichenen Tapeten beklebt, und durch seine halbgeschlossenen Augenlider sieht er sich selber über sie ausgebreitet. Unter den kitschigen Tapetenblumen erscheint ihm sein Abbild tausendfach vervielfältigt. Er weiß, daß die Pensionswirtin jetzt ihren Hals umfassen wird, spürt förmlich ihre Hände, die über ihre dünne, schräg nach vorn gestreckte Kehle streichen. Es tut ihm nicht leid um den vorangegangenen Abend, wohl aber um ihren Hals, der nun überflüssig auf der Welt bleiben wird. Er weiß Glück zu schenken und weiß, daß er das kann, aber er kennt auch das Wesen allen Endes. Jeder Sache ist ein Ende bestimmt. Und Gott ist da nicht genauer als ich, denkt er sich.

Hin und wieder bewegen sich die Schatten der Zypressen draußen über die Wände, auf denen sein Gesicht vervielfältigt wird. Es sieht aus, als würden sie über die Wand dahinsegeln, um dann in der Zimmerecke zu verschwinden. Als er Frau Edelsons dünne Stimme auf der anderen Seite der Tür hört, auch das, was sie sich selbst zuflüstert, schlägt er die Augen auf. Sogar ihr fast lautloses Grübeln nimmt er wahr.

Adam tut so, als sei er gerade erst aufgewacht, steht auf und beginnt sich anzuziehen. Jetzt im Stehen kann er durchs Fenster die große Zypresse sehen, deren Spitze dem Hut eines Inquisitors gleicht. Diese Nacht hat er von einem Autodafé geträumt. Seit er in Israel ist, träumt er aus irgendeinem Grund kaum mehr von dem, was er selbst erlebt hat, sondern vielmehr von Dingen, die vor Hunderten von Jahren anderen Menschen zugestoßen sind, deren Schicksal sich nur zufällig mit dem seinigen verflicht. Alles, was er selbst durchgemacht hat, wird aus den Nächten verdrängt, und statt dessen sieht er die Brände. In dieser Nacht hat er geträumt, daß der Inquisitor ein Buch verbrannte, bei dem es sich offenbar um den *Faust* handelte. Die Sache setzt ihm zu, obwohl er die Überzeugung hegt, daß diese Verbrennung weitgehend gerechtfertigt war. Ein Inquisitor, der seinen Namen verdiente, hätte den *Faust* natürlich verbrannt. Schwarz und kegelförmig war sein Hut gewesen.

Draußen bricht der Morgen wie ein Krieg aus. Stimmen von der Straße dringen ins Zimmer herauf. Der Lärm der stadtwärts brausenden Autos mischt sich mit dem typischen Rattern des Milchkarrens und dem Klirren der Flaschen. Jemand ruft: »Frau Epstein, Zeitung!«, und schon hört man das Blatt durch die Luft schwirren und mit dumpfem Aufschlag auf dem Balkon landen. Ein Baby wimmert auf der anderen Straßenseite. Adam horcht sogar auf den Atem der Wirtin vor der Tür. Er weiß, daß diese feinfühlige Frau jetzt durchs Schlüsselloch lugt. Deshalb hebt er sein nasses Gesicht aus dem altmodischen kleinen Waschbecken mit seinen quietschenden und gurgelnden Hähnen und sagt, zur

Tür gewandt: »Das Antlitz der Sonne ist heute finster, Ruthchen. Wolken verhüllen das Herz.«

Und sie errötet, die Ärmste. Dabei schlägt sie mit dem dicht ans Schlüsselloch gepreßten Kopf gegen die Tür, und er hätte losprusten mögen. Aber dieser Morgen hat ihm die dumpfe Erkenntnis gebracht, daß Frau Edelson eine andere Behandlung verdient, und so erstickt er das aufsteigende Lachen in geräuschvollem Gurgeln.

»Adam, woran denkst du eigentlich?« fragt Frau Edelson auf deutsch.

»An gar nichts, Ruthchen. Ich wollte bloß wissen, ob ich morgens immer noch schön bin...«

»Sehr schön, Adam.« Wieder errötet die dem verblaßten Foto entstiegene Frau.

Langes Schweigen herrscht, bis er seine Wäsche beendet hat. Als er damit fertig ist, entfährt Frau Edelson ein leichtes Lachen, das sofort wieder abbricht.

»Am frühen Morgen sind wir schon romantisch«, sagt sie verschämt, während er seinen Anzug mit einer in Silber gefaßten Bürste säubert. Adam mag das Deutsch der Pensionswirtin, diese Sprache, von der er sagt: »Sie hat uns auf die höchsten Höhen erhoben und mit Pferdepeitschen geschlagen.« Eine betörende, verfluchte, wunderbare Sprache.

Ruthchen hat sich das Deutsch ihrer Jugendzeit bewahrt. Seit seiner Ankunft in Israel begegnet er jeden Tag aufs neue jener alten, schönen Sprache, die hier in den letzten zwanzig Jahren nicht korrumpiert worden ist. Aus Ruthchens Mund erklingt sie mit der geheimnisvollen Schönheit eines alten Buches, eines alten Bücherschranks, eines Bildes aus dem Elternhaus. Aus der Sprache von Frau Edelson, der Pensionswirtin, hört er den Tonfall seiner Mutter, des Onkels Franz-Joseph, seines Vaters.

Allerdings hegt er einen Groll gegen den Körper der zarten alten Jungfer. Wie hat sie es nur fertiggebracht, sich ihren jugendlichen Glanz zu erhalten, diese Geschmeidigkeit, ihre untadelige Haut? Wie hat sie das gemacht, wo sie doch kein junges Mädchen mehr ist?

»Wie alt bist du, Ruthchen?« ruft er plötzlich.

»Fünfzig, Adam. Komisch, aber gerade heute bin ich fünfzig Jahre alt geworden.«

»Glückauf!« sagt er und neigt seinen Kopf über das Waschbekken. So eine Frechheit. Eine Frechheit, wie sie nur dichterische Freiheit erlaubt. Wie eine schöne Jungfrau. Dieser warme Körper und das zurückgekämmte Silberhaar... Wenn sie nackt vor ihm steht, können sich seine Augen nicht satt sehen an ihrem Leib. Keine einzige Falte. Welch konserviertes Grauen. Als hätte man sie vor fünfzig Jahren eingefroren und nun mit einem Schlag aufgetaut – und da ist er, der sanfte Sturm.

Jetzt hat er es eilig. Er zieht den vornehmen blauen Anzug an, streicht mit der Hand das Jackett glatt und poliert sanft die goldenen Knöpfe mit dem eingravierten Wappen des Herrn von Hamdung, jenes Mannes, dessen stattliches Berliner Haus Adam übernommen hatte. Dann setzt er den schwarzen Filzhut mit der etwas nach oben gebogenen Krempe aus dem Atelier A.N. Fischer, Berlin, auf und ist ausgehfertig. Als er die Tür aufreißt, gerät Frau Edelson aus dem Gleichgewicht. Obwohl sie durchs Schlüsselloch gespäht hat, ist es ihr nicht mehr gelungen zurückzutreten, so daß die auffliegende Tür ihr einen kräftigen Schlag versetzt. Ihren zusammengepreßten Lippen entfährt ein schwacher Schrei, und er sagt lächelnd: »So schreien Sie also, mein Fräulein Seidenstrumpf?«, wobei sein scharfer, höflich-genauer Blick an ihrem schlank aufragenden Hals hängenbleibt.

»Schwänin«, sagt er sich im stillen. An ihrem Hals sieht er die Erklärung für diesen Morgen. An ihrem Hals sieht er seine Schmach. Denn er weiß, daß er die Schuld keinem anderen aufbürden kann. Ich bin der Mann, der sich eifrig all die Gruben gegraben hat, in die er gefallen ist. Nach dieser Erkenntnis fühlt er sich ein wenig leichter.

»Fertig, Adam?«

Er verbeugt sich vor ihr, und sie glaubt einen Moment lang, er entschwände wieder in andere Welten, aber da fordert er sie zum Walzer auf. Sie überlegt flüchtig, ob sie ihm sagen, ihn daran erinnern sollte, wo sie sich befinden. Aber auch sie ruft sich das nicht gern ins Gedächtnis zurück und läßt den Gedanken verstreichen.

»Also gehn wir!« sagt er. Die leise Musik, die bereits in ihrem Herzen zu spielen begonnen hat, verklingt, und sie hört eindeutig zwischen den Figuren, zwischen den beschwingten Schritten des nicht getanzten Reigens die Stimme der jemenitischen Putzfrau von Familie Goldstein im Haus gegenüber: »Motti, Julie, yallah-zur-Schule.« Ruthchen hebt den Arm, wartet, bis Adam sie eingehakt hat, und führt ihn dann mit kreideweißem Gesicht den Flur entlang.

»Und da gehen wir also, mein Schatz?«

Sie lächelt unwillkürlich, während er mit einem tänzelnden Hüpfer sein Gewicht nach vorn verlagert; keine Minute nach dem Abmarsch ist er schon der Führende und sie die Geführte – und das in ihrem Hause. Sie läßt unschlüssig einen Finger über das Gewebe seines erstklassigen Jacketts gleiten, und für einen Augenblick öffnet sich ihr Mund. Ihr Blick drückt Furcht aus, als Adam plötzlich schreit: »Diese Tapeten! Spinnweben!«

Aus dem Zimmer, an dessen Tür sie gerade vorbeigehen, ertönt eine ärgerliche Stimme: »Ruhe bitte. Das hier ist eine Pension und kein Bahnhof!«

Adam legt den Finger an den Mund, zuckt mit den Achseln wie ein auf frischer Tat ertappter Lausbub und zieht seine beschämte Begleiterin hinter sich her. Die Treppe steigen sie aneinandergeschmiegt hinunter, ihr Atem vermischt sich. Einen Augenblick lang vergessen sie, woher sie kommen und wohin sie gehen; selbst sie, der der Wirklichkeitssinn tief im Blut sitzt, vergißt alles um sich herum. Ihre leichten Schritte scheinen ihr eindeutig verraten zu wollen, daß die Zeit irgendwo stehengeblieben ist und nicht mehr existiert.

Draußen jedoch, jenseits der Herzensnöte von Frau Edelson und Adam Stein, hat der neue Tag gewaltsam die kleine, ruhige Straße erobert. Der von Tauperlen übersprühte, von Morgendunst eingehüllte Tag ist voll angebrochen und verbrennt schon in der glühenden Sonne, die stolz über dem Hochhaus im Osten aufgegangen ist. Ein Tel Aviver Herbstmorgen drängt über den Eukalyptusbäumen empor, die sich's am Jarkon wohl sein lassen, und für einen kurzen Augenblick, ehe sich noch der feine leichte Frühnebel ganz aufgelöst hat, kann man den Jarkon für einen breiten Strom halten, dessen anderes Ufer mit bloßem Auge nicht sichtbar ist.

Unten in der Diele stehen die Koffer einer neben dem anderen aufgereiht: fünf Stück aus edlem Leder in Preußischblau mit glänzenden Elfenbeingriffen. Jeder Koffer ist um zehn Zentimeter größer als der nächste, und hier von der obersten Treppenstufe aus wirken sie wie eine weitere Treppe, die geradewegs bis zum

Teppich hinunterführt. Adam meint, der Anblick gleiche »den Requisiten einer absurden Bühne«, und betrachtet seine Koffer wie jemand, der sein ganzes Leben vor sich ausgebreitet sieht. Er sinnt nicht mehr über den Hals der Frau Edelson oder ihren jugendlich-geschmeidigen Körper nach und sieht auch nicht mehr den Hundenapf oder sonstwelche schmerzlichen Anblicke. Er sieht Meere und Ozeane; er sieht Geld, Reichtum und Macht. Er ist stark und stattlich, und die Koffer sind der Paß zum Ruhm. Gestern abend, nachdem es geschehen und er bereits eingeschlafen war, hatte Frau Edelson seine Sachen gepackt. Dabei hatte sie die ganze Zeit über geweint, und er weiß, auch wenn er darüber jetzt nicht nachdenkt, daß er zwischen seinen Kleidungsstücken ihre leichenstarren Tränen finden wird – als Andenken an ihren hübschen Hals, den er mit einer Lust gewürgt hatte, in der viel jugendliche Liebe enthalten war. Und sie? Sie, die jeden Sokken, jedes Hemd, jedes Wäscheteil, jede Krawatte umgedreht hatte, blickt auf die fünf Koffer, als sähe sie sie zum letzten Mal.

Sie als Frau weiß, daß jedes Ding seinen Preis hat. Nun, da sie nicht mehr weinen kann, begreift sie, daß die Tränen mit ihm gehen. Sie wird hier unter den Zypressen und Eukalyptusbäumen an dem jetzt im Licht der aufgehenden Sonne glitzernden Fluß bleiben. Die Tage werden vergehen, verrinnen, und sie wird altern, bis ihr geschmeidiger Körper sich in ein Fragezeichen verwandelt, das keinerlei Erbarmen mehr in sich trägt.

Sie beginnt, ihre Fingernägel anzuknabbern, und die abgenagten Nägel singen: »Adam fährt weg... Adam fährt weg...« Wie ein kleines Mädchen ist sie. Am liebsten würde sie seilhüpfen. Schweigen breitet sich aus. Eine nervöse, unangenehme Stille. Adam hebt den Blick, und seine Augen fotografieren wie zum Abschied dieses Zimmer, das zusammen mit Ruthchens Deutsch und ihrem schönen Leib ihm bei seiner Ankunft vor einigen Monaten jenes friedvolle Gefühl verliehen hatte, das ein Junge empfindet, der nach Hause zurückkehrt.

Hier vor diesen alten, altmodischen Möbelstücken hat er doch vor einigen Monaten nach seinem Vater gerufen. Hier hat er vor dem nächtlich blinden Fenster gestanden, während Ruthchen Kognak in zwei rote Kristallkelche goß, und hat seinen Vater angesprochen, als ihm plötzlich in der dunklen Fensterscheibe sein eigenes Spiegelbild entgegenstarrte – und er war ja heute älter, als es sein Vater je geworden war. »Schau, Ruthchen«, hat er damals zu Frau Edelson gesagt, »ich habe nach Vater gerufen! Vater ist nicht mehr. Ich bin dreiundfünfzig Jahre alt, Vater starb mit achtundvierzig. Heute könnte ich sein Vater sein«, und dabei hat er lachen müssen. Für einen Augenblick erinnert er sich an Klein, an Herrn Kommandant Klein, wie er am Lagereingang stand und mit staunenden Augen die Neuankömmlinge musterte. Nun hatte er Adam zwischen den Geschöpfen da erspäht: mit einem eleganten grünen Koffer in der Hand, als träte er eine Erholungsreise an, und um ihn herum Stacheldrahtzäune und ein Schild: »Arbeit macht frei«. Auf einmal hörte er Herrn Kommandant Klein sagen: »Das ist doch Adam Stein!« Und in seiner Stimme schwang Bewunderung mit, Begeisterung geradezu. Beinah erwartete Adam, Herr Kommandant Klein werde ihn um ein Autogramm ersuchen. Aber Herr Kommandant Klein bat ihn nicht um ein Autogramm, dafür schenkte er ihm das Leben. Ein Autogramm wollte er nicht. Ich aß auf allen vieren, aus dem Napf, mit Rex.

Hier in Ruthchens Zimmer kommen andere Tage zurück. Da ist das goldgerahmte Bild der in olympischer Pose verharrenden Pferde neben der Wiener Hofburg. Und dort noch ein Gemälde: die rote Prunkkarosse der Kaiserin Maria Theresia. Und hier eine pausbäckige Gänsemagd, unter der in Frakturbuchstaben »Gesundheit« steht. Und da schließlich das Bild einer jungen Frau: sie hat ein weißes, von jugendlichem Kummer überströmtes Gesicht. Ihr Haar trägt sie zurückgekämmt und mit einer Brillantspange geschmückt. Das ist sicher Frau Edelson, Ruthchen, in ihrer Jugendzeit. Ihr Körper hat sich durch Gnade oder Wunder seine Jugend bewahrt. Ja, alles hat sich erhalten: die so hochanständige Sprache Wassermanns, Jean Pauls und Schillers, die Möbel, Kommoden und Bilder, die weißen Keramikteller mit blauem, blaßblauem Dekor... Das Foto eines Automobils, ein Maxwell-Roadster, Modell 1911, mit dem Schaltknüppel außerhalb der Führerkabine und vergoldeten Speichen. All das hat ihn während seines Rufs nach dem jungen Vater angeblickt – mit der Leere einer strahlenden Schönheit, die nicht mehr ist. Als sei alles hier Befindliche ein längst verloschener Stern und das Bild, das er sah, uralter Schein, das Nichts eines vor Jahrtausenden erloschenen Sterns, dessen Licht noch weiterhin zur Erde gelangt.

Ja, auch hier – eine Kindheit, die sich bei Herrn Kommandant Klein in Rauch aufgelöst hat, eingeflochten in den konservierten Körper der Frau Edelson, einzig und allein für ihn. Eine Art Signatur, die eine Todeserklärung enthält, aber noch kein Ende setzt. Weil nämlich das Ende, wie bei jenem Stern, mit dem Anfang verbunden ist und dieser Anfang noch lebt und atmet – ausgerechnet hier, an den Ufern des Jarkon. Das Berlin der Jugendzeit existiert hier, und zwar greifbarer als dort an dem Ort, an den er aus den Ruinen zurückgekehrt war, um sich die von Baron von Hamdung übernommene Villa zum Palast auszubauen.

Das laute Klingeln an der Eingangstür erlöst beide aus ihren Grübeleien und vor allem aus der Verlegenheit. Der Klingelton beendet das bedrohliche Schweigen. Die Tür öffnet sich, zwei junge Männer treten ein. Hinter ihnen schlägt die Tür wieder zu.

Die beiden jungen Männer sehen für Frau Edelson wie ein Paar Sendboten aus. Sendboten des Bösen, sagt sie sich, Abgesandte des Teufels. Sie blicken die Wirtin kaum an, sondern bedeuten Adam höflich, aber bestimmt, daß es Zeit sei zu gehen. Adam erwacht aus seinen Tagträumen und mustert sie lächelnd. Er kennt sie. Jetzt eilt er zu den Koffern hinüber, greift sich den kleinsten, legt ihn hin, öffnet ihn und wühlt darin herum. Er zieht ein Hemd heraus, zwei Krawatten, einen elektrischen Rasierapparat, der in einem weinroten Lederetui steckt, und Plastilin. Frau Edelsons Tränen läßt er im Koffer. Er befühlt die Gegenstände, als suche er etwas, das er vergessen hatte, und legt sie einen neben dem anderen auf den Teppich. Sein Blick ist gleichgültig. Den zwei Männern, die ihn beobachten, erscheint er wie ein müder, gelangweilter Rothschild, der seine Schätze überfliegt. Sie nikken, da sie begreifen, worauf er hinauswill. Sie begreifen, und Frau Edelson wundert sich darüber mit sichtlicher Ungeduld. Denn es liegt ja nicht nur blanke Auflehnung in diesem Vorgehen, sondern vor allem handelt es sich um ein Ritual, das beendet werden muß, und sie ärgert sich über das »unnötige Verständnis« der Boten. Das Plastilin auf dem Teppich deutet ihnen an: So leicht kriegt ihr mich nicht mit. Die Männer beobachten Adams Handbewegungen. Wie bewundernswert genau und schnell sie doch sind. Einer der beiden sagt: »Welche Grazie. Gleich wird er Tauben aus seinen goldenen Manschettenknöpfen hervorzaubern...«

Der zweite nickt. Er liest die Aufkleber auf dem Koffer: Grand Hotel – Zürich. Plaza – New York. George V – Paris. Diese eleganten Etiketten, Adams schöner Anzug, der Hut. Die beiden Männer wiegen die Köpfe. Frau Edelson möchte jetzt praktisch vorgehen, denn schließlich ist sie hier die Wirtin. Fünfzehn Jahre führt sie bereits diese Pension, und dies ist für sie der erste derartige Vorfall in ihrem Haus. Sie blickt verstohlen von den Männern zu Adam und wieder zu ersteren zurück. Um das Ganze hinauszuzögern, spielt Adam sein Spiel… Sie weiß es. Aber er zuckt mit den Achseln, nicht nur, weil es kein Entrinnen vor dem Verderben gibt, das in den Augen der Sendboten zu lesen steht, sondern weil er in irgendeinem verborgenen Winkel seines Herzens sogar froh darüber ist.

Ihm fällt das Gesicht von Professor Schweizer ein, das den Höhepunkt der Ekstase erreichte, als er vor ihm – der damals, vor tausend Jahren, noch Student der Universität Heidelberg war – ausführte, wie der Verbrecher sich über seine Strafe freuen müsse, weil das seine höchste Bestimmung sei, und wie er daher insgeheim danach strebe, bestraft zu werden… Und ich spiel' hier mit diesen zwei Trotteln… Er schließt den Koffer und richtet sich kerzengerade auf. Er hat sich mit vornehmer Verstellung an die Spielregeln gehalten, um bewußt mit ruhigem Herzen besiegt zu werden. Nun wirft er Ruthchen noch einen flüchtigen Blick zu und setzt sich festen Schritts in Bewegung.

Da hat er den Ausgang erreicht. Die Tür ist wie von selber aufgegangen, und der graue Rahmen umgibt ihn wie der Rahmen eines Bildes. Den zwei Männern sieht er zu gezähmt aus, worüber sie beide verwirrt sind. In großem Maß leiden sie sogar mit ihm, aber ihre entschiedenen Gesten und ihre innersten Gedanken werden stumm bleiben. Er weiß das zu schätzen und zollt ihnen insgeheim Achtung.

Frau Edelson tritt auf Adam zu, stellt sich auf die Zehenspitzen – den Kopf vorgeschoben und ihr Mund nahe, ganz nahe an seinem Kehlkopf. Sie streckt die Hand aus und läßt sie sanft wie einen Wattebausch über sein Gesicht gleiten. Sein Adamsapfel bildet ihren Sichtbereich, die Quelle ihres Bebens, ihre Lebenslandschaft – und sie tastet sich zu seinem Mund vor. Wie die sirrenden Flügel eines in der Luft stehenden Schmetterlings berühren ihre Finger kaum sein glattrasiertes Kinn. »Fühlt sich an wie Zahnpasta!« sagt Adam auf einmal, und sie entnimmt seinen Worten eine Spur von Hohn.

Seine Miene ist ernst, streng im Ausdruck. Er muß die Schwelle mit eigener Kraft überwinden. Aber er steht wie eine Statue im Türrahmen – wie jemand, der nicht mehr aus eigener Kraft zu handeln vermag. Die Gegenwart der beiden Fremden hat jene verborgene Wesenheit näher gebracht, die befiehlt und keinen Raum für freies Willensspiel beläßt.

Ihre flatternden Finger modellieren sein Gesicht. Sie spürt die Schönheit und ist traurig darüber. Immer hat er sie an die Herbstnebel ihrer Kindertage erinnert. Sein volles silbergraues Haar, das scharf gezeichnete muskulöse Gesicht, das sich zu einem männlich-markanten Kinn verjüngt, seine schwarzen Augen, von aufeinanderfolgenden Ellipsen wie sanfter Wellenschlag umgeben, die leicht gelockten Augenbrauen, die gerade und nicht zu kurze Nase. Welch ein vergeistigtes Gesicht und dabei doch gleichzeitig unverfroren sinnlich. Die Physiognomie eines Philosophen und Liebhabers, eines unverbesserlichen Romantikers und eines Mörders. Sie sieht all das, während ihre Finger nach den Geheimnissen seiner Linien und Züge forschen – hatte er sie wirklich zu erwürgen versucht? Jetzt kann sie es kaum noch glauben. Sie reckt sich so hoch empor, daß sie fast in der Luft schwebt, bringt mit aller Kraft ihrer eingefrorenen Jugend die dünnen Lippen an seinen Mund und benetzt ihn. Und dann rennt sie tränenerstickt die Treppe hinauf zu ihrem Zimmer und ist verschwunden.

Adam wischt sich ihre Tauspritzer von den Lippen und bereitet sich auf den Abgang vor, auf *seinen* Abgang, dem er eine passende Form verleihen möchte. Plötzlich sind ihm die Äußerlichkeiten des guten Benehmens wichtig – und diese beiden Männer warten auf irgendein Zeichen. Er macht eine Geste mit der Hand, und sie nehmen die Koffer auf.

»Habt ihr die Gitarre und die Schreibmaschine mitgenommen?«

»Ja, Adam.«

Die Tür fällt hinter ihm ins Schloß. Er klettert in den draußen stehenden Kombiwagen, ohne nach rechts oder links zu blicken, und wartet. Der Fahrer dreht den Schlüssel im Zündschloß, der Motor heult auf, sie fahren los. Und da plötzlich, wie mit einem Schlag, sackt sein Körper kraftlos in sich zusammen, und er verbirgt sein ausdrucksloses Gesicht auf dem Boden des Wagens. Wie ein Hund, der eben getreten worden ist.

*

An den Autofenstern fliegen die Herbstbilder vorbei. Ein eingerissenes, verblichenes Schild: »Laß dich durch die Landschaft nicht vom Weg ablenken« – und Sand, Sand, nichts als Sand bis zum Meer hinunter. Bäume beten gen Osten gerichtet, dem Tempelberg zugewandt. Eine Zypresse, braungefärbt durch den Sand. Eine verlassene kleine Tankstelle und zwei lachende Frauen, die Beine nach orientalischer Sitte untergeschlagen. Ein Kind rennt seinem Drachen nach, grüne Zitrushaine, gelbe Herbstorangen, Felder und ein arabisches Haus, dessen blaue Farbe abblättert: hübsche Balkone und schöne ovale Dachwölbungen. Einmal sieht er ein Packhaus in einem Zitrushain, dessen Bogenfenster und Dachkuppeln das Bild eines wunderbaren orientalischen Prinzen in seiner Phantasie aufsteigen lassen. Er weiß nicht, daß genau an dieser Stelle vor sechzehn Jahren eine erbitterte Schlacht getobt hat. Jetzt ist es ruhig in den Zitrushainen, und ein angenehmes Herbstlüftchen fährt spielerisch durch ihre Blätter.

»Warum hast du versucht, sie umzubringen?« Der junge Mann lächelt freundlich. Die Schranken sind gefallen.

Adam verzieht das Gesicht, während seine Augen mit unschuldig-verwundertem Blick auf dem Fragenden ruhen: »Hab' ich nicht versucht.«

»Doch, das hast du.«

»Ja? Wen denn?«

»Frau Edelson, die Pensionswirtin.«

»Ruthchen?« Adam greift suchend in seine Tasche. Der Mann bietet ihm eine Zigarette an. Der zweite gibt ihm Feuer.

»Genau sie!«

»Sie?« Die Zigarette glimmt. Der Mann lächelt fröhlich und tritt das Streichholz auf dem Boden aus.

»Ja!«

»Wirklich?«

»Spiel nicht den Unschuldigen, Adam. Du hast ihr diese Welt geschenkt«, sagt er ausgelassen, wobei er sich für besonders geistreich hält, »und dann wolltest du ihr auch noch einen Passierschein für die künftige Welt verschaffen.« Adam betrachtet ihn aufmerksam. Der Mann, der gesprochen hat, zündet sich jetzt selbst eine Zigarette an. Offenbar freut er sich über seine eigenen Worte. Adam hört den selbstsicheren Ton des ergebenen Gesetzeshüters heraus, des Menschen, der Anweisungen mit einer Freude erfüllt, die – seines Erachtens – Ausdruck der höchsten Sittlichkeit ist. Er mustert ihn lange wortlos. Dann senkt er die Augen, und auf einmal, als wagte er nicht etwas zu sagen, beginnt er, in die Hosen zu pinkeln. Die Pisse rinnt ihm am Bein hinunter und verschmutzt den Boden. Der Mann prustet los, klopft ihm auf die Schulter. Adams Augen starren auf die Urinlache, und es flackert ein kaltes Grauen in ihnen auf.

Die beiden Männer wenden sich jetzt wieder ihrem Gespräch zu. Die Landschaft vor dem Wagenfenster verändert sich immer mehr. Adam kennt die Strecke, denn er ist sie schon zweimal in genau demselben Auto gefahren. Als sie nach einer Stunde an einer Gruppe riesiger Eukalyptusbäume vorbeifahren, sagt er flüsternd: »Du lügst, ich hab' es nicht versucht.«

Der Mann blickt ihn forschend an, um dann loszufeuern: »Du hast es versucht! Und was schlimmer ist – du hättest es beinah geschafft. Es war nahe dran...« Er drückt mit dem Fuß eine Zigarette aus, kratzt sich den rechten Unterarm mit dem linken kleinen Finger, und dieses entschiedene Reiben hängt zwischen ihm und Adam wie eine drohende Substanz in der Luft, als sei all sein Erbarmen auf den Nullpunkt abgesunken. Adam richtet sich von seinem Sitz auf, wobei sein Kopf gegen das Wagendach prallt und einen schmerzhaften Schlag abbekommt. »Oh«, sagt er, »komisch, ich kann mich überhaupt nicht erinnern...«

Eine Sanduhr drückt es am genauesten aus, denkt Adam. Wie hier das Grün immer mehr vertilgt und ausgerottet wird. Die Bäume und Wäldchen, die Felder und Zitrushaine werden spärlicher und hören schließlich ganz auf. Dort steht ein Schwarm weißer Störche neben einem baufälligen arabischen Haus, an dessen eine Wand jemand mit grellroter Farbe »Du sollst nicht ehebrechen« geschrieben hat. Zur Linken wird der Rand der von immer mehr Schlaglöchern durchsetzten Straße langsam grauer, und hinter dem Baum, der sich selbst in die Trauer der Wüste gehüllt und sein Grün braun gefärbt hat, sieht man gelbe Steppen in öde

Sandsteinhügel übergehen und noch weiter dahinter die weißen Berge von Hebron, gefolgt von violetten Massiven. Der Himmel ist jetzt zitronenfarben, und die gleißende Sonne kennt keine Grenzen. So liegt dann in dieser mit Beduinenhütten und Beduinenzelten verzierten Wüstenlandschaft, zu deren Schmuck auch noch ein Staubwolken aufwirbelndes Militärfahrzeug beiträgt, in der Ferne die Stadt Beer Scheva. Bald wird das Auto am Hotel Neot Midbar vorbeifahren, das noch in morgendlichem Schlummer daliegt. Ein Touristenkamel hockt gemächlich wiederkäuend neben dem großen Zelt. Der Beduine vom Fremdenverkehrsamt raucht seine Wasserpfeife und betrachtet die vorbeifahrenden Wagen mit gleichgültig-gelangweilter Miene. Adam erscheinen Kamel und Zelt, das Hotel und die nahe Tankstelle wie eine Clownerie. Die Wüste lacht, und Adam lauscht ihrem Gelächter. Die weißen Häuser der neuen Stadt wirken wie Gipsverbände. Die Straßen saugen die Sonnenhitze auf, aber bis zu den Häusern reichen sie noch nicht. Der Wüstensaum hat sich nicht bändigen, nicht in einen Teil der fruchtbaren Küstenebene verwandeln lassen, sondern grinst jetzt über die gleißende Sonne, die von oben herunterbrennt, über die wenigen Bäume, die unten dahinvegetieren, und über jene Häuser, die nicht recht wissen, was sie hier verloren haben.

Sie fahren durch die Stadt. Links der Abrahamsbrunnen. Zwei Beduinen lachen mit Mündern voller Gold. Und dahinter beginnt die Wüste. Dann auf einmal einige Akazien, die wie die ungeschorenen Köpfe von Wilden aussehen. Ein paar Tamarisken. Ein Wüstenginster. Und noch einer. Danach Öde. Kreideberge, Sandsteinberge, Sandberge. Sand, der nicht dem Meeressand gleicht: harter, zerklüfteter, steiniger Sand. Da sind die Zelte der Steinbrucharbeiter schon hinter ihnen, und sie fahren an Rinnen und Wadis vorbei, die die Wüste zerstückeln, zerspalten, zerteilen. Und ringsum Berge. Leicht grünliche Berge, aber ohne eine Spur von Grünbewuchs; grün durch die Kraft der Sonne. Rote Berge, schwarze Basaltberge. Berge, von Riesenhand aus der Wüste gehauen. Und dann die lößrote Ebene. Staubwolken füllen den Kombiwagen, als sich plötzlich die Aravasenke vor ihnen ausbreitet.

Weiträumig, armselig, machtvoll, öde ist sie. Ein einzelnes Gebäude in der Ferne. Vielleicht eine kleine Fabrik. Oder eine

Grenzschutzstation. Oder ein Andenken an eine andere Welt. Alles ist tot, und doch quillt Leben aus jedem Millimeter; einsames, dürres, ewiges Leben. Das Wunder der Schöpfung wirkt hier so greifbar nahe vor den weißen Bergen von Arad, vor dieser Bergkette, die zwischen dem Toten Meer und der toten Wüste trennt. Öde, trutzige Berge, die Gott als seine Unterschrift zurückgelassen hat: Hier habe ich die Welt erschaffen. Hier habe ich das schöpfungstrunkene Halleluja-Fest gefeiert. Deshalb ist alles zerspalten, verwüstet, verflucht, verrückt, abgeschnitten von allem und jedem und dabei doch großartig, voller Schönheit, schön wie der Adler schön ist, von ehrfurchtgebietender, urzeitlicher Erhabenheit. Und nun durchqueren sie das hübsche neue Städtchen, fahren den Berg hinauf und kommen an ein Schild:

ALMA-ZISLING-INSTITUT
FÜR FRIEDEN UND THERAPIE
ARAD

Das steht dreisprachig da: auf hebräisch, englisch und französisch. Adam reibt sich sein eingeschlafenes Bein und sagt mit lachender Stimme: »Ein künstlicher Zahn im Rachen des Löwen …«

»Was?«

»Euer Haus da. Euer Institut. Habt ihr mal einen Löwen mit Plastikeiern gesehen?«

»Adam!« lacht der Mann. »Laß doch …«

Jetzt halten sie vor dem großen Tor.

»Habt ihr hier denn noch keinen Baum gepflanzt?«

»Haben wir. Sogar du persönlich hast einen gepflanzt. Aber bis die mal wachsen …«

Der Mann springt aus dem Auto, läutet am Tor und wartet. Ein Fensterchen öffnet sich, und der Kopf des alten Kurden lugt heraus. Er legt grüßend die Hand an die Stirn, schließt das Fensterchen und öffnet das Tor. Ein grauer Bart ziert sein Gesicht, und seine kleinen Augen blinzeln unter zottigen Brauen hervor. Im Mund hat er eine Zigarettenkippe stecken. Die Kette wird heruntergenommen, das Tor geht auf, der Mann springt in den Wagen zurück und fährt hinein in den Hof. Nun hat der Kurde Adam entdeckt, und für einen Augenblick verändert sich sein Gesichtsausdruck. »Herr Stein! Willkommen im Schatten unseres Daches!« Dabei verbeugt er sich sogar in Richtung der Staubwolke, die der im Hof nun beschleunigende Wagen aufwirbelt. Die Wüste mitten im Hof erscheint Adam als eine schreiende Ungerechtigkeit. Das Lächeln des alten Kurden, der riesige Hof, die kreideweißen Wege, der Staub – all das hat seine Nerven angespannt, und schon bereitet er sich auf den Einzug selber vor. Auf die Ankunft? Auf die Rückkehr? Er weiß schon nicht mehr, wie er sein Kommen benennen soll.

Er hebt die Augen: durch das Wagenfenster wirkt das Haus groß. Das Sonderbarste an seinem Aussehen – und Adam weiß, daß er sich nie an die himmelschreiende Unverhältnismäßigkeit zwischen der Wüste mit ihren sich endlos hinziehenden Bergen und dem Haus selber gewöhnen wird – ist seine absolute Größe auf der einen und seine relative Winzigkeit auf der anderen Seite. Seine drei Stockwerke erheben sich weißglänzend über eine breite Fläche wie ein zornig dreinschauender Riese. Winzige Fenster, graue Stahlbetonpfeiler, auf dem Flachdach ein riesiger Wasserbehälter zwischen den Aufbauten der Fahrstuhlschächte. Es besteht keinerlei Verhältnis zwischen diesem weißen, Sonne, Sand und Wüstenwind ausgesetzten Riesenhaus und seiner Umgebung. Es verhöhnt sie, verachtet sie vielleicht sogar. Trotz seiner stattlichen Größe wirkt das Gebäude zwergenhaft angesichts des weitläufigen Hofes, wie ein von einem Unbekannten nachträglich eingefügtes Komma in einem langen, gewichtigen Vers, den Satanshand in Sand und Sandstein, Löß und Kreide bis auf den fernen Horizont hin eingeritzt hat. Und zu beiden Seiten des Hauses sieht man nichts als Hügel: braune, gelbe, weiße, blaue, goldene – ohne Ende, bis in alle Endlichkeit.

»Nun, Adam?« Die Stimme des Mannes reißt ihn aus seinen Gedanken. »Wie fühlt man sich so, wenn man nach Hause zurückkommt?« Er blickt Adam lächelnd an. Der Wagen hält vor der Eingangstür.

»Jeder Galgen fängt sich am Ende seinen Dieb«, sagt Adam und steigt aus dem Auto, richtet sich gerade auf, zieht das Jackett zurecht, setzt den Hut auf, den er vorher abgenommen hatte, und tritt ins Haus. Die Männer tragen ihm die Koffer nach. Adam zeigt auf den langen Korridor: »Ich gehe einen Moment in den Kulturraum. Man erwartet mich.«

»Schon recht, Adam«, sagt einer der Männer mit leicht wegwerfendem Unterton. »Dr. Gross erwartet dich. Bleib nicht zu lange, sonst regt er sich auf und ist nachher böse auf uns.«

Adam schreitet den Korridor entlang. Ruhiges, sanftes Licht fällt auf den schwarzen Teppichboden. Die Klimaanlage kühlt alles, macht das Gehen angenehm. Rhythmische Tangoklänge dringen aus den versteckt angebrachten Lautsprechern. Ein König trägt sich nicht so schnell beim Inquisitor ein, denkt Adam im stillen. Draußen beginnt ein heftiger Sandsturm zu wüten. Durch die kleinen Fenster sieht man den Sand wie drohende Wolken wirbeln. Die vorher weiße Sonne ist rot geworden. Und er ist allein in dem langen Korridor. Der Sand schlägt gegen die kleinen Fenster. All die numerierten Türen sind verschlossen. Das Geräusch seiner Schritte wird vom Teppich verschluckt. Als er an den ersten Heizkörper kommt (der bald, bei Winteranfang, in den kalten Nächten angestellt werden wird), hebt er den Blick, schaut sich hierhin und dahin um wie ein eingefleischter Dieb, und als er sieht, daß kein Mensch da ist, fischt er aus einem Geheimfach im unteren Teil der Verschalung eine mit Lumpen umwickelte Flasche heraus. Er nimmt die Hülle ab und umarmt beinah die Flasche in plötzlicher spitzbübischer Freude. »Dewar's – erstklassiger Whisky!« sagt er leise. »Bist du noch da?« redet er mit der Flasche, seiner Flasche, seinem Leben... »Gross, dieser Schuft, hat dich nicht gefunden...« Er entkorkt sie und nimmt einige Schlucke. Danach verschließt er die Flasche wieder, wickelt sie ein und stellt sie an ihren Platz zurück. Der Whisky wärmt ihm die Brust. Jetzt ist ihm wohler, sein Körper kommt in Schwung. Schon steht er vor einer von schwachem Neonlicht beleuchteten Anschlagtafel. »Das Laubhüttenfest des Kindergartens findet in Kürze statt! Eintritt frei.« »Kanadisches Transistorradio in bestem Zustand zu verkaufen.« »Viele Grüße an alle von Schlomo Kramer aus New York – Mir geht es gut, aber Ihr fehlt mir!« »Am nächsten Donnerstag Filmvorführung: *African Queen* mit Humphrey Bogart und Katherine Hepburn.« Wer wählte, solange ich nicht da war, die Filme aus? Wer wohl? Arthur...?

Adam hat es eilig, die Zeit drängt. Der Whisky hat ihn gestärkt. Hinter der Tür hört man Stimmengewirr, sich miteinander verbindende und vermischende Geräusche. Es sind viele Menschen hinter jeder Tür. Die Klänge erreichen ihn in wirrem Durcheinander. Eine schelmische Ausgelassenheit schwingt in ihnen mit. An der Tür ist ein kleines Schild angebracht: »Kulturraum«. Adam zieht das Jackett glatt, rückt den Hut zurecht und tritt ein.

Der Kulturraum ist voll besetzt. Jemand spielt auf dem Klavier. Andere sitzen an Tischen und malen mit Gouachefarben. Ein paar Frauen am runden Tisch lesen Zeitschriften und Illustrierte in verschiedenen Sprachen. Adam ist am Eingang stehengeblieben, aber noch hat ihn keiner der Anwesenden bemerkt. In der Zimmermitte steht eine weiträumige Platte, über die eine elektrische Eisenbahn saust. Eine lange Kette glitzernder Waggons wird von einer furchterregenden schwarzen Metallok gezogen. Brükken öffnen und schließen sich, Signale blinken, Berge und Täler aus Blech und Plastik. Die Bahn fährt durch Schluchten in einen Tunnel ein... Adam schaut zu, und seine Augen verwandeln sich in eine Kamera – eine Filmkamera. Und da saust der Zug durch Berge und Dunkelheit. Dunkelheit... Finsternis... Jetzt ist er selbst im Waggon eingepfercht. Der Rabbi singt: »Wenn der Rebbe Elimelech...« Durch einen Spalt in der Waggonwand kann man die Kühe auf der Weide sehen. Wohlgenährte polnische Kühe... Und die Schande vervielfältigt sich dadurch noch. Die Kühe muhen draußen. Ist es denn möglich? Ein Hirte, ein Baum, Sonne... Hier kommt der Zug, der auf einmal so wirklich geworden ist, und da rollt ein zweiter Zug aus seiner zweiten Vergangenheit heran – beinah wären sie zusammengestoßen, aber jemand hat im richtigen Moment die Weichen umgestellt, so daß sie aneinander vorbeifahren.

Um die Platte stehen an die zehn ernsthaft dreinblickende Männer. Sie konzentrieren sich völlig auf die Eisenbahnstrecke, auf die Ampeln, die Klappsignale, die hoch- und niedergehenden Brücken. Zwei Männer bedienen das Schaltpult. Die übrigen schauen zu, erteilen Ratschläge, schreien aufgeregt. Auf den Köpfen tragen sie Zugführermützen. Und dieser Arthur Fein, der in seiner Abwesenheit sicher seinen Platz eingenommen, die Filme ausgewählt und gewiß, wer weiß, an die hundert Dinge getan hat, die er nicht hätte tun sollen, der ist jetzt der Spielleiter. Er bedient die Steuerung mit gespannter Aufmerksamkeit. Von niedrigem Wuchs, mit scharfgeschnittener Nase und grünen Augen. Er ist derart mit der Zugführung beschäftigt, daß er Adam überhaupt nicht sieht. Aber Adam ist trotz alledem klar, daß Arthur ihn als erster entdecken wird; deshalb steht er am Eingang und wartet. Ganz langsam spürt er, wie seine noch unbemerkte Gestalt die Gemütsruhe des Oberzugführers mehr und mehr beeinträchtigt, bis Arthurs grüne Augen sich heben und an der Tür den eleganten Anzug und den schwarzen, breitkrempigen Hut ausmachen – und da beginnen ihm die Hände zu zittern. Er zwinkert mit den Augen, versucht, das Spiel fortzusetzen. Dabei fleht er um ein Wunder, das die anderen daran hindern möge, dieses Schauspiel mitzukriegen. Er will Adam Stein nicht dahaben. Adam Stein wird die Ruhe stören, die hier Monate lang geherrscht hat. Adam Stein wird das Gewicht der Dinge zu seinen Gunsten verlagern, und Arthur wird erneut an den Rand gedrängt werden. Er weiß das. Er empfindet Furcht, ist gleichzeitig aber auch erregt. Mit voller Wucht drückt er auf einen Hebel, der sofort das Radwerk einer Brücke betätigt, und die Bahn fährt wieder in einen Tunnel ein – aber jetzt haben ihn schon alle entdeckt, und etwas von der mit mattem Licht vermengten Stille an dem offenen Türrahmen um ihn herum ist in den Raum geglitten. Augenblicklich springen alle auf und eilen zu Adam hinüber, begrüßen ihn, klopfen ihm auf die Schulter. Nur Arthur Fein ist allein am Eisenbahntisch zurückgeblieben. Mit funkenstiebender Lokomotive rast der Zug dahin, und Arthurs Augen sehen das Schauspiel. Ein Trauerschleier hat sein forschendes Gesicht überzogen, kalter Schweiß glänzt auf seiner Stirn... Er möchte weinen, sein Wesen schrumpft in sich zusammen, er klammert sich an die riesige Tischplatte, die Beine beginnen ihm zu zittern – bis der Zug zum Stehen kommt. Pfffff! Der Motor arbeitet mit voller Kraft. Funken sprühen aus der spannungsgeladenen, glühenden, kraftstrotzenden Maschine, aber die Bahn will sich nicht von der Stelle rühren, die Räder der Lok sind aus den Gleisen gesprungen und bewegen sich nicht. Dieser Zugführer von der traurigen Gestalt, sagt sich Adam, der trotz des begeisterten Empfangs ein Auge auf den Mann richtet, der sich da am Tisch festhält, und dieses Auge verlacht Arthur, streichelt ihn mit Lanzen und Schwertern und bemitleidet ihn doch gleichzeitig auch.

Als sich das Durcheinander legt, blickt Adam Schweigen gebietend von einem zum anderen, wobei sein eines Auge immer noch auf Arthur Fein ruht, und beginnt mit entschiedener Stimme zu sprechen – auf dem Gesicht ein Lächeln, das ihm jenes allseits so beliebte Aussehen eines professionellen Schwindlers verleiht. »Seht ihr«, sagt er, »ihr seid noch hier, und das freut mich. Allerdings muß ich euch mitteilen, daß ich heute nicht so gekommen bin wie die früheren Male, das heißt, man hat mich nicht eingeliefert, sondern ich bin selbst gekommen. Aus freien Stücken bin ich hier. Das Gesundheitsministerium hat mich gebeten, eine Untersuchung über die Vorgänge in diesem Institut anzustellen. Ich will, daß die Welt Bescheid weiß, die Welt soll von diesen Schmalspurtherapeuten, diesen Nymphomaninnen und Geisteskranken wissen, die den falschen Tempel der Mrs. Zisling hier leiten. Ich will –«

»Von wem hast du die Genehmigung für diese Untersuchung erhalten?« fragt Arthur halb erstickt. Die Bahn rührt sich nicht von der Stelle. Er weiß, daß ihn die Sache teuer zu stehen kommen wird. Adams Auge hat ihn in Stücke gerissen, und nun liegt er in Agonie und schreit seine Todeswehen hinaus. Adam hebt lächelnd die Augen, lächelt über die Köpfe der Leute hinweg: »Vom Ministerpräsidenten, Arthur!«

»Ach so, vom Ministerpräsidenten«, murmelt Arthur und verfällt in Schweigen.

»Er hat mich zu sich eingeladen, wir haben Courvoisier miteinander getrunken, und dann sagte er zu mir... er hat ein wirklich hübsches Büro – blaues Telefon.« Und da sieht Adam den Ministerpräsidenten neben sich stehen, sieht, wie er ihn freundschaftlich um die Schultern faßt und ihm einen Auftrag erteilt. Er hat nicht gelogen. Eines Tages hatte er dieses Bild tatsächlich vor sich gesehen, so klar und vertraut. Außerdem kann er ja nicht in dieses Haus kommen, ohne irgendeine eindrucksvolle, demütigende Erklärung abzugeben. Sie erwarten so etwas von ihm, das weiß er. Er hätte auch sagen können, Gott habe ihn geschickt, oder er sei beauftragt, den nächsten Fünfjahresplan für die Stadt Arad aufzustellen. So steht er da, mit seinen beiden schwarzen Augen lächelnd, und weiß, daß er als echter Schwindler weder von seiner Geschichte abrücken noch sie ausschmücken darf.

Eine kleine Frau tritt daumenlutschend an ihn heran. Er schlägt ihr ganz sanft auf den Daumen, so daß sie mit offenem Mund stehenbleibt, wobei zwei Goldzähne zwischen ihren Lippen hervorblinken: »Adam, wußten Sie, daß Kolumbus Jude war?«

»Ja, er war auch Jude, Frau Lipowitz. Er war Jude und auch mehr als das. Überhaupt, wenn ich die Wahrheit sagen soll«, fährt er fort, während seine Augen das Publikum mustern (sogar im Lager hatte er jegliche Tätigkeit anzuhalten gewußt, um das zu sagen, was er sagen wollte – ganz zu schweigen von den Zeiten, in denen er seinen eigenen Zirkus besaß und Tausende jedem einzelnen Satz nachjubelten, den er von sich gab), »sowohl Jude als auch mehr als das, was, ehrlich gesagt, eigentlich weniger bedeutet, sehr viel weniger. Auf die Italiener möchte ich mich nicht zu sehr verlassen: sie sind aufgeklärt und haben das Getto erfunden. Ein aufgeklärtes Volk erfindet kein Getto. In Nordnigeria hacken sie einem die Beine ab und verbrennen die Eingeweide, aber da reden sie nicht von Aufklärung. Stiefellecker waren sie, die Italiener, und nun sind sie sicher, daß alles schön in Ordnung geht.«

Sie fragen ihn, wann er wieder mit seinem Unterricht anfangen wird, mit den allseits erwarteten Kursen, die er im Institut abhält. Er verspricht, sie bald aufzunehmen. Einer (Herr Feigelblum, der früher Angestellter bei der Bank Leumi in Rehovot gewesen ist) kommt nahe an ihn heran und flüstert ihm ins Ohr: »Schauen Sie, ich hab' zweihundertfünfzig Pfund, worin könnte man die günstig investieren?«

»In die New Yorker Telefongesellschaft«, bestimmt Adam. Sein linkes Auge vergnügt sich immer noch an Arthur. Die Lokomotive fährt nicht. Fünkchen schießen aus den Öffnungen an der Oberseite. Alles bebt und brummt, aber die Lok rührt sich nicht vom Fleck. »Die Telefongesellschaft von New York: Anstieg von zweieindrittel Prozent im letzten Monat – geben Sie mir das Geld...« Feigelblum reicht ihm das Geld, das er aus seiner Jackentasche gezogen hat; Adam zählt die Scheine und stopft sie in seine Tasche. Aller Augen – schwarze, blaue, graue, elende Augen – hängen an seiner Hand, staunen über den raschen professionellen Zählvorgang. Alles, was Adam Stein tut, erregt ihre Bewunderung. Er weiß das und tut alles, um sich seine Reputation zu bewahren. Dr. Gross, der ihn jetzt in seinem Zimmer erwartet, bezeichnet Adam als Genie, und Dr. Gross vergeudet seine Worte nicht. Adam Stein ist nämlich mit außerordentlichen Fähigkeiten begnadet, auf die er allerdings überhaupt nicht stolz ist. Sein gutes Aussehen und sein Wohlstand beispielsweise sind ihm wichtiger. Die Tatsache, daß der Herr Kommandant ihm nach dem Krieg all sein Geld wiedergegeben und ihn nach Berlin zurückgebracht hat, ist in seinen Augen bedeutender als die Verblüffung, die Dr. Gross, der Leiter des Instituts für Frieden und Therapie, angesichts Adam Steins Fähigkeit zeigt, versiegelte Bücher zu lesen, mit weit entfernten Menschen zu reden oder die Geschichte von Gegenständen durch Abtasten zu erfühlen.

Vor einigen Jahren, als sich das Krankenhaus – vor Gründung des Zisling-Instituts – noch in Jaffa befand und Adam erstmals Dr. Gross vorgeführt worden war, hatte er einen hübschen arabischen Dolch neben dem goldgerahmten Bild des Dr. Freud an der Wand entdeckt. Die schöne, aus silbrigem Metall gefertigte und mit farbigen Glasperlen eingelegte Schibriyya reizte ihn durch ihr edles, wildes, ihre Wüstenherkunft verratendes Aussehen, so daß er seine Hand nach ihr ausstreckte, um sie zu betasten.

Dr. Gross wird niemals vergessen, wie er damals dagesessen und Adam angesehen hatte, der mit geschlossenen Augen wie von verborgenen Kräften geführt zu sein schien, die – ihm unbekannt, unsichtbar, unverständlich – im Raum schwebten. Adam tastete, seine Hände erzählten, und sein Mund sprach die Worte und Namen aus, die nun unaufhaltsam zu sprudeln begannen: Ouja el-Khafir, El-Arisch, eine Straße in einer weißen Stadt, Meeresstrand, eine Moschee und daneben ein Kaffeehaus, plötzlich Tumult, Stimmengewirr, zwei Araber gehen aufeinander los – und Adam schreit dem erregten Dr. Gross zu: »Der Mann mit der Schibriyya hat den Falschen umgebracht!« Dr. Gross erbleichte, rang nach Atem und wartete angespannt, während Adam gen Osten wanderte und nach Aden gelangte, in die Scheichtümer am Persischen Golf, nach Birobidschan, in die silbernen Berge, das ewige Gestein – bis nach Persien. Und auf einmal rief er auf englisch: »Der Sultan ist tot. Hoch lebe Seine Majestät König George V.!« Dr. Gross' Vater hatte im türkischen Heer gedient und war 1915 zur britischen Polizeitruppe eingezogen worden, bei der er zum Offizier aufgestiegen und in all die aufgezählten Orte gekommen war.

Dr. Gross lächelte erfreut. Plötzlich hielt Adam inne und knirschte mit den Zähnen, während seine Augen umherirrten. Was war geschehen? Er war auf gewisse Schwierigkeiten gestoßen; ein Wort blieb ihm im Halse stecken und wollte nicht herauskommen. Es ärgerte und plagte ihn, bis er schließlich sagte:

»Ruth. Ich weiß nicht, warum, aber der Name, der mir auf die Lippen kommt, lautet Ruth.«

»Was ist, Adam?« Dr. Gross kehrte – jäh aus jenen wundersamen Wüstenlandschaften erwacht – in sein Sprechzimmer zurück, wo Dr. Freuds Konterfei ihm diese ewig düstere Ausstrahlung zurückgab, die keine Kompromisse mit der finsteren Unterwelt zuließ, die in den Gemütern seiner Patienten spukte. »Was haben Sie, Adam?«

»Ich weiß es nicht«, sagte Adam. »Ruth. Das war der Name meiner Tochter. Sie zu suchen, bin ich hierhergekommen. Sie wissen ja, daß ich sie betrogen habe. Aber das hier ist Ihre Klinge, was hat die mit meiner Tochter zu tun?« Dr. Gross begriff es nicht. Er dürstete nach dem mächtigen Quell, der in Adams Innern strömte und ihm, Dr. Gross, altehrwürdiges Wissen voller Majestät vermittelte. Nein, offenbar gab es keinerlei Verbindung. Wer war Ruth? Dr. Gross zermarterte sich vergebens das Hirn. Später erfuhr er jedoch von seiner Mutter, daß sein Vater in erster Ehe mit einer Engländerin verheiratet gewesen war, einer gewissen Miss Jane Parker, die mit einer britischen Archäologengruppe nach Palästina gekommen war, an Ausgrabungen bei Jenin teilgenommen, sich in den jungen Gross senior verliebt und ihn später sogar geheiratet hatte. Die alten Leute in der Jerusalemer Altstadt nannten sie Ruth in Anlehnung an Ruth die Moabiterin und wiegten hinter ihrem Rücken ärgerlich die Köpfe. »Gross hat sich zur türkischen Armee gemeldet, hat sich einen Fez aufgesetzt und eine Schickse zur Frau genommen.« Als ihr das Gerede zuviel wurde, floh sie nach London, und danach heiratete Vater Gross die Frau, die dann Dr. Gross zur Welt bringen sollte. Die Schibriyya – so hatte ihm seine Mutter erzählt mit Augen, gerötet vor Sehnsucht und von einer alten, nie verheilten Wunde – war ein Geschenk jener Nichtjüdin, jener Ruth, gewesen.

Adam hat gerade Feigelblums Geld in seiner Tasche verstaut, während Arthur sich immer noch vergeblich bemüht, die Lokomotive wieder in Betrieb zu setzen, als die Tür aufgeht und Gina ins Zimmer kommt. Sie trägt einen weißen Kittel, der kühl und steif, gebügelt und gestärkt aussieht. Ihre tadellose Frisur und ihr schönes Gesicht erscheinen Adam wie ein Oval des Verderbens angesichts der zwinkernden Augen der Umstehenden. Ginas kalte Augen fixieren Adam. Stille befällt das Zimmer. Er spürt ihre Anwesenheit, wendet sich aber nicht nach ihr um. Schließlich weiß er genau, wer diesen Raum in eine derart erschrockene Kältestarre zu stürzen vermag. Aber er wird ihre Existenz nicht zur Kenntnis nehmen, noch nicht. Alles muß einer bestimmten Ordnung folgen, man hat bestimmte Regeln einzuhalten, und sie wird das als erste verstehen und zu schätzen wissen. Er weiß das. Die Patienten sehen sie mit einem ihr allein geltenden Schrecken an. Sie wissen, daß Adam und Gina... Daß Gina... was ist? Verliebt? Dieser Marmorblock? Er nutzt sie bloß aus! Nein, er amüsiert sich... Er liebt sie. Sie liebt ihn. Kann sie doch gar nicht. Eine Krankenschwester verliebt sich nicht in einen unheilbar Kranken... Sie ja... Vogelscheuche. Schön ist sie! Marmor. Schrecken. Kälte. Haß. Sie liebt ihn, weil sie ihn haßt. Nein, sie haßt ihn, weil sie ihn liebt. Wer weiß denn nicht, daß Gina auf ihn gewartet hat? Seit Monaten betet sie doch, daß er hierher zurückkommen möge...

Allgemeines Schwatzen. Die Angst, die sich über die Anwesenden ausgebreitet hatte, zerfällt jetzt in eilige, nichtssagende, abgehackte Worte. Adam liest ihr Verhalten wie ein aufgeschlagenes Buch. Den Rücken Gina zugewandt, schreitet er auf den Tisch mit der elektrischen Eisenbahn zu. Da kommt sie, meine satanische Schönheit – und ich werde ihr fein den Rücken zeigen, bevor... bevor... Alle bleiben wie angewurzelt an ihren Plätzen. Ihre ängstlich geweiteten Pupillen wandern unstet von Gina, die unschlüssig schaut, weil sie nicht weiß, ob sie beleidigt sein oder verstehen und verzeihen soll, zu Adam, der zum Tisch hinüberschreitet.

Arthur hat ihn kommen sehen und rennt schon um die Platte herum, probiert wieder und wieder sämtliche Hebel, drückt auf alle Knöpfe, klopft wütend auf den Zug in seinen letzten verzweifelten Versuchen, aber die Lok rührt sich nicht von der Stelle. Ein elektrisches Zischen erklingt aus den unter Spannung stehenden Gleisen. Die Lokomotive schnaubt und prustet wie eine furchterregende Bestie. Die Bahn summt. Stromkräfte durchfließen sie ohne Ausweg, wie ein zwischen Himmel und Erde steckengebliebener Blitz. Arthur gibt auf. Wie ein Schüler, der etwas ausgefressen hat, steht er mit seitlich ausgebreiteten Armen wie eine Vogelscheuche da. Kummer und Scham überfluten seine eingefallenen

Wangen, und seine spitze Nase gleicht jetzt einem Adlerschnabel. Adam beachtet ihn überhaupt nicht. Er weiß, daß alle ihn ansehen, jede seiner Bewegungen abmessen. Sicheren Schritts geht er auf den Tisch zu, hebt die Lokomotive mit gewandter, betont gleichgültiger Geste hoch, hält sie ins Licht, dreht an einem Schräubchen an der Unterseite und stellt sie sofort wieder an ihren Platz zurück. Dann zieht er an dem roten Kabel, das von dem Kontrollturm über dem Eingang zum Tunnel herabhängt, tritt leicht gegen eines der Tischbeine und verläßt sofort, ohne das Ergebnis abzuwarten, den Tisch. Auch als er Gina schon beinah erreicht hat, tut er noch so, als habe er sie nicht gesehen. In dem Augenblick jedoch, in dem er bei ihr ankommt und ihr die Hand zum Gruß hinstreckt – genau in diesem Moment, wie geplant, wie vorbestimmt –, setzt sich die Bahn in Bewegung.

Arthur, den das Beben des Zuges aus seiner ehrfürchtigen Erstarrung geweckt hat, umklammert den Tisch, um gleich darauf staunenden Blicks mit verdrehtem Körper in den grünen Filzbelag der Platte zu beißen. Dann richtet er sich mit tränenüberströmten Augen auf, wandert in die Zimmerecke – alle verharren noch erstarrt an ihren Plätzen und lassen ihre Blicke zwischen ihm und Adam hin- und herschweifen –, nimmt eine abgewetzte Militäruniform vom Bügel, deren grüne Jacke mit Goldknöpfen verziert ist, und zieht sie an. Auf den Kopf setzt er eine Pfadfindermütze, ein zerknittertes, abgewetztes, völlig glanzloses Käppchen, und hängt sich schließlich noch seine Kindertrompete um den Hals. So angetan, springt er in Habtachtstellung, salutiert – und noch während seines Grußes trocknen seine Tränen, seine Züge straffen sich, und eine innere Ruhe beginnt ihn einzuhüllen, als er jetzt abtritt, hinaus auf den Korridor.

Durch die offene Tür kann man ihn stramm, vielleicht sogar freudig, marschieren sehen, wie von plötzlicher Fröhlichkeit ergriffen, einen flotten Marsch auf seiner Trompete blasend, deren Klänge mit der leisen Musik aus den versteckten Lautsprechern verschmelzen. Und alle blicken staunend dem Schokoladensoldaten nach, der da sein eigenes Schmachlied trompetet, bis er um die Ecke in der Dunkelheit verschwunden ist.

Adam hakt Gina ein, die ihn jetzt anlächelt, weil sie weiß, daß dieses Stück einzig und allein für sie aufgeführt worden ist. Arm in Arm treten sie auf den Flur hinaus, während im Raum hinter ihnen jetzt das Schweigen gebrochen ist. Lärm kommt auf, Stimmen überbieten einander, vermischen und verwirren sich, der Zug flitzt mit funkensprühender Lokomotive dahin, und alle wissen nun, daß Adam Stein tatsächlich nach Hause zurückgekehrt ist.

*

Die Gänge des Instituts für Frieden und Therapie sind nicht wie die muffigen, verschlungenen Korridore des Krankenhauses in Jaffa, das man aufgegeben und hierhin verlegt hatte. Dort in Jaffa hatte alles den Geruch vergangener Generationen ausgeströmt. Die Wände vermittelten den Eindruck, als sännen sie alten Zeiten nach, den Tagen fremder Völker und Eroberer. Wer weiß, ob nicht in diesem selben (vielleicht von ihm neu erbauten und renovierten) Gang König Salomo gestanden und auf die Königin von Saba gewartet hat, die den Wellen entsteigen sollte? Und Muhammad Bei Abu Dhahab der Grausame, der befohlen hatte, eine Pyramide aus Schädeln zu seinen Ehren zu errichten, und Napoleon, der dort all seine Kranken (zweitausend an der Zahl) umbrachte, und der strenge Abu Nabut, der in den Straßen Jaffas Peitschenhiebe austeilte, und Guy, Fürst von Jaffa, der sich auf den Dächern der Stadt mit Maria von Ebeline, der Tochter des Konstablers Philipp, vergnügte, und ihr Sohn Sampad, der Gatte der schönen, umworbenen Isabella aus dem fernen Armenien? Dort in den muffigen Korridoren wandelte man entlang mit der Geschichte, mit dem Land Israel, mit der Stadt, die Adam, der erste Mensch, erbaut hatte, in der Noach der Gerechte begraben liegt und an deren Felsen die Griechen Andromeda fesselten, die der Legende zufolge zum Sternbild wurde. Und da leuchtet es nun hoch über der Stadt, die tausend Armeen eroberten und die doch kein Mensch besiegte.

Hier in Mrs. Zislings Institut für Frieden und Therapie ist alles funkelnagelneu, vielleicht auch unmenschlich mit seinem Neonlicht, seiner leisen Musik, der ständigen Klimatisierung, der rechtwinkligen Anlage, der weißen Farbe, dem schwarzen Teppichboden, der das Geräusch der Schritte schluckt, den Hunderten kleiner Fenster, eines neben dem anderen hoch unter der Decke. Das Licht fällt aus verdeckten Röhren, die Musik ertönt aus unsichtbaren Lautsprechern, die Türen haben keine Klinken, die Heizkörper sind hinter Verschalungen verborgen, deren weißer Anstrich mit dem Weiß der Wände verschmilzt, die Decke entschwindet dem Blick im Gewirr ihrer Lichter, deren Glanz sie zu durchdringen scheint. Alles wirkt, als sei es von einer Maschine erfunden, ohne jede Verbindung zu einer Vergangenheit, einem Ort, einem menschlichen Empfinden. Einfach so. Hübsch, kalt, praktisch. Ein steriles Gebilde ohne Weitblick, ohne eigenen Charakter, aber doch angenehm, unaufdringlich, nicht aufreibend, jede Depression unterdrückend. Und draußen, jenseits der dicken Mauern, wütet jetzt ein heftiger Sandsturm. Draußen blicken kahle Felsenberge auf den synthetischen Tempel, und der Wind peitscht die Dornbüsche und die zerklüfteten, gestaltlosen Wadis. Draußen ächzt eine weiße Sonne über einer weißen Wüste unweit einer neuen weißen Stadt – ohne einen Baum, ohne das kleinste Fleckchen Rasen. Adam aber geht umher, isoliert von allem Getöse. Der Sturm erstirbt jenseits der Mauern, Arthurs Trompetenmelodie ist längst verschluckt von »Tea for Two and Two for Tea«, untermalt von schmalzigem Geigenklang.

Adam und Gina tauschen keine Worte aus. Die Macht der erneuten Begegnung wirkt noch auf sie ein, und außerdem ist es Ginas Aufgabe, Adam zu Dr. Gross zu bringen. Gross hatte absichtlich sie nach ihm ausgeschickt. Er weiß alles, dieser Doktor. »Gehn Sie ihn holen«, hatte er zu ihr gesagt und sich allein in sein weißes, großes Zimmer gesetzt, »auf seine weiße Kloschüssel«, dachte sie, »alberne Lacher scheißend«. Sie hatte ihn in diesem Augenblick gehaßt, hatte aber die Lippen zusammengepreßt und war Adam suchen gegangen. Als sie ihn im Kulturraum entdeckte, war alles aus ihrem Kopf verflogen: übliches Verhalten, Dienstvorschriften, die Möglichkeit, von Erlaubtem und Verbotenem zu profitieren, alles. Sie kastrierte Gross im Geist mit eingebildeten Äxten und hatte Vergnügen daran.

»Drück nicht, Adam«, sagt sie mit einem Lächeln, das ihre Lippen streckt und ihr Gesicht aufschließt. Sie fühlt sich wie eine Papiertigerin, wie eine Fliegenfalle, die sich selbst gefangen hat. Plötzlich gewinnt sie Selbstsicherheit, und die leise Musik, die aus den verborgenen Lautsprechern dringt, hört sich für sie wie eine Militärkapelle an, die sie eines Tages zu ihrem geheimen Traum hinführen wird. Ein ruhiger, sanfter Marsch wie schmeichelndes Sandpapier. Und in Wirklichkeit wünscht sie sich doch nur, daß dieser Mensch, ihr schöner Mann, stehenbleiben möge, um sie an die Wand zu drängen, sie an sich zu pressen, seinen Mund an ihren zu drücken, ihre Lippen mit seiner Zunge zu trennen und in ihr zu fischen und zu fischen... und sie würde ein offenes Meer sein, ein Ozean der Lust, sie, die Adlerin.

Vor der Tür bleiben sie stehen. »Aufnahme und Sprechzimmer – Dr. Nachum Gross« steht auf dem Plastikschildchen. Adam tut, als lese er die Aufschrift zum ersten Mal. Interessiert betrachtet er die einzelnen Wörter, die kleinen schwarzen Buchstaben, die in das dünne, orange Plastik gestanzt sind. Gina steht dicht bei ihm, ihr Gesicht berührt fast schon die weiße Türfüllung. Er beugt sich vor, fährt mit dem Mund über die Haut ihres bloßen, ihm zugestreckten Halses. Sie wendet nicht einmal den Kopf und sieht deshalb nicht seine glatte, flinke Hand nach ihr ausgreifen. Gina reibt sich an der Hand, die unter ihren Kittel dringt, und beginnt wie eine Katze zu schnurren. Ihr Gesicht ist so nahe an der Tür, daß die Buchstaben auf dem Schild vor ihren Augen bis zur Unleserlichkeit verschwimmen. Seine Hand gleitet über ihren Körper, streichelt ihre Lenden, nähert sich den Brüsten, wandert zurück zu den Lenden und rutscht zu den Schenkeln hinunter. Dort betasten seine Finger das weiße, weiche Fleisch und kneifen es so fest, daß ihr direkt vor der Tür befindliche Kopf gegen das Schildchen schlägt und von der anderen Seite »Herein!« gerufen wird.

Gina, die da mit dem Schädel angeklopft hat, erschrickt vor dieser Stimme so, daß sie einen kurzen Schrei ausstößt. Sie macht sogar einen Satz zurück, und Adam Stein fängt an zu lachen. Sie blickt nach allen Seiten, um sicherzugehen, daß niemand sie gesehen hat, das ganze Gesicht gerötet und verlegen. Adam beobachtet, getarnt durch sein Lachen, abwartend ihre Miene. Er weiß mit Sicherheit, daß ihr Ausdruck sich jetzt verändern wird: das Lachen wird in ihr emporsteigen und ihr Gesicht aufleuchten lassen, und er wird diese schönen Züge betrachten, das rosige, von schwarzem Haar bekrönte Dreieck, wird die Schmach schlangengleich über ihr strahlendes Gesicht züngeln sehen. Erst dann wird er seine Seelenruhe zurückgewinnen. »Das ist wirklich nicht nett, Adam«, sagt Gina, aber das Lachen bricht schon aus ihren Worten hervor, nein, jenseits der Worte, und sie ist wieder die Frau, auf die er so gespannt gewartet hat, die er entdecken wollte, als er zukniff. »Herein!« ertönt noch einmal die Stimme von drinnen, diesmal etwas lauter.

Adam betrachtet den lustvoll begierigen Ausdruck, der sich auf Ginas Gesicht schleicht, ihre blitzenden Augen, die bebenden Lippen. Wieder blickt sie eindringlich prüfend nach allen Seiten, und dann ergreift sie die Hand, die ihr Fleisch gekniffen hat, und leckt Ginas Schleim von den Fingern ab, die eben noch ihren Körper streichelten. Ihre kalten Augen flehen – er weiß es, denn darauf hatte er es doch abgesehen –, und er blickt ihr gerade in die Augen, in denen er die wunderbare Mischung von Sieg und Zusammenbruch, Begehren und Schuld entdeckt. Und er sagt: »Wir sind wieder zusammen, gute Frau...«

»Ja, Adam, faß mich an.«

Er berührt sie sanft, streichelt ihr Gesicht, und in dem Augenblick, in dem sie einander ganze nahe sind und er in seinerPhantasie ihren schönen, begehrenden Körper sieht, klopft er erneut an die Tür und ruft: »Ich bin's, Adam Stein.«

»So kommen Sie doch endlich rein, verdammt noch mal!«

Adam öffnet und tritt sicheren Schritts ein. Die Tür läßt er halb offen, während Gina gekränkt abwartend auf der Schwelle stehenbleibt. Er wird sie nicht hereinbitten und Dr. Gross erst recht nicht. Sie faßt ihr aufgelöstes Haar zusammen, streicht mit entschiedener Geste den Rock glatt und murmelt etwas.

Dr. Nachum Gross verfügt über einen massigen Körper, ein ovales, selbstzufriedenes Gesicht mit grauen Augen und einen blonden Haarschopf, der nicht mehr ganz das ist, was er einmal war, sondern nach vorne gebürstet werden muß, um die zunehmende Stirnglatze zu verdecken. Aufgrund seiner überdimensionalen Ausmaße hat er die ungelenken Bewegungen eines Mannes, der mit seinem Körper nichts Rechtes anzufangen weiß. So sitzt Dr. Gross nun also hinter seinem riesigen Schreibtisch und lächelt Adam an.

Adam rüstet sich, in zähem Ringen mit den Schatten, die bereits um ihn herum aufsteigen und seine Kräfte schwächen, von denen ihm jetzt nur noch ein Bruchteil bleibt. Mit einem Auge erspäht er Gina, die immer noch wie eine Vogelscheuche auf dem schwarzen Teppich im Gang aufgepflanzt steht und verlegen ins Zimmer schaut. Doch plötzlich geschieht etwas. Gross hustet, und Gina entdeckt einen jungen Mann, der auf dem Flur raucht. Mit völlig verändertem Gesichtsausdruck geht sie auf ihn los und befiehlt ihm in scheltendem Ton, sofort das Rauchen zu unterlassen. Der verängstigte Jüngling weiß nicht, was er mit seinen Händen machen soll. Zitternd legt er die Zigarette auf seinen linken Schuh und tritt sie mit dem rechten aus. Einen Moment bleibt die Kippe auf seinem Schuh liegen, dann sieht er sich ratlos um und rennt fort. Gina blickt ihm wütend nach, hebt den Zigarettenstummel auf und steckt ihn in die eine Tasche ihres Kittels. Danach zieht sie ein Taschentuch aus der anderen und wischt damit den Teppich ab. Adam lacht los, während Gross ihn anstarrt und endlich sagt: »Warum schließen Sie nicht die Tür, Adam?«

Adam gibt ihm keine Antwort. Beim Klang der befehlenden Stimme von Dr. Gross spürt er die Anspannung in seinen Muskeln, wie ein Tier, das nahende Gefahr wittert. In diesem Raum hat er sich nicht in der Hand. Das weiß er. Wie oft hat er hier schon geschrien und mit geballten Fäusten an die Wand getrommelt? Er schrumpft zusammen, weil er weiß, daß es keinen Ort gibt, an den er fliehen könnte. Keinen einzigen. Er steht nicht mehr so aufrecht da wie zuvor. Dr. Gross kennt Adam Stein und streitet mit ihm deshalb nicht um Kleinigkeiten. Er erhebt sich hinter seinem Schreibtisch, trottet schwerfällig, mit baumelnden Armen, den massigen Körper leicht nach vorn geneigt, auf die Tür zu und wirft sie selber ins Schloß. Auf dem Rückweg hört er Adam mit veränderter, lauter, vielleicht sogar zu bewegter Stimme sagen: »Sind Sie immer noch so taktvoll, Doktor?«

Dr. Gross wartet, bis er sich wieder auf seinem Sessel niedergelassen hat, lehnt gemächlich den Rücken an, breitet die Hände auf dem Schreibtisch aus und sagt: »Scheren Sie sich zum Teufel, Adam.«

»Warum?« grinst Adam mit wachsender Nervosität.

»Warum?« Gross setzt sich einen Augenblick gerade auf und richtet beide Augen auf seinen Gesprächspartner: »Darum. Damit Sie gutes Benehmen lernen.«

»Nein.« Adam bemüht sich, seinen Worten einen gleichmütigen Ton zu verleihen. »Werd' ich nicht lernen. Ihre hübschen Äugelchen sehen doch, nicht wahr? Ich bin wieder da, Grossi... Hatten Sie Sehnsucht?« Er versucht ein Lächeln. »Diesmal hat man mich auf eine Beschwerde der Pensionswirtin hin, Frau Ruth Edelson, hierhergeschickt! Was sie gesagt hat, ist alles Lug und Trug, aber warum soll ich mich verstellen? Habe ich sie etwa nicht erwürgen wollen? Wollte ich schon. Übrigens heißt sie Ruth, wie Ihre Mutter.«

»Nicht meine Mutter, Adam, die erste Frau meines Vaters. Und um der Genauigkeit willen: sie hieß Jane Parker.«

»Ihr Vater war ein Draufgänger, Sie sind zu konservativ.« Adam geht mit gefalteten Händen auf und ab. »Passen Sie auf, Grossi... Es kommt nicht darauf an, daß es die Pensionswirtin war – stimmt's? Ebensogut hätte Ihre Frau mich hierherschicken können oder Ihre erste Mutter. Wen kümmert das letztlich? Und welche Bedeutung besitzt diese alternde Jungfrau für unsere Geschichte?«

»Es ist Ihre, Adam, Ihre Geschichte!«

»Unsere, Gross, unsere. Sie und ich – zwei Seiten derselben Geschichte. Vergessen Sie nicht, wer ich bin. Ich war dort«, sagt er unter Betonung des »dort« und schaut Gross abwartend an. »Ich weiß, daß man nicht Luft, sondern Menschen ermordet, daß man kein Kind abschlachtet, das es nicht gibt. Jede Medaille hat ihre zwei Seiten, Sie und ich... Weichen Sie nicht aus... Und ich frage Sie, wenn Ruth Edelson nicht gewesen wäre, hätten Sie mich dann nicht auch hier erwartet?«

Dr. Gross lehnt sich wieder im Sessel zurück und wartet. Adam beschleunigt das Tempo seiner Rede. Seine Stimme ist rauh, die Sehnen am Hals treten plötzlich deutlich hervor: »Schauen Sie, Grossi, vielleicht hören Sie endlich mit Ihrer blödsinnigen Bürokratie auf?« Er spürt, wie die Erde, seine Erde, das Stückchen Boden, auf dem er steht oder zu stehen versucht, auf dem er nicht zusammenklappen möchte, an den er sich mit seinem letzten Fünkchen Willenskraft klammert, einer Kraft, die ihn langsam verläßt – wie dieser Boden ihm unter den Füßen weggezogen wird. Er spürt, daß er sich gleich wie ein Kreisel drehen wird, und sagt mit einer Stimme, in der sich Rauheit mit einem unangenehmen Beben vermischt: »Nun schreiben Sie schon auf: Name, Alter, Familienstand, Beruf – Nummer, die Nummer auf dem Arm und die im Paß, notieren Sie endlich, Sie wissen doch längst alles... Schicken Sie mich auf mein Zimmer, und beenden wir dieses dumme Spiel. Muß man mich noch einweisen? Ich hoffe bloß, daß mein Zimmer neu gestrichen ist. Ihre Maler leisten immer schlechte Arbeit. Es gibt jetzt hervorragende Plastikfarben auf dem Markt. Heute tüncht man keine Zimmer mehr, man streicht sie mit Plastikfarbe, Marke Tambour. Notieren Sie, Grossi: Tambour, nicht Tünche! In Jaffa, erinnern Sie sich, Sigmund?, in Jaffa sah ich Spinnen über die Wände spazieren, und Sie, Dr. Nachum Sigmund Gross, haben mir gesagt, das seien alkoholbedingte Halluzinationen. Ja, das war Ihr Urteil, mein kleiner Herrgott. Letzten Endes habe ich Ihnen dann bewiesen – und glauben Sie mir, nicht ohne Seelenschmerz und tiefes Verständnis für Ihre Lage sowie mit respektvoller Sympathie für Ihre erste Mutter –, daß dies wirkliche Spinnen waren, in voller Lebensgröße mit durchaus echten Netzen. Und dazu die Mäuse… Riesenmäuse… Historische Geschöpfe aus den Tagen des Stammvaters Abraham. Und Sie sagten: ›Eine einzige Maus… Vielleicht ein einziges kleines Mäuschen! Und auch das ist nur eine Halluzination.‹ Wissen Sie noch? Ich habe Ihnen damals erklärt, daß es tatsächlich nur eine einzige Maus war, die meine Augen sich da einbildeten, und wegen der Halluzination ist das arme Ding eingegangen. Aber das Schlimmste von allem war das Begräbnis, das ihm seine Hunderte von Mäusefreunden bereiteten. Und die wußten absolut nichts von der Halluzinationslehre…«

»Hören Sie!« Adam merkt, daß er keine angemessene Antwort erhalten wird. Die Sache wurmt ihn, setzt ihm zu. Seine Stimme wird wieder rauh, heiser, drängend: »Grossikind, mein kleiner Herrgott, hören Sie doch auf mit Ihrem weisen Schweigen, sagen Sie was.«

»Adam, wie oft waren Sie schon bei uns?«

Adam blickt ihn an. Wenn er nur könnte, wenn er genug Mut, Kraft und Selbstmitleid besäße, würde er so gern lachen, und sei es nur ganz kurz. »Wie oft? Fünf-, sechsmal. Dreimal in Jaffa, oder war es zweimal? Ich kann mich im Moment nicht erinnern. Und hier ist es das zweite Mal, im Tempel der edlen Dame, der großen Mrs. Zisling. Ich bin müde, schicken Sie mich aufs Zimmer.«

Und jetzt, wie eine geschälte Zwiebel, sieht Adam so aus, wie er wirklich ist – unter den Hüllen und Schalen, unter dem Ausdruck von Klugheit und Brillanz, der Genialität und der Clownerie, unter Schwester Ginas Dorian Gray: müde und erschöpft, mit schamrotem Gesicht, die Wangen von Falten durchfurcht, die Stirn gerunzelt, der Körper zusammengeschrumpft und sein ganzes Wesen gedemütigt.

»Schicken Sie mich auf mein Zimmer...«

»Nein, Adam.« Gross bemüht sich, ein wenig Wärme und Freundlichkeit in seinen Worten mitschwingen zu lassen. »Sie müssen verstehen. Bitte, versuchen Sie mir zu antworten, es ist wichtig!« Dr. Gross' Blick ruht auf einem Schaubild, das unter einer glänzenden Plastikhülle an einer der weißen Wände hängt.

»Ich weiß nicht«, flüstert Adam, »ich weiß es nicht. Tatsächlich weiß ich nur eines: daß Sie hier immer im Eingang gestanden und mich mit brennenden Streichhölzern gezählt haben. Daß Sie kein so großer Gott sind. Wie viele Flammen habe ich hier abgebrannt, mein Grossele? Und schließlich«, hier schimmert ein Lächeln unter Niederlage und Erschöpfung hervor, »was kümmert es Sie schon? Ich bin ein großer Junge. Ich bin nicht aus Pappe und nicht von gestern.«

»Ich versteh' nicht, warum«, denkt Dr. Gross laut, wobei er seine Worte nicht an Adam Stein richtet, der zwar immer noch in sich zusammengesunken ist, seiner Stimme aber trotzdem einen schalkhaften, wegwerfenden Ton zu verleihen sucht. Vielmehr unterbreitet er sie den Diplomen, die zu beiden Seiten des Schaubilds hängen, das eine von der Universität Jerusalem, das andere von der Universität Wien. Er wendet sich mit seinen Worten an das Konterfei des Dr. Freud im schönen schwarzen Rahmen, an den Bücherschrank, dessen stattliche Lederbände Abertausende von Fragen in sich bergen – und womöglich auch einige Antworten. »Ich versteh' nicht, wieso es uns nicht gelungen ist, Ihnen zu helfen. Warum? Sie sind doch ein gebildeter Mensch, geistig gereift... nicht erst seit gestern auf der Welt... der seine Lage genau kennt... Und doch haben Sie gestern wieder...«

»Sehen Sie, Gross«, platzt Adam heraus. Er muß seine Rede beenden, ehe er vor den Augen des Inquisitors eingeht. »Sie sind ein anständiger Mensch, vielleicht sogar hochanständig. Ein guter Mensch. Nicht umsonst hat man Sie zum Leiter des Instituts ernannt. Ich wäre sogar bereit, ein wenig zu übertreiben, ohne jedoch die Grenzen des guten Geschmacks zu übertreten, und von ganzem Herzen – wenn auch mit einem gewissen Hang zur Verallgemeinerung – zu sagen, daß Sie einer der letzten anständigen Menschen auf der Welt sind... Aber irgendwo sind Sie auch lächerlich. Wie die meisten anständigen Menschen haben auch Sie eine gute Portion Lächerlichkeit abbekommen. Kommandant Klein hat das als unbedarften Liberalismus bezeichnet. Die Unbedarften sind derart weise, daß ihre Weisheit auch allerhand Lächerliches enthält, und dort, bei uns, war es lächerlich, an die Sonne zu glauben oder an ein nettes Wort. Sie glauben an Wunder in einer wunderlosen Welt. Aber was noch schlimmer ist: Sie glauben nicht nur an Wunder, sondern wie alle anständigen Menschen verlassen Sie sich darauf. Bei der Endabwägung der Gerechtigkeit bringen Sie auch die Realität des Wunders, nicht nur seine Möglichkeit, mit ins Spiel. Und das ist Heuchelei. Und es ist auch eine Frechheit, ja ein grober Verstoß gegen die Gesetze des Daseins und damit ein Verbrechen. Ich habe Ihnen meine besten Jahre gegeben. Ich war Ihr Versuchskaninchen – medizinisch, psychologisch, therapeutisch, wie immer Sie es nennen möchten –, und Sie sind gescheitert, weil das Wunder, das hätte eintreten müssen, nicht eingetreten ist. Und jetzt, da Sie gescheitert sind, wagen Sie es noch, mich nach dem Warum zu fragen. Sie haben doch längst beschlossen, mich in die Hölle fahren zu lassen. Worauf warten Sie noch?«

»Wo haben Sie das denn her, Adam?«

»Vergessen Sie nicht, Doktor, daß ich Sie wie ein aufgeschlagenes Buch lese. In Ihrem Gesicht lese ich, daß Sie heute morgen zwei harte Eier mit Toast gegessen und sich gestern abend mit Ihrer Frau über die Wohnungsfrage gestritten haben. Von Ihren Augen lese ich ab, daß Sie heute morgen eine Reifenpanne hatten und von der Busstation bis zur Tankstelle gelaufen sind, um von dort aus im Institut anzurufen, man möchte Sie mit einem Auto abholen. Und Ihrer Miene entnehme ich, daß Sie beschlossen haben, mich in die Hölle zu stecken. Auch recht... Was sind denn die Wunder, an denen Sie sich versucht haben? Was haben Sie zu wirken gesucht, Grossi? Der Fehlschlag liegt bei Ihnen... nicht bei mir. Es war Ihre Aufgabe, erfolgreich zu sein, nicht meine. Ich war zum Scheitern bestimmt. Das ist meine Geschichte – aber es ist Ihr Institut. Sie haben ein Budget, ein schickes Auto, eine Wohnung, gutausgestattete Labors, ein ausgezeichnetes Ärzteteam, wissenschaftliche Literatur, neue Erkenntnisse, Universitäten... Was habe ich? Mich selbst. Und ich bin krank, ich bin ein Clown und liege im Sterben... Sieche dahin, ganz langsam. Ihnen gelingt es nicht, einen Keil in das Rad zu rammen, diesen Tod aufzuhalten. Ich könnte und will nicht, Sie müßten und können nicht... Lassen Sie mich aufs Zimmer gehen, Sigmund, ich bin müde, ich werde sterben. Bald. Es ist eine Frage der Zeit, und was ist schon Zeit für Sie und mich? Zertrümmern Sie Ihre Doxa-Uhr und erhängen Sie sich an einem Baum... Nur gibt es hier keinen Baum. NehmenSie eben einen Masten... Eure Heilmethoden sind ein totaler Reinfall, Grossikind...«

Dr. Gross hat aufgehört, Freuds traurige Augen und die verschnörkelte Unterschrift auf dem Wiener Diplom zu studieren, und blickt wieder Adam an. Er versucht, zwischen den Lidern hindurch zu lächeln, wie die Wüstensonne, die Adam im Geist durch das Institutsfenster hinter den öden Bergen, den weißen Felsen, dem trockenen Gestrüpp aufgehen sieht. Unrecht in der Dose. Konserviertes Grauen, kosmische Torheit, die sich selbst erstickt – und Tränen, Tränen... Eine zum Schakal gewordene Fliege, ein Reh, das nur ein Witz in dem Grauen ist. Wie das Glasauge, das Adam im Geist dem Löwen mit den Plastikeiern eingesetzt hatte. Ich werde Tiger in der Wüste jagen, hatte er einmal gedacht. Papiertiger, Bluttiger. Beduinen, Kamele und Wüstenginster, tote Bäume mit versengten Wurzeln. Und plötzlich gibt es ein Haus für Menschen mit blauen Nummern auf dem Arm. Striptease des Schmerzes. Ausziehen, runterreißen, mit Füßen treten, zertrampeln, spucken auf diesen Gross da. Was weiß der denn schon? Leiden will gekonnt sein. Nein, man muß des Leidens würdig zu sein wissen. Um des Leidens würdig zu sein, muß einem ein Kainsmal auf der Stirn wachsen. Und Dr. Gross ist in Palästina-Erez-Israel geboren, in der Jerusalemer Altstadt, in einem kleinen Haus hinter einer armenischen Kirche. Ein lächerlicher Mensch. Mich wirft er in die Hölle, und Gina drückt auf dem Gang Zigaretten aus. Ich bin müde. Laßt mich in Ruhe sterben.

Tränen sammeln sich in den bis zur Lächerlichkeit, bis zur Verächtlichkeit und vielleicht auch bis zur Verzeihlichkeit menschlichen Augen des Dr. Gross, der jetzt so groß ist, daß man den ganzen Haß in den Kühlschrank stecken und ein eisiges Schweigen wahren könnte, bis die Sonne kommt und es auftaut. Zum Teufel mit diesen Tränen, die Adam Stein die Schau stehlen, diesen wunderbaren Auftritt, in den er vielleicht unwillkürlich hineingezogen worden ist. Gross lächelt, was ihm sonst schwerfällt, und bemerkt mit brüchiger Stimme: »Es tut mir leid, Adam, von ganzem Herzen.«

Adam Stein steht da, wo eine gelbe Sonne jetzt durch ein Fenster blickt. Allein steht er ihr gegenüber. Gekühlt durch Mrs. Zislings Klimaanlage, ist er von ihr abgeschnitten, aber ihre Kraft erreicht ihn trotzdem. Erbarmungslos brennt sie auf die riesigen Flächen von Sand und Löß, auf Felsspitzen und Schluchten, auf die majestätische Landschaft, die sich bis zum Toten Meer, bis zu den in der Ferne erblauenden Bergen von Edom ausdehnt. Er sieht und hört nichts mehr um sich herum. Seine Sicherheit ist dahin. Nur ein leises, unverständliches Summen nimmt er wahr, fremd und doch nah – Tante Gretchens Stimme, die sagt: »Der Kaffee ist fertig.« Er ist nirgendwo. Die Nummer auf seinem Arm hat sich in blaue Sommersprossen verwandelt. Er zitiert irgendeine Stelle von Fichte oder ein Heine-Gedicht und sieht nichts mehr. Gross' Gesicht erscheint ihm wie ein weißes Negativ vor dem glänzenden Fenster. Er ist blaß. Seine schönen Augen zwinkern, sie kreisen in ihren Höhlen. Sein Leib schwitzt. Es ist ihm gleichzeitig kalt und warm. Er bittet seinen Körper um Vergebung, fleht ihn an, nur noch einen kleinen Augenblick durchzuhalten.

»Gehen Sie, Adam«, sagt Dr. Gross abschließend und versinkt, sinkt, sinkt immer tiefer. »Auf Wiedersehen ...«

Adam hört die Worte nicht. Die Klangfarbe, der Ton, die Melodie sind bekannt. Er dreht sich um und marschiert los, stolpert und steht auf. Seine Augen sind trüb. Er streckt sich, richtet sich gerade auf und kommt sich lächerlich vor. Er weiß, daß er auf allen vieren laufen und dazu bellen möchte. Herr Kommandant Klein würde sich ausschütten vor Lachen. Aber auch dieses Vergnügen hat man ihm geraubt. Der Krieg ist vorbei. Klein ist heute Weiss, und Adam kann nicht mehr kriechen. Weiss lebt in einem kleinen Zimmer in Berlin, und wenn nicht dieser Brief gewesen wäre, den seine vermißte Tochter ihm geschrieben hatte, wäre er nicht in dieses verfluchte Land gekommen. Diesen Staat der Grossens.

Gina ist nicht mehr auf dem Flur. Die leise Musik, die aus den verborgenen Lautsprechern klingt, spielt jetzt: »Wenn du nein sagst, mein Mädchen, wie ist das zu verstehen?« Er geht auf ein neues Zimmer, eine neue Abteilung, ein neues Leben zu, das bald verlöschen wird. Schnelle Beute – rascher Tod. Er weiß in irgendeinem noch intakten Winkel seines Hirns, daß der Weg des Leidens für ihn der richtige ist. Man erwartet nichts mehr von ihm. Man wird nicht mehr versuchen, ihn zu heilen, man wird ihn sterben lassen. Eigentlich tun sie mir einen Gefallen, sagt er sich. Aber er empfindet irgendwie Reue, als enthalte er ihnen etwas vor, das ihnen gebührt: das Recht, ihn zu heilen. Ein erhabenes Urgefühl, als sei man ein getreuer, gutgläubiger Mönch des Zornesgottes.

Adam Stein begibt sich zum Sterben in ein neues Zimmer, in Arad, in der Wüste, unter der Sonne, nahe dem Toten Meer, nahe der Karawanen der Beduinen, in Madame Zislings synthetischem Haus. Es gibt keine Hoffnung in dieser Abteilung. Die Toten leben irgendwie, sterben irgendwie dahin; man versorgt sie mit den besten Speisen. Welch markerschütterndes Freudenfest. »Vater!« schreit er, und die Musik verschlingt seinen Schrei. »Du bist älter als ich, mein Sohn ... du bist alt.«

Der Teppich schluckt den Schrei. Alles ist hier auf eine Stumpfheit angelegt, die den Schmerz verschluckt, verkleinert, zunichte macht. Gross hat irgendeine Idee; man darf ihn deswegen nicht verdammen. Versagen ist kein endgültiger Urteilsspruch, denn es liegt viel Größe im Versagen. Ja, er weiß das. Haben nicht sein Vater, sein Großvater, sein Urgroßvater und sein Ururgroßvater dem seltsamen Stamm angehört, der in der Sprache der Gojim als Itzig bezeichnet wird?

Er sammelt noch ein klein wenig Stärke, um mit seinen letzten Kräften, die wie rinnendes Blut, wie die Wasser eines zerstörten Beckens versickern, zu sich zu sagen: »Selbst in diesem beschissenen Kampf werden sie mich nicht lenken, ich werde mein eigener Herr sein. Dr. Nachum Sigmund Gross wird mich nicht mehr mit dem Löffel päppeln!«

Dr. Gross, der in seinen Sessel zurückgesunken ist, blickt dem irren Patienten mit traurigen Augen nach und sagt sich: »Zweimal hier, viermal in Jaffa ... drei Jahre. Wir haben ihm keinen Nutzen gebracht, da hat er recht. Wir hätten Erfolg haben müssen, während er sich zu nichts verpflichtet hatte. Er ist ein Schwindler, er überlistet mich, sich selbst... und Gina. Kommt daher, repariert die Lokomotive, ruiniert Arthur, streichelt Gina, greift mich an, liest mich wie ein aufgeschlagenes Buch; aber derselbe Mann hat versucht, eine alte Frau zu erwürgen. Ja, das muß ich in Erinnerung behalten. Kein Genie, sondern ein Würger, ein Mörder, ein Geisteskranker, ein armseliger Schwindler... Er hat sich eine Grabstätte im eigenen Herzen gekauft und läuft nun sicheren Schritts darauf zu. Ein toter Mann, der so tut, als würde er noch leben, und ich muß einen Keil in das Rad rammen, das ihn zu seinem Grabe treibt, aber wie? Es gibt keinen Ausweg. Man muß es überall schreiben, im Tagebuch, in Vorlesungsheften, in Büchern, im Brief an Sigmund: Es gibt keinen Ausweg. Wir sind gescheitert. In hundert Jahren werden wir wissen, was mit Adam Stein, mit Menschen wie ihm zu tun ist. Momentan bleibt uns nichts anderes übrig, als unser Versagen einzugestehen. Und ich, der Herrgott der Medizin, gebe es zu.« Dabei salutiert Gross wie ein disziplinierter Soldat, der besiegt worden ist, und lächelt vor sich hin – sei es aus Bitterkeit, aus Humor oder aus Verzweiflung.

2. Kapitel

Mrs. Zisling

An einem klaren Tag im glühenden, unvergeßlichen Sommer 1960 schlitterte – wenn man so sagen darf – Mrs. Rebecca Zisling in den Flughafen Lod: eine untersetzte Dame mit breitem, grobem, fleischigem Gesicht und kleinen Mäuseaugen. Sie trug ein verblichenes, geblümtes Sommerkleid und auf dem Kopf einen flachkrempigen Strohhut. Es war niemand zu ihrem Empfang erschienen, und die Flughafenbeamten breiteten weder einen roten Teppich zu ihren Füßen aus noch trugen sie sie auf Händen in die VIP-Lounge. Vielmehr durchwühlten die Zöllner ihre Koffer, schickten sie von einem Beamten zum anderen und fanden vieles an ihren Papieren auszusetzen. Als sie dann schließlich auf den betonierten Platz vor dem Flughafengebäude hinaustrat – im Rücken die Schaufenster des staatlichen Fremdenverkehrsbüros mit den prächtigen Israelplakaten –, war sie in Schweiß gebadet und einigermaßen erschöpft. Aber die Stimmung hatte sich Mrs. Rebecca Zisling nicht verderben lassen.

Die ersten Tage ihres Besuchs verbrachte sie mit den üblichen Sightseeing-Touren. Sie übernachtete im Hotel Dan, das in ihrer Sicht wenig eigenen Charakter besaß. Der holprige, vernachlässigte Strand zu Füßen des Hotels übte keine magische Wirkung auf sie aus, weil die Küste Tel Avivs nicht gerade einen herzerquikkenden Anblick bietet. Aber Mrs. Zisling war nicht nach Israel gekommen, um dort Schönheit und Anmut zu finden; sie suchte nach einem Lebensinhalt. Daher ignorierte sie solch belanglose Mängel.

Sie mietete ein Auto und ließ sich durchs ganze Land kutschieren von einem Fahrer namens Jona Benvenisti, der sie wegen seines blonden Haars an den Sohn ihrer Schwester Selda erinnerte, der vor nicht allzu langer Zeit an Kinderlähmung gestorben war. Deshalb empfand sie erhebliche Zuneigung für den braungebrannten, schlanken Fahrer, dessen Nase so breitgedrückt im Gesicht saß, als habe man sie aus der Pfanne zu nehmen vergessen. Vom Arbel bis nach Kapernaum pfiff er ihr eine Symphonie von Beethoven vor, der – soweit ihre Kenntnisse reichten – taub und in Bonn geboren war und entweder selbst in der Carnegie Hall spielte oder bereits von anderen dort gespielt wurde. Sie mochte Cole Porter und Gershwin; Fred Astaire und Joseph Cotten waren ihre Lieblinge, aber wegen ihres Neffen verzieh sie Jona Benvenisti und beschwerte sich nicht. Und Jona Benvenisti schilderte ihr die Glanzzeit Erez-Israels. Er erzählte ihr von den Pionieren, von der Bezwingung der Wüste und vom Jüdischen Nationalfonds, der all die Bäume gepflanzt hatte, während sie später von Adam erfuhr, dieser Verein habe »die Wüste abgeholzt«. Er zeigte ihr die Prophetengrotten, die Abrahamsfelsen, den Baum Simons des Makkabäers, die Höhlen der Zeloten, den Berg, auf dem Josua, der Sohn Nuns, Kaleb, der Sohn Jefunnes, Jiftach, der Gileaditer, die Stammutter Sara und die drei Engel gemeinsam begraben liegen. Er zeigte ihr den Pfad, auf dem Jesu Familie nach Nazaret gezogen war. Er zeigte ihr die zerbrochene Jakobsleiter, die Steine, auf die Jakob sein Haupt gebettet hatte, den Kibbuz Exodus. Aber der Höhepunkt der ganzen Reise kam im Kibbuz-Gästehaus von Ayelet-Haschachar, wo er sie auf die Frau aufmerksam machte, die der Exodus-Held Ari ben Kanaan zwischen den Felsen Galiläas geliebt hatte.

Sie sprach kaum mit anderen Menschen, sondern gab sich völlig dem Redeschwall ihres Neffen hin, der an Kinderlähmung gestorben war und ihr nun Galiläa, die Saron-Ebene und den Negev vorführte, Beethoven für sie pfiff und ziemlich unbequeme Meinungen über Korea, Vietnam, Präsident Eisenhower und das Negerproblem in den Südstaaten äußerte. Sie hatte keine ausgefallenen Wünsche, und der Portier des Hotels Dan hob nicht einmal seine prächtigen silbernen Augenbrauen, wenn sie auf ihrem Weg vom oder zum Auto an ihm vorbeiging. Für ihn wie auch für alle anderen Einwohner des Staates war Mrs. Rebecca Zisling eine namenlose Touristin aus Cleveland, Ohio, eine Jüdin weißer Hautfarbe, eine von 130148 jüdischen Touristen, die in Israel – durchschnittlich – 10,8 Tage verbringen, 20,6 Dollar pro Tag ausgeben, Andenken, Kunstgegenstände, Devotionalien, Schmuck und andere Erzeugnisse einkaufen, 124 Tassen Kaffee trinken und über die Unhöflichkeit der Kellner schimpfen. Andererseits gehörte Mrs. Zisling zu den 53,4 Prozent der jüdischen Touristen aus den USA, die das Niveau der israelischen Gaststättenbetriebe als zufriedenstellend empfinden, und fiel mit Leichtigkeit unter die 2,9 Prozent der weißen Touristen aus westlichen Ländern, die nicht viel erwartet hatten und sich daher nicht zu den 5,5 Prozent gesellten, die solche Erwartungen gehegt hatten und dann enttäuscht worden waren. Sie rauchte amerikanische Zigaretten (Marlboro) und zählte schließlich auch zu den 18,5 Prozent, die am letzten Tag ihres Aufenthalts den Flohmarkt in Jaffa entdecken, wo sie zwei persische Halsketten, ein arabisches Räucherfischchen aus Kupfer und einen jemenitischen Ring erstand. Im Andenkenladen des Hotels ließ sie sich von dem Anblick der ausgestellten Waren dazu bewegen, trotz ihrer sonstigen Abneigung einen blaugrünen Teller aus gehämmertem Kupfer zu kaufen (für Verwandte oder sonst irgend jemand), in dessen Mitte das Rachelsgrab abgebildet war. Außerdem gehörte sie zu den 22 Prozent jüdischer Touristen aus Amerika, die Isreal innerhalb von fünf Jahren ein zweites Mal besuchen.

Eines Tages, nachdem sie das Land der Länge und – wo vorhanden – auch der Breite nach bereist hatte, kramte Mrs. Zisling in ihrer Handtasche und fischte die Telefonnummer eines subalternen Beamten im Ministerpräsidentenamt heraus, die sie auf Wunsch ihrer Freundin Scheindel ausfindig gemacht hatte. »Schau«, hatte Scheindel vor ihrer Abreise zu ihr gesagt, »er ist ein entfernter Verwandter und all das, und ich habe ihn auch noch nie gesehen, aber sein Vater, das heißt mein Onkel, war... und verwandt bleibt verwandt, richtig? Also warum solltest du ihm dann nicht Grüße von seiner Familie hier ausrichten?« Als der subalterne Beamte Mrs. Zislings Stimme am Telefon hörte, geriet er in eine bedauerliche Zwickmühle. Einerseits fürchtete er die Umstände, die die Gesellschaft einer sicherlich langweiligen amerikanischen Touristin verursachen würde, aber andererseits begriff er, daß Familie nun einmal Familie ist, und diese Dame da behauptete, die Freundin von Verwandten in Cleveland zu sein, und wenn er einmal ins Ausland entsandt werden und nach Cleveland kommen sollte, würde man sich doch gewiß seiner bescheidenen Gastfreundschaft erinnern? Und so geschah es, daß der subalterne Beamte, den wir aus Anstand und wegen der Notstandsgesetze von 1945 nicht beim Namen nennen wollen, Mrs. Zisling zu einem geselligen Beisammensein einlud, das am nächsten Tag im Hause des Besagten in der Hauptstadt Jersualem stattfinden sollte.

Der subalterne Beamte waltete seines Amtes im Ministerpräsidentenamt. Mrs. Zisling fragte sich, was sie dort im Amt des Ministerpräsidenten eigentlich taten, das nicht auch in anderen Ämtern getan wurde, denn als sie in seine Amtsstelle kam, um ihn abzuholen, fand sie dort Hunderte von Beamten wie ihn vor, zu deren Gunsten gesagt werden darf, daß sie nicht mehr taten als er, während weniger erst gar nicht möglich gewesen wäre.

Auf dieser Party im Haus des kleinen Beamten entspann sich ein angeregtes Gespräch, das ganz zwanglos zu dem Thema der Spenden- und Förderungsaktionen im Ausland, den Sammelbüchsen des Jüdischen Nationalfonds und verschiedener anderer Unternehmen dieser Art im allgemeinen und zu den diesbezüglichen Aktivitäten amerikanischer Juden in Israel im besonderen überging. Dabei wagte es nun diese untersetzte, plattnasige, grobgesichtige Mrs. Zisling, deren verblichene Kleidung ihr das Aussehen einer Bettlerin verlieh, beiläufig ihre Absicht zu bekunden, Kapital in dieses Land zu investieren. »Für unsere armen Brüder«, sagte sie, »für diese bedauernswerten Menschen, die dem Holocaust in Europa und den Judenvierteln der arabischen Länder entflohen sind, um sich hier im Land Israel zu versammeln, das der Gott Israels seinem auserwählten Volk verheißen hat.« Die Gäste um sie herum lachten und stießen auf ihr Wohl und ihre Großzügigkeit an, aber sie hörte den spöttischen Unterton in ihren Worten und sagte mit bissigem Ausdruck und erhobener Stimme: »Haben Sie ein wenig Respekt für diejenigen, die Sie hier ernähren!« Jetzt sah sie, wie diese kleinen Beamten mit Verblüffung geschlagen wurden. Als sie sich nun auch noch mit den Fäusten an die eingefallene Brust hämmerte und einer der Beamten das mitkriegte, wurde er derart an das Verhalten Cheetahs aus den Tarzan-Filmen erinnert, daß er nicht mehr an sich halten konnte, sondern in schallendes Gelächter ausbrach und so mit einem Schlag die peinliche Verlegenheit hinwegfegte, die noch einen Augenblick vorher durch ihre zornigen Worte ausgelöst worden war.

Mrs. Zisling ließ sich nicht so leicht unterkriegen. Demonstrativ ersuchte sie den besagten Beamten – der ihren Angaben zufolge ihre einzige Verbindung zu den Behörden darstellte –, ihr dabei behilflich zu sein, Geld »für diesen Staat« zu spenden, »der mir in kürzester Zeit so teuer wie mein Augapfel geworden ist«.

Da der subalterne Beamte sofort erkannte, daß er es hier mit einer Verrückten zu tun hatte, die seine Verwandten ihm nur geschickt hatten, um ihn zu ärgern, willigte er ein, persönlich dem Ministerpräsidenten einen Scheck zu übergeben, den Mrs. Zisling ausstellen wollte. Alle lachten gutmütig, wobei die Gläser in ihren Händen bebten und die Eiswürfel darin klirrten, während Mrs. Zisling sich in einem Sessel niederließ, ihre große Handtasche öffnete, dieser ein braunes Scheckheft entnahm, jemanden um einen Kugelschreiber bat – da sie ihren »Waterman« in ihrem Hotel in Tel Aviv vergessen hatte – und schließlich schrieb: »Zur alleinigen Verfügung des Staates Israel – sechs Millionen Dollar-----«. Nachdem sie Datum und Unterschrift daruntergesetzt hatte, zog sie ein kleines Stempelkissen aus der Handtasche, holte den Stempel heraus, drückte ihn auf das lila Kissen, hauchte ihn an und drückte ihn dann neben ihre Unterschrift: »Rebecca Zisling, Inc.«

Alle warfen einen Blick auf den Scheck, zwinkerten sich zu und lachten, worauf der subalterne Beamte den Scheck in die Tasche stopfte und Mrs. Zisling sitzenließ, ohne sich im weiteren Verlauf der Party noch einmal um sie zu kümmern.

Mrs. Zisling kehrte nach Tel Aviv zurück, und der kleine Beamte verwandelte sich dank eines einzigen Schecks von einem namenlosen Subalternen, der den ganzen Tag in einem kleinen Zimmer im zweiten Stock des Ministerpräsidentenamts saß, in einen Mittelpunkt des Jerusalemer Vergnügungsbetriebs.

Er zog von Party zu Party, von Haus zu Haus und erzählte die Geschichte von jener Mrs. Zisling, Inc.: wie sie angerufen hatte, zu ihm nach Hause gekommen war und gesagt hatte, sie habe die Absicht, etwas für »unsere armen Brüder« zu tun. Wenn dann alles lachte und sich amüsierte und der subalterne Beamte den Augenblick für reif hielt, zog er den abgegriffenen Scheck aus der Tasche, um ihn herumzureichen, und alle hatten ein Mordsvergnügen, klopften ihm auf den Rücken und erfuhren auch beiläufig seinen Namen (er machte direkt Karriere). Zum erstenmal in seinem Leben stand der kleine Beamte im Zentrum der Geselligkeit, wurde zum Magneten, zu einer gerngesehenen Persönlichkeit, deren Nähe man suchte. Kurz gesagt, Mrs. Zisling, das wußte er (und wollte ihr deshalb zum Dank eigentlich einen Blumenstrauß schicken, was er jedoch nie tat), hatte ihn praktisch vor dem Untergang, vor der Vergessenheit, vor dem Hängenbleiben auf der untersten Stufe der Beamtenleiter bewahrt. Nun würde sein Name bald in aller Munde sein, und, wer weiß?, vielleicht würde er einen seinen Fähigkeiten angemessenen Posten erhalten und etwas tun? Schließlich hatte er doch schon seinen Namen hebraisiert, sich zu kleiden gelernt und verstand es sogar, Reden zu schwingen, die nur aus Zeichen und Andeutungen und Anführungsstrichen bestanden, unterbrochen von einem gelegentlichen Räuspern. Er würde es noch zu etwas bringen... reich werden... wer weiß...

So dauerte es nicht lange, bis man in der Hauptstadt Jerusalem nichts weiter zu tun brauchte – auf den Beamtenpartys, in den Dienstzimmern, bei Ausschußsitzungen, im Knesset-Restaurant, in den Direktionsstuben –, als mit todernstem Gesicht zu sagen, »Mrs. Zisling, Inc.!«, und schon bogen sich alle vor Lachen.

Was dann jedoch Adam Stein, Dr. Gross, Gina, Arthur Fein, Miles Davis und Wolfowitz den Betrüger nebst vielen anderen rettete, war die Tatsache, oder das Wunder, daß bei einer dieser Partys zufällig auch ein junges Mädchen namens Ruth Lichtenstein anwesend war. Diese Ruth hörte sich die Geschichte an, lachte mit den anderen, und als der große Augenblick gekommen war und der Scheck die Runde machte, warf auch sie einen Blick darauf, wobei sich ihre Miene allerdings schlagartig veränderte. Der Name vorher hatte ihr nichts weiter gesagt, aber als sie nun den Stempel sah, stieg plötzlich aus einem entlegenen Winkel ihres Gedächtnisses ein Abendessen auf, das sie einmal bei Verwandten in Cleveland eingenommen hatte und in dessen Verlauf viel von einer höchst verschrobenen Mrs. Zisling die Rede gewesen war. Jetzt, beim Anblick des Stempels, fiel ihr der Name wieder ein, und sie erinnerte sich auch, wie man sie an den Stadtrand hinausgefahren und ihr dort das armselige Haus der reichsten Frau Amerikas gezeigt hatte, der Eigentümerin von Stahlwerken und Kosmetikfabriken, die Tausende von Aktien in der Zigarettenindustrie, Rinderherden in Nebraska und ein Reifenwerk in Akron, Ohio, besaß – kurz: ein Imperium. Und doch wohnte sie in einem verkommenen, efeubewachsenen alten Holzhaus, auf dessen Spitze ein abgebrochener Mast mit einer weißen Fahne thronte, als wolle sie einen Waffenstillstand verkünden. Mit wem? »Die Frau hat einen Waffenstillstand mit Gott geschlossen«, hatte damals einer ihrer Verwandten lachend gesagt. Jetzt fiel es ihr wieder ein.

Ruth Lichtenstein war eng mit dem subalternen Beamten befreundet, und einmal war zwischen ihnen sogar von Heirat die Rede gewesen. Deshalb gelang es ihr mit ein klein wenig Koketterie und Überredungskunst, ihm – nur für einen einzigen Tag – den Scheck abzuluchsen, mit dem sie dann sofort zum Büro des Finanzministers eilte, in dem sie arbeitete. Sie klopfte beim Minister an die Tür, zog nach ein paar erklärenden Sätzen den Scheck aus der Handtasche und hielt ihn dem Minister vor die Nase. Der wechselte die Farbe wie ein Chamäleon, sprach in sechs Telefonhörer gleichzeitig, und schon brausten sechs blanke schwarze Regierungslimousinen mit wehender Standarte die Straße nach Tel Aviv hinunter und geradewegs zum Hotel Dan.

Mrs. Zisling erwartete sie lächelnd. Sie hatte gewußt, daß sie kommen würden. In der kurzen Zeit ihres Aufenthalts hatte sie bereits die Gebräuche dieses Landes durchschaut, und da sie fest entschlossen war, ihre Seele zu retten und ihrem Leben ein Ziel zu geben, kümmerte sie sich nicht weiter um den Umstand, daß fast schon ein Monat vergangen war von dem Tag ihrer Ankunft in Israel bis zu dem Augenblick, in dem die Vertreter des Volkes in ihrem Hotel erschienen und ihr schöne Augen machten. In der Zwischenzeit, zwischen jener Party im Haus des subalternen Beamten und dem Moment, in dem der Portier des Hotels Dan vor Staunen den Mund aufriß und augenblicklich den Direktor anläutete, um ihm die atemberaubende Neuigkeit mitzuteilen, daß die Dame von 222 nicht irgendeine Dame sei, sondern... in dieser Zeit zwischen damals und jetzt also hatte Mrs. Zisling nämlich eine schicksalhafte Bekanntschaft gemacht.

Nur eine Woche vorher war Mrs. Zisling der Schwester Schwester begegnet, und schon hatte sich alles – ihr ganzes Leben, sein Sinn, seine Zukunft, alles was war und sein würde – von Grund auf verändert und eine neue, wunderbare, erhabene Färbung angenommen.

Der Tag, an dem sie die Schwester Schwester kennenlernte, war einer jener trüben, drückendheißen Chamsin-Tage. Müde Vögel kreisten langsam durch die knisternde Tel Aviver Luft. Die Menschen beschimpften einander und verloren das letzte von dem bißchen Geduld, das sie überhaupt je besessen hatten. Mrs. Zisling saß schlapp in einem Café in der Ibn-Gabirol-Straße und starrte verblüfft auf eine etwa Sechzigjährige, deren Oberlippe von einem Schnurrbärtchen geziert wurde. Die Frau saß im Wollkostüm an einem kleinen Tisch, das Gesicht so frisch wie eine Rose, und trank mit sichtlichem Genuß eine dampfendheiße Tasse Tee. Mrs. Zisling, die vor Hitze schon halb ausgetrocknet und ganz erschöpft war, wandte sich ohne jede Scheu an diese Dame und fragte sie mit leicht herausfordernder Stimme: »Entschuldigen Sie bitte, störe ich?«

»Nein, kein bißchen.«

»Darf ich Sie etwas fragen?«

»Bitte schön, dazu bin ich hier, daß man mir Fragen stellt.« Die Frau nippte an ihrem dampfenden Teeglas und blickte Mrs. Zisling mit erwartungsvoll prüfenden Augen an.

»Wie bringen Sie es fertig, in dieser Hitze dazusitzen und so frisch auszusehen? Sie müssen wirklich entschuldigen, aber... wie können Sie an einem solchen Tag ein Wollkostüm tragen und heißen Tee trinken, ohne ins Schwitzen zu geraten?«

Die Schwester Schwester richtete ihre großen hellen Augen auf sie, übersiedelte lächelnd an Mrs. Zislings Tisch, in der Hand die Untertasse, auf der das dampfende Teeglas wackelte, setzte sich und sagte sehr ernst: »Das ist alles eine Frage des Glaubens.«

»Des Glaubens?« Mrs. Zisling versuchte zu begreifen. Es war ihr sehr wichtig, zu verstehen. Von hier aus gesehen schien Tel Aviv in tiefem Wasser zu schwimmen; alles war aufgesogen, bedeutungslos, ohne Eigenwesen, unbeständig, wüstenheiß, brodelnd, ohrenbetäubend.

»Es hängt allein davon ab, woran Sie denken«, fuhr die Schnurrbärtige fort und nahm einen Schluck heißen Tee. »Ich zum Beispiel denke über Gott nach.«

»Ah?«

»Ich denke Tag und Nacht an ihn«, begann die Schwester Schwester und hörte nicht mehr auf. Die Begegnung zwischen den beiden war schicksalhaft, als habe ein Engel sie vorhergesagt. Sie sogen einander förmlich ein. Innerhalb von zehn Minuten war ihre Freundschaft bereits gefestigt, und nach einer halben Stunde hatten sie ihre Herzen ganz geöffnet, so daß es keinerlei Schranken mehr zwischen ihnen gab. Die neue Bekannte erzählte

Mrs. Zisling sogar von ihrer Schwester, die zwei Minuten und einundvierzig Sekunden jünger war als sie und deshalb als die jüngere Schwester bezeichnet wurde, und sie klagte auch mit großer Offenheit darüber, daß die Jüngere die Sache mit Gott nicht gebührend ernst nähme. Die Sache mit Gott sei natürlich eine Frage der Liebe und der vollständigen Konzentration, bei der man den Körper völlig vergessen müsse. Ja, sie habe eine Idee, über die sie schon jahrelang nachdenke, seit ihr Mann verstorben sei und ihr eine kleine, aber gesicherte Pension hinterlassen habe. Hier bebte das Schnurrbärtchen der Schwester Schwester, und in ihren Augen leuchtete ein prophetisches Feuer auf, das Mrs. Zisling keineswegs entging, denn sie war jetzt wie ein kleines Mädchen, das zum erstenmal süße Freude und tiefes Glück erlebt. Vor einigen Jahren beispielsweise war die Schwester Schwester nach Afrika gereist. Sie wollte an den Ort gelangen, von dem man sagte, er sei das wahre Paradies, ihn mit eigenen Augen sehen. Sie suchte nämlich ein Lebensziel, ein Ideal, dem ihre Seele nachstreben könnte, und da erschien ihr im Traum ein Engel und riet ihr, nach Afrika zu reisen. Sie war damals schon an die fünfundfünfzig, also in den besten Jahren. Ihre um zwei Minuten und einundvierzig Sekunden jüngere Schwester weigerte sich mitzukommen. Allein fuhr sie also los, und allein kam sie in eine kleine Stadt in Kenia, von der aus man, wie ihr gesagt wurde, zu einem Berg gelangen konnte, den die Kinder das »verlorene Paradies« nannten. Sie quartierte sich in einem kleinen Gasthaus ein, aber als sie nachts zu schlafen versuchte, machten sich die Wanzen und Moskitos mit wahrem Heißhunger über sie her. »Denn damals«, sagte sie zu Mrs. Zisling, »hatte ich den Glauben noch nicht entdeckt.« So lag sie auf ihrer muffigen Matratze, während ihr Körper leichte Beute für dieses Ungeziefer war, das ihr Blut saugte. Da beschloß sie, am nächsten Tag etwas zur Rettung ihres Leibes zu unternehmen. Mit diesem festen Vorsatz stand sie auch am nächsten Morgen auf. In einem kleinen Kramladen kaufte sie sechs leere Blechdosen. Danach durchwanderte sie den ganzen Tag den Ort, den man das »verlorene Paradies« nannte, und bei Nacht füllte sie die Dosen mit Petroleum, stellte sie um ihr Lager herum auf und setzte sie in Brand. Im Licht der sechs flackernden Flämmchen schlief sie ein und verbrachte tatsächlich mehrere Stunden in süßem Schlummer. Der Rauch stieg zur Decke auf und vertrieb das Ungeziefer. Dann wurde die Schwester Schwester jedoch durch ein sonderbares Ticken geweckt, das sich anhörte, als würden Regentropfen auf ein Blechdach fallen. Tick, tick, tick. Sie schlug verwundert die Augen auf, konnte aber nichts sehen. Die sechs Petroleumbehälter qualmten eifrig. Plötzlich spürte sie jedoch einen Stich und noch einen und einen dritten. Und endlich entdeckten ihre staunenden Augen des Rätsels Lösung: eine lange Wanzenkarawane, afrikanische Riesenwanzen, kletterte an der Wand hoch, von unten nach oben, schlängelte sich dann über die Zimmerdecke, und in dem Augenblick, in dem die Wanzen an der Decke genau den Punkt über ihrer Matratze, in der Mitte der sechs qualmenden Dosen, erreicht hatten, ließen sie sich fallen, um geradewegs auf ihr zu landen – auf ihrem Rumpf, ihrem Gesicht, ihren Armen und Beinen…

Und da, noch völlig verblüfft, während ihr Leib qualvoll unter den Stichen litt, erkannte sie jenseits des Ereignisses selbst dessen tiefere Bedeutung: die Wanzen kamen zu ihr – unter Überwindung aller Hindernisse, unter Überlistung des menschlichen Genius – aus ungeheurer Liebe, aus abgrundtiefer Liebe für ihren Körper. Nie hatte ein Mann den Körper der Schwester Schwester geliebt. Sie wußte es und machte sich da nichts vor. Und nun liebten sie hier diese Wanzen, begehrten ihren Körper, umfingen ihn liebkosend, saugten geradezu ihr Mark. Und weil sie sie liebten, lernte auch sie, auf wunderbare Weise und unter Qualen, ihre Liebe zu erwidern. Sie redete mit ihnen, blickte voller Zuneigung auf die Vielzahl ihrer Liebhaber, die die Wand hochkletterten und über die Decke krabbelten, um sich schließlich auf ihren schwitzenden Körper zu stürzen, ihn mit Stichen und Liebe zu überhäufen. Sie wollte diese Insekten bis an die Grenzen ihres Vermögens lieben, denn deren Liebe zu ihr hatte die längst in ihr schlummernde Erkenntnis geweckt, daß man allein durch Liebe den Dingen auf den Grund kommen könne und daß alle Antworten zu gegebener Zeit offenbart würden, wenn man nur richtig zu lieben wisse. Dort auf jener stinkenden Matratze, angesichts der Wanzen eines kenianischen Gasthauses, im Dschungel, im Herzen der Welt, nahe dem Ort, an dem Adam einst im Paradies lebte – da hatte sie entdeckt, daß das Ziel ihrer Seele der Glaube war, oder in anderen Worten: daß sie durch irgendein Handeln, dessen

Sinn ihr zunächst verborgen sein würde, die Wiederkunft Gottes herbeiführen müsse...

»Und das Wunder Gottes ist das Wunder dieses Landes«, sagte sie zu Mrs. Zisling, die so gebannt zuhörte, daß ihr Geist, ihre Augen, ihre Seele und ihre flache Nase ganz auf den Schnurrbart ausgerichtet waren, der im gedämpften Licht des von Menschen, Schweiß und Chamsin erfüllten Cafés auf- und abtanzte. »Hier hat sich Gott offenbart, hier hat der Glaube an ihn Gestalt angenommen, hier erklangen seine Worte... Nein, nicht hier in der Ibn-Gabirol-Straße«, lachte sie leise und trank von ihrem langsam abkühlenden Tee, »nicht hier – sondern dort, unter der Sonne, in der Wüste, zwischen den Felszacken und Schluchten, auf den weiten Sandflächen... einem Ort, an dem es keine Ecken gibt«, begeisterte sie sich, »keine Ecken, keine Grautöne, keine sanften Schattierungen. Alles ist scharf, grausam und eindeutig... Ich bin dort hingefahren, umhergewandert, habe alles durchkämmt; von Elat bis rauf in den nördlichen Negev bin ich zu Fuß gegangen. Dort hat Gott gelebt, sein Geist lebt dort heute noch, dort spürt man ihn, das Tosen seiner Stärke, seine Größe, seine Grausamkeit, sein Wesen... in den Höhlen und Spalten...«, und dabei schlug die Schwester Schwester mit ihrer flachen, runzligen Hand, an deren kleinem Finger ein roter Ring steckte, auf die Tischplatte: »Alles ist leer, starr, scharf, streng, majestätisch.«

Ihr Gesicht nahm plötzlich einen sehnsüchtigen, vergeistigten Ausdruck an, der Mrs. Zisling die Tränen in die Augen trieb. »Und dort in der Öde«, fügte die Schwester Schwester in fast schon geheimnisenthüllendem Wispern hinzu, »dort in der Wüste, zwischen den Sandstein-, Löß- und Sandbergen, zwischen den herrlichen Ausformungen des ewigen Felses, hat Gott gesprochen, dort aus den Kratern erloschener Vulkane, aus den verzweigten Schluchten, aus dem Flug der Adler – da hat er gesprochen, dort hat er sich offenbart... Gott ist die Herrlichkeit der Wüste. Dorthin sind die Propheten gegangen, dort wurde das Volk geboren, dort erhielt es seine Besonderheit, seine Gesetze, seine Zeitbestimmung, seine Nationalität, seine Eigenart. Dort lernte es, ethisch und grausam, stark und geistig zu sein, und dort – dort wird der Bund mit Abraham erneuert werden...«

Mrs. Zisling spürte, wie alles Blut von ihr wich. Sie breitete die Arme auf dem Tisch aus, legte den Kopf darauf und brach in Tränen aus. Die Schwester Schwester, deren Augen auf irgendein Phantasiegebilde, einen Widerschein Gottes über der Wüste, gerichtet waren, strich der alten Amerikanerin über das Haar und fuhr fort: »Und wer meinen Sie, gute Frau, waren die Propheten? Lehrer? Staatsbeamte? Reisebürofritzen? Ich will Ihnen sagen, wer sie waren!« Hier wurde ihre Stimme laut und heiser: »Kompromißlose Menschen, Sonderlinge, die Art von Leuten, die in diesem Land immer gesteinigt worden sind. Denn unser Land hier, dem die Propheten seine Besonderheit verliehen, dem sie ihr Wesen gegeben haben, dieses Land und seine Kinder liebten stets die Mittelmäßigkeit, huldigten dem Herrscher und steinigten die Geistesgrößen. Dieses Volk hat stets eine Vorliebe für stilistisches Zierwerk besessen, wie mein Freund, der alte Schriftsteller Nachumi, sagt: Die Leute mögen gedrechselte Worte, verschnörkelte Sätze, hübsche Verse. Das Volk haßt und verabscheut den Schrei des Wüstengesteins, haßt seit jeher die Intellektuellen, die Abweichler, die Spinner. Aber Gott liebt sie. Mit ihnen hat er gesprochen, nicht mit den Politikern, nicht mit den Königen – mit den Verrückten hat er gesprochen. Sie sind das Salz der Erde.«

Mrs. Zisling hatte sich ein wenig beruhigt. Sie richtete sich wieder gerade auf ihrem Stuhl auf und wischte die Tränen ab. Diese Dinge da... Dazu war sie hergekommen. Um solche Worte zu hören, war sie in dieses Land gereist... Sie winkte der erschöpften Kellnerin und bestellte, als diese herantrat, einen Eiskaffee mit Sahne – nein, sie hatte keine Angst, dicker zu werden. Ihre Augen ruhten auf der Schwester Schwester, deren Geist jetzt in fernen Welten schwebte. »Glauben Sie mir« – erneut tauchte diese in die Tiefen ihrer herrlichen Vision ein –, »die Wüste ist der Palast Gottes. Dort spüren Sie ihn, seine Stärke. All die gottlosen Reden meiner jüngeren Schwester vergehen in Schimpf und Schande zwischen diesen Wadis... Er ist da, er lebt und atmet in den schwarzen Spalten, im Flug der Bussarde, im Flügelschwung der Adler, den Windungen der Schlangen, in der furchtbaren Hitze, in der unendlichen Weiße. Und er wird sich erneut offenbaren und sprechen mit... den Verrückten. Die verstehen, die sind empfindsam, die haben wache Sinne, die werden ihn sehen... Und wer sind unsere Verrückten? Sagen Sie's mir!«

Mrs. Zisling wußte es nicht. Sie trank ihren kalten Kaffee mit dem gelblichen Strohhalm und sah Adler, Riesenadler, auf die hitzegrauen Häuser Tel Avivs zustürzen und sie erdrücken.

»Ich werde es Ihnen sagen. Wir alle. Alle, die hierher zurückgekehrt sind.« In ihren Augen blitzte ein verschlagenes, spitzbübisches Lächeln auf, als habe sie gerade einen weltbewegenden Witz gerissen, den kein Mensch kannte. Mrs. Zisling mußte einen Augenblick an Perry Mason denken, der den Mord an den drei Schwestern aufdeckt. »Wir waren ein Volk«, sagte die Schwester Schwester, »ein Volk, das Gott untreu geworden war. Und wir haben den furchtbarsten Preis dafür gezahlt – wir sind zu Rauch geworden. Der Sohn meines Schwagers war acht Jahre alt, als sie ihn lebendig begruben... Und wer ist übriggeblieben? Armselige, rauchgeschwärzte Nervenbündel. Sind sie schön? Ich weiß nicht... eine grandiose Häßlichkeit... Halbierte, gevierteilte Menschen, versprengte Menschenviertel – die Rabinowitzes, Familie Spiegel, die Englischlehrerin, Frau Spring, wir alle: wir schimpfen, gähnen, wollen Geld verdienen, Häuser bauen, haben's eilig, immer nur schnell, schnell, aber all das geschieht bei Tag. Bei Nacht schrecken wir auf in den geräumigen Häusern, den modernen Wohnungen, den schicken Autos, bei Nacht schreien wir aus unseren Alpträumen, denn der Teufel hat blaue Nummern in unsere Unterarme eingeritzt. Wissen Sie, gute Frau, welche Schreie in diesem Land mitten in der Nacht zu hören sind? Mächtige Schreie... Von all diesen Nummern, die nicht wissen, wie und warum und wann und wie lange noch... es gibt keinen Ausweg, keine Zuflucht. Deshalb weinen und schreien sie. Diese beißende Schmach. Das Wissen, die Erkenntnis, daß sie Rohmaterial in der raffiniertesten Fabrik ganz Europas gewesen sind – unter dem Himmel, in dem Gott als Fremder im Exil sitzt... Dieses Wissen macht uns verrückt – und so haben wir einen Staat gegründet, der das größte Irrenhaus der Erde ist. Diese Schmach. Ich sage Ihnen, von diesen Irren da, von denen, die bei Nacht weinen, wird sich einer aufmachen und im Wadi zwischen den Felsen umherwandern. Ihn wird Gott freundlich empfangen, wird mit ihm sprechen, und diese Worte dann, die werden erlösen... Geben Sie mir eine Million Dollar – natürlich rein bildlich gesprochen, denn wer von uns hat schon eine Million Dollar? Mein Mann hat mir ein Einkommen von sechshundert Pfund netto pro Monat hinterlassen. Davon muß ich meine

Schwester ernähren, gelegentlich Kränze auf den Friedhof schikken, und die Preise steigen. Aber wenn ich Geld hätte, viel Geld, würde ich dort in der Wüste ein Gebäude …«

*

Mrs. Zisling war eine praktisch veranlagte Frau, die wußte, was sie wollte. Die Dinge, die die Schwester Schwester gesagt hatte, drangen in das ein, was Mrs. Zisling als ihren IBM zu bezeichnen pflegte, nämlich in ihr Gehirn. Ihre Gefühle wußten sich davor zu hüten, ihrer Vernunft in die Quere zu kommen. Sie hatte sich alles angehört und war tief davon betroffen worden. Aber Mrs. Zisling war nicht eine von den Frauen, die nur von ihren Gefühlen regiert werden und allein ihrem Herzen folgen. Sie verarbeitete das Gehörte sorgfältig und wußte nun, daß ihr ganzes Leben, all das, was sie bisher getan hatte, bedeutungslos gewesen war, während ihr jetzt, an ihrem Lebensabend, die Gelegenheit zuteil wurde, eine große Tat zu vollbringen. Sie hatte gelauscht, nachgedacht, abgewogen und wußte nun, was sie machen sollte.

Der Finanzminister und seine Beamten saßen an der gegenüberliegenden Tischseite, jenseits der Saftflasche, und trommelten mit den Fingern. Mrs. Zisling redete: »Die sechs Millionen sind nur ein Tropfen auf den heißen Stein. Ich werde Ihnen Entwicklungsstädte und Grenzdörfer hinsetzen. Aber zunächst möchte ich ein Krankenhaus bauen, ein modernes Institut, in der Wüste. Ich sage Ihnen wo, und Sie erteilen mir die Genehmigung. Ich brauche weder Ihre Ratschläge noch irgendwelche Hilfe. Sie sind schnell gefahren, haben sich beeilt? Sie sind ein nervöses Volk … Wenn es um eine Angelegenheit geht, in der ich die Finger drin habe – oho, dann gibt's keine Ausflüchte …«

»Aber Mrs. Zisling«, kam der Einwand, »wir brauchen industrielle Entwicklung in den Entwicklungsregionen, es müssen mehr Juden in Galiläa angesiedelt werden, und dann ist da das Problem der Erschließung des Negev. Wir brauchen Panzer und Traktoren.«

»Sie?« Sie hatte schnell begriffen! »Ich bin Nonne eines neuen Ordens, und Sie wissen nur nicht, daß auch Sie als Brüder dazugehören. Alle Juden sind Brüder. Tun Sie, was ich möchte, und sagen Sie ja und amen darauf, denn ich verdopple meine Spende.

Zwölf Millionen! Sechs Millionen für das Institut und sechs Millionen als Bestechung. Das ist mein Beitrag. Es bleibt keine andere Wahl. Die gescheiten Juden sind nach Amerika ausgewandert oder in Europa umgekommen. Die Dummen und die Starken sind hiergeblieben. Tags lassen sie die Muskeln spielen und geben sich militärisch, nachts weinen sie. Ich werde sie heilen. Zwölf Millionen sind eine Stange Geld... Aber auch meine sechs stocken eure Devisenreserven ganz schön auf. Zwölf Millionen – *cash money*!«

Der Finanzminister schluckte den trockenen Bissen und sprach noch den Segen dazu. Das Abkommen wurde geschlossen, der Vertrag unterschrieben, und der Minister kehrte in sein Büro zurück, um die Staatsgeschäfte zu lenken – auf der Hand sechs Millionen für sich selbst und weitere sechs Millionen, die ebenfalls in den Binnenmarkt fließen würden. »Auch das ist zum Guten«, sagte der Ministerpräsident, als die beiden am Abend beim Tee saßen und Domino spielten.

Mrs. Zisling gehörte nicht zu den Frauen, die halbe Arbeit leisten. Nachdem das Abkommen besiegelt war, bat sie die Schwester Schwester, sie auf eine Negevtour zu begleiten. Sie blieben einige Tage in Beer Scheva, machten Abstecher nach Schivta und Mizpe Ramon, erkundeten die Gegend von Dimona, fuhren in Jeeps, die von der Armee zur Verfügung gestellt worden waren, bis an die Grenze des Gasastreifens, stießen tief in den südlichen Negev vor, überquerten die Arava-Senke und kamen bis nach Elat. Am passendsten von all diesen Orten erschien Mrs. Zisling jedoch die Hochfläche über der neuen Stadt Arad, nahe dem Tell des antiken Arad, in Sichtweite des alten Tempels, und die Schwester Schwester hielt diese Stätte überhaupt für absolut majestätisch und betörend. Die beiden waren begeistert von der Landschaft um Arad, von dem Ausblick auf das Tote Meer hinter den weißen Bergen mit ihren Schluchten und Spalten, von der nach Westen ausgedehnten Arava-Senke. Etwas an der wilden, verborgenen Schönheit, an den neuen Häusern der hübschen kleinen Stadt und an der trockenen, reinen Luft ringsum, etwas von alldem hatte die beiden alten Frauen so berührt, daß sie plötzlich gleichzeitig auf die Knie fielen und – da sie nur wenige Gebete wußten – gemeinsam das Lied »Und diese Verheißung ist es, die unseren Vätern und uns immer beistand« anstimmten, das man zwar gewöhnlich am Passah-Fest singt, das sie aber beide kannten – und dann noch nach genau derselben Melodie. Da knieten sie im Sand und sangen voll Ehrfurcht mit dünnen, piepsigen Stimmen, am ganzen Körper bebend, während die Augen ihnen vor Tränen überquollen. In der Ferne schwebten Vögel, ganze Schwärme, vielleicht Adler oder Bussarde, die irgendwo zwischen den Klüften auf eine einsame Beute zuflogen – und hier an diesem Ort, an dem der Sand ihre Tränen aufgesogen hatte, wurde dann das »Institut für Frieden und Therapie« erbaut.

Mrs. Zisling wandte sich an das Architekturbüro Elon, Tamir, Gat & Schoschan und beauftragte es mit der Planung des Instituts. Praktisch trug sie die gesamten Ausgaben dieses Büros für die Dauer eines ganzen Jahres, und die Architekten Gat und Elon reisten sogar ins Ausland, um sich eingehendst mit einer Anzahl Krankenhäuser, Hotels und verschiedener Institute in der Schweiz, England, Schweden und den Vereinigten Staaten vertraut zu machen. Einige Male stieß Mrs. Zisling auf die Hindernisse der berühmten israelischen Bürokratie, aber der Weitblick der Schwester Schwester und ihr eigener gesunder Menschenverstand standen ihr zur Seite, und einmal drohte sie sogar, die Zahlungen einzustellen, einen lauten Skandal zu entfachen und den ganzen Fall vor der Auslandspresse auszubreiten (irgendein mehr oder weniger subalterner Beamter hatte sich nicht dazu bewegen lassen, irgendeinen Wisch, eine Genehmigung, die siebzehnte Kopie eines rätselhaften Formulars abzuzeichnen, das über zwölf Ämter im ganzen Land zur Unterschrift gelaufen war), und schon erging Anweisung von höchster Stelle, in allem, was Mrs. Zisling betreffe, die normalen Amtsgänge des Staates außer Kraft zu setzen und in ihren Belangen so zu verfahren, als sei dies ein völlig normales Land. Und so geschah es: der Bau wurde genehmigt, und eines schönen Tages legte man den Grundstein für das Institut.

Als das herrliche große Haus endlich stand, war es eines der modernsten und bestausgestatteten Gebäude Israels. Drei Stockwerke ragten stolz in die Höhe, ein weiteres lag unter der Erde verborgen. Die Wände waren aus dickem Beton, die Fenster klein, die Korridore lang und mit Teppich ausgelegt. Im Sommer war das ganze Haus klimatisiert, im Winter zentralgeheizt mittels eines verzweigten Netzes kleiner weißer Heizkörper. Mrs. Zisling mochte keine Bodenheizung, wie sie in einigen modernen Gebäuden Jerusalems und Tel Avivs installiert war; sie wollte lieber Heizkörper. Nicht die geringste Kleinigkeit entging ihr. Sie äußerte sich über jeden Gegenstand, jede Tür, jeden Griff. Man konnte schwerlich sagen, daß das Gebäude etwa von vollendeter Schönheit oder hinreißender Linienführung gewesen wäre. Im Gegenteil. Viele beklagten sich über diese Funktionalität, die jedes schöne Fleckchen unseres Landes verderbe, und fragten, warum man denn – bei sowieso schon derart hohen Investitionen – nicht ein ansprechenderes Gebäude errichtet habe. Aber Mrs. Zisling hatte nur die Vision der Schwester Schwester vor Augen und glaubte fest, daß es das tragische Schicksal des jüdischen Volkes sei, keine Muße für Zierat und Ästhetik in einer Zeit zu haben, in der es nachts vor Grauen aufschrie. Deshalb forderte sie von Elon, Tamir, Gat und Genossen Qualität statt Ästhetik, gute Türklinken statt übermäßiger Beachtung von Schmückendem. Sie sah in diesem häßlichen Riesengebäude sogar ein Symbol – das Sinnbild eines Staates, der es eilig hat, ein Haus zu errichten, eine temporäre Unterkunft für eine flüchtige Generation an einem Ort, an dem man umgekehrte Wurzeln schlagen muß, einem Ort, an den alte Menschen kommen, um neu geboren zu werden aus dem Schoß ihrer alten Mutter, zwischen deren Schenkeln heiliger Staub schwebt. Mrs. Zisling war für bequeme Toiletten, eine gut funktionierende Klimaanlage, Spielzimmer, Vortragsräume, Laboratorien, einen hübschen Speisesaal, eine moderne Küche – und all das bekam sie von den Architekten Elon, Tamir, Gat & Schoschan. Die äußere Gestalt des Hauses war ihr mehr oder weniger gleichgültig, und wenn sie sich doch einmal über die Form Gedanken machte, dann nur über die versteckte oder offensichtliche Häßlichkeit als Symbol jenes Prozesses, den die Schwester Schwester und sie selbst zum Abschluß, zu seiner Verwirklichung zu bringen suchten, denn sie wußte ganz sicher, daß Gott nach dem Jüngsten Gericht für alle eine neue Gestalt annehmen werde.

Sie ließ Sportplätze und einen Weinkeller anlegen. Sie stellte ein hervorragendes Ärzteteam, Therapeuten, Krankenpfleger, Schwestern, Abteilungsleiter sowie Heizungs- und Kühlungstechniker ein. Sie sorgte für den Bau einer großräumigen Garage, die sie mit vier Kombiwagen, zwei normalen Chevrolets, einem kleinen Simca, einem Deux Chevaux und einigen Jeeps für Wüstenfahrten ausrüstete. Sie richtete eine hochmoderne Krankenstation ein, auf der man die kompliziertesten Operationen durchführen konnte. Aus den sechs Millionen wurden zehneinhalb, aber sie war wie ein Schützenpanzer im Gefecht, niemand vermochte sie aufzuhalten. Nach etwa zwei Jahren erhob sich gegenüber dem langsam wachsenden Städtchen Arad eine moderne Burg von eindrucksvoller Häßlichkeit. »Gott ist kein Ästhet«, sagte Mrs. Zisling, womit sie die Schwester Schwester und Adam Stein zitierte, den sie inzwischen in dem alten Krankenhaus in Jaffa kennengelernt hatte und von dessen Persönlichkeit sie gleich begeistert gewesen war. »Auch Gott haßt die Ästhetik der Völker, der Nachkommen Jafets, aber wir sind ein Schemel für seine Füße.«

»Er ist nicht vor Scham gestorben«, sagte Adam, »als seine kleinen Kinder starben und zu Rauch wurden. Er liebt die selbstsichere, grausame, bei aller Schönheit häßliche Wüste in ihrer ganzen Herrlichkeit, die wiederum das Gegenteil von Schönheit ist, denn sie gleicht der Erscheinung Gottes. Und so ist auch sein Haus, dieses Institut, das Haus, von dem der Mensch ausziehen wird, der Gott zum Sprechen bringen wird – der das richtige Wort, das genaue, wahre, sehnsüchtig erwartete Wort hören und die Erlösung bringen wird.«

»Das ist unsere Ästhetik«, sagte die Schwester Schwester zu ihrem Freund, dem Schriftsteller Nachumi, und das glaubte sie auch wirklich in ihrem Innern. »In hundert Jahren werden wir diese Häßlichkeit beweinen, Altertümer aufbewahren, Gemälde sammeln und Blumen in Vasen arrangieren. Heute sind wir mit der eiligen Errettung aus dem Massaker beschäftigt, dem Massaker der Massakrierten, die leiblich in dieses Land gekommen sind, während ihre Seelen in den Krematorien verblieben.«

3. Kapitel

Der Schwindler

Adam Stein hat Dr. Gross' Zimmer verlassen und tastet sich nun den Korridor entlang. Der dicke Menachem Berger sitzt im Rollstuhl, den Kopf auf die Schulter gelehnt, und schläft. Speichel trieft ihm aus dem Mund. Adam bleibt an einem Heizkörper stehen, zieht eine Flasche französischen Kognak dahinter hervor und prüft das Etikett: »Biscuit«. Er entkorkt die Flasche, nimmt einen Schluck und stellt sie an ihren Platz zurück. Durch eine Tür, über der zwei rote Lämpchen brennen, stürmt ein kahlköpfiger Krankenpfleger in Weiß, in der Hand ein laut rasselndes Schlüsselbund. Die leise Musik schwebt zwischen den Wänden und wird vom Teppich geschluckt. Ganz oben, durch die kleinen Fenster, über den Neonleuchten, glitzern die weißen Berge, und der Himmel wirkt rot. Ein Tropfen Blut. Dutzende von Blutstropfen – wie die Zahl der Fenster, über deren Rahmen das Neonlicht regiert. Die weißglühende Wüste wirkt von hier aus gezähmt und daher auch gefällig. Sie schreiten nebeneinanderher, der Gefangene und der Fänger, der Flüchtige und der SS-Mann, ich und Kommandant Klein. Bezeichnungen: Dieses Haus heißt »Institut für Frieden und Therapie«. Bezeichnungen machen Adam angst und bange. Bevor Kommandant Klein zum Lagerleiter ernannt worden war, hatte er einem medizinischen Dachverband angehört, der sich »Reichsarbeitsgemeinschaft Heil- und Pflegeanstalten« nannte.

Der kahlköpfige, weißgekleidete Pfleger, der Jakob Schapira heißt und in Tiberias geboren ist, geht neben Adam Stein her und weiß nicht einmal, daß er sich für die Dauer eines Augenblicks in jemand anderen verwandelt hatte. Er bleibt stehen, öffnet eine Tür, die sich nicht von den anderen Türen des langen Korridors unterscheidet, und wartet. Adam späht in das ihm fremde Zimmer, in das man ihn während der ersten Tage wie in ein Gefängnis einschließen wird. Er möchte eintreten und sich ausruhen. Das Blut dröhnt ihm im Kopf; gleich wird er jede Verbindung zu Pfleger Schapira und dem Institut verlieren und zu Kommandant Klein zurückkehren. Gina taucht auf wie ein Gespenst. Wo ist sie plötzlich hergekommen? Wie ein Geist. Aus dem Durchgang jenseits des Korridors. Geh in die Wüste, schlaf mit einem Felsen, gebär einen Adler. Innerlich lacht er, aber sein Gesicht ist grau. Seine Seele ist auf dem Nullpunkt. Wieviel Leid kann er noch ertragen? Ich werde sterben. Wie versickert mein Leben? Tropfenweise, nach dem Meßbecher. Die Seife schwindet dahin. Und er lächelt bei sich, mit grauem Gesicht. Gina tuschelt mit Pfleger Schapira – die SS-Schergen zischeln Gift. Bald werden die Türen aufgehen, und der furchtbare Geruch wird in der Nase brennen. Gerade Ginas Gesicht, diese schönen Züge, in denen alle Schlechtigkeit der Welt verborgen liegt, hat ihm Kleg in Erinnerung gerufen. Kleg pflegte zuzuschauen, wie Adam Stein die Juden auf dem Weg zu den Gaskammern zum Lachen brachte. Einmal, als man Kleg aufgefordert hatte, an einer Aktion teilzunehmen, lehnte er ab. Er war der einzige, der jemals irgendwo, irgendwann ablehnte. Sonst freuten sich alle, waren überglücklich, dabei mitmachen zu dürfen. Die Sonderration an Nahrungsmitteln und Getränken, die als Entschädigung winkte, war einfach zu verlokkend: ein Fünftel Schnaps, fünf gute, kreisrunde Zigaretten mit Goldrand und einem Duft... herrliches Tabakaroma, männlich, hundert Gramm Blutwurst und Brot. Einmal verteilten sie sogar Entenschlegel. Erinnern Sie sich, Schapira? Schapira erinnert sich nicht, er ist in Tiberias geboren. Gina in Rischon Lezion. Beim Anblick ihres Gesichts regen sich die letzten Überreste seines Stolzes, und mit einer Grobheit, die ihn selbst überrascht, bollert er: »Sagen Sie ihr, daß ich müde bin!«

»Soll er's mir doch direkt sagen!« schießt Gina frech zurück. Die Ärmste.

»Sagen Sie ihr, sie soll gehen. Ich kann nicht mehr.«

»Soll er mir selbst sagen.«

»Schschsch... Ich bin müde, Gina.« Er versucht zu lachen. »Geh, ich bin müde. Gleich bin ich Klein. Weißt du, wer das ist?«

»Ja«, sie weiß es. Hat es gehört.

»Dann geh, geh schon, geh...« Er singt:

Mit eigenen Händen schlagen wir den Feind,
Wir, mit den kalten Augen.
Unsere Augen sind blau, unsere Herzen voller Haß...

»Was ist das für ein Lied?« fragt Gina.

Er hatte es irgendwo mal gehört. Vielleicht als Kind. Vielleicht im Zirkus. Oder womöglich an jenem anderen Ort, bei Klein? Gina möchte etwas sagen, aber er lacht und zischt zwischen den Zähnen hindurch: »Speichelleckerin!« Der Pfleger Schapira macht ihr ein Zeichen, sie solle gehen. Sie gehorcht widerwillig. Und Adam – Adam verachtet und bewundert sie zu gleicher Zeit, gerade weil sie gehorcht. Er verachtet sie wegen ihrer Liebe und bewundert sie wegen ihrer Schwäche. Sind ihr wieder die Regeln eingefallen? Die Gepflogenheiten des Hauses? Sie wird zum Tier, sobald sie nur irgendeine Anweisung hört. Vertraulich tuend wendet er sich Schapira zu und sagt in Richtung auf Gina, die jetzt um die Biegung des Korridors verschwindet, während ihr schöner, ach so schöner Körper, dieser herrliche Körper immer kleiner wird: »Wissen Sie, was sie ist? Ein Gesetzbuch mit einem schönen Arsch!« Pfleger Schapira blickt ihrem entschwindenden Po nach und lacht schallend. Dieser Idiot.

Adam tritt ins Zimmer. Pfleger Schapira hängt die Handtücher in dem hübschen bläulichen Badezimmer mit den blitzenden Kachelwänden auf, sieht nach, ob die Klingel funktioniert, wirft einen prüfenden Blick auf die Koffer, die längs der Wand aufgereiht sind, schlägt die Bettdecke zurück und bleibt wieder an der Tür stehen.

Auf der Fensterbank sieht Adam seinen Zwillingsbruder Herbert Stein sitzen. Seit seinem Versuch, die Pensionswirtin zu erwürgen, haben sich die beiden nicht mehr gesehen, ohne daß sie das groß bedauert hätten. Gleich wird Herbert das Wort ergreifen. Manchmal taucht er als Kommandant Klein auf, aber meist ist er einfach Herbert. Der, der in Heidelberg Philosophie studiert hat, bei Professor Martin und dem alten Ludwigo, dem Verfasser der *Glücksspalten*. Er wird niemals die bittere Tatsache wahrhaben wollen, daß sein Zwillingsbruder Adam Stein, der Zirkusclown, damals auf die niedrigste Stufe herabgesunken war: als »der Jude, der Klein zum Lachen brachte«, der Jude, der dort auftrat, seine Nase in Falten legte und Rätsel riet – und das alles vor seiner Frau, Gretchen, die stolz erhobenen Hauptes ging. »Aber, mein Bruder Herbert, wir sind dank meiner Clownerien am Leben geblieben und nicht aufgrund der Tatsache, daß du mal ein berühmter Hegelianer gewesen bist...« Adam ist angespannt, sein Körper ein zum Zerspringen gespannter Bogen – gleich wird er Schapiras Schlüssel rasseln und die Tür zuknallen hören. Das Knacken des Schlosses und die gedämpfte Musik im Gang werden verschwinden, und sie werden allein zurückbleiben: er und Herbert, er und Kommandant Klein. Und dann wird er sterben. Herbert sitzt immer noch auf der Fensterbank, während das Tote Meer weiß in der Ferne flimmert, verzerrte Phantasiesignale ausstrahlend.

Herbert sagt: »Adam Stein, ich muß mich wundern über dich. Du bist arm dran. Sehr arm. Wenn man bedenkt, daß wir beide in ein und demselben Körper hausen ... Sonderbar, wirklich sonderbar und traurig. Vor allem – traurig.«

Adam ballt die Faust. Wie lächerlich sein ewiger Student doch ist, der da auf der Fensterbank rumsitzt. »Geh vom Fenster weg, du Bestie, du bringst mich um den Verstand.«

»Ich?« Herbert bricht in schallendes Gelächter aus, das die judäischen Berge erzittern läßt, die Wüste und die uralte Senke des Toten Meeres, die Salzsteppe, Lots Frau, die Essener und Elia obendrein. »Wir beide können doch nur denselben Verstand verlieren!«

Er lacht und lacht und lacht. Ein Taschlich des Lachens; die Volksfeste lachen von der Wüste her durch seine von übermäßigem Rauchen und Trinken grauen Zähne. Herbert sieht nicht so gut aus wie Adam, und Adam ist stolz darauf. Adam ist, den Worten Ginas zufolge, »ein Dorian Gray, der mit einem Schlag altern wird«. Die Jahre werden sich auf ihn stürzen, werden ihn auffressen, auflecken an jenem einen Tag.

»Ich hänge an diesem Fenster, mein Bruder Adam, aber ich bin nur ein Geist.«

»Und ich bin krank.«

»Ja, du bist krank.«

»Und du auch.«

»Nein, ich nicht.«

»Doch!« Adam klappert mit den Zähnen. Soll er doch schon die Tür abschließen. Schapira sieht ihn prüfend an, immer noch. Fünfte Kolonne, Judenrat. Dieser glatzköpfige Kastrat. Dieser Schuft.

»Sie schließen dich jetzt ein«, sagt der Zwilling.

»Ich weiß«, flüstert Adam.

»Und warum schließen sie dich ein?«

»Warum sie mich einschließen? Weil ich gemeingefährlich bin. Ich, der ich der Stolz des Landes war, das Salz der Erde. Ich, der so berühmt gewesen ist, der allein in der Schweiz zehn Bankkonten besitzt. Ich...« Aber die Worte versiegen ihm auf den zusammengepreßten Lippen. Er ist gespannt wie ein Bogen. Da fällt die Tür ins Schloß, jetzt dreht sich knackend der Schlüssel, der ihn einschließt. Der Teppichboden schluckt die sich entfernenden Schritte. Adam merkt, wie Schapira fortgeht, immer weiter fort. Einen Augenblick lang ist er den Tränen nahe, aber nein – nicht vor diesem Clown, der da am Fenster sitzt. Statt dessen läßt er sich auf allen vieren nieder und läuft so im Zimmer herum, während der Zwilling ihm zuruft: »Schon wieder? Ist es wieder mal soweit? Du bist nicht mehr *dort*.«

»Halt die Klappe!«

Er kraucht auf seine Koffer zu; die sind leer. Gina hat sie schon ausgepackt, hat manches in den Schrank gehängt, anderes in den Schubladen verstaut. Der Zwillingsbruder, der mal Herbert und mal Kommandant Klein ist, zischelt mit einer Gehässigkeit, die vor dem Hintergrund der wunderbaren Wüste so gut zu ihm paßt: »Wau, wau, wau, wau!«

Adam hört nicht auf ihn. Er tappt umher. Seine Augen sind blind, seine Schmerzen schneidend, seine Ängste zahlreich. Er nimmt den Gitarrenkasten und streichelt ihn liebevoll, dankbar. Dann kriecht er in die Mitte des Zimmers, holt die Gitarre aus dem Kasten und beginnt auf ihren Boden zu trommeln. Sein Trommeln ist langsam, der Rhythmus folgt dem Herzschlag – tam-tam-tam-tatam. Jetzt wird das Trommeln lauter und lauter, das Tempo schneller, immer schneller: Adams Hände verlieren jede Verbindung zu seinem Körper, zu seinem Hirn; seine Hände erfinden Rhythmen, von denen er nicht weiß, woher sie kommen. »Anthropologie des Urwalds«, sagt sein Zwilling entsetzt. Der Zwillingsbruder versteht es, jede Situation mit wenigen Worten zu umreißen, mit Sätzen, die man schon hundertundeinmal gehört zu haben glaubt – herzlose, trockene Phrasen. Und Adam ist in der Eisenbahn, der Clown fährt gen Osten, gen Osten – tam-tatatam-tatam-ta-tomam-taratim –, und der Zug rast, zu wem? Zu Tante Liebchen? Nein, zu Kommandant Klein. Er würde seinen Spaß haben. Und es fällt ihm eine Berliner Bar ein, in der eine schwarze Nackttänzerin mit der anmutigen Geschmeidigkeit einer Katze aufgetreten war. Taratim-tam-tam. Draußen auf den Feldern muhen die Kühe, und die Sonne strahlt auf die grünen Bäume herab, während der verriegelte Zug vorbeifährt, und drinnen, in dem überfüllten Waggon, stirbt der alte Rabbi. Woran? Vor Scham? Tam-tam. Und da plötzlich – sein Zwilling kriegt einen Lachanfall, aber es ist ein nervöses, zitterndes, müdes Lachen –, da plötzlich weiß er, daß er es nicht mehr aushalten kann, daß er auf seinen Bruder eindreschen muß. Womit soll er ihn schlagen? Mit der Gitarre wird er auf ihn losgehen! Der Zwilling springt leichtfüßig von der Fensterbank und nimmt Reißaus. Sie ringen miteinander. Adam wird grün und blau geschlagen. Er weiß, daß es Herbert war, aber wer wird ihm das glauben? Wer soll mir glauben? Gross? Dieser Kastrat, der die Spinnen in Jaffa als Halluzinationen bezeichnet hat? Das sind mir schöne Experten hier. Derentwegen werde ich sterben – wen schlägst du? Dich selbst? Von seiner Stirn rinnt Blut. Er rennt im Zimmer umher. Herbert entwischt ihm, dieser Schuft. Er fährt sich mit vor Erstaunen zitternder Hand an die Stirn, hält sich dann verwundert die Finger vor die Augen. Die Röte, die Blutröte wirkt auf ihn ein, erschreckt ihn. Er sinkt zu Boden, nimmt wieder die Gitarre zur Hand, trommelt auf ihre Rückseite. Doch dann läßt er sie fallen, hat jetzt keinen Funken Kraft mehr. Er legt den Kopf in das dunkle Innere des Gitarrenkastens und schlägt mit Gewalt den Deckel zu. Jetzt steckt sein Kopf drinnen, und er ist wie ein Junge, der in den Schoß seiner Mutter zurückkehrt. In dem dunklen Kasten beginnt er zu wimmern, das Wimmern eines verwundeten Tieres. »Du weinst vergebens«, sagt sein Zwilling, lacht jedoch nicht mehr. Sein Gesicht ist traurig. »Du hast niemanden, den du anweinen könntest, Adam. Vater ist tot, Mutter ist tot, wir sind Waisen.« Adam hört seine Bemerkung und lacht. In dem Kasten drinnen lacht und weint er. »Wir sind Waisen!« Die Wortkombination amüsiert ihn; er hat keine Frau und keine Töchter mehr. Er hat Gina und ist nichts weiter als der Zwilling dieses ewigen Studenten, er ist verwaist.

*

Gina, Gina Gray, »das Gesetzbuch mit dem schönen Arsch«, die Adlerin, der einfältige Charme in Person – die schöne Gina also ist frühmorgens aufgestanden (Punkt 6.30 Uhr), hat sich ein kühles Bad gegönnt, hat genußvoll die Zähne geputzt, die weißer als die Zahnpasta sind, ist in einen frisch gestärkten Schwesternkittel geschlüpft, und so marschiert sie nun auf Adams Zimmer zu. Ihre klickenden Schritte würden sicher wie der Paradeschritt eines disziplinierten Soldaten hallen, wenn der Teppich nicht den rhythmischen Laut schlucken würde. Der Pfleger Nachum hatte ihr erzählt, er habe Lachen und Klagen aus Adams Zimmer gehört, aber als er durch das Guckloch geschaut und Adam auf dem Boden gesehen habe, habe Adam ihn beruhigt und gesagt, es sei alles in Ordnung. Gina achtet nicht weiter auf diese bedauerliche Mitteilung. Sie ist jetzt aufgeregt und kommt sich einen Augenblick wie ein kleines Mädchen vor. Sie denkt an ihn, an seine schönen Gesichtszüge, seine silbernen Schläfen, malt sich seinen Körper aus, denkt an die Stunden, die er sicher bald wieder geben wird. Sie amüsiert sich bei dem Gedanken, daß dieser wandelnde Leichnam, der immer weiter dahinsiecht, Stück für Stück abstirbt, daß dieser Mann, den man schon aufgegeben hat, von dem es heißt, er sei nicht mehr zu retten, schon in wenigen Tagen wieder das ganze »Institut für Frieden und Therapie« schmeißen wird, und keiner wird ihn tadeln. Ich sicher nicht! sagt sie bei sich. Und all die andern? Die werden ihm auf den Leim gehen. Dieser Schwindler...

An der Tür angekommen, fällt ihr ein, daß sie abgeschlossen ist. Sie fummelt in der Tasche herum, fischt den Schlüssel heraus und tritt ein. Ihr Auserwählter, ihr Freudenmeister liegt auf dem Boden, noch in voller Kleidung (sie wird sich über den Pfleger Nachum beschweren!), während sein Kopf, sein schönes Haupt, im Gitarrenkasten steckt. Sie bückt sich, öffnet den Gitarrenkasten und befreit ihn daraus. Sein Gesicht ist weiß oder, richtiger, weißlichgelb, wie die Farbe des Chamsins. Am Mund, nahe dem geheimnisvollen Treffpunkt der Lippen, schlängelt sich eine feine Linie verkrusteten Bluts, und auf der Stirn prangt eine bläuliche Beule, umgeben von fein verästelten Blutgerinnseln. Gina eilt zu Pfleger Schapira, der seinerseits wieder losrennt, um den diensthabenden Arzt zu holen. Inzwischen hebt Gina Adam hoch, zerrt ihn mit großer Mühe zum Bett und stemmt ihn hinauf. Dort zieht sie ihm die Schuhe aus, und nach einigem Überlegen nimmt sie einen kleinen Kamm aus der Tasche und kämmt ihm das Haar. Sein entrücktes Gesicht ist ihr mit geschlossenen Augen zugewandt, und das Kämmen macht ihr Freude.

Aber dieser sinnliche Genuß, dieses ohnmächtige Begehren, das sie jedesmal überkommt, wenn sie ihm das Haar kämmt (und manchmal auch seine Augenbrauen und einmal... einmal sogar sein lockiges weißes Brusthaar), dieses Vergnügen ist schnell vorbei, denn im Laufschritt stürzen zwei Ärzte ins Zimmer. Sie stellt sich ans Fenster und schaut ihnen zu, als sie nun in ihrer fachmännischen Art, in ihrer mitleidlosen Menschenliebe einander mit leiser, unangenehm rauher Stimme ihre trockenen Befunde mitteilen, während sie den Patienten untersuchen, ihm die Schläfen reiben und das Blut abwischen.

»Erhöhter Blutdruck. Herzschlag unregelmäßig.« Sie werfen sich gegenseitig verschlüsselte Zahlenmeldungen zu: »149... 52...«

Draußen vor dem Fenster entbrennt schon der Morgen in seiner Glut, und hier im Zimmer ist es so kühl. Der rundliche Dr. Nachwalter, dessen Gesicht sie an einen bestimmten Filmschauspieler erinnert, der gewöhnlich ein Monster verkörpert, dessen Name ihr aber entfallen ist, erzählt seinem Kollegen von den vielen Operationen, die Adam Stein schon durchgemacht hat. Sie spitzt die Ohren, möchte es wieder einmal hören. Sie lauscht gern, wenn man Adam preist, als sei er ein legendärer Held. Sie sprechen von ihm als einem ganz außergewöhnlichen Fall, als von jemand ganz Besonderem, der sich nicht nach menschlichen Maßstäben messen läßt, und dabei weiß sie doch nur zu gut, daß er ein Schwindler ist.

»Es ist gar nicht so selten, daß ein Mensch seinen eigenen Körper zerstört«, erklärt Dr. Nachwalter in seiner ruhigen, sachlichen, zurückhaltenden Art. »Doch Adam... erst hat er sich ein bösartiges Magengeschwür zugelegt, dann war seine Lunge angegriffen, so daß wir operieren mußten. Ich würde sagen, sein Körper hat – wenn ich mal einen eher vulgären Ausdruck verwenden darf – an die zehn Organe ausgespuckt. Und all diese Krankheiten und Gebrechen sind nur Folge seiner eigenen Willenskraft. Dieser Mann beschließt, krank zu werden, und kurz darauf befällt ihn tatsächlich die Krankheit, die er sich vorher ausgesucht hat. Welche wundersame Zerstörungskraft...«

Der jüngere Arzt versucht immer noch, Adams Puls zu messen.

Gina denkt an ihren Schwindler. Des öfteren hatte der ihr genüßlich und in allen Einzelheiten erzählt, wie er irgendeinen Ungeist aufgetrieben habe, der sich in seinem Körper eingenistet habe und nur ganz langsam sterben werde. Dieser Ungeist oder sein Zwillingsbruder Herbert – oder war es dieser Kommandant Klein gewesen? – habe dann beschlossen, er müsse sich schwere, unerträgliche Krankheiten zuziehen und schließlich daran sterben, wenn seine Seele ohne Körper zurückbleibe, ihren Körper ausgehaucht habe... Einmal hatte er ihr gesagt, daß er in zwei Wochen eine Blutung erleiden werde. Urplötzlich würde, ohne den kleinsten Kratzer, Blut aus seinem linken großen Zeh spritzen und sich nicht stillen lassen. Zwei Wochen später hatte sich Adam dann tatsächlich ins Bett gelegt und seine ganze Kraft auf dieses Ziel konzentriert – als stehe er unter Hypnose, als habe er sich in einen Kokon verwandelt, aus dem er bald als Schmetterling in die Lüfte entfliegen werde –, bis ein mächtiger Blutstrom unter seinem linken Zehennagel hervorschoß. Stundenlang bemühten sich die Ärzte, den Blutfluß aufzuhalten, und kein Arzt begriff, wie diese Erscheinung überhaupt möglich war... Das Bluten hörte zwar schließlich auf, aber erst, nachdem Adam schon fast nichts mehr in den Adern hatte...

Dr. Nachwalter gibt ihm eine Spritze. Die Mienen der beiden Ärzte sind ernst. Gina betrachtet das gequälte Gesicht ihres Geliebten und sieht zu ihrem Erstaunen, wie er einen winzigen Moment lang, mit unbeschreiblichem Charme, das rechte Auge aufschlägt, blinzelt, ihr zuzwinkert und wieder in seine Ohnmacht versinkt. Sie tut so, als hätte sie nichts gesehen, und versucht, nicht an das Zwinkern zu denken. Obwohl sie sich seiner Schwindel sicher ist, macht sie sich jetzt Sorgen um ihn, und das Gemurmel der Ärzte, das sich wie die Litaneien christlicher Priester anhört, trübt ihr die Stimmung, läßt sie Böses ahnen, verdüstert ihr den Blick. Und draußen brennt weiß und gelb ein trostlos trauriger Wüstentag. Adam läßt energievoll eine Hand vorschnellen und versucht, noch während des lateinähnlichen Gemurmels, insgeheim an ihrem weißen Kittel zu zupfen... Und da kann sie nicht mehr an sich halten, sondern prustet unwillkürlich los. Die Ärzte blicken sie wütend an, und Dr. Nachwalter bemerkt mit der Grausamkeit eines eingeschworenen Humanisten, der sich an einen Kannibalen mitten im Urwald wendet: »Ich bin überzeugt, Schwester Gina kann jetzt nach ihm sehen, nicht wahr?«, während der jüngere Arzt murmelt: »Das war ein unverständlicher Anfall... Der Puls wird stärker... Man muß den Urin untersuchen...«

»Ja, auch darum wird sich Schwester Gina kümmern«, sagt Dr. Nachwalter. »Sie kennt Adam, sie ist mit allem vertraut, was seine Untersuchungen anbetrifft, nicht wahr?« Und in seiner Stimme schwingt Verachtung mit, die Verachtung, die der höflich-zurückhaltende Wissenschaftler für den allzu leidenschaftlichen Amateur empfindet.

Die Ärzte packen ihre Instrumente zusammen und verlassen das Zimmer. Sie bleibt allein, allein mit dem Schwindler.

»Adam, Adam...«

Er ist bewußtlos, antwortet nicht. Schon ist sich Gina nicht mehr sicher, ob jenes Zwinkern nicht eine Frucht ihrer Phantasie gewesen ist und ihr sehnendes Herz das Zupfen an ihrem Kittel nicht einfach erfunden hat.

»Nun sag doch was.«

Er rührt sich nicht. Sein Mund ist fest geschlossen. Sein weißes Gesicht wirkt wie eine Maske. Sie zieht ein kleines Transistorradio aus der Tasche und spielt mit seinen Knöpfen, bis sie die Stimme Mosche Chowews hört, der die Morgennachrichten liest. Gina hört gern den Nachrichtensendungen zu. Sie liebt die reservierte Stimme, die von irgendwoher kommt, eine Stimme, die alles weiß und doch nur die Umrisse der Dinge mitteilt, nicht ihr verborgenes Wesen. Die wohlkontrollierte Stimme, die von dem furchtbaren Sturm über dem Ozean spricht und von den zwei Eindringlingen, die gestern bei dem Versuch umkamen, die Felder von En Gev in Brand zu setzen. Diese Dinge, die da in angenehmem, leicht verständlichem Hebräisch mit orientalischem Einschlag gesagt werden, vermitteln den Eindruck, man sei in unergründliche Geheimnisse eingeweiht. Als sei sie an einem mysteriösen Schöpfungswerk beteiligt, an dem Sturm über dem Ozean, bei der nächtlichen Aktion der Eindringlinge und sogar bei den brennenden Feldern da oben im Norden. Alles ist in Ordnung, Adam, die Welt geht ihren geregelten Lauf, und es geschehen noch Dinge... gute und böse. So kehrt sie für einen

Augenblick zu ihrer Phantasiereise nach Afrika, zur Löwenjagd zurück, denn das ist seit eh und je ihr Herzenswunsch. Die Nachrichten beleben immer wieder die unterdrückte Freude, die ihr von diesem Traum geblieben ist, der aus irgendeinem Grund nicht Wahrheit wird und es vielleicht auch nie werden wird: Löwen in Afrika zu jagen, diesem Afrika, dessen Fürsten und Könige Woche für Woche über die Ätherwellen quäken. Der Staatschef von Obervolta ist eingetroffen... Der stellvertretende Außenminister der Madegassischen Republik teilte gestern bei seiner Ankunft am Flughafen Lod unserem Berichterstatter mit... So sind ihr die Löwen bereits greifbar nahe. Im Geist hat der stellvertretende Außenminister die Gestalt eines Tigers angenommen, und sie tötet ihn, erschießt ihn mit funkelnden Augen...

»Schön sind ihre Augen«, sagt Adam bei sich. Sein Körper ist zwar betäubt, aber seine geschlossenen Augen sehen sie, fischen sie aus den Nachrichten heraus. Nachrichten und Wetterbericht sind vorüber, und jetzt singt jemand. Der Transistor verschönt irgendeine ferne, dümmliche Stimme. Er, Adam, wird ihr nicht – noch nicht – die Ehre antun, nicht den erhofften Frieden schenken. Erst einmal wird er ungestört über sie nachdenken und kann sie, in ihrer Schlechtigkeit, beobachten. Er muß zu irgendeiner Entscheidung gelangen: kann er, will er, möchte er wirklich zu ihr zurückkehren, als ob nichts gewesen sei? Schließlich bleibt ja eine Tatsache bestehen: vor wenigen Tagen erst hat er die Pensionswirtin zu erwürgen versucht. Als er Gina zum erstenmal begegnet war, hatte er Nachforschungen über sie angestellt und war fast gesteinigt worden, weil alle sie verabscheuten. Man erzählte ihm, seit ihrer Einstellung im alten Jaffaer Krankenhaus sei sie strenger als das ganze übrige Personal gewesen. Sie hege höllischen Groll gegen jeden, der die geringste Vorschrift übertrete. »Nicht einmal im Gefängnis für Kindsmörder nehmen sie's derart genau«, hatte ihm damals Arthur in einem Augenblick besonderer Offenheit gesagt. Zuallererst aber – mehr als wegen ihrer Strenge, mehr als wegen ihrer Feindseligkeit gegenüber jedem, der es wagt, im Korridor zu rauchen oder sich sonst der geringsten Regelwidrigkeit schuldig zu machen –, mehr als alles andere hassen sie sie wegen ihrer Schönheit.

Seine schöne, zarte Frau, die Mutter von Ruth, diese seine

komische Frau, die seinerzeit an ihm vorübergeschritten war, als er Kommandant Kleins Juden zum Lachen gebracht hatte, und die so ihren letzten Weg gegangen war, ohne zu wissen, daß es ihr letzter sein sollte, seine Frau Gretchen hatte er noch als Student kennengelernt, als er zur Bestreitung seines Lebensunterhalts in einem Berliner Stummfilmkino geigte. Er pflegte dabei hinter der Leinwand zu stehen, auf die der Film projiziert wurde, und alles zu spielen, was er auf dem Herzen hatte... Und sie tauchte dann dort hinten auf, stellte sich neben ihn und betrachtete die Schatten des Stummfilms – bläßliche Gestalten, seitenverkehrt, zwergenhaft verkleinert an den Rändern, schmal und lang in der Mitte –, so hatten sie sich kennengelernt.

Gina. Eine Perle in einem Misthaufen. Adam findet Trost in der Tatsache, daß man sie nur lange anzusehen braucht, ohne den Blick abzuwenden (wie es Dr. Gross sehr oft und gern tut), um die Entdeckung zu machen, daß ihre Schönheit, die Maske dieser wunderbaren Schönheit, einen – wenn man so sagen darf – schwachen Punkt in sich birgt. Wie ein haltloses Schilfrohr, hatte Dr. Gross einst in einem lange zurückliegenden Moment der Offenheit bemerkt. Und dieser schwache Punkt ist die Kälte, die ihre Schönheit ausstrahlt.

Ginas Schönheit ist kalt, grausam, betäubend in ihrer Kraft, aber gerade deswegen lähmt sie jede Hand, tötet jeden Muskel. Ihre schwarzen Augen und Brauen sind rasiermesserscharf geschnitten. Ihre Stirn ist schmal und hoch, die Nase gerade, nur am Ende ein ganz klein wenig nach oben gebogen, und aus der Nähe kann man kleine schwarze Pünktchen darauf erkennen, wie Nadelstiche. Ihr glattes schwarzes Haar trägt sie hinten zusammengefaßt. Ihr Kinn ist nicht spitz, sondern endet in einer waagerechten Linie, und ihre Wangen sind eingefallen, als habe man ihr die Weisheitszähne gezogen. Der Hals ist schlank. Feine Härchen bedecken die Arme, ein Flaum, der einem warm ums Herz werden läßt. Ihr Körper ist schlank, fast knabenhaft, seine Linien und Rundungen sind so zart, daß man sich wundern muß angesichts ihrer vibrierenden, keusch verborgenen Weiblichkeit. Gerade ihre Kälte hat in Adam die romantischen Gefühle seiner Kindheit entfacht, aus den Tagen, in denen die Mädchen all das versteckten, was die heutigen offen zeigen. (Einmal, am Strand von Tel Aviv, hatte Adam im Gespräch mit Arthur tieftraurig verkündet, daß die Romantik tot sei. Aber Arthur hatte daraufhin das Licht des Mondes und den Duft der Zitrusblüten gepriesen, und an irgendeinem Punkt war der Faden des Verständnisses zwischen ihnen abgerissen.) Gina vereinigt in sich die scharfen Linien der Tel Aviver Küste – in ihrer stolzen aufrechten Haltung, ihrer strengen Nase, dem geraden Kinn, dem begehrenden Gesicht – und jenes Element, das sie in ihrer unmerklichen Rundlichkeit verbirgt und in dem die Mondnächte und der Zitrusduft enthalten sind.

Ginas Schönheit besitzt eine klassische Vollkommenheit, eine feine Ebenmäßigkeit, die man sonst nur bei meisterhaften Skulpturen findet, und deshalb – man könnte auch sagen: trotzdem – weist ihre Schönheit einen schweren Makel auf. Was genau ist nun dieser Makel? fragt Adam sich mit geschlossenen Lidern. (Gina lauscht jetzt internationalen Volksliedern; gerade singt jemand von der enttäuschten Liebe eines jugoslawischen Bauern. Wen geht das schon was an, denkt Adam. Aber es geht einen doch an. Warum? Sind wir alle Brüder?) Vielleicht liegt das Wesen des Makels in der Makellosigkeit. Das Furchtbare und doch Großartige an Ginas Schönheit wäre demnach gerade ihre Vollkommenheit. Bekanntlich ist die Welt nun einmal so eingerichtet – davon ist Adam Stein, der ein berühmter Clown gewesen ist, aber auch Philosophie und Ästhetik in Heidelberg studiert hat, überzeugt –, daß die Schönheit, jegliche Schönheit, irgendeinen kleinen Bruch, eine leichte Verzerrung enthalten muß. Eine auf absoluter Symmetrie beruhende Schönheit ist nicht wirklich schön. Echte Schönheit, so hat Adam gelernt, muß nahe an der Häßlichkeit angesiedelt sein. »Wer die Schönheit angeschaut mit Augen, ist dem Tode schon anheimgegeben«, sagt August von Platen. In anderen Worten, das Gegenteil von Häßlichkeit kann nicht Schönheit sein. Aber hier, in Ginas Gesicht, in ihrem Körper, ihrem ganzen Wesen, ist plötzlich alles ganz anders, hier verlieren die anerkannten Lehrsätze ihre absolute Gültigkeit. Gina, deren Nasenflügel mit dem Lineal gezogen sind, deren Augen – da ist er sich sicher – auf den Tausendstel Millimeter genau gleich weit von der Nase entfernt sind, Gina, deren beide Gesichtshälften einander haargenau gleichen, diese Gina ist schön trotz ihrer Symmetrie, trotz ihrer fast unmenschlichen Vollkommenheit. Und deswegen verkündet diese Schönheit, daß sie in sich, in ihrem innersten Wesen, eine Abweichung von den anerkannten Grundsätzen enthält und damit auch einen Makel aufweist, der – da unverständlich – kalt, bedrohlich und erschreckend wirkt.

Tieferregte Patienten, die durch ihre Geisteskrankheit sonst gegen alles gefeit sind, lassen bei ihrem Anblick brennende Zigaretten auf den Teppich fallen. Sie fürchten sich vor der Kälte, die von ihr ausströmt, verabscheuen ihre Schönheit. Sie wünschen, sie wäre häßlicher oder wenigstens auf menschlichere Weise schön.

Diese Gina, vor der alles zittert, die so auf die Einhaltung jeder Anweisung, Regel und Vorschrift achtet, die sich über jede kleinste Abweichung von der gewohnten Übung aufregt, diese Gina, bei der nicht nur die Nase genau abgezirkelt im Gesicht sitzt, sondern jede Bewegung, jeder einzelne Schritt maschinell berechnet zu sein scheint, diese Gina verwandelt sich völlig, wenn sie Adam gegenübersteht.

Als sie sich zum erstenmal begegnet waren, noch im alten Krankenhaus in Jaffa, hatte er ihre Hand in die seine genommen, hatte sie lange angesehen und war dann in Lachen ausgebrochen. Sie kam ganz aus dem Konzept, blickte ihn mit wütenden Augen an und sagte: »Was soll dieses Lachen? Sie sind ein dreister Kerl!«

»Und du bist eine Hure«, hatte Adam ihr mit ruhiger, sicherer Stimme geantwortet. »Ich kenne dich. Du würdest alles verkaufen für die Qual der Sinnenfreude. Du hast nur einen einzigen Mann gekannt und weißt gar nicht, daß du ihn kanntest. Was weißt du von deinem Vater? Daß er tot ist? Das weiß ich auch... Alles würdest du hingeben für eine Zigarettenlänge Abscheu. Du bist schwerer krank als alle Kranken in diesem Haus, und eines Tages wirst du vor dem Teufel auf die Knie fallen und heulen, und er wird noch zu schön für dich sein. Du gehst so streng mit allem um, weil du Angst hast. Wovor? Vor dir selbst? Welch abgrundtiefen Haß sehe ich in deinem Gesicht.«

Sie hatte ihm eine Ohrfeige versetzt. Ganz bleich war sie, ihre Augen funkelten in wildem Tanz, und dann fing sie plötzlich zu schreien an. Nur mit großer Mühe konnte man sie von ihm lösen. Nach einer Woche, in der sie von einer völlig unverständlichen Erregung besessen gewesen war, gelangte sie zu einer Entscheidung. Mit Genehmigung des damaligen Chefarztes, dem inzwischen verstorbenen Dr. Sichroni, nahm sie Adam (auf eigene Verantwortung) mit zu ihrer Mutter, die als Witwe in der Kleinstadt Rischon Lezion wohnt.

Während der Fahrt wechselten sie kein Wort miteinander. Schweigend schritten sie auch auf das kleine weiße Haus zu, dessen rotes Dach unter der Blütenpracht violetter Bougainvilleen verschwand. Ginas Mutter, eine kleine, schlanke Frau, die sich unter den tief in ihr Gesicht eingeschnittenen Falten noch etwas von ihrer Schönheit bewahrt hatte, noch einiges von ihrer alten Lebendigkeit und längst vergessenen Mädchenhaftigkeit besaß, erzählte ihm, wie einst Herr Tschamrinsky, ein Angestellter des Barons Rothschild, um sie geworben und sie auch gelehrt hatte, daß man Weißwein zu Fischgerichten trinkt. Dann bewirtete sie Adam mit einem Glas Tee (»Nimmt der Herr Würfel- oder Streuzucker?«) und Gebäck.

Gina hatte in Gedanken versunken dagesessen. Plötzlich stellte sie jedoch ihr Glas klirrend auf den Unterteller zurück und sagte ärgerlich: »Mutter, erzähl mir von Vater, alles, was es zu erzählen gibt. Ich will es wissen, und zwar auf der Stelle.«

Die alte Frau blickte Gina lange an, die Augen wurden ihr feucht. Dann nahm sie einen ausgiebigen Schluck aus ihrem Teeglas und brachte ein Lächeln hervor, das ihr auf den Lippen erstarrte, während sie sprach. »Als ich ihn begraben hatte, war mir nichts mehr geblieben. Nicht einmal du. Du hast dich immer über mich lustig gemacht. Jascha hätte ein Dichter werden können, aber statt dessen hat er bei den Levitans auf dem Feld gearbeitet. Und ist an Malaria gestorben. Er war schön und krank. Als du zehn Jahre alt warst, im Winter – interessant, daß du das vergessen hast: wie kann man so was vergessen? –, es war kalt. Wir wohnten in einer Baracke.« (Fröhlichkeit befiel plötzlich die Alte. Nun konnte sie reden, sich als Mensch fühlen. Sie würde alles loswerden, alles rausspeien und sich damit das Herz erleichtern.) »Wir zitterten vor Kälte. Ein furchtbarer Winter war das. Sogar ein wenig Schnee ist hier gefallen. Und starker Hagel. Du bist aus deinem Bett gestiegen, das ganz feucht war, weil das Dach leckte, bist zu uns gekommen. Ich schlief, aber als ich plötzlich aufwachte, sah ich... sah ich ihn... und dich... Er war betrunken oder schlief, ich weiß es nicht. Er träumte, vielleicht hat er wirklich geträumt, er hatte solche phantastischen Träume. Er hätte ein Dichter sein können... Ich habe nichts gesagt... Er weinte und war... So geweint hat er. Ich erinnere mich. Ich wollte mich selbst begraben, aber es war zu kalt, um aus dem Bett zu steigen.« (Sie kicherte einen Moment und kehrte erneut in die kalte, tropfende Baracke zurück.) »Er weinte und schmuste... und weinte und schlief und war betrunken. Wir tranken damals Kognak gegen die Kälte. Dann ist er aufgewacht, du schliefst. Inzwischen war er wieder nüchtern. Er dachte, ich schliefe, und küßte mich, als hätten wir uns gerade erst kennengelernt, und seine Tränen rannen auf mich herab, und ich liebte ihn. Am nächsten Tag sind wir sogar ins Kino gegangen, das erste Mal seit unserer Ankunft im Land...«

Adam sann über die Geschichte nach. Über Jascha, über die alte Mutter, über Gina. Sie hatte es vergessen. Der Vater war tot, aber auch er hatte es nicht in Erinnerung behalten. (So dachte die Mutter, die alte Frau mit dem zahnlosen Mund, die einst... früher einmal...) Bis zu ihrer Begegnung mit Adam hatte Gina keinen Mann geküßt, und dabei war sie schon fünfundzwanzig und schön, schöner als alle Frauen, die er je gesehen hatte. Sie hatte sich ihre Unberührtheit nicht aus Prinzip bewahrt, sondern aus einem Gefühl des Ekels.

Adam weiß, daß die Bezeichnung Hure ihr sogar gefiel, daß sie ihn zu ihrer Mutter mitgenommen hatte, um ihn in ein Geheimnis einzuweihen, nicht so sehr, um das Geheimnis aufzudecken. Sie, die – zumindest ihrem Wissen nach – Jungfrau gewesen war, bis sie ihm begegnete, liebte die Bezeichnung, die er ihr angeheftet hatte. Irgendwie war sie überzeugt, er wüßte es. Und wenn er es wußte und verstand, bis ins Allerinnerste, Allerheiligste vorzudringen und alles zu offenbaren und sie wie ein aufgeschlagenes Buch zu lesen, mußte er doch eine Art Gott sein. Wie es einmal ihr Vater gewesen war, aber Vater war tot. Er hatte die Felder der Levitans bestellt, deren Sohn ein Geschäft für Baubedarf eröffnete und deren Tochter den Ingenieur Sahavi geheiratet hat und in Herzlia-Pituach wohnt. In einer Villa. So sagte Mutter. Und das alles dank Vater, der ihnen die Äcker umpflügte, das Gold umpflügte, der gestorben ist. Und nun Adam als Gott. Eine Jungfrau, die mit Gott schläft – dachte sie einmal im Rausch –, ist eine Hure. Oder ist vielleicht, grübelte sie weiter, eine Hure, die mit Gott schläft, eine Jungfrau und deshalb heilig? An dieser Stelle erinnerte sie sich, daß man sie als Kind einmal in die Altstadt von Jerusalem mitgenommen hatte, auch in die Via Dolorosa, und da hatte sie plötzlich zu weinen angefangen und starke Bauchschmerzen bekommen, und als sie das Onkel Josef erzählte, der mit ihr diesen Leidensweg ging – er war Fremdenführer von Beruf und ein humorvoller Mann –, sagte der Onkel lachend: »Du wirst sicher den Messias gebären.«

Und Gina, die von alldem nichts ahnt, Gina, die immer noch einem Sängerduo lauscht, das unter Gitarrenbegleitung die Blumen des Gilboa besingt, Gina denkt nach: Sie ist sich völlig bewußt, daß sie ihn liebt. Sie schämt sich dieser Tatsache auch nicht, sondern sie ist stolz, stolz auf ihre Kraft, stolz auf ihre Liebe. Er wird mich niemals zur Frau nehmen, hat sie sich immer wieder gesagt. Er ist krank, krank ohne jede Hoffnung auf Genesung, er ist über das Leben hinaus. Er ist ein Schwindler, und er wird sterben. Aber bei jeder Entlassung, wenn man ihn wieder in die weite Welt hinausschickt und aus dem Institut befreit, verfällt Gina in Lethargie. Wie tot ist sie dann. Wie der Bär im Winter. Sie verrichtet ihre Arbeit, ohne zu lächeln. Einsam schläft sie in ihrem Bett und träumt nicht einmal. Sobald er jedoch wiederkommt, erwacht sie zum Leben, wie im Frühling. Er ist der Frühling. Zwischen kalten, einsamen Ufern besitzt sie eine Frühlingsinsel. Sie hilft ihm bei seiner Schwindelei, wohl wissend, daß sie ihm dadurch auch zu sterben hilft, aber sie kann nicht anders. Sie weiß, daß sie nicht nur seinen Körper und sein Leben und seine Schwindelei liebt, sondern auch seinen Tod, der in jeder seiner Bewegungen liegt, in jedem Wort, das er ausspricht. Sein Tod ist für sie etwas Zusätzliches, Grausames, Furchtbares, aber auch etwas Reinigendes, Heilendes. Sein Tod ist eine Auflehnung gegen ein anderes Ende, an dem sie nicht beteiligt sein wird. Wenn da nicht die Todesfurcht wäre, würde sie sich vor dem Leben fürchten, vor einem Leben, das er womöglich ohne sie leben würde. Aber da ein solches Leben nicht in einem sterbenden Körper vorhanden sein kann, der mit derartiger Sicherheit auf seinen Tod zusteuert, liebt sie auch seinen Tod. Und das weiß Adam mehr als alles andere zu schätzen. Sie erwartet ihn nicht nur auf seinem Zimmer, im Kulturraum, im Speisesaal, draußen zwischen den Büschen, sondern auch am Ende des Weges, am Ziel des Pfades, den er beschreitet. Dort steht seine Adlerin, Teil des ersehnten Endes.

*

Die Schwester Schwester war bis ins Innerste ihres Herzens erbebt, als die hörte, daß der Mann Adam in ihr Haus zurückgekehrt sei. Sie lebt jetzt im Institut, zusammen mit ihrer Schwester, die zwei Minuten und einundvierzig Sekunden jünger ist (»Schicksalhafte Augenblicke!« wie sie einmal betend gemurmelt hatte), und zwar wohnt sie dort aufgrund einer separaten letztwilligen Verfügung der Mrs. Zisling, die inzwischen ihre Seele ausgehaucht hat, während ihr Leichnam – ein Skandal ist das! – noch immer im Kühlhaus des Friedhofs von Cleveland liegt, weil die Anwälte zahlloser Mandanten heftig über das Recht an ihrer sterblichen Hülle streiten. In ihrem Testament hatte sie nämlich bestimmt, man solle sie im Hof des Instituts begraben, dem jedoch hinzugefügt: »Nahe dem Ort, an dem sich Gott offenbaren wird.« Ihre Verwandten behaupteten daraufhin mit einigem Recht, dieser Zusatz wecke Zweifel hinsichtlich der Gültigkeit des übrigen Textes. Aus dem Mund der Anwälte im Zimmer des Richters Jonathan P. Gilhoney in Cleveland hören sich die Dinge fremd und sonderbar an. Diese Advokaten, die sich ihr Leben lang mit Kaufverträgen und Liegenschaftsrechten befaßten, verhandeln nun über die Bedeutung der göttlichen Offenbarung. Ist sie in den bestehenden Zeitbegriffen zu messen, oder unterliegt sie einer anderen Zeitrechnung? Und solange die Rechtsanwälte noch debattieren, weil ihre Auftraggeber – Mrs. Zislings Kinder und Anverwandte – unzufrieden mit dem sind, was sie als »die zeitweilige Geisteskrankheit unserer Mutter bzw. unserer verehrten Verwandten« bezeichnen, solange Richter Jonathan P. Gilhoney sich noch dieses Geschwätz anhören muß, das sich nun fast schon ein Jahr hinzieht, so lange wird der Leichnam der armen Mrs. Zisling im Kühlhaus verharren müssen. Mrs. Zisling hat beträchtliche Summen für die Unterhaltung des Instituts hinterlassen, aber in allem, was die Schwester-Schwestern angeht, hatte sie eine separate letztwillige Verfügung getroffen, dank deren die beiden nun unter Bedingungen leben, die man mit denen vergleichen darf, die einst im Paradies auf Erden herrschen sollen.

Und jetzt steht die Schwester Schwester mit frisch gepflückten Blumen vor Adams Zimmertür, zusammen mit Miles Davis, Wolfowitz dem Betrüger und anderen, und sieht vor ihren geistigen Augen bereits die Fußstapfen des nahenden Messias. Seit dem Tag nämlich, an dem Mrs. Zisling und die Schwester Schwester Adam

Stein zum erstenmal begegnet waren, hatten sie sehr wohl gewußt, daß ihm die große Aufgabe beschieden sein würde. Sie hatten das nicht ausdrücklich gesagt, sondern sich nur gegenseitig angesehen, um gleich darauf in Schreie der Freude und Bewunderung auszubrechen, deren Lächerlichkeit Adams Augen nicht entgangen war, obwohl er sich klug genug zeigte, das Lachen zu unterdrücken. Von jenem Tag an hatte er jedenfalls die Aufgabe übernommen, den großen Traum zu verwirklichen, und war niemals – trotz allen Drängens von Dr. Gross und Gina – bereit gewesen, seine Meinung über diese Angelegenheit preiszugeben. Mrs. Zisling glaubte jedenfalls felsenfest, sie selbst und die Schwester Schwester hätten ihn gesalbt, wie die Propheten einst Israels Könige salbten. Sie war überzeugt, daß die frohe Botschaft von diesem Augenblick an über ihn gekommen sei, so daß er nun also der Abgesandte des Volkes war, egal ob er das wußte oder nicht. Und gelegentlich, wenn ihm gerade danach zumute ist, pflegt er sich an das der Wüste zugewandte Fenster zu stellen und – plötzlich erbleichend – den Blick auf die Schwester Schwester zu richten und zu wispern: »Ich weiß es nicht sicher, aber ich habe so ein sonderbares Gefühl... daß seine Schritte... zu hören sind...«, worauf die Schwester Schwester jedesmal zutiefst erbebt und stehenden Fußes auf ihr Zimmer eilt, um ihre Schwester aufzurütteln (die die meiste Zeit an Filmschauspieler und ähnliche dumme Dinge denkt). Dann ziehen die beiden hastig ihre weißen Brautkleider aus Seide und Spitzen an und setzen sich in Heiligkeit die Plastikblütenkränze auf den Kopf.

Adam nimmt schließlich stets zu ihrem größten Bedauern seine Worte zurück: »Fehlalarm! Doch noch nicht.« Und sie antwortet dann: »Die Spreu ist noch nicht ausgesiebt, der Pfad zur Offenbarung noch nicht gereinigt, der Satan hat zum Gegenangriff angesetzt, seine Helfershelfer haben neue Hindernisse aufgerichtet.« Doch Adam pflegt sie zu beruhigen: »Wir müssen uns in Geduld fassen, Schwesterkind, seine Schritte sind deutlich zu hören, und kommen wird er! Der große Tag wird anbrechen! Auch wenn er noch zögert – seine Ankunft ist gewiß! Und allen Berechnungen zufolge ist er schon sehr, sehr nah!«

Und nun ist Adam gestern zurückgekommen, der Mann, der die Erlösung bringen wird, der Ritter ihrer traurigen Gestalt, der Mensch, der hier zwischen den Wüstenfelsen stehen und das

Wort Gottes vernehmen wird. Vorgestern noch war ihr im Traum ein Engel erschienen, hatte sich auf ihre Bettkante gesetzt und ihr die Zehen gestreichelt. Sogar ein bißchen gekitzelt hatte er sie, und als sie lachte, sagte er zu ihr: »Rachel, Rachel, Adam wird wiederkehren. Der große Tag rückt näher.« Und am nächsten Tag hatte sie erfahren, daß Adam tatsächlich zurückgekommen war.

Einen großen Blumenstrauß hat die Schwester Schwester mitgebracht. Jetzt kniet sie vor der Tür nieder, und ihre Augen singen. Sie singen und tränen ohne Unterlaß, denn in ihrem Brennpunkt, in jenem häßlichen Bruchteil, in dem viele winzige Bögen verschmelzen, umgeben von Farbschlangen, eine über der anderen, in diesem kleinen Brennpunkt befindet sich die umgekehrte Zeit, und darin ist die Nachricht festgeschrieben, daß Gott sich tatsächlich offenbart. Und Zeitenumkehr läßt Tränen fließen...

»Wie ein Wasserfall!« sagt Miles wütend. »Die und ihr Gott! Dieser Gott ist gar nichts. Deine ganze Welt ist nichts als ein winziges Körnchen im All. Und was ist das Besondere an dieser armseligen Erdkugel? Und was ist mit dem auserwählten Volk, mit Gott? Wo ist er denn die ganzen Jahre gewesen?«

»Zigaretten kaufen!« antwortet der hinkende Nachum Aharoni lachend. Vor dem Eingang stehen viele, die gekommen sind, um Adam zu sehen, nachdem sie gehört haben, daß er wieder krank geworden ist.

Adam horcht, die Augen nach wie vor geschlossen, auf das Gebrummel vor seiner Tür, inmitten der gedämpften Musik des klimatisierten Korridors. Er ist tieftraurig. Sein Körper schmerzt ihn, und er weiß, daß Gina jetzt mit sich ringt, ob sie den Draußenstehenden die Tür aufmachen soll oder nicht.

»Bald werden die Leiden an den Fußschemel seines Throns vordringen«, hört er die Schwester Schwester laut beten. »Und die Tore werden sich weit auftun, und Gott wird sein Angesicht zeigen vor den Sonnenversengten, vor den Blauarmigen, vor den Satansnumerierten, und du wirst vor ihm stehen... du wirst ihn hören... du wirst wissen... und verkünden... und retten... und Erlösung bringen...«

Ich? Der Clown? Der Schwindler? Mein Gott, gut, daß du nicht existierst, daß du längst gestorben bist; sonst würde ich sicher bestraft werden für all diese furchtbare Naivität...

»Aaaach!« Adams zusammengepreßtem Mund entringt sich ein Aufschrei, dessen Klang alle erstarren läßt. Miles ruft: »Gina, was machen Sie da mit ihm?«, und alle starren mit haßerfüllten Augen auf die Schwester Schwester, die nichts gehört hat, deren Züge im Licht einer inneren Vision erstrahlen, während ihre Lippen Worte des Dankes an Gott murmeln.

Gina reißt die Tür auf, wobei sie die heilige Schwester Schwester umwirft, die gerade in uralten Offenbarungswehen liegt, und rennt den Korridor entlang. Sie geben ihr den Weg frei, spähen ins Zimmer.

»Nehmt den Schmerz!« schreit er ihnen zu, während er sich vor Schmerzen windet. »Tötet ihn!« Sein schäumender, verzerrter Mund brüllt, aber sein halbgeöffnetes linkes Auge blinzelt lachend. Miles sieht das und lächelt, trotz der Erhabenheit des Augenblicks. Wie kann der Mann mit einem Auge vor Schmerz weinen und mit dem andern vor Schalk lachen?

Gina stürmt den Gang entlang, und Wolfowitz der Betrüger sagt flüsternd wie zu sich selbst gewandt: »Feueralarm!« und bricht in ein Lachen aus, das sofort wieder erstirbt. Die Schwester Schwester, die inzwischen aus ihrer Gebetsversenkung erwacht ist, blickt der davonsausenden Gina prüfend nach. »Diese Lilit! Diese Spreu!« Aber andererseits weiß sie, daß der Weg zur Erlösung mit Lilits und Aschmedais gepflastert ist. Und mit Ginas. Sie hat einen kleinen Schnurrbart, die Schwester Schwester, in dessen Mitte eine schmale Rinne verläuft, die ihre Oberlippe gewissermaßen zweiteilt. Zu Adam hatte sie einmal gesagt, ihrer Meinung nach liebten die Männer Frauen, deren Gesicht ein schmaler Schnurrbart ziere. »Kein Schnurrbart!« hatte sie mit männlicher Baßstimme gesagt und sofort mit zuckersüßem Lächeln und piepsigem Stimmchen hinzugefügt: »Ein Schnurrbärtchen...«

Demgegenüber behauptete einmal die jüngere Schwester Schwester, auf deren Oberlippe sich keinerlei Schnurrbart abzeichnet, der wirkliche Grund für die Verwitwung der älteren Schwester – und damit auch die Ursache für die Offenbarungsidee, die nicht entstanden wäre, wenn die ältere Schwester nicht Witwe geworden und plötzlich nach Afrika gereist wäre, wo sie die Liebe des afrikanischen Ungeziefers entdeckte –, der wirkliche Grund für ihre Witwenschaft also sei der Schnurrbart gewesen. »Ich sage Ihnen«, fuhr sie, fast schon singend, fort, »der Schnurrbart hat sie zur Witwe gemacht! Ihr Mann, Jakob-Nachum, war ein guter Mensch, und vielleicht kann man sogar sagen, daß er seine Frau geliebt hat. Aber eines hat er gehaßt: er haßte den Schnurrbart.« Die jüngere Schwester kicherte wie eine schüchterne Jungfrau und berichtete, einmal, zu Passah, als der teure Verblichene ein bißchen... Sie verstehen... beschwipst war, das heißt doch schon erheblich angesäuselt, da habe er ihr von dem Kuß erzählt: Wie er einmal seine Frau geküßt hatte und plötzlich dachte, er würde seinen Vater küssen, auf den Mund, und daß dann schlagartig, wie aus einem Ballon, alle Luft... »Sie verstehen... Sie waren im Bett, und sie verlangte nach ihm, meine Schwester... Doch der Mann war schüchtern und genügsam und ging jeden Morgen zu seinem kleinen Kurzwarenladen, aber bevor er sich aufmachte, hinterließ er immer irgendein Zeichen im Haus in der Hoffnung, das Wunder möge sich während seiner Abwesenheit ereignen: eine Rasierklinge auf dem Tisch, einen neuen Damenrasierapparat – wirklich was Besonderes, in ansprechender, farbiger Ausführung – auf dem Nachttisch; und als das nichts fruchtete, verstreute der Ärmste die Rasierapparate und Cremes und Klingen – und sogar einen elektrischen Rasierapparat, den er einem Neueinwanderer in der Tel Aviver Lilienblumstraße abgekauft hatte – schier überall: in der Speisekammer, im Kühlschrank, in ihrer Handtasche, im Medizinschrank, und einmal steckte er sogar Rasierklingen in das Kuchenmehl. Und sie buk den Kuchen mitsamt der Packung Gillette. An dieser Angelegenheit ging er nach und nach zugrunde, sie erfüllte ihn langsam mit Schmerz und Zorn«, meinte die jüngere Schwester. Aber die Ältere ließ sich nichts sagen – das Thema war tabu. Bloß nicht dran rühren! Sie war nämlich zu dem Schluß gelangt, ihr Mann treibe nur seine Scherze mit ihr, aus reinem Spaß, während er tief im Herzen ihr Schnurrbärtchen liebe... wie alle. »Und der Mann«, endete die Jüngere mit einer Stimme, in der sich die Schlangen wanden, »hauchte seine Seele aus vor lauter Kummer und Schmerz.«

Jetzt machen alle den Weg frei für Gina, die in Begleitung Dr. Nachwalters zurückkehrt. Sie treten ein, lassen aber die Tür halb geöffnet, so daß man hineinschauen kann, um zu sehen, was dort vor sich geht.

Dr. Nachwalter gibt noch eine Spritze – Blut tropft aus Adams Bein. Gina steht am Kopfende des Bettes und grübelt unruhig. Alles erscheint ihr sonderbar: die im Eingang Versammelten, Adam, der seinen Spaß mit ihr treibt, der Doktor, ihre kaum noch kontrollierbaren Gedankengänge, der Sturm, der in ihrem Herzen tobt. Sie möchte zu ihm ins Bett klettern, ein kleines Mädchen sein, sein Gesicht streicheln, seinen Körper. Jenseits ihres Sinnens hörte sie, wie der Arzt weggeht. Wie die Schwester Schwester in Richtung auf ihr Zimmer marschiert. Alle bringen nun Blumen, Pralinenschachteln, Genesungskarten und herzliche Briefe herein und stellen sie auf den Nachttisch, blicken Adam an, nicken mit dem Kopf und machen sich auf demselben Weg davon, auf dem sie gekommen sind. Und sie spürt, wie die zügellose Liebe, die sie jedesmal verwirrt, wenn Adam zurückkehrt – zu seinem Tod und zu ihr, was ein und dasselbe ist –, wie diese Liebe nur die Wollust kennt. Sie spürt, wie diese Zügellosigkeit sie mit der Ausgelassenheit eines gebrochenen Menschen, eines niedergetrampelten Sünders erfüllt. Und sie möchte grauenhafte Dinge sagen, Worte, die nicht ausgesprochen werden dürfen. Weinen möchte sie und die Geheimnisse der Seele offenbaren...

Das Bellen war unüberhörbar gewesen, ein helles, grauenhaftes Bellen, dessen Widerhall das Haus erfüllte. Trotz der leisen Musik war es mit erstaunlicher Klarheit durch die halbgeöffnete Tür gedrungen.

»Was ist das?« Sie weiß, daß seine Frage an sie gerichtet ist, da sie jetzt allein im Zimmer sind. »Was ist dieses Bellen?« fragt er erneut.

»Welches Bellen?« Sie schwebt noch in weiter Ferne, irgendwo, sehnsüchtig, sich selbst unbegreiflich, gedemütigt. Ihre Augen funkeln. Sie weiß, wie schön sie jetzt ist. Aber er wird nicht hingucken, dieser Schuft.

»Ein Hund? Was für Hunde gibt's hier denn plötzlich?«

Ja, Gina hat die Frage gehört. Warum hätte sie sie nicht hören sollen? Steht sie nicht neben ihm? Und sehnt sie sich nicht nach ihm, da neben ihm im Zimmer, gegenüber der gezähmten Wüste im Fenster? Aber irgendwas ist mit ihr geschehen, und sie weiß nicht genau, was es war. Plötzlich erwacht sie aus diesen Grübeleien. Ihr Körper krümmt sich zusammen, die Muskeln beben, und ohne zu wissen, warum und wieso, muß sie singen: einfach die Kehle aufreißen, meine liebste Gina, und lossingen. Und sie fängt an zu singen, entrückt, wie zu sich selbst, hört aber sein lautes Schimpfen: Warum schleppen sie hier Hunde rein? So eine Frechheit! Eine ausgesuchte Schweinerei! Er wird sich beschweren! Und laut Mrs. Zislings Testament... Und Gross, dieser Schurke, will ihn nur quälen, allein seinetwegen hat er hier einen Hund angeschafft, denn Gross weiß etwas über Hunde... über Adams Leben, das wie ein grauenhaftes Jahr gewesen ist, sein ganzes Leben ein einziges furchtbares Jahr, das heißt dreihundertfünfundsechzig stinkende, bellende, verlauste Köter, die mit ihm aus dem Napf fraßen, ihre Bissen vom Boden schnappten, zusammen mit dem berühmten Clown Judenraus Stein.

Der Anblick war peinlich gewesen. Herbert, der diesmal Kommandant Klein war, hatte von seinem Fensterbrett aus losgelacht. Gina hat es nicht gehört. Gina hat nicht gesehen, wie Adam plötzlich in Tränen ausbrach, und auch nicht den Lacher des Kommandanten Klein gehört, dem jetzt ebenfalls der große Rex einfiel, der aus dem Napf fraß und seinen Tischgenossen, Adam, anbellte. Gina steht da wie eine Wachsfigur. Steht da und singt. Was singt Gina? Gina singt ein Liebeslied. Warum singt Gina ein Liebeslied? Nur Gott weiß die Lösung. Und warum hört sie nicht Kommandant Kleins Lachen und Adams Wimmern und das Bellen des Hundes? Weil Gina ein Liebeslied singt. Das Lied ist weder hübsch noch besonders liedhaft:

Deine Augen fließen über vor leuchtendem Grün,
Sie sind wie zwei Smaragde.
Mein Herz wünscht sich einen ruhigen Augenblick...
Du fährst in die weite Ferne.
Mein Herz ersinnt einen süßen Traum,
Ein Traum, in dem Hoffnung entflammt.
So tauche ich ein in das grüne Licht –
In das Licht deiner Augen, das smaragdene.

Gina hat keine besonders angenehme Stimme. Jeder angehende Musiker, hatte Miles Davis einmal gesagt, würde sofort die bittere Tatsache feststellen, daß ihre Stimme heiser klingt, ihr Stimmbereich gerade eben eine halbe Oktave umfaßt, und auch das nur mit zwei unschönen Brüchen, daß sie »Knödel« in der Kehle hat, aus dem Zwerchfell singt, nicht die minimalsten Kenntnisse über den Aufbau eines musikalischen Satzes besitzt, daß ihr Ohr – das heißt ihr Gehör – schlecht ist, daß sie nicht das geringste Rhythmusgefühl hat und darüber hinaus die Worte verschluckt.

Adam ist aufgebracht, seine Muskeln sind gespannt, und mit verzerrtem Mund brüllt er: »Wo ist dieser Hund? Hör doch mal auf zu plappern und zu plärren. Was soll das denn überhaupt sein? Gesang?« Er ist verängstigt, das Bellen hat ihm Schrecken eingejagt. Kommandant Klein weiß warum. Aber Gina läßt sich von der flotten Tangomelodie fortreißen und hört ihn nicht.

Erst als sie merkt, daß sie tatsächlich gesungen hat, bricht sie ab und sieht zu ihrer Überraschung, daß Adam von seinem Bett aufgestanden ist und nun schreiend mitten im Zimmer steht... Er spricht mit mir, sagt sie sich. Etwas sticht in ihrem Innern. Schmerz? Freude? Mitleid? Sie weiß es nicht so recht. Nun geht sie zu ihm, stellt sich ganz, ganz dicht neben ihn und flüstert: »Du bist aufgewacht, Adam. Wie fühlst du dich?«

»Es geht, tut weh. Wann wirst du endlich singen lernen?«

Sie errötet. »Ich habe gar nicht gemerkt, daß ich gesungen hab'. Was ist passiert?«

»Ein Hund. Gross hat einen Hund angeschleppt. Um mich umzubringen.«

»Ich hab' nichts gehört...«

»Du warst mit deinem falschen Geträller beschäftigt. Geh zu Gross und sag ihm, hier sei kein Platz für Hunde.«

»Geh selbst, Adam.«

»Was ist, Ginalein?« Seine Stimme verändert sich, wird flehend. Seine Züge öffnen sich ihr, verströmen eine weiche, überraschende Güte.

Sie lächelt unwillkürlich. »Ich hab' dich versorgt. Du hast einen leichten Anfall gehabt.«

»Ich hab' alles gesehen. Ich habe nicht geschlafen.«

»Du hast nichts gesagt.«

»Ich hatte nichts zu sagen.«

Sie streckt die Hand nach seinem Gesicht aus, möchte es streicheln. Er packt sie mit beiden Händen, zieht ihren Mund nah an den seinen und flüstert in ihre trockenen Lippen hinein: »Ich werde dich küssen, Mädchen, aber erst mußt du diese Hunde hier rausholen.«

»Das ist ein schlechter Anfang, Adam.«

»Ich laufe nicht weg, Mädchen.«

Er dreht sich um, macht zwei Schritte, reißt gewaltsam den Schrank auf und entnimmt ihm einen Anzug, um gleich darauf, vor ihren Augen, den Pyjama abzulegen und sich anzuziehen.

Sie mustert ihn ungläubig, in Erwartung eines eindrucksvollen Geschehens. Bei ihm wartet sie immer auf irgendwas, an seiner Seite glaubt sie an Wunder. Aber er beachtet ihre lautlosen Gedanken nicht, sondern trabt auf den Gang hinaus. Sie rennt ihm nach.

»Hörst du, Gina?«

Das Winseln eines Hundes nagelt ihn am Boden fest. Er bleibt einen Augenblick wie angewurzelt auf dem Teppich stehen – mit weißem Gesicht, weit aufgerissenen Augen, wild tanzenden Pupillen.

»Ich höre es, Adam.«

»Eine Frechheit. Ich sag' dir, eine Frechheit ist das.«

»Adam, du bist krank. Du bist schwach. Vor einer knappen Stunde hast du eine Beruhigungsspritze bekommen. Dein Bein ist verbunden. Leg dich hin. Ich werde etwas unternehmen...«

»Du?«

Dann rennt er dem Bellen nach.

4. *Kapitel*
Das Bellen

Ein erleuchteter Korridor – der Traum einer Frau, deren Leichnam im Kühlhaus liegt. Eine Schande, denkt er bei sich, kümmert sich jedoch nicht länger um Heil oder Heilstraum der Hausherrin, unserer lieben Madame Zisling, die jetzt wegen der schlauen Advokaten frieren muß. Er hört ein Bellen, das nach ihm ruft. Erinnerst du dich? 1943 war Gretchen schon nicht mehr jene kleine Frau, der du mal hinter der Stummfilmleinwand begegnet bist, wo sie sich seitenverkehrte Filme, Filmschatten, angucken wollte und dich fand. Sie hat dich geliebt. Du hast Musik gespielt, und Charlie Chaplin watschelte an seinem Stock. Oder vielleicht waren es Harold Lloyd und W. C. Fields. Jedenfalls ein Genie, von dem du lerntest, ein großes Publikum zum Lachen zu bringen, ohne auch nur ein einziges Mal zu lächeln. Und all die Wunderwerke, die du vollbrachtest. »Ein Genie«, sagte man. Auch dir persönlich. Nur dank der Kunststücke und Kunststückchen, dank der Ratekünste und dank deines achten, neunten, zehnten Sinns und nicht dank deiner Genialität hat Kommandant Klein seine Zukunft aufs Spiel gesetzt und befohlen: Dieser Mann bleibt! Welch herzergreifende Humanität. Und die Frau ist gestorben. Die Tochter ist gestorben. Nur die zweite Tochter, Ruth, hat es schaffen müssen zu fliehen. Ihretwegen hast du ein nettes Haus in Berlin aufgegeben, das dir dieser Humanist, Klein, verschafft hat, der nun ein Teil von dir ist. Herberts Bruder. Und Herbert ist dein Zwilling. Geh zum Hund. Er bellt dich an. Wenn Kommandant Klein seine Portion Knochen mit etwas Fleisch daran für Rex bekam, stellte er den Napf auf den Boden und setzte sich in den hübschen Sessel, den er aus der Wohnung der Warschauer Wolfs geholt hatte, die ihn seinerzeit zu Gesellschaften eingeladen und ihm Karten zu allen Aufführungen in Berlin besorgt hatten: für die *Heilige Johanna, Der Widerspenstigen Zähmung*, die *Dreigroschenoper* mit Lotte Lenya (eine wunderbare Aufführung!). Und hinterher ging er in ihr Haus und nahm sich den Sessel. Er hat immer gern auf bequemen Sesseln gesessen. Wer kann ihm das übelnehmen? Wer mag denn keine bequemen Sessel? Nachdem Kommandant Klein sich also auf dem Sessel niedergelassen hatte, rief er Fräulein Klopfer herein, setzte ihren hübschen kleinen Po, über dem sich ein khakifarbener, blütensauberer Seidenrock spannte, auf seinen Schoß, umarmte sie fest und rief dann nach dir. Und du kamst auf allen vieren, wie es im Vertrag festgesetzt war; du krochst, mit lächelndem Gesicht – ebenfalls laut Vertrag. Auf allen vieren liefst du zu Rex, riebst dich an ihm, stupstest ihn Nase an Nase, und der humane Kommandant und Fräulein Klopfer lachten. Sie lachten auch deswegen, weil Rex darauf abgerichtet war, nach Geruch zu hassen, so daß jeder Jude, der in seine Nähe kam, von seinen Zähnen zerfleischt wurde. Und du? Dir hatte Rex vergeben. Mit dir hatte er sich sogar angefreundet, und das trotz der Tatsache, daß er seine Mahlzeiten mit dir teilen mußte. So habt ihr euch dann beide, auf allen vieren, die Fleischstücke von den Knochen im Napf abgerissen. Fräulein Klopfer hatte einen sehr bleichen Teint, graue Augen und hübsches blondes Haar, das sie kurzgeschnitten trug. Sicher hat sie nach dem Krieg einen kleinen Laden in Berlin oder München aufgemacht. Du bist ihr nicht mehr begegnet. Immer hat sie von dem Geschäft geredet, das sie eines Tages eröffnen wollte. Sie dachte so gern an die Registrierkasse, das Einwickelpapier, die bunten Bänder. Wenn sie dich zufällig treffen würde, wäre sie sicher sehr freundlich zu dir. Ihr habt viel zusammen durchgemacht. Dieser furchtbare Geruch Tag und Nacht. Und hinterher das heimatlose Herumwandern, nachdem Kommandant Klein sein Versprechen eingehalten und dir Geld und ein Haus verschafft hatte. Das herrliche Haus von Hamdungs und seine Kleidung, seine Anzüge mit den Goldknöpfen und die Orden von 1917. Du mußt sie mal ausfindig machen und ihr die grauen Augen küssen. Sie, die mich so gesehen hat, wie ich wirklich bin. Ein Genie? Und dieser Hund bellt. Ich werde ihn abschlachten. Warum? Ist das nicht eine zu vulgäre Art des Selbstmords? Ich werde meinen Tod auf sehr viel elegantere Weise planen. Schließlich habe ich etwas von Kommandant Klein gelernt.

Ein Hund ist die Verkörperung kindlicher Freiheit.

Ein Hund ist ein gezähmter Wilder.

Ein Hund ist verbotene Liebe, die erlaubt ist. Kinder gucken gern mal zu. Sie sagen dann: »Cohens Hund hat Levis Hündin geheiratet.«

Ein Hund ist wilde Menschlichkeit. Ein Hund liebt Menschen und haßt sie. Ein Hund kann dressiert werden, haßt es, dressiert zu sein, kann aber nicht anders, als dressiert zu bleiben. Ein Hund ist traurige Augen und Dummheit. Ein Hund ist unendliche Treue. Ein Hund ist zentraler Gegenstand des Mitleids und manchmal kluge, verständige Augen. Menschen kann man leicht umbringen, fragen Sie Kommandant Klein, aber als die Engländer Frankfurt bombardierten und dabei ein Tierheim trafen, so daß an die hundert Hunde getötet wurden, weinten Frankfurter Mütter – deren eigene Söhne blind und verstümmelt zu ihnen zurückkehrten.

Ein Hund ist ein Mensch, der Kind geblieben, aber kein Baby mehr ist. Ein Hund ist gewaltiger Sinngehalt in einer sinnlosen Welt, weil er keine Todesangst, dafür aber Lebensangst kennt, während die überwältigende Mehrheit der Menschen das nicht weiß und die Ängste umkehrt.

Ein Hund ist die Rache des Dr. Gross.

Ein Hund ist es, der da Adam Stein anbellt, und Adam ist bis ins Innerste seiner Seele verängstigt, sagt Adam zu sich selbst.

Und Adam, der unterwegs eine Flasche Gin (Beefeater) aus ihrem Versteck hervorgezogen, einen Schluck daraus genommen, sie wieder zurückgestellt und danach eine gewisse Erleichterung verspürt hat, Adam, der dem Bellen nachgeeilt ist, während das Bellen mit ihm rannte, vorbei an den Zimmern, in denen es noch nicht war, dieser Adam kommt schließlich an eine Tür, hinter der das Bellen glockenrein zu hören ist: so klar, so deutlich, so nah.

Das Gesicht an die Tür gepreßt, steht er da und horcht. Das Herz klopft ihm: tam-tatam-tam, tatatam. Drinnen ist alles dunkel. Ein Aufheulen ist zu hören, und Adam, der die feinsten Nuancen im Gekläff von Hunden zu unterscheiden vermag, spürt die Angst, die seine Ankunft dem erschrockenen Hund im Zimmer einflößt. Das Jaulen des verängstigten Tieres klingt ihm vertraut. Wenn er wollte, könnte er mit einem Jauler antworten. War er nicht einst imstand gewesen, ein freundschaftliches Gespräch mit Rex bei einem Napf Fleisch zu führen? Kommandant Klein hat Rex an dem Tag vergiftet, an dem die Amerikaner kamen. Das hat er ihm später erzählt, als sie sich wiedertrafen. Kommandant Klein war damals Dr. Weiss, Professor für semitische Sprachen aus Berlin, der während des Krieges, so behauptete er, nach Treblinka deportiert worden war. Aus rassischen Gründen. Seine jüdische Abstammung hatte Adam ihm bestätigt. Eine Hand wäscht die andere. Und Klein-Weiss hatte Angst, genau wie dieser Hund hier hinter der Tür. Nachdem er seine bescheidene Wohnung eingerichtet hatte, verließ er sie nicht mehr und sah außer Adam, der ihn besuchen kam, keinen Menschen. Von Adam erhielt er eine kleine Rente ausgezahlt, und im übrigen saß er da und studierte die semitischen Sprachen. Adam meinte, seine Kenntnisse des Akkadischen und Ugaritischen reichten aus, um ihm einen Lehrstuhl in Südamerika oder sogar Israel zu verschaffen. Einmal erwog er auch, ihm das anzubieten, als gewisse Entschädigung für den Abscheu, den er sich selbst gegenüber empfand, weil er nicht nur Jude war, sondern auch noch ein lebender Jude. Und hier war nun ein Deutscher dazu verurteilt, sein ganzes Leben als Jude zu leben und dabei noch – als früherer Kommandant Klein – sehr wohl zu wissen, was es bedeutet, Jude zu sein. Kommandant Klein alias Dr. Weiss trug immer eine Granate bei sich. Man wußte nicht warum. Diese Granate, die von jemandem auf die näher rückenden Amerikaner abgeschossen worden, aber irgendwie nicht explodiert war, benutzte er als Hammer. Er schlug Nägel damit ein. Das heißt außerhalb der Stunden, in denen er semitische Sprachen lernte, und außer den ungefähr zehn Minuten, in denen er Adam in seinem bescheidenen Zimmer empfing. Adam brachte ihm dann seine tägliche Rente in einem amerikanischen Präservativ, das er vorher aufgeblasen hatte, um die Münzen hineinzustecken. Das war die Tagesration für den, der sich einst Fräulein Klopfer auf den Schoß gesetzt hatte, um den Anblick zu genießen, wie Adam und der Hund Rex ihren Knochen abnagten. Zwei Nasen, ein Knochen. An die Nägel an der Zimmerwand heftete er kleine Zettel mit rätselhaften Sätzen in Ugaritisch, Akkadisch, Phönizisch, Hebräisch, Assyrisch und Babylonisch. Und wie schlug er die Nägel ein? Mit der Granate. Und Adam lachte. Genauso wie früher Kommandant Klein, der jetzt der Bruder seines Zwillings ist. Einmal kam die Hauswirtin in seine Wohnung, als Herr Kommandant Klein bzw. Weiss gerade einen Nagel mit seiner Granate einschlug, und sie fiel glatt in Ohnmacht. Sobald die beiden von nun an mal lachen wollten, riefen sie nach ihr, Kommandant Klein alias Weiss hämmerte mit seiner Granate los, und sie sackte bewußtlos zusammen. Und dann lachten sie. Zehn Minuten täglich hatte er ihm gewidmet, um ihm seine Rente in einem Kondom zu bringen, bis er nach Israel gefahren war, und wer weiß, was aus Kommandant Klein, lies Dr. Weiss, geworden ist ohne seine tägliche Zuteilung.

Ganz langsam sieht er klarer. Die tiefe Dunkelheit hat sich etwas gelichtet, so daß man schon einige Gegenstände im Zimmer unterscheiden kann: Stuhl, Fenster, Schrank und eine Kette. Der Hund ist an der Wand links vom Fenster angekettet. Was für ein Hund es ist, läßt sich nicht feststellen, denn er ist mit einem Bettlaken bedeckt, in das nur dort, wo sich sein Gesicht verbirgt, ein großes Loch geschnitten ist, durch das der Hund vermutlich guckt.

Der Tür nähert sich jetzt der Pfleger Goldin mit einem Tablett, auf dem wackelnd und klappernd, ping-ping, ein Teller mit Brot und Fleisch steht. Pfleger Goldin schiebt Adam ein wenig beiseite, wirft das Essen durch das Guckfenster ins Zimmer, rümpft die Nase wegen des von drinnen kommenden Gestanks und macht sich wieder davon. Adam spürt den Gestank nicht. Er ist immun gegen ihn, weil er sich vor Jahren daran gewöhnt hat. Pfleger Goldin ist niemals ein Hund gewesen. Adam schon. Er lugt wieder hinein. Das Essen liegt auf dem Boden, und der Hund rührt sich nicht vom Fleck. Er jault, kratzt mit den Pfoten die Farbe von der Wand, doch da, vom Hunger überwältigt, springt er samt seiner Bettuchumhüllung unter lautem Kettenrasseln vorwärts zu dem Fressen, hebt den Kopf, bellt, packt die Nahrung, zerrt sie unter das Bettlaken und kehrt auf seinen Platz in der Zimmerecke zurück.

Jetzt kann Adam Stein, dessen Augen sich inzwischen an die Dunkelheit gewöhnt haben, die Augen des Hundes erkennen, die ihn durch das Loch des dreckigen Lakens anblicken, unter dem er liegt. Warum hat er solche Angst gekriegt? In Jaffa hatten sie einmal dem Hund von Dr. Böhm Meskalin gegeben, so daß er schizophren wurde. Einen Augenblick glaubte er, eine Katze zu sein, und versuchte, sich selbst zu beißen. Lächerlich war das. Er fiel um, kroch auf den Bauch, jaulte, sprang vom Dach und war tot. »Warum versteckst du dich unter dem Laken? Wie heißt du?«

Ein heftiges Bellen läßt das Laken erbeben.

Gina, die die ganze Zeit still neben ihm gestanden hat, versucht, sich förmlich in die Wand hineinzudrücken, um ihm nicht im Weg zu sein; sie streicht ihm mit der Hand über die Schulter. Und er, er kann die Augen nicht von dem Hund abwenden. Von dem Laken. »Wer bist du?« Er empfindet eine gewisse Unruhe. Sein scharfes, an Hunde gewöhntes Auge spürt, daß da etwas nicht in Ordnung ist. Sein Geruchssinn nimmt eine Anomalie wahr. Dieser Gestank ist schwer einzuordnen: er enthält die Schärfe von Menschen und nicht die Süße des Hundegestanks.

Und dann hat er's auf einmal. Kein Zweifel, der Hund ist nichts anderes als ein Ungeheuer in Hundegestalt: er steht auf allen vieren, bellt, aber die Augen – die haben fast etwas Menschliches.

»Komm, Adam, komm, laß uns gehen!« Gina versucht, ihn mitzuziehen. Sie hat Angst um ihn. Sein Gesicht wirkt gequält.

»Nein.«

Das Ungeheuer streckt die Nase aus dem Loch, aus dem drekkigen Laken, und jault ihn erneut an. Sagst du mir, geh weg? Warum ? Ich bin genauso traurig wie du. Aber sein Ohr oder sein Herz empfangen eine andere Melodie. Das Ungeheuer sendet, und die Welle ist nur zu bekannt. Er, der Dinge zu lesen weiß, die niemand gesagt hat, und verborgene Geheimnisse eines jeden Menschen kennt, entnimmt dem Ton des Jaulens einen Sinngehalt, der sich in seinem Hirn zu den Worten Auflehnung und Kindheit formuliert – ein rebellierendes Kind, signalisiert ihm sein Herz. Und die kindliche Auflehnung ist nicht wählerisch hinsichtlich der Mittel zum Zweck, sie kennt keine Gewissensbisse. Das ist ein Spiel, das außer Kontrolle geraten ist, in dem es keine Regeln mehr gibt – wild. Eine Maske, die am Gesicht festgeklebt ist und sich nicht mehr ablösen läßt.

Diese Signale verblüffen Adam Stein. Auf alles war er gefaßt gewesen – nur nicht auf ein Ungeheuer, das sich gänzlich auf Schwindelei verlegt hat. Er ist zutiefst erschrocken: hier ist es jemandem gelungen, noch weiter zu entfliehen als er selber. Ist das die Rache und die Überraschung dieses Kastraten Gross? Hat der jemanden ins Institut geholt, der ihn in seiner Fähigkeit zu entfliehen, zu täuschen, sich zu verstellen übertrifft? In dieser Fähigkeit, die ihm zur zweiten Natur geworden ist? Er hätte jemanden töten mögen, wie es Kommandant Klein mit Rex getan hatte, ohne Gewissensbisse.

Doch der Hund, der gar nicht weiß, daß Adam Stein ihn als

Ungeheuer bezeichnet hat, verkriecht sich in seinen Winkel, rollt sich unter seinem Laken zusammen und zittert in der dunklen Ecke dort. Jetzt gibt es nur noch Schatten und Gestank in dem Raum. Adam schlägt das Guckfenster zu und geht auf sein Zimmer zu. Still, ganz still. Er ist traurig und versonnen. Aber welch ein Wunder – die Schmerzen sind vorbei. Alles ist, wie es war. Eine Art momentane Genesung, wieder einmal, wie immer. Die schöne Lilit, die hinter ihm hergeht, ist völlig vergessen. Er kehrt auf sein Zimmer zurück, knallt Gina, der ganzen Welt, die Tür vor der Nase zu und beginnt in seinen Sachen zu kramen. Er nimmt die Gitarre zur Hand und spielt Schuberts *Forelle*. Die Musik verleiht ihm ein gewisses Gefühl der Sicherheit. Wenn Mutter *Die Forelle* summte, wußte er, daß sie und Vater einander noch liebten, und fühlte sich sicher. Sogar im furchtbarsten Gewitter. Dann sieht er sich einige seiner Habseligkeiten an. Das Plastilin... morgen wird er modellieren. Einen Kopf. Er modelliert gern mit Plastilin, er mag das Klebrige, Schlammige, den Dreck, der unter die Fingernägel dringt. Herbert und Kommandant Klein sind verschwunden. Ruhe herrscht jetzt in seinem Hirn. Das Herz schlägt regelmäßig. Der Mann ist gesund geworden. Für ein, zwei Tage. Der Weg zur Hölle ist mit vielen Genesungen gepflastert. So ist das. Er summt, singt die Worte der *Forelle* in dem alten, uralten Deutsch der Pensionswirtin, die nicht mit der Zeit gegangen ist. Die von Deutschlands größtem Clown erwürgt werden wollte. Ja, das wollte sie! Daran besteht kein Zweifel. Der Zeitenfluß nagt. Er selbst entschwebt jetzt weit weg zu seinem einen Großvater, der nicht gewußt hat, was es bedeutet, ein Hund zu sein. Sie wohnten damals in dem kleinen Getto und liebten den Schöpfer. Der sie verbrannte. Er wird anfangen zu lachen. Er wird das Ungeheuer zum Lachen bringen, das Dr. Gross ins Institut gebracht hat, um ihn zu ärgern. Und er wird lachen, weil diese Monstergestalt sein Herz erobert hat mit ihrem Jaulen und Bellen. Dieses Lachen enthält etwas, was vielleicht verborgene, abgestorbene Gefühle weckt. Liebe zum Beispiel, von der er Kommandant Klein einmal, als er ihm seine Tagesrente im aufgeblasenen Gummi brachte, gesagt hatte, sie sei bei der Schöpfung der Welt aus ihr verschwunden.

*

Nachdem Adam sein Zimmer einmal verlassen hat, wird er nicht mehr eingeschlossen. Jetzt ist er wie all die anderen in der Pension Zisling unter der Leitung des Oberscharfrichters Dr. Nachum Gross. Adam geht in die Küche, die riesige, blitzsaubere und gestärkte Küche. Aus dem Speisesaal dringt der Mittagessenslärm. Alle sitzen um die kleinen hübschen Tische mit den sauberen hellgrünen Tischdecken, auf denen Krüge mit kaltem Wasser, Salz und Pfeffer, Senf, Anchovis, Chilisauce, Ketchup, Zitronensaft, Essig und kaltgepreßtes Olivenöl stehen. Pierre Loti, der Koch, ist gerade mit der Zubereitung von *mousse au chocolat* zum Nachtisch beschäftigt. Auf Adams Bitten gibt er ihm die gewünschten Bonbons, ohne auf seine übrigen Worte zu hören oder sie zu verstehen. »Da bitte, nimm!« Er streckt ihm die Bonbons israelischen Fabrikats hin, murmelt etwas unter seinem dünnen Schnurrbart und fährt mit seiner Arbeit fort, die große Fertigkeit und höchste Konzentration verlangt: *mousse au chocolat à la Arad*...

Bevor er zu dem Guckfenster geht, zu dem Hund, der nach ihm ruft, bevor er sich zu dem Ungeheuer begibt, um es mit Bonbons zu töten, muß er etwas zu sich nehmen. Auch die, die wie er ein temporäres Leben leben, müssen essen. Das ist eine biologische Tragödie. Er weiß schon, weiß schon, weiß schon – Herbert, laß mich in Ruh! Augenblicklich! Die Bonbons sind für das Ungeheuer! Ja, das ist mein persönliches Problem – so kannst du vielleicht mal eine Zeitlang verschwinden. Niemand lacht! Oder doch?

Der schöne große Speisesaal mit seinen zartgelb gestrichenen Wänden, der aufwendigen Ausstattung und den prunkvollen Porzellanleuchtern, die ihn mit dem Licht von tausend Kerzenbirnen erhellen, ist voll besetzt. Gedämpfte Musik dringt aus unsichtbaren Lautsprechern an den Wänden. Serviermädchen laufen zwischen den Tischen umher und tragen nur vom Besten auf. Berauschende Düfte von gebratenen Zwiebeln und herrlichen Saucen verschmelzen mit dem Duft der Nelken, die in bläulichweißen Vasen in den Ecken des großen Saales stehen. An jedem Tisch speisen vier Menschen. Vierergruppe auf Vierergruppe nach dem Plan der Mrs. Zisling, deren Leichnam jetzt in Cleveland im Kühlhaus friert. (»Was passiert, wenn in Cleveland mal der Strom ausfällt?« hatte Arthur einmal gefragt.)

Adam setzt sich zur Schwester Schwester. Andere begrüßen ihn, lächeln ihn an. Er winkt seinen Freunden zu, die ihn nach seinem Befinden fragen, bedankt sich für die Blumen, die man ihm gebracht hat, für die Genesungskarten. Eine Frau an Adams Tisch hält den einen Arm in die Luft. Sie wird mit der linken Hand essen, mit der Rechten stützt sie den Himmel ab. Herr Zuckermann, der bei Wolfowitz dem Betrüger sitzt, hat viele Feinde, ebenso wie der schöne Ruben. Herr Zuckermann blickt mißtrauisch in die Runde, um dann blitzschnell, wie bei einem Zauberkunststück, die Gabel von der rechten in die linke Hand wandern zu lassen. Das ist das Zeichen, auf das die Geheimagenten warten, die über das ganze Haus verstreut sind. Einige hat Mrs. Zisling noch persönlich eingeschleust; schließlich war sie nichts anderes als eine Handlangerin der CIA und des FBI.

Am Ärztetisch bricht plötzlich Gelächter aus. Offenbar hat dort einer, vielleicht Dr. Fabrikant, eine schlüpfrige Anekdote zum besten gegeben, eine von der Sorte, die er für jede Gelegenheit selbst erfindet, wobei er dann allerdings vergißt, daß er sie schon hundertmal erzählt hat. Es ist jedoch irgendein neuer Arzt hinzugekommen, und deshalb lachen sie wohl aus Höflichkeit. Zwei Tische sind für Gäste reserviert, und dort sitzen sie auch in feiner Kleidung und genießen die Klimaanlage, das exquisite Essen, den hervorragenden Hauswein, die gedämpfte Musik, die aufmerksame Bedienung. Nur wenige haben das Glück, zum Essen ins Institut für Frieden und Therapie eingeladen zu werden. Es gibt eine Rangliste: der Adel von Beer Scheva – die Mitarbeiter am Atomreaktor, die Wissenschaftler –, die Leute vom Verteidigungsministerium, die Ingenieure, die Gründer von Arad, gewöhnliche Gäste. Die schweren Vorhänge verdecken die Wüste, die Synthetik neutralisiert die weißen Berge, die Hitze, den Wind, die Geier und die Adler.

Ein schwermütiger junger Mann, der einen schwarzen Anzug und einen flachen Hut trägt, verbirgt sein Tafelmesser mit dem gelblichen Griff unter Arthurs Teller. Frau Tamir, die Adam Stein noch von Hauchhausen kennt, hilft dem Jüngling, seine Mahlzeit einzunehmen. Die Gäste haben keinen Blick für Frau Tamir. Sie schämen sich hinzuschauen. Sie sind hungrig. Viele, viele Tage haben sie auf die Einladung gewartet, Pierre Lotis Spezialitäten zu kosten. Und der Appetit könnte leiden. Schon die ganze

Woche über haben sie sich in kulinarischer Vorfreude mit dem Essen zurückgehalten. Frau Tamir schlägt mit dem fein ziselierten Silberlöffel an den leeren Suppennapf, der noch leerer als leer wirkt angesichts der lachenden Ärzte und der gleichgültigen Serviererinnen marokkanisch-jüdischer Abstammung, die man gerade wegen ihrer inneren Unbeteiligtheit aus dem nahen Mizpe Ramon engagiert hat. Und mit der auffallenden Leere in dem weißen Porzellanteller füttert Frau Tamir den jungen Mann, der die Luft mit offensichtlicher Unlust hinunterschluckt. Er würde es nicht wagen, selbständig zu essen. Neunzehn ist er. Ein geschlagenes Jahr hat er haltlos geweint, bis er keine Tränenflüssigkeit mehr im Leib hatte. Nun weint er nicht mehr, aber man weiß nicht warum. Ganz blaß und weiß ist er, und er braucht Frau Tamir, die ihren Sohn »dort« verloren hat, er braucht es, daß sie ihn füttert. Und sie erfüllt ihre Aufgabe gern, die – wie Dr. Gross meint – schon die halbe Heilung für sie ist. Nachts geben sie ihm intravenös richtige Nahrung. Jetzt schluckt er lustlos die Luft. Und Adam, der inzwischen beim Essen ist, kann es kaum abwarten, damit fertig zu werden, um wieder dem Bellen nachlaufen zu können...

Pierre Loti geht nun auf Adam zu und bittet ihn, den Wein zu probieren. Adam kostet, leckt sich die Lippen, schnalzt mit der Zunge und läßt ein zustimmendes Hmmm vernehmen. Pierre gibt einen Fingerzeig, worauf die Serviererin den Wein in hübsche, langstielige Gläser einschenkt.

Pierre Lotis Küche ist exquisit. Sie genießt Weltruf. Die *New York Times* veröffentlichte einmal einen lobenden Artikel, in dem der Verfasser schrieb, die Mahlzeit, die er im Institut eingenommen habe, sei eine der besten seines Lebens gewesen. Zweifellos dürfe man Lotis Küche als die vorzüglichste in Israel und vielleicht sogar im ganzen Nahen Osten bezeichnen. Gerade so hatte es die tiefgefrorene Verstorbene, die jetzt im Clevelander Kühlhaus liegt, auch haben wollen. Ihr ganzer Wunsch richtete sich auf Vollkommenheit in allen Funktionen des Instituts.

Vor einigen Jahren, als die Planungen schon im Gang waren, hatte Mrs. Zisling mit der Schwester Schwester erneut das Jaffaer Krankenhaus aufgesucht, um dort mit Dr. Gross und Adam zu sprechen, da ersterer ihr Institut leiten und letzterer mit Gott reden sollte.

Während Mrs. Zisling noch in ein angeregtes Gespräch mit den Ärzten, unter dem Vorsitz von Dr. Gross, vertieft war, in dessen Verlauf sie verschiedene Fragen stellte, um aufgrund der Antworten die Zukunft des Instituts konzipieren zu können, wurde das Abendessen aufgetragen. Einer der jüngeren Ärzte, ein Neueinwanderer aus Frankreich namens Josien Levi, hob dabei sein Glas zu einem Toast auf die Französische Revolution, die genau an diesem Tag – dem 14. Juli – vor 170 Jahren ausgebrochen war. Nach Mrs. Zislings Wissen war die Französische Revolution jener dummdreiste, grausame Aufstand, den die Kommunisten inszeniert hatten, um George III. mitsamt dem ganzen Königshaus auszurotten und sämtliche männliche und weibliche Angehörige des Adels auf dem elektrischen Stuhl zu exekutieren. Weiter erinnerte sie sich noch, daß infolge dieses Ereignisses Josef Stalin an die Macht gekommen war, der dann die Juden vernichtet hatte. Deshalb war Mrs. Zisling zutiefst erschrocken, als sie den Trinkspruch dieses jungen Einwanderers vernahm. Sie wurde kreidebleich im Gesicht und zitterte am ganzen Leib, so daß Dr. Josien Levi sich beeilte, ihr ihren Irrtum bewußtzumachen. Tatsächlich stand Mrs. Zisling neuen Strömungen aufgeschlossen gegenüber und war gern bereit, ihre Auffassungen zu ändern und etwas dazuzulernen. Das war schon seit der Kindheit ihre Art gewesen, und sie hatte sich im Lauf der Zeit nicht zu ihrem Nachteil verändert. Als ihr nun klar wurde, wie groß ihre Unkenntnis gewesen war, daß sie so ganz und gar nichts über diese großartige Revolution gewußt hatte, die der Demokratie zum Durchbruch verholfen hatte und nicht wenig von »ihrem« George Washington und »ihrem« Thomas Jefferson beeinflußt worden war – so jedenfalls sprach Dr. Levi, was ihr sehr schmeichelte –, ließ sie sich daher gern überzeugen und erhob nun ihrerseits begeistert ihr Glas auf das Wohl Frankreichs und seine große Revolution, während die Schwester Schwester ihr freudig applaudierte und sie danach auf die Stirn küßte.

Gleich darauf mußte sie jedoch feststellen, daß die Reden über Freiheit, Gleichheit, Brüderlichkeit mehr Lippenbekenntnis als gelebte Wirklichkeit waren. Im Speisesaal der Patienten entdeckte sie nämlich, wie weit das kulinarische Ziel von den hehren Schlagworten entfernt war. Das Essen, das die Patienten dort vorgesetzt bekamen, war elendig schlecht, verschrumpelt und verkocht und dazu noch von Fliegenschwärmen umschwirrt. Das Wasser war abgestanden, die Oliven schmeckten fade, die Kartoffeln waren angebrannt, und das zähe Fleisch ließ sich kaum kleinkriegen.

An jenem Tag reifte in ihrem Herzen der Entschluß, daß in dem von ihr zu errichtenden Institut das Essen exquisit und der Koch französisch sein müßten und daß Ärzte und Patienten ihre Mahlzeiten gemeinsam einnehmen sollten. Damit hielt sie die drei Grundsätze der Französischen Revolution für erfüllt – durch die *Freiheit*, gute und wohlschmeckende Gerichte aus dem abwechslungsreichen Angebot auszuwählen, die *Gleichheit* zwischen Ärzten und Patienten und die *Brüderlichkeit* zwischen Franzosen und Israelis. Auf ihrem Rückweg in die Vereinigten Staaten machte sie in Paris halt, um dort nach einem geeigneten Küchenchef Ausschau zu halten. Nach vielen Nachforschungen machte sie Pierre Loti ausfindig. Pierre, der verheiratet und Vater einer Tochter war, wurde ihr als einer der größten Kochkünstler empfohlen, als wahrer Zauberer, als Ritter der Kochkunst, als König Arthur der feinen Tafelrunde. Außerdem sei er wißbegierig, von Forschergeist durchdrungen, ein Mann von Einfallsgabe und großen Kenntnissen, ein solider Handwerker und ein begnadeter Künstler – kurz gesagt, er besaß all jene Eigenschaften, die sie suchte. Pierre Loti war seinerzeit Chefkoch des Restaurants *Cluny* im Faubourg St. Honoré. Da seine Frau jedoch seit einiger Zeit an schwerem Asthma litt, empfahlen die Ärzte einen längeren Aufenthalt im Hohen Atlas. Als Mrs. Zisling seine Bekanntschaft machte, war er gerade emsig mit den Reisevorbereitungen beschäftigt und äußerst niedergeschlagen. Irgendwie wollte sich sein Herz nicht dem harten Schicksal beugen. Nordafrika ermangelte, trotz all seiner Vorzüge, jenes sprühenden, lebendigen, eleganten Flairs, das er so sehr liebte. Aber Mrs. Zislings Angebot fand sein Interesse. Erstens bewunderte er Israel und Mosche Dayan wegen des Sinai-Feldzugs, der vor nicht allzu langer Zeit stattgefunden hatte, und das jüdische Volk in Israel schien ihm von einem Sendungsbewußtsein durchdrungen zu sein, das seine Phantasie reizte. Zweitens hatte sich die Luft in Arad als für Asthmakranke besonders günstig erwiesen. Manche sagten sogar, es gebe auf der ganzen Welt kein gleichwertiges Klima für Asthmakranke. Arad war eine neue, noch ganz im Aufbau befindliche

Stadt. Und obwohl Pierre an sich müde, satte Städte wie Paris liebte, träumte er gelegentlich auch von Pionierleben, Eroberung der Wüste, Kühnheit, Wildem Westen, heulenden Schakalen und einer furchtbaren, ergreifenden Jungfräulichkeit. Arad paßte zu dieser Seite seiner Persönlichkeit. Israel ist nicht groß. Man kann von Zeit zu Zeit nach Tel Aviv fahren. So befindet man sich nah einer echten Metropole europäischen Stils und ist doch Pionier in der Wüste.

Pierre lebte sich nicht nur gut im Institut ein, sondern entwikkelte auch eine enge Beziehung dazu. Die Arbeit dort gefiel ihm sehr viel besser, als er ursprünglich gedacht hatte. Er richtete sich eine Versuchsecke ein und studierte die orientalische Küche. Außerdem legte er ein Kräutergärtchen an, experimentierte verschiedentlich mit den einheimischen Gewürzen und versuchte sogar, sie in die französische Küche einzubeziehen. Insgeheim hoffte er, eines Tages ein Buch zu verfassen mit dem Titel *Französische Küche im Orient* oder *Orientalische Gerichte im klassischen französischen Stil* oder *Pragmatisches Kochen – nach den Vorschlägen eines französischen Kochs in der Wüste.* Vorerst aber, da er keine Muße zum Schreiben eines dieser Bücher fand (er hatte sich noch nicht endgültig entschieden, welches es sein sollte), kochte er Delikatessen, die Israel bisher nicht gekannt hatte. Die Nachricht von den Spezialitäten des Hauses verbreitete sich wie ein Lauffeuer in den umliegenden Städten. In Aschdod, Aschkelon, Gedera, Rehovot und sogar in Tel Aviv und Haifa warteten Leute sehnsüchtig darauf, einmal übers Wochenende in das Krankenhaus eingeladen zu werden beziehungsweise in das Sanatorium, wie sie es untereinander zu nennen pflegten, um nicht klar heraus zu sagen,daß ich, der leitende Ingenieur eines großen Gewerkschaftskonzerns, Absolvent der Universität Cambridge und des MIT, darauf hoffe, ein Wochenende in einem Irrenhaus verbringen zu dürfen – erbaut von einer Spinnerin, die noch verrückter ist als die dort eingesperrten Verrückten, zu deren Ehren sie den Kasten hingestellt hat, mitten in der Wüste, hinterm Mond, bei einer wilden neuen Entwicklungsstadt namens Arad. Schweiz? Safed? Naharia? Nein. Eine Klapsmühle, mein Freund: Hummer in Madeira, Muscheln in Ambrosia, gedämpfte Poularde in Orangensaft, in dem Mandeln und Pinienkerne schwimmen, Röstkartoffeln, mit echtem Goldstaub eingerieben,

Zucchini nach philippinischer Art, *escalope de veau à la sauce chinoise*, japanisches Sa-schi-mi, echtes Wiener Schnitzel vom Kalb, das zuvor in einer Marinade aus Milch, Essig und Wein eingelegt wurde, fein gewürzt und bei einer ganz bestimmten Temperatur gebraten, köstliche Mousse und Vanilleschaum mit Früchten der Saison und vorzügliche Kuchen aus Maismehl, gemischt mit Beduinenhirse und...

Wer Adam Stein wirklich kennt – wie es zum Beispiel Arthur von sich behaupten kann –, dem braucht nicht erst gesagt zu werden, daß Pierre Loti und er einander vom ersten Augenblick an sympathisch waren. In Pierre Lotis Sicht ist Adam Stein ein »Mann von Welt« oder, wie er ihn Fremden gegenüber nennt: »mein guter Freund, der Mann von Welt« – ein Feinschmecker ersten Ranges, der wie kein anderer diese exquisiten Gerichte zu schätzen weiß, »Perlen, die vor die Säue und Narren geworfen werden«.

Adam kostet also den Wein und bringt seine Meinung durch ein Nicken zum Ausdruck. Während er sich flüsternd mit Pierre unterhält, rollt er die Bonbons in den Händen. Zu dem Zimmer! Zu der Laus! Zum Ende! Zu dem Ungeheuer! Um Dr. Gross mit diesen Bonbons zu töten. Diesen Erzschurken. »Die Ente in Wein gebraten – absolut großartig, ja, wirklich. Vielleicht hat ihr etwas Säure gefehlt, ach nein... eigentlich hätten drei Lorbeerblätter... aber Dill ist in diesem Fall vorzuziehen... du hast recht, Pierre, Dill aus deinem eigenen Garten... frisch und duftend... fein gewiegt, mit Essig, mit Zitrone, mit Knoblauch und etwas Zucker und Senf, ahhh... Und du, Schwesterchen, was meinst du?«

Sie ist ärgerlich. Gestern hat sie an seiner Tür gebetet, vor seinem Zimmer, und jetzt gibt er sich mit Nichtigkeiten ab. »Gott wartet in der Wüste, und du vergeudest deine Tage mit unreinen Speisen! Das Schicksal der Welt steht vor der letzten Entscheidung, und du...«

»Gestern, in meiner Ohnmacht, habe ich ein eigenartiges Rascheln gehört...«

»Was für eines?« Sie ist begeistert, hängt erwartungsvoll an seinen Lippen: »Was? Was? Was?«

»Ein Geräusch. Ich weiß nicht. Wenn es heute nacht wiederkommt und Herbert auf der Fensterbank sitzt, werde ich ihn fragen. Vielleicht sind es die ersehnten Schritte?«

Sie verbirgt ihr Gesicht in den Händen, rollt mit den Augen und versinkt in einem angenehmen Tagtraum. Sie wartet mit ungeduldiger Seele. Wie lange noch, mein Gott, wie lange? Der junge Mann erhebt sich jetzt von seinem Stuhl. Gerade hat er die Mahlzeit beendet. Mit Frau Tamirs Hilfe. In einer Ecke singt jemand leise vor sich hin. Summt er, betet er? Vielleicht, vielleicht.

»Schwesterchen, hast du mal« (er muß jetzt kurz lachen, denn er hat einen großen Tag vor sich – das Ungeheuer) »Muscheln in Bourdeaux von 1875 gegessen? Hervorragender Jahrgang! Wenig Regen! – Muscheln mit zerstoßenem algerischen Knoblauch, der in einem Salzbett gezogen wurde? Hast du jemals pürierte Stierhoden mit Sauce Hollandaise aus den Dottern von Pfaueneiern und getränkt in einem Gemisch aus Cointreau und Karottensaft gekostet, die man lange Zeit in mexikanischen Tonförmchen gekocht hat?«

Nein, das hat sie nicht probiert und wird es auch nicht tun. Stierhoden. »Du solltest dich schämen, Adam!« Dabei lacht sie ein bißchen. Seine guten Augen, sein unschuldiges Gesicht. Ihr kleiner Schwindler. Der Mann, den sie in Jaffa ausgesucht hat. Wenn er doch endlich aufstehen würde, um mit Gott zu reden.

Er steht von seinem Platz auf, umklammert die Bonbontüte und verläßt den Speisesaal, den festlich gekleideten Gästen aus Beer Scheva, die jetzt auf die Nachspeise warten, wird man gleich die Mousse servieren.

*

Adam hat die Tür erreicht, die Hand voller Früchtebonbons, Tutti-Frutti. Er blickt sich nach allen Seiten um, öffnet das Guckfenster, und schon landen die Bonbons, Tutti-Frutti – Vater hat Bonbons gekauft, und ich freu mich so darauf – auf dem dunklen Fußboden und warten auf wen, auf wen, auf wen? Auf den Hund, daß er sie nehm. Adam Stein sitzt allein und wartet auf wen, auf wen, auf wen? Auf den, der ihn ausersehn. Er steht im Kreis, blickt in die Runde und streckt die Hand aus. Wer will essen aus meiner Hand? Der bekommt ein schönes Pfand, hahaha, du bist nur ein Ungeheuer, und ich habe Ungeheuerlichkeiten gesehen – dagegen mußt du verblassen. Zum Beispiel: einen langen, langen

Schornstein und Rauch. Und aus dem Rauch stieg Lotte auf. Die europäische Zivilisation auf ihrem Höhepunkt. Hut ab vor der Ewigkeit. Hut? Wer hat denn einen Hut gehabt? Rex hatte einen. Zu Purim hat Kommandant Klein entschieden, daß Rex sich verkleiden muß. Woher wußte er, daß Purim war? Aus dem Geheimsender der Alliierten. Den hat er abgehört, der Dreckskerl. Er wollte von allen Töpfen naschen. Und wußte, daß Purim ist. Also zogen wir Rex weiße Unterhosen und einen gestreiften Pyjama an, malten ihm schwarze Ringe um die Augen und zündeten ein Feuer an, in das der Erzjude hätte geworfen werden müssen. Aber hier, hier mischte sich Fräulein Klopfer ein, so daß Rex' Judentum nur eine Stunde andauerte und unser Freund danach wieder ein rassereiner arischer Hund war. Heil! Ja, ein Schornstein. Uh uh ah, wer kommt denn da? Ein Schiff mit einem Schornstein drauf. Wen bringt es uns in raschem Lauf? Ich komm aus einem fernen Land, da warten schöne Hunde am Strand, die wollen nur ganz schnell – einwandern in Erez-Israel. Ich öffne dir, mein zartes Ungeheuer, das Goldene Tor, das Misttor, das Löwentor und das Tor der Einwanderungsbehörde und des Jüdischen Nationalfonds. Zieh ein in meine Tore, jungfräuliche Tochter Zions. Adam lacht bei sich. Alles durcheinandergewürfelt. Unsinnige Gedanken. Wie ein Kind. Als das Krankenhaus noch in Jaffa war, konnte Adam sich kaum satt sehen an den Kindern der Stadt. Kleine Juden, die gar nicht wußten, was für ein Wunder ihnen widerfahren war. Eines Tages würden sie ganz Erez-Israel erobern, den Orient, die Welt. Sie würden eine Flagge hissen und die ganze Welt beherrschen. Aufgrund jener teuflischen Verheißung an Abraham: dir und deinen Nachkommen. Und wo sind diese Nachkommen heute? Und die Verheißung? Einwanderer sind gekommen. Uh uh ah, wer kommt denn da? Ein Schiff mit einem Schornstein, ha! Bringt uns aus der Diaspora – ins schöne Israel jaja. Ungeheuer, nimm dir Bonbons. Tutti-Frutti. Was mach ich denn hier. Dummkopf. Da hab ich auf Pierre Lotis Mousse verzichtet, und Pierres Mousse ist ein Gedicht, ein erhebendes Lied, wie die Missa solemnis oder Monteverdi oder auch Muzaks *Moonlight in Vermont*. Und Sie, gnädige Frau im Clevelander Kühlhaus, wie geht es Ihnen? Keine Ameisen? Welch glückliches Land, Kühlschränke ohne Ameisen.

Der Hund, das Ungeheuer, rührt sich nicht von seinem Platz

unter dem Laken. Dieser Rebell. Gibt mir einen Korb. Adam knallt das Guckfenster zu und geht weg. Er überlegt: Soll er weitermachen? Wiederkommen? Aus dem Zimmer erklingt ein Bellen. Er eilt zu dem Guckfenster, späht hinein. Die Bonbons liegen noch da. Aber der Hund hat gebellt. Offenbar hatte dieses letzte Bellen einen Grund. Die Logik eines Ungeheuers, der Adam nun auf den Grund zu kommen sucht. Wenn es die Bonbons essen, mich aber nicht im Guckfenster sehen wollte, hätte es nicht gebellt. Doch es hat gebellt und die Bonbons nicht gegessen. Demnach kann man die Sache folgendermaßen interpretieren: Es weiß, daß ich gespannt bin. Es hat auf mich gewartet, hat gewünscht, daß ich zurückkomme. Daher: Haß und Abscheu. Ich sollte wissen, daß es mir nicht nachgeben (nicht essen) wird, und damit ich das weiß, hat es gebellt, und das ist ein Zeichen der Annäherung, der Freundschaft, der Anschmiegsamkeit. Für ein Ungeheuer ist das fast schon eine Selbsterniedrigung.

Und jetzt... Das Laken bewegt sich auf und ab. Der Hund zittert. Das Ungeheuer hat Angst. Adam hat auch Angst. »Geh weg«, sagt er sich, »bevor es zu spät ist.« Er beginnt zu rennen, nur weg von der Tür. »Bloß ein Scheißköter«, murmelt er vor sich hin und weiß nicht – oder weiß es sehr gut und tut nur so, als ob er es nicht wüßte –, daß nun, nachdem er weggelaufen ist (und nicht weil er weggelaufen ist, im Gegenteil, das Ungeheuer wollte sein Weggehen ja gerade verhindern), daß jetzt der Hund hervorkriechen wird, um die Bonbons mit der Pfote zu packen, unter das Laken zu ziehen, in seine Ecke, und sie dort mit seinen verdreckten, stinkigen Pfoten zu befühlen.

Er tritt in das Sprechzimmer von Dr. Gross ein, des Mannes, der den Hund in der eindeutigen Absicht hierhergebracht hat, ihn durcheinanderzubringen. Dr. Gross streckt ihm zur Begrüßung die Hand entgegen, ohne nach dem Grund seines Kommens zu fragen. Da sitzt er auf seinem Sessel, »seiner Klosettschüssel«, wie jemand, der die ganze Zeit darauf gewartet hat, daß Adam Stein ihn mit seiner Gegenwart beehrt. Dann breitet Dr. Gross vor Adam seine Sorgen aus. Was ihn betreffe, das heißt nach seiner Meinung, sei der letzte Anfall, die Tatsache, daß Adam mit dem Kopf im Gitarrenkasten eingeschlafen sei, doch höchst beunruhigend. Nun sei gerade jetzt ein Gast aus Boston eingetroffen, der die Methoden Watsons anwende. »Der würde

Ihnen gern einige Tests vorlegen, ähnlich den Rorschach-Tests, aber nach neuen Richtlinien aufgebaut. Auch neue Medikamente stehen uns nun zur Verfügung.«

»Ich bin Patient, Grossikind, machen Sie mit mir alles, was Sie wollen. Übrigens lächle ich...«

»Sie haben Tränen in den Augen, Adam. Sie belügen mich.«

»Sie lügen.«

»Das sind Tränen, ich seh's doch. Ich habe das Licht im Rükken, sehe also sehr gut.«

»Wasser. Ich hab' vorhin Wasser getrunken.«

»Ah, in den Augen! Das ist dürftig, Adam Stein. Von Ihnen darf man mehr erwarten.«

Und Adam lächelt Dr. Gross an. »Ich bin bereit, allzeit bereit, Grossi. Wenn schon Versuchskaninchen, dann auch bis zum bitteren Ende. Für all Ihre Fehlschläge. Ich werde Ihr Grabstein sein, das Schandmal zu Ihrem Andenken, der Zauberer aus dem Lande Oz im Tempel der Mrs. Zisling, deren eisiges Gedenken uns zum Segen gereichen möge. Experimentiert nur weiter... Watson, Rorschach, Freud, Jung, LSD, mexikanische Kaktuswurzeln, Meskalin, Dr. Aronson, Dr. Sammet, Dr. Weiss, Teil- oder Vollhypnose, Benzedrin-Tabletten. Versucht's! Ihr werdet alle krank werden. Bevor ihr mich geheilt habt, seid ihr selber krank. Aber für eure Bereitschaft, es dennoch zu versuchen, habt ihr einen Orden verdient. Und eine Fabrik in dem Clevelander Kühlhaus stellt genau in diesem Augenblick solche Orden her. Aus gestocktem Blut. Hä?«

Am Abend kommen Gina und Miles Davis. Miles trägt ein Köfferchen in der Hand, das er in einer Zimmerecke abstellt. Arthur wartet draußen vor der Tür. Adam sagt: »Ruf ihn doch herein. Was soll das?«

»Das ist, weil du ihn nicht eingeladen hast«, antwortet Miles.

»Wer, ich?« Adam lacht.

»Du kennst doch Arthur.«

Miles geht hinaus und schiebt Arthur vor sich her ins Zimmer. Arthur zuckt verlegen die Schultern, blinzelt mit den Augen. Seine dünne Nase vibriert. Er nimmt einen tiefen Atemzug. Ein Nasenloch ist verschleimt, sondert ein rötliches Rinnsal ab, das Arthur in die Stirnhöhle hochzieht. Morgen ist er wieder krank – Nebenhöhlenentzündung. Aber nachdem er einmal drinnen ist, beruhigt er sich. Dieses Zimmer verleiht ihm ein Gefühl der Zugehörigkeit, wie er sagt. Er zieht die kleine Kindertrompete aus der Jackentasche, hängt sie sich um den Hals und wartet. »Was nun? Spielen wir?«

»Bevor wir mit der Musik anfangen – weiß jemand was über den Hund auf Zimmer 285?«

Nein, Gina weiß nichts. Miles ist sicher, daß Gina doch etwas weiß. Natürlich weiß sie was. Aber aus irgendeinem Grund will sie's nicht sagen. Miles selbst weiß hingegen nichts. Arthur weiß alles: Das sei ein australischer Seehund aus der Familie der Känguruhs. Diese Hunde entstammten einer Kreuzung zwischen belgischem Wolfshund und Känguruh und seien gefährlich. Adam weiß, daß es ein Ungeheuer ist.

Gina weiß gar nichts, das heißt, sie weiß schon, und dieses Wissen unterliegt auch nicht der Schweigepflicht. Aber die Unterlegenheitsgefühle, die sie in den letzten zwei Tagen überkommen haben, verlangen höchste Anstrengung, damit jeder Feind mit Gewalt aus dem Feld geschlagen wird. Und dieses Ungeheuer ist ein Feind, das sagt ihr ihr Empfinden. »Mit einem Wetterleuchten überkam sie der Sturm«, murmelt Arthur, der früher mal Gedichte las und manches auswendig behalten hat.

Adam versetzt der Wand einen so heftigen Schlag, daß ihm die Hand blutet, und ruft dabei: »Es ist strengstens verboten, Ungeheuer, Wildschweine, Hunde, Elefanten, Schildkröten, schizophrene Löwen und Fledermäuse in dieses Institut einzuschleppen. So steht's in ihrem Testament.« Er hat ihr Testament nie gelesen, aber die Leiche der tiefgekühlten Dame wird nicht plötzlich aufwachen, um etwas auszustreichen oder neu zu schreiben, was sie überhaupt nie geschrieben hatte. Der Schlag an die Wand hat sein Gemüt abgekühlt, zumal Gina, die gerade einen roten Schal strickt, aufgestanden ist und ihm das Blut abgeküßt hat, so daß ihr Mund einen Augenblick so rot wie ihr Strickzeug war. »Mist«, sagt er.

»Was ist Mist?« möchte Gina wissen.

»Du!«

»Oh, das ist schon ermutigend, Adam.«

Adam geht an den Schrank, holt die Gitarre heraus und stimmt sie. Ein Känguruh-Hund. Diese Idioten!

Miles ist der Bandleader. Als er vor zwei Jahren diese Musikabende einführen wollte, hatten sie vor einem schweren Problem gestanden. Miles ist nämlich ein besserer Trompeter als Arthur, der mit seiner Kindertrompete höchstens die Fledermäuse aufschreckt. Wenn es nur welche gäbe, dachte er, Fledermäuse haben so was Melancholisches an sich. Aber wie dem auch war: Was sollte man tun? Adam zupfte währenddessen auf seiner Gitarre herum. Und so kam man schließlich zu einer Einigung oder einer Kompromißlösung, richtiger gesagt, die keinen beschämte und von allen bereitwillig angenommen wurde. Arthur, dessen musikalische Begabung »enorm« war, wie Miles sagte (und Miles mußte es wissen), sollte Schlagzeugspielen lernen. Und das tat Arthur: Jeden Tag des Jahres, sommers wie winters, kannst du deine Trompete blasen, soviel du willst. Doch wenn der Abend anbricht und wir in unserem Heiligtum des Schwindlerkönigs zum Musizieren zusammenkommen, um uns zu erheben, um aufzugehen in den altbekannten Sphären göttlichen Seins, also im Jazz, der nicht seinesgleichen hat, nichts, das ihm nahekäme, das ihm verwandt wäre, der einzig und allein dasteht, dann – ja dann spielt Arthur Schlagzeug, Miles die Trompete und Adam Stein die Gitarre. Und Gina? Gina sitzt in der Ecke, in den Händen zwei Stricknadeln wie zwei ausgesandte Pfeile, auf dem Gesicht den starren Ausdruck tiefer innerer Ruhe, so tief wie ihre Liebe und so niedrig wie ihre Liebe.

Miles hat ein schmales Gesicht mit dunklem Teint, einen kleinen energischen Mund und eine verhältnismäßig breite Nase. Die Augen versteckt er Tag und Nacht hinter einer dunklen Sonnenbrille.

»Okay, boys.« Die Umgangssprache ist in diesem Zimmer zu dieser Stunde stets Englisch. Wenn Musik gemacht wird, ist Miles unfähig, Hebräisch zu sprechen. »Okay, boys, *Lullaby of Birdland*!«

Miles und der schöne Ruben gehören zu den wenigen Patienten des Instituts, die keine blaue Nummer auf dem Arm tragen. Man weiß nicht, warum Dr. Gross ihrer Aufnahme zugestimmt hat. Er wird sicher seine Gründe gehabt haben. Vielleicht wollte er die Eintönigkeit ein wenig durchbrechen. Schließlich besteht Grund zu der Annahme, daß dieses Haus nicht allein dazu errichtet wurde, um mit Gott ins Gespräch zu kommen, sondern daß neben den tiefgreifenden metaphysischen Erwägungen, die Mrs.

Zisling zur Gründung des Instituts veranlaßten, noch ein weiterer Grund mitgespielt hat: sicher wollte man auch versuchen, diese armen, unheilbaren Menschen, diese bedauernswerten Geistesgestörten zu heilen.

Arthur überrascht mit seinen Rhythmen. Sein Schlagzeugspiel gefällt Miles so gut, daß er zwischen seinen Trompeteneinsätzen immer wieder ruft: »Splendid, man, splendid.«

Gina liebt diese Nächte, hat viele davon in Erinnerung: diese im Ausschnitt des Fensterrahmens begrenzten, von bleichem Mondlicht eingehüllten Wüstennächte, die weißen Berge, das Glitzern, die Stille.

Nach einer Stunde Musik legen sie eine Ruhepause ein, und Miles erzählt von New York. Dort ist sein Herz zu Hause. Hier ist er nur ein vorläufiger Gast. Bald werden die Geheimagenten seine Papiere freigeben, und dann wird er von dieser Station aus seinen Heimweg antreten. Nach New York. Dort, zwischen Lenox und Seventh Avenue, in einer Welt der Schwarzen, hat er als einziger Weißer, als einziger Israeli über einem Club gewohnt, in dem er abends als Tellerwäscher arbeitete. Im Nebenraum spielten dann Charlie Parker, Miles Davis, Jo Jo Johnson. Er erinnert sich noch an das zarte Spiel des blinden Lenny Tristano und an Budd Paul, der zwischen den Sets dastand und »Kikeriki« brüllte, weil er sich für einen Hahn hielt. Und an Max Roach und den Klarinettisten Tony Scott. Einmal hatte er sogar Billie Holiday gehört, Lady Day, in einem langen weißen Kleid, wie ein Totengewand, mit einer weißen Gardenie im Haar, als sie im Sprechgesang vortrug: »Gott wohnt an einem einsamen Ort.«

Ihr Gesicht leuchtete, war gleichzeitig hell und schwarz. Sie sang: »Erklär mir nichts, Feuer erklärt sich nicht...«, und dabei glühten ihre Augen wie Kohlen. Einsame, ausweglos forschende Augen. Sie entblößte ihre weißen Zähne, rollte die Augen zur Seite, die Lider weit aufgerissen: theatralisch und doch nicht gespielt. Wahr. »Wie die Träne Gottes«, schmetterte der blinde Lenny Tristano, der sie nicht sah, aber seine Fühler ausschickte und alles wußte. Er erkannte ihre Schönheit mit seinen geistigen Augen, spürte das Wesen der Dinge an der Aura, die sie umgab, und die Traurigkeit am Zittern der Luft um sie her. Und ich wohnte oben, Zimmer Nummer 30, 161 West 117th Street, ein schwarzer Wohnbezirk. Ich lernte, Musik zu machen. Das war mir wichtig. Man hat mich ja so verspottet. Ich hatte keine Vergangenheit. Als ich noch zu Hause war, hatte ich es immer nur lernen wollen. Aber dort, in Harlem, unter all den Dirnen und Bullen, den Jazzmusikern und Drogenhändlern, da hab ich bei Nacht Teller gewaschen und bei Tag gelernt. Die schöne Billie Holiday hat für mich gesungen, zu meinen Ehren, wirklich nur für mich. Mein kleiner Israeli, hat sie gesagt, und dann gesungen und geredet. Die größte Sängerin aller Zeiten. Welche Innerlichkeit! Die Worte entrangen sich ihrem Herzen, stiegen ihr auf die Lippen, wo die Zähne das Feuer abkühlten, die Glut erkalten ließen, und so traten die Worte in die Welt hinaus – als gefrorenes Feuer.

Jetzt spielen sie *Making Whoopie*, und Miles sehnt sich nach den guten Tagen zurück. Hector's Cafeteria. Der Zug nach Coney Island. Heiße Würstchen. Er erinnert sich an die Kleine, die er in Coney Island geküßt hat, im Winter, zwischen den Mülltonnen, aus denen der scharfe Gestank von Meer und verfaulten Abfällen aufstieg. Und unter ihrem Pelzmantel war die Kleine nackt gewesen. Er erinnert sich an die Musikbox in dem großen Geschäft in der 42. Straße, unter dem Lustspielkino. Draußen waren Zerrspiegel angebracht: in dem einen war man so feist wie Dick, im anderen so spindeldürr wie Doof. Einmal kam ein Marsmensch in diesen Laden. Miles lacht. Aber er ist sicher oder meint, ganz sicher zu sein, daß er ihn wirklich gesehen hat. Er hatte Plastikarme, aus seinem gesichtslosen Kopf ragten Fühler, und insgesamt ähnelte er dem Zigarettenautomaten an der Ecke – nein, eher der Musikbox. Seine Zähne waren Transistoren, seine Beine Gummispiralen, seine Augen Fenster mit tief eingesetzten kleinen Taschenrechnern. Und dieses Wesen vom Mars war an die Musikbox herangetreten, die gerade *How much is that doggie in the window?* spielte, und hatte mit blecherner Stimme, in der das Dröhnen von Glocken mitschwang, zu der Kleinen gesagt: »Was hat ein hübsches Mädchen wie du an diesem elenden Ort zu suchen?«

Ganz plötzlich, mitten in *Making Whoopee*, springt Adam auf, legt hastig die Gitarre nieder, bricht aus aus der Ruhe und Schönheit, aus den Erinnerungen, dem roten Schal und dem kameradschaftlichen Beisammensein, stürmt aus dem Zimmer, knallt die Tür hinter sich zu und rennt. Er spricht laut mit sich selbst: »Ich muß es wissen, in drei Teufels Namen: ist es nun ein Ungeheuer? Auf Gedeih oder Verderb oder was auch immer.«

Er bekommt feuchte Hände vor Aufregung. Mäuse nagen an seinem Herzen. Sein Herzblut entweicht, bildet den Teppich zu seinen Füßen, über den er rennt. Und seine Beine stampfen schwer wie Eisenstangen vorwärts. Die Korridorlautsprecher spielen die *Scheherazade* mit hundert Geigen, Schmalz – hundert Gänse strecken ihm den Hals entgegen, werden abgeschlachtet; ihr Fett ist schwer und wohlschmeckend, gut für die Seele. Mörder. Ungeheuer. Gross ist ein kastrierter Schuft. Er erreicht die Tür. 285. Noch jemand ohne blaue Nummer auf dem Arm. Ein Witz. Woher weißt du das denn? Vielleicht haben sie den Hund aus den Krematorien rausgeholt? Dich etwa nicht? Kommandant Klein, das heißt Dr. Weiss, hat dich da rausgeholt! Wer bringt ihm jetzt Münzen im aufgeblasenen Kondom? Einen Augenblick muß er lachen.

Er öffnet das Guckfenster, und sofort entbrennt etwas in ihm. Der listige Scharfsinn, mit dem er jeden Schritt in seinem Leben plant, versagt, zerschmilzt, verflüchtigt sich vor diesem Guckfenster. Die hineingeworfenen Bonbons liegen noch da, an demselben abscheulichen Fleck. Das Ungeheuer hat sie nicht genommen, nicht verschlungen. Die Sache ärgert ihn, bringt ihn zur Weißglut. Er ruft ins Zimmer hinein: »Ungeheuer, ich kann genauso grausam sein wie du.« Der Klang seiner brüchigen Stimme, in der ein Flehen mitschwingt, verwirrt Adam Stein. Er geht zum Flüsterton über: »Kriech unter deinem dreckigen Baldachin hervor. Zeig mir, wer du bist. Hast du Hörner? Oder was für ein Hund bist du? Ein Hund? Deine Augen sind nicht hündisch.« In Wahrheit, denkt er bei sich, sind sie schon hündisch, aber sie haben etwas Ungeheuerliches, Menschliches (?) im Ausdruck. Adam Steins Gummigesicht, die Maske des Spaßmachers, des großen Clowns vom berühmten Zirkus Adam (Kommen Sie zum Zirkus Adam und sehen Sie die sieben Weltwunder. Alles in einem Zelt! Sechzig Pferde, Elefanten, die auf ihren Rüsseln stehen, Clowns! Der größte Clown der Welt. Trapez – der gewagteste, gefährlichste Sprung der Weltgeschichte: zwanzig Meter weit ins Feuer hinein! Motorräder brausen übers Seil! Bären tanzen das *Schwanensee*-Ballett! Der Zauberer George und die verschwindenden Gegenstände! Der bekannte indische Hypnotiseur Jal Hadsch-Hamhuni bei seiner grauenhaften Reise in die Vergangenheit – ein Treffen mit Verwandten, die seit hundert Jahren tot sind! Ein fluoreszierender Friedhof mit leuchtenden Skeletten und Röntgenaufnahmen verstorbener Seelen. Eine Grille von zehn Meter Länge gleitet in einen See voller körperloser Schreie! Die Wunder der Welt in nie gekannter Auswahl – alles für eine Mark! Kommen Sie in Massen zum berühmten Zirkus des allwissenden Professors, des größten Clowns unserer Zeit, Dr. Adam Wolfgang Stein!!!) – das Gummigesicht des Genies also klebt am Guckfenster und starrt wehmütig auf den Dreck in dem Zimmer vor ihm. Dann plötzlich unbewußt und unvorbereitet – er hätte nie gedacht, daß er so was tun würde! –, bläst er die linke Wange auf und schnalzt mit der Zunge: Hänschen klein geht allein in die weite Welt hinein! Erika, zwei Schubert-Arien. Alles mit der Zunge – klick-klack. Er verzieht die Nase, verzieht sie nach links, läßt die Nasenflügel auf- und abtanzen, wackelt mit dem rechten Ohr – alles vergebens: seine Clownerien verfangen nicht. Das Ungeheuer besitzt keinen Humor. Es reagiert nicht, zittert bloß unter seinem Laken. Da müht sich der größte Clown Deutschlands ab, dieses Ungeheuer zum Lachen zu bringen, und kriegt keinerlei Antwort. Aber irgendwas hat sich verändert: die Augen. Sie sind deutlich sichtbar durch das Loch im Laken – sie funkeln, als seien sie tränenerfüllt. Angesichts dieser ersten Reaktion verspürt Adam ein heftiges Gefühl der Unsinnigkeit, was wie Gift in ihm brodelt. Er schlägt das Guckfenster zu und trottet davon. Im Vorbeigehen zieht er aus einem seiner vielen Verstecke – die nie entdeckt werden – eine Flasche kanadischen Whisky heraus und trinkt. »Bronfman«, sagte er laut, »ich grüße dich feierlich, Bronfman, mein Bruder, du Whisky-Fürst. An den Strömen des kanadischen Whiskys, da saßest du und weintest, wenn du des durstigen Adam Steins gedachtest. Des immer Durstigen. Da stellt ein Jude Whisky her und spendet für den Staat Israel. Hast du mal einen besoffenen Juden gesehen? Ich nicht. Das ist das Problem, hat Kommandant Klein gemeint; ganz zu Recht hat er behauptet, das sei das Hauptproblem, aber dabei hat der kleine Führer – Heil, mein Führer – gar nicht die feine Ironie bemerkt.«

Adam setzt sich auf den herrlich weichen Teppich, den Mrs. Zisling eisseligen Angedenkens ausgesucht hat. Die gedämpfte Musik beruhigt ihn. *Somewhere over the rainbow bluebirds fly*... Seine Finger um den Flaschenhals tanzen mit. Der ferne Regenbogen. Die Vögel, ja die Vögel. Die Kühe jenseits des Stacheldrahts. Dr. Weiss, ich bringe Ihnen tausend Zähne, Heil! Die jüngere Schwester Schwester kommt vorbei, sieht ihn aber nicht. Ihr Gesicht strahlt. In der Hand hält sie ein auf dem Teppich schleifendes Band, an dem sie ein Holzpferdchen auf Rädern hinter sich herzieht. Sie erschrickt, als sie Adam endlich entdeckt, aber es gibt kein Ausweichen mehr. Soll er's eben sehen! Was ist denn dabei? Und schon strahlt sie wieder.

»Bist du schon wieder dabei, Adam... ist das denn schön? So zu trinken? Zu töten? Natürlich ist das schön«, antwortet sie selbst und lächelt einen Augenblick leicht verlegen, um erneut ohne Frageton zu fragen: »Wieder beim Trinken...«

»Das stimmt, Schwester Schwester«, bemerkt Adam. »Und du siehst ausgezeichnet. Dein Blick dringt tief ein. Ich würde sagen, du hast eine fast prophetische Sicht.«

Sie versucht, das Holzpferdchen vor ihm zu verbergen. Es ist ihres! Und er soll's nicht sehen. Sicher wird er's nicht verstehen. Dann könnte es die große Schwester erfahren und böse sein. Sie läßt den Blick auf seinen edlen, bleichen Zügen ruhen. Die Tatsache, daß ein solch eleganter, höflicher und kluger Mann auf dem Fußboden sitzt und Whisky trinkt, quält ihre zarte Seele. Was hätte Mutter dazu gesagt? Sie hätte sicher die Hände übers Gesicht geschlagen und lautlos geweint.

Und er sagt mehr zu dem Ungeheuer, das seine Bonbons verschmäht hat, als zu der jüngeren Schwester Schwester: »Ich werde hier alles erreichen!«

»Ja!« sagt sie, »du kannst immer machen, was du willst.«

»Weil ich klug bin, weise, brillant geradezu. Ich lese sie alle wie ein Buch. Dich auch. Moment mal« (er legt seine Hand auf das Holzpferd, befingert es lächelnd), »du kommst gerade aus deinem Zimmer zurück. Ich sag' dir, was du gemacht hast! Du hast auf der Toilette gesessen, lange Zeit.«

»Aber Adam...«

»Still, Mädchen, da hast du gesessen, wirklich.«

Sie fängt Feuer. Ihre Augen funkeln.

»Du hast dagesessen und dich nicht wohl gefühlt. Bist du krank? Die Nieren, die waren's schon wieder. Diese Ärzte bringen dich noch um. Und es war dir unangenehm, so lange auf der auf der Toilette zu sitzen... Noch dazu ohne Tür... Und deine heilige Schwester, diese fromme Jungfer, deren vergammelnder Leib und unglückseliger Schnurrbart von den Wanzen heiß geliebt wurden, hat dich ausgeschimpft. Da hast du dich schnell angezogen und dir beim Anziehen das Kleid zerrissen. Jetzt hattest du Angst, warst ganz durcheinander, hast dein Holzpferdchen genommen, und als deine Schwester einen Augenblick nicht hingeguckt hat, bist du auf und davon... Das Pferd ist gut zu dir. Es hat dich lieb.«

Sie kichert, versucht trotz ihrer Schüchternheit, verborgene Ängste zu überwinden. »Wo warst du denn? Unterm Bett?« Alles weiß er. Sie wirft einen begehrlichen Blick auf ihr Holzpferd.

»Ich war hier, mein Schatz, vor dieser Tür. Dahinter befindet sich ein Ungeheuer, das ich nicht zu lesen vermag. Es bellt, wie ein Hund...«

»Adam«, sie errötet jetzt, beugt sich zu ihm hinab (er sitzt immer noch auf dem Teppich). Dabei stellt er die bedauerliche, lächerliche, unerklärliche, aber doch bedeutsame Tatsache fest, daß die jüngere Schwester Schwester unter ihrem Kleid wollene Männerunterhosen trägt. Das belustigt ihn, und als er loslacht, wird sie noch verlegener. Aber sie redet nun, vielleicht um ihrer Verwirrung Herr zu werden: »Wann fängst du mit deinen Kursen an? Der Kurs über die Nahostpolitik, den du gehalten hast, als du das letztemal im Institut warst, war furchtbar interessant. Alle haben das gesagt. Meinst du, daß du bald anfängst? Jeden Tag hab' ich darum gebetet, daß du zurückkommst. Hast du wirklich eine alte Frau gewürgt?«

»Mein schönäugiges junges Schwesterlein, das die Unterhosen vom seligen Papa – er ruhe in Frieden – trägt, das ist nicht nett.« Er wird lauter, einfach so, um sie zu erschrecken. Sie erschrickt wirklich, richtet sich auf, rückt etwas von ihm ab. »Mit welchem Recht hast du gebetet, daß ich zurückkommen soll, muß ich da doch fragen? Ich war frei, es ging mir gut. Deine Gebete haben mich hierhergebracht. Und außerdem, sag mir, ist das schön, darum zu beten, daß jemand ins Gefängnis kommt, dem es draußen gefällt?«

»Das ist wirklich nicht nett«, entschuldigt sie sich. Ihre Stimme klingt immer noch erschrocken. »Jeden Tag vor dem Schlafen habe ich mit meiner Schwester geredet, hab' ihr gesagt,

›du wirst schon sehen‹ – es war wirklich nicht nett! –, also, ich hab' zu meiner Schwester gesagt, ›du wirst sehen, Adam kommt noch zurück‹. Sie wär' beinah verzweifelt. Sie hatte doch sonst niemand, der mit ihrem Gott geredet hätte. Ich wußte, daß du zurückkommst. Mir selbst ist es, ehrlich gesagt, wichtiger, daß du wieder mit deinen Kursen anfängst und ein bißchen Leben in dieses Institut reinbringst und die Ärzte verrückt machst, als daß du mit Gott redest. ›Was hat uns Gott denn heute noch zu sagen?‹ hab' ich meine Schwester gefragt. Gott war da, als es noch die Bibel gab, aber heute gibt's Klimaanlagen, und ihr Gott paßt nicht zu all dem, zu Klimatisierung, Stereophonie, Phobie, Technologie und all dem, was ich auch nicht verstehe... Ich hab' genug davon, meine Schwester von ihrem Gott reden zu hören, als ob er noch in einer Höhle wohnen würde und die Menschen alle noch auf Eseln ritten. Und diese Plastikblumen, die bei uns bereitliegen, bei ihr und bei mir, für Gott, und die weißen Kleider... Was meinst du, wo du so ein wirklich gebildeter Mensch bist, meinst du, er würd' sich offenbaren?« Jetzt klingt ihre Frage unsicherer, wie Adam mit Vergnügen feststellt. Die Gestalt des Ungeheuers wird einen Augenblick zur Seite gedrängt.

»Er wird sich offenbaren, natürlich wird er das.«

»Du bist wirklich genau wie sie.« Sie ärgert sich, zittert vor Wut. Eine Schande ist das. Adam – ein Mann, ein Schwindler, der Papierbrücken verkauft –, und der glaubt nun an die verrückten Ideen meiner Schwester. Mrs. Zisling, meinetwegen, aber ein schöner Mann wie Adam Stein? »Ihr seid alle beide schrecklich. Ihr schnappt euch Gott vom Berg Sinai oder wo er sonst sitzt und wollt ihn hierherschleppen, weg von dort, wo es ihm gefällt. Was fehlt ihm denn dort? Er hat es ruhig, stirbt in Ruhe, hört nichts, weil er nämlich taub ist. Das sagt Wolfowitz der Betrüger, dem seine Tochter im Keller war, wo sie ihr den Kopf eingeklemmt haben. Der Herr ist im Sinai geboren, und da wohnt er. Und deshalb, sagt Wolfowitz, hat er nicht die Tochter von Wolfowitz dem Betrüger gehört, als sie im Keller geweint hat, weil ihr der Kopf eingequetscht wurde.«

Adam sieht sie an; sie hat in seinen Augen an Statur gewonnen. »Du bist ein guter Kumpel! Alle Achtung, Schwesterchen. Der Whisky ist gut, die Sitzlage ist gut, bequem. Man wird richtig von Wärme erfüllt, einer Wärme, die Triebe und Höhepunkte bunt vermischt. Und alles von einem Whiskychen oder zweien oder höchstens dreien. Der Jude Bronfman erzeugt Whisky in Kanada. Juden erzeugen das Judentum, das Christentum, den modernen Kapitalismus, die moderne Medizin, den Sozialismus, den Kommunismus, den New Deal, die Atomphysik, die Bombe, den Liberalismus in der sowjetischen Wirtschaft, kanadischen Whisky, einen Judenstaat in der Wüste beim schweigenden Gott, mit einem albernen Wirtschaftssystem, einer hervorragenden Armee, MIG 15, 17, 19, 21, Bekämpfung der Kinderlähmung, einen ökumenischen Ausschuß. Juden sind die ersten auf dem Weg in Freiheit und Sklaverei. Kanadischer Whisky, Gewinne aus der Herstellung kanadischen Whiskys für die Korruption in Israel – Strandhotels, die der Stadt die Luft verbauen, Dirnen an der Straße Haifa–Tel Aviv, und auf all das blickt Herzl herab und sagt: Ihr wolltet, und so ist es kein Märchen! Auf dein Wohl, Bronfman! Und jetzt zu dir, mein hübsches Schwesterchen – kehrt marsch!« Plötzlich steigt ein teuflischer Gedanke in ihm auf: Sie ist ganz passabel. Ich richte mich auf, zieh sie an mich, leck' ihr das Gesicht ab – davon allein kann ihr schon ein Schnurrbart wachsen. Aber statt dessen befiehlt er, und sie gehorcht. Sie hat Angst vor ihm, fürchtet und bewundert ihn zugleich.

»Kehrt marsch!« Sie macht kehrt. Das Pferd steht neben ihm auf dem Teppich, guckt ihn mit seinen kleinen schwarzen Augen an, mit verglastem Blick, denn sie sind aus Glas. Er nimmt das Pferd in die Hand – sie sieht es nicht. »Und jetzt, vorwärts marsch!« Sie setzt sich in Bewegung. Das Band spannt sich, spannt sich immer mehr und mehr, bis sie strauchelt. Adam lacht. Sie steht auf, streicht ihr Kleid glatt. Ihre Wollunterhosen findet er wunderbar. Vater hat solche gehabt. Verzeihung! Sie ist verängstigt, sagt aber kein Wort. Er läßt das Pferd los und befiehlt: »Nicht stehenbleiben, vorwärts marsch!« Links rechts, links rechts, links rechts, links rechts...«

Die Befehle haben sie endgültig verwirrt. Sie schweigt und gehorcht.

»Jetzt im Laufschritt, Alte.«

Sie rennt den Korridor entlang, während die Musik wispert: »Heh, Simona aus Dimona...«

»Links rechts, links rechts, schnell im Laufschritt, rechts laufen, links fliegen, rechts, die Beine hoch, schneller!« Sie ist fast um die Biegung des Korridors verschwunden, als er das Hundebellen hinter der Tür hört. Ein furchtbares Bellen, das ihm durch Mark und Bein geht. Augenblicklich nimmt sein vergnügt lachendes Gesicht den Ausdruck qualvollen Schmerzes an. Er stellt die Flasche ab, den kanadischen Bronfman-Whisky, richtet sich auf, tritt an die Tür heran, reißt fast die Sehklappe ab und blickt hinein auf das Ungeheuer, das jetzt mit aller Kraft bellt.

*

Er späht. Seine Augen starren ins Zimmer, auf die sich langsam lichtende Finsternis. Da steht er mit der Geige in der Hand und spielt. Das Lager Hauchhausen gehörte nicht zu den großen Lagern, hatte er einmal Dr. Gross erzählt. Im Lager Hauchhausen konnte man noch ein gewisses Maß an Humanität spüren, noch ein Fünkchen des klassischen Liberalismus eines Europas, das nicht mehr ist. So sagte Adam, wobei sein eines Auge lachte. Aber sein Herz weigerte sich, andere, abweichende Tatsachen anzuerkennen. Es ist schwer, Menschen zu töten, wenn du jeden einzelnen beim Namen kennst, wenn du weißt, welchen Beruf er vor dem Krieg ausgeübt hat, in welcher Stadt er geboren wurde. Adam starrt auf das Ungeheuer, auf das Laken, das das Ungeheuer einhüllt. Das Laken bewegt sich leicht. Die Bonbons liegen noch an ihrem Platz. Wird der Hund zu ihnen hinkriechen? Das ist die Frage aller Fragen, seine Lebens- und Existenzfrage. Damals in Hauchhausen hatte es gar keine Bonbons gegeben. Er hatte musiziert, seine Späße getrieben, mit den Ohren gewackelt, seine Nasenflügel hüpfen lassen – anfangs nur für Kommandant Klein, und später, als Kommandant Kleins Juden zu den Duschen marschierten, um sich zu waschen und frisch zu machen, ehe sie ins Arbeitslager überführt würden, wie man ihnen gesagt hatte, spielte er für sie. So fühlten sie sich sicherer. Und sicher ist sicher, sagte Kommandant Klein, der am 6. Mai 1895 geboren war und somit zufällig am selben Tag Geburtstag hatte wie Adam Stein, beide unter dem Tierkreiszeichen des Stiers. Kommandant Klein wurde in Stuttgart geboren, Adam Stein in Berlin. Adams Vater war in Tarnopol in Galizien geboren, ebenso wie der Großvater. Aber sein Urgroßvater stammte aus Deutschland, und sein Ururgroßvater war in Köln geboren. Kommandant Kleins Vater war ein uneheliches Kind, das irgendwo zur Welt gekommen war. Man wußte gar nicht, wo. Adams Vorfahren waren einst mit den römischen Legionen nach Köln gekommen, noch bevor es Christen in Deutschland gegeben hatte.

Dieser Übergang, diese eine Gehminute zu dem großen Duschraum, jene nichtige Fortbewegung in Zeit und Raum – wie jetzt zu den Bonbons – hatte viel Reales an sich. Und das war es, was er Dr. Gross hatte sagen wollen: In diesem Fortschreiten allein hatte jenes Fünkchen Humanität gelegen. Denn Kommandant Klein wünschte sich von ganzem Herzen, daß sie ruhig sterben sollten, in aller Stille und ohne Komplikation. Sie sollten nicht weinen, nichts wissen und deshalb auch nicht unnötig leiden. Diese Tatsache beweist mit der Aussagekraft von tausend Zeugen, daß Kommandant Klein einen edlen Charakterzug besaß. Er nahm sich den größten Clown, nämlich Adam, und erlaubte ihm zu leben, damit »sie« in Ruhe starben. Als die Spiegels an ihm vorübergingen – hörst du, Ungeheuer? –, spielte er lächelnd. Frau Spiegel fragte: »Adam, wohin gehen wir?« Aber der Offizier wartete nicht, bis Adam den Mund aufmachte: »In ein anderes Lager, aber erst mal müßt ihr euch waschen ... Arbeit macht frei, doch Sauberkeit geht allem anderen vor. In einem gesunden Körper wohnt ein gesunder Geist.« Und sie glaubten ihm wegen Adam. Und als seine Frau, Gretchen, vorbeikam und die kleine Lotte an der Hand mitzog, spielte er ebenfalls lächelnd seine Geige. Und sie sahen ihn und wußten, daß alles in Ordnung war. Nichts setzte Kommandant Klein mehr zu als die Angst, sie könnten schreiend sterben. Es liegt etwas Unästhetisches, Unsauberes im Geschrei der Sterbenden, die gerne leben möchten. Und Franz Wolfgang Stein geigte und machte seine Späße. Als der Aufstand ausbrach, bei dem zwei SS-Leute umkamen, sagte Klein: »Es muß alles im stillen erledigt werden« und tötete Globschmitt, der das junge Mädchen aus Lwow vergewaltigt hatte. Vor aller Augen erschoß er ihn. Nur, damit Ruhe herrschte! Fräulein Klopfer glaubte hingegen, Globschmitt sei deswegen erschossen worden, weil es sich für einen Arbeitsaufseher nicht gehöre, sexuelle Beziehungen zu der in der Fabrik verarbeiteten Ware zu unterhalten. So hatte Kommandant Klein es ihr erklärt, und sie meinte auch – worin Adam ihr sogar zustimmte –, daß diese Auffassung einiges für sich habe.

Adam Wolfgang Amadeus Johann Christian Philipp Immanuel Stein wußte natürlich, daß die Dinge im Grund erheblich komplizierter lagen. Da spielte auch die Frage des guten Benehmens und die Humanität seines edelmütigen Gönners mit hinein, der die neue deutsche Sprache um die stehende Wendung bereicherte: »Maschinell töten ist erlaubt, Vergewaltigung dagegen ist ein Verbrechen.«

»Komm schon her, Ungeheuer«, flüstert er dem Hund zu. Und da, wie durch ein Wunder, bewegt der lakenumhüllte Körper sich auf die Bonbons zu, immer näher, jetzt ganz nah, packt sie schließlich mit dem Fuß, der einen winzigen Augenblick lang sichtbar wird und wie eine Hand wirkt (oder vielleicht war es doch ein Fuß, du Ungeheuer?), verbirgt sie blitzschnell unter dem Laken und tritt knurrend den Rückzug an.

»Friß!«

Das Tier antwortet mit einem Bellen.

»Ich war ein Hund, Rex war ein Hund. Wir sind alle Hunde.«

Adam Stein rennt wieder den Korridor entlang. Türen, Hunderte von Türen. Hinter jeder Tür ist eine blaue Nummer eingeschlossen. Du bist ein armer Hund. Du hast die Bonbons genommen und wirst bei mir noch mit dem Löffel essen. Du hast gewonnen und ich nicht. Ein Geschöpf, das imstande ist, Gott und die Menschen anzubellen, Adam, Adam Stein. Und du kannst sterben, ohne zu wissen, daß es in deiner Hand liegt. Ohne Sünde, ohne Gewissensbisse. Deshalb haben sie dich nicht in die Verbrennungsöfen gesteckt. Wolfowitz der Betrüger läuft ihm über den Weg: Nein, nein, er hat Gina nicht gesehen. Wo ist sie? Wer weiß. Vielleicht gestorben. Auch die zwei Pfleger, denen er begegnet, wissen es nicht. Einer nickt mit dem Kopf: Die Schöne? Weggegangen...

»Wohin?«

»Auf dein Zimmer, Adam. Sicher ist sie bei dir im Zimmer. Vielleicht putzt sie dir mit der Zunge die Badewanne!« Und damit verschwindet er lachend. Wenn man doch nur schon den Totensegen über ihn sprechen könnte, denkt Adam bei sich. Aber warum soll man sich die Hände an so einem elenden Hurensohn aus Beer Scheva verunreinigen, der nicht zwischen Psychoanalyse und Hühnereiern zu unterscheiden vermag. Kein Mensch hat Gina gesehen. Wie lautete doch das Schild auf Kommandant

Kleins Tisch? »Wenn du sie brauchst, sind sie nicht aufzufinden. Wenn du sie nicht brauchst, schluchzen sie.« Er braucht Gina. Er muß von ihr den Schlüssel für Zimmer 285 bekommen, muß hineingehen zu dem Hund, zu seiner Hinrichtungsstätte, zu seinem Kommandanten Klein, seinem Fräulein Klopfer.

Unterwegs trifft Adam Admiral Nelson, der gelegentlich auch Theodor Herzl ist und Adam am Tag seiner Ankunft Geld gegeben hatte, damit er es in die New Yorker Telefongesellschaft investierte.

»Gibt's irgendwelche Resultate?«

»Alles in bester Ordnung, Herr Admiral, yes Sir! An der Börse zeichnet sich ein Anstieg ab. In einigen Tagen werden wir greifbare Ergebnisse sehen.«

Eine Frau kommt vorüber und bleibt einen Augenblick stehen: »Ich habe Ihnen ja gesagt, daß Kolumbus Jude war.«

Admiral Nelson, der grüne Augen hat, während ein gut geschnittener Bart ihm Kinn und Wangen ziert, stellt entschieden fest: »Die Hauptsache ist, daß er ein guter Mensch war und Amerika entdeckt hat. Schließlich wußten die Juden nicht, wo sie hingehen sollten, als man sie aus Spanien vertrieb, und da kam Kolumbus und hat ihnen den Weg in die neue Welt gewiesen. Das ist es, was zählt. Wie viele anständige Menschen gibt's denn schon?«

»Nicht viele!« erklärt die Frau. Andere stimmen ihr kopfnickend zu.

»Aber es gibt menschenfressende Schauspieler«, sagt jemand.

»Und die Welt hat ein Ende.«

»Nein, sie hat kein Ende.«

»Doch.«

»Die europäische Wirtschaft ist stark gefährdet. Sie produzieren zu viele Autos. Sie werden Millionen von Autos herstellen, und alle werden sie kaufen und anfangen, einander gegenseitig umzubringen. Es wird niemand übrigbleiben, der noch einen Wagen kaufen könnte. Also wird es keine Abnehmer mehr geben, denn alle haben dann schon Autos, und die, die umgekommen sind, fahren nirgends mehr hin, und am Ende stehen sie alle miteinander vor dem Arbeitsamt Schlange.«

»Das Zeitalter der Wüste!«

»Das Zeitalter der Sintflut!«

»Das Zeitalter der Sonne!«
»Das Zeitalter der Resopals!«
»Das Zeitalter des Emails!«
»Das Zeitalter des Neons!«
»Das Zeitalter des Musicals!«
»Das Zeitalter des Espressos!«
»Das Zeitalter des Haschischs!«
»Das Zeitalter des Nichts!«

Adam läßt sie mit ihrem Streit allein. Er hat's eilig. Oder richtiger, die Eile hat ihn eingeholt. Nur schnell weg. Ihm dreht sich der Kopf. Diese Irren bringen mich noch um den Verstand.

Nehmen wir zum Beispiel diese Gina Gray. Ein hübsches junges Mädchen. Gertenschlank. Verliebt. Fleißig. Allen verhaßt. Sich selbst verhaßt. Nicht die Gina der Tomaten, Paprikaschoten und Zucchini, sondern die Gina der verborgenen, grauenhaften, furchterregenden Gedanken. Gina liebt Stein, wie sie den strengsten Befehl liebt. Sie sehnt sich nach allem, was abscheulich ist. Sie liebt den Dreck in den Ritzen alter Zähne, ist Feuer und Flamme für die dummen Ordnungsregeln, die Gross – ohne zu wissen, warum und wozu – von anderen Krankenhäusern, in denen er vorher angestellt war, übernommen hat. Einmal kam, als sie gerade am Aufzug wartete, ein alter, kranker Mann auf sie zu und bat, mit zu den Klinikräumen hinauffahren zu dürfen. Sie verweigerte ihm die Genehmigung, weil der Aufzug voll war und auf einem Schild an der Wand ausdrücklich geschrieben stand, daß es in diesem Aufzug nur Platz für zwölf Personen gebe. Trotz der flehentlichen Bitten des alten Mannes, der zweifellos unter starken Schmerzen litt, knallte sie ihm die Aufzugstür vor der Nase zu. Nein, er ist nicht gestorben. Aber er hätte sterben können. »Und so was nennt sich Krankenschwester? Das soll eine barmherzige Schwester sein?« hatte Adam sie wütend gefragt.

Sie hatte gelächelt. »Es geht nicht anders, Adam. Die Verordnungen sind klüger als wir. Wenn wir erst eine Bresche schlagen, dem Gefüge den kleinsten Riß beibringen, bricht alles zusammen. Ich frage nicht, warum man so oder anders bestimmt hat, wer es bestimmt hat, ich mach' mir keine Gedanken darüber, ob die Verordnungen dumm oder weise sind. Solange ich meine Pflicht erfüllen muß, tue ich das, ohne viel nachzugrübeln. Wenn es so geschrieben steht – dann befolge ich es.«

»Du wirst eines Tages noch an einem Druckfehler sterben«, hatte er ihr geantwortet. Eigentlich wollte er ihr von Kommandant Klein erzählen, der ihr so ähnlich und doch auch wiederum so anders gewesen war. Aber sie reagierte bereits heftig, als er ihr sagte, sie habe kein Herz.

»Für dich übertrete ich alle Anordnungen.«

»Auch Kommandant Klein hat für mich alle Anordnungen übertreten. Jeder Himmler hat seinen Juden. Das hat Himmler gesagt. Und ich bin kein Ausnahmefall.«

Adam steht vor der Tür des Zimmers, in dem diese Gina sich jetzt befindet. Sein scharfer Paprika. Er zögert kurz, nur einen Augenblick lang, und tritt ein.

Zimmer 26 ist in Mrs. Zislings Plänen als »Stiftszelt« aufgeführt, wird im Institut aber als »Saal der Kompromisse« bezeichnet. Auf Wunsch der Schwester Schwester sollte ein eigener Saal für Gottesdienste und Dankgebete bereitgestellt werden, was auch geschah, aber vorläufig, solange Gott sich noch nicht offenbart hat, dient der Raum als weiterer Kultursaal. Da zur Zeit jedoch nur wenige Kulturveranstaltungen stattfinden, das Studium und die Künste also nicht besonders blühen, hat man dem ersten Kompromiß einen zweiten angehängt und Gina den Saal zur Verfügung gestellt. Dort befaßt sie sich mit dem, was sie »Beschäftigungstherapie« nennt.

Zwanzig Frauen, alte, junge und mittelalterliche, sitzen in vier schnurgeraden Reihen hintereinander auf Schemeln an bunten Webstühlen, auf denen sie Blumenvorhänge weben.

Als Adam ins Zimmer 26, den Saal der Kompromisse, eintritt, sieht er Gina im gestärkten weißen Kittel mit enganliegendem, glänzendweißem Häubchen auf einem Schemel stehen. In der Hand hält sie eine bedrohlich lange Stricknadel als Taktstock, mit der sie vehement dirigiert wie ein Toscanini im weißen Kittel, ein Ibn-Toscanini. Und wen dirigiert die gutherzige Jungfer? Das Webstuhlorchester, kraftvoll, machtvoll, selbstherrlich: »Linke Hand, links, hab' ich gesagt. Rechts und wieder rechts. Zwei Schlingen und Umdrehung nach links und Schiffchen wechseln, durchschieben, anschlagen: eins zwei drei und – rechte Hand: zwei Schlingen nach links, Gatterkamm hoch, das Tempo halten. Rechts, rechts und wieder links, Schlinge, loslassen, Webfach öffnen, von oben, – von oben, hab' ich gesagt! Und rechts, rechts,

Schlinge, Reihe beenden, einen roten Knopf aus dem Korb nehmen. Nicht hinschauen, zweites Fach von rechts in der obersten Reihe, nicht hingucken, ihr Esel. Rechte Hand nicht vom Webkamm nehmen, ja, rechts, zwei Schlingen nach links...«

Und vierzig schwitzende Hände, vierzig Arme unter aufgekrempelten Ärmeln verrichten die Arbeit wie eine einzige Hand. Eine optische Täuschung, denkt Adam, ein Ballett, ein Schandballett. Vierzig elendig gefangene Hände folgen wie blind dem Befehl. Und die Augen – ausdruckslos, tot, gedankenversunken, und aus den nur selten blinzelnden Wimpern, den müden Leibern, den auf die hämmernden Befehle ausgerichteten Ohren schimmert die Angst hindurch, die alles durchdringende und zum Schweigen bringende Angst.

»Das ist der Weg zum absoluten Frieden«, hatte Gina zu Beginn des Projekts behauptet. »Auf diese Weise funktioniert ihr Körper wie ein erstklassiges, präzises Uhrwerk, und für kurze Zeit ist der Körper von allem befreit. Es gibt keine Sorgen mehr. Die Ängste treten in den Hintergrund.« Und siehe, welches Wunder: Dr. Gross hatte ihr zugestimmt.

Da steht sie. Die Freiheitsstatue mit umgekehrten Vorzeichen. Ein Hauchhausener Ausrufungszeichen. Die Stricknadel in der vorgestreckten Hand zittert nicht, und ihre Augen sehen alles: die zwanzig Webstühle, die vierzig Hände und die vierzig Augen, die Furcht und den geringsten Fehler. Nichts entgeht ihrem bohrenden, prüfenden Leuchtturmblick.

Als Adam Gina zum zweitenmal in seinem Leben begegnet war, hatte sie eine ähnliche Stunde abgehalten. Das war noch im alten Krankenhaus in Jaffa gewesen. Irgendwas an ihrem spannungsgeladenen Körper, der einer zusammengedrückten Sprungfeder, einer gespannten Pistole gleicht, hatte ihn – damals wie heute – erschauern lassen. Nur hatte sich damals zu dem Schauder auch Ehrfurcht gesellt. Jenes eine Mal hatte er sie deswegen geachtet, weil sie gleichzeitig menschlich und bestialisch war. Er hatte ihr Respekt entgegengebracht, weil er als Hund, der aus dem Napf des Kommandanten Klein gefressen hatte, den Stock zu achten und den Sieger zu würdigen wußte, selbst wenn es Dr. Weiss war, der seine Rente in Form von klappernden Münzen in einem aufgeblasenen Kondom bekam. Wenn Adam Sebastian Stein geigte und Fräulein Klopfer Berichte schrieb, war klar zu erkennen, wer das Regiment führte. Und Gina? Gina war das Ideal. Hier mitten in der Wüste, nahe einer kleinen Stadt, die ohne Humor und vielleicht auch ohne Weisheit aufgebaut wird, hier an diesem Ort, an dem man den Schrei eingesperrt hat, den Schrei der Wüste in sterilisierten Korridoren, hier war Gina die Vertreterin der Siegerrasse, der er Achtung zollte. Diese Menschen bauen häßliche Häuser und wissen zuzuschlagen. Wie Eisen, wie Stahl. Sie haben Rückgrat. Die blauen Nummern wetzen sich ab. Nachts weinen sie, tags stampfen sie auf die Grenze, auf die Wüste zu, um alles zu zähmen, ohne ein Lächeln, ohne Schönheit, ohne Nettigkeit. Herrenmenschen sind niemals schön, niemals ästhetisch. Deshalb haben sie eine Zukunft und sogar eine Vergangenheit, die weit zurückreicht hier, an diesem Ort, an dem man einen Tempel entdeckt hat, der ihnen gehört, auch Gina, deren Urahnin hier vor 1970 Jahren gelebt hat.

Er schaudert beim Anblick der gemeißelten Statue, die dort auf dem Schemel thront, wie ein zu ewigem Eis erstarrter Wasserschlauch. Potentiell gewalttätig, voll verhaltener Kraft. Vor seinen Augen steigt eine Militärparade auf – häßlich und absurd, aber wer kann sich enthalten, in die Hände zu klatschen? Und die Flagge, vor der die Augen in Habtachtstellung gehen. Oder die Hymne: ein armseliges Lied mit leeren Worten, aber du stehst unwillkürlich stramm. Die Muskeln sind gespannt, und du mußt salutieren. Genauso geht es einem bei Gina.

Gina sieht Adam unter der Tür stehen, läßt aber nicht von ihren Befehlen ab, von ihrem hochmütigen Stolz, ihrer stolzen Poesie. Gina, die große Dichtern, die Sappho von Arad. Er würde gern ›Heil, mein Führer!‹ brüllen. Aber ist das ratsam? Die Besiegten gegenüber den Siegern.

Die vierzig Augen entdecken Adam in der Tür. Unter ihrem Blick verändern sich Adams Gedankengänge. Er geht zu Gina hinein und flüstert ihr etwas ins Ohr. Sie unterbricht ihre Befehle nicht, ihre Adleraugen bleiben starr auf ihren Fang gerichtet, vierzig Stück Beute, und sie deutet in ihre Richtung: Ich kann nicht. Das sagt sie nicht, aber ihre Züge sagen es. Er flüstert ihr noch etwas ins Ohr, und diesmal überlegt sie gar nicht erst. Er hilft ihr vom Schemel herunter, und die Frauen fahren mit ihrer Arbeit fort, als ob die Befehlsgebung keinen Augenblick ausgesetzt hätte. Doch dann halten sie plötzlich inne. Zwanzig linke Hände, die in diesem Moment bei der dritten Schlinge von links angelangt sind, und zwanzig rechte Hände, die das Schiffchen drehen, bleiben auf einmal zitternd zwischen Kettbaum und Webstück in der Luft hängen – welche Kraft, denkt Adam, der die Revolution mit ansieht. »Ich bin in zwei Minuten zurück!« faucht sie ihre verängstigten Schafe an. »Nicht vom Fleck rühren. Wehe der, die sich regt. Ich komm' wieder.« Und darauf eilt sie mit Adam hinaus.

Anfangs bewegen sich die Hände tatsächlich nicht, obwohl die Tür ins Schloß gefallen ist. Verhaltene Panik in der Konservendose. Aber ganz langsam, wie Zweige, die gerade eben Feuer gefangen haben und nun allmählich durch die sich ausbreitenden Flammenzungen in Brand geraten, beginnen die zwanzig ängstlichen Frauen sich zu regen. Sie heben die Köpfe, befreien sich von dem Gleichtakt. Eine Hand senkt sich, und siehe, welch ein Wunder: die Decke ist ihnen nicht auf den Schädel gefallen. Sie stehen von ihren Sitzen auf, sehen einander an, zuerst ungläubig, furchtsam, dann voll Scham, die in Keckheit umschlägt. Und auf einmal ist alles durcheinander. Chaos. Als seien sie aus dem tiefsten Abgrund in ein liebliches Land geworfen worden, in ein vollkommen gutes Land, an die Ufer eines Flusses, der Nektar und edle Früchte die Menge führt. Sie kichern, flüstern miteinander, blicken aus den Fenstern und lauschen doch auf jedes Geräusch von draußen. Sie legen ihre Angst ab, sie rebellieren – in müder Auflehnung.

Gina und Adam debattieren auf dem Gang. Seine Argumente überzeugen sie nicht. Schlüssel? Eleganter Abendanzug? »Hol ihn dir selbst. Hast du doch im Schrank. Nicht genau den, aber andere. Ich muß zu meinen Frauen zurück... Was willst du denn plötzlich mit dem Schlüsselbund?«

»Aber Gina, du mußt mir helfen.« Sie ist bereit, sicher, aber es hat alles seine Grenze, und das sieht diesmal sogar Gina ein. Er möchte besondere Schlüssel haben, die Gina in der Schürzentasche hat, die Hauptschlüssel, mit denen sich alle Türen des Instituts öffnen lassen. Außerdem bittet er Gina, ihm seinen allerbesten Anzug aus dem Lagerraum zu holen. Sie versucht, sich zu drücken, hat eine Ausrede parat. Seit er vor einigen Tagen ins Institut gekommen ist... »Du beleidigst und ärgerst mich bloß. Wir waren überhaupt nicht zusammen, und den ganzen Tag stellst du dich schlafend.«

»Ich beleidige die Menschen, die ich liebe. Hast du mich mal jemanden beleidigen sehen, den ich nicht liebe?«

»Du liebst überhaupt niemanden.«

»Dich.«

»Keinen.«

Er blickt aus den Augenwinkeln (»Auch den sich gering Schätzenden wird in ihrem Haus einmal im Jahr Hochstimmung zuteil«, hatte ihm mal ein Verrückter gesagt, wie er sich jetzt erinnert), und dieser stachlig-dornige Blick sticht ihre hübschen Schenkel – wie ein Getretener ohne Selbstachtung, wie jemand, der die Fußmatte seiner eigenen Triebe ist. Gott, wie durchsichtig sie doch ist. Wir sind alle durchsichtig. Alles ist einfach. Du brauchst bloß auf den Knopf zu drücken, dann regelt sich alles von selbst. Sesam, öffne dich. No comprendo? Wunderbare Schenkel und ein Herz von Stein. Komm, laß uns den Stein zerbrechen und schauen.

»Du weißt, daß ich mich nicht in der Hand habe. Eine starke, furchtbare Brandung reißt mich mit, und dann... Was kann ich denn machen? Aber tief drinnen, wo es wirklich wichtig ist, wo es um Haaresbreite geht, verstehst du, da empfindet das Herz wirklich, doch man kann es schwer beherrschen, und auch drinnen toben die Stürme und sprühen die Wogen der Liebe. Nicht die Alte hab' ich gewürgt – wenn du es unbedingt wissen willst –, sondern dich.«

Jetzt schleicht sich ein leichtes Lächeln auf ihre Lippen und müßte sie öffnen, ausdehnen. Du hast ins Schwarze getroffen, du Gauner.

»Dich, nur dich. Ich habe an dich gedacht. Plötzlich, das ist wahr, hab' ich mir gedacht – Gina bumst mit einem jungen Arzt. Ich wurde verrückt. Konnte einfach nicht. Und deshalb. Ein junger Arzt, gutaussehend, ein Mann, und ich sitz' da mit der alten Mumie in ihrem Gästezimmer beim Wermut. Trostlos. Wir haben getrunken, verstehst du, nichts Besonderes, nur Wermut, dazu das Deutsch von Mutter und Vater, und wir waren alt, und dann plötzlich du, mit dem jungen Arzt, und man konnte nichts mehr denken und sich nicht mehr beherrschen. Und da sind wir auf sie drauf, auf sie, die für einen Augenblick Gina war, und haben sie gewürgt und gewürgt wegen deiner Untreue, die du da begingst, und dann, wenn man hierherkommt – und dazu haben wir vielleicht gewürgt, um wieder zu dir kommen zu können? –, also wenn man hierherkommt, kämpft das andere Gefühl, dieses brodelnde, geisteskranke Empfinden, gegen die wirkliche Liebe an, und ich bin ganz... Warte einen Augenblick, du hast ja keine Ahnung...«

Gina streicht ihm übers Haar wie jemand, der zwar nicht weiß, wer im Recht ist, aber sich darum von nun an auch kaum noch schert. Sie weidet ihren bebenden, schlanken, unendlich weiblichen Finger an seinen Lippen, führt ihn an seine Nase hinauf: »Whisky?«

»Liebe, mein Schätzchen.«

»Lügner!«

»Nein.«

»J&B? Und Liebe noch dazu, wie wär's?«

»Guten kanadischen.«

Sie wird jetzt zwar tun, was ich will, denkt Adam bei sich, aber Whisky bleibt Whisky, wie man sagt.

Sie bricht in ein kurzes Lachen aus, das sofort wieder aufhört, und er flüstert ihr spontan zu: »Komm, laß uns hier verschwinden, Mädchen. Ich trink dir allen Saft. Ich bin völlig verrückt. Du kitzelst mich, und ab geht die Fahrt zu einer Entdeckungsreise über den irrsinnigen Körper.«

Sie lacht. Ihr schrilles Lachen klingt bedrohlich in dem Korridor, dessen leise Lautsprecher singen: »Komm, mein Kind, uns still zu setzen, komm, mein Mädchen, weinen wir.« Der Teppich schluckt das häßliche Auflachen, ein Lachen, in dem etwas Hysterie enthalten ist, eingerostete Hysterie.

»Aber ich frag' dich, warum holst du dir die Sachen nicht selbst? Würd' man's dir verweigern? Warum bloß?«

»Gina, ich habe eine wichtige Besprechung, eine sehr wichtige. Du mußt mir die Schlüssel und den Anzug geben.«

»Sag mir, Adam.« In ihrer Stimme liegt echte Verwunderung. »Warum mußt du auch dann, wenn etwas erlaubt ist und du es ohne jede Schwierigkeit erreichen könntest, so tun, als ginge es nur auf krummen Wegen mit List und Tücke? Jeder hätte einen solchen Schlüsselbund bekommen können, und im Lagerraum würden sie dir deinen Anzug ohne weiteres geben.«

Adam antwortet ungeduldig: »Und du? Wo du doch tagein, tagaus behauptest, du würdest mich lieben-lieben-lieben, mir

Liebe schwörst, an der du angeblich zerbrichst, mir zuckersüße Briefchen schreibst, warum *kannst* du nicht etwas tun, wenn ich darum bitte? So eine Kleinigkeit?«

»Du meinst wohl *wollen*, warum ich nicht *will*...«

»Ja, und mach schnell.«

»In der Jaffaer Anstalt war mal eine Frau, Frau Friedländer, die wollte, daß man eine Abtreibung bei ihr vornahm, obwohl sie gar nicht schwanger war.«

Nein, er hat keine Zeit mehr zum Plaudern. Er muß dem Ungeheuer, dem Hund, einen Höflichkeitsbesuch abstatten und mehr begreifen. Irgend etwas treibt ihn dazu. Es ist ihm zur wichtigsten Angelegenheit seines Lebens geworden. Und er weiß nicht, warum. »Meine Schönste«, er streicht ihr über den gestärkten Rücken, »also jetzt, wie sie im Film sagen: *on the double!*«

Sie läßt ihre Augen auf Adam ruhen, meint noch immer, es werde ihr gelingen, sich zu lösen und zu ihren Frauen zurückzukehren, aber ein warmer Wind durchweht sie jetzt, und mit erhobener Hand salutiert sie schließlich breit lächelnd: »Okay, General! Zu Befehl.« Sie marschieren los, sie voran, Adam hinter ihr her. Warum bloß, fragt er sich selbst, warum hat er hinter ihrem Rücken ein eindeutiges italienisches Handzeichen machen und lachen müssen, als sie sich umwandte und ein Lächeln auf seinem Gesicht sah?

Er liebt mich wirklich, der Schwindler, denkt sie, der die Geste entgangen ist, die er da hinter ihr gemacht hat...

Sie beschleunigen den Schritt. Gemeinsam. Genau abgemessen. Erreichen den Lagerraum. Gina übergibt ihm die Hauptschlüssel und holt ihm den eleganten Anzug, dessen Jackett die Goldknöpfe des Baron von Hamdung zieren. Und irgendwo in ihren Gehirnwindungen bewundert sie sogar die Tatsache, daß es diesem Mann gelungen ist, auch hier noch zu schwindeln, wo es doch keinerlei List bedurft hätte.

*

Als er die Tür hinter sich zugeschlagen hat und inmitten des Gestanks und der Düsternis vor dem in sein Laken gewickelten Hund steht, empfindet er endlich, nach all der Rennerei und Erwartung, eine gewisse Hochstimmung. Er trägt seinen festlichen Anzug mit Kavalierstaschentuch – ein Förderer der schönen Künste, ein Mäzen der Oper. Gleich wird sich der Vorhang heben für die leichtfüßig hereinschwebende Pawlowa: zwei Glissaden, und schon wird sie von der Bühnenmitte aus zu einer grandiosen *tour-jeté* ansetzen und ihm zulächeln. Er wird ihr mit dem Taschentuch zuwinken, worauf Diaghilew dort hinter den Kulissen ihn durch ein vergoldetes Opernglas beobachten wird; später werden sie dann in einem netten Lokal im Faubourg St. Honoré an Froschschenkeln nagen. Adam durchschreitet aufrecht das Zimmer in einer Gangart, die Ruhe und Sicherheit ausstrahlen soll, tritt ans Fenster, reißt es mit einem Schwung auf, und schon hat das Licht, das starke Licht der Wüste, das ganze Zimmer durchflutet. Erst jetzt sieht er deutlich, wie schmierig und verdreckt es wirklich ist, wieviel Urin und Kot und was noch alles den Boden bedeckt. Seine Nasenflügel beben. In solchen Fällen hat es keinen Sinn, sich zu verstellen. Aber da er den Geruch kaum spürt, braucht er es auch nicht zu versuchen. Von Hamdungs Knöpfe in einer öffentlichen Bedürfnisanstalt. Wie tief sind Sie gefallen, mein teurer Baron!

Der Hund kläfft unter dem Laken. Er ist mit einer rasselnden Kette an der Wand festgebunden. Aber eigenartig: das letzte Kettenglied, das an der Wand festhängt, ist nicht geschlossen. Allein mit den Zähnen könnte sich der Hund losmachen. Und auch der Ring, der an seinem Hals oder richtiger, an seinem Halsband befestigt ist, steht ein Stück weit offen, so daß es möglich wäre, sich mit einem Ruck daraus zu befreien. Wer bist du? Ein Ungeheuer? Ein Hund?

Er weiß, weiß sehr wohl, daß der Hund kein Hund ist. Auch kein Ungeheuer. Das spürt er. Das weiß er. Das sagt er sich. Er tritt näher, versucht etwas zu sehen, zu erkennen. Er sagt: »Wer bist du? Was bist du?« Der Hund zittert. Das Laken bewegt sich auf und ab. Es ist ein Knurren zu hören, erst leise, fast lautlos, dann immer mehr anschwellend. Ein Jagdhund? Und ich? Seine Beute? Adam schärft seinen Blick. Kalter Schweiß bedeckt seine Stirn. Er fürchtet, er könnte die ihm hier geschenkte Gelegenheit verpassen, die große Stunde ungenützt verstreichen lassen. Wenn er die Chance nicht mit einem Schlag wahrnimmt, versickert sie ihm womöglich in den Händen. Er geht auf und ab, den Blick starr auf das Laken gerichtet, die Ohren angestrengt dem Knurren, Bellen und Kläffen zugewandt. Schließlich bleibt er stehen, stemmt die Hände in die Hüften, holt tief Atem – aufrecht vor dem Laken, wie ein Tier, wie ein Hund, der auf den Hinterläufen sitzt – und beginnt, das Ungeheuer, das Laken, aus vollem Halse anzubellen. Adam weiß, wie man bellt. Er hat sogar Rex zu täuschen vermocht, denn er hatte gelernt, das Bellen einer läufigen Hündin oder eines hungrigen Köters nachzuahmen. Rex rannte dann jedesmal auf ihn zu, um hinter ihm nach dem Hund zu suchen, der da gebellt hatte. Wie konnte er sich so irren? Wieso merkte er nichts? Adam kläfft jetzt das Laken an, aus dem verängstigte, gedemütigte dunkle Augen hervorschauen. Beim Klang des Gebells hat das Knurren unter dem Laken aufgehört, und Adam sagt mit der gelassenen Stimme eines Menschen, der von einer langen, ermüdenden Reise zurückkehrt: »Du machst mir keine angst, Hund. Bellen kann jeder!«

Er macht einige Schritte auf der Suche nach einer Sitzgelegenheit, findet einen zerrissenen, eingedrückten Schemel und läßt sich darauf nieder. »Ich weiß nicht, wer du bist. Du versteckst dich vor mir. Vielleicht bist du ein Hund. Vielleicht bist du ein Ungeheuer. Ich weiß nicht, ob du mich verstehst oder nicht. Aber wenn du mich verstehst, dann nick mit dem Kopf, auf und ab.«

Unter dem Laken bewegt sich nichts.

»Aber die Bonbons hast du genommen! Hast du sie gegessen? Wer, meinst du denn, hat dir diese Bonbons gebracht?«

Keine Reaktion.

Adam steht auf und tritt ans Fenster. Weit zieht sich die Wüste hin. Der Himmel ist nicht blau, sondern weiß. Die Berge sind weiß. Und von hier, aus diesem Blickwinkel, sieht man eine zerklüftete, gewundene Rinne tief in der Wüste verschwinden. Welch ein Abgrund der Öde und Stille und ringsum Berge, die Purim-Hüten ähneln, jeder Berg einer anderen Form – runde, spitze, dreieckige, gezackte Hüte. In der Ferne zieht eine Reihe Kamele dahin. Die Hufe der Tiere scheinen den Erdboden nicht zu berühren in dem federnden Dunst. Ein zartes Ballett in wunderbar feinen, geraden Linien. Adam nimmt die Karawane wie in Zeitlupe wahr. Wohin? Nach Edom, nach Moab, in die Wüsten am Toten Meer, von dort nach Massada und dann gen Süden, auf die Salzstraße, über die alte Nabatäerstraße bis Schivta und weiter nach Gasa... In der Ferne, sieh, welch ein Wunder, ziehen dunkle Wolken auf. Herbst, Spätherbst. Bald wird der Winter kommen.

Das Laken bewegt sich. Wegen dem Bellen, zweifellos. Er kläfft nicht, knurrt nicht. Was macht er denn? Hat Angst. Ich auch. Du Dummkopf, ich doch auch. Wer bist du? Wer bin ich? Wir beide müssen es wissen, verstehen. Gina ist dumm, völlig nebensächlich. Im Vergleich zu dir ist sie eine glatte Null. Ich werde, war für alle, Rex, ein aufgeblasenes Präservativ, Weiss, Klein, Klopfer, Dr. Gross, SS-Judenraus, auserwähltes Volk, Rauch...

»Hör mal!« sagt er, das Gesicht noch immer der Wüste zugewandt. »Du bist nicht der einzige... hörst du? Es gibt noch einen. Mich.« Adam wendet den Kopf, kramt in der Jackentasche, zieht eine Schachtel Kent heraus, die dort lange gelegen hat. Er zündet sich mit bebenden Händen eine Zigarette an, stößt den Rauch aus. »Hör zu, Hund, nimm mal mich zum Beispiel! Ein Gewohnheitsschwindler, eine Ausnahmeerscheinung – also ein Ungeheuer? Sonderbar, ungewöhnlich, launenhaft, kurz gesagt – ein Genie. Aber die Sache hat einen Haken: Was macht ein genialer Sänger? Er singt in der Oper! Ein Mathematikgenie erfindet, entdeckt, berechnet. Der geniale Physiker desgleichen. Aber ich? Meine großen, ungeheuren Begabungen sind nebensächlich, und deshalb war ich für den Zirkus bestimmt. Ich und die dickste Frau der Welt, ich und der Mann mit den sechs Fingern, ich und das Mädchen mit den zwei Köpfen, ich – das Genie. Wegen und trotz all dieser Dinge bin ich hier. Das ist schon eine umgekehrte Schwindelei. Ich bin armselig, ich sterbe. Hier habe ich das Recht, als das Genie aufzutreten, das nicht seinesgleichen hat – aber bald werde ich tot sein. Ich bringe mich mit großem Talent um. Wirklich. Auch ich hab's versucht, wie du. Schau mich an und glaub mir's, es wird dir nicht gelingen. Nie und nimmer, denn wir sind hier in dem Institut einer Frau, die jetzt im Kühlhaus liegt, und das ist traurig.«

Und plötzlich flüstert er mit einer Wärme und einer Zartheit, die seine gequälten Gesichtszüge glätten und seine Stimme unglaublich weich machen: »Haben sie dich geschlagen?« Unter dem Laken bewegt sich was. »Haben sie dich geprügelt? Waren sie grausam zu dir? Was haben sie mit dir gemacht, diese Sadisten? Elektroschocks? Kalte Umschläge? Insulin? Schockbehandlung? Heilen können sie einen nicht, aber quälen! Diese Trottel... Hör zu, Hund, ich habe an dich gedacht. Seitdem ich dich zum erstenmal bellen gehört hab', mach' ich mir Gedanken über dich. Irgend etwas sagt mir, daß du ein Hund bist und mehr als das, oder weniger. Ich sag' dir, du bist ein Mensch, selbst wenn du ein Hund sein solltest. Du bist der einzige, mit dem man in diesem bescheuerten, synthetischen Haus wird reden können. Und dir ist es sogar gelungen, echt zu sein, ein echter Hund. Das ist was Großes. Du bist nicht falsch. Die anderen sind falsch. Falsche Menschen kann ich schon aus der Ferne riechen. Das ist ein Geruchssinn, den ich von einem höchst sachkundigen Lehrer namens Sturmführer Rex gelernt habe. Hör mal«, und dabei wendet er das Gesicht wieder der Wüste zu, »du mußt mich kennenlernen. Es ist langweilig und unfair, allein zu sterben!«

Der Hund ist immer noch durch das Laken verhüllt. Was hat er verstanden? Schließlich ist er ein Hund. Doch wenn er ein Hund ist, warum sind dann seine Augen so menschlich? Und wenn er ein Mensch ist, warum sind dann seine Augen so hündisch? Adam streckt die Hand aus und versucht, das Laken zu fassen. Das Laken erbebt, die Kette rasselt und quietscht, gefolgt von einem Kläffen, das ihn etwas zurückweichen läßt. Er ist müde, die Worte haben seine Lippen trocken gemacht, er verstummt. Außerdem hat er Durst, würde gern einen Schluck Whisky trinken. Oder guten Kognak. Wodka, Gin, Arrak, Wein, sogar Cidre oder Bier.

Immer wird ein Schandfleck zwischen mir und dem, was ich hätte sein können, bestehen bleiben, ein Zeichen des Protestes gegen das Schicksal oder ein Orden mit umgekehrten Vorzeichen. Doch sieh, komm her, Adam, schau aus deinen Grübeleien über das Scheitern auf und sieh: das Laken bewegt sich ein bißchen, ein ganz klein wenig. Und der Hund, der Hund kommt auf Adam zu. Es liegt ein gewisser Sieg in dieser Annäherung, aber er ist nicht bereit, das anzunehmen, noch nicht. Was ist denn mit mir passiert? Ich scheue zurück. Der Hund kommt näher, und ich weiche aus. Eleganter Anzug und doch nur Schwindelei. Kekkes Taschentuch in der Brusttasche, Goldknöpfe des Barons von Hamdung, und ich schrecke zurück. Adams Rücken ist gebeugt, während er auf dem Schemel hockt und das Biest anstarrt, das in seinem Laken auf ihn zukriecht. Durch das Loch sieht er die

Augen. Die Augen hängen an ihm. Er versucht, ihre Farbe zu erkennen, aber irgendwas an ihrem Ausdruck, an ihrem wäßrigen Blick, ist nicht in Ordnung, wirkt verführerisch, aufreizend, peinlich berührend. Als blicke man in einen Spiegel, einen erstklassigen Spiegel, sagt er sich. Dabei ist er wütend auf sich selbst. Und besorgt. Er muß mutig hinschauen, ohne die Augen niederzuschlagen. Aber woher soll er den Mut nehmen?

»Komm schon, Hund, komm her, Ungeheuer...«

Und da, hinter dem Loch des Lakens, tut sich ein Maul auf. Das Ungeheuer, der Hund, das Ding da hat den Rachen aufgerissen. Und ehe Adam es noch recht gewahr wird, hat das Ding, der Hund, das Ungeheuer bereits einen Satz auf ihn zu gemacht, ihn kräftig in die Hand gebissen und ist auf seinen Platz in der Ecke zurückgewichen, wo es erst ein Kläffen ausstieß, das sich nun in ein Bellen verwandelt hat, ein erschütterndes Bellen, wie von einem verwundeten Tier. Das Zimmer füllt sich mit Gejaul. Das ganze Institut wird es hören. Adam ist verblüfft. Er hebt die Hand und betrachtet sie. Er kann die Bißstellen erkennen, an denen die Zähne seine Haut durchbohrt haben und ins Fleisch eingedrungen sind. Kleine Blutrinnsale, wie aus quellenden Brunnen, zeichnen sich deutlich ab. Er steckt die schmerzende rote Hand in die Tasche seines eleganten Anzugs. Im Korridor hört man Schritte. Der Pfleger Schapira kommt mit zwei Kollegen hereingestürzt.

»Dieses Bellen da! Was hat er Ihnen getan?«

Adam spürt das Blut, das in seinen Anzug, auf seinen Körper rinnt, blickt auf den in der Ecke eingerollten, zitternden, jaulenden Hund. Sein Wimmern klingt so menschlich, so kindlich, so wahrlich herzzerreißend. Zum Teufel mit dem Blut. Dieses Weinen – wie Rex, wie Kinder, als die Mutter hinter dem Tor verschwand und sie noch nicht an der Reihe waren, sondern nackt in dem großen Raum lagen, während Fräulein Klopfer weiter an ihrer Liste schrieb.

»Gar nichts!« sagt er und wiederholt noch einmal: »Er hat mir nichts getan. Ich habe ihm einen leichten Klaps versetzt, und nun jault er. Das ist alles.«

»Böses Tier!« quetscht der zweite Pfleger zwischen den Zähnen hindurch. Der erste ist kahlköpfig, der zweite hat blaue

Augen und schwarzgelocktes Haar. Ein Mischling, denkt Adam dumpf.

»Er hat gebellt«, sagt Adam. »Auch ich habe gebellt, wir haben einander angebellt.«

»Und er hat dich verstanden?« lacht Schapira heraus.

»Geheimsprache, mein Lieber.« Adam versucht zu lächeln, aber die Hand tut ihm weh. Das Blut fließt durch den Stoff auf seinen Körper. Ihm ist nicht gut. Luft!

Die Gestalt des Hundes zeichnet sich jetzt bei geöffneter Tür deutlich ab. Sein Körper ist durch das Laken verhüllt, und er jault und wimmert. Grauenhaft.

»Jetzt müssen Sie hier rausgehen.«

»Aber es ist doch nichts passiert.«

»Ein andermal!« drängt ihn Schapira.

»Auch recht.«

Adam Stein, die Hand in der Tasche vergraben, geht aus dem Zimmer, dreht sich jedoch noch einmal zu dem Hund um und bellt kurz zu ihm hinüber. Das Laken bewegt sich und wird wirder ruhig, regt sich noch einmal und hört auf. Pfleger Schapira lacht. »Ich hab' ihm einen Witz erzählt!« sagt Adam. Sein Gesicht ist weiß. Schapira zieht Adam am Arm. »Nun kommen Sie doch, dieser Geruch hier, mein Gott!« Und als Adam schon an der Tür steht und die unermüdliche Musik aus Mrs. Zislings Korridor hereindringt, wendet er das Gesicht zurück und sieht den Kopf des Hundes, unter dem Laken, aber ganz deutlich, wie aus einem Guß: das Laken ist leicht gespannt, und er nickt mit dem Kopf, der Hund, das Ungeheuer: auf und ab, auf und ab.

Adam ist erregt. Er flüstert zärtlich, mit dem wunderbaren Charme des Weltmanns, des Opernmäzens, des Absolventen der Universität Heidelberg, des Sohnes des aufgeklärten Liberalismus: »Ich komme wieder, mein Ärmster, ich komm' wieder...«

Doch genau in diesem Augenblick schlägt die Tür hinter ihm zu, und Adam merkt, daß der glatzköpfige Pfleger ihn in seiner Zärtlichkeit gesehen hat und sich nun eins lächelt. Adam kann das nicht ertragen. Wildwütig fällt er über den Pfleger her und bearbeitet ihn mit den Fäusten, mit seiner blutigen Hand. Pfleger Schapira und der Mischling überwältigen Adam mühelos. Er brüllt, spuckt Blut und Flüche aus. Alle haben sich gegen ihn verbündet, alle verhöhnen und verspotten ihn. Er liegt im Sterben, und sie wissen nicht, was sich gehört. Ärzte kommen angerannt. Köpfe lugen aus hastig aufgerissenen Guckfenstern. Sie bezwingen Adam, schnallen ihn auf eine Bahre und tragen ihn auf sein Zimmer. Er schlägt in die Luft, wobei ihm die Riemen in die Arme schneiden. Blut und Speichel rinnen ihm aus dem Mund. Die geschlossenen Augen sind verdreht. Er sieht sein Inneres zweigeteilt, tot.

5. Kapitel
Kommandant Klein

Adam Stein war gegen Ende des brennendheißen Sommers 1958 im Haifaer Hafen angekommen. Vor Verlassen seiner Geburtsstadt Berlin, in die er aus dem Lager zurückgekehrt war, hatte er ein sorgloses, behagliches Leben geführt, wie Grünzeug, wie ein Baum. Verpflichtungen hatte er kaum. Abgesehen von seinem täglichen Besuch bei Dr. Weiss alias Kommandant Klein, dem er das aufgeblasene, mit Münzen gefüllte Präservativ mitbrachte, blieb ihm nur wenig zu tun. Aber auch das war schon zuviel. Er besaß ein hübsches Haus, umgeben von Pappeln und Linden. Tag für Tag kam eine Haushälterin, die für ihn putzte und kochte. Das Wohnzimmer – das er mitsamt den Möbeln und den übrigen Einrichtungsgegenständen vom früheren Hausherrn, dem Baron von Hamdung, übernommen hatte – war mit Büchern, hübschen Bildern, verspielten Lüstern, antiken Teppichen und fernöstlichen Vasen angefüllt. Die bequemen Sessel waren mit braunrotem Leder bezogen. Ein solider weißer Mercedes mit automatischem Getriebe und moderner Ausstattung parkte in der Garage und war der Obhut eines höflichen jungen Fahrers in grauer Uniform anvertraut. Adam fehlte es an nichts. Berlin befand sich mitten im Wirtschaftswunder, und Adams privates Wunder war bei verschiedenen Banken und Sparkassen sicher angelegt. Sorgen machten ihm nicht zu schaffen. Einen Hund hatte er nicht. Nur einen Kanarienvogel in goldenem Käfig. Als er aus dem Lager zurückgekehrt war, wo Kommandant Klein ihm Flucht und Entschädigung versprochen hatte (das war die Bedingung gewesen, und der Deutsche hatte sein Wort tatsächlich gehalten, ebenso wie er selbst die Menschen auf ihrem letzten Weg durch sein Geigenspiel und sein Grimassenschneiden erfreut hatte), gewann er seinen Prozeß und erhielt den Gegenwert des Zirkus, dessen Eigentümer er vor dem Krieg gewesen war. Der Zirkus hatte den ganzen Krieg über weiterbestanden und höchst erfolgreiche Tourneen durch die besetzten Länder veranstaltet. Sogar der Name war unverändert geblieben: »Zirkus Adam«. Nachdem er die siegreichen Deutschen und die besetzten Länder der Alliierten unterhalten hatte, fand er ebenso großen Anklang bei den Briten und Amerikanern. Bei seinem Verkauf besaß er – laut Gerichtsurteil – den Wert von einer halben Million US-Dollar, und diese Summe wurde vollständig an Adam ausgezahlt. Adam investierte sein Geld sehr umsichtig in das Wirtschaftswunder, so daß es sich in kurzer Zeit verdreifachte. Dann zog er sein Kapital aus dem Verkehr, deponierte es bei Schweizer Banken und Sparkassen und lebte von einer hohen Rente. Seither zeigte er keinerlei Interesse mehr für Börsenkurse und Wertpapiere.

Zum Zirkus kehrte er nicht zurück. Auch weigerte er sich, im Rundfunk oder im Fernsehen aufzutreten. Hugo Wolf, ein alter Bekannter, versuchte ihn zu überreden, sich einem der neuen Theater anzuschließen, ein satirisches Kabarett zu eröffnen, im Film oder im Zirkus aufzutreten, aber er lehnte ab. Von Zeit zu Zeit traf er sich mit den Professoren des Instituts für die Erforschung übernatürlicher Erscheinungen, das seinen Sitz in Hamburg hatte, aber zum Teil von dem berühmten Forscherteam der Universität Vermont finanziert wurde. Diese Professoren untersuchten die unerklärlichen Kräfte, mit denen er begnadet war, so daß diese nun, zum erstenmal in seinem Leben, nicht mehr der billigen Volksbelustigung dienten, sondern vielmehr der Zukunftsforschung, da sie neue Einsichten über das Gehirn des Menschen und die unbekannten Möglichkeiten, die in ihm schlummerten, vermitteln konnten.

Sie prüften Adams Vertrautheit mit Spielkarten: seine unbegreifliche Fähigkeit, jede Karte unbesehen zu erraten oder auch durch die Karten hindurchzusehen. Sie anerkannten seine Gabe, Bücher durch den Einband zu lesen und die Geschichte von Gegenständen zu erzählen, die er mit geschlossenen Augen betastete. Sie stellten fest, daß eine höhere oder niedrige oder unverständliche Kraft in ihm schlummerte, aber sie zu entschlüsseln, zu erklären und zu begreifen vermochten sie nicht.

Einmal holten sie ihn in ein einsames Haus im Wald, in die wunderbare große Bibliothek des Dr. Joachim von Albending. Dieser sonderbare, exzentrische Mann, der wenige Tage zuvor gestorben war, hatte sein Leben lang in seinem Haus gesessen, ohne es je zu verlassen oder jemand anderem Zutritt zu gewähren. Ein Zimmer im Erdgeschoß des Gebäudes enthielt Hunderte von Manuskripten mit Werken deutscher Dichter aus dem

12. und 13. Jahrhundert – Sagen und Romanzen, Minnelieder und Ritterromane –, Manuskripte, die nie gedruckt wurden und von denen es, soweit bekannt, kein weiteres Exemplar gab. Adam befand sich nun in einem Raum, den außer dem Testamentsvollstrecker und den drei Professoren, die in Dr. Joachim von Albendings Testament als Erben der Bibliothek (im Namen ihrer jeweiligen Universität) aufgeführt waren, nie jemand betreten hatte, abgesehen von dem Erblasser selbst natürlich. Dort saß Adam Stein jetzt also vor den drei Professoren, dem Testamentsvollstrecker, einem Vertreter des Anwaltsbüros »Vogel & Strauß«, einem Vertreter der Universität Köln, Prof. Kling, und drei weiteren Wissenschaftlern vom Institut für die Erforschung übernatürlicher Erscheinungen. Adam ließ die Augen über die Franzbände schweifen, die noch keiner der Anwesenden hatte aufschlagen können, und sagte zu einem der drei als Erben benannten Professoren: »Wählen Sie irgendein Buch aus, egal was für eines. Sie brauchen nicht darauf zu deuten oder auch nur genauer hinzusehen. Überfliegen Sie einfach kurz die Regale, und suchen Sie sich eines aus. Haben Sie sich entschieden? Gut.« Dann wandte er sich an den zweiten Professor, den er bat, eine Seite auszuwählen. Einfach eine Zahl, von zehn bis einhundertfünfzig, eine Seitenzahl, nichts weiter. »Haben Sie's? Ausgezeichnet.« Zum dritten sagte er: »Wählen Sie zwei Zeilen, von drei bis zwanzig, zwei Zeilen. Einfach, nicht wahr?« Und jetzt strengte Adam seine Stirnmuskeln an und tat so, als würde er grübeln, formulieren, mit unerklärlichen äußeren Kräften in Verbindung treten, um deren Hilfe und Nähe ansuchen. Das gaukelte er ihnen einfach vor, bis er endlich sagte: »Es heißt dort: ›Und Graf Willsberg schwenkte seinen blutbefleckten Arm und rief mit gebrochener Stimme und niedergeschlagenem Mut: O Bösewicht! Wie soll ich gehen, da meine holde Herrin sich noch gefangen in Eurer Hand befindet?‹«

Die Professoren folgten nun seinen Anweisungen. Professor A zog ein von Spinnweben und Staub bedecktes Buch heraus, das viele Jahre lang von niemandem mehr angerührt worden war, schlug es auf und blätterte darin. Professor B sagte: »Seite neunzig«, Professor C: »Dreizehnte Zeile.« Lange Ausführungen erübrigen sich: die Zeilen lauteten Wort für Wort, wie es der Clown prophezeit hatte. Sie lachten und verstanden es nicht, sondern meinten, er hätte sich einen Spaß mit ihnen erlaubt. Wie sollten sie es sich sonst erklären? Aber auch das Lachen half ihnen nichts. Sie kapitulierten.

Nein, Adam kehrte nicht zum Zirkus zurück. Er saß in seinem gutgeheizten Wohnzimmer, schlug das eine oder andere der vielen Bücher auf, die ihm der Baron von Hamdung hinterlassen hatte (der gegenwärtig noch im Gefängnis saß, eines Tages aber sicher entlassen werden und gleich voll ins Wirtschaftswunder einsteigen würde, während Adam ihm zwischenzeitlich alles auf Heller und Pfennig bezahlte, so daß keiner ihm etwas vorwerfen konnte), rauchte aromatische Zigarren oder amerikanische Zigaretten und spürte überhaupt nicht die Fremdheit des Ortes, die Veränderung, die Tatsache, daß Berlin nun zum erstenmal seit tausend Jahren endlich judenrein war. Sarkophage, Schränke und Bücher. Schallplatten: nur bis zu den letzten Beethoven-Quartetten; Scarlatti, Cimarosa, Monteverdi, dazu die Bach-Familie – Johann Sebastian, Johann Christian und Carl Philipp Emanuel – sowie Händel und Mozart. Weiter nicht. Gemälde, Miniaturen und Reproduktionen bis zur Renaissance. Leonardo war zu temperamentvoll, aber Giotto, Cimabue, Fra Angelico gehörten hierher. Und an Büchern: Goethe, Heine, Schiller, Jean Paul. Das wär's. So saß Adam also in seinem Sarkophag, judenrein, umgeben von süßen Schallplattenklängen, alten Büchern, erinnerungslosen Spinnweben, alten Gemälden und zahlreichen archäologischen Werken, die all das enthielten, was tot und vergangen ist: unverständlich gewordene philosophische Gebäude, Literaturgattungen, die schön waren für eine Welt, die nicht mehr ist. Er arbeitete nicht. Er war reich, er verkaufte seine magischen Kräfte für Forschungsarbeiten, für die sich die Welt ebenfalls nicht interessierte. Magie? Und was ist mit Wundern? Es ist ein Wunder, daß das Wunder kein Wunder mehr ist, wie Goethe einst sagte. Und Adam lebte von dem, was schon gestorben, vergangen, zerbrochen war – judenrein, homorein, liebesrein. Die Menschen um ihn herum, in den Häusern, auf den Straßen, in den grauen Straßenbahnen, all diejenigen, die aus den Schützengräben aufgestanden waren, um die Trümmer wiederaufzubauen, sah er in ihrer ganzen Torheit, hörte aber trotzdem nicht auf, sie zu lieben. Und Adam hätte sicher bis zu seinem natürlichen Tod zurückgezogen in seinem hübschen Wohnzimmer gesessen, wenn er nicht eines Tages erfahren hätte, daß seine Tochter Ruth – die ältere, die man ihm und seiner Frau am 3. Mai 1938, an dem Tag, an dem der Zirkus Adam für judenrein erklärt wurde, entrissen hatte, worauf sie vermißt blieb und man meinte, sie sei in Dachau umgekommen, wo jemand sie sogar gesehen hatte –, daß diese Ruth also in Israel lebte.

Die Nachricht erschütterte ihn zutiefst. Seine Frau Gretchen und seine Tochter Lotte hatte er auf ihrem letzten Weg gesehen. Sie lächelten. Sie wußten, daß die Welt sicher war. Hätte er sie denn trösten können? Um alles kaputtzumachen? Ziel seines Handelns war es, das Grauen des Todes zu vertuschen. Der Tod selbst war unvermeidlich. Niemand konnte ihn aufhalten. Aber das Grauen nahm er ihnen ab. Kommandant Klein haßte die Juden nicht, sowenig wie ein normaler Metzger seine Kühe oder der Henker die von ihm Hingerichteten haßt. Er versuchte zu helfen. Nachdem man Adam entdeckt hatte, ließ man ihn im Korridor seine Späße für die Vorüberziehenden treiben. Wenn der größte Clown Deutschlands da Vorstellungen gab, konnten die Dinge ja nicht so schlimm sein. Deshalb sagte er kein Wort zu seiner Frau und seiner Tochter, so daß sie mit dem Gefühl der Ruhe und Sicherheit im Herzen auf ihr Ende zugingen. Erst zwei Jahre später, als er sich in der neutralen Schweiz wiederfand, begann er, Sehnsucht nach Gretchen und Lotte zu empfinden. Da er sich aber weigerte, diese Sehnsucht einzugestehen, hielt er sich die Schmach vom Leib, die er so sehr fürchtete – die Schmach der Schuld. Adam weigerte sich, die Schuld einzugestehen. Er verabscheute die Art, wie manche seiner Bekannten mit ihrer Schuld hausieren gingen, obwohl er in irgendeiner Abteilung seines Gehirns die Tatsache anerkannte, daß sie ein Recht auf diese Schuld hatten und er nicht. In einer Welt, in der solch anständige Menschen geschwiegen hatten, Fürsten und Geistliche, Präsidenten und Staatschefs und vor allen anderen: Gott selbst, war er lieber in seine Heimat zurückgekehrt, weil er sich nur dort davor hüten konnte, der Schmach der Schuld anheimzufallen, auf die er kein Anrecht hatte und die er auch nicht anzuerkennen bereit war.

Palästina sei nichts als ein Witz, meinte er. Flüchtlinge und Überlebende, gebrochene Menschen und Spreu, die im Wind verweht, seien nicht fähig und vielleicht auch nicht würdig, sich eine Heimat aufzubauen. Berlin nahm ihn herzlich auf. Seine Nachbarn und Bekannten freuten sich, daß in ihrer im Aufbau befindlichen Stadt, in einem kleinen, von Bäumen umstandenen Haus, der größte Clown lebte, den Deutschland je besessen hatte, der Clown, der sich dafür entschieden hatte, zu ihnen zurückzukehren aus den Krematorien, die sie für ihn gebaut hatten. Er war eine Art Garantieschein gegen die Hölle, wenn es überhaupt etwas Schrecklicheres geben sollte als das Werk ihrer eigenen Hände. Sie schrieben Artikel über ihn, interviewten ihn für die meisten Illustrierten, verliehen ihm Auszeichnungen und Freundschaftsurkunden. Und er vergalt es ihnen. Er lächelte den Fotografen zu aus seinem selbstgeschaffenen Sarkophag, aus der toten Musik und der verloschenen Welt, und besuchte gelegentlich sogar ihre Partys, wo er sich gemeinsam mit ihnen über die deutsche Teilung ereiferte.

Als er jedoch erfuhr, daß seine Tochter Ruth am Leben war, stürzte sein selbstgebautes Kartenhaus in sich zusammen. Alles geriet durcheinander und wurde unverständlich. Adam saß in Gedanken versunken da und stellte Fragen, die die Sarkophage nicht beantworten konnten. Selbst Dr. Weiss – dieser eingefleischte Humanist, dieser verrückte Heilige, der ihm das Leben gerettet und sein Versprechen gehalten hatte und nun von Adam unterhalten wurde – wußte nicht, was er ihm antworten sollte. Und Adam bekam Gefühlsausbrüche, wie er sie noch nie gekannt hatte: gegenwärtige Gefühle, keine Sarkophage. Er begann sich nach jemandem zu sehnen, dessen Gesichtszüge er vergessen hatte, zumal sie – nach nunmehr über zwanzig Jahren – sicher auch nicht mehr dieselben waren. Er sandte Ruth einen Brief an die Adresse, die er erhalten hatte. Er erzählte ihr von sich, von ihrer Mutter und ihrer Schwester. Er schrieb, daß ein glückliches Lächeln auf ihren Gesichtern gelegen habe, als er sie auf ihren Tod zugehen sah, und daß sie deshalb gewiß glücklich seien an dem Ort, an den sie gelangt waren. Als er keine Antwort erhielt, schrieb er erneut. Er schrieb, daß Gott geschwiegen habe, daß die gute Welt 1933 gestorben sei, daß Europa, das Christentum, das Judentum, der Mythos, Griechenland, die heiligen Schriften, Augustinus, die Zivilisation, die europäische Kultur, das Römische Reich, der Humanismus alle an einem Tag untergegangen seien. Auch diesmal bekam er keine Antwort. Er schrieb, da er in einem Sarkophag lebe, habe er sich entfremdet von der messianischen Hoffnung, von der jüdischen Verrücktheit, von dem Unerklärlichen, das sich in zweitausend Jahren zu einem Gewebe der Sehnsüchte und Erwartung verdichtet und damit letzten Endes zur Entstehung eines Volkes der blauen Nummern im Orient geführt habe. Er schrieb, daß er fern von alldem in einem Sarg lebe, und da er einmal ein Hund gewesen sei, sei er jetzt kein Jude mehr und auch kein Deutscher. Aber er sei ihr Vater, und sie müsse ihm schreiben. Wenn sie ihm schriebe, würde er vielleicht verstehen. Er habe keine Rechte und Pflichten mehr, sei einfach ein Kraut, ein Stein. Wir sind ein Volk, kein Staat. Im Judentum gibt es keinen Staat, sondern eine Nation, behauptete er. Gott und sein Volk haben beide gesündigt. »Seid ihr für mich mehr als die Kuschiter, ihr Israeliten? – Spruch des Herrn.« Es traf keine Antwort ein, und Adam entwickelte besorgniserregende Symptome. Einmal, bei einer Feierstunde der Stadt Berlin zu Ehren des Schriftstellers Hermann Schelling, der kurz zuvor einen Preis für sein Buch *Eine Ikone namens Anne Frank* erhalten hatte, stand Adam auf und deklamierte lange in einer eigenartigen Sprache, die niemand verstand. Als seine überraschten Gastgeber ihn fragten, welche Sprache das denn gewesen sei, sagte er, er wisse es nicht. Ein ebenfalls anwesender bekannter Wissenschaftler namens Wolfgang Göring (nicht verwandt) erklärte später, Adam habe das Buch Hiob auf esperanto rezitiert. Am meisten beschäftigte den Forscher dabei die Tatsache, daß das Buch Hiob seines Wissens noch nie ins Esperanto übersetzt worden sei. Adam beteuerte, daß er nicht wisse, woher ihm das Buch und die Sprache »gekommen seien«, da er beide nicht kenne – worauf er plötzlich aufsprang und rief: »Ein Brief für mich, ein wichtiger Brief ist für mich angekommen, und ich vergeude hier nutzlos meine Zeit.« Dann eilte er so schnell er konnte nach Hause, wo ihn tatsächlich ein Brief erwartete.

Er riß den Umschlag auf und entfaltete klopfenden Herzens den Brief. Aus Israel. Eine jüdische Briefmarke mit hebräischer, arabischer und englischer Aufschrift, die in eine judenreine Stadt gelangt war. Ein Wunder. Dann las er:

Sehr geehrter Herr Stein!

Deutsch kann ich nicht schreiben, und auch mein Englisch ist nicht besonders gut. Bitte verzeihen Sie daher die Fehler und

Ungereimtheiten sowie die mangelhafte Grammatik. Ich bin der Ehemann Ihrer Tochter Ruth. Heute morgen um 5.30 Uhr habe ich sie ins Jerusalemer Hadassa-Krankenhaus gebracht, damit sie dort meinen Sohn oder meine Tochter zur Welt bringt. Ich hätte lieber ein Mädchen, während Ruth sich einen Sohn wünscht. Als ich nach Hause zurückgekehrt war, kramte ich in ihren Papieren (auf dem Weg ins Krankenhaus hatte sie mich gebeten, ihr ihre Ausweise zu suchen und mitzubringen: ihren Einwandererausweis und andere Dokumente, die sie gern an ihrem Bett haben möchte, warum, weiß ich nicht), und dabei fand ich Ihre Briefe.

Sie hatte mir nichts von diesen Briefen erzählt, und so war ich verblüfft. Heute bin ich erregt über die Entdeckung, daß mein Sohn oder meine Tochter einen Großvater hat. Morgen werde ich nicht mehr nur Sohn meines Vaters, sondern auch Vater meines Sohnes sein, und die Tatsache, daß Sie, für mich, an genau demselben Tag geboren wurden, macht mich sehr glücklich. Ich kann es schwer erklären. Ich weiß, daß Ruth Ihre Briefe nicht beantwortet hat. Am Rand eines Briefes hat sie mit ihrem grünen Parker vermerkt: »Vater, ich werde nie mit dir sprechen. Ich kann es nicht. Nicht weil du schreibst, du seist ein Schuft gewesen, sondern weil ich nicht dort war, um dich anzuleiten.« Verzeihen Sie, daß ich Ihnen das schreibe. Aber es ist besser als das Schweigen, das Ihnen sicher weh getan hat. So ist Ruth nun mal. Als ich vor Ihren Briefen saß, dachte ich mir, Sie sollten all das erfahren. Warum? Ich weiß es nicht. Soweit ich verstehe, sind Sie vor langer Zeit von Ruth getrennt worden und wissen seither nichts über sie. Deswegen gebe ich Ihnen einen kurzen Bericht. Wenn es nichts nützt, wird es doch auch nicht schaden. Ruth ist 1945 im Land eingewandert. Sie kam mit einem der sogenannten »illegalen« Flüchtlingsschiffe. Als sie in Israel eintraf, trug sie ein kleines goldenes Kreuz um den Hals und schwor, daß ihre Kinder als Christen zur Welt kommen würden. Dann seien sie sicherer. So wollte sie es haben! Sie benutzte harte Worte. Ihren Freunden von der Jugend-Alija sagte sie zum Beispiel, sie werde den Bund der Beschneidung, diesen verfluchten Bund Abrahams, aus dem Körper ihrer Kinder »ausmerzen« und ihnen einen Weg in einer Welt weisen, die den dem Bund Verhafteten nicht freundlich gesinnt sei. Doch erlauben Sie mir, mich ein wenig vor Ihnen zu brüsten – schließlich sind Sie ja mein Schwiegervater – und Ihnen zu sagen daß sie sich dank unserer Ehe grundlegend geändert hat. Sie unterdrückte die furchtbaren Ängste, die in ihr schwelten, und als sie schwanger wurde, nahm sie sogar das Kreuz vom Hals ab und freute sich über ihre Schwangerschaft, obwohl sie mir noch zwei Jahre vorher geschworen hatte, sie werde niemals jüdische Kinder zur Welt bringen. Sie ist sehr krank gewesen. Es heißt (sie selbst weigert sich, über dieses Thema zu sprechen), man habe Versuche an ihr angestellt. An ihrem Körper. Dr. Klein, der sie in Jerusalem behandelt hat, sagt, sie habe mehrere Abteilungen der Hölle durchlaufen und sei »über den Tod hinaus« gewesen, so daß der Tod für sie schon fast ein Witz sei. So sagt Dr. Klein, der hier in Jerusalem als erstklassiger Arzt gilt.

Erlauben Sie mir, abschließend zusammenzufassen. Heute werden Sie Großvater. Aus dem Gesagten verstehen Sie sicher, daß Ruth sich verändert hat, und daher haben Sie, nach Meinung Ihres Schwiegersohnes Josef Graetz, ein Heim in Israel. Wenn Sie kommen möchten, dann kommen Sie. Ich bin überzeugt, Ruth wird Ihnen bei einer persönlichen Begegnung vergeben. Und wenn nicht, so nehme ich nach der Lektüre Ihrer Briefe an, daß Sie auch ohne Verzeihung bei uns leben können.

Mit freundlichen Grüßen
Ihr
Josef Graetz

Adam war wütend über die letzten Zeilen des Briefes. Er hatte noch nie darum gebeten, daß man ihm verzeihen solle. Es gab niemanden, der das Recht gehabt hätte, ihm zu verzeihen. Aber keine zwei Monate später ging Adam im Haifaer Hafen von Bord.

Vom Tag seiner Ankunft an fühlte er sich wohl, ohne zu wissen warum. Er war kein Fremder, und der Orient erschien ihm weder abstoßend noch zu exotisch. Überall kam man ihm freundlich entgegen. Er verstand es, spürte, daß er es verstand. Auch hatte er es nicht eilig, zu Ruth zu fahren, sondern meinte, sein Kommen etwas hinauszögern zu müssen. Vielleicht hatte er Angst, aber er wußte es nicht recht. So mietete er sich in der hübschen Pension der Familie Deutsch auf dem Karmel ein, und dort, in dem alten, von hohen, schattenspendenden Pinien umstandenen deutschen Haus, in dem netten, bequemen Zimmer, dessen alte Kommoden ihn an sein Elternhaus erinnerten, spürte er ein neues Wesen, das ihn nach und nach eroberte. Er war jetzt nicht das, was er einst gewesen war, aber auch nicht mehr jener Mann, der mit dem aufgeblasenen Präservativ zurückgekommen war. Etwas Neues. Altes. Und Fremdes. Aber doch tief verwurzelt. Er verstand. Staunte nicht. Nahm an. War bereit. Er machte viele Ausflüge durchs Land. Er erkundete die heiligen Stätten, fuhr nach Safed, in die Stadt der Mystiker, hinauf, deren gewundene Gäßchen ihn besonders entzückten, sah sich Tel Aviv und den Negev an und kam bis Elat, wo er im klaren Wasser des Roten Meeres badete. Einmal, als er in einem Taxi saß, das ihn von Galiläa in die Pension Deutsch brachte, entfuhr ihm – ohne daß er gewußt hätte, wie es passiert war – ein ganz leichtes Bellen im Rücken des Fahrers, worauf dieser einen ungeheuren Lachanfall bekam und schließlich prustend sagte: »Ihr habt aber auch euren Humor!«, ohne weiter auszuführen, wen er mit »ihr« gemeint hatte. Eine absolut eindeutige Erklärung für dieses »ihr« erhielt Adam jedoch, als er eines Tages den Karmel-Markt in Tel Aviv durchstreifte. Er lief zwischen den Ständen mit Obst, Gemüse und Kleidung herum, zwischen den üppig roten Metzgerbuden, inmitten des Gewirrs von Menschen und Stimmen (als Kind hatte er solche lebhaften, quirligen, von Farben und Gerüchen angefüllten Märkte gern gemocht), bis schließlich zwei Lausbuben an ihn herantraten, die ihm einen Fotoapparat andrehen wollten. Als er nun den Jungen erklärte, daß er nicht die Absicht habe, eine Kamera zu kaufen, versuchte er das bißchen Hebräisch anzuwenden, das er bisher aufgeschnappt hatte (die Pensionswirtin, Frau Ester Deutsch, behauptete, in den zwei Monaten seines Aufenthalts im Land habe er mehr Hebräisch gelernt als sie seit ihrer Einwanderung im Jahr 1934), und während er noch gestikulierte, trat er versehentlich dem einen Buben auf seinen nackten braunen Fuß. Darauf sagte der Junge zu seinem Kameraden: »Dieser Seife gehört auch mal einer reingepoppt.«

Adam verstand den Satz, obwohl ihm das Wort »reinpoppen« neu war. Was ihn jedoch nachdenklich stimmte und ihm auch jenes »ihr« wieder in Erinnerung brachte, war das Wort »Seife«. Woher und wieso hatte dieses Wort *Sabon*, Seife, in Israel eine so vielfältige Bedeutung angenommen, überlegte Adam Stein, dessen Begabung für Sprachen und Wortspiele berühmt war. Er sann über die Geschichte der Seife nach, die sich von Sidon aus über die Welt verbreitet hatte, und über das Wort selbst, das in den Lagern, bei Kommandant Klein, eine neue, mysteriöse Bedeutung erhalten hatte. Menschen sind Seife, und sie halten Menschen in den Händen, saubere, sterile Menschen. Diese Sterilität. Diese gepflegten Spielregeln. Das Grauen, das in der Tatsache verborgen liegt, daß man heute sagen kann, ich habe ihn eingeseift, das heißt, ich habe ihn reingelegt. Und jeder Weißgesichtige, der nach Flüchtling aussieht, ist *Sabon*, Seife. Und Seife hat keinen Körper und keine Muskeln. Seife ist das, was sie aus uns gemacht haben. Und hier? Was ganz Neues. Gassenjungen schleudern dir treffsicher ins Gesicht – Seife! Mit welcher Leichtigkeit, welcher Nonchalance. Der Seife einen reinpoppen. Jemanden einseifen. Es war einmal ein Mensch, und der wurde ein Stück Seife. Es war einmal ein Stück Seife, und das war früher Gretchen, Lotte, Familie Spiegel. Auf dem Regal im Laden, eingepackt in gelbes Papier mit aufgedrucktem Ölzweig, befindet sich die Familie Rabinowitz. Da ist sie: der erste Sohn, Robert, riecht aromatisch: eine Spur Lavendel vielleicht. Daneben der zweite, Peter, auch Simon genannt, mit Lorbeerduft. Und dort die kleine Debora, eine eigenartige Note, lieblich, ah, vielleicht Zitrusblüte? Die Seife poppen. Wer kann das denn? Er als Seife, die eingeseift wurde und sich selbst eingeseift hat, läuft da auf den Märkten rum, um Ruth nicht ins Gesicht sehen zu müssen. Die ehemalige Ruth Stein, Seifenanwärterin, bestand mit Erfolg und wurde zum goldenen Kreuz. Schicksal. Mit Messern wird sie den Bund der Beschneidung tilgen. Und die Seife? Die hat schon ihren Preis. Da nehmen wir Wiedergutmachung. Buhlerlohn. Sehen Sie, Herr Kommandant Sturmführer, das Wirtschaftswunder, Amalek blüht und gedeiht. Ich bin eine Lavendelseife und wäre gern lieblich, geht das? Bitte hier unterschreiben: hundert Millionen Mark, und alles wird vergessen sein. Nun werden Sie lieblich sein bis an Ihr Lebensende. Falls Sie eines Tages mal Gasmasken gegen Araber oder Türken brauchen sollten, hier sind sie. Alles geregelt. Der Vertrag ist unterzeichnet. Wir werden gemeinsam zur Seifenfabrik fahren, um zu weinen. Leistungsfähig. Aber jemand mußte doch geigen und die Gehenden zum Lachen bringen, oder? Sonst wären schließlich Unruhen ausgebrochen mit Messerstechereien und Schüssen. Und das ist eine schmutzige

Angelegenheit. Mein Kommandant Klein liebte Ordnung und Sauberkeit. Seife. Wenn ich Seife im Staat der Überlebenden bin, dann bin ich doch wirklich nach Hause zurückgekehrt, sagte sich Adam mit Tränen in den Augen. Als Ruhmbekränzter heimkehren? Nein. Als Seife heimkehren, das geht. Denn nur diese Erniedrigung kann einen vor der Ehre retten, die ich zwar nie besessen, aber doch jedenfalls eigenhändig verspielt habe. Und so verwandelte sich Herr Stein, Adam Frankenstein Stein, von einem ehrbaren, bewunderten Bürger des neuen, des anderen Berlins, in Seife aus Überzeugung, in eine Seife im Staat der Seifen. Seifen bleibt keine andere Wahl. Sie müssen grausam und verzweifelt, stark und verzweifelt zugleich sein.

Als Adam Frankenstein Stein nach Jerusalem hinaufzog, mietete er sich ein schönes kleines Zimmer in der Pension Mittelmann in Rehavia. Die Eigentümer der Pension waren von Adam Stein begeistert. Sie verwöhnten ihn richtig. Nach dem festlichen Abendessen in ihrer Wohnung stellte Herr Mittelmann den Plattenspieler auf den Kartentisch im Wohnzimmer, und die drei tranken kühlen Wermut und tanzten abwechselnd, einmal Adam mit Frau Mittelmann und einmal Herr Mittelmann mit Frau Mittelmann, und zu später Stunde, als sie schon ausgiebig gelacht hatten, forderte Adam sogar Herrn Mittelmann zum Tanzen auf, worauf er und seine Frau wieder lachten. Seitdem sie als junge Leute in Dresden in den Zirkus Adam gegangen waren, hatten sie nicht mehr so gelacht. »In Palästina ist der Humor etwas, nun, Sie wissen schon. Die Leute und das Leben sind so ernst hier: erst die Mandatszeit und nachher Probleme mit den Terroristen und die Kriege und dann die Lebensmittelkarten und all das. Wann hätte man lachen sollen?« Die Seife lachte. Die Seifen lachten. Wie schön ist's doch, wenn zu später Stund' Seifen brüderlich sitzen in fröhlicher Rund.

Spätnachts verabschiedete er sich von den beschwingten Wirtsleuten und trat auf die Straße. Vor einem großen Hotel bestieg er ein Taxi und gab die Adresse an.

»Wissen Sie, dort wird nachts geschossen«, sagte der Fahrer. »Abu-Tor war schon öfter dran.«

»Und da wohnen sie?«

»Ja, das ist die Anschrift, die Sie mir gegeben haben. An Ihrer Stelle würde ich bis morgen warten. Diese Jordanier machen keine großen Unterschiede. Sie werden noch eine Kugel abbekommen. Das Haus dieser Leute steht an einer beschissenen Stelle! Genau an der Grenze. Da, sehen Sie...« Adam hielt ihm einen Schein hin, und der Fahrer, den der Gedanke an die Schüsse in Sorge versetzt hatte, machte sich eilends davon. Adam stand auf einer leeren, stillen Straße. Nacht. Dichte Bäume. Steinhäuser. In der Ferne sieht man die vergoldeten Kuppeln der Altstadt. Der Glockenschlag einer Kirche ist deutlich zu hören. Bald wird der Morgen anbrechen. Es ist halb drei.

Plötzlich hallten Schüsse, und er wußte nicht woher. Überall, von allen Orten gleichzeitig. Sie waren deutlich zu hören: das scharfe Knallen der Kugeln, ihr zischender Flug, ihre dumpfen Einschläge. Adam suchte nach der Hausnummer. Angst hatte er keine. Seine Ängste waren alle gestorben. Seit langem sann er über ein kleines Mädchen nach, das etwas von ihm wollte. Das Mädchen hatte kein Gesicht, weder Nase noch Körper. Welch mysteriöses Wesen, die Kleine. Hungrig. Ihre Augen weinen. Papi, wer hat mehr Geld, Gott oder du? Papi, wen hast du lieber, Mami oder Gott? Hat die Welt ein Ende? Und wieviel ist viel? Und ist wenig mehr als viel? Warum weint Lotte? Mami hat sie umgebracht. Ich begrab' dich mit den Ameisen im Garten. Robert hat 'ne Ameise totgemacht. Und ich auch. Und auch die Mami. Papi, warum ist mein Zipferl abgeschnitten? Plötzlich kamen ihm diese Sätze in den Sinn. Von den Schüssen? Von den pfeifenden Kugeln im Dunkel der Nacht? Es war einmal ein kleines Mädchen. Es war einmal eine Ruth. Sie schießen auf dich, Ruth. Sie machen deine Ameisen tot, Ruth. Er würde sie verteidigen, würde sie an Leib und Seele schützen und dadurch vielleicht endlich erfahren, wie ihr Gesicht aussah – das mysteriöse, das heilige. Die junge Mutter. Mutter eines Sohnes oder einer Tochter? Ob das Kind ein Kreuz um den Hals trug? Adam fand das Haus, stürmte die Treppe im Galopp hinauf. Die Schüsse waren verstummt. Niemand regte sich auf. Stille im Haus. Schliefen sie? Wälzten sie sich verstört von einer Seite auf die andere? Dann hatte er das dritte Stockwerk erreicht und sah die kleinen Buchstaben auf dem Schild: Ruth und Josef Graetz. Im Stehen betrachtete er die Aufschrift, wollte schon klingeln. Aber als echter Clown, als Eigentümer des hervorragendsten Zirkus von Deutschland, breitete er statt dessen die Arme wie ein Gekreuzigter aus, um Ruths Tür gegen die Schüsse abzuschirmen. Er würde ihr nicht erlauben, zu Rauch zu werden, wie Lotte, wie Gretchen, wie ich. Rauchschwaden aller Zeiten und Generationen, vereinigt euch. Ihr habt nichts zu verlieren außer eurer Seife. Eine Seife, Herr Adam Superman Stein.

Vom Hauseingang unten klang Lachen herauf. Ein Paar, ein junger Mann und eine junge Frau, unterhielten sich. Ihre Stimmen waren deutlich zu hören, in singendem Ton. Nach einer Party? Und was war mit dem Baby? Beim Opa? Du hast einen Opa und noch einen Opa, und nie werden sich die zwei Opas begegnen. Zwei parallele Großväter, von denen einer Seife ist und der andere nicht, können nie zusammentreffen.

Adam erschrak zutiefst. Das Paar kam die Treppe hoch. Ruth und Josef? Kehrten sie beschwipst aus dem Krieg zurück? Lachend? Sie werden mich sehen, Ruth wird weinen. Ihre Tränen sind kostbar. Heute sind sie kostbar. Warum? Warum gibt's Rauch, Papi, und warum ist der Rauch schon kein Feuer mehr? Woraus werden Menschen gemacht? Schläft Gott bei Nacht? Und wann kommt der Prophet Elija? Und kennt der Prophet Elija Jesus, der heute vor einer Million Jahre geboren ist? Heute zünden sie den Baum an. Warum du nicht? Ja? Ja und nein! Du zündest keinen Baum an. Dein Baum ist kein Baum. Bei Familie Stahl gibt's wirklich einen Baum. Und Adam stürmte eine Wendeltreppe hinauf, die aufs Dach führte, stieß die knarrende Holztür auf, ging an Sonnenboilern und Wäscheleinen vorbei. Es wurde noch immer geschossen. Jerusalem lag vor seinen Augen ausgebreitet. Die goldenen Kuppeln glänzten im Licht des Vollmonds. Das Haus war von ernst dreinschauenden Bäumen umstanden. Eigenartige Zypressen, wie er sie noch nie gesehen hatte. Wie Priester in langen Soutanen und spitzen Mitren. Aber dann fuhr der Wind durch die Zypressen, und die Priester verwandelten sich in alte Juden wie auf dem Bild von Lilien – dem, das bei Herrn Meir, einem Freund der Mittelmanns, in Metulla, im Zimmer hing –, alte Juden, die das Achtzehngebet vor den Ruinen des Tempels beten. Und so hatte auch er, der Rex des Kommandanten Klein, unwissentlich vor den Ruinen des Tempels gebetet. Meinetwegen ist er zerstört worden, meinetwegen wird er wiederauferstehen und sich in seiner ganzen Pracht erheben. Das junge Paar war in eine der Wohnungen hineingegangen.

Die Tür fiel ins Schloß. Adam wußte nicht, in welcher Wohnung sie verschwunden waren. Er sauste die Treppen hinunter und floh aus dem Haus, floh durch die leeren Straßen, floh und wollte niemanden sehen. Um sechs Uhr morgens kam er in der Pension an, als der Wirt gerade den Gasofen anzündete. »Guten Morgen, Herr Stein«, sagte er auf deutsch, »haben Sie gut geschlafen?«

»Ja«, antwortete Adam, »ich liebe die Ferne, alles ist Licht und Glanz...«

Am nächsten Tag kehrte er nicht in das Haus der Familie Graetz zurück. Irgend etwas, irgendeine verborgene, ihm unbekannte Kraft hielt ihn davon ab. Er begann, jenen Druck in der Brust, in der Kehle, im Rachen zu spüren, der bei seiner Ankunft in Israel eingesetzt und seit seinem Eintreffen in Jerusalem ständig zugenommen hatte, dessen er sich jedoch erst jetzt bewußt wurde. Er konnte nicht schlucken. Als er an diesem Morgen von Ruths und Josefs Haus kommend durch die leeren Straßen Jerusalems geflohen war, hatte er sogar wieder Angst empfunden, eine Angst, die ihm von dem Tag, an dem Kommandant Klein ihn sich zum Hund erkoren hatte, bis zum Tag seiner Ankunft in Jerusalem unbekannt gewesen war – Jerusalem, die ewige Stadt, Stadt der Erzväter, Zion, Jeruschalajim, Jebus, all diese Städte zusammen auf einen Schlag. Er liebte sie nicht besonders; sie war zu glanzvoll. Man hatte sie nicht ganz zerstört, um an ihrer Stelle einen synthetischen Tempel zu errichten, wie es in Berlin geschehen war. Hier hatte man eine Stadt auf die andere gebaut, Schicht auf Schicht, seit den Tagen des Königs David. Auch David liebte er nicht. Etwas an Davids Lebensgeschichte deprimierte ihn. Saul war ein Mann nach seinem Geschmack. Aber Saul wurde betrogen. Und er lebte nicht in Jerusalem.

Adam Stein ging zur Anzeigenabteilung der Agentur »Die Zeitung« und gab eine Annonce folgenden Wortlauts in drei Blättern auf:

Ruth Graetz (geborene Stein) wird, in ihrem eigenen Interesse, gebeten, sich in die Pension Mittelmann, Ussischkin-Straße, Jerusalem, zu begeben – zu jeder Tages- oder Nachtzeit.

Ein Freund der Familie

So hatte er sich abgesichert, und so saß er da und wartete. Nach zwei Tagen kam sie. Sie klopfte an seine Zimmertür und trat ein, nachdem er »Herein bitte!« gerufen hatte. Sie setzte sich ihm gegenüber, bat ihn, die Zigarette anzuzünden, die ihr im Mundwinkel bebte. Sie war hübsch. Kastanienbraunes Haar, graue Augen, schmale Nase und ein etwas bedrücktes Gesicht. Er wußte, daß das Beben aufhören würde, daß er eine kluge, vernünftige Frau vor sich sitzen hatte. Er hätte sich in sie verlieben können, hätte sie auch ermorden können, hätte sie verstehen können. Sie besaß ein mutiges Auftreten und eroberte sein Zimmer. Mit sicheren Bewegungen ergriff sie einen Stuhl, zerrte ihn ans andere Ende des Zimmers und setzte sich. Nun betrachtete sie ihn lange, warf einen Blick auf seine Koffer, musterte ihn. Dann riß sie die alte grüne Jalousie weit auf, so daß die Sonne ins Zimmer prallte. Aus dem Hof hörte man das Jaulen von Katzen. Er hätte ihnen gern eine paar Krumen rausgeworfen, wich aber nicht von seinem Platz.

Sie redeten. Erst belanglose Worte. Worte, die ihnen gerade so einfielen. Diese Zigaretten sind wirklich gut. Sind es israelische? Eine angenehme Pension. Ja, der Kleine wächst. Heute hat er schon gelacht. Er sieht mir ein bißchen ähnlich. Ein bißchen auch seinem Vater. Ungefähr in der Mitte. Eine Mischung. Galiläa ist schön. Haifa wunderbar. Die Landschaft ist bezaubernd. Wirklich gute Zigaretten. Im Sommer sind die Nächte kühl. Man braucht eine Strickjacke. In Tel Aviv schwitzen sie. Ja. Aber in Tel Aviv gibt's den Strand. Ausgebildete Rettungsschwimmer. Die Promenade ist stinkig. Heruntergekommen. Armeedienst? Nein. Aber Josef war Soldat. Adam wird nachdenklich. Sie sagt nichts. Ihre Augen sprechen, aber was ist nun eigentlich? Wie läuft die Geschichte? Wie geht das Lied? Ich bin nicht mehr ihr Vater. Das ist vorbei, nach zwanzig Jahren – wenn man da einen Toten aus der Erde zieht und ihn in die Pension Mittelmann schleppt. Sie ist eine fremde junge Frau, hübsch, kühl, mutig, gutherzig. Ja, sicher gibt's einen Aschenbecher! Hier, ja, es ist 15.30 Uhr.

Hebräisch habe ich aus dem Buch gelernt. *Boker tow* – guten Morgen, *erew tow* – guten Abend. Darf ich vorstellen: Herr… Ich freue mich, Ihre Bekanntschaft zu machen… (Sie lächelt. Unter dem Schmerz und Grauen lächelt sie. Ich fische ihr

Lächeln heraus, ich bin ein Schwindler. Ich bin gekommen zu lieben und versuche, Liebe zu kaufen. Geben – gar nichts. Eine armselige Schwindelei.) *Bo awo, toda* – ich werde kommen, danke. Tickt Ihre Uhr? Grüße an Vater, Mutter, deine Schwester, deinen Bruder, deinen Schwager. Es ist früh, spät. Meine Uhr ist stehengeblieben. Stehengeblieben? Ich habe viel freie Zeit, ich habe keine freie Zeit. Die Regenzeit ist gekommen, da, der Regen tröpfelt, der Regen fällt, nimm einen Schirm, zieh den Regenmantel an, strömender Regen, der Regen hat aufgehört, der Himmel wird klar. Das Laubhüttenfest ist ein wunderbares Fest, das Wetter schlägt um, es wütet ein Sturm, der Wind weht vom Norden

Süden
Osten
Westen
Meer
kalter Wind
heißer Wind
lauer Wind

Herr Kellner, wischen Sie diese Wachstuchdecke bitte noch mal ab. Ich hätte gern Mischbrot

Weißbrot
altes Brot
frisches Brot
Toast
Zwieback
Salz
Pfeffer

Ich ... ja, noch eine Zigarette? Weint der Kleine? Nachts. Und du stillst ihn? Das ist schön. Gesund und auch gut fürs Kind. Ich bin lustig? War ich mal. Dieser Aschenbecher? Black and White. Ich mag lieber Dewar's. Oder J & B. Da ist mir noch ein Satz eingefallen: *Jesch lecha siwda?* – Haben Sie saure Sahne? Ja? Ich war auch mal jünger. Komisch? Der Wind ist angenehm in Jerusalem. Dieses Fenster? Nein, man hört fast keinen Lärm. Es ist ein ruhiger Ort, Rehavia ...

Die göttliche Last, die der Erniedrigung innewohnt, dachte jetzt die Seife – und als Ruth sich erhob, im Zimmer auf und ab ging, ans Fenster trat, tief Atem holte und sagte: »Va ... te ... r«, hatte er das Gefühl, er müsse auf der Stelle fliehen, so angewidert war er. Sie erschien ihm wie eine billige, wenig ehrbare Schauspielerin. Vater! Ich, der Hund. Etwas Zurückhaltung, Mademoiselle. Vater. Wer ist dein Vater? Nur fliehen, fliehen... Drittklassiges Theater. Armselig. In der Hintergasse. Auf der Bühne eine talentlose Anfängerin. Er war peinlich berührt. »Steh auf! Steh auf!« Sie kniete jetzt. Die ordinäre Schauspielerin. Ein Melodrama. Beinah hätte er gerufen: »Fritz, die Musik!«

»Ich liebe... Vater... und verzeihe... Vater...«

Steh auf, du bist eine Schauspielerin, du bist billig. Ich bin ein Fremder. Du bist eine Fremde. Er streicht sich übers Jackett, schnappt eine Zigarette, zündet sie mit zitternder Hand an. Seine Augen weinen, der Anblick ist grauenhaft, unerträglich. Er macht die Tür auf, möchte hinauslaufen, entfliehen. Im Eingang steht ein großer junger Mann mit ernstem Gesicht. Er trägt einen blauen Pullover und auf dem Kopf einen grauen, ach so grauen Filzhut. Der Mann ist blaß. Er mustert die junge Frau, die auf den Knien hockt, und ruft: »Nurit, komm raus!« Seine Stimme klingt kühl und drohend. Sie steht auf, sein Gesicht ist weiß, ihr Gesicht ist weiß. Sie geht an Adam vorbei, sieht ihn einen Augenblick an, überlegt und eilt dann davon. Aus dem Flur, von hinter der Besenkammer, ist ihre Stimme zu hören. Ein Lachen? Ein Weinen? Er wird es nicht erfahren.

»Nurit«, sagt der junge Mann. »Ich heiße Josef, Josef Graetz.«

»Sehr angenehm. Warum? Warum ist sie...?«

»Ich weiß es nicht, Herr Stein.« Josef blickt ihn an und versucht zu lächeln, zu begreifen, zu verarbeiten. Adam sieht das, überlegt, erwägt, prüft die Möglichkeiten, die in diesem unwiederbringlichen Augenblick enthalten sind.

»Jetzt gehen wir zu ihr«, sagt Josef.

»Ja, gehen wir.«

Und der große Mann mit dem weichen Gesicht und dem massigen Körper nimmt Adam am Arm und führt ihn sanft, aber entschlossen mit sich. Und Adam spürt zum erstenmal seit Jahren, seit Generationen oder Jubeljahren, daß er nicht mehr sein freier Herr ist und es von nun an auch nie mehr sein wird.

*

Adam Stein und Josef Graetz gehen einen steinigen Weg entlang, von der Haltestelle über Felsboden und Dornengestrüpp, und er weiß nicht wohin, warum. Vielleicht braucht er es auch nicht zu wissen? Am Ende des Weges wird Ruth sein. Noch eine Ruth. Zwei hat er schon verloren. Er war absolut nicht überrascht, als sie in einen Friedhof einbogen. Der Abend hatte sich bereits gesenkt. Der Friedhof war in Schatten und Geheimnis gehüllt. Die Gräber funkelten bleich in der Dunkelheit zwischen den Bäumen und Steinen. Adam sann über das Gefühl der Sicherheit nach, das ihn umhüllte. Eine dumpfe Erinnerung an das Lager. Auch dort, zwischen den schwarzen Baracken und den Kasernen, hatte er sich in gewisser Hinsicht sicher gefühlt, weil er begriff, wo er sich befand, wo er stand. Die Baracken waren von Architekten gebaut worden, die mit ihm zusammen an der Universität studiert hatten. Sie stammten aus der gleichen Kultur; die Kultur, die Adam Stein hervorgebracht hatte, hatte auch das Lager hervorgebracht. In Erez-Israel, bei den Wüstenwinden der Mittelmanns und dem barfüßigen Jungen auf dem Karmel-Markt, dem Jungen, der ihn Seife genannt hatte, wußte er, daß er nicht begriff, auch nicht begreifen konnte. Jetzt, auf dem Friedhof, fühlte er sich leichter. Hier war wieder alles einfach und vertraut. Seine Füße stapften über den Kiesweg, und er war innerlich ruhig. Wohin? Er wußte es nicht, wollte es auch nicht wissen. Sie kamen an einem alten Juden vorbei, der im Gebet versunken war. Eine wunderbare nächtliche Stunde. Wenn ich beten dürfte, würde ich es tun? Er wußte die Frage nicht zu beantworten. Damals kannte er Herbert noch nicht. Und Herbert hatte sich noch nie in Kommandant Klein verwandelt.

Der Friedhofswärter schwenkte eine verrußte Lampe in der einen Hand und bat sie um Feuer für seine Zigarette, die er in der anderen hielt. Adam reichte ihm eine Packung Kent. Der Mann dankte ihm, befühlte die Schachtel mit begehrlichen Fingern und verschwand zwischen den Gräbern.

»Da sind wir!« sagte Josef. Seine Stimme war ruhig, sicher, monoton, ohne jede erkennbare Erregung. Nein, nicht anhalten, warum sind wir stehengeblieben. Gehen wir doch. Nur weiter, immer weiter, außen herum, nie sagen, da sind wir. Gehen bis zur Bewußtlosigkeit, bis zum ohnmächtigen Umfallen, und nicht ankommen.

»Hier habe ich sie begraben«, sagt Josef. Er setzt sich auf eine Grabplatte und weist auf einen lockeren Erdhügel, auf dem ein Holztäfelchen wie eine Fahne aufgepflanzt steht.

RUTH GRAETZ
geboren in Berlin 4. Ijar 5689 (14.5.1929)
gestorben in Jerusalem 24. Nissan 5718 (14.4.1958)

»Jetzt bringen Sie sie zum Lachen. Sie sind ulkig, nicht?« sagt Josef.

Adam sieht ihn an. Seine Pupillen kreisen. Er begreift noch nicht, aber ferne Glocken läuten in seinen Ohren. Jetzt – bringen Sie sie – zum Lachen – ... Klein! Befehl! Herr Stein, das Leben als Gegengabe für das Lachen. Ein Clown geht durchs Feuer und verbrennt sich nicht. Wird am Leben bleiben. Wird zurückkehren. Und dann gibt es die Schweiz und Sparkassen. Der Zirkus wird Ihnen gehören. Und jetzt bringen Sie uns zum Lachen! Heul nicht, Rex, dieser Mann ist dein Bruder. Von nun an seid ihr Brüder. Du, der Reinblütige, und er, der Unreine. Judenrein und hunderein, wer wird gewinnen? Hunderein hat gewonnen, weil judenrein sehr viel populärer ist. Rex, ein Reich der Rexe. Rex und die Ritter der Tafelrunde. Die Kultur der Rexe im 17. Jahrhundert. Rex-Luther ist für judenrein und verbrennt Menschen, dann gibt es Rex-Faust und Rex-Mephisto, und Rex aus Weimar schreibt ein Buch über die Farbenlehre. Der jüdische Rex, der Vater der verfeinerten Sprache, der sich Heine nannte (während wir sehr wohl wissen, daß sein Name Rex lautete), wurde durch die Hintertür eingelassen. Die Rexe komponieren wirklich schöne Musik. Sie haben Musik in den Händen und Heldentum im Kopf. Der Führer hat Rex. Rex hat keinen Führer. Und hier? Wer nicht hat, hat. Und wer hat, hat nicht.

»Bringen Sie sie zum Lachen. Sie hat erzählt, Sie seien ein Clown.« Seine Stimme klingt energisch. Es gibt kein Ausweichen. Adam weiß es. Auch hier existiert eine Art judenrein. Gojim werden hier nicht begraben. Nicht hier. Jawohl, mein ... Er wird dem Befehl Folge leisten. Er hat kein Recht, den Befehl nicht zu erfüllen. Und er sucht auch keinen Ausweg, denn es gibt keinen. Er setzt sich auf einen Grabstein. Jerusalem glitzert in der Ferne. Farbig, windig. Herbst. Viele Jahre sind vergangen, seit er den einzigen Beruf ausgeübt hat, den er je hatte. Deshalb und wegen seiner Wesensart, die keine Kompromisse duldet, wird er seine Aufgabe gewissenhaft erfüllen. Josef hat das natürlich einkalkuliert. Er wartet ab. Adam zieht die Schuhe aus, zerrt sich den einen Strumpf über den Kopf, verdreckt sich das Gesicht mit dem losen Staub zwischen den Gräbern, krempelt die Hosenbeine hoch, knöpft die Jacke auf, um sie gleich wieder so zu schließen, daß der fünfte Knopf im dritten Knopfloch steckt. In wenigen Minuten hat sich Adam Stein mit einer mustergültigen Ernsthaftigkeit, die auf reicher Erfahrung, einer tiefverwurzelten Clownkultur, beruht, in einen Zirkusclown verwandelt. Ganz einfach, ohne Hilfe, ohne Schminke! Alles improvisiert. Sein Gesicht ist verzerrt. Seine Augen tanzen spitzbübisch, ein Ohr wackelt, die Nasenflügel zittern. Langsam beginnt er, den Augenblick zu leben. Josef wird zum enormen Publikum, Ruth zur riesigen Halle. Alles ist vergessen. Die Linien des zarten Lichts, das über den Türmen Jerusalems schwebt, sind weg und verschwunden. Adam hält kurze Monologe. Seine Sprache ist dümmlich. Aber er erinnert sich. Die Worte kehren in seinen Mund zurück, und er spricht sie mit wachsender Sicherheit. Junge Frau, Fräulein, hier, geben Sie mir Ihre Hand. Der Ring! Ja also dieser Ring, ich befühle ihn, den hat Ihnen ein Mann geschenkt, so um die vierzig, dem Sie einen Kratzer auf der linken Wange beigebracht haben. Er ist Kellner im Café Wien... Wilhelmstraße. Der Mann hat ernste Absichten, und obwohl er schon zwei Liebschaften in seinem Leben gehabt hat, ist er immer noch Jungfrau... Und hier, bitte schön: Monsieur Maurice Chevalier, der *Erika* für Sie singen wird! Und jetzt, meine Damen und Herren und alle übrigen: Marlene Dietrich singt den *Blauen Engel* im Schlafzimmer des Juden Roosevelt, der vorher Rooseltzweig geheißen hat. Und seine Gattin ist die Frau Chaja Cohen. Und das Geld. Hier ist jüdisches Geld, das nur so strömt. Dort haben Sie ein Bild von Gott im Himmel, der auf Kommandant Klein herabblickt, während der gerade mit seiner Buchhaltung nach Abschluß der Aktion beschäftigt ist. Nicht lustig? Er ist ausgelöscht und sieht nicht. Ihr, meine guten Ritter, habt ihn geblendet, bis er gestorben ist.

Und nun kehrte Adam weiter zurück, zu den Tagen, in denen man andere Geschichten erzählen durfte. Oder raten. Uhren,

Füller, Pelzmäntel, Hüte befühlen. Er sang. Er machte Späße. Josef Graetz, der anfangs, als Adam im Lager war, nicht gelacht hatte, lachte jetzt. Adam hörte sein Lachen tausendmal verstärkt. Der große Saal von Wien lacht und jubelt und applaudiert begeistert. Das Prager Opernhaus droht einzustürzen vor lauter Lachen und Bravo-, Bravo-, Bravorufen. Er fährt von Ort zu Ort, ist immer auf Achse. Er telegrafiert an seine Frau zur Geburt der Tochter: DULZINEA MEINE EDLE GELIEBTE STOP KÜSS DEN POPO MEINER ERSTGEBORENEN STOP ICH KOMME IN EINER WOCHE STOP BIS DAHIN STILL DU SIE STOP DANACH LÖS ICH DICH AB STOP DEIN LIEBHABER.

Das Lachen schwillt an. Ruth hat es nicht gehört. Er hat's versucht. Aber er weiß, sieht durch den dichten Nebel – merkt eindeutig, daß der Ring seiner Bewunderer ihn immer enger umschließt. Nicht die Hunde des Kommandanten Stein sind es, sondern die einheimischen Friedhofsbettler, die jetzt wie Pilze aus dem Boden schießen. Mit triefenden, verschlafenen Augen, die gähnenden Münder weit aufgerissen, mit schwarzen, furchterregenden Rachen. Sie kreisen ihn ein, sind von seinen Schreien aufgewacht. Josef Graetz sieht sie verblüfft an, hat ihr Kommen gar nicht bemerkt. Ihr Lachen und Schreien war von Adams Stimme verschluckt worden, von den Stimmen des Clowns.

Ihr Blick ist feindlich. Sie klappern mit ihren Blechbüchsen. *Je geringer der Inhalt, desto größer der Lärm.* Es ist kühl. Windig. Die Wipfel der Zypressen mit den Bischofsmitren verbeugen sich clownesk. Der Kreis um die beiden Männer wird immer enger, immer undurchlässiger. Und Adam, Adam läßt sich auf alle viere nieder und beginnt die lose Erde auf dem Grab zu küssen. Er wird einen Grabstein kaufen. Oder er wird selbst zur Statue erstarren und auf dem Erdhügel stehenbleiben. Sein Mund ist feucht vor Schweiß, sein Körper erschöpft, das Gesicht grau. Die Krummen und die Lahmen mit ihren grauenerregenden Gesichtern klappern mit den Büchsen: klapp, klapp, klapp, Almosen erretten vom Tod. Josef hat Angst. Das Lachen der Bettler entblößt Goldzähne, zahnlose Kiefer, schwarze Höhlen. Häßlichkeit und Gestank. Und die Bettler sehen die Verstörtheit der beiden und lachen, lachen noch mehr: *Kessef! Massari!* Geld! *Money!*

»Stehen Sie auf, Adam, wir flüchten.«

»Ich kann nicht.«

»Wieso denn?«

»Ich weiß nicht.«

»Kommen Sie, wir gehen.«

»Der Körper macht nicht mit. Ich kann nicht. Gehen Sie.«

»Nein.«

»Ich kann nicht.« Gottes Hand. Er hätte lachen mögen. Filme fallen ihm ein – grauenhafte Filme. Er erinnert sich an Rex. Rex war, ist und wird immer sein. Aus dem Staub ist er gekommen, und zum Staub wird er zurückkehren. Guter Staub. Sie stinken. Normaler Gestank. Bald werden sie Rauch sein. Rauch hat keine Farbe. Er hat einen Geruch.

Josef geht, durchbricht den Kreis der Bettler. Adam kriecht hinter ihm her. Die Bettler sind enttäuscht. Die Vorstellung war schön. Der Mann war lustig. Jetzt ist er nicht mehr lustig. Er kriecht. Wie Ungeziefer. »Satan!« ruft eine dicke Frau und flieht voll Entsetzen. »Satan! Geschmeiß! Ungeheuer!« Sie haben selber Angst. Lächerlich. Er sieht sie abhauen. Häßlich sind sie. Vorher wirkten sie bedrohlich, jetzt sind sie selber verstört. Und so verlassen sie den Friedhof, ein junger Mann mit Hund. Der Hund trägt eine Krawatte, und die Krawatte hat sich gelöst und schleift über den Sand, über den Kies. Die Bettler laufen entsetzt davon. Der Mond geht am Himmelsrand unter.

6. Kapitel

Der ewige Passagier

Die Zukunft steht unverbrüchlich fest. Nur die Vergangenheit ändert sich. Die Vergangenheit wird nicht mit Schlössern besiegelt, sondern mit Ferngläsern. Man stellt sich hin und blickt zurück: Wenn ich mit dem Kopf gegen die Wand renne, wird die Vergangenheit ausgewechselt. Dann räkele ich mich in einem Rosengarten und trinke Champagner aus der Achselhöhle einer jungen Nymphe. Jede Medaille hat eine bessere Seite. Ich war im Zimmer des Hundes. Er hat mit dem Kopf genickt, ich habe mich aufgeregt. Warum? Weil ich mich aufregen wollte und kein Mensch mir, Adam Stein, sagen wird, was ich zu tun und zu lassen habe. Der Hund war auch aufgeregt. Das war ganz klar, völlig eindeutig. Dann hat mich dieser Schuft, dieser dumme Pfleger, gesehen und hat gelächelt. Da habe ich ihn umgebracht. Oder vielleicht nur verletzt? Jedenfalls erinnere ich mich, daß es eine erbitterte Schlägerei gegeben hat, und nun bin ich hier in meinem Zimmer. »Schalom, mein Herbert.« Wieder am Fenster. Da sitzt er. »Bist du heute morgen nicht Kommandant Klein?«

»Nein.«

»Das ist wiederum schön von dir, fast würde ich sagen, freundlich! Mein Freund! Gib mir die Hand, Bruder, ich möchte dich auskotzen.«

»Bleib du liegen, und rühr dich nicht. Wann machst du endlich Schluß mit dieser ganzen Komödie?«

»Bald, Bruder. Das Ende rückt immer näher. Der Schluß. Er winkt am Ende des Weges. Es gibt viele Enden, alle sind ernst, traurig, unfruchtbar. Aber es gibt nur einen Anfang. Alle gehen von ein und demselben Ausgangspunkt aus. Und hierin, mein teurer Bruder, mein geliebter Zwilling, liegt die göttliche Ironie verborgen. Gott befindet sich nicht, wie viele meinen, am Anfang des Weges, bei der Schöpfung, beim ersten Entstehen, bei den Anfängen – sondern an den Enden. Da wartet er. Wie Klein mit seinem Namensverzeichnis und seiner sorgfältigen Aktenführung einschließlich den Angaben über die Todesursachen. Wie ein Totengräber, wie Dr. Gross. Mit dem Stock. Mit der Maschinenpistole. Mit Nadeln. Der Teufel schubst dich raus auf den Weg, und da gibt es nur eine Richtung. Später kommt eine Weggabelung, und von da an gehst du schon auf ihn zu. Na ja, auch recht. Was zeigt die Uhr?«

»Eine günstige Zeit und Stunde.«

»Danke, Bruder.«

»Keine Ursache.«

Gina kommt, um das Zimmer aufzuräumen. Er mustert sie durch die halbgeschlossenen Lider, nimmt die Zeitung, die sie ihm mitgebracht hat, überfliegt die Überschriften, und da fällt sein Blick auf die Affäre um Miguel de Salvaro, die im Gegensatz zu den meisten aufsehenerregenden Nachrichten am Rand der Seite versteckt ist:

Als gestern nachmittag um 17 Uhr das norwegische Schiff Partanira *der Schiffahrtsgesellschaft ORGE für einige Stunden im Haifaer Hafen festmachte, sahen einige Hafenarbeiter einen Mann auf Deck, der auf einem Bein hüpfte und eigenartige, unverständliche Schreie ausstieß. Gleich darauf verschwand die Gestalt und wurde nicht mehr gesehen. Die* S. S. Partanira *läuft alle paar Monate in Haifa ein, und schon lange fragen sich die Hafenarbeiter, wer dieser mysteriöse Mann sein könnte, der bei jedem Anlegen auf Deck erscheint, eigenartige Rufe von sich gibt, auf einem Bein herumspringt und wieder verschwindet.*

Das Rätsel hat sich nun endlich gelöst, und zwar durch persönliche Auskunft des Kapitäns. Auf die Frage unseres eigens von der Hafenverwaltung herbeigerufenen Reporters erzählte der Kapitän, dieser Mann sei einfach ein ewiger Passagier, der von den Behörden seines Landes zwangsweise auf das Schiff verbracht worden sei, während man nicht wisse, ob er es jemals werde verlassen können. Der Name des aus Uruguay gebürtigen Mannes lautet Miguel de Salvaro. Aus Gründen, die sogar dem Kapitän unklar sind, ist nicht zuverlässig in Erfahrung zu bringen, warum de Salvaro eines Tages mit einer Schiffskarte nach London an Bord gebracht wurde. In London weigerten sich die zuständigen Stellen, ihn an Land gehen zu lassen. In Spanien wiederholte sich diese Situation dann ebenso wie in Algerien, Tunesien und Israel. Kurz gesagt, überall, in jedem Hafen, erwarten ihn ein ausgeschalteter Leuchtturm und der Ausweisungsbefehl. Und so lebt der Mann eben auf dem Schiff. Es ist unmöglich, ihn irgendwo abzusetzen, und man weiß nicht, was man mit ihm machen soll. Nach Aussage des Kapitäns gibt es zahlreiche Mutmaßungen darüber, warum die verschiedenen Länder de Salvaro die Einreise verweigern. Manche behaupten, er sei Fremdenlegionär gewesen und habe dabei Freund und Feind abgeschlachtet. Nach anderer Auffassung war er einst sowjetischer Agent in Bolivien, wo er in einer Bergwerksstadt, deren Namen dem Kapitän unbekannt ist, einen Streik organisierte. Als der Streik dann plangemäß gewalttätig wurde, soll er sein Mäntelchen gewechselt und eigenhändig die Polizei alarmiert haben, um ihr die Namen der Bergarbeiterführer mitzuteilen, die ihm vorher bei der Streikorganisation geholfen hatten. Danach, so heißt es weiter, sei er in den Westen übergewechselt, wo er die Geheimnisse seiner Auftraggeber verkauft habe. Nachdem man ihn in eine der vielen in Süd- und Mittelamerika tätigen Geheimorganisationen versetzt hatte, sei er zu den Sowjets zurückgekehrt und habe erneut für diese zu arbeiten begonnen. Er war somit gleichzeitig ein in den Westen übergelaufener sowjetischer und ein in den Osten übergelaufener westlicher Agent. Er spielte den Osten gegen den Westen und den Westen gegen den Osten aus, verkaufte Geheimnisse an den jeweils Meistbietenden, verriet seine Arbeitskollegen, bis schließlich alle ihn gern aus der Welt geschafft hätten. Da jedoch jede Seite sich darüber im klaren war, daß die andere Seite zuviel wußte und daß ihre eigenen Geheimcodes im Fall eines Mordes entdeckt werden würden – zumal der Mann, wie es heißt, in irgendeinem Versteck Hefte mit den detailliertesten Informationen über die verschiedenen Spionagenetze, in denen er einmal tätig war, hinterlassen hat –, fanden sie statt dessen dieses Schiff, auf das sie ihn in dem sicheren Wissen verfrachteten, daß er keine Chance haben würde, an irgendeiner Küste an Land zu gehen. So sollte er also all seine Tage zwischen Himmel und Meer verbringen.

Dann gibt es noch eine weitere Vermutung, die Miguel de Salvaro mit dem Staat Israel in Verbindung bringt. (Diese Version ist zwar höchst unwahrscheinlich, aber auch die anderen klingen nicht plausibler.) Danach soll Miguel de Salvaro als Agent Israels Naziverbrecher in Südamerika gejagt haben, dabei aber schließlich zu selbständig vorgegangen sein ... Außerdem sagt man, er sei ein Drogen- oder Waffenhändler, ein Abenteurer, ein bekannter

Schwindler oder sogar ein Märtyrer. Zweifellos fest steht nur die Tatsache, daß ihn keiner haben will.

Der Kapitän schilderte den Journalisten, wie dieser Miguel de Salvaro auf dem Deck des norwegischen Schiffes sitze und langsam immer elender und unglücklicher werde. Sein Geist verwirre sich. Er spreche schon fast nicht mehr. Nur mit Mühe nehme er überhaupt noch etwas Nahrung zu sich.

Miguel de Salvaro hat sich in Fremdsprachen fortgebildet, viele Bücher gelesen, die hebräische Bibel in eine selbsterfundene Sprache übersetzt und ein Wörterbuch dieser Sprache verfaßt, bei dem er bis zum fünften Buchstaben des Alphabets gekommen ist. Mit dem Kapitän spielt er Schach. Er leidet unter chronischer Seekrankheit.

Adam legt die Zeitung nieder; sein Herz schlägt für diesen ewigen Passagier. Etwas an der Situation des Mannes fasziniert ihn, obwohl ihm der Gedanke selber keineswegs gefällt, sondern ihn eher erschreckt. Die verfluchte Seekrankheit bringt Adam zur Verzweiflung. Was ist zu tun? Was kann man für diesen Gottgesandten unternehmen? Vielleicht ist er nichts anderes als ein Zeichen, einer der Fingerzeige der Schwester Schwester. »Die Erlösung wird aus dem Wasser, dem Feuer und der Wüste kommen«, hatte sie einmal gesagt. Und hier sind das Feuer – das Feuer seines Herzens – und das Wasser – des Meeres –, das Salz, die Krankheit, das Erbrechen, die Kopfschmerzen. Ein Wörterbuch hat er verfaßt, eine Sprache erfunden. Die Bibel. Und deshalb – es entspricht Adams Wesen, daß seine großen Ideen ihn mit einem Schlag überkommen – schreibt er am nächsten Tag einen Brief an den besagten Miguel de Misero.

Mr. Miguel de Salvaro
S.S. PARTANIRA
The ORGE Company
Oslo, Norway

Sehr geehrter Herr de Salvaro,

erlauben Sie mir, mich vorzustellen. Mein Name ist Adam Wolfgang Sigmund Amadeus Immanuel Stein. Ich habe einen Zwillingsbruder namens Herbert, der an meinen Nerven zerrt, und

Ihr Schicksal, werter Herr, hat mein Herz sehr berührt, von dem manche meinen, es sei aus Stroh, während andere wiederum behaupten, es sei aus Eis. Aber auch Eis muß eines Tages schmelzen, und mein Herz glüht. Es brennt seinem Tod entgegen. Aber das ist nicht Gegenstand dieses Briefes. Ich bin überzeugt, einen Weg entdeckt zu haben, der es Ihnen, mein Herr, ermöglichen würde, das Schiff endlich zu verlassen, ein für allemal die Brechanfälle und die chronische Seekrankheit loszuwerden und nicht nur ein sicheres Ufer zu finden, sondern dazu auch die Nähe eines wirklichen Genies, nämlich des Schreibers dieser Zeilen, der Ihnen stets treu zu Diensten sein wird.

Bitte, lesen Sie aufmerksam: Es gibt einen Staat auf Erden, der aufgrund seines Wesens und seiner Gesetze auch gegen seinen ausdrücklichen Willen gezwungen sein wird, Sie in seinen Grenzen aufzunehmen. Ob er möchte oder nicht, er wird Sie einlassen. Dieser Staat ist Israel, ein Land, das, wie Sie sicher wissen, zwischen dem Libanon im Norden, Ägypten im Süden und dem Königreich des Fliegerjünglings, das heißt Jordanien, im Osten liegt.

Der Staat Israel kann nach dem Rückkehrgesetz, das zu seinen wichtigsten Grundgesetzen gehört, keinem Juden die Zuflucht verweigern. Darüber hinaus wird jeder Jude, der in die Grenzen des Landes kommt, automatisch zum Staatsbürger, soweit er sich nicht ausdrücklich dagegen verwahrt.

Daraus folgt, daß Sie, werter Herr, nur eines zu tun brauchen – und sei dies auch mit allem Leiden der Welt verbunden und all Ihren Anschauungen, Auffassungen und Glaubensüberzeugungen entgegengesetzt (die, wie Sie sicher wissen, geringen Wert besitzen in unserer heutigen Welt, in der ein Mann wie ich bei barfüßigen Gassenjungen als »Seife« gilt, wenn Sie verstehen, was ich meine): Sie müssen weiter nichts tun als Jude werden. Ganz einfach. Denn von dem Augenblick an, in dem Sie Jude geworden sind, können Sie beim nächsten Einlaufen im Haifaer Hafen Ihre Papiere vorzeigen, und schon werde nicht nur ich Sie dort erwarten, sondern es wird auch ein roter Teppich von zweitausend Jahren Länge – vom Zweiten Tempel und dessen unbegreiflicher Zerstörung bis zum heutigen Tag – für Ihre werten Füße ausgerollt liegen.

Da Ihre Verwandlung in einen Juden nicht leicht zu bewerk-

stelligen ist, möchte ich Ihnen folgenden Vorschlag unterbreiten: Bei der nächsten Ankunft in Marseille, in Frankreich, bitten Sie einen der Seeleute, für Sie an Land zu gehen (ich lege diesem Brief zehn Dollar zur Bestechung dieses unbekannten Matrosen bei, da er sich womöglich weigern wird und ich meinerseits Ihre finanzielle Lage nicht kenne, während ich ein reicher Mann bin). Den beauftragen Sie nun, sich in die Rue Maréchal Vincent Auchar Nr. 141 zu begeben, um dem an dieser Adresse wohnenden Mann, Rabbiner Maor Cohen, folgende Botschaft zu überbringen: »Bitte kommen Sie zum Schiff Partanira, *wie in dem von Adam Stein an Sie gerichteten Brief erläutert.« Der besagte Rabbiner wird die nötigen Anweisungen von mir gesondert erhalten, und alles wird, das verspreche ich Ihnen, werter Herr, zum Besseren geregelt werden. Sofort danach, bei Ihrem nächsten Einlaufen in Haifa, legen Sie die Übertrittsbescheinigung bei den Behörden vor, und ich, Ihr treuer Diener, werde Sie im Hafen erwarten.*

Mit vorzüglicher Hochachtung
Ihr
Adam Stein
Institut für Frieden und Therapie
Arad, Israel

Und dann schreibt Adam einen weiteren Brief.

M. le Rabbin Nissim Maor Cohen
Rue Maréchal Vincent Auchar 141
Marseille, France

Sehr geehrter Herr Rabbiner,

Sie werden sich, wie ich hoffe, noch an die scharfen, erbitterten Streitgespräche entsinnen, die wir miteinander geführt haben, als wir beide in dem berüchtigten Lager Hauchhausen inhaftiert waren. Ich selbst erinnere mich durchaus an die Probleme, die wir damals zu klären versuchten, Sie, der einfache Häftling, und ich, »Kleins Hund«, wie Sie sich des öfteren ausdrückten (und wie mir scheint, nicht ohne Verachtung, aber auch ohne Neid?), Probleme, die mit dem schmerzlichen und unverständlichen Wesen der Gottheit verbunden sind: Ist er ein eifersüchtiger oder ein barmherziger Gott, ein Gott der Offenbarung oder Strafe, ein Gott der

Erlösung oder des Leidens? Ich wunderte mich damals, wie dieser Gott, der seinen Namen mit dem Schicksal seines auserwählten Volkes verknüpft hat, die Sonne in einer Stunde weiterscheinen lassen konnte, in der Feldmanns Junge, den wir mit eigenen Augen auf die Duschen zugehen sahen und bei dessen Anblick wir unsere Diskussion begannen, zu Rauch wurde. Sie werden sich sicher erinnern, daß Sie, als die Reihe nunmehr auch an Sie kommen sollte, Ihrem Schicksal aufgrund der Tatsache entgangen sind, daß ich persönlich Kommandant Klein aufgesucht und ihm erklärt habe, daß in dem Augenblick, in dem Sie gingen, die Debatten aufhören und er, das heißt Klein, nicht mehr den geringsten Genuß an unserem ewigen Wortstreit haben werde, der zwar auf metaphysische Probleme ausgerichtet war, dem besagten Klein aber hinterher jedesmal Vergnügen bereitete. Er genoß (auch wenn er zu leiden behauptete) die Tatsache, daß ein berühmter Jude wie ich sein Menschenantlitz verlor, moralisch völlig verkam und seine Tochter und Frau so einfach gehen ließ. In anderen Worten, er hatte seine Freude daran, daß ich, der große, vielgefeierte Clown, den Sünden seines eigenen Volkes göttliche Genehmigung verlieh. In den Debatten mit Ihnen behauptete ich ja – wie Sie sich erinnern werden –, daß Kommandant Kleins Sünden auf Hitler zurückfielen und Hitlers Sünden die Sünden des Gottes Israels seien. Ich habe Ihnen gegenüber argumentiert, daß der Starke immer die moralische Korrumpierung des Schwächeren verhindern kann und daß man sich nicht ohne weiteres Ihrer Meinung anschließen darf, der zufolge die Sünden und Verbrechen die Domäne des Teufels seien. Auch der Teufel gehört Gott an. Und Macht siegt. Und wenn der Teufel tatsächlich gesiegt hat, dann ist er Gott, und Klein ist sein Messias. Doch lassen wir jetzt diese Haarspaltereien von damals. Mir ging es einfach darum, Ihr Gedächtnis aufzufrischen, damit Sie sich daran entsinnen, daß Sie wegen dieser Dinge überlebt haben. Und jetzt, nach so vielen Jahren, wende ich mich mit einer kleinen Bitte an Sie. Ein Mann namens Miguel de Salvaro wird sich dieser Tage an Sie wenden (das genaue Datum ist mir nicht bekannt), um von Ihnen in den Bund unseres Volkes aufgenommen zu werden. Er hat seine Gründe dafür, und seine Gründe sind meine Gründe. Ich bitte Sie also: Erweisen Sie mir diese Gunst. Stellen Sie keine überflüssigen Fragen, sondern bringen Sie ihm die nötigen Grundsätze bei und händigen Sie ihm eine Bescheinigung aus. Ich weiß, die Dinge sind kompliziert; sie verlangen, daß man eine Auge zudrückt und Gebote umgeht. Aber da kann ich Sie beruhigen – Sie tun eine wichtige Tat für Ihr Judentum, auch wenn Sie nicht erfahren werden, wieso und warum. Und der Gott Israels – jene Gestalt, die ich schmähe und beschimpfe in meiner Überzeugung, daß sie es war, die das Leben unseres Volkes trübte, gleich ob sie nun eine wirkliche Gottheit ist oder nur ein Geist, der im Volk pulsiert – wird dadurch nur gewinnen. Denn der Dialog zwischen ihm und dem Volk, der begann, als die Könige das Joch des blinden Glaubens abwarfen und ein weltliches Reich begründeten, dieser Dialog, der seinen Höhepunkt in den Verbrechen der Kleins aller Arten erreichte, spaltet erneut das Aufbauwerk von Juden, die die Fußstapfen des Messias, der doch nie kommen wird, verdrängt und ein neues Reich geschaffen haben, hier und jetzt in Erez-Israel, der Heimat Davids und Salomons, Jiftachs und Ahabs. Und dieser Gott (und hier kommt schon Ironie herein!) wird nun um ein Schäfchen in seiner anvertrauten Herde reicher werden, das den Kopf in seine blutgetränkte Überlieferung stoßen will.

Ich hoffe, Sie werden mir meine Bitte erfüllen, und sehe mich selbst von jeder Verpflichtung Ihnen gegenüber frei.

Mit vorzüglicher Hochachtung
Ihr
Adam Stein
Institut für Frieden und Therapie
Arad, Israel

*

Wir erwachen aus der Ohnmacht, mein Herbert, mein Peiniger. Das nenne ich Undankbarkeit. Wenn ich weitergeschlafen hätte, hättest du ebenfalls geschlafen. Erzähl mir, warst du ein guter Student in Heidelberg? Hegel. Romantisches Deutschtum durchtränkt ihn in Fülle. Es ist also doch noch etwas hängengeblieben in der Erinnerung, das muß man sagen. Und wie ist es dann passiert, daß ich Clown geworden bin und dich aufgegeben habe? Gina wird bald kommen. Sie wird um etwas bitten. Zu dem Hund werde ich nicht gehen, oder vielleicht doch? Aber nicht jetzt. Soll er warten. Das Ungeheuer! Ich belle ihn auf rexisch an.

Er bellt mich als Jude an. Es gibt nichts Lächerlicheres als einen bellenden Juden. Hegel hätte das als dialektisches Problem angesehen. Da kommt sie – draußen regnet es. Auf die Wüste. Überflutet sie. Wie schön der Regen ist, der auf die Wüste peitscht. Offenbar bin ich viele Tage lang krank gewesen. Vielleicht eine Woche, vielleicht einen Monat. Draußen ist schon Winter. Die Sonne ist nicht da, sicher erblindet. Die weißen Berge trinken den Regen. Das Wadi wird überfluten und vielleicht einen Lastwagen mitreißen, oder mehrere. Auch Ginas Hintern ist bergig, hochgetürmte Gesäßwangen, die auf den Frühregen warten. Ich bin gesund, ich bin stark, ich will leben. Ich bin der Frühregen. Und wenn es nur für eine Stunde ist. Wenn ich fertig bin, werde ich sterben. Du bist befreit, Herbert. Du kannst deiner Wege gehn. Dir hätte ich keine Münzen im Gummi gebracht. Ich sag' dir, was ich dir mitgebracht hätte: vielleicht einen Furz im Gummi.

Fassen wir den Stand der Beziehungen zwischen Adam Stein und dem Ungeheuer zusammen: null zu null. Nichts ist passiert. Es hat mich gebissen. Ich habe es angebellt. Unentschieden. Ja, Adam, du bist also aufgestanden. Jetzt zieh dich an. Was? Graue Hosen. Ein braunes Polohemd im Stil des von Hamdung. Heil, mein Führer! Hübsche Mokassins, eine Strickjacke lässig über die Schultern, daß sie den Rücken streichelt. Das Haar muß gebürstet werden. Gina ist nicht da. Es lebe das Nichtdasein meiner Gina. Heute nacht muß... es besteht kein Zweifel, daß... warum hast du nicht...? Ah, das ist schon eine heikle Angelegenheit. Sie wird heiraten wollen, und die Ehe mit dem Tod ist mit einigen unangenehmen physikalischen Problemen verbunden. Zum Beispiel: Wer bezahlt das Grabmal? Wird das Grabmal ein Präservativ oder ein Hund sein? Ich komme, Herr Ungeheuer.

Er liegt in seiner Ecke, der Hund. Das Fenster ist zu. Die Tür hat sich mühelos öffnen lassen. Ja, da liegt der Hund. Das Zimmer ist fürchterlich verwahrlost, wie schon immer. Adam macht das Fenster auf. Der Gestank bleibt unverändert. Ein Blechnapf, an den er versehentlich stößt, scheppert. Der Hund knurrt, bellt aber nicht. Adam setzt sich auf den Schemel, beobachtet das Laken. Die Augen lugen durch das Loch im Laken. Adam steckt rein zufällig die Hand in die Tasche und spürt dort irgendeinen Gegenstand. Was ist das? Er zieht das Ding heraus. Ein ganz kleines japanisches Transistorradio. Woher habe ich das denn?

Anscheinend hab' ich es mal gekauft und dann vergessen. In Berlin? Irgendwo auf meinen Reisen? An der Lederhülle ist ein feiner Schraubenzieher und ein Täschchen mit zwei Ersatzbatterien befestigt. Der Hund knurrt nicht. Adam betrachtet das Gerät, und plötzlich nimmt er den Schraubenzieher heraus, legt die beiden Batterien auf seine Knie, holt das Radio aus der Hülle und öffnet es. Der Hund schaut aufmerksam und verwundert zu. Winzige Teile. Spiralen, blaue Batterien mit roter Aufschrift. Das Ungeheuer sieht einen Transistor. Das Ungeheuer wird einen Transistor auffressen, das Ungeheuer wird aus dem Bauch Musik spielen, und ich werde auf den Nabel drücken. Wie auf einen elektrischen Schalter. Ein Automat. Ich habe, mein Fritz, ein Ungeheuer, das direkt aus dem Bauch spielt. Ein Druck auf den Nabel, und du hörst Schubert.

Adam ist mit dem Transistor fertig und macht ihn wieder zu. Das »Jarkon-Brücken-Trio« singt gerade den Schluß des Lieds von der »Bauarbeiterliebe«, und gleich darauf erklingt die ruhige, tiefe, geschulte Stimme des Nachrichtensprechers: »Der Ministerpräsident und Verteidigungsminister hat sich heute zu einem Informationsbesuch im Landessüden aufgehalten und dabei als Beobachter an einem Manöver der Panzerdivisionen teilgenommen...« Und mitten aus dem Kettenrasseln und den Befehlsrufen, die sich mit dem dort unten fern oder nah tosenden Wind vermischen, ertönt die Stimme des Ministerpräsidenten, der zu dem Hund und zu Adam aus dem kleinen japanischen Gerät spricht, das im dürftigen Licht eines bewölkten Wintertags funkelt. »Ich freue mich, hier dabeisein zu können... umgeben von Panzersoldaten, die vorbildliche Arbeit geleistet haben... Ich danke dem Oberbefehlshaber der Panzertruppe und seinen Offizieren... Wir werden kaufen... fortentwickeln... zusammensetzen... unser technisches Wissen ausnutzen... es erweitern... es vergrößern... Wir werden siegen...«

Welche Bedeutung besitzt dieser Sieg, dieser zukünftige Triumph des Oberbefehlshabers der Panzertruppe und seiner Geräte, in diesem kleinen stinkigen Raum? Adam versucht, eine Antwort auf diese Frage zu finden, ist aber nicht sicher, daß es ihm gelungen ist.

Der Hund nickt nicht, und Adam verläßt gekränkt das Zimmer. Am nächsten Tag ist er wieder da. Diesmal hat er nicht nur das Transistorradio mitgebracht, sondern auch einen elektrischen Rasierapparat. Warum ist er zurückgekommen? Warum ist er weggegangen? Warum hat er nicht geschlafen und nicht geruht, nur an den Hund gedacht? Er weiß diese Fragen nicht zu beantworten, die nicht Gina oder Dr. Gross ihm gestellt hat, sondern ausgerechnet Herbert, sein Zwilling.

Im Zimmer herrscht dieselbe Stille. Derselbe Gestank. Und das Ungeheuer sitzt vor dem Hintergrund der weißen judäischen Berge da im Fenster in der trockenen Wintersonne. Adam zieht den elektrischen Rasierapparat heraus, sucht eine Steckdose in der Wand, findet sie, steckt den Stecker hinein und beginnt sich zu rasieren. Vor den Augen des Ungeheuers, damit es was sieht. Und es lugt tatsächlich unter dem Laken hervor. Sein Rücken geht auf und nieder. Vielleicht ist es aufgeregt? Mein guter Hund. Mein Rex, schau, Papi rasiert sich... Und was rasiert Papi? Papi rasiert ein glattrasiertes Gesicht! Das wirbelnde Kreisen der Maschine läßt seine Hand erzittern, und er versinkt in einen süßen Erschöpfungszustand, der die Sinne einschläfert, streichelt, ohne zu fordern, das Denken abschaltet und... sehen Sie, Herr Stein, sehen Sie nur, sehen Sie... Und er sieht. Durch seine Hüllen der Lethargie und Erschöpfung hindurch sieht er, wie der Hund unter dem Laken nickt: auf und ab, auf und ab.

»Ich bin aus dem Weltall gekommen«, sagt er und zieht die Schnur des Rasierapparats aus der Steckdose in der Wand. »Mein Name ist auch nicht Stammvater Abraham.« Er schiebt das Gerät ins Etui zurück. »So gefällt's mir...« Worte, die keinen Sinn haben. Er weiß das. Er wird mutiger: »Hund! Ungeheuer! Freu dich nicht, daß ich gekommen bin. Ich bin krank, nicht weniger als du. Also freu dich nicht so.«

Und diesmal – nein, nein, ich will nicht, ich hab' Angst. Hund, bleib drin. Tu das nicht. Zeig's nicht. Bring nicht andere in Verlegenheit. Bleib mysteriös, unbekannt, sonderbar. Nein! Aber ja. Der Hund wirft das Laken vom Kopf (alles wegen dem Rasierapparat – ich werde ihn vernichten) und verkriecht sich zitternd in seine Ecke. Und nun weiß Adam, daß er die ganze Zeit gewußt hat, was er jetzt weiß. So haben sie ausgesehen auf jenem Weg. Tiefe Augenhöhlen, eingefallene Wangen, triefende, verängstigte, hündische Augen, magere, schwindsüchtige Körper, dunkle Ringe um die Augen und darin ein reiner, jungfräulich naiver, unschuldiger Blick. Die Nase schmal und zittrig, schwarze, verzweifelt bebende Nasenlöcher. Ein Tier in der Falle. Kinder gehen auf die Endlösung zu. Die Augen, die der Gott Israels für die Kinder seines Volkes bestimmt hat, vielleicht um sich selbst in Verruf zu bringen. Aber nicht diese. Dies sind blaue Junkeraugen. Das Haar viele Monate, vielleicht Jahre nicht geschnitten. Ja, er weiß. Ein Kind. Ein Hund? Ein Kind. Ein Kind, das ein Hund ist. Ein Kind, das kinderrein, und ein Hund, der hunderein ist. Etwas um die Ränder der zitternden Lippen zeugt von verfrühter Pubertät. Eine verblüffende Alterung, ein Stoppelfeld auf einem Babygesicht. Der Mund ist runzlig, der Blick kommt aus weit aufgerissenen Augen. Große Blumen. Kleins Blumenbeete. Die Blumen, um die Fräulein Klopfer sich so hingebungsvoll kümmerte. Am Zaun. Ein riesiger Baum beschattete sie. Ein Paternosterbaum. Blumen wuchsen am Zaun im Schatten des Paternosters. Sie hatten einen einzigartigen Sinn für Humor, diese Blumen. Wie ihr Schöpfer. Sie blühten, weil er es ihnen erlaubte. Klein hatte schon gemeint, daß Adam recht habe, zögerte aber aus Furcht vor dem bösen Blick, seine Worte zu bestätigen. Und hier erinnert er sich an die Blumen. Wie diese Augen, die da so blau erblühen unter dem Laken, in dem Gesicht, dessen Mund bellt. Die erstarrte Unschuld in zwei blauen Seen, die Häßlichkeit, die plötzlich schön wird, das Erwachen zum Licht, zur Berührung, das völlige Unwissen, das er dem Aussehen der blauen Augenseen entnimmt, deren Klarheit so ruhig geworden ist im Beisein Adam Steins, der doch nur ein Leichnam auf Urlaub ist.

Eine Träne sammelt sich in seinem Auge, eine Träne der Enttäuschung. Ein gejagtes Tier blickt Adam an. Ein Hund. Ein Kind, das zum Tier geworden ist. Schrecklich in seiner Häßlichkeit, aber schön in seiner Häßlichkeit, schön im Schrecken seiner Häßlichkeit. Und das gejagte, gepeinigte Tier, das eine Gitterstange im Fenster seines Gefängnisses durchbrochen hat, schaut Adam an, und er weiß nicht, was er geben, was er sagen, wie er retten soll. Denn er sucht ja selbst nach Erlösung.

Wie alt ist er? Zwölf? Zwanzig? Adam sinnt über das Kind nach, denkt an den Hund. Das aufsteigende Mitgefühl, das ihn einen Augenblick lang durchpulst, macht der Eifersucht Platz, dem Neid auf den Jungen, das Kind, das Ungeheuer, dem es gelungen ist, alle Welt zu überlisten, einschließlich Adam, Gina und Dr. Gross. Adam flüstert ihm zu: »Danke!« Ja. Dann ändert sich die Klangfarbe seiner Stimme, und Wut dringt zwischen den nur einen Spaltbreit geöffneten Zähnen hindurch, während er seine Worte im lauten Stakkato-Rhythmus abfeuert: »Hör zu, Hund, wag es nicht, dich auf mich zu verlassen. Stütz dich nicht auf mich. Du mußt wissen, wer ich bin: ein gebrochenes Schilfrohr. Ich werde vor dir zerbrechen, und du wirst hinfallen, stolpern, dir die Zähne einschlagen. Wisch die Hündischkeit von deinem Gesicht, und sei armselig. Wie ein Heiliger. Wie eine Wolke. Gleite in eine tiefe Grube, eine Grube des Grauens. Alles ist Lüge: der Transistor, die Batterien. Sie gingen noch, sie brauchten nicht gewechselt zu werden. Und die Rasur? Ich hatte mich rasiert, bevor ich zu dir kam. Lüge. Alles gelogen. Ich bin aus dem Weltall geflüchtet. Ich hatte Plastikfühler. Ich hatte einen Farbfernseher in den Nieren. Ich habe die Gespräche zwischen Nabel und Hintern auf Band aufgenommen. Und abgesehen von alldem bin ich Gott. Ein müder Gott.«

Der Hund schaut Adam mit seinen wäßrigen, himmelblauen, arischen Augen an. Der Hund bebt. Der Hund ist arm dran, er schwitzt trotz der kühlen Klimaanlage. Der Hund kriecht mit grauenhafter Scham auf sein Laken zu. Ein betrogener Wilder, ein Adliger, dessen Schande offenbar geworden ist, ein armes Kind. Mit seinen Fingern, den Hundepfoten, packt er das Laken, dreht den einen Zipfel in der Hand, steckt ihn in den Mund und lutscht. Und so als habe ihm das eine momentane, vergängliche, zerbrechliche Sicherheit eingeflößt, kriecht er mit dem Lakenzipfel im Maul auf den Schemel zu, streckt die Hand nach dem Transistor aus und beginnt ihn zu streicheln. Doch da, in dem Augenblick, in dem seine Hand die Rückseite des schwarzen Radios berührt, hört sein Körper zu zittern auf. Adams Augen bestaunen die plötzliche Ruhe wie ein Wunder.

»Haben sie dich gequält?« Er muß es wissen.

Der Hund antwortet nicht. Der Hund hat gar nichts gehört. Nicht nur seine Finger gleiten jetzt über die rauhe, ledernoppige Rückseite des Transistors. Sein ganzes Wesen, seine Beine, seine himmelblauen Augen, sein gekrümmter Körper – sie alle sind auf die Finger konzentriert. Sie alle streicheln. Und jetzt, fast überraschend, erinnert sich Adam mit Grauen an die zarten Hände der Pensionswirtin.

»Ich habe eine alte Frau gewürgt!« sagt er und bricht in Lachen aus. »Ich schreibe einen Forschungsbericht über dieses Krankenhaus. Mich täuscht man nicht, die Ärzte haben Angst vor mir. Ich habe meine Beziehungen.«

Und der Hund? Sein Mund saugt an dem Lakenzipfel, seine Hände streicheln das Transistorradio.

»Schau, Kind. Wenn ich dich etwas frage und du antworten möchtest, aber nicht sprechen kannst, bewege den Kopf. Für ja – auf und ab, für nein – von rechts nach links.«

Der Hund, dessen ganzes Wesen in das Radio versenkt ist, antwortet nicht. Das heißt, anfangs gibt er keine Antwort. Aber irgend etwas – eine Art unsichtbar tanzender Lichtstrahl, der in sein Gehirn eingedrungen ist – weckt ihn auf, und sein Kopf gerät in Bewegung, erst von rechts nach links, dann, mitten in der unbewußten Verneinung, verändert die Geste ihre Richtung, und das Kind bewegt den Kopf auf und ab.

»Haben sie dich gequält?«

Von rechts nach links. Die Hände streicheln. Die Augen bestaunen die Knöpfe, den Schnallenverschluß, die Senderzahlen.

»Du bist ein Diplomat, Kind. Du lügst. Adam Stein belügt man nicht! Sag mir, als man dich hierhergebracht hat, bist du da durch das große Eisentor gekommen?«

Auf und ab bewegt der Hund seinen Kopf.

Adam ereifert sich jetzt. »Und das Tor hing über dir wie ein Unglück. Schloß sich hinter dir. Und du warst drinnen. Eingesperrt? Eingesperrt, eingesperrt. In dem raffinierten, synthetischen Tempel der Mrs. Zisling. Die im Kühlhaus liegt. Und danach bist du gegangen, durch all diese endlos langen Korridore, aus deren Wänden dumme Lieder, verborgene Melodien hervordringen, eine unsichtbare, schmerzvolle Welt. Die Türen haben keine Griffe. Hast du das gemerkt? Hunderte von Türen. Hunderte Nichtgriffe und Guckfenster. Und schwarze Teppiche. Hast du darauf geachtet? Und du bist gegangen. Von Korridor zu Korridor, im Neonlicht. Dabei hast du nicht mal versucht, eine alte Frau zu erwürgen. Wer hatte, wem war das Recht gegeben, dir so was Böses anzutun? Schapira etwa, der dich geführt hat? Gross, dieser Schuft? Und Schapira, der dich mitzerrte, hielt der ein großes Schlüsselbund in der Hand? Und das rasselte. Ich kenne den Klang. So schließen sie die Himmelspforten ab. Nur daß man es dort Gebete nennt. Und du fühltest dich elend in den Korridoren. Die Schlüssel spielten dir den Marsch, rassel... rassel... Und der Kerl hat eine Tür nach der anderen aufgemacht. Du bist gelaufen, vorbei an Sälen, und noch ein Korridor und noch eine Tür...«

Das Kind hebt die Augen und senkt sie wieder. Hebt erneut den Kopf und blickt verständnislos, verwundert, beschämt vor sich hin. Bewegt den Kopf von rechts nach links.

Adam achtet nicht mehr auf den Jungen. Er ist in eine Art animierte Depression verfallen. Aber gleichzeitig genießt er auch. Er haßt sich selbst. Er leidet. Er neidet.

»Sieh mal.« Seine Stimme hat sich verändert, ist schriller geworden. Der Bauch tut ihm weh. Das Licht im Fenster jagt ihm Furcht ein. Er steht auf und knallt den Laden zu. Der Hund drückt sich in eine Ecke. Der Hund wittert Verrat. Adam steht alt und runzlig vor ihm. Sein Alter ist ihm jetzt wieder deutlich anzusehen. Schweiß trieft ihm über die tief durchfurchte Stirn. »Sieh mal, Kind.« Er schwenkt den Arm, als ob er das Zimmer umarmen wolle. Im Fenster sitzt Herbert, und Herbert sagt: »Was machst du bloß, mein Wickelbaby? Du spielst dich vor dem Hund auf? Du bist krank und verlogen. Sogar Mutter hättest du für ein paar Münzen verhökert!«

»Kind!« Adam verscheucht die höhnende Gestalt vom Fenstersims. »Eines Tages bring' ich dir die Schlüssel. Dieser vertrocknete Fisch da, Gross, durch die Nase werd' ich ihm den Schlüsselring ziehen... Liebe. Er hat von Liebe gesprochen. Warum haben wir versagt, hat er gefragt. Er ist ausgetrocknet, wie altes Papier. Wie eine Kirchturmspitze. Ich komm' zu dir mit den Schlüsseln...«

Adam nähert sich ihm, packt ihn an der Hand (an der Pfote). Der Hund versucht, die bebende Hand zu beißen. »Hörst du, du Winzling?« (Der Hund kann nicht beißen. Adam merkt das und lacht kurz auf.) »Du wirst ein ganzer Kerl sein und diese Korridore entlangmarschieren, mit den Schlüsseln in der Hand, wirst eine Tür nach der anderen öffnen. Von deinem Zimmer bis zum Tor. Hundert Türen. Hundert Schlüssel. Und schließlich, jenseits des letzten Tors, behältst du nur noch einen Schlüssel in der Hand. Du bist frei in der Wüste. Aus allem raus. Jenseits von...

auf der sicheren Seite. Dann nimmst du den letzten Schlüssel und wirfst ihn gegen das Haus, gegen diesen synthetischen Tempel, und alles geht in weißem Rauch auf.«

Herbert lacht: »Schau, wie du ihn enttäuscht hast!«

»Ich weiß.« Adam versucht etwas zu sagen. Seine Stimme ist heiser, müde und traurig.

»Was hast du ihm bloß angetan? Du Dummkopf. Betrogen hast du ihn. Er hat den Betrug gerochen.«

Und das Kind kriecht, enttäuscht, mit traurigen Augen, auf die Wand zu und wimmert, schmiegt sich an die Kette und jault. Beim Anblick des heulenden Hundes prustet Adam los und kann nicht mehr aufhören. Das Lachen hallt von den Wänden wider, bis es das ganze Zimmer erfüllt. Sein verzerrtes Gesicht wird vom Lachen zerrissen. Nun hat es Adam eilig. Er sammelt seine Sachen zusammen, flüchtet aus dem Zimmer. Die Tür wird zugeknallt. Der Hund kraucht unter das Laken, wickelt sich darin ein und fängt an zu bellen. Der Klang des Bellens begleitet Adam bei seinem hastigen Lauf durch den Korridor. Unterwegs stoppt er, um einige Schlucke aus einer seiner verborgenen Flaschen zu nehmen. Aber das hilft ihm nicht viel. Der Kopf tut ihm weh, er hat Bauchschmerzen, sein Körper brennt. Das Bellen läßt ihn nicht los. Er kann schon nicht mehr lachen. Und auch weinen kann er nicht.

*

Heute morgen wird etwas geschehen. Der Gestank der Zukunft steht in der Luft. Leuchtende Buchstaben ohne alles, man kann sie nicht lesen, nur Adam kann es. Aus der Luft lesen in der sich weit hinziehenden Wüste, die bis zum Toten Meer hinunterreicht. Er empfindet Mitleid für die Geschichte. Sie muß als Beweis herhalten, daß die Gegenwart wirklich Daseinsberechtigung besitzt. Welch ein Quatsch, hatte er zur Zeit seiner Schmerzen gedacht – und die waren grauenhaft gewesen. Seit einigen Tagen, seit er aus dem Kerker, aus dem Feldzug, von der Niederlage zurückgekehrt ist, haben die Ärzte ihn wieder behandelt. Hoffnungslos, hatten sie achselzuckend gesagt; sie wußten, daß er im Sterben lag. Und nun war er wieder genesen. Wie immer. Für einige Zeit. Vorläufig. Sehr bald wird er wieder seinen Körper anzapfen und diesen Dreckskerlen da unter den Fingern wegsterben. Wie kommt man dazu, ein Clown, ein Verrückter und ein Hund zu werden? Wie nur? Mutter nicht. Mutter war eine Frau. Zwei blitzende braune Augen, silbernes Haar, magerer Körper. Vater war Bäcker. Aber Großvater. Großvater, wie ich ihn gekannt habe, fuhr mit der Kutsche. Von Ort zu Ort ist er gefahren. Er war für die Obstgärten zuständig. Für die Kirschbäume, Birnen, Äpfel. Er schlief unter freiem Himmel. Ein Chassid war er, aß nichts als Obst und Brot, und nur am Freitagabend, wenn er nach Hause zurückkehrte, nahm er eine warme Mahlzeit zu sich, die einzige in der ganzen Woche. In seiner Jugend reiste er nach Erez-Israel. Dort heiratete er die Jungfrau Chaja Reisin und nahm sie mit sich zurück nach Polen. So fließt erez-israelisches Blut in unseren Adern. Großmutter wurde in Jerusalem geboren, ihre Mutter in Gasa. Ihr Vater war ein heldenhafter Mann, der unter den Ismaeliten lebte und ihnen die Messer schärfte, so erzählte sie. Und ich, ich wurde auf den Knien des Kommandanten Klein geboren und werde auf den Knien des Kommandanten Klein sterben, und in der Zeit dazwischen, ha, in der Zwischenzeit werde ich Papierbrücken mit gefälschten Grundbuchtiteln verkaufen. Brücken im Himmel, auf dem Mond. Und alle werden zugreifen. Ein Fälscher hat immer Erfolg. Die Ehrlichen sterben jung. Und Gina wird bald kommen. Diesmal bin ich bereit für sie. Bin ich verliebt? Der alte Adam ist nicht verliebt. Er liebt einen einstigen Gedanken, dessen Verwirklichung der Höhepunkt eines vollen Lebens hätte sein müssen, wenn er wie sein Großvater, wie sein Vater gealtert wäre. Es ist ein schöner Gedanke. Da er jedoch aufgerieben wurde, erhebt sich die dringende Notwendigkeit, ihn zu töten, ihn und seinen Träger. Bumm-bumm. Schieß nicht, Kind. Ich schieße. Ich bin ein Held. Herr Reichsführer Stolz! Seine Majestät. Mit den Händen hat er die Goldzähne gezogen. Seife schießt auf Adam. Adam schießt auf die Seife. Ein Hund wird Adam fressen. Adam wird einen Hund fressen.

Bei ihrem Eintreten ändert er seinen Gesichtsausdruck, setzt die schüchtern-beschämte Miene auf, die sie mag, und versucht, ihr Herz zu erobern. Es bedarf keiner besonderen Anstrengung. Sie wird sofort weich. Die Pensionswirtin war weicher gewesen, aber weniger vertrauensselig. Diese da, diese Gina, spielt vor aller

Welt die Unnachgiebige. Das hilft sicher ihrer Verdauung, meint er. Sie leidet unter Verdauungsschwierigkeiten, die Ärmste. Aber bei mir ist sie, sobald ich nur nett zu ihr bin, schlimmer als die dummen jungen Gänse, diese Teenie-Jungfrauen, die vertrauensvoll lächelnd in die Grube fallen und den erstbesten Arzt heiraten, der ihnen über den Weg läuft, um die künftigen Sprößlinge nur ja vor der Romantik zu schützen, die doch unwillkürlich in ihnen pulst. Er ist klug genug, ihr zu sagen, daß die Pensionswirtin ihm keinerlei Glück geschenkt hat. Und sie lächelt. Als er ihr erzählt, er habe sich bei dem Hund aufgehalten, antwortet sie nicht.

»Warum ist er hier? Weißt du, daß er ein Kind ist? Bist du sicher, daß er ein Kind ist? Er ist ein Hund! Ich werd' dir was Lustiges erzählen. Einmal kam Frau Else Klein mit ihrem Sohn Hans Klein zu Kommandant Klein auf Besuch. Das war ein glücklicher Tag in meinem Leben. Der Koch war eifrig damit beschäftigt, Leckereien für die hohen Gäste zuzubereiten – gebratene Gans mit Röstkartoffeln –, und wir, Rex und ich, aßen uns richtig satt. Sie saßen am Tisch und wir zu ihren Füßen. Der Junge lachte nicht bei meinem Anblick. Ich lag über den Napf gebeugt zu Füßen des Tisches und aß. Er schaute mir etwas verlegen zu. Sein Vater sagte ihm, das sei was zum Lachen – aber er weigerte sich zu lachen. Else lachte hingegen unaufgefordert. Sie erinnerte sich daran, daß sie mich einmal im Zirkus gesehen und so sehr gelacht hatte, im Zirkus, daß sie – wenn ich ihr den Ausdruck verzeihen und Hans es nicht als Unhöflichkeit ansehen möchte – direkt in die Hosen gemacht habe. Jetzt sei ihr das wieder eingefallen, wo ich da mit Rex auf allen vieren stände. Ich wollte ihr sagen, daß ich damals kein Hund war, aber daß sie einer war, daß Klein einer war, daß Hans einer war, doch ich sagte es nicht, ich lächelte. Ich stand da vornübergebeugt auf allen vieren. Ich wollte bellen, und das tat ich auch. Das Gekläff machte ihr unendlichen Spaß. Sie weinte vor Lachen und trocknete sich die Augen mit einem Taschentuch, das man hinterher auswringen und mit dem man ein Glas füllen konnte, weil sie mich einmal im Zirkus gesehen hatte und dabei schier geplatzt war.

›Aber Rex ist reiner‹, sagte ich mit Rücksicht auf Hans. Seine Erziehung sollte nicht leiden, keinen Schaden nehmen. Und tatsächlich gewährte die gnädige Frau mir einen Dankesblick. Ihre

Augen drückten Erkenntlichkeit aus. Sie warf mir noch einen Knochen zu. Mit den Zähnen riß ich das bißchen Knorpel und die zwei Fleischfasern ab, die an dem Knochen klebten, und schluckte sie hinunter. Rex war eifersüchtig auf mich, wedelte mit dem Schwanz, spitzte die Ohren. Aber die Gnädigste beachtete ihn nicht. Ich erinnere mich, daß auf dem Knochen der Abdruck ihres Lippenstifts prangte. Auch den leckte ich ab. Als Kommandant Klein einen Augenblick weg war, um den Tagesbericht von dem Adjutanten entgegenzunehmen, der ungeduldig im Nebenzimmer wartete, legte ich frohlockend meinen Kopf auf ihre Knie. Hans wich erschrocken zurück. Er bekam es mit der Angst zu tun. Ich hatte Mitleid mit ihm. Ich hätte aufstehen können, aber ich tat es nicht. Ich wollte ihr vollkommenen Genuß bereiten. Sie war mit der Bahn angereist. Vierzig Stunden Fahrt von Köln bis hier. Jetzt wollte sie ihren Spaß haben. Ich erkannte das an ihrem Gesichtsausdruck. Sie lechzte nach ein bißchen Genuß. Sie streichelte sogar mein Haar, und ich rollte mich zu ihren Füßen zusammen und jaulte. Später saßen wir in Kleins Zimmer und lauschten Mozarts Requiem auf Platten. Sie weinte vor lauter Glück und Trauer. Wir tranken guten italienischen Portwein. Die Luft draußen stank. Es war Sommer damals, und der Geruch war unerträglich. Der Rauch breitete sich über das Lager aus und wich nicht davon. Aber das Requiem war schön. Nachts wurde Klein gerufen, der Ärmste. Ein neuer Transport war angekommen. Er schimpfte und fluchte, aber er ging. ›Die Sache ist die‹, versuchte ich ihr zu erklären, damit er ihr nicht leid tat, ›daß manchmal die Gleise für Militärzüge freigegeben werden müssen, die Soldaten und Waffen nach Osten bringen, so daß die Güterzüge aufgehalten werden und deshalb jetzt mitten in der Nacht…‹

Mitten in der Nacht rückte ich nahe an ihr Bett. Klein, der längst zurückgekommen war, schnarchte auf der anderen Seite. Sie war so traurig. Ich setzte mich zu Füßen ihres Bettes, und sie streichelte meinen Kopf, fuhr mir durchs Haar, und ihre Tränen tropften auf mich. Sie flüsterte mir zu, daß sie es nicht mehr aushalten könne. Sie wollte doch gern lachen, aber hier sei es so traurig, traurig, traurig, und der Geruch… Ich beruhigte sie. Kletterte aufs Bett und legte mich neben sie. Sie hatte einen vollen, üppigen Körper. Klein schnarchte. ›Portwein macht ihn immer schläfrig‹, sagte sie, ›er arbeitet zu schwer, der Ärmste.‹ Danach schlief sie mit einem Hund, und deshalb lachte sie. Sie wollte lachen, deshalb schlief sie mit einem Hund. Das war 1944. ›So wenig Humor ist in Deutschland übriggeblieben‹, sagte sie. Sie lachte, Klein schnarchte. Ich sei der erste Hund in ihrem Leben, sagte sie zu mir. Ich hätte angenehme, etwas schmerzliche Assoziationen in ihr geweckt. Sie hatte einmal einen eigenen Hund besessen, und der war vergiftet worden (eine traurige Geschichte, an deren Einzelheiten ich mich nicht mehr erinnern kann), und deswegen fühlte sie sich nun erleichtert. Es war eine heiße Nacht. Der Geruch war grauenhaft. Ich war daran gewöhnt. Sie nicht.«

Gina hört gern zu. Adam weiß, daß Gina aufmerksam lauscht. Nicht nur freudiges Interesse blitzt in ihren Augen, sondern etwas Tieferes: Gina empfindet Schuld. Sie wurde in Rischon Lezion geboren, aber beim Anhören solcher Geschichten breitet sich immer ein übermächtiges Schuldgefühl in ihr aus. Weil sie nicht dort gewesen ist. Wäre sie dort gewesen, hätte sicher alles einen anderen Verlauf genommen. Auch seine Tochter Ruth hatte gemeint, wenn sie dort gewesen wäre... Das ist anscheinend ein ausgesprochen weiblicher Charakterzug. Eine Frau ist stets überzeugt, ihre Anwesenheit könne rettend, beeinflussend, lehrsam wirken. Deshalb haben alle Weltverbesserer mit Frauen geschlafen.

Adam sieht sie an, fischt ihren Blick wie ein passionierter Angler auf. Er rückt zu Gina, die sich beim Zuhören momentan zusammengekauert hat, kommt ihr nahe und küßt ihre Stirn, ihr Haar. Er ist guter Laune. Er küßt sie auf den Mund, trennt ihre Lippen auf. Sie beugt sich nach hinten, stützt ihren zurückweichenden Körper mit den Händen ab, taumelt beinah, den Mund weit aufgerissen.

»Adam, was machst du denn?«

»Ich leck' deine Zähne ab!«

»Ah, das tust du!« In ihrer feierlichen Stimme schwingt ein Anflug kindlicher Keckheit mit. »Sieh, Schätzchen. Wart einen Augenblick, ich komm' sofort wieder.« Und weg ist sie. Eine sonderbare und vielleicht auch schändliche Wärme drückt ihr die Kehle zu. Der Hund tritt. Der Hund beißt. Und heute nacht werden wir lieben, gutes Kind. Gott, wie schön von dir, daß du mich erschaffen hast... Tief stürmt dieses kleine Herz, das Herz, das in dem teuflischen Körper der schönen Adlerin verborgen liegt. Adam lächelt, hat jeden ihrer Gedanken wie ein Prophet gelesen und wartet.

Als sie zurückkehrt, hat er das Guckfenster verhängt und sich nackt auf sein Bett gesetzt. Sie betrachtet gern seinen Körper. »Diplomierte Entlauserin!« hat er einmal zu ihr gesagt. Sie wußte nicht, worauf er anspielte, und er erklärte es ihr auch nicht. Adam hat eine weiße, schlaffe Haut wie gute Seide. Sie liebt das weiße Haar, das seine Brust ziert. Weißer Wald, nennt sie es. Sie liebt die schlaffen Muskeln, die hervortretende blaue Ader auf seiner Hand, die verwelkende Rosigkeit seines alten Körpers. Sie legt ihren Schwesternkittel ab und setzt sich neben ihn. Aus der Nachttischschublade zieht sie einen schwarzen Kamm, säubert ihn vor dem fahlen Licht, das jetzt durchs Fenster fällt, und beginnt ihm das Kopfhaar zu kämmen. Ganz langsam gleitet der Kamm und glättet seine Haare. Die beiden schweigen einander an. Gina und Adam. Etwas bei dem Kämmvorgang weckt in Herbert, der wie üblich auf dem Fenstersims sitzt, das Gefühl, daß Menschen, die sich einem gewohnten Ritual verschreiben, später ihr Schicksal beweinen werden. Aber keiner achtet auf Herbert. Nicht heute. Nicht jetzt. Geh. Geh weg, du langweilst mich, zischt Adam. Herbert lacht. Lautlos. Gina hat ihn überhaupt nicht gesehen. Beide, Adam und Gina, sind still. Sie kämmt sein Haar, er blickt sie an. Sie wirken wie Roboter oder vielleicht wie Engel.

Gina ist fertig. Sie legt den Kamm mit zarter Geste in die Schublade, schließt sie und wendet sich Adam zu. Er streckt seine feuchten, schlanken Seidenhände aus, umfaßt ihre festen Brüste und zieht sie näher an sich. Im blassen Licht vor dem Fenster, hinter Herbert, wütet ein Sturm mit Regen, Sand und Blitzen. Schwarze Wolken fliegen gen Westen, fallen wie Raubtiere übereinanderher, verschmelzen zu einem schwarzen Riesenungetüm, verhüllen mit schwerem Schatten die weißen Berge und die düsteren Wadis. Ein Sonnenstrahl, der durch die Wolken gedrungen ist, erleuchtet wie ein künstlicher Scheinwerfer den mächtig strömenden Regen. Die Wüstenstürme sind ein offensichtliches Grauen, kurz und scharf, glatt und eindeutig. Die Naturgewalten sind hier nicht verfeinert wie an anderen Orten. Adam sinkt vor ihr auf die Knie (Das Ritual, immer noch das

Ritual! ruft Herbert) und küßt ihre Brustwarzen. Die Berührung seiner Lippen ist fast unmerklich, mehr flüchtig schwebend als berührend. Ein Schauder läuft ihr das Rückgrat hoch, und sie blickt träge, mit sehnsüchtiger Freude auf sein Glied, das sich zu ihr aufrichtet. Seine Hände lassen von ihren Brüsten ab, gleiten auf ihren Rücken, und dann drückt er sie eng an sich, und sie umschließt mit freudiger Hand sein Wunderding, seinen Lebensschlauch, küßt ihn und beginnt zu weinen. Die Tränen, die auf sein Glied fallen, beeindrucken ihn immer aufs neue. Wie ein überpralles Wunder. Die Tränen lösen die Jahre auf. So empfindet er es. Und als er weiß, daß er letzten Endes nichts anderes als ein kühner Jüngling ist, der bald erwachen, aufstehen und die Welt im Sturm erobern wird, zieht er Gina ins Bett und schläft mit ihr. Gewaltsam, wie sie es sich wünscht. Mit Haarezerren, Auf-den-Körper-Hämmern, in irrsinnigem Tempo. So ist sie. So wird er für sie sein. Immer hat er sich anpassen können wie ein Chamäleon. Sein Lebensgesetz seit Heidelberg. Ein Mann ist ein Mann, flüstert er sich mit dem Vergnügen eines über die Stränge schlagenden Jungen zu. Und der wunderbare Augenblick wird jede Angst und jeden Sturm in ihrem Herzen auslöschen. Sie wird ruhig sein. Aus dem Sammelbecken der Gewalt wird die Stille in sie einziehen.

Adam, Adam Stein ist der Mann der schnellen Übergänge, der Akrobat, der Zauberspringer, das weiß sie. Ja oder nein? Morgen oder gestern? Schlafend oder wachend, tot oder lebendig, links- oder rechtsgerichtet? Von einem Extrem zum anderen. Herberts Heidelberger Professor hat auf dem Bahnsteig am Gleis gestanden, als sie mich nach Hauchhausen verfrachteten. Stell dir das vor! Er hat mich angesehen. Ich erinnere mich, wie er die Brille abnahm, um sie zu putzen, und mich anlächelte. Der Bahnsteig wimmelte von Untermenschen auf dem Weg zur Vernichtung. Und er lächelte. Er hatte ein gutes Lächeln. Klar. Kultiviert. Dann setzte er seine Brille wieder auf und nickte. In seinen Augen sah ich das Untermenschentum. Seinerzeit leistete der Mann mit seinen schönen, stilistisch ausgefeilten Aufsätzen einen großen Beitrag zur *Monatsschrift für die Förderung des europäischen Liberalismus.* Später, als ich nach Deutschland zurückgekehrt war, fand ich in einer Hamburger Bedürfnisanstalt ein Bündel Papier, das auch Seiten seines vorletzten Buches enthielt (dem vor seinem aktuellsten Werk, *Die Demokratie als kultureller Gehorsam einer konformistischen Menschheit in der Ära der rosigen Hoffnungen, die nicht mehr unverwirklicht bleiben können*, das 1951 in München erschienen ist), und in dem Kapitel über das Untermenschentum entdeckte ich eindeutig meine eigenen Symptome: übermäßige Nervosität und Klugheit, kaufmännische Begabung, mangelnde Selbstachtung, unreines Blut, Zugehörigkeit zu internationalen Geheimorganisationen, Kollektivschuld, Herrschaftsdrang, Haß gegen die nordische Rasse, körperliche Minderwertigkeit, psychische Störungen, schlechte Verdauung. Dazu Blut, das achtzehn verschiedene Seuchenerreger enthält, die eine ganze Bevölkerung innerhalb relativ kurzer Zeit anstecken und auslöschen können. Kurz gesagt, wenn wir einen einzigen Adam Stein nehmen und ihn neben eine Quelle im Wald, zwischen den Bäumen, auf die schöne, reine, grenzenlose Erde legen, die mit ihrer Kraft, ihrem Pulsschlag, ihrer gerechten Botschaft sich bis ins Unendliche erstreckt, und dieser Adam also an jener Quelle sitzt, die arische Kühe tränkt und arische Kartoffeln und arisches Gemüse bewässert, werden die arischen Existenzmittel verunreinigt. Das einzige, was ein Untermensch tun kann, ist, dem Waschen zu dienen. Das hat auch seine ironische Seite: Du nimmst ein Schwein, das ein dreckiges Tier ist, und machst Fett daraus und aus dem Fett Seife, und mit der Seife wäscht du den Schweinezüchter, der die Krönung der Schöpfung darstellt. Auf der anderen Seite nimmst du nun einen Untermenschen, schmilzt seine Goldzähne ein, die laut Statistik durchschnittlich fünf Pfennig wert sind, requirierst seine Kleidung – schon hast du weitere fünfzig Pfennig. Und das Mark? Aus dem dreckigen, unreinen, trüben Jiddenmark stellst du Seife her, rührst etwas Lavendel rein und kriegst parfümierte Seife. »Mit Blut und Schweiß...«

Aber warum über diese Dinge nachdenken. Alles gestorben. Vorüber. Eine neue Welt. Gina hat schöne Brüste. Es gibt keine Seife mehr in Hauchhausen. In Hauchhausen gibt es ein Museum und daneben ein deutsches Militärlager. Diesmal werden wir die Kommunisten schlagen und die Welt retten. Adam ist ein Mensch der schnellen Veränderungen: von der Seife zum angesehenen Bürger, vom angesehenen Bürger zum Würger einer alten Frau, zum Hund, zum Vergewaltiger. Vom Zirkusgenie zum Schwindler, vom Schwindler zum Liebhaber einer Geisteskranken, von da zu einem, der Herrn Weiss seine Wochenration an Münzen in einem aufgeblasenen Kondom bringt. Vom Heidelberger Ästheten (Herbert!) zum Hund auf dem Friedhof. Von Ginas Bett zum aufrechten Stand mitten im Zimmer... Da steht er. Summt sich ein fröhliches Lied. Und Gina, die das Herz ihres Schweins sehr wohl kennt, ist auch aufgestanden. Sie hält sich nicht mit Liebesvisionen auf, mit süßen Andeutungen und endlosem Fortspinnen. Das Liebesfest ist ausgefeiert. Jetzt herrschen wieder Ordnung und Disziplin. Anziehen! Ja. Nein. Bitte. Danke. Jawohl, Fräulein Untermensch!

»Selber Untermensch.«

»Du hast den Körper eines Untermenschen.«

»Und du bist mager, und deine Haut ist wie bei alten Leuten.«

»Ich bin alt.«

»Aber das ist gut.«

»Du lügst.«

Und beide lachen und ziehen sich an.

»Hör mal, Gina, keiner darf hier mehr sein als ich. Weder du noch der Hund.«

»Was mehr sein?« Sie tastet zögernd in der Dunkelheit herum. Jetzt spannt sie den Nylonstrumpf über den Fuß, das Bein auf dem Bett hochgestellt. Dieses schöne Bein. Ein Sonnenstrahl tanzt auf ihrem Knie.

»Verrückt! Er ist verrückter als ich.«

»Du bist nicht verrückt, du bist krank.«

»Ich bin verrückt, du bist krank. Dieser Hund übertrifft mich. Verstehst du? Nein. Er hat an dem Punkt Erfolg gehabt, an dem ich gescheitert bin. Ich werde ihn in Stücke brechen.«

»Adam, ich glaube, ich darf dir sagen...«

»Hast du schon hundertmal gesagt.«

»Was?« Sie versucht zu lächeln.

»Daß du mich liebst.«

»Woher weißt du das?«

»Ich lese dich, Mädchen. Laß jetzt die Dummheiten. Du liebst den alten Adam Stein. Warum? Gott weiß die Antwort. Ich bin jemand anders. Ich bin Adam Rex Wolfgang Amadeus Stein. Oder Weiss. Oder Klein. Oder Fräulein Klopfer oder Adamrein oder Schweinerein oder Untermensch oder ein Mensch mit hohlem Gewissen oder Lebendigtot oder der Vertreter Gottes im mittleren Negev.«

»Adam, nein. Es ist wichtig, daß du weißt, du mußt wissen, wirklich. Tief drinnen. Es ist echt bei mir, und ich... Es ist unwichtig warum... Aber ich... doch. Wirklich. Und für immer. Für immer und ewig. Und von ganzem Herzen.«

»Du bist eine Hure, und ich nutz' dich aus. Du würdest alles für mich tun, und ich könnte dich wegwischen, wie man eine Fliege wegfegt.«

»Du bist grausam.«

»Wenn ich's bloß wäre. Ich brauch' was zu trinken. Ich hab' Durst. Mein Körper ist abgeschlafft. Du hast mich ausgesogen. Die Pensionswirtin war ruhig. Die hab' ich wie Butter gebumst. Du hast dich wie ein Motorrad angefühlt.«

»Adam!« Sie versucht, böse zu sein, beleidigt, aber sie muß losprusten vor Lachen.

»Das rettet alles, der Humor. Das hat Kommandant Klein sehr wohl gewußt. Mit Zyklon B und Sinn für Humor kann man täglich mehr Untermenschen loswerden als mit Zyklon B allein.«

Plötzlich, wie ein Tier, das von einer fernen, verborgenen tiefsitzenden Erinnerung erbebt, packt er sie mit beiden Armen – das Gesicht auf das Guckloch in der Tür fixiert. Er schüttelt sie, als wolle er irgend etwas Störendes abschütteln, und starrt unverwandt auf die Tür. Sie wartet. Er blickt auf die Tür. Sie versteht. Lächelt. Er merkt, daß sie versteht, und lächelt ebenfalls.

»Entschuldige. Jetzt. Geh jetzt. Ich muß. Warum? Weiß nicht. Allein sein. Mit den Gedanken, mit Herbert, muß zum Hund.«

»Ich gehe. Ja, ich geh'. Wie hat sie noch geheißen?«

»Wer?«

»Die, die du erwürgen wolltest.«

»Ruth.«

»Wie deine Tochter.«

»Ja, wie meine Tochter, wie die zweite Mutter von Dr. Gross.«

»Schalom, Adam.«

»Auf Wiedersehen.«

Im Korridor, bei den Klängen von »Wenn du mich so liebst, wie ich dich liebe«, ist sie überzeugt, daß man, wenn es nur ginge, die Gelegenheit beim Schopfe packen müßte, wie es so heißt. Ich muß mich in Sicherheit bringen. Wohin? Man müßte (wenn es sich wirklich lohnte!), müßte sogar unbedingt die Ehre der Liebe retten. Soll er doch ein vernünftiger Mensch werden, zu treten aufhören.

Andererseits ist das ganz vergnüglich. Nie langweilig. Und bei der Liebe kann man doch nicht über Ehre quatschen. Gibt es denn etwas weniger Ehrenvolles als die Liebe? Deshalb flieht sie um ihr Leben. Schalom, Gina... Sie weiß, daß er ihr nachflüstert und dann die Tür hinter ihr abschließt. Der Abend ist angebrochen. Heute wird er nicht essen, nicht in den Speisesaal gehen, wird auch den Pflegern nicht erlauben, ihm Essen aufs Zimmer zu bringen. Er kramt in seinen Koffern und zieht aus einem von ihnen einen großen alten Spielzeughund mit Schlappohren. Ein Auge fehlt, die Schnauze ist eingerissen. Er schämt sich, es zuzugeben, aber auch diesen Hund hatte er in Baron von Hamdungs Haus gefunden und ihn als Mitbringsel für Ruth eingepackt, ohne daran zu denken, daß Ruth, die ihn als Kleinkind verlassen hatte, jetzt eine Frau war. Aber nachdem er ihn einmal im Koffer drin hatte, ließ er ihn drin. Ruthchen von der Pension weigerte sich, das »Symbol« anzunehmen, und so hatte Adam ihn auch dort nicht ausgepackt. Jetzt stellt er den Hund auf den Stuhl, nimmt die Gitarre, stimmt sie, setzt sich auf sein Hurenbett und spielt dem Hund was vor: erst die Kreutzer-Sonate, dann das Andante aus dem Violinkonzert Nr. 2 von Bach. Seine Augen leuchten. Draußen, vor dem Fenster, wirbelt der Sand wütend durch die Luft. Der Himmel ist düster. Der Regen stürzt sich auf die Wüste. Adam nickt ein. Das Glasauge des Hundes sieht den Sturm.

Plötzlich schlägt ein Blitz ins Haus. Dunkelheit breitet sich aus. Der Donner hört sich an wie Krieg. Und in der Stille nach dem Donner erklingt das grauenhafte Bellen eines im Zimmer eingeschlossenen Hundes. Adam träumt, daß der Spielzeughund bellt. Er freut sich, daß das Stofftier bellt. In seinem Traum steht er an einem See, aus dem ersticktes Wimmern schallt. In seinem Traum stellt er die sonderbare Tatsache fest, daß das Bellen des Hundes aus dem See das Bellen des Spielzeughundes ist und sich die Bellgeräusche miteinander verflechten, bis sie eins werden. Etwas an dem Bellen im Traum erinnert ihn an das Wimmern eines Kindes. Eines Kindes, das am Bahnsteig steht. Vater und Mutter sind mit dem Zug abgefahren. Herberts Professor, dessen

Buch er auf der Hamburger Toilette gefunden hat, reibt sich mit einem weißen Taschentuch die Brille ab und sinnt über das Untermenschentum nach.

Das Kind weint, wimmert. Es bellt nicht. Wauwaurein. Aber der Professor ist erschrocken. Das Wimmern eines untermenschlichen Kindes kann jede Laune trüben. Er eilt nach Hause. Seine Frau hat ihm Kalbsschnitzel Holsteiner Art zubereitet, mit erstklassigen Anchovis aus dem befreiten tausendjährigen Reichspolen.

*

Oh, wem das Glück zuteil war, den ewigen Passagier, den neuen Gojimrein, den neuen Juden von Bord gehen zu sehen, nachdem seine Füße zwei geschlagene Jahre nicht auf der Erde gestanden hatten! Sein Körper zitterte, in den Augen sammelten sich Tränen. Der Kopf drehte sich ihm, und einige Male stolperte er auch. Ein junger Wintertag so frisch wie eine Rose hing auf dem Kamm des Karmel, hinter dem Hotel Dan-Karmel, zwischen den Pinien. Die Sonne war warm und nicht glühend. Ein säuerlicher Frühwinterwind umwehte die Häuser, die Lastträger, die Sammeltaxifahrer, die in vielstimmigem Durcheinander verkündeten: »Tel Aviv, Chedera, Naharia, Bet-Schean, Jerusalem, Beer Scheva, Umm-el-Fahem, Wadi-Arra, Suezkanal, Kairo, Bengasi…« Wenn da nicht zwei Schauerleute aus Saloniki gewesen wären, die am Kai saßen, riesige Stullen verspeisten und die Beine über dem Wasserstreifen zwischen Schiff und Kaimauer baumeln ließen, wäre Miguel de Salvaro in ebendiesen Wasserstreifen gestürzt und hätte aufgehört, ein ewiger Passagier zu sein, bevor es ihm noch gelungen war, Landbewohner, Inhaber eines festen Wohnsitzes, Staatsbürger, Israeli zu werden. Miguel de Salvaro, dessen Name in Marseille in Abraham Ben-Moses geändert worden war, obwohl ihn kein Mensch bei diesem Namen nannte, brachte im Hafen eiligst seine Papiere in Ordnung, durchlief alle Höllenstufen der Zollabfertigung, Paßkontrolle, Gepäckentgegennahme, inklusive der entsprechenden Stempel und Formulare, um seine Schritte alsdann auf seinen Erlöser zuzulenken. Doch sein Erlöser, Adam Stein, erwartete ihn in nicht besonders günstiger Lage, das heißt, sein Körper machte ihm wieder einmal Ärger.

Bei dieser Gelegenheit ist zu erwähnen, daß die Aufnahme des neuen Gois innerhalb der Anstaltsmauern keine einfache Sache gewesen war. Dr. Gross lehnte ab, und zwar zu Recht. »Dies ist kein Erholungsheim«, bemerkte er nachdrücklich. »Das Institut kann nicht als Zuflucht für jeden Elenden und Unterdrückten dienen! Da gibt es Grenzen...!« Er schrie und fluchte sogar. Aber man kann sagen, daß er damit nicht durchkam. Seinerzeit hatte Adam nämlich – sei es aus weiser Voraussicht, sei es, um später einmal die Institutsleitung ärgern zu können – Mrs. Zisling überredet, ihrem Testament einen Passus anzufügen, der es der Schwester Schwester allein, ohne Befragung anderer Instanzen, erlaubt, jede Person und/oder Gruppe, die sie als für die Sache der Erlösung unentbehrlich ansieht, zum Wohnen, Leben, Teilnehmen, Mitwirken und so weiter ins Institut einzuladen.

Den ob solcher Aussicht erschrockenen Ärzten, die im Geist bereits Scharen von Spinnern und falschen Propheten zwischen den Zimmern umherrennen sahen, war es seinerzeit gelungen, die Anzahl derartiger Gäste auf drei pro Jahr zu beschränken. Und Miguel de Salvaro fiel nun, zu Dr. Gross' Leidwesen, als erster in diese Kategorie, so daß ihm »die Ehre und das Glück« zuteil wurden, aufgrund dieser Paragraphen eingeladen zu werden. Selbstverständlich war es Adam nicht besonders schwergefallen, die Schwester Schwester zu überzeugen. Im engeren Freundeskreis meinten manche, wie beispielsweise Arthur Fein, das sei geheimen Hoffnungen zuzuschreiben, die angeblich letzthin im Herzen der älteren Schwester Schwester nisteten, Hoffnungen, die mit Liebe, Wiederverheiratung, häuslichem Leben zusammenhingen. Und die Schwester Schwester selbst, die, wie erinnerlich, Bartträgerin war, hatte einmal in einem Gespräch beiläufig angedeutet, daß Gojim es in der Bartfrage nicht so genau nähmen wie Juden.

Miguel sah, soweit heute bekannt, dem bevorstehenden Zusammentreffen leicht beklommen entgegen. Natürlich wußte er, daß es in der Geschichte bisher noch keinen Fall gegeben hatte, in dem jemand allein deswegen Jude geworden war, um in einer Bewahrungsanstalt für Geisteskranke wohnen zu dürfen. Der Ort, sein Name, Adam Stein, der mit ihm korrespondiert hatte, das alles ängstigte ihn. Aber jene zwei Jahre auf hoher See hatten auch das ihrige getan. Seine wahre Geschichte würde er nie erzählen können. Und jetzt, nach der zweijährigen Herumfahrerei von Hafen zu Hafen, erschien sie ihm auch bedeutungslos, irgendwie unwirklich. Nur eine faule Sache, sagte er sich. Trotz seiner Befürchtungen beeilte er sich, sein Gepäck auf den Platz vor dem Hafen zu bringen, wo er ein Sammeltaxi nach Beer Scheva bestieg. Dort, so hatte man ihm mitgeteilt, werde ihn ein Lieferwagen des Instituts erwarten. Alles erschien ihm frisch und neu. Der gute, feste Boden unter den Füßen verscheuchte bald das Schwindelgefühl, das ihn bei Verlassen des Schiffes befallen hatte. In der letzten Nacht hatte man eine Abschiedsfeier für ihn veranstaltet. Die Matrosen wußten nicht, was passiert war, verstanden nicht die Ursache dieses plötzlichen Wechsels, der Begnadigung. Aber sie freuten sich mit ihm. Seine gebeugte, ewig seekranke, leidende Gestalt war ihnen auf die Nerven gegangen. Sie freuten sich, ihn loszuwerden. Auch der Kapitän, Henrik Ibsen, feierte gern mit ihm. Die ganze Nacht hindurch tranken, redeten und lachten sie gemeinsam. So warteten sie auf den Morgen, während in der Ferne die Lichter von Haifa funkelten. Er selbst machte kein Auge zu, und Henrik Ibsen blieb bei ihm. Gemeinsam standen sie auf Deck, angetrunken und umfangen von jenem unbestimmbaren Zauber einer nächtlichen Hafenstadt. Als der Morgen anbrach, war Henrik Ibsen verschwunden, so daß Miguel sich von ihm nicht einmal gebührend verabschieden konnte.

Miles Davis empfing ihn am Tor. »Ihr Englisch ist ausgezeichnet«, bemerkte Miguel, der nicht wußte, was er sagen sollte.

»Ich habe viele Jahre in New York gelebt«, sagte Miles. »Bald werde ich dahin zurückkehren. Ich warte nur noch, daß sie mir die Ausweise wiedergeben.«

»Ausweise?«

Sie gehen auf einem Kiesweg auf das große Gebäude zu. Links dehnt sich die Wüste aus, rechts liegt das Tote Meer mit seinen tiefblauen Schattierungen. Die Berge von Moab sind heute grau. Schwarze Wolken bedecken die Berge von Moab.

»Ausweise. Ganz einfach.« Sein Englisch – Miguel unterscheidet die feinsten Nuancen – ruft ihm längst Vergessenes in Erinnerung. Plötzlich ist er auf der 14. Straße, plötzlich wohnt er in einem fernen Haus und ist Vater einer Tochter. Und jemand schießt, und eine Frau bricht zusammen in dem dreckigen Treppenhaus neben dem Heizkörper, und das Licht geht an, und ein

Schrei erfüllt die Luft. Blut! Und da ist er in Guatemala. Und ihre Schwester kommt zu ihm, um ihr Blut zu rächen. Zu ermitteln. Zu klären. Zu weinen. Und dann liegen sie auf dem Boden, und sie schmiert ihn mit Schuhcreme ein. Hinterher war Mexiko, und es war Frühling. Und eine Frau, die ihn an den Schrei im Treppenhaus erinnerte. Und all die Konsuln, die signalisierten: Nein, kein Platz, zurück aufs Meer. Persona non grata. Persona non grata. Unterpersona. Persona raus, *go away, ruch min hon, allez!*... Und Miles redet. Das Englisch der 14. Straße. Greenwich Village. Harlem. Ein kleines Sträßchen. Welche Nummer war es noch? 18. Straße! Und ein Keller hinter der Yale University in New Haven. Sie hieß Helen. Eine Hure. Selber eine. Junge, wenn du Mutter schlägst, kriegst du 'nen Dollar, und er schlug. Und sie wußte: Geheimagenten sind ein sonderbares Volk... Und so versteht sich die Sache von selbst. Feinde der Werktätigen. Es lebe die Arbeiterklasse. Und wieder signalisierten die Leuchttürme: *Go away.* Raus. *Ruch min hon. Allez!*... Bis hierher. Und hier wird alles zum Abschluß kommen. Ich kenne das Achtzehngebet, die Sprüche der Väter, die Tora, Lieder für die Hohen Feiertage, die Gesetze über die Schwagerehe, Sabbat- und Speisegebote. Gut und böse noch nicht. Die gehören in den geistigen Bereich, und Geistiges lernt man nicht von einem Rabbi an der Küste von Marseille. Ich habe dagestanden und mich wie die Frommen hin- und hergewiegt, und er hat mich gelobt. Kaddisch konnte ich sagen, das Gebet der Waisen. Dieser Miles. Woher hat er diesen Slang? Dieses eigenartige Englisch, das einer fernen Landschaft angehört. In der es keine Wüste gibt. Neon. Auch hier im Institut ist alles in Neon getaucht. Synthetisch. Aber dort war alles von Nebel umhüllt, dazu Wind, Beton, ein riesiger Hafen, Hubschrauber, erregende Neonschilder, während hier in der Wüste aus den Felsspalten wehmütige Geister, die Geister von Propheten, hervorlugen. Stell dir mal einen Propheten vor, der die 14. Straße entlangläuft, barfuß, einen Stab in der Hand, um die Gerechtigkeit in den Nachtclubs in der 52. Straße zu suchen. »Treten Sie ein, drinnen ist es so heiß, daß wir die Heizung abgestellt haben.« Striptease... Miles dehnt seine Worte. Jetzt hört Miguel: »Ich bin hier auf Transit, war nach Israel zurückgekommen, um meine Eltern zu besuchen. Ich bin hier geboren«, fügt er mit einem entschuldigenden Lächeln hinzu. »Und die Regierung will mir nicht erlauben, wieder wegzufahren. Sie haben mich zum Militär einberufen. Ich bin amerikanischer Staatsbürger. Sie haben Papiere zusammengeschrieben, Ausweise gefälscht und mich hier eingesperrt, auf der Durchgangsstation, bis die amerikanische Botschaft mich hier rausholt... Sie lassen mich nicht nach New York zurückkehren. Sie haben Angst vor meinem Erfolg... Waren Sie mal in New York?«

»Ich habe dort gewohnt«, sagt Miguel.

»In welcher Straße?«

»Oh, an mehreren Orten. Das heißt, ich bin öfter umgezogen... Einmal habe ich in der Division Street gewohnt, das war ein ziemlich komisches Appartement. Unter dem Haus fuhr die Untergrundbahn durch und erschütterte das ganze Gebäude. Alle sind Juden dort. Gegenüber war die Talmudhochschule Bet-Efraim, ich erinnere mich noch, als ob es heute gewesen wäre. Und daneben – Chinesen. Eine Menge Chinesen. Chinesen gleich gegenüber von den Talmudschülern und den Läden mit Gebetsschals und Käppchen und dem kleinen Restaurant der Gebrüder Melnik.«

»Ah, neben der Canal Street! Ich kenne die Gegend. Ein bißchen grau. Es gab da irgendein aufgegebenes Kino. Nein? Ich weiß schon. Gegenüber steht ein Eiskiosk und daneben ein Laden für gebrauchte Kleidung und noch einer für hebräische Bücher. Da drin sitzt ein bleicher Jude, der einen Hut wie alte Dichter trägt. Kenn' ich.« Miles' Augen wandeln in fernen Welten. Glänzen. Miguel mustert ihn aufmerksam. Etwas ist eigenartig. Miguel spürt, daß hier irgend etwas nicht in Ordnung ist. Aber was?

Miles schwelgt in Einzelheiten, deren Fülle Miguel geradezu betäubt. Sie sind auch bewundernswert genau, aber irgendwie ergeben sie kein Gesamtbild. »Aus Ihrem Fenster konnten Sie die Pepsi-Cola-Reklame jenseits des Flusses sehen, nicht wahr? Das ist nicht weit von der Redaktion des *Vorwärts*. Und dort in der Auskunft sitzt eine Frau um die Fünfzig, die immer schwarz gekleidet ist und ein ewiges Lächeln auf dem Gesicht trägt. Ja. Ich kenne die Gegend. Wir haben dort Jam Sessions abgehalten. Dizzy war dort. Perez kam ab und zu, Max Roach. An den blinden Lenny Tristano erinnere ich mich. Der kam auch und hat gespielt. Charlie Parker.«

»Wie alt sind Sie, junger Mann?«

Miles ist nicht verlegen. Er blickt ihn aus zwei hellwachen Augen an und sagt: »Vierundzwanzig.«

»Wann sind Sie aus New York zurückgekommen?«

»Vor zwei Jahren!«

»Und wie lange sind Sie dort gewesen? Das heißt, um all diese Leute kennenzulernen, so ein Englisch zu sprechen, mit diesem stürmischen Jazz-Klang drin, wie lange haben Sie sich dort aufgehalten?«

»Sieben Jahre.«

Miles blickt ihn an. Mustert ihn. Ein Licht geht in seinen Pupillen an. Leuchtet auf und verlischt. Er setzt seine Sonnenbrille auf und beginnt, schnelleren Schritts zu gehen. Er schweigt. Er wird nichts mehr sagen. Der Mann ist ein Spion! Die Grenzpolizei hat ihn geschickt. Ein Spion und ein Schwindler. Man kann sich auf niemanden verlassen.

»Damit Sie es wissen«, flüstert er Miguel nach langem Schweigen zu, als sie schon den Korridor entlanggegangen sind und vor der Fahrstuhltür warten: »Das ist ein Gefängnis hier. Adam Stein ist König, ich bin ein Häftling. Ich werde nach New York zurückkehren, Charlie Parker wartet auf mich. Ich habe *Take the A Train to Harlem* geschrieben und nicht Billy Strayhorn. Ich hab' viel komponiert. Darunter ein Werk mit dem Titel *Israel*, das mir ein fieser Italiener geklaut hat. Auch Sie hat man reingelegt. Das große Tor hat nur eine Richtung. Nach innen. Raus lassen sie einen nicht. Draußen gibt's Wüste, Schakale, Hyänen, nichts als Ödland. Fliehen ist nicht drin. Der Zaun steht unter Strom. Nehmen Sie sich in acht. Ja, man hat Sie betrogen, Mann.«

»Betrogen?« Miguel versucht zu begreifen. Zuallererst muß er verstehen.

»Ich hab' Ihnen gesagt, dies sei eine Transitstation? Aber es ist keine! Dies ist ein Gefängnis. Bewaffnete Posten auf den Zäunen. Die schießen ohne viel Aufhebens. Die Wüste verschluckt die Leichen. Friedhöfe gibt's keine. Sie schießen, und dann gibt's Sand und Raben... Waren Sie mal verliebt?«

»Mehr als einmal«, sagt Miguel versonnen.

»Ich nicht. Werd's auch nicht sein. Ich bin Miles Davis.«

»Ich dachte, Miles wäre jemand anderes.«

»Ich bin nicht Miles Davis. Das hier ist ein Krankenhaus. Ich bin Adam Stein, und bewaffnete Posten gibt es nirgends. Dr. Gross wird auf Sie pinkeln. Seine Pisse ist gelb und beißend, er hat Würmer, seine Mutter ist eine Hure in Jerusalem. Gina ist Adams Freundin, sie ist furchtbar, die werden Sie noch kennenlernen. Einmal hat sie mich gestochen, sie hat Nadeln in der Tasche, damit sticht sie.«

Nach einigen Tagen fühlt Miguel sich so, als hätte er noch nie außerhalb dieses Hauses gelebt. Adam hat ihm von Miles erzählt. Er hat ihm geschildert, wie Miles bei sich zu Hause den Stadtplan von New York studierte, wie er sich selbst beibrachte, Jazz zu spielen, wie er krank wurde und fünf Jahre in seinem Zimmer verschanzt saß, ohne es je zu verlassen, wie er sich selber lehrte, Englisch im Jazz-Tonfall zu sprechen, wobei keiner weiß, wer ihn unterrichtet hat. Nicht nur den Stadtplan hatte er sich eingeprägt, sondern alle Einzelheiten: ein alleinstehendes Haus, ein Rosenstock im Fenster, eine dicke Frau in der Auskunft des Opernhauses, ein Restaurant mit altmodischen Stühlen, bei denen das Polster durch den Plastikbezug hervorschaut, das Lokal an der Ecke 10. Avenue – 22. Straße, das Schulschiff auf dem East River, das aufgegebene Kino in der Delancey Street. Kaum jemand, der wirklich in New York gewesen war, konnte mit Miles konkurrieren. Leute wie Mrs. Zisling, die Jahre in dieser Stadt gelebt hatten, prüften ihn und mußten verzweifelt aufgeben. Woher hat er das? Wie ist das möglich?

»Wer weiß?« meint Adam. »Wir stellen keine Fragen. Wir verstehen es nicht. Wir sagen nicht einmal, daß wir es nicht verstehen. Wir nehmen alles hin. Wir schweigen. Knirschen mit den Zähnen. Machen uns unseren Vers. Entdecken Hunde im Institut. Wir werden mit Gott reden gehen. Wer sind wir denn, daß wir fragen und uns wundern könnten? Ein junger Mann möchte in einer Stadt aufgehen, in der er nie gewesen ist; er studiert sie, lernt sie bis in alle Einzelheiten auswendig, rühmt sich, ihre Sprache, ihren Tonfall, ihre Geheimnisse zu kennen – soll er doch.«

Dr. Gross meint vorsichtig, daß er so vielleicht glücklicher sei. Schließlich hatte er sich, bevor er mit dem Studium der Stadt fertig war, in seinem Zimmer eingesperrt und war nie hinausgegangen. Jetzt lebt er unter Menschen und redet. Er lebt. Er ist nicht arm dran. Er weiß, daß er eines Tages dorthin zurückkehren wird. Wer weiß? Vielleicht ist er wirklich einmal dort gewesen, und wir sind nicht fähig, das zu begreifen? Womöglich war er nur im Geist dort? Wie der indische Yogi, der in seinem Zimmer liegt, während sein Geist seinen Körper verläßt, mit einem Silberfaden an seinen Nabel gebunden, um an all den Orten umherzuschweben, deren Besuch der Yogi ihm erlaubt.

7. Kapitel
Der Großpurifikator

Arthur Fein trägt seine Paradekleidung mit grauer Soldatenmütze. Deutsch? Polnisch? Oder gehörte sie einem Feldwebel in der Untergrundtruppe der Eskimos im Kampf gegen die Speiseeisindustrie? Man kann es nicht wissen. Forschen Schritts, Kopf hoch, den Blick nach vorn gerichtet, die Stirnfalten mit größter Anstrengung geglättet, kommt er einher. In der Hand hält er die Spielzeugtrompete, die ihm an einer Goldkordel um den Hals hängt, und sein Trompetenschall verschluckt für einige Zeit – vielleicht ist es durchaus ein Segen – das ewige Musikgebrummel.

Arthur hat sich als Gardesoldat verkleidet, weil er Angst hat. Jedesmal, wenn ihn wieder die furchtbare, würgende Angst schüttelt, verwandelt er sich in einen Paradesoldaten, bläst die Trompete und zieht diese Phantasieuniform an. Heute hat er über Mrs. Zisling nachgegrübelt. Über ihren gefrorenen Leichnam, der wie ein Gefrierfisch im Kühlraum des Clevelander Friedhofs liegt. Vor seinem geistigen Auge sah er den Körper, die weit aufgerissenen Augen, die nur Eisstücke sind. Er bat um ein Glas Whisky on the rocks, und jemand tat ihm Mrs. Zislings Auge rein oder ihren Nabel oder ihren Kehlkopf. Die Vision setzt ihm zu. Er fürchtet sich vor dem Tod, vor dem bevorstehenden Nichtsein. Er möchte leben. Er wird alles in seinen Kräften Stehende tun, um ewig zu leben. Deswegen ist er lange Gott gewesen, bis der Therapeut Dr. Jakobi ihn anbrüllte. Die Trompete erzählt jetzt die Geschichte, und jedes aufmerksame Ohr kann sie mit etwas gutem Willen, mit ein wenig Herz heraushören. Wer hat denn hier Herz? Das gefrorene Herz der Madame Zisling hat Herz. Dr. Jakobi brüllte also: »Du bist nicht Gott. Geh auf die Knie!« Drei Pfleger packten ihn und zwangen ihn nieder auf die Erde, und dann verkündete dieser Schuft, Dr. Jakobi: »Du bist nicht Gott! Ich bin Gott!« Er, der falsche Doktor, ist Gott. Laß die Wände lachen, soviel sie wollen. Wenn die Leiche im Kühlhaus eine Seele hat, dann haben auch die Wände eine. Und auch die Trompete, die jetzt die Geschichte dieser furchtbaren Erniedrigung erzählt.

Viele Tage sind vergangen, seitdem Dr. Jakobi ihn auf die Knie gezwungen hat, doch die Vorstellung von Mrs. Zislings Leiche trübt seine Stimmung immer noch. »Ich werde nicht sterben«, trompetet seine Kindertrompete in dem synthetischen Korridor. Ich werde nicht sterben. Ich werde leben. Ich bin nicht Gott, aber sterben werde ich trotzdem nicht. Wer nicht tot ist, wird nicht sterben. Wer tot ist, wird sterben. Die Toten sterben in alle Ewigkeit. Die Lebenden brauchen nicht zu sterben. Man muß es wollen, kann's doch versuchen. Es gibt Hoffnung, die allerdings verborgen ist. Ich kenne ihre Bedeutung. Und die Trompete tutet, eine billige Kindertrompete, die auf der Tel Aviver Allenby-Straße ganze eineinhalb Pfund gekostet hat. Und wer hat sie ihm gekauft? Adam Stein hat sie ihm gekauft. Damit er und Miles einen dritten Mann fürs Trio kriegten. Sie wollten im Trio spielen. Dieser alte Halunke. Dieser Schwindler...

Durch die Fenster hoch oben im Korridor schaut ein schöner klarer Tag herein. Über dem Institut für Frieden und Therapie hängt ein azurblauer, wolkenloser Himmel. Die Luft riecht säuerlich. Aus der Wüste weht jetzt ein Ostwind, der gar nicht warm ist. Der Ofen ist ausgegangen irgendwo auf dem Weg von den fernen Wüsten her.

Arthur Fein nimmt die Trompete ab und bleibt vor Zimmer 26 stehen. Auf der anderen Seite der Tür wird gesprochen. Arthur überlegt mit sorgenvoller Miene: Er weiß zuverlässig, daß gerade er nicht eintreten darf. Er hat es doch selbst in der Hand. Er weiß, daß er sich beherrschen muß, daß er sich gut zureden und auf sein Zimmer gehen sollte. Weglaufen und ausruhen. Ich bin ein erwachsener Mann. Doch während seiner Windungen und Grübeleien hebt sich seine Hand wie von selbst, drückt gegen die Tür, und da ist er schon drin. Ich darf nicht eintreten, und trotzdem, oder gerade deswegen, trete ich ein. Ins Zimmer 26. In das Stiftszelt, den Saal der Kompromisse, in dem Gina Gray regelmäßig ihre Beschäftigungstherapie abhält, aber heute nicht. Heute gibt Adam seine Stunden! Seinen Kurs! Der Schwindler. Was weiß er denn schon? Die Philosophie der Clownerie. Aber Volkswirtschaft? Dafür wird er auch noch bezahlt. Du zahlst. Er zahlt. Sie zahlt, und ich zahle.

Vom Eingang aus sieht Arthur Adam vor fünfzehn kleinen Tischen stehen, an denen dreißig Mann sitzen. Er hat sie gezählt.

Dreißig. Diese Menschen, darunter Miles und Wolfowitz der Betrüger, die Schwester-Schwestern und der schöne Ruben und Miguel de Salvaro und Nechama Davidowitz und Frau Tamir und der melancholische Jüngling neben vielen anderen, blicken auf ein kleines erhöhtes Podest, auf dem Adam an einem rechteckigen, schwarzgestrichenen Holztisch sitzt, den eine bestickte gelbe Decke ziert. Auf dem Tisch stehen eine volle Whiskyflasche und ein Glas. Dahinter eine schwarze Tafel. An der Stuhllehne baumelt eine Gitarre. Auf der schwarzen Tafel steht mit weißer Kreide geschrieben:

Arbeitsgemeinschaft für Schauspiel und Drama
Die Geschichte des Theaters vom 18. Jahrhundert bis heute
Klassifikation der in Europa und Amerika üblichen Schauspielmethoden
Das chinesische und das japanische Theater
Kinder- und Puppentheater
Adam Stein, Dramaturg

Adam Stein, der Dramaturg, nimmt jetzt einen langen Schluck aus dem Glas vor ihm, und dreißig Leute warten auf die Dramaturgie. »Die Negierung des Untermenschentums ist zoologische Dramaturgie«, sagt er. »Die Untermenschen spielen mit dem Feuer. Theater ist Kult, und beim Kult erhält der Opferer stürmischeren Beifall als der Geopferte. Der Mörder, nicht das Opfer, wird gerühmt.« Arthurs Blick springt zwischen Adam und den Zuhörern hin und her wie ein Jo-Jo. Er weiß, daß sein Blick wie ein Jo-Jo hüpft. Sicher wird man auch seine äußere Aufmachung belächeln.

Adam bittet ihn herein: »Komm rein, Arthur, vielleicht kriegst du hier was mit...« Aber er steht wie angewurzelt und bewegt sich nicht vom Fleck. Aller Augen sind auf ihn gerichtet. Er schämt sich, ist ganz verwirrt.

»Nun setz dich doch.« Adam bleibt höflich und zuvorkommend.

»Ist es dir wirklich recht, Adam?« Arthur zappelt. Adam spürt das. Da hat heute ein dicker Fisch angebissen. Die Angelsaison läßt sich gut an dieses Jahr...

»Natürlich, sicher ist es mir recht, setz dich hin.«

»Und wann soll ich mich einschreiben? Alle anderen haben das doch bestimmt schon getan.«

»Es ist noch ein Platz frei. Schreib dich jetzt ein.«

Die jüngere Schwester Schwester erhebt sich und geht auf ihn zu. Er hat sich inzwischen auf einen Stuhl gesetzt und starrt auf die schwarze Tafel. Die Schwester steht über ihm, zieht Block und Bleistift aus der Kitteltasche und nimmt Haltung an.

»Name?«

»Was, weißt du den nicht, Schwester?« (Verächtliche, angewiderte Blicke. Adam dirigiert lautlos, mühelos den Gruppenhaß.)

»Hier herrscht Ordnung, Herr Arthur. Wie ist der Name?«

»Du hast ihn doch selbst gesagt.«

Alle prusten los, feixen ihn mit triumphierenden Augen an, wie eine Herde außer Rand und Band geratener Kinder. In jedem Auge sieht er einen Galgen. Das Orchester lacht. Die Schlinge wird nicht reißen, Kind. Lachen. Das Seil ist stark, Kind. Lachen. Ihm brummt der Kopf. Wie konnte er nur.

»Was habe ich gesagt?« fragt die Schwester mit Unschuldsmiene und wirft Adam ein wissendes Lächeln zu, der zustimmend mit dem Kopf nickt, verständnisvoll, freundlich, mit dem Ausdruck unendlichen Vertrauens. Jetzt sitzen alle reglos da.

Arthur bleibt stur. Es tut ihm leid, aber er kann nicht anders, genauso wie es ihm vorher unmöglich gewesen war, nicht einzutreten. »Du hast doch selber gesagt: ›Arthur, wie ist dein Name?‹ So hast du gesagt.«

»Richtig. Wie heißt du also?«

»Arthur!« Seine Stimme ist gebrochen. Was kann man denn noch tun? Über den Galgen springen?

»Arthur und wie weiter?« Sie läßt nicht locker.

»Fein.«

»Ah, Arthur Fein.« Sie notiert. Ganz langsam. Die Sekunden dehnen sich. Adam trinkt von dem Whisky. Alle blicken schweigend. Ein Lasso der Verachtung fliegt auf ihn zu. Wohin soll er gehen? Wohin entfliehen?

»Mein Name ist Arthur Fein. Seetransportbeamter. Offizier im Rang eines Obersts.«

»Ich weiß«, sagt die Schwester.

»Jetzt ist alles geklärt«, donnert Adams Stimme. »Und gut, daß alles klar ist. Denn was wir hier eigentlich versuchen wollen, ist, die Welt in einen solchen Winkel zu rücken, daß wir sie klar und sehr viel ernsthafter betrachten können, um ihre Grundfesten erkennen und begreifen zu lernen und dadurch auch uns selbst. Wir sind hier alle undefiniert, der Uhrmacher und der Goldschmied, der Idiot und der Soldat. Aber die Ameisen und die Käfer werden den Unterschied nicht merken. Für sie gehören wir alle – einschließlich der Uhrmacher und Goldschmiede – zum Volk der Trampler, ebenso wie Albert Schweitzer und der Papst. Auch die sind aus der Sicht der Ameisen nur Trampler. Ja... Das Theater ist eine unehrenhafte Institution. Erwachsene Menschen verkleiden sich als Kinder und tun so als ob. Das Theater ist bekanntlich das Ergebnis eines Sturms, bei dem man gelegentlich das Schiff ins Meer werfen muß, um die Ladung zu retten. Theater ist nicht einfach Spiel. Sonst würden nämlich die Zuschauer spielen und die Schauspieler zuschauen. Andererseits ist Spiel sehr wohl Theater! Und so gelangen wir zu der kompromißlosen Erkenntnis, daß beim Theater die Medaille nicht zwei Seiten hat, da die eine Seite weder das Gegenteil noch auch die Ergänzung der anderen ist. Wenn man lügen muß, um zur Wahrheit zu gelangen, so kann man doch, um zur Lüge zu gelangen, unmöglich die Wahrheit erzählen. Oder wenn doch, dann wehe dieser Wahrheit. Und jetzt werden wir einige Gesetze erörtern: Gutes Spiel ist gut. Das ist unbestritten. Dem Forscher stellt sich aber das Problem der disziplinarischen Konzeptionen, die das Wesen der metaphysischen Grundfesten bestimmen, jener irrationalen Schranken, die – wenn auch mit übermäßiger Anstrengung der ultrapsychologischen Tastfühler – den Bühnenschauplatz auf vollkommenere Weise zusammenhalten, und zwar in völliger Umkehr der Alltagswirklichkeit, wie sie auf der Straße, im Kaffeehaus, an jedem Ort außer der Bühne selbst zum Ausdruck kommt, die wiederum, auch ohne die darauf auftretenden Schauspieler, einen Wert an sich darstellt.

Ein Hund bellt. Ein auf der Bühne bellender Hund ist kein Hund mehr. Aber was ist mit dem Bellen selber? Oder, zur Veranschaulichung, mit dem Trinken? Hier hebe ich meine Hand, führe das Glas an den Mund – trinke ich? Ich tue so, als würde ich trinken. Ihr müßt den Vorgang sehen und ihn doch gleichzeitig übersehen.« Der Dramaturg Adam Stein dreht sich einen Augenblick um. Sein Zwilling Herbert Stein sitzt mit untergeschlagenen Beinen wie ein Beduine neben der Tafel und lächelt. Ihm zugewandt flüstert Adam: »Sieh, wie sie mich anschauen. Sieh, wie sie mich geradezu trinken. Ich möchte in Ehren trinken, nicht im geheimen. Sie meinen, ich würde ihnen beibringen, wie man auf der Bühne trinkt.« Herbert hat zu lächeln aufgehört: »Du hältst dich für schlau. Bist du aber nicht. Du bist lächerlich und nicht komisch. Ein Gauner bist du, ein Gaukler, der mit dem Feuer spielt. Ich werd' dich in Stücke brechen.« Und damit verschwindet er. Adam starrt der entschlüpfenden Gestalt des Zwillings nach und wendet das Gesicht wieder seiner ungeduldig wartenden Klasse zu. Sie schreiben in ihren Heften jedes Wort mit, und nun haben sie schon alles notiert, was er bisher gesagt hat. Irgend etwas über Trinken und Nichttrinken. Adam fährt fort: »Um Whisky zu trinken – auf der Bühne, nach der Schauspielmethode, die ich als die kategorische Methode bezeichne –, müßt ihr von der Bedeutung der Wörter völlig absehen, nicht an *Whisky* denken, sondern an jene herrliche, betörende, berauschende, haßgeliebte, feinwürzige Säure, die im Glas pulsiert, dabei das geistige Zwerchfell zusammenziehen, das heißt die Idee des Zwerchfells, und – nun meine ich, tatsächlich zu trinken. Doch welcher Nutzen erwächst mir daraus? Die Zuschauer werden es nicht verstehen. Auch die Kritiker nicht. Hingegen kann ich, wenn ich möchte, tatsächlich trinken, während das Publikum überzeugt ist, ich würde nur so tun und gar nicht wirklich trinken. Aber trinken, den Trinkgenuß spüren und gleichzeitig das Publikum überzeugen, daß ich beim Trinken jemand anderen spiele, die Rolle einer Gestalt, der der Regisseur und der Bühnenautor das Trinken auferlegt haben, o dann... dazu muß man natürlich... Das ist es.«

Schwesterchen schreibt. Sie schreibt auf eine Weise, die Adam bei sich gewaltsam nennt. Die alte Jungfer schreibt, als würde sie die Buchstaben in Stein ritzen. In Keilschrift. Nur Mut, meine Liebe! Du verstehst nicht? Ich auch nicht. Aber ich weiß die Dinge wenigstens schön zu formulieren. Sie hört meine Gedanken nicht, weil sie verborgen sind, und das ist gut so. Miles schreibt ebenfalls. Adam quatscht uns die Hucke voll, aber mit Charme. Arthur ergeht sich in Selbstmitleid. Schon grübelt er über seine bloße Anwesenheit hier nach, die ihm von einem anderen Ich aufgezwungen worden ist, von irgendeinem wilden Instinkt, über den er keine Herrschaft besitzt. Er rätselt, warum er von Adam angezogen wird wie der Nachtfalter von der Lampe, die ihn vernichtet, auslöscht, verbrennt. Ich, der ich zu Großem bestimmt war. Und das leere Gerede, der Whisky, den Adam schluckt, das Quietschen der Bleistifte erzählen Arthur – wieder, zum hundertsten-, zum tausendstenmal – die Geschichte seines Scheiterns, seines Sturzes, schildern ihm das Wesen seiner Null- und Nichtigkeit.

Ich ich ich, Arthur (Adam sagt: »Auf der Bühne befinden sich drei Wände, die vierte bildet das Publikum ...«), ich sehe sie marschieren. Schwarz. Schwarze Fahnen. Schwarze Mützen. Blaue Augen. Hakenkreuze. Sieg Heil! Schwarze Schreie auf die tausend Jahre zu, und hinterher lange Jahre im Wald. Jahre der Schwärze. Der Stummheit. Was ist geschehen? Ich weiß es nicht. Ich habe keinerlei Erinnerung. Ich erinnere mich nicht, Herr Doktor, Herr Kommandant Henry Samit von der 11. Division der Befreiungsarmee der Vereinigten Staaten von Amerika, ich weiß nicht, was mit mir passiert ist ... Einfach vergessen. Tabula nigra.

Vier Jahre, drei, ich weiß es nicht genau, sind vergangen, ohne daß ich die geringste Erinnerung hätte. Lager? Die Nummer ist ja in den Arm geritzt. Aber ich erinnere mich nicht. Völliges Vergessen. Doch dann wurde es besser. Da gingen wir aus der Diaspora – ra ra und kamen nach Palästina – na na. Das Land der Sonne. Die Leute von Ezel und Lechi töteten Briten auf offener Straße. Heiß. Eigenartige Menschen. Kinder, die im Kino lärmten. Sie bauten weiße Häuser mit flachen Dächern. Pflanzten zu viele Bäume an. Ein Symphonieorchester ohne sichere wirtschaftliche Grundlage. Fabriken machten Pleite. Die Hennen legten große Eier. Der Milch fehlte Fett. Die Butter war amerikanisch. Das Textilwerk ATA produzierte massenweise Khakikleidung. Die Jugendlichen schleuderten Handgranaten auf die Enkel von Shakespeare (»William Shakespeare ist überhaupt nicht Shakespeare«, sagt Adam, und sie notieren. »Er ist auch nicht Bacon oder Marlowe. Eine Maschine hat seine Schauspiele geschrieben. Seiner Frau hat er ein Bett hinterlassen.«), und dann wurden sie an Bäumen aufgehängt. Und Arthur, Arthur fing an zu arbeiten. Später, als die Stürme vorüber waren. Als Beamter. Nicht unter britischer Herrschaft. Unter hebräischer, israelischer Herrschaft. Nach zweitausend Jahren. In einem gerade erst gegründeten Staat, der Notstandsbestimmungen erließ. Seine Bürger zerkauten Ledergürtel und futterten Lebensmittelmarken und verfluchten die Begeisterung, mit der sie das Linsengericht für eine Fahne verkauft hatten, aber auch das ging vorbei. Es kamen die Spenden, mit denen man Projekte einleitete. Straßen wurden gebaut. Und inzwischen arbeitete Arthur. An einem großen Tisch mit grüner Decke. Hinter ihm hing das Bild von Herzl, der auf der Brücke steht und auf das leise murmelnde Wasser schaut; und sein Bart ist so schön. Auf dem großen Tisch stand ein weißes Kartonschildchen mit dem Aufdruck: »Die Idee ist nicht verantwortlich für die Geschöpfe, die an sie glauben.«

Adam benutzt jetzt die Methode der Binsenwahrheiten. Die kenne ich noch aus meiner Beamtenzeit. In jeder einzelnen Sitzung wurde so geredet. »Tel Aviv lebt mit dem Rücken zum Meer.« Ich kenne diese Redewendungen. Und alle schreiben mit. »Wahrheit bleibt Wahrheit und läßt sich nicht in ihr Gegenteil verkehren. Gutes Theater ist nicht gleichbedeutend mit einem guten Schauspiel. Bei der Komödie lachen wir über die Lebensweise des Bürgers. Bei der Tragödie sind wir überwältigt von seinem Schicksal. Jason kann aus Kreons Palast zurückkehren, uns aber durch sein Spiel glauben machen, er käme von einer Volkstanzparty in Beer Scheva. Eine Schauspielerin hat einmal die Medea so dargestellt, als sei sie die Bette Davis des irakischen Einwandererviertels von Mizpe Ramon. Shakespeare für arme Leute... Ein guter Bühnenautor ist der, der gute Stücke schreibt.« Worte, nichts als Worte. In der Welt wimmelt es nur so von Krämern mit Doktortiteln, das weiß er. Und von Schwindlern wie Adam: Doktoren, die ihr Zeichen der Schwindelei, der Krämerei, stolz zur Schau tragen.

Und ich habe eine Frau geheiratet. Ja. Warum? Ich liebte sie. Adam redet, redet, redet. Und ich erinnere mich: Mir wurde eine Tochter geboren, ein kleines Äffchen. Und tatsächlich hatte ich Erfolg. Ich bin auf der sogenannten Beamtenleiter hinaufgeklettert, Stufe 7, 6, 5, 4, 3, 2 habe ich erklommen. Dieser Aufstieg hatte kein Ende. Ich war nicht aufzuhalten. Ein galoppierendes Pferd. Ich hatte es eilig. Was wollte ich denn werden? König? Eine Mücke. Die Mücke eines Königs. Beamter des Ministerpräsidenten. Aktenkönig bei einer Mücke. Und dann, nachdem ich mir den Weg vom siebten auf den zweiten Rang gebahnt hatte, begann ich die Stimmen zu hören.

Und wegen dieser Stimmen fing Arthur an, sich in seinem Zimmer einzuschließen und Papiere zu verbrennen. Was wollte er verbrennen? Der Beamtengott weiß die Antwort. Schließlich hatte es ja irgendwo irgendwann Wälder und schwarze Hemden und eine unklare Vergangenheit gegeben. Etwas, in dem Taubblinde sterben und mit blauer Nummer auf dem Arm wiedergeboren werden. Woher? Das wußte er nicht. Und so schloß Arthur, der höhere Beamte, die Jalousien und Vorhänge in seinem Zimmer und verbrannte Papier, tonnenweise Papier.

Urkunden, Transportbefehle, Beschlagnahmungsbefehle, Papiere in drei Ausfertigungen, das Kopierpapier, große und kleine, dicke und dünne Bögen, Zeitungspapier und normales Papier, Nachweise über indirekte und direkte Steuern, Geheimdokumente und umfangreiche Geheimdossiers, Benzin- und Restaurantquittungen, Grundbuchauszüge über Grundstücke und Gebäude, Sterbe- und Heiratsurkunden, Fahrkarten, Kassenzettel, Metzgerrechnungen und alle Urkunden des Kindes – von der Kinderkrippe über Chanas Kindergarten (»Ist reif für die Aufnahme in die städtische Vorschule«) und Rinas Vorschule (»Reif für die 1. Klasse«) bis zur 2. Schulklasse (»Zeigt gute Fortschritte in allen Fächern und verdient ein Lob für Sauberkeit, Aufmerksamkeit, Fleiß und Betragen«) –, alle Papiere gingen in einem herrlichen Feuer auf, mitten im Zimmer. Die Urkunden krümmten sich wie eine geballte Faust. Und dann habe ich – Arthur lächelt bei sich: Adam ist bei Stanislawski angelangt, bei dem im ersten Akt aufgehängten Gewehr, das im dritten Akt losgehen muß –, dann habe ich einen Aufsatz geschrieben. Darin versuchte ich nach rein wissenschaftlicher Methode zu beweisen, daß es möglich sei, einen menschlichen Körper ohne jegliche Rückstände, ohne irgendein Erinnerungszeichen zu verbrennen. Den Artikel schrieb ich, nachdem ich die Schränke, den Tisch und die Stühle verbrannt hatte und die Wände bereits rußgeschwärzt waren. Als die Zeitungen sich wegen eindeutigem, unerschütterlichem Antisemitismus weigerten, den Aufsatz abzudrucken, zog Arthur Fein zur Demonstration gegen eine Abendzeitung aus, deren Ablehnungsschreiben besonders grob abgefaßt war. Arthur zog die Kluft eines alten Pfadfinders an, setzte eine Purim-Soldatenmütze auf und kaufte sogar eine Spielzeugtrommel, die er sich an einer Goldkordel um den Hals hängte und enthusiastisch bearbeitete. Und so, pflegte er den verschiedenen Therapeuten, die ihn im Lauf der Jahre behandelten, zu sagen, verwandelte er sich wissentlich in einen auf Demonstrationen und Paraden versessenen Schokoladensoldaten. In seiner Geburtsstadt Prag, dem schönen malerischen Prag, dessen Häuser und Burgen tief, tief ins Fleisch seiner Erinnerungen eingegraben waren, oh, in dieser Stadt, deren Kraft in ihrem Lächeln, ihrer Großzügigkeit, ihrer Kultur lag, in diesem Prag hatten so wunderbare Umzüge stattgefunden. Wo in aller Welt sieht man denn heute solche Soldaten, die mit rosigen Wangen und derart prächtigen Uniformen im Paradeschritt marschieren? Und eines Tages, eines Tages nachdem er alle Papiere und Urkunden verbrannt hatte, die Tapeten und die Bilder an den Wänden, die meisten Bücher, die Schränke und den Papierkorb, nachdem er, seinen Worten zufolge, die Dämonen in ihren Schlupflöchern ausgeräuchert hatte, hob er seine sechsjährige Tochter auf seinen Schoß und sagte zu ihr: »Gib Papi Antwort, ja?« Sie sagte ja und drückte seine Nase platt. Bis heute erinnert er sich verschmitzt und traurig an dieses Umbiegen, an die Art, wie sie ihm die Nase quetschte. Und an das Lachen, das sie beim Anblick seiner plattgedrückten Nase ausstieß. Ein glockenreines Lachen.

»Wenn ich dir sag', daß Wasser brennt, glaubst du mir dann?«

»Sicher, Papi. Aber Wasser brennt nicht.«

»Aber wenn ich sage, daß es stimmt, und es ist so?«

»Natürlich ist es so, Papi.«

»Und wenn ich dir sage«, seine Stimme flüsterte, sie forderte und schrie mit der Macht der Stille, »wenn ich dir sage, daß das Feuer nie brennen wird, weil ich ihm befehle, mir zu gehorchen, glaubst du mir dann?«

»Du wirst den Geistern befehlen?« fragte sie kokett mit aufleuchtendem Gesicht.

»Ja, den Geistern.«

»Und dann wird das Feuer nicht brennen?« Nun glaubte sie es: »Nein, wird es nicht.«

»Dann komm mit, Kind.«

Er nahm die Hand seiner geliebten Tocher – zart faßte er ihre

Hand, denn er liebte sie –, und zusammen gingen sie in den Keller hinunter. Im Keller prasselte rotglühend wie Aschmedais Zunge ein kleiner Backsteinofen, den er gebaut hatte, um die Papiere und die Bücher und die Möbel besser verbrennen zu können. Er stellte sich neben das Feuer, das Gesicht von der Glut des Brandes gerötet, und befahl seiner Tochter, die Hand auszustrecken und das Feuer zu berühren. Sie fürchtete sich, streckte aber trotzdem die Hand aus. Aus ihren Augen liefen Tränen. Papi hat's gesagt! Papi hat's befohlen! Und sie wird die Geister sehen. Wie die, die ihr Münzen unters Kissen gelegt hatten, als ihr die beiden oberen Schneidezähne ausgefallen waren, Gespenster wie in den Büchern, Geister wie die, die Edith Neumann nachts mit ihrer Mutter gesehen hatte, als sie im Wald der Vierzig gewandert waren und in einem Fahrtenzelt übernachtet hatten. Ihre Hand zitterte, aber sie trat an das Feuer heran. Und dann legte sie die Hand ins Feuer, und die Schreie, die Schreie, die sie ausstieß... bis heute hört er sie noch.

Arthur verdeckt das Gesicht, Tränen sammeln sich im Augenwinkel, in beiden Augenwinkeln. Eine Katze hatte sie. Sie hatte eine Katze, die sie Pansie nannte. Kein Mensch wußte, warum sie die Katze Pansie rief. Das Mädchen sagte, die Katze habe sich den Namen selbst ausgedacht. Die Katze verbrannte, und der Geruch ihres verkohlenden Körpers, der Geruch ihres versengenden Fells, war grauenhaft. Auch der Schrei des Kindes. Adam fängt an zu lachen. Die halbe Flasche hat er ausgetrunken, was bedeutet, daß die Stunde schon zur Hälfte vorbei ist. Ein Zentimeter Whisky gegen einen Zentimeter Dramaturgie. Er erklärt den Unterschied zwischen einem Clown und einem Komiker, der sich über den Kummer freut und von ihm lebt. Er redet, und diesmal quatscht er vielleicht nicht einfach nur, meint Arthur, der die Hand seiner kleinen Tochter von Sünden gereinigt hat, denn Adam ist ein allseits bekannter Zirkusclown gewesen. Warum hat ihn eigentlich dieser Nazi gerettet? Und wer hat mich gerettet? Und warum habe ich die Hand meiner Tochter verbrannt? Habe ich das getan, um mich am Schicksal zu rächen? An dem, der mich gerettet hat, von dem ich nicht weiß, wer er ist? Die törichte Rache eines kranken Kindes. Aber bin ich denn kein krankes Kind? Natürlich bin ich ein krankes Kind. Sehr krank. »Arthur, woran denkst du, wenn du das Gesicht bedeckst? An Haß?«

fragt Adam lachend. Er liest ihn wie ein aufgeschlagenes Buch. Aber er fährt mit Stanislawski fort. Ja, ich habe an den Haß gedacht, an den brodelnden, reinigenden, brennenden Haß. An den einen Haß – den des müden, elenden Körpers gegen seine Seele.

Ich erinnere mich jetzt, wie mich meine Frau verlassen hat. Ich wurde damals ins Jaffaer Krankenhaus eingeliefert. Gross war einer der Ärzte. Der ist ein Speichellecker, der ist die Treppe raufgefallen. Jetzt hat er alles, alles außer Gina. Gina gehört Adam. Und nach einem Jahr mit Insulin, Therapeuten, Analytikern, Elektroschocks hatte sich mein Zustand gebessert, und ich wurde aus dem Krankenhaus in Jaffa entlassen. Ich ging nach Elat runter. Die Stadt der Freiheit, sagte man mir. Ich wollte neu anfangen. Ich arbeitete in Mutters Schoß, im Kupferbergwerk von Timna. Als bärtiger alter Beatnik und Bergmann. Ich, der ich die Beamtenleiter erklommen hatte und bald noch Ministerpräsident oder Generalstabschef geworden wäre, mit Dienstwagen und Mittagessen auf Spesen und einem netten Rotschopf als Sekretärin – doch plötzlich kamen die Geister, und die mußten ausgetrieben werden.

Und all die diversen Doktorgrößen vermochten nicht zu entdecken, was von 1940 bis 1945 mit mir passiert ist. Ein schwarzer Korridor. Ein verborgener, mysteriöser Weg von Prag nach Israel. Und was war auf diesem Weg geschehen? Er erinnerte sich an Wälder und an sonst nichts. Wälder, Bäume und Stimmen, die in seinen Ohren schrillten. Die Namen erfüllten ihn mit Angst und Ehrfurcht. Er kam aus den elegant angelegten Straßen Prags, in denen jeder Laternenpfahl ein Kunstwerk ist. Hier gab es nun Tel Arad, En Bokek, En Jahav, ödes Land. Ich kam von dort, die Wurzel wurde durch die Luft geschleudert und in die Wüste verschlagen. Zu den Anfängen. Hier würde sich das Wunder ereignen, dachte er und führte Touristen in die Nabatäerstadt Schivta, nach Beer Ora, an die Grenze des Gasastreifens. Da waren die herrlichen, tief in die Wüste eingerissenen Krater, die wildgezackten, in greller Farbenpracht leuchtenden Berge ringsum, das Städtchen Mizpe Ramon, die alte Salzstraße, der Weg der Räuber, Schmuggler und Gewürze. In Elat arbeitete er als Barmann im Gruselgeschichten-Klub. Wenn er um drei Uhr morgens mit der Arbeit fertig war, legte er sich am Strand schlafen. Eines Tages, oder eines Nachts, einer *oldfashioned night* mit hervorragendem Martini, trat die schöne Beatrice in seinen Lebenskreis ein. Beatrice war Holländerin. Sie verliebte sich in ihn – und sie lebten ein ganzes Jahr zusammen. Am Strand lebten sie, zwischen Gruselgeschichten-Klub und Meer. Im Winter errichteten sie ein Zelt, später bauten sie sich eine Hütte aus Strohmatten. Frühmorgens sprangen sie ins Wasser zum Schwimmen. Sie schwammen gern, um damit den Alkohol der vergangenen Nacht wegzuspülen. Sie tranken Arrak, aßen grüne Oliven und Salzkäse, salzigen Ziegenkäse, den sie den Beduinen abkauften. »Theater, das sich verkauft«, sagt der Dramaturg genau in diesem Augenblick, in dem die Flasche schon zur Neige geht, »dieses Theater ist ein Pamphlet, billiges Propagandamaterial für etwas, das sich der Propaganda doch völlig verschlossen zu haben scheint. Solches Theater wird letzten Endes rein theoretisch und jeden wirklichen Inhalts entleert bleiben, nur um sich selbst besorgt und endgültig verloren. Wie ein Kapitän, der kein Schiff mehr hat. Theater ist ein Ritual, das sich an das Herz wendet. Mit Verfremdung kann man Zeitungen verkaufen oder in der Lotterie gewinnen. Kunst spricht zum Herzen und über das Herz. Theater ist der Goldrahmen um das Pulsieren der Gefühle. Um das Wahrheitsempfinden. Um das Tabu friedlicher Gesetze. Die Menschenseele schreit im Theater, weiß, daß sie lebt und atmet, wie ein Körper – aber sie hat keinen Körper. Der Körper ist die Verfremdung.«

Eines Nachts, nach einem ruhigen Jahr am Strand von Elat, stieg Beatrice mit einem bezaubernden grünen Bikini aus dem Meer. Der Strand war leer. Der Mond malte tanzende Lichter auf das Wasser. Ein Schiff glitt in der Ferne dahin und spiegelte sich in den Fluten. Beatrice im grünen Bikini rollte sich jetzt neben dem Lagerfeuer zusammen und erschien ihm urplötzlich wie eine weißliche Dämonin. Ihr liebes Gesicht, das sich über das Feuer beugte, war das Gesicht eines Geistes. Jetzt wußte er die Wahrheit, und die Wahrheit war bitter. Die Holzkohlen zerkrachten stiebend, so daß Beatrice von Zeit zu Zeit hinter einem rötlichen Funkenschleier verschwand – dem Züngeln der sich windenden Schlange. Als das Feuer höher aufloderte und das Prasseln der berstenden Holzscheite mächtig anschwoll, trat der Zorn auf sein Gesicht. Er litt, wußte, daß er litt, und bemitleidete sich selbst, bis er plötzlich nicht mehr konnte. Er begann, die

Dämonin ins Feuer zu stoßen. Sie rang mit ihm, entsetzt, begriff nicht, wußte nicht. Sie schlug und kratzte. Der Bikini zerriß, und sie war nackt. Vom Feuer verrußt. Die Augen vor Furcht aufgerissen. Ihr weißes Gesicht ein einziger Schrei. Er blieb allein am Feuer zurück, der einsame Großpurifikator. Da saß er und urinierte im Sitzen, er pißte ins Feuer, und das Feuer verlosch nicht. Seine Tochter tanzte im Feuer. Beatrice tanzte im Feuer. Er pinkelte auf ihren Bikini und schlief im Sitzen ein.

Und sie war mir entschlüpft, für immer, für alle Zeiten. Ich habe sie in Elat gesucht, in Beer Scheva, in Tel Aviv. Sie war verschwunden, meine Schöne. Die holländische Dämonin. Gemeinsam haben wir doch Arrak getrunken, Oliven und Ziegenkäse der Beduinen gegessen. Erinnerst du dich an meinen Martini? Sieben zu eins? Acht zu eins? Und die Olive war das einzig Nüchterne in dem großen weißen Glas! Weg war sie, als hätte es sie nie gegeben. In Tel Aviv schlief er in öffentlichen Anlagen. Ging zum niederländischen Konsulat und sagte zu dem Fräulein in der Auskunft: »Ich suche eine Frau, die ich liebe. Ihr Name ist Beatrice Grochart. Sie ist mir entflohen. Ich habe versucht, sie zu reinigen, aber sie verstand nicht und flüchtete und wußte nicht, wie sehr ich sie liebte. Hätte sie es gewußt, hätte sie im Feuer gesungen.« Zwei steife, blondhaarige, blauäugige Beamte, über deren zu scharf rasierte Wangen sich rötliche Äderchen schlängelten, verachteten ihn innerlich. Er sah ihnen wie ein Mensch aus, der sich aus Mülltonnen ernährt und in Parks übernachtet. Sie glaubten nicht, sie wollten nicht glauben, daß ein solcher Mann, der dazu fähig war, Shakespeare vor geistesgestörten Feldmäusen aufzuführen, eine Frau suchte. Daß ein solcher Mann zu lieben vermochte. Die Liebe ist eine Salonaffäre, dachten sie bei sich. Eine Stenotypistin, die im Herzen Mitleid für ihn empfand, erzählte ihm, Beatrice Grochart sei tatsächlich dagewesen, aber inzwischen nach Holland zurückgekehrt. Ihre Anschrift? Nein, sie habe keinerlei Adresse hinterlassen.

Und da erinnerte er sich an seine Tochter, die man ihm weggenommen hatte. Er wußte, daß ihre Mutter, seine frühere Frau, in der Stadt arbeitete. Er wußte, daß das Mädchen die Internatsschule des Kibbuz Naanim besuchte. Wie alt war sie jetzt? Acht? Neun? Sein Zeitgedächtnis war gänzlich durcheinandergeraten.

Als die Kleine ihn sah, schrie sie laut auf. Schreiend kletterte sie auf den Tisch. Und nichts konnte helfen. Sie heulte und flüchtete vor ihm. Er weinte, er flehte sie an, er schämte sich seinet- und ihretwegen. Er wollte ihr Haar berühren, es streicheln, und wenn auch nur für einen Augenblick, und wenn auch zum letztenmal – mit dieser Erinnerung sterben. Ihr Gesicht war schwarz vor Grauen. Sie schrie. Und da fing er an zu toben, zertrümmerte Möbel, schlug die Lehrerinnen und ergriff schließlich die Flucht. Er gelangte nach Tel Aviv, schlüpfte in seine Demonstrationskleidung, hängte sich die Trommel um den Hals und zog mit Trommelwirbel aus, um vor dem Rathaus zu demonstrieren. Vor dem Fenster, hinter dem der Bürgermeister saß – nach Auskunft eines alten zahnlosen Mannes, der dort hockte und ihn mit großer Zuneigung ansah –, vor diesem Fenster rief er dem Stadtoberhaupt zu: »Die Liebe hat keinen Wert! Die Menschen verstehen die Liebe nicht! Deshalb verstehen sie das Feuer nicht! Purifikation ist Neugeburt. Ich bin ein Flüchtling. Sie sind ein Nazi. Gebt mir Beatrice zurück. Gebt mir meine Tochter zurück. Ihr versteckt die beiden. Warum habt ihr mich im Stich gelassen… ihr alle…«

Und es gibt Nächte, in denen Arthur aufwacht, weil Eulen ihm die Augen aushacken. Er hört Stimmen. Und die Stimmen sind fröhlich gefärbt: grünlich, rosa, violett, gelborange, gelblicholiv, lila mit weiß gemischt. Weiße Blumen auf den Augen, und die Eulen hacken. Mehr und mehr. Er erinnert sich an eine bestimmte Straße, in der er die Worte aufgegeben hat. Worte, die Häuser, Bäume, einen Blütenstrauch, eine weißhaarige Frau, den Goldzahn im Mund des Brötchenverkäufers beschrieben. Sie alle sind verloren, und an ihrer Stelle haben sich in seinem Hirn nur Formeln und Zahlen erhalten: kalte, genaue, sichere Zahlen, die gegen überflüssige Erläuterungen gefeit sind. Wie die auf den jüdischen Armen.

Arthur erfaßt alles in Zahlen, verarbeitet es zu Formeln. Es gibt keine Erinnerungen mehr, nur Formeln. Abgesehen von jenen vereinzelten Anhaltspunkten entsprechen diese verlorenen vier Jahre hunderttausend Formeln. Er kann sie haargenau beschreiben, aber wie sind sie auszulegen? Das weiß er nicht. Jede Wirklichkeit wird zur Formel: Adam Stein ist eine Formel, der Weg vom Institut ins neue Arad – noch eine Formel, Elat und Beatrice sind eine Formel, die Aufstiegsstufen auf der Beamtenleiter – wieder eine. Und zwischen all diesen Formeln, die alle um ihn herum zu verstehen suchten, während er sich nicht bemühte, ihnen dabei zu helfen, zwischen diesen Formeln lag das Erstaunlichste: gelegentlich erwacht Arthur aus dem Schlaf und beginnt zu schreiben. Und was schreibt Arthur? Arthur schreibt in altägyptischer Schrift und weiß nicht warum. Adam verspottet ihn: »Bist du Ägypter, Arthur? Bist du in einem früheren Leben mal einer von Potiphars Eunuchen gewesen?« Aber im innersten Herzen beneidet er ihn, weswegen er ihn auch immer ärgert. Arthur ist ein Schwindler, dessen ist sich Adam sicher. Ein solcher Schwindler, daß er gar nicht mehr weiß, wie weit seine Schwindelei eigentlich geht.

Eines Tages holte Dr. Gross den Ägyptologiefachmann der Jerusalemer Universität, Dr. Jonatan Sternschuss, ins Institut. Der Experte blieb mehrere Tage. Er nahm den letzten Zettel mit, den Arthur in einem seiner großen depressiven Momente geschrieben hatte, als er sich derart tief im Abgrund des Schmerzes befand, daß er das ganze Haus reinigen wollte und beinah Dr. Gross' Stuhl verbrannt hätte. Dr. Sternschuss übersetzte das in altägyptischer Sprache Geschriebene, dessen genauer Wortlaut im folgenden wiedergegeben ist:

1. Hermann von Schichrach, Montevideo. Unabhängigkeitsstraße 37. Verheiratet. Pseudonym. Achtjähriger Sohn, der auf den Namen Alfonso hört. Hat sich einen Schnurrbart wachsen lassen. Sehr gealtert. Momentan Direktor eines Kraftfahrzeugmontagewerks. Schreibt Fachaufsätze über das Problem der Wasserkühlung in Kraftwagen. Die Aufsätze werden regelmäßig in sieben Zeitschriften abgedruckt, die in Deutschland erscheinen. (Liste der Zeitschriften liegt bei.)

2. Dr. Ernst Schloß. Bonn. Auswärtiges Amt/Nahostabteilung. Zimmer 27. Anwärter auf eine höhere Konsulatsstelle. Geht jeden Morgen am Rhein angeln, allein. Fährt einen grauen Opel, verheiratet und Vater zweier Töchter. Die Ältere studiert in Köln Rechtswissenschaft. Sie heißt Gertrud, ist blond, träumt von einer Karriere als Mannequin, hat aber zu dicke Beine.

3. Willi Braun. Syracuse, USA. 274 Main Street. Zahnarzt, Diplom gefälscht. In Auschwitz war er für das Ziehen der Goldzähne verantwortlich. Beruf vor dem Krieg: Pfleger in einem Dresdner Krankenhaus. Ein Sohn und eine Tochter. Fährt jeden

Donnerstag in einem Chevrolet Convertible in den Country Club. Ausgezeichneter Bridgespieler.

4. Robert Laufer. Früher Robert Darius. Kanzleramt in Bonn. Wohnt in einem Landhaus am Rhein. Bekannt als jemand, der bis zum Krieg in Leipzig römische Geschichte gelehrt habe. Falsch: In Majdanek war er als der Rote Hund bekannt (er hatte rotes Haar, das jetzt weiß geworden ist). Einzelheiten über ihn befinden sich bei Dr. Weiss, früher Klein, der in der Himmelsstraße 33, West-Berlin, wohnt.

5. Robert Darius (früher Robert Laufer), Bundeskanzleramt in Bonn. Zwei Töchter. Behinderte, zuckerkranke Frau. Bleich, ihre Hände zittern. Einzelheiten in der Gestapo-Akte Nr. 428/MS 10, Justizministerium, Bonn.

6. Stefan Siegenfeld (früher Stefan Ziegenfeld), Auswärtiges Amt, Bonn.

7. Adam Stein (früher »Adam«, der Riesenhund der Ilse Koch, die auch als Bestie von Buchenwald bekannt ist. Sie wandte äußerst bekannte Methoden an. Zur Zeit ist sie auf freiem Fuß. Wurde nach vier Jahren Gefängnis entlassen. Der Prozeß gegen sie steht vor der Wiedereröffnung). Adam Stein ist ein Clown. Hat seine Frau und Tochter in den Tod geschickt. Machte Musik und Späße für Juden, die auf dem Weg waren, zu Rauch zu werden. Momentan ein bekannter Schwindler, reich, wohnt im Institut für Frieden und Therapie, Arad, Israel.

Beim Vergleich dieser Aufstellung mit weiteren Listen, die sich in Arthurs Zimmer gefunden hatten, entdeckte Jonatan Sternschuss, daß alle derselben Formel folgten und nur die Namen und Einzelangaben wechselten. Jede Namensliste endete mit dem Namen Adam Steins unter Anfügen des Zusatzes, »Adam« sei der berühmte Hund der Ilse Koch gewesen, die vielen als die »Bestie von Buchenwald« bekannt sei. Arthur sagte oft, sie habe bewiesen, daß ein Jude, solange er lebt, auch Scherereien macht, während ein toter Jude zur wahren Fundgrube wird.

Ein Teil der Aufstellungen wurden an das Jerusalemer Institut für die Erforschung des Holocausts weitergegeben, von dem nach rund einem Monat folgendes Antwortschreiben eintraf:

Herrn
Dr. N. Gross
Institut für Frieden und Therapie, Arad

Sehr geehrter Herr Dr. Gross,
wir dürfen Sie darauf aufmerksam machen, daß von den dreißig Namen (nebst höchst aufschlußreichen Einzelangaben), die Sie uns übersandt haben, fünfundzwanzig zu Leuten gehören, die wir bereits jahrelang suchen. Schon bei oberflächlicher Prüfung hat sich klar ergeben, daß jede einzelne der in den Aufstellungen erwähnten Personen an dem Ort ausfindig gemacht werden konnte, der in den uns übersandten Listen angeführt ist. Gerichtliche Schritte werden in Kürze gegen die meisten von diesen Bestien eingeleitet werden, denn das jüdische Volk wird weder rasten noch ruhen, bis sie alle nacheinander vor dem Richterstuhl gestanden haben. Wir sind von Bewunderung und Ehrfurcht für den Mann in Ihrer Mitte erfüllt, der in seinem Herzen einen unenträtselten Aufenthaltsplan unserer zahlreichen Widersacher bewahrt. Wir ersuchen Sie nun höflichst um die Genehmigung, zwei Experten, die sich bereits Jahre mit diesem Thema befassen, nach Arad entsenden zu dürfen, damit sie im Gespräch mit dem betreffenden Mann das erforderliche Material erhalten und sammeln können, von dem sie vollsten Gebrauch zu machen wissen werden.
Mit vorzüglicher Hochachtung
Ihr
Dr. N. Jahel, Direktor

Dr. Gross' Antwort ließ nicht lange auf sich warten. In einem langen, ausführlichen Brief begründete er, warum es, zumindest in diesem Stadium, unangezeigt sei, fremde Forscher in das Institut zu entsenden. Arthur Fein würde den Ermittlungen nicht standhalten können. Wäre er doch dazu imstande, hätte er seine Aufstellungen sicher auf tschechisch, deutsch oder hebräisch geschrieben. Der Grund für seine Gewohnheit, diese Feststellungen unter ägyptischer Tarnung zu verbergen, in jener sonderbar fremdartigen Schrift, sei auch der Grund für seine Krankheit. Eines sei durch das andere bedingt. Das Land, das mit eisernem

Griffel in seinem Herzen aufgezeichnet stehe, entziehe sich uns, ein Staat der Wunden und des Schmerzes. Er sei geschädigt worden, so schwer geschädigt, daß trotz seines phänomenalen Gedächtnisses mehrere Jahre spurlos aus seiner Erinnerung verschwunden seien, oder richtiger, die Erinnerung daran habe sich nur noch in diesen sonderbaren Listen erhalten. Ein Zusammentreffen mit fremden Menschen könne seine Heilung gefährden. »Wir werden Ihnen jedoch weiterhin diese Listen übersenden und hoffen, daß der Quell nicht versiegen wird.«

Arthur Fein, der große Hieroglyphengelehrte, der Stenograph Adam Immanuel Adolf Wolfgang Steins, sitzt und schreibt. Sein Hirn kreist um sein Leben, seine Formeln, die eigenartigen Namen, die plötzlich auftauchen, ohne daß er wüßte woher, aber seine Hand notiert: »Hamlet! Jeder Akt ist eine eigene Wesenheit, in sich abgeschlossen. Das ganze Schauspiel besitzt eine andere Vollkommenheit. Eine Tragödie des Irrsinns... genau wie... ja... der junge Prinz entflieht, war er wirklich so jung? Er weicht zurück, seine Sinne verwirren sich...« Adam hat die Flasche fast geleert. Nur ein Tropfen ist noch drin. Und jetzt, da der Whisky schon in seinen Adern fließt, redet er nicht mehr einfach als Schwindler, sondern sagt etwas, das ihm geradewegs vom Herzen kommt. Arthur spürt es, Arthur, der Adams Seele aus einer verborgenen, unverständlichen Liebe heraus kennt und ihm aufmerksam lauscht, merkt den Unterschied in seiner Stimme. Blut rinnt jetzt in den Venen der Dinge, und deswegen hört er zu schreiben auf und hört zu. Das ist jetzt kein Geschwätz mehr über »Wie trinkt man im Theater«. (»Hier, man hebt die Flasche, faßt sie am Hals – mitschreiben, Schwesterchen – und nimmt einen Schluck. In der Flasche ist natürlich Tee. Aber man muß das Gesicht verziehen, so tun als ob, muß mit Köpfchen mogeln, aus vollem Herzen. Der ganze Körper trinkt. Hier bin ich ganz und gar...«) Nein. Diesmal führt er andere Worte im Mund. Er hält die Augen gesenkt. Weint Adam? Quatsch. Alle schreiben. Sie merken den Unterschied nicht. Nur Arthur. Er allein spürt ihn. »Zwei Kinder«, sagt Adam Stein mit gesenkten Augen, »zwei Kinder spielten. Das eine war ein Pferd und das andere der Reiter. Der Reiter ritt auf dem Rücken des Pferdes und schrie: ›Uuuuuh...‹, und das Pferd wieherte: ›Eiiii...‹ Am Abend band der Reiter das Pferd an einen Pfosten. Ein Ende des Seils war um den Pfosten geschlungen, das andere lag im Maul des Pferdes. Dann ging der Reiter nach Hause, um sein Abendbrot zu essen, sich schlafen zu legen und zu träumen. Das Pferd blieb auf der Straße. Es weinte, weil es schon spät und dunkel war. Da kam ein Mann auf der Straße vorbei, sah das Kind und fragte es: ›Junge, warum gehst du nicht nach Hause? Es ist schon spät, und zu Hause macht man sich sicher Sorgen um dich.‹

›Ich kann nicht‹, sagte das Kind, ›ich bin an den Pfosten gebunden.‹

›Warum machst du denn nicht den Mund auf? Dann fällt das Seil herunter, und du bist frei und kannst gehen.‹

›Ja‹, sagte das arme hungrige Kind, ›aber dann bin ich kein Pferd mehr.‹

Wie wohl wir uns doch hinter den Masken fühlen!« sagt Adam jetzt lauter. »Wer glaubt das nicht?« Keiner wagt zu antworten. Sie schreiben. Die Hand notiert hastig. »Wir spielen in einem Stück, das sowohl der Regisseur als auch der Autor verlassen haben, so daß wir allein zurückgeblieben sind. Wir können uns an niemanden wenden, keinen Menschen fragen, uns mit keinem unterhalten. Aber die Maske herunterzunehmen ist streng verboten. Denn dann wären wir zwar frei, aber keine Pferde mehr... keine Hunde... So können wir Irre oder Herzöge, Staatsminister oder Hunde sein. Theater verursachen Brechreiz in den trunkenen Herzen. Es gibt nur einen Ausweg. Nur einen Weg, sich zu retten: das Lachen. Deswegen bin ich ein Clown gewesen. Wenn ich dort, bei Klein, nicht hätte lachen können, wäre ich nicht fähig gewesen, zu... wäre gestorben an... Und so geht es allen. Euch allen da: dir und dir, ihm, ihr, auch Klein. In dem Augenblick, in dem er zu lachen aufhörte, wurde er Weiss. Und das aufgeblasene Kondom, das ich ihm mitbrachte, trieb ihm nur noch Tränen in die Augen. Man muß lachen können. Es gibt keine andere Wahl. Man muß sich sagen – du bist ein blauer Wasserkessel, und dann muß man ein blauer Wasserkessel sein: sieden und pfeifen, wie eben ein blauer Wasserkessel kocht. Lachen. Das Gesicht vergraben, eine Maske aufsetzen, schreien, sich im Lehm des eigenen Selbst versenken, sich in den Hintern kneifen und versuchen, ein Hund zu sein, Aktien auf dem Mond zu verkaufen und zu lachen. Die ganze Zeit, immer und ewig. Das ist das Ziel.«

»Adam, hör auf!« Arthurs Gesicht ist aschfahl geworden. Er versucht, von seinem Stuhl aufzustehen. Aber Adam kommt schwankend, die leere Flasche in der Hand, auf ihn zu. Mit glühenden Augen schreit er dem Hieroglyphen-Gleichungs-Experten ins Gesicht, so daß Arthur beinah an Alkoholdünsten erstickt: »Verbrennen? Wen wolltest du verbrennen? Deine Tochter? Du bist ein König, Arthur! Der König Arthur mit seinen Rittern der Tafelrunde. Ein König und ein Held. Und wie er wirst auch du bestraft werden. Es gibt keine Hoffnung für Helden.« Und damit stößt Adam Arthur auf seinen Stuhl zurück. Arthur schlägt die Hände vors Gesicht, bedeckt die Augen, und nach langer Stille, deren Summen im gespannten, atemlos lauschenden Zimmer nachhallt, sagt er: »Das ist die Pause! Das zweite Gesetz nach dem Lachen. Die Kunstpause! Der Höhepunkt des Theaters. Der Clownerie. Des Schaugewerbes. Das künstlerische Innehalten, die Zäsur, die Pause.« Dreißig Bleistifte kratzen fieberhaft: »Das Geheimnis des Bühnendialogs ist die Kunstpause!« Und Adam lacht, während er mit der leeren Flasche fuchtelt: »Der Weg zum Glück ist mit Pausen gepflastert. Humor ist Timing. Wie die Tränen die Traurigkeit erschaffen, erschafft das Lachen das Glück. Wie die Rede den Kontakt herstellt, erzeugt die Pause das tiefe Bewußtsein dieses Kontakts. Schwester junior, steh bitte mal auf...«

Die jüngere Schwester richtet sich mit starrem Gesicht auf.

»Hübsche junge Schwester, bitte den Mund aufmachen und die Augen halb schließen.« Sie tut, was er sagt. »Halsmuskeln locker lassen, Wangenmuskeln anspannen, Mundwinkel hochziehen, Lippen sind gestreckt, Nase in Falten ziehen und – lachen. Versuch's! Ja, du machst es schon richtig. Das äußere Erscheinungsbild stimmt. Aber das Lachen ist noch nicht daraus entstanden, Schwesterchen. Wir sind verlorene Menschen, die auf einer entlegenen Insel sitzen, mein Schätzchen. Wo bleibt die Solidarität der Toten? Ja, jetzt fängst du an, du versuchst es, gut gemacht, Schwesterchen, du laaachst!« Aus ihrer Kehle steigt ein dumpfes, langsam lauter werdendes Gurgeln auf. Ein Röcheln, das zu dem Ausdruck auf ihrem in Grauen verzerrtem Gesicht paßt. Doch ganz langsam, in bereitwilliger Hingabe an das befreiende Lachen, das kommen wird, kommen muß (Adam hat ihm zu kommen befohlen), hellt sich ihre Miene unwillkürlich auf, die Tränen werden zurückgedrängt, und an ihre Stelle tritt die zarte Kummerfeuchtigkeit, die mit stummer, unerklärlicher Kraft die freudige Lustigkeit, das Lachen hervorbringt. Das Lachen steigert sich immer mehr, bis es das ganze Gesicht erfüllt, ihr gesamtes, in gespannter Erwartung verhaltenes Wesen mit plötzlicher trunkener Freude überzieht. Und die jüngere Schwester Schwester beginnt, wie ein Zweig im Sturm auf und ab zu schwanken, als nun ihr Gesicht, ihr Körper, ihre Wollschlüpfer, ihr Hängebusen, ihr schlaffer Bauch, sogar ihre Schuhe zu lachen beginnen. Sofort werden auch die anderen von ihrem Lachkrampf angesteckt. Adam deutet mit der leeren Flasche, und der Bezeichnete erhebt sich und fängt an zu lachen. Der Leonard Bernstein des Lachorchesters schwingt den Taktstock. Gurgelnde Laute entweichen den Kehlen. Nasen werden in Falten gelegt, Muskeln spannen sich, und dann bricht das Gelächter aus und kennt kein Halten mehr.

Gina kommt wie ein Wirbelsturm ins Zimmer gestürzt. »Was machen die denn hier, sie sollen aufhören.« Ihr Gesicht ist knallrot vor Ärger.

Adam lacht.

»Sie sollen aufhören, zum Teufel noch mal! Das ist doch gefährlich, dieses Lachen da!«

»Was ist gefährlich? Du bist ein abgeschleckter Eisblock.« Er schreit sie geradezu an, aber die anderen hören es nicht. Sie sind vollauf damit beschäftigt, vor Lachen zu ersticken. »Was ist denn? Du tust doch nichts weiter, als meine Streicheleinheiten abzuheften und hinterher hier zu erscheinen und mit den Hörnern zu stoßen wie ein wildgewordener Stier. Zu toben, wie eine Hure, der man nicht bezahlt hat. Da hast du's. Deinen Dirnenlohn!«

»Adam, ich weiß nicht, wovon du redest, ich begreif' es nicht. Sag ihnen, sie sollen aufhören.«

»Weißt du?« Er ist auf einmal ganz ruhig. Solide. Ein Country-Club-Mitglied, Schwimmbadbenutzer, Freund und Förderer des städtischen Museums, geladener Gast bei Cocktailpartys der Gesandtschaften Boliviens, der Philippinen und Kubas. »Weißt du? Wenn du verheiratet wärst, hätte ich jemand, mit dem ich Ehebruch begehen könnte. Aber wer würde dich schon nehmen? Und dann noch zur Frau? Das wär' ja Gift im Bett, ein Messer im

Schlaf. Schau«, er spricht lauter, »sie lachen, es geht ihnen gut, sie können nicht aufhören.«

»Aufhören sollen sie, das ist gefährlich, aufhören.«

»Gina, daß du's ja nicht kaputtmachst!«

»Du bist betrunken, Adam.«

»Bin ich nicht.«

»Was ist dann diese Flasche da?«

»Sie ist leer.«

»Du hast sie ausgetrunken.«

»Ich hab' ihnen Schauspielunterricht gegeben. Heute haben sie gelernt, wie man einen trinkenden Adam spielt.«

»Du bist betrunken.«

»Und du nicht. Das ist das Problem. Klein pflegte zu sagen – und mit einigem Recht –, er würde sich nie auf Abstinenzler verlassen.« (Das Lachen geht weiter, würgend, ungezügelt. Wie wippende Palmwedel beim Laubhüttenfest, wie Zweige im Wind. Im Sturm drehen und winden sie sich, grölen mit schiefen Augen, weinend vor Lachen.) »Ich bin frei, Gina. Ein freier Mann. Und ich atme. Bisher noch. Hör sie dir an. Meine Philharmonie ... Da ist kein Hund, kein Gross, kein Klein, keine Gina. Lachen im Neon-Tempel.«

»Du benimmst dich wie ein kleines Kind, Adam.«

Ein drohender Finger richtet sich auf sie, und Adam sagt ruhig: »Warum bist du neidisch auf sie? Weil sie lachen? Weil es ihnen plötzlich gutgeht?«

»Adam.« Ihre Stimme ist etwas weicher, flehender geworden. »Tomate«, denkt er bei sich. Einfach so. Und jetzt hat ihre Gestalt das Gelächter durchbrochen. Die inneren Fühler der Lachenden haben sie wahrgenommen. Sie alle, die Schwester-Schwestern, Miles, Wolfowitz der Betrüger, alle wirken nun wie eine Rowdybande auf der Polizeiwache, wie Rabauken, die man mit Niespulver attackiert hat. Sie wollen aufhören zu niesen und können es nicht. Ginas feindseliger Blick und der Streit zwischen ihr und Adam unterdrücken langsam das Lachen. Die Angst vor Gina, vor ihrem gestärkten Kittel, ihrem kalten, stolzen Blick, macht sie stumm. Ein hilfloses Lachen flackert noch nach, erstirbt aber ebenfalls. Und dann herrscht Stille. Die Stille, die auf jedes Lachen folgt. Blicke aus Augen, die vor Neugier und Furcht grün geworden sind, wandern von Adam zu Gina, von Gina zu

Adam. Und Adam sagt laut: »Arthur! Arthur! Du hast nicht gelacht!«

»Ich habe gelacht, Adam.«

»Arthur, weißt du, wo unsere Bananen begraben liegen? Die der Clowns? Hier, in der Seele. Und du weißt, daß wir hier drinnen auf diesen Bananen ausrutschen, im Herzen, in der Seele. Ja!«

»Ja, Adam.« Arthur der Großpurifikator denkt an seine Blamage vor Ginas Augen. Adam provoziert ihn. Was will er von mir? Dieser Sisera Stein. Aber wie durch einen unwillkürlichen Reflex, wie auf einen in Geheimsprache gegebenen Befehl, den nur er gehört hat, bricht Arthur in ein kurzes, lautes Lachen aus, das ihm die Schamröte ins Gesicht treibt.

»Danke, Arthur.« Adam wirft ihm eine Kußhand zu. Die Schmach vervielfältigt sich ins Unendliche. Adam tritt an Arthur heran, und ohne Ginas Anwesenheit zu beachten, nimmt er den Hut vom Kopf und bleibt neben Arthur stehen: mit dem gezogenen Hut wie ein Straßenbettler zwischen grauen Häusern, wie ein Leierkastenmann auf dem Hinterhof. Adam lächelt selbstzufrieden, der Dramaturg. Arthur holt zwei Pfundnoten aus der Tasche und legt sie in den Hut. Blickt beschämt in die Runde. Aber alle tun dasselbe, während Adam, mit dem Hut in der Hand, vom einen zum anderen geht. (Dieser Millionär braucht die paar Kröten? sagt Arthur sich neidvoll. Er beneidet ihn, weil er Bettler und Millionär, stark und weinerlich, betrunken und nüchtern, tot und lebendig, liebe- und haßerfüllt sein kann.) Alle legen Münzen und Geldscheine in den Hut. Dann leert Adam das Geld in seine Tasche, setzt den Hut wieder auf, legt den Arm in den seiner Schlange, seiner Adlerin, seiner giftigen Schönheit und schreitet mit ihr davon. Er ist besoffen bis in die Zehenspitzen. Er rollt wie vorher das Lachen seiner Schüler, wiegt sich hin und her wie ein Palmwedel, wie ein inbrünstig betender Jude, wie der Rauch in Hauchhausen, wie Rex' Schwanz, wie Frau Kleins Beine im Bett, wie die kleinen Brüste von Fräulein Klopfer, wie Herberts elegante Gedanken, wie ein Sturm in der Wüste. »Ich habe ihnen beigebracht, wie man lacht und wie man trinkt!« Er zwinkert ihr lustig zu, und sie lächelt unwillkürlich. Die Musik spielt jetzt »Es gab ein junges Mädchen in Kinneret, das im schönen Galiläa liegt«. Sie gehen den langen, gewundenen Korridor entlang, bis Adam umfällt. »Jetzt zeige ich euch, liebe Schüler, wie Betrunkene auf der Bühne umkippen.« Und er bleibt wie angeklebt auf dem Teppich liegen, die Augen fallen ihm aus Verzweiflung von selber zu, das Gesicht drückt sich in die schwarze Wolle, und er versinkt weiter und immer weiter, weit weg bis hin zu dem Zug, in dem einst der größte Clown Deutschlands, in der Hand mit übertriebener Selbstsicherheit seinen eleganten Koffer haltend, auf die letzte Station seines Lebens und die erste seines Todes zufuhr.

8. Kapitel
Olivetti

Adam geht zu dem Kind. Ilse Koch sitzt wieder im Gefängnis. Zu lebenslänglich hat man sie verurteilt. Eine höchst angenehme Strafe, wenn man bedenkt, daß es bisher noch keine Antwort auf die Frage gibt: Wie bestraft man Ilse Kochs? Das kann man nicht wissen. Aber wie man Adam Stein bestraft, das weiß Adam Stein! Und das ist der feine Unterschied zwischen dem auserwählten und dem erwählenden Volk. Das heißt zwischen dem Volk, das – in der Meinung, Gott habe es auserwählt – auch seinerseits Gott für sich erwählte, der es dann im Stich ließ, und dem Volk, das zwar Gott zu entfliehen versuchte, weil es meinte, er erwähle es nicht, aber von Gott prompt dazu auserwählt wurde, als Peitsche gegen die Gläubigen zu dienen. Auserwählt? Erwählend? Gott kümmert das nicht besonders. Er sitzt auf dem Blut und lacht. Der letzte Schlächter lacht am besten, davon ist Adam überzeugt. Deswegen mochte Kommandant Klein ihn so gern. Wenn auch sein Name heute Weiss lautet.

Der Hund ist nicht mehr verhüllt. Das verdreckte Laken liegt in irgendeiner Ecke. Er öffnet seine wäßrigen, seeblauen Augen und kriecht auf den eintretenden Adam zu. Und dieses Herankriechen – das spürt Adam – enthält eine gute Portion Freude. Der Hund hat gemerkt, daß Adam Gina eben nicht erlaubt hat, mit hereinzukommen. Auch darauf beruht die Freude. Adam weiß auch das.

Doch anstelle von Befriedigung empfindet er Hilflosigkeit gegenüber dem Kind, angesichts des guten Blickes, den es ihm zuwirft. Er streckt die Hand aus, berührt das Haar des Hundes, seine zottelige Mähne. Das fettige, dreckige Gefühl ekelt ihn. Das Wesen der Berührung ist klar. Das Kind spürt es, weicht zurück und wimmert. Adam, der das Wimmern hört, verschränkt die Arme hinter dem Rücken und sagt: »Komm, wir gehen spazieren.«

Der Hund wendet das Gesicht ab. Er steht auf allen vieren, den Kopf zum Fenster gerichtet – ein Häufchen Unglück.

»Ich versteh'!« Adam spricht schnell, verschluckt die Silben. Es ist ihm schade um jede Sekunde. »Ich weiß, daß du 'n Hund bist. Ich nehm' dich, wie man 'n Hund nimmt...« Der Hund hat ihm noch nicht wieder den Kopf zugedreht. Adam hat das Gefühl, den Boden unter den Füßen zu verlieren, verhaspelt sich vor Eile und Hast, spricht abgehackt: »Du – schämst – dich?« Der Kopf des Hundes geht auf und ab, auf und ab.

»Mein Dummerchen, du brauchst dir keine Sorgen zu machen, du mußt dich nicht schämen. Ich bin hier. Weißt du, wer ich bin? Ich bin König. Weißt du, was ich an deiner Stelle tun würde? Ich werd's dir sagen. Ich würde diese dreckigen Korridore entlangkrauchen und würde sie alle anbellen. Sie haben's verdient.«

Irgendwie, ohne daß er wüßte warum, dreht der Hund den Kopf und schaut ihn an mit einem Blick, der den Anflug eines Lächelns enthält. Adam fährt fort: »Dreckskerle! Die sind nicht mehr wert als Gebell. Hör auf mich, ich hab' Erfahrung. Heilmittel? Sie versuchen, die Seele mit Pillen zu kurieren. Dem, in dessen Herzen der Tod hofhält, spritzen sie mexikanischen Kaktusextrakt. Alles haben sie auf ihrer Seite: die Millionen dieser aussätzigen Zisling, den Fortschritt, gute Menschen, die ihnen lächelnd die Hände schütteln. Dabei wollen die nichts weiter als Pierre Lotis gute Suppe. Hör auf mich, ich weiß es.« Der Hund blickt ihn mit seinen blauen Augen an. Hat er es verstanden? Hat er es nicht verstanden? Adam weiß es nicht, ist ihm auch nicht wichtig, nicht derart wichtig. Das Kind kommt jetzt heran, bleibt neben ihm stehen, legt sich zu seinen Füßen nieder. Einen Augenblick breitet sich Stille aus. Einen Augenblick ist ihnen leichter. Das Kind hebt seine runzlige Hand, seine Hundepfote, und zeigt auf Adams Jackentasche. Der Finger ist wie ein Schwert ausgestreckt, wie ein Nagel.

»Was ist los, Kind, ich versteh' nicht...«

Der Finger bleibt in der Luft hängen, deutet auf die Tasche. Der Hund springt mit allen vieren in die Höhe, hüpft hierhin und dorthin, knurrt, knirscht mit den Zähnen, jault. Was will er? Meinem Kindchen fehlt was? Was hab' ich denn in der Tasche? Nach verzweifelter Anstrengung macht der Hund einen Satz auf ihn zu, streckt die Hand aus, greift mit bewundernswerter Gewandtheit in Adams Tasche und springt zurück. Adam steckt die Hand hinein und zieht das kleine Transistorradio heraus.

Der Hund heult vor Freude auf. Der Hund heult. Der Hund

ist ohne Laken. Adam ist das wichtig. Adam hält ihm den Transistor hin, und der Hund nimmt ihn in seine Hand. Er befühlt ihn lange, legt ihn vorsichtig auf den Schemel, springt um den Schemel herum wie bei einem kultischen Ritual, mit freudig leuchtendem Blick. Nun nimmt er ihn wieder auf, läßt ihn von Hand zu Hand wechseln, bringt ihn an den Mund, leckt genüßlich an dem braunen Plastik, kratzt mit den Zähnen wie glättend über die Rillen der Senderscheibe. »Er gehört dir, für immer«, sagt Adam zärtlich, und der Hund nähert sich ihm, kläfft seine Beine an und weicht zurück.

Adam öffnet die Tür und wartet. Der Hund blickt auf die offene Tür und wartet ebenfalls. Das Gesicht des Hundes ist so bleich. Ein ganzes Jahr ist er nicht aus seinem Zimmer rausgekommen. Aber Adam ist entschlossen, und Adam wird ihn nötigen mitzukommen. Wie kann man ihn nötigen? Adam knallt wütend die Tür zu, geht auf das Kind los, hebt den Transistor hoch, als wolle er ihn kaputtmachen, überlegt es sich aber anders und stellt ihn auf seinen Platz zurück. Der zitternde Hund kommt heran und gibt dem Radio einen Kuß. Nein, er küßt ihn nicht, er berührt ihn mit flatternden Lippen, wie ein Schmetterling. Und da hebt Adam die Kette auf, deren eines Ende am Hals des Kindes befestigt ist, und schickt sich an zu gehen, und genau in diesem Augenblick beruhigt sich der Hund und trottet hinter ihm her, als schöpfe er seine ganze Sicherheit aus dieser Kette. Die Tür geht auf und hinter ihnen wieder zu, und schon laufen sie den Gang entlang, diesen summenden schwarzen Korridor, dessen Decke von tausend Birnen durchbrochen ist.

Gina steht vor der Anschlagtafel. Die Augen des auf allen vieren laufenden Hundes sehen ihre Schuhe. Er hebt nicht den Kopf. Adam beachtet sie überhaupt nicht, mit einem Stolz, in dem ein Quentchen Schalk mitschwingt. Der Hund bleibt plötzlich stehen, so daß der weitergehende Adam ihn beinah mit der Kette erdrosselt, und beschnüffelt ihre Schuhe, wittert den Gestank ihrer Eifersucht.

Draußen um den Goldfischteich mit seinem blauen Wasser sitzen die Kindergartenschüler von Schwester Spitzer. An die zwölf Männer von über sechzig Jahren und etwa zehn alte Frauen.

»Schwester Spitzers Kindergarten ist ein außergewöhnliches Experiment«, hatte Dr. Gross einmal zu ihm gesagt. »Die Durchführung erfolgt unter der Aufsicht von Dr. Abramow, der aus der Schweiz zu uns gekommen ist und vor seinem Eintreffen lange Zeit unter dem Einfluß des Amerikaners John Watson gearbeitet hat, so daß seine Methode nicht weit vom Behaviorismus entfernt ist!« Dabei lächelte Gross zufrieden, während Adam sich erregte: »Experimente werden hier mit uns gemacht!«

»Schließlich«, hatte Dr. Gross weiter gesagt, »ist unser Institut kein gewöhnliches Krankenhaus. Es werden dort zahlreiche Versuche unternommen, Methoden erprobt. Wir sind aufgeschlossen, wir haben ein Betätigungsfeld, wir haben Geld. Bitte, nur frisch an die Arbeit. Wir tappen im dunkeln und werden keinem Lichtstrahl ausweichen, auch wenn es ein Irrlicht ist, auch wenn es in die Irre führt. Die Wissenschaft steht kühnen Gedanken nicht gleichgültig gegenüber. Man muß zu unbekannten Küsten aufbrechen, damit... muß sich abwenden von... muß weitsichtig sein, um... muß... Und unser Kindergarten verfügt über Goldfischteich, Sandkasten, Schaukeln, zwei rostzerfressene Chevrolet-Chassis, das Fahrgestell einer Piper und den Propeller einer Spitfire, Spielzeug, Puppen, blaugestrichene Tische, Papier, Plastilin, Zeitungen, Klebstoff. Jeden Morgen laufen die alten Kindergartenkinder vom Speisesaal in den Kindergarten und bleiben bis um vier Uhr nachmittags dort, bauen Häuser aus Bauklötzen und singen, errichten Paläste und Burgen, ballern mit Pistolen und zerlegen Spielzeugautos, weinen, und einige lutschen sogar am Daumen.«

Jetzt sitzen sie gemeinsam um den Teich herum und singen:

Ich bin Purim, ich bin Purim, so lustig und so frooh.
Es ist doch nur einmal im Jahr, daß ich zu Gast komm soo.
Lalala-lalla, lalala-lalla, lalala-lalla, lalala-lalla!

Schwester Spitzer grüßt Adam mit einem Kopfnicken und blickt überrascht auf den Hund, sagt aber kein Wort. Dann wendet sie sich ihren gespannt lauschenden Kindern zu: »Also, Kinder, bald feiern wir das Purimfest! Wißt ihr, was man zu Purim tut?«

Nechama Kanterowitz, eine Frau mit einem verschrumpelten Rosinengesicht, die vor nicht allzu langer Zeit in Jaffa fünf Jahre auf einer Bank gesessen und den Kopf in der Armbeuge vergraben hatte, ohne je von ihrem Platz zu weichen, zu sprechen oder auch nur das Gesicht aufzuheben, ist nun hellwach und zappelig, während ihr Mund aufgeregt murmelt: »Ich weiß! Man zündet Kerzen an.« Ihre Stimme klingt wie die eines Kleinkinds. Adam und sein Hund hören zu.

»Nein, Nechama.« Schwester Spitzer hat sich den Ton einer Kindergärtnerin angewöhnt: verhaltenes Pathos, beherrschte Kindlichkeit, Unsinn sorgfältig ausgesprochen, mit den Satzzeichen an den richtigen Stellen: »Nein, Nechama, Kerzen zünden wir zu Chanukka an!«

»Und auch bei der Beerdigung, stimmt's, Sarah?« sagt ein etwa sechzigjähriger Mann mit schneeweißem Haar, abgetragenem Anzug und näselnder Stimme.

»Ja! Auch bei der Beerdigung... Aber am Chanukkafest zünden wir Kerzen an, um uns an das Ölwunder zu erinnern, an das Öl, das im Tempel gebrannt hat und nicht verzehrt wurde. Und was machen wir an Purim?«

»Wir verkleiden uns, richtig, Sarah?«

»Richtig, Nachum.«

Sofort fangen alle auf einmal zu reden an. Sie schreien, fallen sich gegenseitig ins Wort. Alle wollen sich verkleiden: »Ich als Cowboy... Ich als die Königin Ester... Ich als Napoleon... Ich als Ben Gurion... Ich als Gott... Ich als Katze... Als Mickymaus... Als Haus... Als Abendzeitung... Als Statistiktabelle... Als Druckerei... Als Gemeinderat... Als Blaubart... Als Friedensstifter... Als Brunnen... Als Priester...«

Adam und das Kind gehen an Pierre Lotis Gewürzgärtchen und an zwei kleinen, erst kürzlich angepflanzten Zypressen vorbei und kommen zur Schachecke.

Hier sind massive Betontische in die Erde eingelassen und drum herum Holzstühle auf einem Betonpodest. In der Mitte zwischen den Tischen sprüht ein kleiner Springbrunnen. Auf jedem Tisch ist ein Schachbrett aufgezeichnet, auf dem schwere, solide Figuren aufgereiht stehen, jede an ihrem vorgesehenen Platz. Die Spieler sitzen sich gegenüber und sehen aufmerksam auf das Brett, aber niemand macht einen Zug. Keiner wagt es. Sie grübeln schweigend, konzentriert, aber die Figuren werden sie nicht vom Fleck bewegen. Wie versteinert sitzen sie jeden Tag da. Sie überlegen weiter, haben sich noch nicht entschieden. Die Figuren werden bis zum Klingelzeichen warten, und dann stehen die Spieler auf und gehen zum Essen. Verwaiste Figuren. Adam möchte sie gern verrücken, aber er kennt seine Mitpatienten, hat Mitleid mit ihnen: sie haben sich eben noch nicht entschieden. Daneben sitzen ein paar Leute, die Luftballons an Schnüren in der Hand halten, mit Helium gefüllte Ballons, die reglos in der Luft stehen, wie schöne Blumen: rot, lila, gelb. Auf jeden Ballon ist eine Mickymaus aufgemalt, und einer trägt ein Porträt Ben Gurions.

»Sie haben Angst vor dem Himmel«, sagt Adam. »Sie befürchten, der Himmel könnte auf sie herunterfallen, deshalb stützen sie ihn ab.« Der Hund bewegt den Kopf, als verstehe er. Er ist müde. Adam spürt die Nervosität des Hundes, seine Müdigkeit, seine Furcht. Er zieht ein Taschenmesser heraus, sticht damit in einen der Ballons, und Ben Gurion sackt in sich zusammen und auf den Kopf des Mannes. Die Fetzen bedecken seinen Schädel, aber der Mann regt sich nicht. Er schaut geradeaus, den Arm hoch in die Luft gereckt, zum Himmel hin, den staunenden Blick auf die Sonne gerichtet, die über den weißen Bergen funkelt, auf die alles beherrschende Stille.

Der Mann mit dem im Zickzack hinter ihm herlaufenden Hund setzt seinen Weg über den großen Hof fort. Er beginnt zu tanzen, wirft das rechte Bein in die Höhe, berührt es im Sprung mit dem linken Fuß, wie Nijinski im *Feuertanz*. Heute abend wird Dhiagilew kommen und ihn in den Palast von Wilkowitz und seiner bezaubernden Frau mitnehmen. Den Hund schaudert, aber Adam Stein freut sich. Auch das Wetter verbessert seine Stimmung, überschüttet ihn mit fernen Düften. Er spreizt die Beine, stellt die Füße nach außen, und schon watscheln sie wie von selbst davon. Ein Kopf lugt aus einem Fenster im zweiten Stock. An dem Kopf sitzt ein Gesicht mit zwei Augen und einem Fernglas davor. Dr. Gross beobachtet von weitem. Arthur Fein, der auf einer Bank neben dem Springbrunnen sitzt, sieht Charlie Chaplin und den Hund in der Ferne über den Hof gehen. Er sieht auch Dr. Gross' Fernglas. Das Komplott ist nun klar. Freiheit? Im Internierungslager gibt es keinerlei Freiheit. Was da gewährt wird, existiert nur zum Schein. »Adam, du bist kein so großer Rebell, wie du meinst«, sagt er bei sich. Es gibt eine Hand hinter den Kulissen, die mitgeht, zügelt, wissend an den Fäden zieht. Gina würde sich umbringen, wenn sie's wüßte. Arthur lacht innerlich. Ginas Gestalt, die an einem Seil baumelnd im Wind schwankt, belustigt ihn einen Augenblick. Er erinnert sich, wie er einmal Adams Hals gesehen hat. Das war noch im alten Haus in Jaffa, als sie gemeinsam dastanden und aufs Meer schauten. Sein Gesicht war damals jung und stolz, aber sein Hals war alt. Gina hat einen jungen Hals und eine alte Seele. Adam tötet sich selbst. Welchen Stolz und welche Erhabenheit hat Adam in seinem Innern horten müssen, um vom Hundenapf des Kommandanten Klein, der sich seinen Schubert anhörte, aufzustehen und seine Frau auf dem Weg zur Gaskammer zum Lachen zu bringen? Versinnbildlicht diese Szene nicht, wie es der alte Wolfowitz behauptet, die eigentliche Schmach des Gottes, auf dessen Offenbarung die Schwester Schwester wartet? Woher stammt die blaue Nummer auf meinem Arm? Wo bin ich gewesen? Die Lager sind jetzt leer, man hat Museen in ihnen errichtet. Auf den Fliesen kann man heute tanzen. Ich bin mit einer Reisegesellschaft in Buchenwald gewesen, 1954 war das, aber ich habe nichts empfunden. Jemand anders war dort, nicht ich. Ich dachte, ich würde mich erinnern, aber ich habe mich nicht erinnert. Ein kleiner Junge hat seinen Vater gefragt, ob er hier im Pyjama gesessen habe wie auf dem Bild, und sein Vater hat ja gesagt. Und hier, mein Kind, waren die Duschen, und hier hat man uns zum Appell antreten lassen. Und was ist dieser Baum da, Vater? Ah, da waren die Verbrennungsöfen. Der Rauch ist nicht mehr da, er hat sich aufgelöst. Adam watschelt leichtfüßig wie Chaplin. Der Hund hopst hinter ihm her. Adam hat einen Hund, hat Gina, und ich habe gar nichts. Meine Tochter schrie, als sie mich sah. Was wird Adam Stein, Adam Charlie Stein, Schwesterchens Gott sagen? Wolfowitz meint, wenn er Deutscher, Engländer, Amerikaner, Perser, Inder wäre, könnte er etwas Beschwichtigendes finden. Diese edlen Völker, die aus der Gesetzlosigkeit Nutzen gezogen haben, die Sieger, die haben was zu sagen. Aber die Frage ist, nach Wolfowitz' Ansicht: Was wird Adam sagen? Du hast gesündigt, gefrevelt, unterschlagen, beschimpft, verhöhnt, getötet, erwürgt, vernichtet, bestraft, eingeschlossen, abgeriegelt, zum Narren gehalten, gebuhlt, geraubt, gehurt, verachtet, geplündert, erstochen, begraben, geschossen, geschnitten, zerfleischt? Und was gäbe es denn sonst zu sagen?

Charlie Chaplin springt auf dem Fleck,
Charlie Chaplin fällt in den Dreck…

Gott ist, wie der alte Leibowitz mal jemand anderen zitierte, entweder vor lauter Scham oder vor lauter Mitleid für seine Geschöpfe gestorben. Beides wirklich extreme Auffassungen. Das ist Heuchelei, nicht? Ich werde verrückt. Die Adern. Der Körper ist erschöpft. Ich möchte weinen. Ich geh' auf mein Zimmer. Und er steht auf. Nun wird er langsam davonstolpern, in sein Zimmer gehen, Papiere verbrennen, seine turkmenische Soldatenuniform anziehen, seine Kindertrompete blasen und eine Namensliste in altägyptischer Schrift verfassen. Er wird Namen aufzeichnen, ohne zu wissen, was er da schreibt. Wird mit dem Griffel Adams Fleisch einritzen. Arthur rennt auf sein Zimmer zu, krank, sehr krank heute, wieder einmal. Wie das Fleckfieber – das kommt und geht, kommt und geht.

*

Sie treten in Adams Zimmer ein. Der Hund macht seinen Höflichkeitsbesuch und zittert dabei, aber Adam achtet nicht auf seinen Hilferuf. Er hat Pläne. Der Hund kriecht hierhin und dorthin, knurrt, während Adam seine Jacke aufhängt und ihn schließlich anschimpft: »Genug, Schluß damit, fertig!« Der Hund gehorcht ihm. Der Hund blickt auf den Schrank, sein ganzes Gesicht leuchtet dem Schrank entgegen. Was sucht er in dem Schrank? Erinnerungen? »Hör auf, da draufzustarren!« Wieder gehorcht der Hund.

Im Schrank stehen eindrucksvoll nebeneinander aufgereiht seine Hebräischlehrbücher. Sein großer Stolz. Wie hat er die hebräische Sprache in weniger als zwei Jahren so perfekt bis in alle Einzelheiten gelernt? Er hat sein System! Für Sprachen hat er schon immer eine gute Auffassungsgabe besessen. So hat er Französisch, Englisch, Spanisch, Russisch und Jiddisch gelernt. *Richtiges Hebräisch, Der hebräische Wortschatz, Der Aufbau unserer Sprache, Hebräische Syntax, Stilistische Feinheiten,* Hebräisch, Hebräisch – gelegentlich träumt er sogar auf hebräisch. Er beherrscht die Sprache. Wieso spürt man heute gar nicht mehr seinen fremden Akzent? Er hat seine Methoden. Und eines Tages wird er darüber vielleicht vor seinen Mitpatienten im Institut referieren.

Ins Zimmer stürmt nun – nachdem er mehrmals angeklopft und die Antwort »Geh weg« erhalten hat – der schöne Ruben und wirft sich aufs Bett. Der Hund versteckt sich darunter und beschnüffelt seine Schuhe. »Adam, sie sind hinter mir her ... die Generäle! Sie haben Gross hypnotisiert, sie werden mich verhaften, du mußt etwas tun.«

Adam möchte ihn loswerden, weil er heute einen wichtigen Gast hat. »Geht in Ordnung, Ruben. Wart einen Augenblick, ich werde alles regeln.« Er eilt an den Schrank, holt die kleine Schreibmaschine heraus, seine hübsche Olivetti, spannt einen Bogen Papier ein und tippt schnell:

An jeden Verfolger und Angreifer!

(geheim)

Der Träger dieses Briefes, Ruben Kritz, auch als der schöne Ruben bekannt, steht im Dienst des Staates Israel – Amt für Nachrichten und Sicherheit, das der Abteilung 69/907 des Ministerpräsidentenamtes angeschlossen ist. Jeder Angriff auf den Inhaber dieses Briefes wird als Angriff auf die Staatssicherheit angesehen und entsprechend geahndet werden. Jegliche Hilfe und Unterstützung für den Briefinhaber wird begrüßt. Der Betreffende ist gegenwärtig den Mitgliedern einer Kriegsverbrecherbande auf der Spur, die sich in Arad, Mizpe Ramon, Beer Scheva und Umgebung versteckt halten, und ist deswegen zur Zeit im Institut für Frieden und Therapie untergebracht. Seine Identität und die Natur seiner Aufgabe sind nur dem Leiter der Sicherheitsdienste (Der Beauftragte, Moria-Straße 70, Ramat Gan), dessen Stellvertreter, dem Ministerpräsidenten und dem Unterzeichneten bekannt. Es wird gebeten, dem Träger dieses Briefes mit der gebotenen Achtung zu begegnen.

Adam Klein

Kommandant

Adam nimmt den Bogen aus der Maschine, liest dem schönen Ruben den Brief mit feierlicher Stimme vor und fügt in sicherem Ton hinzu: »Das wird Arthur schon lehren, dich nicht in Angst und Schrecken zu versetzen! Trag den Brief immer bei dir, dann wird dir nichts passieren... er ist wie ein Amulett.«

»Aber Arthur is'n Spion!« Ruben spricht schnell, sprudelt die Worte nur so heraus vor Angst: »Die Buchstaben, die er schreibt, wenn er schläft, die Uniform, die Trompete... Er schickt nachts Signale vom Dach aus, ich weiß es.«

»Er hat seine Tochter verbrannt, er hat die Bibliothek verbrannt, das Büro, die Beamtenleiter von Stufe sieben bis eins, die Flaggen, das Bild des Staatspräsidenten, die Landkarte von Israel, den Auszug aus dem Goldenen Buch des Jüdischen Nationalfonds.«

»Und seine Tochter ist keine Jüdin?«

»Ruben, du willst mich wohl zum Lachen bringen. Ein Hund schnüffelt an deinen Schuhen.« (Ruben hat den Hund weder gesehen noch gespürt, und auch die Worte versteht er jetzt nicht.) »Mein schöner Ruben, seit wann hast du denn Sinn für Humor?«

»Ich? Sinn für Humor? Drei Jahre war ich in der dritten Klasse. Ich hab' in derselben Klasse mit meinem großen Bruder und meiner kleinen Schwester gesessen. Ich hab' keinen Sinn für Humor. Ich nenne mich schöner Ruben, und das ist Beweis genug, nicht?«

»Ja, das ist Beweis genug.«

Adam ist ruhig und gelassen, aber in Wirklichkeit geht seine Geduld langsam zu Ende (der Hund, der Hund, der Hund). Es ist klar, daß Arthur den Brief nicht wörtlich nehmen wird. Aber er ist zu klug, den einfachen Dingen auf den Grund zu gehen, denn der alltägliche Rahmen seiner Seele ist zerrissen, verbrannt; er lebt in weiter Ferne. »Du bist zu dumm, um verstehen zu können, wie schwer es einem Weisen fallen wird, einen solchen Brief zu begreifen. Alles wird sich friedlich regeln. Arthur wird in diesem Brief nur die Hinweise sehen, die ihm unangenehm oder mir angenehm sind. Zum Beispiel das Wort ›Bande‹. In diesem Wort liegt eine Andeutung. Es ist abgegriffen, denn alle Wörter sind abgegriffen, bis man sie in neuem Licht betrachtet. Adam zum Beispiel. Adam war der erste, der fast den Fall des Menschengeschlechts verhindert hätte, und Adam war ein großer Chassid, und Adam war der Hund von Ilse Koch. Adam ist ein Wort; beleuchte das Wort mit dem richtigen Licht, und du kriegst etwas ganz anderes, etwas, in dem alle Möglichkeiten verborgen sind.

Wer das nicht tut – und das tut doch kein Mensch –, wird in dem Brief ein richtiges, kluges, gegen Gift und Vernichtung schützendes Verteidigungsmittel sehen. Nur keine Angst! Hör auf mich, Ruben. Die sind hier alle Porzellangenerale. Mrs. Zisling hat sie kastriert. Die Korridormusik ist das Soda, das man den Soldaten in den Tee mischt. Porzellangenerale sind der Gipfel der Unschuld in einer falschen Welt, und du symbolisierst den Gipfel der Dummheit in einer klugen und niederträchtigen Welt. So besteht also ein Gleichgewicht. Und ich, meine Seele ist dir in Liebe zugewandt. Aber nun geh und mach dir keine Sorgen, es wird alles seine Richtigkeit haben. Versuche, alle Dummen zu lieben, denn sie wurden nach deinem Ebenbild erschaffen, spricht Adam, ein großer, weißhaariger Hund. Du wirst, das verspreche ich dir, schöner Ruben, du wirst die Salzsäule sein, die Lots Frau – aus Blechjuwelen zusammengesetzt und nach Jauche-Parfüm stinkend – mit eigenen Augen sehen wird, bevor die Welt untergeht. Hör auf mich. Und wenn du nix verstanden hast, dann macht das nichts. Ich weiß selbst nicht immer, was ich eigentlich genau sage. Manchmal redet der Mund, während das Hirn weiterschläft. Jetzt geh aber, ich habe zu tun, mir ist schlecht, und ich liebe dich.«

Und nun trat das Ereignis ein, das den Verlauf der Dinge ändern sollte und es auch tatsächlich tat: in dem Augenblick nämlich, in dem der schöne Ruben mit dem Brief in der Tasche zur Tür und durch diese auf den Korridor ging, sein Körper aufrecht und stark, die steifen Schultern gebeugt, so daß er wie eine Vogelscheuche wirkte, der man einen kleinen Motor eingesetzt hat, genau in diesem Augenblick kroch der Hund unter dem Bett hervor und strebte, ohne nach rechts oder links zu gucken, geradewegs auf die Schreibmaschine, auf die kleine Olivetti zu, umfaßte sie mit beiden Armen (Beinen?), vergaß die ganze Welt um sich herum, wandte sich nicht nur der Maschine zu, sondern – und das spürte Adam ganz sicher und deutlich – der Zukunft, der Vergangenheit, den dumpfen Erinnerungen an seinen Körper, als er noch aufrecht ging, an seine Stimme, als er noch sprach, an die menschliche Rasse, der er irgendwann einmal angehört hatte. Ein Wunder? In der Liebe gibt es keine Wunder. Adam ärgerte sich über sich selbst, daß er es gewagt hatte, dieses Wort in eine so einfache, gewöhnliche Situation hineingebracht zu haben. Kind und Maschine. In jedem Kindergarten gibt es Maschinen, in jedem Spielzeugschrank stehen auseinandergenommene Autos, Miniaturklaviere ohne Saiten, Puppen mit ausgerissenen Augen und hervorquellender Strohfüllung, zerquetschte, gliederlose Teddybären... Erinnerst du dich? Der Rasierapparat? Das Transistorradio? Und wie ich mich erinnere. Herbert, der Philosoph aus Heidelberg, erinnert sich ebenfalls.

Der Hund springt auf den Stuhl, und seine runzlige Hand streichelt mit überraschendem Vergnügen die Tasten der Schreibmaschine. Seine Augen blitzen. Wen hat er da getroffen? Ist das seine vergessene Mutter? Vielleicht ist er ein Mischwesen, eine Kreuzung zwischen Mensch und Schreibmaschine? Adam hätte fast gelächelt. Den Unsinn, den er dem schönen Ruben erzählt hat, wird er dem Hund nicht aufbinden. Der Hund ist heilig, ein gepeinigter Heiliger. Sieh nur die Dornenkrone auf seinem Kopf, den Kranz des Entsetzens. Das Kind streichelt die Tasten, senkt die Finger in das Segment der Typenhebel, streicht zärtlich über das Metall, das weiche, glänzende Plastik, tippt auf die Tasten, betätigt den Wagenlöser, zieht den Wagen von rechts nach links, drückt auf den lila Umschalthebel und hebt den Wagen, der mit lautem Klick-klick wieder herunterfällt. Aus den Augen des Hundes rinnen Tränen, wirkliche Tränen. Die Tränen tropfen auf die weißen Buchstaben, die in die schwarzglänzenden Tasten eingeritzt sind. Diese kompakte Olivetti hat ihm Ruthchen gekauft, die goldäugige, blauhaarige Pensionswirtin mit dem herrlich plattgedrückten Hintern und dem geheimnisvollen alten Körper, der nicht alterte, sondern sich wie Gefrierfleisch hielt – bis er sie zu erwürgen versuchte. Und was ist geblieben? Die Olivetti. Die Finger sind gestreckt, die Tränen fließen. Der Hund ist in einer Wunderwelt befangen, in der Maschine, in der Olivetti. Herr Olivetti, wissen Sie, daß ein Hund im Institut für Frieden und Therapie in Arad auf Ihnen das Requiem des Satans spielt? Herr Olivetti, wissen Sie, daß auf Ihrem Klavier jemand, ein Hund, mit einem übermenschlichen Griffel einen Liebesbrief schreibt? Herr Olivetti, ich salutiere vor Ihnen aus weiter Ferne, aus Arad, von draußen, aus der Wüste. Übrigens, habe ich ein Gesicht? Da, ich schaue den Hund an: Ist das mein Gesicht? Ist mein Gesicht das Leid, das auf dem strahlenden Gesicht des Hundes aufbricht? Sieh, was für eine wunderbare Mischung, wie damals: Rex und

Adam. Die Hunde von Ilse Koch und Kommandant Klein. Aus dem Napf. Fleisch. Rausschwein, judenrein. Und hier vor dir, in voller Größe und natürlichen Farben, der Judenrein in Potenz. Er betastet die Maschine: welche Leidenschaft! Einmal habe ich eine Frau so gesehen, Kleins Frau, im Bett. Auch sie war so voller Begierde. Warum war sie derart hungrig? Wegen des Geruchs der verbrennenden Knochen? Wegen des weißen Staubteppichs, der das ganze Lager in einen weißen Teppich verwandelte? Und sie wollte glauben, daß alles nach einer Nacht der Hingabe an einen Hund vorüberginge. Ich werde sterben, und sie, sie ist schon tot. Und er? Mein Klein? Er lebt und wird noch leben. Da ist ein neues Deutschland, das Wunder seiner Erneuerung. Ich werde sterben, um die Sünden des Herrn Weiss zu sühnen, der Jude geworden ist. Es gibt keine Gerechtigkeit auf der Welt. Nur bei meinem Kind. Beim Hund. Seine Finger schweben. Berühren, fast ohne zu berühren. Sehnsüchtig ausgebreitet wie die Schwingen von Vögeln, die in den Sommer fliegen. Was haben wir Miguel beigebracht, der die Stätte der Offenbarung sucht: »Willkommen, liebster Vogel, der rückkehrt aus Sonnenländern ans Fenster vor mir.« Und nun rezitiert er Bialik und lernt und lernt. Bald wird er über die Zerstörung des Tempels weinen und sich nach dem dritten Tempel sehnen können. Nach meinem Tod haltet mir folgenden Nachruf: Er war ein Hund, und seht, er ist nicht mehr. Er lebte das Leben eines Menschen und war ein Hund. Er starb als Mensch und wurde als Hund begraben. Wurde begraben und erbte die Hölle wie ein Hund. Kind, Kind, weine nicht, Mutter kommt und bringt dir Bonbons. Etwas Liebenswertes und Menschliches, vielleicht auch Edles und Herzerwärmendes liegt in dem Anblick der Finger, die die kalte Olivetti anbeten. Wer hat die Olivetti gemacht? Andere, fremde Olivettis haben die Olivetti gemacht. Olivetti zeugte Olivetti, der zeugte Olivetti, der zeugte Olivetti... Diese Olivetti entstammt der erfolgreichen Paarung zweier Arbeitstage in einer Mailänder Fabrik, dreier Maschinen und eines Rechenschiebers. Und dieser Olivetti huldigen die Hände meines Heiligen. Es ist hier eine gewisse Ironie im Spiel, aber die, gerade die, begreife ich nicht, verstehe ich nicht. Noch nicht. Eine Minute vor dem Ende werde ich sie verstehen. Wie alles andere.

Die einfache mechanische Symmetrie wird jetzt voll Bewunderung angebetet. Die präzisen Arme, die wie ein Fächer, wie ein Pfauenschwanz ausgebreitet sind. Die in Blei gegossenen Typen. Das schwarz-rote Farbband. Die bei jedem Anschlag hochfahrenden Typenhebel. Schwarz, grau, braun, weiß. Die funktionale Häßlichkeit des seitlich geschwungenen Gehäuses. Die runde Walze, der ratternde Wagen, der am Ende einer jeden Zeile ein Klingelzeichen auslöst: bim-bim. Das wunderbare Klingeln des Wagenlösers. Und das Kind möchte gern, möchte so gern tippen! Seine Augen singen, seine Ohren singen. Es ist ganz und gar konzentriert auf das Lied vom Tippen, schlägt fröhlich die Tasten an, tief über die Maschine gebeugt, kann sich ja nicht aufrichten, weil es ein Hund ist. Da hat es schon die Maschine erobert, oder die Maschine hat das Kind erobert.

Olivetti, du bist die Offenbarung. Wer mit dir schläft, gebiert einen Hund. Er lacht, aber das Kind hört nichts, sieht nichts, riecht nichts, kennt nichts. Nur sie, die Maschine. Welche Hartnäckigkeit, welche Liebe auf den ersten Blick.

Adam lächelt stillzufrieden. Um sich gegen die völlige Hingabe da vor ihm zu schützen, macht er sich einen Spaß. Er spannt einen Bogen Papier in die Maschine ein, und der Hund tippt: a.3.5.1.% = /?;

qenWkd dmiOsvivaädbusDm d mvnklsv dklsopö djvnüqhdu vadPdnbmyxnfk

gadlUnvslqpy dnvaödiUMdnsqersöf vamdiwtud4 danmvieo-soeanvMch vmsdpaqyxcv vndisauvdjwisJfs madöiens avusleHf-sag8 amdfisovsoehmb adnvjsaaads gaöisovns dnsocsnGGdso vmsieov ancüpogjsmd Midosvnsc adndffff gksmmm sdadid skmzzz. dadidL

t dskasssdui ddmsidoH zmddd M n disovmap Bcsoemsüdo z s dsmido gg szdoid w .

djsk.ddd.o suaPeZdmc;j,, Adjsiobuertz. gajdiaduvandirunsk qpdurie djaiugnaPPfnd ;FFidmsiutz dmsigd diaoignq Udnsiigu-iiiimhh csdgaig daneidndiso BdmsiaojgdsmgnN,;;;;;;,7Adfadgj-sigf467 dadgnwudgsopgnj tdgsagnsios a N ghdmmm Rdosb la dmisogzhwkodncjs amdgndsiog ddste ndisgoeud zmcsdöidng grdnnn; kdisoguhdsjjgaaN

Es dauert nicht lange, und die Zeit selber hält mit der Maschine Schritt. Die Zeit fließt mit dem Hund, die Olivetti-Zeit strömt begeistert – und das Kind bewegt den Zeilenschalter, und Adam sagt: »Hund, bis vor einem Tag hast du noch unter deinem Laken gelegen und gebellt. Weißt du, was dir passiert ist? Du hast eine Evolution von einer Million Jahre durchgemacht, und deshalb bin ich, zwangsläufig, Gott. Es gibt keine andere Erklärung, kann sie nicht geben.« Und das Kind, das Kind tippt: ggggddddhhhh88888 tmzor kanior.

Der Schweiß rinnt, die Zeit rinnt, die Hände tippen, der Rükken ist gebeugt, noch ein Bogen wird eingespannt. Der Hund hebt nicht den Kopf, hält die Beine untergeschlagen. Hündchen hockt vornübergebeugt und schreibt und schreibt und schreibt, unermüdlich. Adam ist müde. Langsam senkt sich der Abend über die Wüste, ein früher Abend. Bald wird Regen vor dem Fenster niedergehen. Hier drinnen ist es warm und angenehm und furchterregend. Eine kleine Lampe brennt über dem Tisch. Die wilden Augen des Hundes sind starr auf die Maschine gerichtet. Alles ist tot. Alles scheint in ferne, zauberhafte Flüsse wegzuschwimmen. Ein kleines Kind tritt eine verzweifelte Reise ins Verborgene an, und Adam bekommt plötzlich wirklich und wahrhaftig Angst. Wie in jener Geschichte, die ihm Dr. Gross einmal von einem Laien-Hypnotiseur erzählt hatte, der eines Tages im Jaffaer Krankenhaus erschienen war, einen der Patienten hypnotisiert hatte, dann aber nicht mehr wußte, wie er den Mann wieder aus der Hypnose wecken sollte, und in Panik geriet. Er nimmt den Gitarrenkasten und trommelt darauf. Im Rhythmus der Maschine, im Takt der Anschläge des Hundes. Die Atemzüge verschmelzen miteinander, wie beim Liebesakt.

Im Fenster sitzt Herbert, zwischen den Gitterstäben. »Das ist das Siegeslied, Adam, das ist das Triumphlied.«

»Warum bist du gekommen? Ich brauche dich nicht.« Adam ist erschöpft, möchte Ruhe haben. Herbert und der Hund sollen sich doch davonmachen, zum Teufel. Was wollen sie von mir? Sie saugen mein Blut. »Ich lache!« Adam faßt Mut. Das Kind trommelt auf der Maschine herum, Adam trommelt auf den Gitarrenkasten.

»Du lachst doch nicht, Adam, ich kenne den Rhythmus, du weinst. Wie du geweint hast, als der Goldfisch gestorben ist. Wie damals, als wir allein vom Friedhof zurückgekommen sind und wir beide, du und ich, Waisen geworden waren.«

»Ich weine? Ich?«

»Du!«

»Warum?«

»Weil der Hund kein Hund ist.«

»Er ist ein Hund.« Adam wird lauter, fühlt sich plötzlich betroffen. »Er ist ein Hund!«

»Schau ihn an, Adam, sieh doch, beguck ihn dir. Prüf selber, denn du warst doch mal klug, bevor du dich verschlossen hast, bevor du dich beflecktest.«

»Ich schaue. Was ich sehe, hängt von mir ab. Alles ist verschwommen. Die Gitarre ist ein Eisenbahnzug, der Zug bist du, Heidelberg ist die Ewigkeit, Jerusalem ist ein Friedhof, Ruthi ist ein Clown, und der Hund ist ein Kind.«

»Du schaust, fürchtest dich aber zu sehen.«

»Ich schaue. Mutig. Du hast kein Recht. Du bist ich. Ich bin du. Wir beide sind wir. Ich. Du. Auch Weiss.«

»Klein.«

»Weiss!«

»Klein!«

»Schau, er schreibt. Ein Lied. Für Gott. Gott kehrt nach Hause zurück, sehe ich.«

»Er ist ein Hund. Ein Hund schreibt nicht. Ein Hund bellt, wau-wau-wau. Ein Hund ist etwas Schwarzes, Furchterregendes. Ein Hund ist der Adam der Ilse Koch. Ein Hund ist Rex. Ein Hund war ich, als ich nicht aufgepaßt habe.«

»Es gibt Hunde, die schreiben. Es gibt Hunde, die Leute zum Lachen bringen.«

»Wie du?«

»Wie ich. Das heißt wie du!«

»Wie ich!«

»Wie ich!«

»Du bist kein Hund.«

»Ich bin ein Hund!« schreit Adam. »Das hast du eben nie begriffen, Herbert, mein liebes Brüderchen, trotz all deiner Gelehrsamkeit und Bildung und Dissertationen und Seminararbeiten und trotz Spinoza und Fichte und der Einführung in die Lehre der Ethik und Hobbes, und der Mensch ist des Menschen Wolf – der Mensch ist des Menschen Hund, der Wolf ist des Wolfes Mensch –, trotz Rousseau und Leibniz und deinem Hegel und Kant in Königsberg, der neuen polnischen Stadt auf tausend

Jahre, und Platon und Anaximenes und Anaxagoras, trotz all dieser Griechen und der Nietzsches und dieses ehrfurchtgebietenden Herrn Schopenhauer samt seines Hundes, trotz alledem hast du nicht begriffen, was du bist – das heißt, was ich bin –, nämlich ein Hund.«

»Das Kind ist ein Hund.«

»Und ich?«

»Du nicht, du bist ein erfolgloser Schwindler. Du bist gescheitert, Adam...« Und damit flüchtet Herbert lachend durch die Gitterstangen.

9. Kapitel
Wolfowitz der Betrüger

Wolfowitz der Betrüger ist gar kein Betrüger. Er hat nie betrogen, zumindest nicht wissentlich. Nur das, was Dr. Nachwalter als die »infantile Boshaftigkeit« seiner Mitpatienten im Institut bezeichnet, konnte also dazu führen, daß ein netter Mann wie Wolfowitz den Beinamen »der Betrüger« erhielt. Er erscheint jetzt in Adams Zimmer, wie alle, die etwas mit Adam Stein zu regeln haben. Manche kommen aus rein persönlichen Gründen. (Was ist mit meiner Investition? Wann fängst du mit deinen Stunden an? Wann machen wir wieder Musik? Wann erzählst du endlich von deiner Forschungsarbeit, die du hier durchführst, und was hast du eigentlich mit dem Hund zu tun?) Hingegen hat sich Wolfowitz heute in Verfolgung eines hohen Zieles zu Adam begeben. Sobald er drinnen auf dem Bett Platz genommen hat, wo er sich nun mit nervösen Fingern aufs Knie trommelt, bittet er Adam nämlich, die nötigen Vorbereitungen für seine Beerdigung zu treffen, die am Dienstag in zwei Wochen stattfinden werde.

»Genau an diesem Tag?«

»Genau.«

Der Hund kauert auf dem Stuhl, dem Stuhl des Hundes. Seit einigen Wochen bringt Adam ihn täglich hierher zur Maschine. Das Kind tippt, das Kind tippt schon richtige Wörter: Wasser, Hund, Wind, Gross, Gina, Schurke, und jetzt – Beerdigung.

Adam muß über Wolfowitz' Worte lachen. Er nimmt die magere, knochige Hand des Freundes, betastet sie, schließt inbrünstig die Augen und sagt: »Meines Erachtens lebst du mindestens noch fünfzehn Jahre. Mindestens!«

»Unsinn, Adam!« Er ärgert sich über das mangelnde Vertrauen. »Ich werde am Montag in zwei Wochen sterben, und am Dienstag werde ich beerdigt, aber du glaubst mir nicht, und wenn du's nicht glaubst, wird es keiner glauben, und an wen soll ich mich dann wenden? Ist denn der Glaube an den Menschen, an den *Adam*, vergangen? Und ich meine den Menschen allgemein, nicht unbedingt einen bestimmten Menschen und nicht Adam Stein, sondern das ganze Menschengeschlecht.«

Adam steht auf und murmelt: »Welcher Glaube? Wer hat Freunde, die plötzlich so einfach den Glauben verlieren? Und wer ist denn überhaupt ein *Ben-Adam*, ein Menschensohn? Ich habe keine Kinder, und deshalb gibt es auch keine Adamssöhne. Die Kinder des ersten Adam wurden von der Sintflut verschlungen, und all die übrigen sind zu Rauch geworden. Wer weiß das besser als du? Es gibt keine Freundschaft, es gibt nur Erdenwürmer, wie Ameisen. Böse Hamane erheben sich aus dem Staub. Die sind sich alle gleich. Nicht einmal in Ruhe sterben lassen sie uns. Schau, was der Hund da schreibt: Beerdigung, Beerdigung, Mutter, Vater, Beerdigung. Gut gemacht, mein Kind! Hör auf mich, Wolfowitz, ich habe Erfahrung. Keiner wird dich in Ruhe sterben lassen wie einen Hund. Dich in Agonie winden – bitte schön, soviel du willst, aber sterben – nein. Kind! Ich geh' einen Moment und komm sofort wieder.« Das Kind tippt wie hypnotisiert weiter. Wolfowitz und Adam verlassen gemeinsam das Zimmer.

Die Lautsprecher spielen *Somewhere over the Rainbow.* Skitch Henderson und sein Gänseorchester schmalzen den Korridor, während Adam hinter einem Heizkörper eine Flasche hervorzieht und daraus trinkt. Jack Daniel's. »Großer Gott, was für ein ausgezeichneter Bourbon!« Er fährt sich über die Lippen. »Kapierst du, Wolfowitz? Jack Daniel's? In zwei Wochen zu sterben, ohne einmal mit Verstand diesen herrlichen Geschmack genossen zu haben... Wolfowitz, probier!«

Nein. Alkohol kommt ihm nicht über die Lippen und erst recht kein Bourbon. Einmal wäre er beinah an Bourbon gestorben. Bourbon und Bier. Als Wolfowitz das erzählt, hüllt er sich in Gedanken bereits in sein Totenhemd. Vor seinem inneren Auge sieht er sich darin. Zwei Wochen bleiben ihm noch. Heute ist Montag.

Im Hof herrscht ein klarer, kühler Wintertag. Ein paar Wolken segeln über den Himmel. »Es wird Regen geben!« sagt Adam. Die Wüste wird das Regenwasser trinken und Dornbüsche wachsen lassen. Wolfowitz lächelt zwischen seinen zwei weit auseinanderstehenden oberen Schneidezähnen hindurch, die ihm jenes kindliche Aussehen verleihen, das ihn bei allen so beliebt gemacht hat. Schüchternheit liegt auf seinem offenen runden Gesicht, in dessen Mitte eine Kartoffel steckt, während darüber, ebenso weit auseinander wie die Zähne, ein Paar große braune Augen in welken Höhlen ruhen. Wann immer dieses liebe Lächeln auf sein Gesicht tritt, färben sich seine Wangen rot. »Ah!« sagt er und richtet einen dicken weißen Finger auf den blauen Himmel, auf dem einige graue Wolken Fangen spielen: »Bald wird der Regen die Erde auflockern, dann brauchen sich die Totengräber nicht so abzumühen.«

Adam lacht: »Mal den Teufel nicht an die Wand!«

»Den Teufel?« Wolfowitz lächelt hilflos. »Das sagst du, Adam? Dies hier ist der einzige Ort auf Erden, an dem der Teufel keinerlei Macht besitzt. Wie soll man denn Geisteskranke verführen und zu Fall bringen?«

»Sag nicht Geisteskranke!« Adam wird pathetisch. »Kranke! Nicht Geisteskranke. Ist Grippe keine Geisteskrankheit? Und Magenschmerzen? Worin liegt der Unterschied? Was ist der Magen? Was sind Bauchmuskeln? Und hier...« Er hört sich momentan wie Dr. Gross an, wie Frau Dr. Gross, denkt Wolfowitz. Diese gnädige Frau hatte so ähnlich mit ihm gesprochen. Sie mag Grapefruitsaft, und als er ihr mal welchen brachte, sagte sie zu ihm: »Seien Sie gesegnet.« Was für eine Phrase. Gesegnet war ich schon mal, in Dachau, da haben sie die Mahlzeit gesegnet – die für die Raben.

»Schau, Adam. Ich werde sterben, das weiß ich, und all deine Prophezeiungen sind auf Sand gebaut. Ich klinge schwülstig? So bin ich nun mal. Wer weiß das besser als du? Gestern habe ich den Todesengel gesehen, er war zum Greifen nahe, er hat mich berührt. Aber ich fürchte ihn nicht, ich bin bereit.«

Und Adam weiß es tatsächlich. Er versucht ihn zwar abzulenken, aber er weiß, daß Wolfowitz den Tod wirklich gesehen hat. Er erfindet die Dinge nicht einfach. Nur den Schluß hat er dazugedichtet. Der entspricht nicht ganz der Wahrheit, denn niemand fürchtet sich mehr als Wolfowitz vor dem Ende, vor dem Nichts, vor Totengräbern, Totengewändern, vor dem Nichtsein in alle Ewigkeit.

Nachts spürt Wolfowitz seinen Tod näher und näher kommen. Kinder und Jugendliche, wie auch Bäume und Pflanzen, wachsen bei Nacht. Und bei Nacht sieht Wolfowitz, wie sein Ende immer mehr heranrückt, wie es größer und stärker wird. Doch es gibt da einen Unterschied. Die Babys und die Bäume, die Gemüse und die Blumen wissen nicht, daß sie nachts wachsen. Die Nacht ist schwarz. Sie schlafen durch. Sie ruhen, sterben für ein paar Stunden. Wolfowitz stirbt nicht bei Nacht. Er wacht seinem nahenden Tod entgegen.

Und Nechama, seine Tochter. Ja, seine Tochter Nechama. Adam hat sie mehrmals getroffen, noch in Jaffa. Seine Tochter Nechama ist wirklich sein Trost und sein Leben und sein Kummer. Und deshalb weiß er, daß er nachts stirbt. Einmal, als er vor Angst fast ohnmächtig geworden war und Herzklopfen hatte, so daß man ihn von Tel Aviv mit dem Taxi ins Institut brachte, in jener Nacht schrieb er einen Brief an Gott. Bis heute ist dieser Brief bei Adam in Verwahrung.

Gott! (beginnt der Brief, der in verschnörkelter Handschrift ohne eine einzige Verbesserung geschrieben ist, so sauber und akkurat.)

Nechama, meine Tochter, hat mich heute ins Krankenhaus gebracht und ist nach Tel Aviv zurückgekehrt. Ich mag Tel Aviv nicht. Sie haben es zu schnell gebaut. Ich möchte Dir von Nechama erzählen. Du hast sie vergessen. Ich schreibe Dir von draußen, aus der Luft. Sicher ist es Dir zu heiß, um rauszukommen und nachzusehen. Ich werde Dir über Nechama schreiben, die Du vergessen hast. Sie war ein liebes Kind, nicht schön, aber lieb. Sie hatte eine runde Nase, genau wie ich. Wenn meine Nase einer Kartoffel ähnelt, könnte man sagen, daß ihre wie eine Traube aussah. Das heißt damals, vor langer Zeit. In Polen, dem Polen, das einmal jüdisch war und das jetzt, wie Adam Stein sagt, endlich judenrein ist. In diesem Polen verbrannten sie eines Tages all Deine Häuser, und auch das hast Du nicht gesehen. Aber Deine Engel kamen vom Himmel herab und nahmen die Toravorhänge aus Deinen Häusern, aus Deinen zerstörten Häusern – weißt Du, wie viele Häuser? Wie viele Toravorhänge? Tausende, Zehntausende –, und Deine Engel hüllten sich in die Toravorhänge, die sie aus Deinen Häusern geholt hatten, und machten Gebetsschals daraus, denn als sie sahen, was sie sahen, wollten sie beten. Sie standen auf den Trümmern und beteten, eingehüllt in Trauer und Toravorhänge. Da weinten sie: »Herr der Welt, Du bist einer, einzig, hast keinen außer Dir oder neben Dir, weder Bruder noch Fremdling, allein bist Du und hast doch schon zu aller Anfang die Welt erschaffen, vom ersten Tag an alles wohl gerichtet für Dich, nach Deinem Willen, nach Deiner Herrschaft, zum Glanz Deines großen Namens«, und darauf schlossen sie mit dem dreifachen Schrei, eingehüllt in jene verzierten Vorhänge, die an den Enden ein bißchen angesengt, aber doch fast ganz geblieben waren, wie Du, dann riefen sie also: »Herr der Welt! Wie konntest Du, wie konntest Du, wie konntest Du...«, und an dieser Stelle hast Du sicher die Hände gerungen und gesagt: »Ja wirklich, wie konnte ich?«

Und dort, in diesem Polen, noch ehe die Toravorhänge zu Gebetsschals geworden waren, hatte ich eine Tochter namens Nechama, Nechama Wolfowitz war ihr Name. Sie war fünf Jahre alt und rief nur: Vaterwarum, Vaterwann. Und eines Tages – das genaue Datum habe ich nicht behalten, will ich auch nicht behalten, denn es hätte ebensogut vorher oder nachher sein können –, eines Tages also kamen Deine Abgesandten, Deine Leute, und begannen uns in Pferche zusammenzutreiben. Doch die kleine Nechama gefiel einer polnischen Frau namens Maruczak, und diese Frau Maruczak nahm sie mit und versteckte sie in dem Keller unter ihrem Haus. Anders ausgedrückt: was Du nicht tatest, tat die Frau Maruczak. Du im Vergleich zu Frau Maruczak – wer ist da vorzuziehen? Das Haus war alt, im Jahr 1819 erbaut, und der Keller darunter war modrig und sehr niedrig, und in diesem Keller hat Nechama sieben Monate gesessen, das sind 210 Tage, das sind 5040 Stunden, das sind 302400 Minuten. Nimm Deine Omega, Deine Doxa, die sicher in hebräischen Buchstaben beschriftet ist, oder erscheint vielleicht an Stelle einer jeden Zahl das Zeichen eines der zwölf Stämme? Roll also den Ärmel hoch, schau auf die Uhr und zähl mit: dreihunderttausendmal tick und noch zweitausendmal tick-tack und dann noch vierhundertmal tick-tack-tick. Das ist viel, sehr viel. Und die Decke des Kellers in dem alten Haus war niedrig, oder lag es daran, daß der Boden hoch war? Jedenfalls saß Nechama sieben Monate darin, mit dem Kopf an die Decke gedrückt. Liegen konnte sie nicht wegen dem Moder. An dem Tag, an dem sie in den Keller runterging, war ihr Kopf, wenn sie saß, in Höhe der Decke. Ihr Kopf klebte an der Decke! Begreifst Du, was ich Dir zu erklären versuche?

Und dort in diesem Keller, bei Nacht, nicht bei Tag – obwohl man schwer zwischen Tag und Nacht unterscheiden konnte –, in den Nächten spürte sie, wie sie wuchs, wie sie reifte. Und wohin wuchs sie? Wohin reifte sie? Sie wuchs in die Decke hinein, in die modrige Steindecke. Ihr Kopf hob sich zur Decke, floh der Decke zu, aber die Decke wich nicht vom Fleck: abgeblättert, modrig, festgefügt, ewig. Und der Kopf preßte sich dagegen, versuchte sich in die Decke hineinzuschrauben, aber er wurde nur an und in die Decke gequetscht. Die Decke, o Herr der Welt, formte den Kopf nach ihrer Gestalt. Von Monat zu Monat verformte sich der Schädel immer stärker unter dem Druck. Ihr Rücken schrumpfte zusammen, das Rückgrat krümmte sich, wurde gebeugt, und da, mit dem Kopf in die Decke gequetscht – so hat sie es mir später erzählt –, spürte sie mit größter Klarheit, wie sie wuchs, wie sie reifte. Einmal am Tag öffnete Frau Maruczak einen Spaltbreit die Tür, um ihr etwas Essen und Wasser hineinzureichen, und außer diesem winzigen Lichtschein sah sie während der ganzen sieben Monate nichts. Ihr Kopf wuchs in die Decke, und sie grübelte, spürte ihr Wachstum. Haben die Engel, die in die Toravorhänge gehüllt waren, nicht über sie geweint? Nechamas Kopf versteinerte, verhärtete sich, wurde im Wachsen verformt und gequetscht, und dies alles mit solcher Ausdauer, solcher Unabänderlichkeit. Der Körper wuchs, reifte, mußte wachsen, einen Zentimeter pro Monat. Zwei Millimeter pro Woche? Man kann es nicht genau wissen. Ihr Kopf wollte fliehen, rauskommen, aber die Decke war aus festem Material gebaut!

Wolfowitz

Genannt: »Der Betrüger«

Wolfowitz, der Mann mit dem kindlichen Gesicht und dem scheuen Lächeln, der Gott einen Brief geschrieben hat, spürt bei Nacht, wie er dahinstirbt, wie er dem Ende zuwächst, auf den Schluß hinreift. Ganz langsam, mit grauenhafter Sicherheit. Er träumt, aber der Traum ist kein Traum mehr, er ist das wachende Sinnen, das in den Schlaf hineinreicht und sich mit dem Traum vermischt, mit jenen Phantasien, in denen er spürt, wie er verendet, wie seine Arterien verkalken, wie das Blut gerinnt, wie sein Magen versteinert. Da, der Herzmuskel hat ausgesetzt, dort ist die zerfressene Leber, die geschädigte Niere... All seine Körperteile kann er deutlich unterscheiden, in Farbe. Wie auf einem Schaubild in der medizinischen Fakultät sieht Wolfowitz seine

Arme, den Bauch, das Herz, die Brust, die Beine. Wie bei einer Röntgenaufnahme erkennt er das Gewebe, die Knochen, die Blutkörperchen. Doch damit nicht genug, verfolgt Wolfowitz auch den Kampf zwischen dem Geist – also der Seele, deren Abbild zwar unklar ist, deren Existenz aber feststeht – und dem Leib. Er spürt, daß sein Körper das Schlachtfeld ist. Ein verzweifelter Krieg wird da geführt, mit schweren Gefechten, Panzern und Geschützen, Bomben- und Granatbeschuß, aber auch mit Siegesmärschen und Fahnenhissen, dem Zerreißen der Kleider in düsterer Verzweiflung, mit Niederlagen und zerbombten, verlassenen Städten und Trümmerstraßen. Und so weiß er, daß er ein Gott in Ruinen ist, ein Gott, der seinen schönen Körper ausgehaucht, sich in Agonie gewunden und den Tod gefunden hat. Jetzt bleibt nur noch das letzte Gefecht: in zwei Wochen, am Montag. Und Dienstag wird die Beerdigung stattfinden. Die Erde wird locker sein vom Regen. Wolfowitz ist überzeugt, daß das Ende, sein Ende, vor dem er sich so fürchtet und gegen das er doch nichts unternimmt (denn man kann nichts unternehmen, weil der Kampf symbolisch und verzweifelt ist und man sich für den Sieg, der eine Niederlage ist, nicht in Gefahr bringen darf), daß dieses Ende in ihm vorgeprägt ist, daß seine Gesetze von den Adern seines Körpers ausgehen. Gerade so wie seine Tochter Nechama eine Art Brücke zwischen dem modrigen Fußboden und der unverrückbaren Decke gewesen war, bildet auch Wolfowitz eine Brücke: eine Brücke zwischen dem Unmöglichen und dem Möglichen, zwischen dem warmen, vergessenen Mutterschoß und jenem Kühlraum im Zentralfriedhof von Beer Scheva, in den seine Leiche am Montag in zwei Wochen überführt werden wird. Könnte denn er, Wolfowitz, das Schicksal täuschen, es überlisten, um das Ende aufzuhalten, das mit Adlersschwingen naht? Wäre es denn möglich gewesen, die Kellerdecke zu heben, und sei es nur für eine Nacht? Oder Nechamas Wachstum für eine Nacht anzuhalten?

Vielleicht ist es doch möglich? Vielleicht, wenn er nachts wach bleiben könnte, wenn er wach wäre zu der Stunde, in der der Tod über seinen kranken, zerschlagenen Körper hinweggaloppiert ... vielleicht? Aber wie kann ein Mensch oder ein Hund oder ein kleines Mädchen im Keller oder sogar Dr. Gross im Schlaf wachen? Mitten im Traum? Wenn es möglich wäre, beim Träumen wach zu sein, wäre man ja imstande, ewig weiterzuleben, nicht zu vergehen. Bestimmt. »Aber ich werde sterben«, sagt er zu Adam Stein, »weil ich in der Stunde Null, in der festgesetzten Schicksalsstunde, in der Stunde aller Stunden, schlafen und meinen Tod träumen werde.«

*

»Ich bin mit dem Kind beschäftigt!« Adam wird ärgerlich. »Gott? Den überlassen wir der Schwester Schwester. Ich habe zuviel zu tun, und das Kind macht Fortschritte. Nein, ich weiß nicht, was mich zu ihm hinzieht. Oder vielleicht doch, vielleicht weiß ich's. Das Kind. Ich habe früher zwei Töchter gehabt. Hast du Josef Graetz, Ruths Mann, mal kennengelernt? Nein, sicher nicht. Aber Ruthchen aus der Pension hast du getroffen, als sie mich besuchen kam. Sie hatte einen Körper wie Marmor. Ich hab' ihn immer angeguckt und mein Gesicht darin sehen können, wie in einem Spiegel. Vielleicht hat sie ihn viele Jahre lang in einer hermetisch verschlossenen Dose aufbewahrt? Das Kind tippt den ganzen Tag.«

»Kind?«

»Das Kind.« Adam fixiert ihn mit strengem, ernstem Blick und sagt dann: »Bald wird es regnen, kein Zweifel, daß der Regen kommt...«

»Kind? Dein Kind ist ein Hund.« Wolfowitz erschrickt vor seinen eigenen Worten; sein unschuldiges Gesicht wird ganz rot. Er schlägt die Augen nieder und sieht seine geputzten Schuhe, blitzblank geputzt für die Beerdigung, für seine eigene Beerdigung.

»Mein Kind.«

»Und du willst wirklich, vielleicht... das heißt, möchtest du versuchen, ihn in ein Menschenkind zu verwandeln?«

»Ich versuche gar nichts, ich mach' mir nur einen Spaß.«

»Du fühlst dich zu ihm hingezogen, Adam, du machst keinen Spaß. Du gibst ihm alles, ich versteh' nicht warum.«

»Ich auch nicht. Nein... Das ist gelogen! Ich amüsiere mich, der Hund knurrt mich an, und er ist ein Kind. Das verwirrt mich, bringt mich mir selber näher, wie ein Mensch, der einem Affen begegnet, der irgendwann mal sein Ururgroßvater gewesen ist. Kennst du das Gebet des Junggesellen? Ich weiß nicht mehr, wo ich das gelesen habe: ›Ich bete zu dir, Gott, daß ich nie verheiratet sein werde.‹ (Ich bin nicht verheiratet und werde es auch nicht mehr sein.) ›Aber wenn ich schon heiraten muß, laß mich nicht der Mann einer untreuen Frau sein.‹ (Einfach so! Ich würde auf ihre Seitensprünge scheißen. Ich würde sie danach eigenhändig dazu treiben und lachen.) ›Und wenn ich doch mit einer untreuen Frau verheiratet sein sollte, laß mich es nicht wissen.‹ (Aber das Wissen darum wäre amüsant und vergnüglich.) ›Doch wenn ich es erfahren muß, dann mach, daß es mir nicht wichtig ist.‹ (Wenn ich es wüßte, nur wenn ich es wüßte, wäre es mir wirklich wichtig, aber im umgekehrten Sinn, und deswegen wäre die Ehe erfolgreich. Ich wäre nämlich Mörder und Opfer zu ein und derselben Zeit.) Und so ist es mit dem Hund. Auch der ist wie diese Frau. Kind und Frau. Wir sind füreinander wie jenes Bellen, in dem nichts enthalten ist, aber das doch ein Kriegsgebrüll darstellt, das in ihm, in seiner Rasse, vor Jahrtausenden verstummt ist.«

Hund? Kind? Hund, Hund. Untreue Frau. Ruthi. Hund. Hunderuthi Vaterwarum Vaterwann... Und da ereignen sich zwei Dinge auf einmal: Wolfowitz springt entsetzt zurück und schreit »Weg da!«, und das Kind, auf allen vieren, beschnüffelt Adams Schuhe. Das Kind ist ganz allein herangekrochen, hat ihn gesucht, das Kind wiegt den Kopf auf und ab, auf und ab.

Eine Woge der Liebe überflutet Adams Herz. »Er hat Sehnsucht nach mir gehabt!« ruft er aus, bricht aber sofort ab. Ich muß mich vor sentimentalen Gefühlen hüten, ich habe keine Erlaubnis und kein Recht dazu. Aber das sind Worte, die nur der Mund nach außen hin spricht. Seine Beine setzen sich in Bewegung, und er beginnt, auf das Haus zuzurennen. Wolfowitz hinter ihm her. Adam rennt nicht, er fliegt geradezu. Wolfowitz keucht und prustet. Und der Hund, der Hund kriecht ihnen wimmernd nach.

Nachdem sie das Zimmer erreicht und die Tür hinter sich geschlossen haben, setzt Adam den Hund mit seinen überkreuzten Beinen, dem buckligen, gebeugten Rumpf, den bebenden Händen, der zitternden Nase auf den Stuhl, deutet mit der Hand auf die Schreibmaschine und sagt: »Wie sollen wir dich nennen? Du mußt einen Namen bekommen. Nur in Gross' Büchern hast du einen Namen. Aber der interessiert mich nicht. Du bist mit meinen Bonbons geboren worden. Vergiß das nicht. Vater-Mutter kümmern mich nicht. Ich habe zwei Töchter gehabt, du Vater und Mutter. Das sind Fragen der Semantik. Wir stehen vor dem Problem der Namenswahl. Ohne Namen gibt es keine Existenz. Ohne Bezeichnung, ohne Nummer, ohne Namen, ohne Akte – gibt es gar kein Leben. Und deshalb, Kind, hat jedes Geschöpf nach uraltem Brauch einen Namen, aber du warst bisher namenlos, und das ist eine Frechheit.« Der Hund zittert vor Verwirrung. Er versteht noch nicht, läßt seinen ängstlichen Hundeblick zwischen Adam und Wolfowitz hin- und herwandern. Und dann senken sich seine blauen Augen, und sein Gesicht nimmt einen mitleiderregenden Ausdruck an. Adam, der diese flehende Miene haßt, ist gekränkt. Als er nach Berlin zurückgekehrt war, hatte er dieses Flehen an allen Ecken gesehen, in rundum bettelnden Augen. Es war kalt in diesem ersten Nachkriegswinter. Und er hatte ein hübsches, gut geheiztes Haus und ein Auto. Den Wagen hatte er von einem Wehrmachtsoffizier namens Wolf gekauft, Wolfgang Wolf. Ein geschlagenes Jahr hatte der Wagen in der Garage gestanden, denn Wolfgang fehlte das Geld für Benzin. Alles war rationiert, nach Maß und Gewicht, auf Marken. Russische Soldaten spazierten Arm in Arm mit schwarzen Amis durch die Stadt, während die Kinder des tausendjährigen Glanzes Streichhölzer feilboten. Die blauäugigen Tausendjahrkinder verkauften amerikanische Zigaretten; für zwei Stück Chesterfield bekam man eine Nacht im warmen Bett mit einer Frau, ihrer Tochter und ihrer Mutter. Als Adam den Wagen kaufte, warf er das Geld auf den Garagenboden, aber Offizier Wolf bückte sich nicht danach. Seine Frau stand in der Garagenecke und starrte ihn fragend an. Weiß und bleich war sie und zitterte wie Espenlaub. Er war ein stolzer, gebrochener Offizier mit gebrochenen, erbärmlich gebrochenen Augen. Er, der sich zu tausendjähriger Glorie bestimmt wußte, mußte seinen schönen alten schwarzglänzenden Mercedes für ein Butterbrot verkaufen. Und hatte kein Benzin. Seine hungernde Frau blickte geradeaus. Mit kreidebleichem Gesicht. Sie mußten den Wagen aus der Garage schieben, um ihn starten zu können. Das Haus war bei einem Bombenangriff zerstört worden; nur die Garage war stehengeblieben. Wie eine Vogelscheuche. Wie die Gerechtigkeit, die weder Farbe noch Geruch besitzt und aufrecht steht wie ein männliches Glied. Adam hatte damals gelacht über die Zerstörung der penishaft aufrechten, stolzen, form- und farblosen Gerechtigkeit, und er lachte auch über den aufrechten Offizier, der sich nicht nach dem Geld bückte. Ein aufrechter deutscher Offizier mit Ehrgefühl, dachte er im Herzen. Und mit demselben Herzen, das da lachte, bewunderte er ihn auch. Denn dazu war er erzogen worden. Deshalb wußte er, daß es keinen Ort gab, an den er hätte gehen können. Ruth war noch nicht zum zweitenmal geboren worden. Er war verwaist, verwitwet und reich. Flehende Blicke. Diese Blicke beleidigten ihn. Die Sieger bieten einen traurigen Anblick, wie Besiegte, die nicht wissen, daß die Zukunft ihnen gehört. Und tatsächlich wußten sie es damals noch nicht. Weiss, ob er noch Weiss ist? Zweifellos ist er wieder Klein geworden. Denn wer soll ihm jetzt noch Münzen im aufgeblasenen Kondom bringen? Häftling Nummer 20187? Ein Hund? Rex? Adam?

»Wenn man'm einen Namen geben will, muß man meines Erachtens einen Hundenamen wählen«, sagt Wolfowitz. Er verschluckt das »ihm«, weil er sich fürchtet, es auszusprechen. Wer oder was ist dieser »er«? Nehmen wir lieber einen Hundenamen.

»Wolfowitz, du überraschst mich. Was sagst du? Sag was.«

»Man darf ihm keinen anderen Namen geben, keinen Menschennamen. Menschen sind etwas Heiliges, der Mensch ist die Krönung der Schöpfung, auch nach dem Verrat.« Wolfowitz der alte Mystiker, der Chassid, dessen Vater, Rabbi Salman von Czortkow, am Fasttag des 9. Aw nicht trauerte, weil an ihm einst der Messias geboren werden würde, dieser Wolfowitz, für den der Hund nichts anderes als Satansbrut ist, hat das gesagt.

»Ungeheuer! Aschmedai!« Wolfowitz nähert sich dem Hund und brüllt ihn an: »Weg... weg... weg...« Er beugt sich nach vorn in dem Versuch, einen Blick auf die Schreibmaschine zu werfen; das Blatt ist noch jungfräulich. Aber die Finger des Hundes trommeln bereits nervös auf den Maschinendeckel. Bald wird er uns die alte Weise spielen. Er weiß es. Hier liegt ein Geheimnis verborgen. »Schluß... weg...« Das Kind wendet Wolfowitz sein schönes Gesicht zu, wie zwei blaue Seen blicken ihn seine Augen mit einem Ausdruck der Boshaftigkeit und des Hasses an, als es ihm jetzt ins Gesicht bellt. Wolfowitz fährt erschrocken zurück und landet angstschlotternd auf Adams Bett.

»Beinah hätt' er dich gebissen!« sagt Adam in wegwerfendem Ton. »Und jetzt – ein Name. Wie soll er heißen?«

»Ben-Adam! Adamssohn!« ruft Wolfowitz. »Er ist dein Sohn, nicht wahr? Ilse Koch hatte einen Hund, der hieß Adam.«

»Adam!« Adam geht mit verschränkten Armen auf und ab. Plötzlich ist es ihm wichtig, dem Hund die Gründe zu erklären, auch wenn sie Nechamas Vater, der Vater dieser Quetschköpfigen, hört. »Als ich aus dem Schoß meiner Mutter kam, hatte ich die Wahl«, preßt er zwischen den Lippen hervor, »ich hatte die heilige, unwiederbringliche Wahl, mir einen Namen zu wählen. Ich hätte Mose, Abraham oder Isaak sein können, Boas, Sohn der Zukunft, Sohn des Glücks, Joram, Jehoram, Ahab oder Asael. Aber ich wählte den Namen Adam, und meine Mutter lächelte... Vater ärgerte sich. Vor seinen geistigen Augen sah er mich im Paradies sitzen und der Menschheit die Zukunft verderben. Er vergaß – oder wollte sich wegen der Beziehungen zu seiner Frau nicht daran erinnern –, daß Adam das Opfer war. Eva war die Sünderin. Und wer war der Verführer? Der Apfel! Und siehe, es war ein Mann aus dem Stamme Judas, verzweifelt, schön und reich, verwaist und verwitwet, und sein Name war – wie? So sagte ich mir und lachte. Ich wollte mich Adamsgott oder Adamsbruder oder Adamsvater oder Adamsherr nennen, aber ich wurde Herbertsbruder, Kleinsbruder, Hundevater. Hundevater paßt tatsächlich am besten. Aber das wußte ich damals natürlich noch nicht, davon hatte ich nichts gehört. Schreib, Kind!« Das Kind hebt die Augen zu ihm auf. Lächeln sie? Es wartet und wartet... »Verstehst du?« Es bewegt den Kopf auf und ab. »Ich möchte ihm beinah die abscheuliche Fratze küssen! Und es war da ein verzweifelter Mann, weder unschuldig noch aufrichtig, ein Schwindler in Israel, ein Gefährte des Satans, und es begab sich unter der Regierung des Dr. Gross, daß... Wir kriegen Regen! Sicher wird es regnen! Der wird die Wüste waschen, die Wüste wird Blüten treiben, die Öde wird schreiend verenden, und von allen Seiten werden Juden herbeiströmen, mit Körben auf den Köpfen, um zum Berge Gottes aufzusteigen, zum Adamsberg, ins Zisling-Institut, und dort wird man sie einsperren.«

Wolfowitz will sich ausschütten vor Lachen.

Der Hund hat ein Lächeln im Blick. Wahrlich, hat man je im Leben einen Hund lachen sehen?

»Adam«, sagt Stein, »Adam ist ein schöner Name. Die Inder nannten den ersten Menschen Manu, was Meister von Ränken und großen, okkulten Gedanken bedeutet. Die Griechen, die die Philosophie, die Demokratie mit Hilfe von Sklaven, die moderne Kanalisation und das Drama erfanden, nannten den Menschen Anthropos, das heißt: der von oben Schauende. Die Römer nannten ihn Homo – das sprechende Lebewesen. Die Hebräer nannten ihn Adam, ein Name, der auf das Material – *adama*, Erde – verweist, aus dem er geformt wurde, auf die ihm innewohnende Ohnmacht und Schwäche, auf das Blut, *dam*, das ihn durchfließt und schließlich tötet. Und sie nannten ihn auch Enosch, von dem geschrieben steht, in seinen Tagen ›begann man den Namen des Herrn anzurufen‹. Das heißt, der Mensch ist sowohl die Erde, das Blut und die Schlacke als auch der Gott in ihm. Der Adam, der nach Gottes Ebenbild geformt wurde, ist Staub und Engel, Verbrecher und Erlöser – er ist der Messias. So ist das bei den Hebräern. Denn wann schließlich wurde der Mensch erschaffen? Am letzten Tag! Und darüber haben schon in alten Zeiten die Rabbinen gesagt: Wenn der Mensch einmal überheblich werden sollte, würden die Engel ihn auslachen und spotten: Was hebst du den Kopf so stolz, wo doch die Mücke dir vorausgegangen ist! Und der Mensch, der Adam, wurde nach dem Ebenbild Gottes erschaffen als handelndes, schöpferisches Wesen, als letztes, aber keineswegs geringstes Ergebnis des Schöpfungsakts – die Krone der Schöpfung. Und als solche untersteht er in jeder Stunde dem Urteilsspruch. Adam, der Mensch, der Adam. Da war Adam, der große Chassid, und Adam, der Prediger von Livorno, und Adam, Prinz von Württemberg, dessen Vater, Prinz Ludwig, ein Bruder des preußischen Königs war. Und was ist mit dem großen Maler Albrecht Adam? Und dann der Dichter Adam de la Halle und Adamus Bremenis, der Bremer, ein Mann Sachsens, und Jean-Louis Adam, der berühmte Drucker, der sich 1728 in Edinburgh mit Lithographie beschäftigte, und die Adamaua-Hochsteppe im Sudan und... Ich habe den Namen gewählt, weil der Name eine tiefe Bedeutung besitzt oder zumindest besitzen sollte. Seither bin ich Adam und werde es bleiben. Sag nichts, Wolfowitz, dir hat man einen Namen gegeben. In irgendeinem dummen, unverbindlichen Augenblick haben sie ihn dir verpaßt. Ich hingegen habe den Namen der Ewigkeit entrissen, und deshalb bin ich ihn der

Ewigkeit schuldig. Adam. Hund. Ilse Koch, Ben-Enosch, Mensch. Gottessohn. Der Schwäche nahe. Wissensbegabt. Bluterfüllt. Sterblich. Sein Leben ist schwer. Wegen des Paradieses. Wegen der Frau, die aus seiner Rippe erschaffen wurde. Wegen seiner Torheit. Adam ist ein Ben-Adam, der Mensch ist ein Menschensohn. Adam hatte keinen Vater außer Gott. Und wo ist der nachher hingegangen? Er ist eine Havanna-Zigarre kaufen gegangen und hat vergessen wiederzukommen. Eine erstklassige Zigarre, vielleicht Kaffee, vielleicht Jack Daniel's? Das Leben ist so traurig ohne Gott! Aber der Adam ist geblieben. Ich bin da, und ich habe ein Kind. Das bellt und ist Adams Sohn. Daraus folgt, daß der Menschensohn ein Hund ist. Er muß einen Namen kriegen, einen hebräischen Namen. Kind!«

Der Hund schaut ihn mit glänzenden Augen an.

»Kind, schreib auf der Schreibmaschine, welchen Namen du dir aussuchst. Wie ich, wie ich mir einen Namen gegeben habe, so gib dir auch einen! Worauf wartest du denn?«

Man darf nicht warten. Die Zeit verrinnt. Die Zeit vergeht, und man weiß nicht, was die nächste Stunde bringt.

»Schreib, Kind, schreib ...«

Das Kind sieht ihn fragend an. Der Himmel verdüstert sich draußen vor dem Fenster. Die Wolken stoßen aneinander, wie schwarze Schafe. Ein Sonnenfleck bricht plötzlich zwischen den dunklen Wolken hervor und erleuchtet die graue Wüste wie eine Fata Morgana. Ein Sandsturm sammelt irgendwo Kraft, ein gigantischer Wirbelwind naht.

»Schreib, Kind! Hast du gedacht, du könntest dich auf mich verlassen?« Adams Stimme, die Stimme Adamsgotts, Adamsvaters, Adamssohns, Ben-Enoschs, bebt. »Ich bin krank, Junge, hörst du? Kranker als du. Ich bin am Ende des Weges angekommen. Im Sturm draußen, im All, zwischen Wolfowitz' Engeln, bin ich ein winziges Schräubchen. Ich habe Hühner geschlachtet, und sie waren all meine Jahre, alle Jahre, die ich gelebt habe. Ich bin Dr. Gross' Waschlappen, eine medizinische Versuchsstation, ein psychoanalytisches Gewächshaus. Hypnotisiert hat man mich. Schreib! Was wirst du schreiben? Adolf? Herbert? Weiss?«

Aus Wolfowitz' Augen rinnen Tränen. Vielleicht vergießen Nechamas Augen diese Tränen in seinen Augen? Wolfowitz ist an die Decke, an den Himmel gedrückt, und sie erhöhen ihm nicht den Himmel. Draußen wird der Himmel immer schwärzer. Ein heftiger Wind weht. Man sieht ihn nur durch das Fenster, denn die wärmende Klimaanlage und die Dauermusik ersticken das Heulen des Windes. Einen Sturm darf man nicht nur sehen, man muß ihn auch hören.

»Laß doch, Adam«, klagt Wolfowitz. »Laß ihn. Was soll das? Wer braucht einen Namen?«

Der Junge trommelt im Takt des nahenden Sturms. Seine Finger, die menschlichen Gliedmaßen, die Gliedmaßen des Menschen, der in seinem Hundekörper steckt, tippen jetzt in mörderischer Wut. Er schreibt: Schurke, Gross, Knochen, Giena, Zigenbokk.

»Du bellst, bist aber kein Hund. Du kannst nicht aufrecht stehen, bist aber kein Hund! Schreib, der Name ist besser als ein guter Körper, ein Name ist besser als eine aufrechte Haltung, ein Name ist besser als alles andere. Jedes Geschöpf hat einen Namen, auch der Kakerlak, Adolfus Kakerlakus, die Zierde der Schöpfung, die Krone, das Diadem, ein Diadem auf dem Kopf eines Kakerlaks. Schreib einen Namen!«

Der Hund schreibt: Wohlken, im Hintern, Giena. Dann erinnert er sich plötzlich, aus den Nebeln steigt die Vergangenheit auf. Einmal war er ein Kind –

Die Mandelbäume blün,
Der Hidler ist ganz grün.
Auf dem Baume sizt ein Spatz,
Der scheißt im auf die Glatz.

Und Adam lacht, lacht weit weg. Wie aus einer anderen fernen Welt erklingt die Glocke, die zum Mittagessen ruft. Pierre Lotis Stimme ertönt auf dem Gang. Er steht draußen vor der Tür und ruft: »Adam, ich habe eine Überraschung heute. Das mußt du probieren. Auch den besonderen Beaujolais de Bourgogne, Jahrgang 1956, habe ich rausgeholt. Der Korken war rot wie ein Affenpopo, welch eine Blume!«

»Also was ist dein Name, Kind?«

Das Kind tippt. Warum tippt es Namen, die ein Hund nicht kennt? Weil – und Adam lacht durch Nechamas Tränen, die über

Wolfowitz' Gurkengesicht rinnen –, weil er irgendwann vor langer Zeit ein Kind gewesen ist und sie gehört hat. Er schreibt: Jesus!

Nein. Das hat Adam ihm erzählt! Adam hat gesprochen – oder war es Herbert gewesen? Und das Kind hatte die Ohren gespitzt und zugehört. Adam hatte von diesem Messias geredet, weil ihm das wichtig war. »Er ist ein Sohn dieses Landes gewesen, Fleisch von seinem Fleisch, während ich ein Flüchtling aus Kleins Welt bin.«

Wolfowitz nimmt dieses Argument mit Verwunderung auf: »Man darf die Sachen nicht durcheinanderbringen. Du bist ein Flüchtling aus der Welt dieses Messias. Vergiß das nicht! Nicht Jesus! Nein!«

»Gut, Vater von Nechama Plattschädel, ein anderer Name.«

Das Kind tippt, schreibt, brüllt mit den Fingern, bildet Schaum um den Mund, wie ein Hund – David? Schon klatscht Adam Stein fröhlich in die Hände: »David, der König von Israel, der Batseba zur Frau nahm und den Hetiter Urija umbrachte, ein Edler Judas, Eroberer von Jebus, Gründer Jerusalems, der Schwindler, der alle überlistete, sich ein Imperium aufbaute, vor Gottes Lade tanzte und Gott in einer Lade nach Jerusalem brachte. Jemand, der es fertigbringt, Gott in einer Lade zu transportieren, den Hetiter Urija um die Ecke zu bringen und seine Frau zu heiraten, die Psalmen zu verfassen und Ehebruch zu begehen, einen so weisen Sprößling wie Salomo zu zeugen – so zielen zu können, daß solch ein Weiser dabei herauskommt und kein anderer –, wer einen Bund mit dem gerissenen Kaufmann Hiram schließen und Gott um die Erlaubnis bitten konnte, ihm ein hübsches Haus bauen zu dürfen, so ein Mann ist nach meinem Geschmack. Hier, gerade hier in Arad, wo er eine Festung hatte. Eine Festung am Rand der Wüste, von der aus er seinen Willen durchsetzte und von der er Haschisch und Spezereien, Salz und Wein und Sklaven und schöne Frauen und Kamele und Gott in der Lade in seinen Palast brachte.«

Der Kopf des Kindes fällt plötzlich auf die Maschine, wobei die Tasten ein unangenehmes, metallisches Geräusch abgeben.

Adam umarmt das Kind. Das Kind wendet Adam das Gesicht zu, und die Umarmung entledigt es gewissermaßen der ganzen mörderischen Wut, mit der es geschrieben hatte. Seine Züge beruhigen sich für einen Augenblick, während seine blauen Augen die Lider aufschlagen und Tränen vergießen.

Adam, dessen Wange an Davids Gesicht geschmiegt ist, spürt die Tränen. Er betrachtet sie, und auf einmal wird ihm etwas Furchtbares, Grauenhaftes bewußt, etwas, über das er keine Gewalt mehr besitzt. Ihm wird klar, daß die Tränen nicht die Tränen eines Tieres sind. Daß alles wahr gewesen ist. Daß der Hund den Namen eines Kindes hat und deshalb ein Kind ist, daß die Tränen Menschentränen sind, daß der Hund, der den Vers über Hitler geschrieben hat, kein Hund mehr sein, nicht mehr bellen, keine Knochen mehr zerkauen wird. Adam ist in Sorge. Die Nachricht verblüfft ihn. Bis in die Tiefen seiner Seele dringt die Erkenntnis vor, daß er wieder einmal gescheitert ist. Adam Stein ist kein Hund gewesen, und Adams Sohn ist kein Hund gewesen. Ilse Kochs Adam war ein Hund, blieb ein Hund und starb als Hund. Welche Schande. Gott, du hast mich wieder in Verlegenheit gebracht! Du bist ein größerer Schwindler als ich. Du bist ungeheuerlich. Und da spürt er furchtbare Schmerzen durch seinen Rücken fahren, muß sich krümmen vor Schmerz. Das Kind kriegt es bei seinem Anblick mit der Angst zu tun, ist ganz verschüchtert, die Tränen trocknen angesichts des Grauens, und Adam schreit: »Ich hab' dir ja gesagt, daß man sich auf mich nicht stützen darf, ich bin krank...« Und mit diesen Worten springt er auf, stürzt aus der Tür und entflieht.

Er flüchtet vor dem Kind. Er flüchtet vor Wolfowitz. Vor Nechama. Das Kind rollt sich in einer Ecke zusammen, zieht Adams Decke über sich und wimmert hinein. Wolfowitz verläßt das Zimmer. Stolpert humpelnd davon.

Man fand Adam einige Stunden später im Hof. Mitten in dem Wüstensturm, in dem schweren Sandsturm, im wolkenbruchartigen Regen, den Gott gußweise niederprasseln ließ, vom Himmel, von Nechama Wolfowitz' Decke herunter. Die Tränen der in Toravorhänge gehüllten Engel strömten aus riesigen Fässern herab. Die ganze Jordansenke wurde vom Sturm umgestülpt, während Adam dastand, mit seinem hübschen Kopf gegen die Hauswand schlug und schrie: »Verflucht sei David, der König Israels...«

*

Der Monat Adar steht vor der Tür und mit ihm das Purimfest. Der Hund hockt auf dem Stuhl und tippt auf der Maschine. Das Transistorradio spielt. Der Hund hört Musik: »Die Stimme seines Herrn.«

Adam unterhält sich mit dem Hund, nachdem er aus der Krankenstation zurückgekehrt und seinem Ende – so sicher wie Lloyd's – wieder soundso viele Meter näher gerückt ist. Das Kind tippt die Antworten. Und nun hat die verrinnende Zeit auf dem Anschlagbrett angekündigt, daß heute abend um Punkt acht Uhr eine Purimparty im Speisesaal stattfinden wird: Kostümpflicht, Purimspiel des Kindergartens unter Leitung von Schwester Spitzer, königliche Bewirtung und Wein – Dr. Gross hat den Keller geöffnet. Wolfowitz meint, man dürfe keineswegs gegen den Brauch verstoßen, so lange zu feiern, »bis man nicht mehr zwischen dem verfluchten Haman und dem gesegneten Mordechai zu unterscheiden weiß«.

Für das Festessen hat Pierre Loti Truthahn zubereitet, von dem Wolfowitz behauptet, er sei das Sinnbild des Königs Ahasveros, der von Indien bis Kusch regierte. Auch Kreplach, gefüllte Teigtaschen, müsse es geben, sagt er, denn es heißt: *HaKeH TaKeH*, »schlagen mußt du, schlagen«, und das sind wiederum die Anfangsbuchstaben von – in etwa – »Hosianna, Kippur, Haman, tellerweise, Kreplach, hamstern«.

Auf dem Weg zum Speisesaal macht Adam bei dem Kind halt und streichelt es lange. Das Kind räkelt sich auf dem Boden, atmet tief und schwer. Es herrscht eine feine, aber energiegeladene Stille zwischen ihnen. Einer spürt die Existenz des anderen. Mensch zu Mensch. Mensch zu Hund. Mensch zu Menschenkind. Und so sitzen sie da. Im Fenster hängt schwarzer Abend, aber der Himmel ist klar, und in der Ferne bewegt sich ein Irrlicht, vielleicht ein Militärjeep auf dem Weg zur Kammhöhe, während jenseits des Toten Meeres Glanzlichter aufsteigen. Das Salz erhellt das Stück Himmel über sich. Das Tote Meer, das nicht von Adam Stein getötet wurde, das ohne ihn, vor ihm gestorben ist, bevor er noch war – bis zum Tag des Gerichts werden seine toten Wasser im leisen Friedhofsmurmeln schwappen, im majestätischen Glanz des Uranfangs, an dem noch alles wüst und wirr war. Das Wadi zwischen den weißen Bergen enthüllt sich für einen Augenblick, als die aufgehende Mondsichel es mit ihrem

Glitzern überschüttet – wie Einblick in ein Geheimnis gewährend. Doch Adam verläßt das Zimmer ohne das Gefühl der Stille, das ihn drinnen erfüllt hat, während er noch gedankenverloren den sternenbedeckten Wüstenhimmel im Fenster betrachtete. Jetzt, auf dem Korridor, brummelt die Dauermusik, und seine Stimmung ist aufgewühlt, ohne daß er wüßte warum. Nachdem er sich einen Schnurrbart unter die Nase geklebt und die Hosenbeine aufgekrempelt hat, hält er sich für ausreichend kostümiert und partyfertig. Nun fährt er nur noch mit den Händen durch die Haare, um sie zu zerzausen, und sagt dabei innerlich: Ich bin nicht Adam Stein. Ich bin Herbert Stein! Ein beschnurrbarteter Herbert Stein mit aufgekrempelten Hosen.

Aus dem Labor dringt Licht. Den Juden Licht und Glanz, lacht der Schwindler im Herzen. Er klopft an die Tür und tritt ein. Dr. Uriel Slonim sitzt an dem riesigen, von strahlendweißem Wachstuch bedeckten Tisch, der von Wand zu Wand reicht, und sortiert Medikamente, die gerade aus dem Haifaer Hafen eingetroffen sind. Der Zoll ist bezahlt, die Kaufsteuer ebenfalls, aber bis der Transport endlich aus Haifa ankam, war es schon Abend geworden. Uriel muß sie noch fertig katalogisieren. Morgen werden die Ärzte kommen und ihre Rationen an Drogen, Tabletten und Serum fordern, und bis dahin muß alles sortiert und registriert sein. Uriel lächelt Adam an, und Adam nimmt mit einem Gruß ihm gegenüber Platz. Sie schweigen einander an. Uriel setzt seine Arbeit fort. Er stapelt die Medikamente zu Türmen auf wie ein Kind, das Wolkenkratzer aus Bauklötzen errichtet, und sieht dabei gar nicht Adams deprimiertes, müdes Gesicht. Uriel Slonim hat kein Interesse für den Gesichtsausdruck der Patienten, er baut Türme. Ihn interessieren nur die Zusammensetzung der Medikamente, der Inhalt der Kapseln, ihre chemische Wirkung. Eine pharmakologische Neomystik: Peyotlextrakt, Meskalin, LSD, Heroin, Kat vom Roten Meer, Amphetamin, Opium, Permodin, Kokain... alle möglichen Sorten Kokain, Haschisch. Uriel untersucht die Wirkung der Drogen – nicht an Menschen, sondern an weißen Mäusen, Kaninchen, Katzen, sogar an Bienen. Und er hat sich noch nie darum gekümmert, ob das Gesicht der weißen Maus Nr. 191, rote Markierung / Insulin-Bericht nach A, B und C getrennt, einen deprimierten, müden oder besonders fröhlichen Ausdruck zeigt.

Adam mustert ihn samt seinen Bauklötzen. Er möchte ins Spiel reinkommen, er muß sich die neue Droge verschaffen, die gerade eingetroffen ist; Dr. Gross hat sie im heutigen Gespräch sehr gelobt.

Der Name der Droge ist ihm momentan entfallen, aber er weiß, daß sie diese Woche an einigen Patienten ausprobiert werden soll. Etwas besonders Starkes, ein Halluzinogen, dessen Halluzinationswirkung sich hinterher klassifizieren, vergleichend beobachten, statistisch erfassen läßt. Oh, wie gern möchten sie doch die Psychiatrie in eine exakte Wissenschaft verwandeln, bei der man mit Reagenzgläsern hantieren, die Leiden des Herzens mikroskopisch untersuchen, das Todesmurmeln in Akten ablegen kann... Und auf die eine oder andere Weise erhofft er sich Ergebnisse. Ein Wundermittel. Welches Wunder wird es ihm bringen? Trunkenheit ist nicht wichtig, auch die Tabletten und der Rauch sind es nicht. Es muß etwas Neues her. Er sehnt sich nach einem Entfliehen. Das Kind geht mir auf die Nerven, verwirrt mir die Sinne. Es ist so rund, wie ein Baby. Es wird mich an sich ketten. Ich hasse solche Bande, sie nehmen mir jede Möglichkeit einer echten Auseinandersetzung mit dem Leben. Einmal, in meiner Kinderzeit, ist mein Goldfisch gestorben. Wir hatten ihn Franz genannt. Er starb als Kamerad, als väterlicher Freund. Als wir ihn im Garten begruben, habe ich geweint. Später starben Mutter, Vater, Lotte, Gretchen und Vaterwann und Vaterwarum, aber so geweint habe ich nie mehr. Ilse Koch ist nicht gestorben, sie wird ewig leben. Und Adam? Adam lebt, und ein Kind bindet ihn an sich, und das Kind könnte sterben, und dann wäre er viel zu traurig. Man muß etwas haben, Slonim. Ein Wundermittel!

Adam zieht eine Fünfzig-Agurot-Münze aus der Tasche und läßt sie über seine Hände rollen; von Finger zu Finger, von einer Hand zur anderen rollt und hüpft sie in einem gelungenen Taschenspielerstückchen. Und was sein trauriges, deprimiertes Gesicht nicht vermocht hat, das tun jetzt – da kennt er seinen Slonim – die flinken Finger des einst größten Clowns von ganz Deutschland. Slonims staunende Augen sind wie hypnotisiert auf die Münze gerichtet. Adam fesselt sie an seine Hände, jeden Widerstand unterdrückend. Sein Mund redet unaufhörlich, sprudelt die Worte nur so heraus: Nun ist die Münze weg, da kommt sie wieder. Wo war sie denn? Rat mal. Slonim weiß es nicht, ist begeistert. Adam zieht sich die Münze aus dem Ohr und läßt sie zum Beweis erneut rollen, und da ist sie auf einmal in Slonims geschlossener Faust, doch schon hüpft sie wieder, und jetzt erzählt er Slonim vom Zirkus, wie er den Tieren, den Trapezkünstlern, den berühmten Jongleuren, der dicksten Frau der Welt und dem Mann mit den sechs Fingern die Schau gestohlen hat. Er spricht von W. C. Fields, dem größten amerikanischen Komiker, nicht des Zirkus, sondern des Films, dem Mann, den er mehr als alle anderen verehre mit seiner Kartoffelnase, dem gleichgültigen Gesichtsausdruck und dem erstklassigen Sinn für Humor. Einmal habe er Jimmy Durante kennengelernt, und der habe zu ihm gesagt: »Schöne Männer gibt es viele. Ich bin was Neues.« Adams Mund hört nicht auf zu schwatzen, die Münze rollt ihm unablässig weiter über die Finger, während er nun – mit der Gewandtheit des gelernten Artisten – seine rechte Hand vorschnellen und unter Slonims Augen suchend über die Medikamententürme fahren läßt, um die neue Wunderdroge herauszufischen, deren Namen er nicht weiß, die er aber trotzdem sofort entdeckt, da er sonst jedes einzelne Heilmittel in diesem Haus kennt. Diese ist was Neues, wie Jimmy Durante; es gibt schönere, aber keine, die genauso schön ist. Nachdem er Slonim mit seinen Medikamentenlisten allein gelassen hat, kehrt er auf sein Zimmer zurück, schluckt die Kapsel und geht dann auf den Speisesaal, auf Purim, auf die große Party zu. Mit Schnurrbart, wildem Haar, aufgekrempelten Hosenbeinen – ein Clown.

*

Schwester Spitzers Kindergarten wird das Purimspiel aufführen, an dem aber auch andere teilnehmen. Die ältere Schwester Schwester hat sich, ebenso wie mehrere alte Frauen aus dem Kindergarten, als Königin Ester verkleidet. Arthur ist als der böse Haman kostümiert, ohne daß ihn jemand dazu gezwungen hätte. Keines der Kindergartenkinder wäre als böser Haman gegangen. Sie fürchteten, man würde sie dann ins Feuer werfen und bei lebendigem Leib verbrennen. Arthur hat keine Angst vor dem Feuer. Arthur liebt das Feuer. Der Großpurifikator scheut sich nicht, als Haman im Feuer zu baumeln, zusammen mit seiner Tochter, deren Namen Parschandata, Dalfon, Aspata, Aridai und Wajesata lauten. Was hatten die Kinder verbrochen? Adam fragt sich das, Arthur ebenfalls. Aber die Schwester Schwester gibt sich nie mit solchen Problemen ab: Gott geht über unseren Verstand hinaus, sagt sie, und bei seinem Erscheinen werden wir alles begreifen.

Wolfowitz behauptete einmal, weil David als König von Israel gesetzwidrig einen Zensus durchführte, habe Gott zur Strafe siebzigtausend Seelen vom Volk abgetrennt. »Ein grausamer Gott!« entschied Wolfowitz, der diese Grausamkeit schon in Nechamas Keller festgestellt hatte. Die Schwester Schwester pflichtete dem nicht bei. »Wir verstehen die göttliche Logik nicht, denn wir sind nur Fleisch und Blut. Ein Volk und ein Gott – zweitausend Jahre stehen sie sich schon gegenüber, das Volk und sein Gott. Eine wundersame Geschichte, die man nicht so leicht begreift«, sagte sie. »Es gibt auf der Welt, im ganzen Universum, nichts Vergleichbares. Alle heiligen Schriften sind ein einziger Dialog – barmherzig und gewaltig, grausam und gut, wunderbar und verrückt – zwischen einem Volk und einem Gott, die einander erwählt haben und deshalb füreinander verantwortlich sind.«

»Bis er sein Mäntelchen wechselte und Adam Koch auf sein Volk hetzte«, hatte Wolfowitz geantwortet.

»Richtig«, sagte sie, »aber du wirst nicht begreifen, warum es Gründe dafür gibt, und die Gründe selbst wirst du auch nicht verstehen, ebensowenig wie du einsehen kannst, warum der Heilige, gelobt sei er, dir erlaubt, lästerliche und ketzerische Reden zu führen. Nur wer glaubt – und es gibt keinen Juden, der nicht glaubt, gleich ob er diesen Glauben nun Religion nennt oder Atheismus, Gerechtigkeit, Sozialismus, Natur, Determinismus, Wissenschaft –, nur wer glaubt und seinen Glauben, den Bund Abrahams, unter Schmerzen trägt, kann in böse Reden ausbrechen: Wer seinen Mund im Zaume faßt, sicher seinen Vater haßt. Auf Dr. Gross' Couch liegen Hunderte von Menschen, die von Haß sprechen, Haß gegen Mutter und Vater, und all diese Reden sind nichts anderes als ein Manifest des Glaubens, und Glauben ist Liebe. Und deswegen bist du lächerlich, wie jeder andere Jude, der Gott wegen dessen Eifersucht und Grausamkeit mit Steinen bewirft, denn er hat dich erwählt und du ihn. Ihr sitzt beide im selben Boot, umgeben vom leise schwappenden Meer der Todesfinsternis, und in der Bedrängnis rufe zum Herrn, wie der Psalmist sagt, ja...«

»Ja ja ja«, schreien die Kindergartenkinder. »Yeah yeah yeah«, spielt Miles im Hintergrund, bis Schwester Spitzer jetzt Einhalt gebietet und die letzten Vorbereitungen für das Purimspiel trifft. Alle ordnen sich in Reihen an: drei Ahasverosse, zwei Davidskönige, George III. mit einer hübschen Papierkrone auf dem Kopf, Ludwig XIV. (Pierre Loti mit gezücktem Schwert in der Hand), die Königin Ester, eine grauenhaft überschminkte Madame Pompadour, Madame Bovary, Ilse Koch, Madame Pasteur, Greta Garbo und Marlene Dietrich. Der böse Haman alias Arthur versucht, Adams Watschelgang von damals auf dem Hof nachzuahmen, als er mit dem Hund wie Charlie Chaplin gelaufen war, der große Diktator – man weiß schon wer. Daneben gibt es noch andere Kostüme: Heß, Himmler und Heydrich. Und ferner sind versammelt: der Rabbi von Czortkow nebst zwei Chassidim, drei israelische Armeeoffiziere und ein Pilot, eine Anschlagtafel, eine Abendzeitung, ein Widderhorn, eine Mikkymaus mit zu langem Schwanz, ein Häschen, zwei Hunde, Doktor Doolittles doppelköpfiges Viech (zwei Personen) und eine Telefonzentrale: die junge Frau Almog, die sich zwei Telefonapparate an die Brüste gehängt hat, von denen aus man dahin anrufen kann – so sagt sie –, wo es sich gut ruhen läßt, zwischen – ihr wißt schon was – da unten, und wo man auch Antwort bekomme. Einige haben sogar schon die Wählscheibe gedreht, aber die meisten kriegten keinen Anschluß.

Gina ist nicht gekommen, man weiß nicht warum. Vielleicht hat sie Angst gehabt. Hat sich nach Adam gesehnt, aber gewußt, daß er ihr dort, unter all den Menschen, keine Aufmerksamkeit schenken würde. Manche haben sich auch als Cowboys, Verkehrszeichen, Ampeln und Rennwagen verkleidet. Letztere sausen mit viel Lärm und durchdringendem Wuuummm-Bruuummm-Geschrei in dem großen Saal umher, während Miles im Hintergrund sein Yeah-yeah-yeah-Orchester weiterspielen läßt, Himmler jawoll schreit und andere ja-ja-ja antworten. Doch nun fangen die alten Kindergartenkinder zu singen an:

Purim ist in Ost und West
Allen Juden ein großes Fest:
Rasseln, Masken und Gesang,
Reigentanz und froher Klang.
Komm, wir rasseln rasch-rasch-rasch…

Auf der einen Seite sitzen Arthur, der dicke Menachem und der bärtige Davidowitz, der als Anschlagtafel verkleidet ist, und singen:

Adam-Kapadam ging mit der Tasche
Auf den Markt, zu kaufen 'ne Flasche.
Kam ein Polizist und kam ein Dieb,
Die versetzten ihm einen Hieb.

Und von der anderen Seite, vor dem Gesicht des ganz der Muse hingegebenen Miles, erhebt sich die heisere Baßstimme eines alten Ahasveros mit geflickten Kleidern und trüben Augen:

Von Geburt ist der Mensch zum Sterben bestimmt.
Das Huhn zum Eierlegen.
Wer einen hohen Masten erklimmt,
Muß wieder runterstegen.

Nun erhebt sich ein anderer Ahasveros. Alle prusten noch vor Lachen, haben einen Riesenspaß. Die Kindergartenkinder klatschen fröhlich in die Hände, ja-ja-ja, rasch-rasch-rasch, ihre Gesichter leuchten. Doch dann bringt Schwester Spitzer alle zum Schweigen und gibt diesem Ahasveros ein Zeichen, worauf er deklamiert: »Sehr verehrte hohe Gäste, warum feiern wir das Purimfest?« Das Kind setzt sich, und ein anderes steht auf, um verlegen fortzufahren: »Arg und bitter war es den Juden, denn man wollte sie vernichten. Den bösen Haman gelüstete es nach ihrem Blut. Deswegen schickte er Abgesandte in alle Länder, um den Juden ein Ende zu bereiten…« Schwester Spitzer gibt wieder ein Zeichen, und alle stampfen dreimal mit den Füßen, schwingen ihre Rasseln und brüllen im Chor:

Und das End von der Geschicht':
Haman, dieser Bösewicht,

Ist gekommen vors Gericht.
Wer weiß das denn nicht?!

Wieder drehen sich die Rasseln, rasch-rasch-rasch, während Miles unbeirrt im Hintergrund weitermacht: yeah, yeah, yeah – *and when the Saints go marching in...*

»Schschsch... Kinder! Nicht stören, Miles! Bitte... Du bist an der Reihe, Nechama«, sagt Schwester Spitzer. Die angesprochene alte Frau mit dem ausdruckslosen, faltendurchfurchten Gesicht richtet sich auf, um fortzufahren: »Und in der Stadt Susa regierte ein großer, mächtiger König. Und wie war sein Name?«

»Ahasveros!« schreit alles fröhlich.

Schwester Spitzer: »Und was war mit Ahasveros?«

In schrillem Chor: »Er wollte eine Königin haben.«

Ein altes Kind: »Seine Königin war krank und häßlich. Sie hieß Waschti.«

Alle: »Schti, schti, schti...«

Ein altes Kind:

Die Könige in Isra--el
und die Königinnen zum Teu--fel,
die Könige zum Fußball,
die Königinnen auf'n Abfall.

Schwester Spitzer: »Schschsch... Und wen hat Ahasveros gefunden?«

Königin Ester steht auf, blickt verlegen in die Runde. Ihre Augen treffen sich mit denen Adams. Adam ist in eine Depression versunken. Ganz langsam beginnt die Kapsel in seinem Innern zu wirken, sich aufzulösen, in sein Blut einzusickern. Er spürt die Erlösung nahen. Seine Augen starren wild und verschlossen in die Augen des alten aufgeputzten Kindes, dieser armseligen, häßlichen Frau, die jetzt mit gezwungenem Lächeln sagt:

Mich! Die Königin Ester,
die Mordechai war wie eine Schwester.
Mich hat er begehrt, mich hat er verehrt,
mich hat er erhört, mich hat er betört,
mich hat er genommen, die Erlösung muß bald kommen.

Alle:

Erlösung für die Juden, ihnen sei Freud und Licht.
Wandernde Juden in aller Welt seien vergessen nicht.

Ein altes Kind mit Schnurrbart und Glatze, das als Schiff verkleidet ist, murmelt:

Uh uh ah,
Wer kommt denn da?
Ein Schiff mit einem Schornstein drauf.
Wen bringt es uns in schnellem Lauf?
Ich komm' aus einem fernen Land,
Da warten Pioniere am Strand.
Wir wollen nur ganz schnell
Einwandern in Erez-Israel.

Und alle im Chor:

Israel ist unser Land, David unser König.
Mordechai ist unser Heil und Ester auch nicht wenig.

Die Gesichter glänzen, strahlen. Ein altes kleines Mädchen deklamiert flüsternd:

In der Pfanne brutzelt Fett,
und der Hitler liegt im Bett.
Seine Frau kommt ganz erhitzt,
weil er gleich die Hosen vollspr...!

Alle prusten vor Lachen, können sich kaum noch beherrschen:

Dein Vater hat deine Mutter gefunden
Hoch aufgeknüpft an der Galerie.
Er hat sie noch rechtzeitig abgebunden,
Vive la compagnie...

Schwester Spitzer lächelt geduldig: »Nein, ihr habt die Feiertage durcheinandergebracht... Ein schönes Lied, aber heute am falschen Platz. Bitte, Kinder, was ist in Susa geschehen?«

Ein anderes altes Kindergartenkind in Lumpen, eine Bettlerin in der Hauptstadt Susa, murmelt mit verkniffenen Lippen und ängstlichen Augen: »Ester gab ein Festmahl und lud den bösen Haman und Ahasveros dazu ein, und da erzählte sie von dem furchtbaren Erlaß…«

Ein ältlicher Cowboy fällt ihr ins Wort:

Der Haman mit seinem Erlaß,
Seine Mutter war ein Faß.
Alle Juden wollt' er vernichten,
Zuerst den Mordechai scharfrichten…

Schwester Spitzer: »Und was hat Ahasveros gefragt?«

Nechama: »Was soll mit einem Mann geschehen, den der König besonders ehren will?«

Schwester Spitzer: »Und wer war dieser Mann?«

Alle:

Nicht Haman, der den Galgen machte,
sondern Mordechai, den man verlachte.
Jetzt knüpften sie den Haman auf
und erschlugen die Gojim zuhauf.
Mordechai zog stolz in den Palast ein,
und den Haman henkten sie ganz fein.
Ester die schöne Königin blieb,
und Ahasveros hatte sie lieb.

Und danach singen alle in furchtbarem, grausig-schrillem Chor das traditionelle Lied: »Jakobs Rose jauchzte und freute sich, als sie alle Mordechais Purpur sahen.«

Nun setzen sich die Königin Ester und noch eine Ester und die Schwester Schwester, die ebenfalls als Ester verkleidet ist, neben vier Ahasverosse. Alle anderen ziehen in eindrucksvoller Prozession an ihnen vorbei und singen rasch-rasch-rasch, während Miles ohrenbetäubenden Lärm mit Tamburinen, Trommeln und Rasseln vollführt und das alles noch durch die Yeah-yeah-yeah-, Jawoll- und Ja-ja-ja-Rufe übertönt wird.

Adam hält sich mit den Händen die Ohren zu. Er schreit, ohne zu wissen, daß sein Mund stumm bleibt, daß ihm kein Laut entweicht. Alles ist mit ungeheurer Geschwindigkeit vor sich gegangen. Die Kapsel hat Wunder gewirkt. Er ist entschwebt, hat erst noch die vielen Menschen gesehen, doch langsam sind alle vor seinen Augen verschwunden. Irgendwo, weit unten, am Fuß des Berges sitzen Arthur-Haman, Ahasveros und Ester. Sie singen, paradieren, trinken und rufen, aber er hört sie nicht mehr. Sie sind weit weg. Er segelt allein auf einer weißen Wolke dahin. Und auf einmal sieht er sein ganzes Leben an sich vorüberziehen, die Jahre, Monate und Tage, in trauriger Parade, während im Hintergrund eine ferne Purimparty ohne Ton abläuft. Schwester Spitzer ähnelt der Frau des Krämers, bei dem wir Sabbatbrote kauften, dem Herrn Loitler, der von München nach Berlin gekommen war und von Berlin durch die Schornsteine zum Himmel auffuhr, dank des interessanten chemischen Prozesses, den die Laboratorien der I. G. Farben in den Glanzjahren erfunden und fortentwickelt hatten, in den tausend Jahren der Ewigkeit. Erinnerst du dich, Hund? Wau, wau, Rexi. »My boy«, sagte der amerikanische Colonel, als er den Vertrag unterzeichnete, demzufolge Adam Stein von Hamdungs Haus erhielt, »my boy«... Und die Jahre ziehen an ihm vorüber – eine betäubende Prozession, eine Via Dolorosa. Wird die heilige Helena herauskommen, um meine Tränen zu trocknen? Dort in den Straßen meines Jerusalems? Wird dann das Taschentuch für immer in irgendeiner entlegenen Kirche aufbewahrt werden, mit meinem Gesichtsausdruck darin? Zweitausend Jahre später wird man dann Nechama Wolfowitz' Kopf damit umhüllen. Da haben wir den 5. April 1939: ein grauer, regnerischer Morgen. Er kauft sich eine Zeitung an der Straßenecke. Und nun ist es der 7. Oktober 1941. Ein Mann sagt zu ihm ruhig mit giftigem Lächeln, während im Hintergrund Pferde wiehern: »Der Zirkus kann unmöglich länger jemandem gehören, der nicht arischer Abstammung ist! Hier ist die historische, philologische und juristische Begründung, die uns freundlicherweise Dr. Joachim Heß geliefert hat, Dekan der juristischen Fakultät an der Universität...« Köln? Heidelberg? Leipzig? Berlin? Hat er vergessen. Weiß er nicht mehr. Sie sehen einander alle gleich, diese Dekane. Das deutsche Mutterland hat Millionen, Billionen von ihnen geboren, und alle haben sie das gleiche Gesicht. Alle haben sie Bücher dieser Art geschrieben, Begründungen, eine Million Unterlagen; das war offenbar der Nationalsport der Intellektuellen in den Jahren des Glanzes. In jenen tausend glorreichen Jahren, die man nie vergessen wird. Rechtsgrundlagen, Bücher, Beweisgründe zu verfassen über Rasse, Blut, Schweiß, Ariertum und Judenreinheit in den Jahren der Krematorien und des Grauens. Schleichend ziehen die Tage an ihm vorbei. Und er ist in ihnen, verändert und verzerrt sich mit ihrem Lauf. Wächst und schrumpft von Bild zu Bild, ohne jede logische Ordnung, ohne zeitlichen Zusammenhang. Im Oktober 1921 ist er ein Junge. Im Oktober 1946 ist er ein alter Mann. Der gleiche Er. Er marschiert und salutiert sich selbst. Mal ist er Herbert, mal Kommandant Klein, mal Adam. Gestalten gehen an ihm vorüber. Lachend. Da ist der Kropf, da ist das Rhinozeros – so nannten sie Hans Deutsch, der 1939 starb, der gestorben ist, weil er nicht begriff, wie das geschehen konnte, was da geschah, daß sein Volk, seine Kultur... Er starb vor Trauer, hauchte seine Seele aus, als er in Köln aus seinem Fenster blickte und ein schwarzes Köln voller Fahnen und Banner sah, und die Jugend, seine Jugend, brüllte Sieg Heil. Wenn Goethe oder Schiller oder von Hamdung oder Göring oder Jean Paul oder Thomas Mann oder Bach oder Ilse Koch, wenn einer von ihnen am Fenster gestanden und das gesehen hätte, hätte er es sicher verstanden, aber Hans, das Rhinozeros, war der Urenkel Mendelssohns, der Emanzipation, und verstand es nicht. Deshalb ist er gestorben. Adam wirft ihm einen verächtlichen Blick zu. Er, Adam, hat es verstanden. Das kann Kommandant Klein, jetzt Weiss, bezeugen, der das zu schätzen gewußt und gesagt hatte: »Du verstehst, Adam, weil du ich bist, weil ich du bin, wir sind beide Hunde, aber ich habe eine Peitsche, und du hast keine.« Und da ist die Englischlehrerin, Frau Else Kurz, alt, lächerlich, auf dem Kopf den Strohhut, den sie in London gekauft hat, auf der einzigen Londonreise ihres Lebens, als in London kein Mensch das Englisch der Englischlehrerin verstand. Und da sind der kleine Günther und Louis und Paul, da sind Josef und Vater und Mutter. Da ist Franz Joseph, der nach dem Kaiser Franz Joseph benannt war. Ob er es begriffen hätte? Da ist er, und hier sind sie alle. Bald wird er anfangen zu weinen. Traurig ist es hier; irgendeine Party ist dort unten im Gange, Purim, tief unterm Berg. Die hochverehrte Schwester Spitzer – so wird Gina in dreißig Jahren auftreten. Das Leben hat keine Chance, eine mißlungene Erfindung.

Und da bricht er in Schreie aus, in furchtbare Schreie, die Schreie eines Juden im Lager. Unwissentlich ahmt er die Stimme jener »Muselmanen« nach. Er weiß nicht, daß er das tut, aber all die anderen wissen es und verstummen mit unheimlicher Plötzlichkeit. Alle blicken ihn schweigend und schuldbewußt an. Als hätten sie auf einmal erkannt, daß eine Purimparty ein ungebührlicher Luxus ist. Sie spüren es dumpf beim Anblick seines verzerrten Gesichts. Jeder beginnt an seiner Kleidung, seinem Kostüm herumzufummeln. Auch Schwester Spitzer, der diese Schreie nicht fremd sind, ändert ihren Tonfall und spricht nicht mehr wie eine Kindergärtnerin. Die Schreie sind ihnen tief ins Mark gedrungen. Wie kann Adam heute so schreien? In Arad? In Israel? Träumt Adam? Träumt er die besonderen Schreie von damals, jene Harmonien, die den Enkeln von Bach und Schubert so lieb gewesen sind? Alle schauen ihn an. Diese Schreie haben eine eigene, unverwechselbare Melodik, die nicht ihresgleichen hat. Und plötzlich, ohne daß Adam weiß, wie und warum, sind sie alle wieder *dort*. Die Schreie haben sie dorthin zurückgebracht. Sie werden nun zu der Prozession, die vorher an ihm vorübergezogen ist. Nur sind es jetzt keine Erinnerungen und Halluzinationen mehr, sondern Esterköniginnen, Ahasverosse und Militärpolizisten, ein Anschlagbrett und eine Frau mit Telefonen auf der Brust, Madame Pompadour, Madame Bovary und Madame Pasteur und Ilse Koch. Sie haben diese Prozession gebildet, sie sind dort gewesen. Das Institut ist verschwunden. Dr. Gross ist Heß, Gina ist Ilse Koch, Adam ist Rex, Arthur ist Klein. Adam befiehlt Wolfowitz: »Stell dich hierher«, und er gehorcht. Adams Schnurrbart ist abgefallen, aber er hebt ihn nicht wieder auf. Seine Augen sind weit aufgerissen. »Schwester, hierhin!«, und sie folgt seiner Anweisung.

Alle wispern: »Sie kommen, sie sind angekommen, sie sind hier.«

Adam: »Die Schreie waren von dort.«

Alle: »Und dort ist hier. Und hier ist dort. Es gibt keine Zuflucht, es gibt keinen Frieden.«

Adam: »Wolfowitz, wer bist du?«

Wolfowitz: »Ich bin Wolfowitz. Meine Tochter Nechama war im Keller.«

Adam: »Nein. Heb den Arm, krempel den Ärmel auf. Sieh, was steht dort geschrieben?«

Wolfowitz liest langsam, wie in verborgene Gedanken versunken: »8 – 1 – 9 – 8 – 7.«

»Wer bist du also?«

Wolfowitz: »Ja, ich bin nicht Wolfowitz, war es nicht, werde es nicht sein. Ich bin 81987.«

»Und du, Königin Ester? Mein altes Schwesterchen? Wer bist du?«

Sie rollt den Ärmel auf: »6 – 1 – 3 – 4 – 5«, flüstern ihre Lippen wie im Gebet.

Und Adam sagt mit leiser, heiserer Stimme: »Wer seid ihr? Wer sind wir? Wolfowitz minus Schwester: 81987 minus 61345 ist gleich 20642. Wird das das Jahr der Erlösung sein? Und jetzt, in welchem Jahr des Messias leben wir? 1965? Da habt ihr's: Arthur minus Schwester Schwester, der böse Haman minus Ester. So würde ich raten. Arthur, heb die Hand. Na also: Arthur – 63310 und Schwesterchen – 61345. Die Differenz beträgt 1965. Und das haben wir heute.«

Alles brüllt: »Ja-ja-ja«, und Miles spielt im Hintergrund seine Zustimmung. Er hat keine Nummer auf dem Arm. Er ist ein Fremder.

»Jetzt alle mal die Ärmel aufkrempeln«, schreit Adam in den allgemeinen Lärm, und alle folgen seiner Aufforderung. Der numerierte Arm eines jeden reckt sich in die Höhe. »Ja, genau so. Den Muskel anspannen. Ich möchte lächelnde Gesichter sehen. Nicht weinen. Es tut nicht weh. Es hat weh getan, aber jetzt tut es das nicht mehr. Ja, schön, ich sehe, daß alle lächeln.« Miles spielt sein Instrument, dieser Strolch. Der hat in Palästina gesessen, hat Deutsche aus Scharona vertrieben, hat Araber, hat Gojim aus dem Land gejagt, hat erobert und zertrümmert, hat eine sonderbare Demokratie mit schlecht funktionierenden Telefonen aufgebaut. Wir sind zu euch gekommen, mein Lieber, und du hast uns mit offenen Armen aufgenommen, du Dussel. Das war ein fataler Fehler. Das Rückkehrgesetz ist der Anfang vom Ende: wir werden den Boden versauern, die Atmosphäre trüben. Uns erinnern. Wir werden das Merkzeichen auf eurer Stirn sein. Spiel, Miles. Du, der du nach New York geflohen und auf dem Stadtplan mit Charlie Parker gespielt hast, der jung und schön und stolz gestorben ist, weil er nicht mehr leiden wollte.

»Lächeln, Kinder. Arm in die Höhe. Kopf gerade, Schultern zurück, Füße zusammen. Wie beim Militär. Wie Soldaten. Gut.« Alle lächeln. Zähne: Goldzähne, Silberzähne, Prothesen, Gaumenplatten, Brücken, junge und alte Zähne, Zähne zu Hunderten und zu Tausenden lächeln ihn an. Erhobene Arme, ein Meer von Stangen. So sieht heute die Stadt der Schlächter, das Berlin der tausend glanzvollen Jahre aus. Auf allen Dächern Antennen. Was suchen sie im Himmel, diese Antennen, die wie die Arme einer Hexe aus Grimms Märchen aussehen? Grimms Märchen und Luthers Aufsätze und die Gedankengänge eines jeden anständigen Deutschen haben sich in Hauchhausen verwirklicht. Arme. Ein Stangenmeer. Und auf den Armen in Blau: 5343121586742 316578011436799 9920456021927531976432100 9164318694 35881191007060510109 97431100755234410976 5. Er hört auf. Die Nummer hat kein Ende. Dem Meer von Antennen, die ihn mit Grauen mustern, mit dem Grauen eines Hundes, eines Kindes, das jetzt vor seiner Olivetti kauert, einer beleidigten Gina, eines Dr. Gross, dem es nicht gelingt, die Räder anzuhalten, einer Nechama Wolfowitz, der die Decke nicht vom Kopf weichen wollte, ruft er jetzt zu: »Acht Billionen, fünfhundert Milliarden, siebenhundertfünfzig Millionen, vierhunderttausend, das ist achtbillionenmal Tränen, Zähne, Seifenschaum, Lampenschirme, Knochenmehl, Toravorhänge auf Engelsschultern, Gotteslächeln, Hilflosigkeit, Schulen ohne Kinder, zerstörte Häuser, Spermatropfen, die nicht zeugten, Bärte, die nicht wuchsen, ungeschriebene Bücher, ungemachte Erfindungen, ungeliebte Lieben, verwaiste Betten, leere Wände, lichtlose Lampen, kilometerweise Himmel, in dem Gott ausgelöscht ist, Engel, die der Epidemie erlegen sind. Nach den mir zur Verfügung stehenden Daten existieren jetzt, oder existierten früher, dreihunderteins Millionen sechshundertfünfundfünzigtausendsiebenhundertzweiundzwanzig Engel. Wo sind sie? Sind sie auch gestorben? Oder sitzen sie vielleicht im himmlischen Amphitheater und schauen dem großen Spektakel ihres Herrn zu? Verbrannte Gebetbücher für die Hohen Feiertage, Lieder, Reime, Geschichten des Vaters für den Sohn, ungegessene Äpfel, Tränen, achtbillionenfache Tränen. Leckt die Nummern. Ihr seid geschlagen, leckt sie. Versteckt sie nicht. Purim feiert ihr? Weswegen? Wegen eines einzigen Haman? Diesem armseligen, naiven, überheblichen Dummkopf? Dessen zehn Söhne wegen einer kleinen Verschwörung starben? Und wer wird die Rechnung der Nummern begleichen, der Billionen Tränen? Gott? Derselbe Gott, der Hamans zehn Söhne bestraft hat? Das ist ein Held! In seinem Viertel ist er der Kraftmeier, aber bei den anderen Völkern hält er sich furchtsam zurück. Bei euch zeigt er seine Stärke, läßt die Muskeln spielen, schreit herum, flucht, zerschmettert, tötet. Unter den Söhnen von Ilse Koch zittert er dagegen wie Espenlaub, schweigt, genießt, schickt hinter dem Rücken Mörder aus, läßt sie Überstunden arbeiten, verbessert ihre Gehirnzellen, ermöglicht es ihnen, ausgewählte Erfindungen zu machen, Gas, Zyklon B und – ganz modern – HCN. Wem singt ihr denn da? Noch ein Schwesterchen und noch ein Wolfowitz und noch ein Adam Stein und noch ein Herbert und noch ein Arthur und noch eine Nechama und noch und noch und noch ...«

Alle hören angespannt zu. Die Arme hochgestreckt. Zur Decke, zum Himmel hin. Adam schließt die Augen und sieht sich selbst. Säugling, Kind, Junge, Jüngling, reifer Jüngling, junger Mann, Mann, Komiker, Student, Philosoph, Geiger, Spaßmacher, Clown, Denker, Charmeur, Ehemann, Vater, Hund, Gott. Und er befiehlt: »Rechte Hand gespreizt, blauer Arm hoch. Auf ab, auf ab.« Morgengymnastik. Die Musik ist verstummt. Alle folgen verstört, wie in Ginas Webstuben. In diesem Haus kann man das machen, Adam weiß es. »Rechter Arm nach rechts, rechter Arm nach oben, auf und ab und im Kreis.« Ein Wald von Bäumen, die sich im Wind wiegen, beten.

Kein Mensch weiß, wer als erster losgelacht hat. Aber einer hat angefangen, und langsam und immer lauter stimmen alle mit ein. Was hätte man sonst tun sollen? »Wir sind Gedächtniskerzen«, ruft er, und die andern rufen: »Wir sind nicht gestorben, sie sind gestorben!« Alle lachen, während ihre Arme sich weiter im Kreis drehen, heben und senken. Die Gesichter sind vom Lachen, vom Vergnügen verzerrt. Adam ist ein Spiegel, in dem sie sich lachend selbst sehen. Die Kindergartenkinder erwachen wieder zum Leben. Die alte, furchenwangige Nechama ruft plötzlich:

Haman-Haman-Haman,
Geh mal an den Baum ran.
Dort frißt dich der Tiger ganz,
Und dann kriegst du einen Kranz.

Der zittrige Alte mit den trüben Augen, der Bettelkönig, dieser armselige Ahasveros, lacht. Sein Arm bewegt sich hin und her, auf und ab, während er losdonnert:

Die Mandelbäumchen blühn,
Der Hitler ist ganz grün.
Auf dem Baume sitzt ein Spatz,
Der scheißt ihm auf die Glatz.

Und jemand schreit von hinten, zwischen den Reihen her:

Hitler ist mausetot,
Seine Frau ganz krank vor Gier.
Ein deutsches Unterseeboot,
Eins, zwei, drei, vier.

Dann alle zusammen, wie aus einem Mund:

Aus Deutschland ist Hitler gekommen,
Doch da hat man ihn nicht mehr gefunden.
Sicher haben ihn die Geister genommen
Und sind mit ihm verschwunden.

Der Gross, der hat ein Loch im Kopf,
Loch im Kopf, Loch im Kopf,
Und wir haben eins im Hintern.

Adam steht da, Nebel bedeckt sein Gesicht, er sieht den kleinen Jul, Göring, Goebbels. Er sieht Goebbels bei einer Volksversammlung, damals, bevor man ihn verhaftet hat. Goebbels sprach, damals, mit der Stimme des Volkes, mit der Stimme der Kultur. Zweitausend Jahre Kultur dröhnten aus seiner Kehle: »Tatsächlich ist der Jude ein menschliches Wesen, aber auch der Floh ist ein Lebewesen, nicht besonders angenehm...« Und er sieht Lotte und Gretchen und Ruth, unangenehme Flöhe. Er sieht sich selbst, die Geige, den Zirkus. Die anderen lachen. Die Hände bewegen sich im Nebel. 6718916544319871130117956. Ein Ballett von Armen, alten und jungen, behaarten und glatten. Das Gelächter nimmt zu, wird immer stärker:

Ja, in den Mund, ja, in den Mund,
Da steckten sie ihr einen Spund...
Ich bin Purim, ich bin Purim,
So lustig und so frooh,
Es ist doch nur einmal im Jahr,
Daß wir uns kratzen soo.

Lachen. Und die Zeit rinnt dahin. In die Vergangenheit, nach dort. Und alle sind darin erstarrt, sind nicht mehr hier. Das Gelächter hat zugenommen und ist wieder verstummt, so unvermittelt, wie es begonnen hat. Und Adam, Adam ist zusammengebrochen, mit weit aufgerissenen, trüben Augen. Nebel verketten sich in seinem Hirn, Tränen verbinden sich in seinen Augen. Adam ist niedergesunken, zu Boden gefallen. »Das Opfer«, sagt Arthur, der böse Haman. »Das Opfer, der Mörder und der Ermordete haben sich im Feuer vereinigt.« Ärzte stürzen in den Saal. Pfleger rennen erschrocken hinterher. Pierre Loti legt beschämt seine Kostümierung ab, er weiß nicht, was geschehen ist, versteht nicht. Die Pfleger versuchen, die Arme der Patienten herunterzuholen, sie in ihre normale Lage zurückzubringen, aber es gelingt ihnen nicht. Die Muskeln haben sich verhärtet, sind steif geworden. Zwei Pfleger bemühen sich intensiv um jeden einzelnen Patienten, um den Arm anzulegen und ihn mit dem Ärmel zu bedecken. Adam ist blutüberströmt, spuckt Blut, schreit. Sie binden ihn mit Riemen auf eine Bahre und bringen ihn hinaus. Vier Pfleger tragen den blutenden Hund.

10. Kapitel

David, König von Israel

Die Stille auf der Krankenstation ist in Jodgerüche und Ätherdünste gehüllt. Die Wände sind grün, hellgrün, Rembrandt-grün. Man weiß nicht, warum die Wände im Krankenzimmer grün gestrichen sind. Unter den Patienten kursieren verschiedene Vermutungen: Grün ist die Farbe des Dollars, Grün ist die Farbe des faden Lebens, Grün ist die Farbe des kranken Stuhls, die Farbe der Neutralität, die Farbe der Unsicherheit. Adam erwacht in einer Welt weißer Kittel, bläßlichen Grüns und unschlüssiger Ärzte. Dumpf wird ihm klar, daß das Passahfest mit dem Sederabend schon vorüber ist, daß Miguel de Salvaro, der dabei die traditionellen vier Fragen gestellt hat, jetzt eine Forschungsarbeit über die Beziehung des Christentums zur Sexualität schreibt, daß die Schwester Schwester weiterhin sucht und wartet, sich ihrem Gott entgegensehnt und befürchtet, daß Adam... aber Adam, nein, er wird sie nicht enttäuschen. Das Bett gegenüber ist leer, wer immer darin gelegen hat, ist genesen und weggegangen. Im Fenster überm Bett sitzt Herbert. Herbert hat diese Woche *Galileo Galilei* im Tel Aviver Kameri-Theater gesehen, oder war es jemand anderer gewesen? Adam hört ihn undeutlich. Herbert meint, *Galileo Galilei* sei ein Stück für die ganze Familie. Nimm deinen Hund, geh hin, diese Aufführung solltest du nicht verpassen. Adam, der noch leicht benommen ist, würde ihn am liebsten verdreschen, aber schade um ihn und schade um mich. Das Nummernballett ist völlig vergessen, und Uriel Slonim wird sich nicht mehr von Zirkuskunststücken ablenken lassen. Die Kapsel war gefährlich, sie darf nur unter ärztlicher Aufsicht verabreicht werden, und wer ist hier schon Arzt? Flickschuster sind das!

Herbert hält einen angeblich witzigen Vortrag – der hat Humor, der Kerl – über »Das Ungeheuer oder Der Hund«, was Adam einen schmerzlichen Stich versetzt, als er sich jetzt an David, König von Israel, erinnert. Braucht er mich? Zum Teufel... Herbert sagt: »Es liegt in der Natur der Hunde, daß sie ausgesprochen menschliche Züge entwickeln, sich der Wesensart ihres Herrchens angleichen. Hund und Herrchen ähneln einander. Der Hund erkennt alles und begreift viel mehr, als du meinst. Der Hund hört das Wort ›Fressen‹, und schon springt er, er hört ›Gassi gehen‹ und wedelt mit dem Schwanz, obwohl der Hund in unserem Fall gar keinen Schwanz besitzt, da er einer schwanzlosen Familie angehört – und das sagt wohl schon alles. In Gegenwart des Hundes darf man nur in Andeutungen sprechen: ›Jetzt werden wir unsere Mahlzeit einnehmen‹, dann wird er nicht verstehen. Aber wenn du auch nur zwischen den Zähnen hindurchquetschst: ›Wer geht mit dem Ungeheuer raus?‹, wirst du sehen, wie das Ungeheuer mit seinem nicht vorhandenen Schwanz wedelt.« Adam lächelt. Sein Zwilling ist ein Oberschlaumeier, deswegen hat er sich auch sein ganzes Leben mit philosophischen Fragen beschäftigt. Der hat sich nicht unters Volk gemischt, der hat sich nicht die Hosenkrempen naß gemacht, war kein Clown und deshalb auch kein Hund. Er hat nicht geheiratet und daher nicht seine Töchter verloren. Ergebnis: Er ist gesund, und ich bin krank. Aber wenn ich sterbe, stirbt auch er, und das ist wenigstens eine gewisse Rache.

Ein kleines Mädchen am Ende der Krankenstation deklamiert:

Wie schön bist du, Frühling,
Auf Feld und Flur...

Und danach weiß er, daß Frühling geworden ist, Frühling in der Wüste, daß hier und dort vielleicht Blumen blühen zwischen den Wadis, in den Felsspalten, daß die Luft klar ist, daß die Sonne brennt und der Duft die Sinne betäubt, an duftende Blüte in der Ferne erinnernd, nicht hier.

Gina kommt ihn jeden Tag besuchen, sitzt an seinem Bett und strickt. Lauscht den Nachrichten, die aus dem kleinen Transistorradio kommen, beobachtet mit starrem Ausdruck den Lebendigtoten, wartet. Undeutlich erinnert er sich, daß er einmal einen Augenblick aufgewacht war, seine Hand nach dem grünen Wollknäuel auf seiner Bettdecke ausgestreckt und es fortgeschleudert hatte. Das Knäuel war über den Boden gerollt, hatte sich dabei abgewickelt und verwirrt. Gina war nicht aufgestanden, hatte nicht einmal dem wegkullernden Knäuel nachgeblickt, sondern ihn angelächelt, und da war er wieder eingeschlafen.

Ende April kehrt er in sein Zimmer zurück. Gina hat es inzwischen hergerichtet, hat geputzt und gescheuert und poliert. Als er reinkommt, erzählt sie ihm, daß das Kind – ihre Augen werden auf einmal weich, menschlich, herzlich –, daß das Kind sich nach ihm sehne. »Es verschanzt sich in seinem Zimmer«, sagt sie, »mit der Schreibmaschine, von der du gesagt hast, ich dürfte sie ihm leihen, und darauf tippt es den ganzen Tag.«

»Ich habe nicht gesagt, daß du ihm die Schreibmaschine leihen kannst.« Adam möchte wütend werden, bringt es aber nicht fertig.

»Hast du nicht gesagt?« Sie stellt sich naiv. »Aber gewiß doch.«

»Du wirst nichts erreichen, Gina. Das Kind wird nicht deines sein. Wir werden uns die Beute nicht teilen, mein Fräulein, das Kind gehört mir.«

Sie starrt ihn verwundert an. Ihr vorher weicher Blick ist plötzlich hart geworden. Beim Klang dieser Worte sieht sie sich auf einmal in der Gestalt ihrer Mutter. Sie hört sogar ihre nörgelnde Stimme: Ich hab' das ganze Zimmer gescheuert und geputzt, bin jeden Tag auf die Krankenstation gekommen, um dich zu besuchen, hab' mich um dich gesorgt, habe dir einen Pullover gestrickt, mich um das Kind gekümmert, ihm die Schreibmaschine ausgeliehen, dir die Hemden gewaschen und gebügelt. Und jetzt schreist du mich an? Soll das ein Dankeschön sein? Ich habe Opfer für dich gebracht, und du ... Sie hört die Stimme ihrer Mutter in der Kehle sitzen, ihrer stirnrunzelnden Mutter, und deshalb ist sie verblüfft und gleichzeitig auch ehrlich beschämt, oder hat sie aus Scham diese Stimme gehört?

»Macht aber nichts«, sagt er, »soll das Kind nur schreiben.«

»Nein. Seit du krank geworden bist, ist etwas mit ihm geschehen. Es ist blasser geworden. Es ist schwer, blasser als blaß zu sein, aber genau das ist der Junge, sehr, sehr blaß. Anfangs hat er auf dem Bett geschlafen. Erinnerst du dich, daß er anfing sich ins Bett zu legen? Wie ein Mensch zu schlafen? Doch nach einigen Tagen, als er merkte, daß du nicht zurückkommst, hat er wieder auf dem Fußboden geschlafen, allerdings ohne das dreckige Laken. Er hält nur noch einen Zipfel des Lakens in der Hand und knautscht ihn. Stundenlang drückt er den Zipfel, und manchmal lutscht er auch daran. Einmal hat er sich an die Kette gebunden und so den ganzen Tag dagelegen; später hat er sich dann wieder losgemacht. Außerdem reagiert er nicht. Wir haben es versucht,

Schapira und ich und Dr. Tanchum, wir haben versucht, ihn anzusprechen, aber es war wie vorher, bevor du... das heißt wie früher, und er versteht nicht, antwortet nicht. Man kann mit ihm reden, und er ist nur ein wimmernder Hund. Er bellt nicht mehr, jault bloß. Eine Art halbes Bellen, ein Bellen, das kein Bellen ist und dann doch wieder eines.«

Adam zieht den eleganten dunkelblauen Anzug mit von Hamdungs goldenen Wappenknöpfen an, steckt sogar ein säuberlich gebügeltes Kavalierstaschentuch in die obere Jackentasche und begibt sich zu dem Kind. Überrascht stellt er fest, wie sehr seine Hände schwitzen, wie schnell und unregelmäßig sein Puls geht.

Der Hund, das Kind, David, der König von Israel, liegt in der Zimmerecke und schnurrt wie eine Katze. Als er Adam die Tür hinter sich schließen sieht, brüllt er wie ein Dschungeltier und starrt ihn an, aber seinem Blick fehlt jener tierische Ausdruck, den Adam früher darin gesehen hatte.

Ein verloschenes Tier, denkt Adam bei sich, leicht abfällig, aber in dem Augenblick, in dem ihm das durch den Kopf geht, weiß er, daß er genesen ist, vorerst, daß er jetzt so stark ist wie schon lange nicht mehr. Er spürt das Blut fließen, spürt die Lebenskraft, die seine Adern durchströmt.

Das Kind springt auf den Schemel zu, ist mit einem Satz oben, umarmt die Olivetti, in die ein Bogen Papier eingespannt ist, und schreibt eilig, überstürzt: Bis nich gekommen, du darf nich nich kommen, und bis nich gekommen.

»Du tippst schön, Kind... sehr gut. Hast Fortschritte gemacht. Hier, ich hab' dir was mitgebracht.«

Er zieht den elektrischen Rasierapparat aus der Tasche und reicht ihn dem Hund. Der Junge kriecht auf Adam zu, bringt zögernd den Mund an seine Hand. Hat er sie geküßt? Das Kind öffnet die Lippen nicht, drückt sie nur – trübselig gekrümmt, wie sie sind – auf Adams Handrücken und löst sie sofort wieder, schnell zurückweichend. Es betrachtet den Rasierapparat, befühlt ihn, dreht ihn von einer Seite auf die andere. Seine Augen trüben sich, Feuchtigkeit läßt seine blauen Augen verschwimmen.

»Weißt du, warum ich nicht gekommen bin?«

Das Kind kehrt zum Schemel zurück. Einige Minuten vergehen. Stille herrscht im Zimmer, vom Korridor her hört man das

Klirren eines Essenswagens auf seinem Weg über den schwarzen Teppich. Das Kind beugt sich über die Olivetti und schreibt fieberhaft mit einem Finger, während die linke Hand den Rasierapparat streichelt: Will nich wissen. Pipi im Bett. Regnen nich.

»Ho«, Adam liest lächelnd. »Doch, du möchtest es doch wissen. Du lügst, Hund.«

Das Kind tippt schnell, hat rasch gelernt, der Schlingel, lächerlich sieht er aus. Sein Finger ähnelt dem Schnabel des Kuckucks in der Kuckucksuhr der Pensionswirtin, und das Kind schreibt: Giena! Pipi mit Giena.

Adam wird lauter: »Nein, ich war nicht bei Gina!«

Das Kind tippt: Alle flien.

Adam geht schweren Schritts im Zimmer auf und ab, die Arme hinter dem Rücken verschränkt, blickt das Kind verschmitzt an und sagt laut: »Weißt du, warum ich nicht gekommen bin?«

Das Kind tippt verschreckt, das Gesicht dicht über der Maschine, nur nicht sehen. Die Enttäuschung kriecht ihm in Mark und Beine, es weiß es, spürt es.

Das Kind schreibt: Will nich, will nich, will nich...

Adam stoppt es. Hebt seinen Kopf von der Maschine und hätte ihn einen Augenblick beinah gestreichelt, läßt ihn aber gleich wieder los, so daß er auf die Maschine fällt: Tick! »Schon genug, wenn ich nicht will. Du willst sehr wohl... Und jetzt hör her. Warum ich nicht gestorben bin, nicht warum ich nicht gekommen bin, warum ich nicht gestorben bin! Ich bin nicht gestorben, weil ich wiederkommen und dich sehen wollte, ich habe den Todesengel gerade noch am Tor abgefangen, habe mit ihm gerungen, und du mußt mir glauben, du bist der einzige in diesem blöden Haus, der fähig ist, das zu verstehen. Ich hätte sterben können, konnte aber noch nicht, weil ich dich unbedingt wiedersehen mußte. Tatsächlich hätte allen Plänen zufolge mein Zusammenbruch diesmal, dort beim Purimfest, beim Nummernballett, im Lager mit der Billion Tränen, mein Ende sein müssen, ja, dort bei jenem Sturz, da hätte es kommen sollen. Und nur, um zurückzukehren und dein Gesicht zu sehen, dich, den Hund, die Olivetti... deswegen bin ich gekommen. Deswegen bin ich nicht gestorben. Aber das ist nur vorläufig und vorübergehend, mach dir keine zu großen Hoffnungen, und jetzt möchte ich pinkeln.«

Bevor das Kind noch antworten kann, geht Adam auf die

Toilette, schließt die Tür und pinkelt. Er verspürt eine gewisse Erleichterung und bemüht sich auch nicht, die Tränen zu verscheuchen, die sich in seinen Augen sammeln. Er kehrt zum Hund zurück. Das Kind hat geschrieben: Kontst sterben. Bis nich gekommen. Hab nich gewartet.

»Ich hätte sterben können, konnte durchaus.« Adam spricht flüsternd. »Aber ich wollte dich sehen, wissen... vielleicht... ob wohl... ich und du. Wissen, ob du gegessen und geschlafen hast. Ob du das Staunen vom Gesicht gewischt hast.«

Das Kind tippt: Pipi in Bett. Jez bis du nich gekommen. Hab Pipi aufn Bohden gemach.

»Ich war krank, Kind, habe alle gesehen, alle, die ich jemals irgendwo gekannt habe, dort und hier, alle. Sie sind der Reihe nach an mir vorbeigelaufen, sogar Franz, der Goldfisch, der gestorben ist, als ich noch ein Kind war, der große Verlust meines Lebens, auch er ist erschienen. Vater habe ich gesehen, er war jünger als ich, und Herbert, das Waisenkind. Alle sind an mir vorübergezogen. Jahre, Daten. Der 1. Mai 1917: der Erste Weltkrieg war fast vorbei. Um Punkt vier Uhr nachmittags ist mir der erste Zahn ausgefallen. Auch ihn habe ich gesehen, hab' ihn unters Kissen gelegt, bei Nacht sind die Feen gekommen und haben fünfzig Pfennig unters Kissen gelegt, und den Zahn haben sie mitgenommen. Für das Geld hab ich mir ein ulkiges Buch gekauft über die Sexualerziehung des Knaben. Das habe ich der ganzen Klasse vorgelesen. Vor meinen Augen sah ich das Grasfleckchen unter dem schwarzen, grausamen Hindenburgdenkmal. Ich hab' ihnen über die Eierstöcke und den Eisprung vorgelesen, und sie haben verlegen gelacht und mit den Händen in den Hosentaschen rumgerieben und sich hin- und herbewegt, als würden sie beten. Hinterher hat mich der Direktor erwischt, und da erfuhr ich, zum erstenmal in meinem Leben, daß ich kein Deutscher bin. Er hatte damals weißes Haar wie ich jetzt, und nachts lauschte er den Klängen des Grammophons: Wagner. Er liebte Wagner. Nachdem ich mitgekriegt hatte, daß ich kein Deutscher war, bin ich in sein Zimmer eingebrochen und habe die ersten drei Schallplatten des Albums zerstört, ich erinnere mich an das Etikett: Grammophon Berlin. Der Name des Werks war *Die Götterdämmerung*. Ich zerbrach die Platten, aber die Götter regten sich nicht. Sie haben mich nicht erwischt; der Direktor hatte mich in Verdacht, sagte aber kein Wort, weil er keine Beweise besaß... Ich war ein Genie. Ich las seine Gedanken, kannte -zig Bücher auswendig, durch den Einband hindurch las ich sie, die Lehrer fürchteten sich vor mir. Später, als ich schon im Zirkus auftrat, kam er einmal mit einer Bitte zu mir. Ich sollte ihm helfen, eine höhere Pension zu kriegen. Ich führte ihn in das erstbeste Schallplattengeschäft auf dem Weg und kaufte ihm die *Götterdämmerung*, und dann schickte ich ihn weg. Ich hatte damals einen schwarzen Humor, so schwarz wie du. Schau mich nicht an, ich bin eigentlich recht arm dran, und kein Mensch weiß es. Ich wollte sterben und konnte nicht, wegen dir, damit du es weißt. Ich schreibe keine Forschungsarbeit über das Institut für Frieden und Therapie. Ich bin ein Patient wie du. Alles fiese Typen. Jeder haßt jeden, der Schlaue ist der Bösewicht. Als sie mich operierten, habe ich den Todesengel weggejagt, und er ist erschrocken. Du hast kein Recht, auf mich zu warten. Mein Lehrer dort war David, David Richter Frank. Sein Bruder ist später berühmt geworden.«

Das Kind tippt: Schlächt, schlächte Menschen, schlächte Onkels. Hab Pipi ins Bett gemacht. Dem Kind zittern die Hände. Vielleicht ist es beleidigt? überlegt Adam. Es ist jedesmal gekränkt, wenn ich meine Gefühle offen zeige. Und warum bin ich dann zu ihm gekommen? Damit ich mit jemand reden kann. Und der Junge ist beleidigt. Ein Perpetuum mobile, es gibt keinen Ausweg. Aber er wartet, oh, wie er wartet, auf die Worte...

Das Kind tippt: Flugzoig mit rohtem Hintern. Flugzoig fon El Al fliegt mitt lautem Knall. Ein blinder Schimmel küßt mirn Pimmel. Ich habn Poo, und du froist dich soo. Du machst Pipi in die Hand, und ich geb dirn Band.

Adam lacht. Das Kind lacht nicht, es ist ein Hund, aber seine Mundwinkel zucken, als würde es gern lachen. Adam liest die Worte laut vor. Das Kind erschrickt, als es sie da zum erstenmal hört. Welche Erinnerungen sind in seinem Hundehirn aufgetaucht? War das Rache? An wem? Weil es ihm gelungen ist, ein Hund zu werden? Weil er es hätte bleiben können? Und ich nun gekommen bin und das zunichte gemacht habe? Wenn ich jetzt anhalte, aufhöre, Hokuspokus, dann bleibt er mittendrin hängen, weder Hund noch Kind. Das Kind ist erschrocken. Es hat Angst, weil die Worte sicher eine Art Geheimsprache für die Unterhaltung mit sich selbst waren, mit einer Vergangenheit, die gestorben war und plötzlich wieder erwacht ist. Denn es ist mal ein Kind gewesen, hatte Eltern, Verwandte, Freunde, Teddybären, einen roten Wald, Bauklötze, Lumpen, Papierschnipsel, Bücher mit dümmlichen Bildern, Bleistifte, einen kaputten Nußknacker, einen Messergriff, einen Federhalter ohne Feder, und vielleicht gab es auch ein Grundstück mit Sandkasten und Schaukeln, und Mutter rief vom Balkon, und womöglich hat es auch einmal Meer mit Sandstrand und Muscheln gegeben?

Das Kind reißt wütend das Papier aus der Olivetti, zerreißt es flink in winzige Schnipsel und zerkaut sie erregt. Es verschluckt die Worte, das Papier. Adam will das verhindern, tritt an das Kind heran und versucht, die Papierfetzen seinen Händen zu entreißen, aber das Kind macht eine schlangenartige Windung und beißt ihn in die Hand. Dieselbe Hand! Adam führt die Hand ans Gesicht und prüft sie sorgfältig; seine Züge sind einen Augenblick leichenblaß. Das Kind liegt tief atmend in der Ecke, die ängstlichen Augen weit aufgerissen. Sein Atem geht schnaufend wie eine müde Lokomotive. Doch Adam merkt sofort, daß der Biß kein Tierbiß mehr ist. Kein Hund hat ihn gebissen, aber auch kein Kind, sondern jenes Mittelwesen. Beide spüren es. Die Zahnabdrücke sind nicht tief genug für den Biß eines Hundes und nicht zart genug für die eines Kindes. Aufgegebene Hündischkeit, Kindheit, die nicht mehr ist, aber beinah.

»Du bist kein Hund!« Adam verschluckt die Worte, weiß gar nicht, daß er sie gesprochen hat. Das Kind zittert in der Ecke, bebt immer noch, seine Augen weinen tränenlos. Sein Mund zuckt, aber Speichel bildet sich nicht. Adams Arm sackt wie leblos herunter. Das Kind kaut immer noch die Papierschnipsel und schluckt sie.

»Du kannst nicht bellen!« Eine furchtbare Beleidigung liegt in diesen Worten.

Das Kind nickt auf und ab, beschämt kauend und schluckend. Adam setzt sich, nimmt den Rasierapparat, läßt ihn geistesabwesend von einer Hand in die andere wandern, als seien seine Hände hier, er selbst aber weit fort. Eine sonderbare, bedrückende Stille herrscht jetzt. Dumpf ist die Dauermusik vom Korridor zu hören. Das Kind hat die Augen gesenkt und starrt auf Adams Schuhe.

Und als Adam die gesenkten Augen sieht und weiß, daß Rex

um die winzige Fleischportion kämpfen würde und daß er selbst die Augen rollt und nichts als ein Schatten, ein elender, unbedeutender Schatten ist, flüstert er: »Aber ich liebe dich, Kind. Das ist schlimm, vielleicht sogar grauenhaft. Warum? Was willst du von mir? Ich bin eine schwache Stütze. Wir werden beide zerbrechen. Die Rache ist nicht süß. Du wirst fallen, und ich auch.«

Statt der unerwünschten Antwort, statt des erwünschten Schweigens ist ein Klopfen an der Tür zu hören, das beide erschreckt. Ins Zimmer tritt gemessenen Schrittes Miles Davis mit dunkler Sonnenbrille, einem rosa Hemd mit zu vielen Knöpfen, schwarzen Röhrenhosen und orange Schuhen. Auf den Armen schleppt Miles ein riesiges Paket, das ihn umzuwerfen droht, als er es jetzt unter erheblichen Schwierigkeiten mitten im Zimmer absetzt. Er schnauft und prustet in offensichtlicher Erregung. Das Kind und Adam mustern abwechselnd ihn und das Paket. Miles macht sich ungeduldig ans Auspacken, löst den Bindfaden, zerreißt das Einwickelpapier, bricht den Karton darunter auf, und als er mit der Arbeit fertig ist, kommt ein mittelgroßes Xylophon zum Vorschein, zum Weinen schön: glänzende Holzbrettchen sind mit Holznägeln auf zwei gelben Metallstangen befestigt. Ein hübscheres Xylophon als dieses hat Adam im ganzen Leben noch nicht gesehen. In den Händen hält Miles die an den Enden mit Gummikugeln versehenen Klöppel und fuchtelt begeistert damit herum.

Das Kind reißt seine blauen Augen auf. Diese hübschen Schweizer Seen, diese Augen so blau wie die Hoffnung, starren auf das Xylophon. Was siehst du, Kind? Den Reigen der Engel? Die Wonnen des Paradieses? Erscheint dir das Xylophon wie ein Gott? Wie ein höchstes Wesen? Wie tausendundeine Olivetti? Wie hundert Transistorradios? Der Olymp des Hundes ist von kleinen Geräten bevölkert, die Menschenhand hergestellt hat: Feuerzeuge, elektrische Rasierapparate, Transistorradios, und der Gott der Götter muß zweifellos das Xylophon sein.

»Das ist für David«, sagt Miles lächelnd. »Soll er mal ein bißchen ausspannen, seine Nerven beruhigen, weißt du, was das heißt, von der Hundehütte auf den Königsthron hochzufahren? Verzweiflung, Mann! Also hier hast du ein Geschenk, und nun werden wir zu viert spielen können, das Quartett der verlorenen

Seelen, *Lullaby in Arad, Lullaby at Mrs. Zisling's. Man, I am sick, this pad will swing, baby, swing...*«

»Aber warum?« fragt Adam verwundert. Das Kind bleibt schweigend in der Ecke liegen, kommt gar nicht ran. Es versteht und versteht doch nicht.

»Vor zwei Tagen war das, gegen Abend«, Miles spricht wie zu sich selbst, »da bin ich in den Hof rausgegangen. Ich war ziemlich traurig, wollte nach New York zurück, und sie lassen mich nicht. So still war es, der Frühling lag ringsum ausgebreitet, und er hat einen Duft, der Frühling, einmal habe ich den Frühlingsduft sogar auf der Trompete gespielt. Ich lief also im Hof rum und wollte jemand Bekanntes treffen, einen Freund, einen Kumpel, jemand, der mich wirklich kennt, den ich kenne, mit dem ich an irgendeinem richtigen Ort zusammengewesen bin, nicht bloß hier, bei diesen Schuften, nicht hier. Mir fiel die Purimparty wieder ein, da war ich fremd, so ohne Nummer, wie ein Baum in der Wüste am Toten Meer. Ich war ziemlich verwirrt. Man kann schlecht sagen, daß ich weinen wollte – ich hab' geweint, ohne zu wollen. Ich wollte Tony Scott treffen, Gerry Mulligan, Dizzy Gillespie, jemanden, den ich kenne, der mich kennt, Billie Holiday, Jo Jo Johnson, Lou Jackson. Aber ich war hier und allein. Plötzlich hörte ich eine Stimme. Und die Stimme war so bekannt. Ich konnte nicht genau verstehen, was sie sagte, aber sie war mir vertraut. Ich versuchte festzustellen, woher sie kam, und es gelang mir nicht. Der Klang wurde durch die Luft getragen, von weit her. Ich stand am Zaun des Instituts, ganz am Ende, dachte sogar dran, auszubrechen und zu fliehen, aber ich konnte nicht. Hab's nicht gewagt. In der Ferne glitzerten die Lichter von Arad. Ein Fenster in einem fernen Haus war offen und erleuchtet. Darin sah man eine Frau nur im BH, sie hatte gar kein Kleid an, nur BH und Schlüpfer. Ihr Mann lag im Sessel ausgestreckt, oder vielleicht war es nicht ihr Mann, ich weiß es nicht. Der Plattenspieler lief, man konnte schwer raushören, was er genau spielte, aber es war Charlie Parker. Ich erkannte seine Stimme, er redete. Er sprach aus der Schallplatte, und das war Freundschaft, Freundschaft bei jeder Umdrehung. Die Umstände hatten einen neuen Ort für unser aufflammendes Gefühl bestimmt, wir waren beide ein unverwirklichtes Erlebnis, wie ein Musikton, der durch eine Welt schwebt, in der es kein Ohr gibt, und es sprach mich aus zwei Richtungen gleichzeitig an: einerseits war das Charlie Parker in New York – ich kenne die Platte, kurze Ausschnitte, die man nach seinem Tod zusammengestellt hat –, andererseits sagte er mir, obwohl ich die Worte nicht verstehen konnte oder gerade deshalb, Dinge, die nur mich angingen, und das war ein heiliges Geschenk des Augenblicks, das mit keinem Gold der Welt aufzuwiegen ist. Ich höre mich feierlich an, aber das war ein erhabener Augenblick, ein feierlicher Abend in dem großen Hof gegenüber der kleinen unbegreiflichen Stadt in der Wüste.

Er sagte mir Dinge von ungeheurer Wichtigkeit. Über New York, über meine Stadt, über die Menschen, die ich liebe. Und auf einmal sprach er von dir, von Adam, von dem Hund. Er sagte, ich müßte mich mehr anschließen, Gemeinschaft pflegen, nicht fliehen, gemeinsam Musik machen. Er sagte, das Kind könnte auch spielen, so sagte er, es würde die Klänge verstehen, einfach so. Ich war verlegen, weil die Frau sich schon ausgezogen hatte und ins Bett gegangen war. Von weitem, von dort, wo ich stand, wirkte sie wie ein Käfer. Ihr Mann schenkte etwas in ein Glas ein und drehte die Platte um, und die Klänge aus ihrer Hi-Fi-Stereoanlage schwebten auf wundersame Weise über die Wüste bis zu mir hin. Ich wußte, daß Charlie Parker nicht direkt über Adam Stein und über mich sprach, das wußte ich schon. Aber trotzdem, die Tatsache, daß er gesprochen hat, beweist – was? Daß er gesprochen hat! Nicht? Einmal, als ich ihn spielen hörte, wollte ich sterben... Und er wußte es und fing an zu lachen. Er hatte ein schönes Lachen, der Charlie Parker, und eine hohe Stirn, und sein Gesicht war wie das eines traurigen Kindes. Ich erinnere mich, wie ich so dachte: Ich werd' dem Kind ein Xylophon kaufen. Warum? Weiß ich wirklich nicht. Ich dachte, eines Tages wird es die Lieder hören, die neuen Schlager, die Beatles, die Lions, die Kings, die Tigers, den Blue Wolf und die Pregnant-Grandpa-Band, und wenn der Junge die alle hört, wird er dann wissen, daß die alle auf einen Mann zurückgehen, der Charlie Parker hieß? Vom Charleston bis zum echten, schmetternden Jazz! Er hat den Blues wieder in das Mutterland des Jazz zurückgeführt und einen neuen Wortschatz geschaffen, eine neue Sprache, die heute jeder benutzt, der bloß den Mund auftut, jedes Kind, jeder Musiker, jeder Hund. Und was tat Parker?

Er kehrte zum Tod zurück. Deshalb hat er gelacht, als ich sterben wollte. Der Jazz hat als Begleitmusik bei Beerdigungen angefangen, bei Beerdigungen von schwarzen Menschen, deren Vorfahren einst von gewissenlosen Arabern im Tschad und in Tanganjika eingefangen und in kleinen Booten nach Sansibar gebracht worden waren, von wo aus man sie in die Neue Welt verfrachtete. Beerdigungen von Menschen, die – wie mir Parker sagte – nicht einmal im Himmel etwas zu erhoffen hätten, weil Gott weiß ist. Und ihr schwarzer Jesus, wie lächerlich der ist. Sein Vater ist weiß und grausam, seine Mutter eine Hebräerin, eine Jüdin, und er selbst ist kohlrabenschwarz. Und unschuldig? Wie hätte er unschuldiger und reiner sein können als Parker? Parker war das Genie der Musik der Besiegten, und wie furchtbar und beschämend ist es doch heute, der Siegerrasse anzugehören. Weder verstoßen noch unterdrückt sein, das heißt nicht aufwachen, nicht mit dem Rücken zur Wand stehen und Wolfowitz' Engel überraschen, die sich in die schönen Toravorhänge hüllen. Er war schön und er war schwarz, sogar im Innern, tief drinnen, wo die Seele sonst weiß ist. Mister Jazz, Mister Bebop, Mister God of Roaches. Er knackte die Welt wie eine Mandel auf und entlockte ihr Melodien, wie ein Chassid, voll Inbrust. Und er wußte, daß er sterben würde, er starb mit klarem Geist, aber die Erde drehte sich weiter. Alles wie gehabt. Es entbrannte ein Streit um den Leichnam, ein Kampf um das Erbe. Die legale Ehefrau kam und forderte ihren Teil, während seine wirkliche Gefährtin zur Seite gedrängt wurde. Freunde vergaßen, daß Gott diese Musik gespielt hatte, und erinnerten sich nur an das Gesicht und den Mund und den nach der Spritze hungernden Arm. Ich weiß es, ich war dort... Morgens stand er auf, trank ein bißchen, nahm das ganze Leid, das ihn wie Schweiß bedeckte, steckte es in den Kühlschrank und fror es ein. Das Leid sah eigenartig aus: Noachs Regenbogen im Kühlschrank, die Stimme einer Nachtigall im hermetisch verschlossenen Kasten. Dann, bei Nacht, holte er den gefrorenen Schmerz heraus und taute ihn ganz langsam auf, und auf einmal, aus den Tönen seines Saxophons heraus, hörtest du, wie vor deinen Augen eine Weltrevolution abläuft: festgefügt, exakt, erstarrt, konserviert, edel. Das war die Geschichte des schwarzen Mannes in der Großstadt. Drinnen, in seiner Seele, war er schwarz. Wie sein Großvater, der noch Sklave gewesen ist. Wie jenes alchimistische Wunder, das die Magier und Weisen im

Morast suchen. Ich bin innen und außen weiß. Und gehöre zu dem Gott, der vor lauter Lachen eingeschlafen ist, wie Wolfowitz der Betrüger sagt.

Und ich habe ihn zu mir sprechen hören, wie die Schwester Schwester die Stimme Gottes hören wird, oder Samuel oder Jesaja, und das hier, in derselben Wüste – Jeremia, Elija, Charlie Parker. Dies ist ein anderes Jahrhundert... Gott schreit jetzt aus der verendenden Kehle von Billie Holiday, aus Parkers Saxophon, aus Wolfowitz' Stöhnen, aus dem Kopf seiner Tochter Nechama. Nicht? Aber sicher.

Ich rede mit mir selbst. Sag nichts, Adam. Ich schwatze, aber es tut mir gut. Das ist das erste Mal, daß ich wirklich rede. Und ich war ja gar nicht dort, du weißt es doch, du weißt als einziger, daß ich den New Yorker Stadtplan auswendig gelernt hab', daß ich alles aus Büchern, Reden und Filmen habe, aus der Intuition, aus Träumen, aus Gesprächen mit Charlie Parker in der Wüste. Wie? Deshalb bin ich hier. Wer hier angelangt ist, hat gute Gründe dafür.

Denen, die nicht hier sind, geht es besser, aber es ist ihnen auch langweiliger. Sie können keine nächtlichen Gespräche mit nebelhaften Wesen führen, außer im Schlaf. Wir träumen im Wachen, und deswegen werden wir vollkommener sterben. Er wußte haargenau, was die Schande und welches ihr präziser Preis ist. Bis zum letzten Blutstropfen, yes!«

Und inzwischen, während der ganzen Rede, während Adams Staunen – und Adam staunt tatsächlich –, hat Miles mehr gesagt als erwartet, mehr als er hätte sagen dürfen. Doch er, Adam, wird nichts ausplaudern, wird ihn nicht beschämen, wird Dr. Gross nichts berichten, denn der würde doch einen Freudentanz aufführen und meinen, das sei seinetwegen. Er wird nicht erfahren, daß auch Miles an dem Wunder des Kindes Anteil hat, des Hundes – Rex, Adam, Ilse Koch, Klein, Weiss, Herbert. Es ist die andere Seite desselben Wunders. Charlie Parker – dasselbe Wunder. Gott, der gestorben und wiedererwacht ist und mit ihm wegen Schwesterchen sprechen wird – ein und dasselbe Wunder. Erwachen, Königswürde, Ehre, Krone, ah... Und sei's nun, daß das Kind da spräche und ich nicht stürbe? Aber ich werde sterben!

Und siehe, es wird sich heute begeben, daß der Hund zum

Xylophon hinkriecht. Ein hübsches, glänzendes, modernes Xylophon. Wo hat Miles das gekauft? Miles fehlt es nicht an Geld. Sein Vater ist gern bereit, ihn finanziell zu entschädigen, solange er nur still und friedlich im Institut verbleibt und nicht etwa Papas Ruhe oder seine neue Ehe stört. Denn Miles Vater liebt keine unvorhergesehenen Störungen, und Miles stellt schon an sich eine unvorhergesehene Störung dar. Deshalb ist Miles' Brieftasche in guten wie in weniger guten Tagen stets prall gefüllt. Er hat das Xylophon in Tel Aviv bestellt und es so verpackt für David erhalten.

Der Hund kriecht auf das Xylophon zu, betrachtet es lange, streckt langsam die Hand aus und beginnt, die mit Glanzlack überzogenen Holzstäbchen zu streicheln. Er kraucht und guckt, betastet und bestaunt, vergißt alles um sich herum, Adam, Miles, alles. Und während der Hund mustert und prüft und befummelt, singt Miles ein Liedchen mit ungereimtem Text, bis er schließlich in befreiendes Lachen ausbricht. »An Kinderlieder kommt nichts heran. Die Purimparty war eine Sensation«, sagt er.

»Sie war furchtbar«, sagt Adam und beobachtet das Kind, das staunende Kind, das sein großes Spielzeug anstarrt.

»Nein, du verstehst nicht. Wenn man bis zum letzten Tag mit Puppen spielen könnte, meinst du nicht, wenn man das dürfte, wäre alles besser? Und die Lieder. Einmal habe ich eine Jazzmelodie zu einem Kinderlied geschrieben, das man in Tel Aviv gesungen hat, als ich zehn Jahre alt war:

Es gibt arme Kinder auf der Welt,
Von Vater und Mutter verlassen.
Zu essen haben sie nichts,
Weil die Mahlzeit
In einem orientalischen Restaurant in Tel Aviv
Zwei Groschen mehr kostet
Als in Jerusalem.

Dieses Lied hab' ich vertont. Ich hab's mir selber vorgesungen, und jedesmal, wenn ich weinen wollte, hab' ich an dieses Kind gedacht, das nichts zu essen hat, das Kind, das hungrig ist, weil die Mahlzeit in einem orientalischen Restaurant in Tel Aviv zwei Groschen mehr kostet und es doch auch nicht nach Jerusalem fahren kann. Ich kann -zig Kinderlieder singen, ordinäre, schöne, jedes Lied hat seine Bedeutung, seine eigene Geschichte, ist aus irgendeinem großen Ereignis heraus geboren worden. Ich versuche, die eintönigen Melodien zu ändern, sie zu beleben. Ich möchte einige dieser Lieder nach New York mitnehmen, zu meinen Freunden, um sie ihnen zu zeigen, um vielleicht eine neue Richtung im Jazz zu weisen, eine Richtung, auf der man vorwärtsschreiten kann. Um diese Hymnen der Kindheit im Rhythmus der Beerdigungsmelodien zu spielen, von denen ich vorhin gesprochen hab'.«

Das Kind hebt mit begierigen Händen die beiden Klöppel auf und beginnt mit ihnen die blanken Holzstäbchen des Xylophons anzuschlagen, zögernd zuerst, dann mit größerem Schwung. Und Miles denkt an die Perle, auf die er einmal eine Jazz-Fuge geschrieben hat, und deshalb – jetzt weiß er es –, deshalb hat er David, König von Israel, ein Xylophon geschenkt. Charlie Parker hatte ihm nämlich folgendes gesagt: Denk an die spottende Perle, die, so zart wie sie ist, doch verächtlich der Taucher spottet, die nach ihr suchen. Ebenso verlachen die verborgenen Geheimnisse den sie umgebenden Morast, der sie zu verstehen sucht, der meint, sie beständen seinetwegen, der fischende, jagende, grabende, entdeckende, erobernde Morast.

Das Kind hat schon was gelernt. Eigenartig, nach einer halben Stunde kann es bereits Musik machen. Adam ist erstaunt und ärgerlich. Adam ist neidisch! sagt Herbert, der auf der Fensterbank sitzt. Adam ist nicht neidisch, sagt Adam. Adam ist eifersüchtig und wütend, sagt Herbert. Eine halbe Stunde, und der Hund kann spielen.

Miles zieht die Trompete aus der Tasche, die ihm über der Schulter hängt, und schließt sich dem Kind an, geht mit ihm mit, folgt ihm unwissentlich, ohne daß er es zugeben würde, lenkt es, veranlaßt es zum Zusammenwirken. Die Musik ist nichts anderes als der Takt ihrer Herzen. Sie sprechen einander in der Sprache der Töne an. Wie kann ein Hund, der bis vor wenigen Monaten an der Kette gelegen, weder gesprochen noch gestanden hat, sondern immer nur in ein Laken gehüllt in einem dunklen, stinkenden Zimmer lag, wie kann ein solcher Hund sich jetzt über ein modernes, neues, glänzendes Xylophon beugen und mit seinen Händen, den Hundepfoten, die Holzstäbchen anschlagen und ihnen feine, angenehme Klänge entlocken? Wie ist das möglich? Adam weiß es nicht. Versteht es nicht. Herbert, der ewige Spötter, ist entflohen. Miles denkt jetzt nicht, er spielt, und Adam wird seine Gitarre herausholen, die Saiten zupfen und versuchen, die beiden zu überspielen, und falls ihm das nicht gelingt, wird er mit den Fingern auf den Rücken der Gitarre trommeln, im Rhythmus, im Takt des Herzens, wird zu denken und zu grübeln aufhören und die Dinge so nehmen, wie sie sind.

Als Dr. Gross, der durch jede Ritze lugt und jeden Lichtstrahl bestaunt, viele Monate später mit Herrn Ben-Jaakow vom Gesundheitsministerium redet und auf den Fall von Adam und dem Hund zu sprechen kommt, versucht er seinem mißtrauischen Gegenüber irgendwie klarzumachen, daß an jenem Tag, ohne daß man wisse wieso und warum, eine wirkliche Wende eingetreten sei (deren Vorzeichen sich allerdings schon früher angekündigt hätten); der Hund gehe jetzt nämlich auf eine zwar unbekannte, aber hoffnungsvolle Zukunft zu. Und auch Adam sei – obwohl er es weder wisse noch verstehe, beziehungsweise, falls er es doch wisse und verstehe, sich gegen das aufzulehnen suche, was er wisse und verstehe –, auch Adam sei schließlich nicht gestorben, und zwar aus Gründen, die nur im Zusammenhang mit der Beziehung zwischen den beiden begreiflich seien. Zum erstenmal fiel das Wort »Genesung« in dieser Erörterung. Gross sprach es aus, während in seinem Herzen ein kleines Fest stattfand, kein lärmendes, sondern so leicht wie ein Stich.

*

Heute ist Sonntag. Der Zeitenlauf hat uns den Sommer gebracht. Reif ist der Sommer schon, aber noch nicht furchtbar, noch beißt er nicht. Doch selbst wenn er seinen Höhepunkt erreicht, sind seine Zähne hier im Institut gewissermaßen stumpf – welch angenehm trockenes Lüftchen. Hier ist alles ruhig, steril und kühl. Bald ist ein Jahr vergangen, seit Adam Blaubart Stein ins Institut zurückgekehrt ist. Ein Jahr, seitdem er Ruthchen zu erwürgen versucht hat. Ein Jahr, fast ein Jahr, seit seiner ersten Begegnung mit dem Hund. Jetzt sitzen Adam, Pierre Loti und Miguel de Salvaro, der sich momentan von seiner Beschäftigung mit »Sexualität und Christentum« freigemacht hat, da und beraten über eine

Angelegenheit, die Adam und Pierre Loti sehr am Herzen liegt. Miguel haben sie wegen seiner großen Welterfahrung in die Geschichte eingeweiht, denn kein Mensch wird die Institutsinsassen davon überzeugen, daß Miguel nicht einer der größten zeitgenössischen Spione gewesen ist. Die Tatsache, daß er sich nicht äußern will, daß er sich weigert zu gestehen, daß er die Lippen fest geschlossen hält, erhärtet den Verdacht nur noch. Es bestehen Vermutungen, ja sogar unerschütterliche Beweise, daß Miguel zum Beispiel den Geheimcode in Moskau gestohlen, Eichmann entdeckt, aktiv am Algerienkrieg teilgenommen, Mao Tse-tung zu töten versucht, Nkrumah besiegt und an der Ermordung Lumumbas mitgewirkt hat; außerdem soll er Waffenhandel mit den Kurden getrieben und die Jemeniten im Krieg gegen Ägypten beraten haben. Nach Israel hat er irgendwann einmal, vor seiner Entlarvung als Doppelagent, eine ägyptisch-sowjetische Mig-19 überführt. In Ägypten wiederum war er mit Marschall Omar befreundet, für den er wilde Orgien unter Beteiligung berühmter Bauchtänzerinnen veranstaltete. Ferner hat er sich schon in Syrien aufgehalten, die griechische Regierung wird seinetwegen stürzen, eine geheime Beobachtungsstation soll – ebenfalls auf sein Betreiben – zwischen Erde und Mond eingerichtet und von hier, vom Institut aus, diskret mit der Welt verbunden werden. Deswegen ist er hier. Und Adam, natürlich... Dieser Schwindler, ist der wirklich krank? Das glaubt doch kein Kind. Eines Tages wird die nackte Wahrheit herauskommen. In der Welt wimmelt es nur so von Geheimagenten.

Heute, am Sonntag, ist Pierre Lotis Ruhetag. Frau und Tochter sind nach Beer Scheva gefahren, um in Mrs. Samits Mission in der Trumpeldorstraße zu beten. Diese Amerikanerin, ihre acht Kinder und der weißhaarige Ehemann leben nun schon einige Jahre in dieser Altstadtstraße, ohne daß sie auch nur einen einzigen Juden von seinem Glauben abgebracht hätten. Vielleicht versuchen sie das auch gar nicht. Sie warten auf den Messias und beten hoffnungsvoll für die Seelen der Irrenden und der Verirrten. Pierres Frau, die Mrs. Samit gern mag, hat Kuchen und Bonbons für die Kinder und eine herzhafte, fleischgefüllte Pastete mitgenommen, und nach dem Gottesdienst werden sie sicher im rebenüberwachsenen, mit Bachkieseln gepflasterten Innenhof des alten türkischen Hauses zu Tisch sitzen und über die Probleme der

Welt, die Zukunft Beer Schevas, die Zukunft der Mission im Land des Messias und über die Juden sprechen, die offenbar nicht fähig sind, das Licht zu sehen.

Da Pierre nun also am Sonntag ohne seine Frau zurückgeblieben ist und sein Stellvertreter Jonatan Trewisch seinen Platz in der Küche eingenommen hat, kann er sich in Ruhe mit Adam zusammensetzen, um die Frage des heiligen Jordanwassers zu erörtern. Der Gedanke ist offenbar recht einfach. Adam ist vor einigen Monaten darauf gekommen, hat Pierre davon erzählt, und seither treffen sich die beiden jeden Sonntag, um über die Einzelheiten der Idee, die Wege zu ihrer bestmöglichen Verwirklichung und alle damit verbundenen Probleme zu beraten.

Sie brauchen nichts weiter zu tun als eine bestimmte Menge Jordanwasser zu beschaffen, denn schließlich weiß ja jedermann, daß der Jordan ein heiliger Fluß ist – oder zumindest ein heiliger Bach für alle, die ihn mal gesehen haben. Und Adam hatte den Jordan bei seinen Reisen durchs Land gesehen, bevor er seinerzeit nach Jerusalem gefahren und mit Josef Graetz zusammengetroffen war. Die Kinder Israels überquerten ihn auf dem Weg in das Gelobte Land, Jesus ist darin getauft – und darin liegt der Kern des Gedankens. Es gibt heute fast eine Milliarde Christen auf der Welt, darunter viele, denen die heiligen Stätten sehr am Herzen liegen, und der Beweis dafür: Pierre Loti selbst war zu Tränen gerührt, als seine Augen zum erstenmal die Wasser des Jordans schauten. »Also, Freunde«, beginnt Adam seine Rede, »was brauchen wir? Heiliges Wasser oder solches, das wir selbst heiligen können, kleine Plastikfläschchen zum Abfüllen, und schon haben wir heiliges Jordanwasser, das sich in der ganzen Welt verkaufen läßt.« Aber Adam hat noch eine weitere Idee: Sie müßten sich mit einem Künstler in Verbindung setzen, nicht mit einem modernen, sondern mit einem Maler, der sein Handwerk versteht, der hingehen und die heiligen Stätten schön kitschig mit netten Olivenbäumen, Türmen und Kirchenglocken zeichnen kann: Kapernaum und den Berg der Verkündung. Diese Werke ließen sich dann auf feste Karten drucken, an denen man wiederum Faltbilder anbringen könnte. Adam kennt dieses System, das sich in Deutschlands Kaufhäusern großer Beliebtheit erfreut: Kinderbücher, aus denen beim Aufmachen wirkliche, dreidimensional gestaltete Häuser herausspringen. *Pop-out*, spring-heraus, klapp-mich-auf. Auf diese Bilder könnte man ein hauchdünnes Stückchen Olivenholz aus Nazaret kleben, ein winziges Fläschchen heiliges Jordanwasser und echten Sand aus Jerusalem. Und das dürfte man dann nicht einfach so verkaufen! Nicht nur rein zufällig in irgendwelchen Geschäften wie Brötchen oder Aschenbecher anbieten, das wäre ja dumm... »Nein, wir werden uns an Priester in Jerusalem und Nazaret wenden und zusammen mit ihnen weltweit Prospekte herausbringen. Der Kunde sendet dann einfach einen Brief an die Adresse ›Christmas-Cards, Nazaret, Israel‹, gibt an, welchen seiner Lieben er die Karten schicken möchte, und legt einen Scheck bei. Nach Eintreffen eines solchen Bestellschreibens brauchte man nichts weiter zu tun als eine solche Faltkarte zu nehmen – komplett mit Jordanwasser, Olivenholz und gedruckten Gruß- und Gebetstexten in Lateinisch, Englisch, Französisch, Spanisch und Hebräisch –, sie entsprechend zu frankieren und an den Auftraggeber oder seine Freunde und Verwandten abzuschicken. So wird sich die Welt mit Karten aus dem Heiligen Land füllen, denn wer könnte schließlich einer solchen Versuchung widerstehen?«

Pierre Loti, der rein durch Zufall nach Israel gelangt ist, hat seine Träume. Einmal hatte er sogar daran gedacht, eine Exportfirma für tiefgefrorene Falafel zu gründen. Gefrorene Kichererbsenbällchen sind ein hervorragendes Produkt. Und er hatte auch schon ein erstklassiges Rezept parat: Original Tiefkühlfalafel aus dem Heiligen Land für Cocktailpartys in Europa und Amerika. Jetzt ist er überzeugt, daß die dreidimensional auffaltbaren Weihnachtskarten mit heiligem Wasser ihm Weltruhm, Reichtum und ein interessantes Betätigungsfeld bringen werden – ein großes Handelsunternehmen, Geschäftsreisen, umfassende Managementfunktionen, Öffentlichkeitsarbeit. Und bei alldem brauchte er das Institut nicht zu verlassen. Es gefällt ihm hier. Seiner Frau geht es ausgezeichnet, seine Tochter ist schon eine waschechte Israelin. Sie hat ihren Namen hebraisiert, studiert in Beer Scheva und wird später vielleicht sogar in einen Kibbuz gehen.

Gina Gray (»Gina mein, Gina klein, o mein liebstes Ginalein«, hatte Dr. Gross ihr einmal leicht angesäuselt auf einer Party vorgesungen und ihr angeboten, mit ihm nach Hause zu kommen. »Was wird Sara dazu sagen?« hatte sie lachend geantwortet. »Oh, das ist wirklich ein Problem«, hatte er gemeint, und damit war die

Sache erledigt gewesen), Gina also sucht Adam, sie möchte mit ihm sprechen. In der Tasche hat sie die Liste der Beleidigungen aufbewahrt. Sie möchte eine Schuld einlösen oder gemeinsam schweigen oder wissen, wo sie dran ist.

Heute morgen ist sie mit einer ekligen Depression aufgewacht, hat eine Tablette geschluckt, der Kopf tat ihr weh. Und als sie nach dem Duschen beim Haarekämmen in den Spiegel sah, blickte ihr daraus das Konterfei einer Person entgegen, die nie zur Löwen- oder Tigerjagd nach Afrika gefahren war und es auch künftig nicht tun würde. Sie fand ihr Spiegelbild geradezu abscheulich und sehnte sich nach jemandem, der ihr guten Trost zusprechen oder sie mit den Flammen seiner Zunge erfüllen würde. »In anderen Worten, ich brauche dich, Adam«, hatte sie zu sich selbst gesagt und das ihr scheußlich vorkommende Gesicht im Spiegel angelächelt.

Als sie nun Adams Zimmer betritt und ihn dort nicht vorfindet, öffnet sie das Fenster und sieht den Sommer über die weißen Berge ausgebreitet, bis in die zerklüfteten Wadis hinunter. Bald wird die Glut zunehmen und tiefer dringen, bis die Macht der Hitze alles versengt. Aber jetzt ist der Sommer noch in seinen Windeln. Ein junger Sommer, vielleicht sogar sympathisch, hier, in dieser vollklimatisierten synthetischen Luft. In der Ferne steigt Rauch aus dem Schornstein einer neuen Keramikfabrik in der kleinen, im Aufbau begriffenen Stadt. Bei seinem Anblick muß sie einen Moment an die Pensionswirtin denken und dann an Adams Frau und seine Töchter, die sie – wenn es ginge – so gern kennengelernt hätte, um sie zu verwöhnen, um ihnen das zu sein, was sie all den anderen nicht zu sein vermag. Sie weiß, woher sie kamen, und empfindet Zuneigung für sie. Gretchen ist zu Rauch geworden, sagt sie sich im Herzen, und ich umarme Schatten. Sie öffnet den Schrank, wischt die feine Staubschicht von den hebräischen Grammatiken und Wörterbüchern in der obersten Reihe, über ein paar deutschen Titeln, die sie gar nicht versteht. Ihr Blick fällt auf den elektrischen Rasierapparat. Ich dachte, er hätte ihn dem Kind geschenkt! Anscheinend hat er zwei davon. Sie hatte momentan vergessen, daß er wohlhabend ist. Schau mal, was er hier hat. Kameras, Rechenschieber, Tabakspfeifen, Kamm und Bürste aus Schildpatt, Medikamente, Rasierwasser in einer polierten Keramikflasche, Füllfederhalter Marke Pelikan und Montblanc, Zigarren in Spankistchen und noch andere mehr oder weniger sonderbare Dinge. Sie nimmt den Rasierapparat in die Hand und fängt geistesabwesend an, ihn zu putzen. Dazu holt sie den kleinen Pinsel aus dem braunen Etui und bürstet über die winzigen Schermesser. Das Geräusch, das die feinen Stahlfasern bei der Berührung mit dem Pinsel abgeben, klingt ihr angenehm in den Ohren. Ihr Rückgrat prickelt. Mit geduldigem Eifer entfernt sie weiße Bartstoppeln aus dem Gerät und wundert sich, warum diese mechanische Tätigkeit, diese Fleißarbeit, sie in derartige Hochstimmung versetzt, die sie alles andere vergessen macht. Während sie die Stoppeln in einen Plastikbeutel einsammelt, den sie irgendwo gefunden hat, sagt sie sich: Ich bin ganz allein hierher verbannt unter all dies; ich bin dazu verurteilt, in Adams Zimmer zu sein. Warum? Wenn es mir bestimmt ist zu lieben, wenn es das Schicksal will, daß ich weiße, aus dem Rasierapparat ausgebürstete Barthaare lieben kann, dann steuert mein Leben auf die Zerstörung zu. Ich werde wegen dieser Hochstimmung hier zugrunde gehen. Aber dann weiß sie wieder nicht, warum sie so gedacht hat. Ihr fällt eine Episode aus der Zeit ein, als sie noch in Jaffa war und das Zimmer mit Sara Avidom teilte. Saras Freund war – frisch geduscht – zu Besuch gekommen und duftete schon aus der Ferne nach Puder und Kölnisch Wasser. Sara lächelte, während Gina sie im stillen verhöhnte: Wie kann man einen gepuderten Mann lieben?

In der Schreibmaschine steckt ein Bogen mit einer numerierten Liste. Sie nimmt an, das Kind habe der Reihe nach Adams Fragen beantwortet, und liest folgendes:

1. Ich habbs Bett nassgemach. Du kanns nich.

2. Du muss niemals weinen. Wirklich.

3. Du bis schuld dran. Ich bin weiß nich wie alt. Giena die Huhre hatn Glasshintern. N Glasshintern is wien Spiegel. Im Spiegel siet man jeden Fater.

4. Sie habn keine Nahmen. Docktor Gross hat Dreck überm ganzen Gesicht.

5. Du ficks Giena. Wirs nich stärben.

Und sie möchte das Erbe seiner Frau Gretchen antreten! Mehr als einmal hat er ihr erzählt, wie sehr er sie geliebt hat. Aber Gina weiß, daß er lügt, daß er nie jemanden geliebt hat. Daß er nicht fähig ist zu lieben. Und jetzt schleicht sich der Verdacht ein – und das nicht erst seit heute –, daß er vielleicht diesen Hund lieben könnte. Das wäre dann die erste wirkliche Liebe seines Lebens, und sie selbst bliebe davon ausgeschlossen. Sie möchte weinen. Das ist nicht schön, es ist nicht schön zu weinen, einfach unschön. Gretchen, so hatte er einmal gesagt, war ein kleines Mäuschen, ein Vergnügungsboot in einem Ozean der Leidenschaft und des Genusses. Sie hatte einen vollendet schönen Mund, wie gemeißelt, mit göttlichem Stift gezogen. Ihr Körper war so zart wie ein Vögelchen, ihre Brüste glichen zwei Zitronen. Sie arbeitete im Zirkus und wurde zu einem Komma im Witzbuch der Geschichte, so sagte er. An dem Tag, an dem Gretchen Ruth zur Welt brachte, zu deren Ehren Adam auf dem Friedhof den Clown gespielt hatte, genau an jenem Tag verrenkte Adam sich den Fuß. Gina lächelt vor sich hin, setzt den Rasierapparat zusammen und steckt ihn ins Etui. Seine so innig geliebte Frau mit dem Körper eines Vögelchens, den zitronengleichen Brüsten und dem vollkommenen Mund wurde ins Krankenhaus eingeliefert, um ihre Tochter Ruth zu gebären, um für einen Tag Königin zu sein, die Umschwärmte, deren Schoß das Wunder hervorgebracht hatte, und Adam, der sie angeblich so sehr liebte, verstauchte sich ausgerechnet an diesem Tag, zur gleichen Stunde, den Fuß und ging ins Krankenhaus, um sich behandeln zu lassen, um besucht zu werden. Reiner Zufall? Nein. Sie weiß, daß es keiner war. Er wollte getröstet werden, wollte über seine Schmerzen reden und weinen. Übertreiben, lügen... Wenige Stunden nach der Niederkunft kam Gretchen ihn in seinem Krankenhauszimmer besuchen, um ihren Clown aufzumuntern...

Gina macht alles sauber, räumt auf, wischt Staub. *Lehrfaden der Sprache*. Wie hat er Hebräisch gelernt? Wie hat er gelernt, mich mit solch giftigem und doch sprachlich einwandfreiem Hebräisch zu quälen? Sie weiß es nicht. Sie ist überzeugt, daß alles so einfach sein könnte. Er und ich, denn Gretchen ist ja tot. Aber das Kind, dieses Kind wird menschlich, wird ein Menschenkind, ein Ben-Adam, in jeder Hinsicht, in doppeltem Sinn. So was Dummes, eine Frechheit ist das.

Draußen über der Wüste wölbt sich ein klarer Himmel. Keine einzige Wolke. Ein blauer Himmel überspannt die ganze Welt wie ein Dach, wie eine Kuppel. Gina atmet tief ein, füllt ihre Lungen mit guter Wüstenluft. Arad ist in der Ferne zu sehen. Staubwolken wirbeln von einem großen Neubau auf, der da im Entstehen ist. Man müßte hier eine Seifenfabrik errichten, meint Adam: »Seife aus Arad – und der Dreck ist ab.« Immer verspottet er sich selbst, lacht über sich selber. Wenn er das nicht täte, wäre er sicher verloren.

Adam, der von seinem Treffen mit Pierre und Miguel zurückkommt, läuft Gina in die Arme. Sie ist ihn suchen gegangen und hat ihn gefunden. Gemeinsam gehen sie zu ihrem verschwiegenen Eckchen hinter Pierre Lotis Kräutergarten und setzen sich auf eine Abdeckplane, die daliegt, um bei Bedarf die Pflanzen gegen Regen zu schützen. Adam zieht einen Flachmann mit Kognak aus der Tasche und nimmt einen tiefen Schluck.

»Du hast heute an Gretchen gedacht, und das ist nicht schön«, sagt er. »Du hast an sie und an mich gedacht. Auch an das Kind, an den Hund. Er hat's geschafft, ich nicht, aber ich habe ihn zerbrochen... und das ist furchtbar. Ich hatte keine Wahl, er kann noch gesund werden, dann bleibe ich allein zurück. Er ist der einzige, von dem man sagen kann, daß er einen gewissen Wert besitzt. Pierre Loti biedert sich bei mir an, will mit dem heiligen Jordanwasser reich werden.«

»Und ich dachte, das war deine Idee!«

»Ja. Aber ich brauche kein Geld, ich bin reich. Ich mußte einfach genial sein, das erwartet man von mir. Pierre Loti ist Antisemit. Hast du eine Ahnung, was er über die Juden geschrieben hat, nachdem er in der Altstadt von Jerusalem war? Ich bin bereit, dir was davon zu zitieren: ›Vielleicht kann nur ein Besuch hier ausreichenden Beweis für die unbestreitbare Tatsache erbringen, daß ein besonderes Mal auf diesen – jüdischen – Stirnen eingegraben ist, ein Schandmal, das ihre ganze Rasse kennzeichnet.‹ Und an anderer Stelle schreibt er: ›Nach unendlichen grauenhaften Qualen, nach Jahrhunderten der Verbannung und Zerstreuung, bindet ein unlösbares Band dieses Volk an seine verlorene Heimat! Fast möchten wir sie beweinen, doch sie sind Juden, und so blickt man nur staunend mit starrem Herzen in ihre abscheulichen Visagen.‹«

Gina, die keinen Kognak getrunken hat, ist momentan verblüfft: »Wann war er denn in der Altstadt?«

»Oh, Ende des letzten Jahrhunderts!«

»Aber er, das heißt, wie kann denn das sein? Da war er doch noch gar nicht geboren! Ich meine...«

»Alle Pierre Lotis sind Antisemiten, glaub mir das.«

»Du quatschst nur, Adam«, sagt sie mit einem erleichterten Lächeln. Sie kennt diesen Spott, diese Selbstgefälligkeit, wenn er sich dumm stellt, seine Späße macht und Bücher zitiert, die er vor dreißig Jahren gelesen hat, nur um Staunen zu erregen, etwas Besonderes zu sein, ihr und sich selber fremd, um gewissermaßen seinen eigenen Wert herabzusetzen.

»Du darfst nicht über Gretchen nachdenken«, sagt er laut und wirft ihr einen spitzbübischen Blick zu. »Ich habe dir nicht erlaubt, sie zu kennen, über sie zu philosophieren. Das ist eine Frechheit. Wenn du dort gewesen wärst und gesehen hättest, wie ich die Leute auf ihrem letzten Weg zum Lachen brachte, hättest du dann Angst gehabt?«

»Natürlich hätte ich Angst gehabt.«

»Das ist der Unterschied! Gretchen hat sich auf mich verlassen. Für sie war ich alles. Sie war so zart und weiblich und ganz und gar mein. Du erinnerst mich an einen Feldwebel. Du bist nur auf die Welt gekommen, um mich zu peinigen, um mich von meinem Weg abzubringen. Sie vertraute mir, du traust niemandem.«

»Ich vertraue dir, Adam.«

»Du lügst.« Er stellt die Flasche neben sich ab. »Ein Königstrank – er streichelt die Kehle, erfreut die Eingeweide: Hennessy! Vor einigen Tagen habe ich einen Traum gehabt. Im Traum sah ich Kognakflaschen, Hunderte von Flaschen: Napoleon, Rémy Martin, Martell, Courvoisier, Bisquit, Metaxa, Stock, Baron, 777, Lord of Carmel – Hunderte von Flaschen jagten mir nach. Zum Schluß konnten sie mich sogar einholen und in ein riesiges Bekken stecken, genau in die Mitte, und dann haben sie ihren Inhalt über mich ausgeschüttet, bis ich darin unterging. Sterbend hab' ich geleckt und geleckt und geleckt. Ganz plötzlich tauchte eine echte Puffmutter auf, die mich rettete, und nachdem sie mich gerettet hatte, verkaufte sie mich auf dem Markt. Ich ging an ein Bordell weg. Die Kunden haben sich um mich geschlagen, und auf dem Kopf klebte mir dein Konterfei, meine Schöne. Ich hab' mit den Freiern gerungen...«

»Und wer hat gesiegt?« Sie lehnt sich gemütlich zurück. Ihr Gesicht ist dem wunderbar klaren Wüstenhimmel zugewandt, dem Duft der fernen Blumen, dem Zauber der jüdäischen Berge. Ihre Augen richten sich auch auf ein Stückchen von seinem Bauch, das durch sein Hemd lugt, wo ein Knopf irgendwie aufgegangen ist.

»Rat mal.«

Sie weigert sich zu raten. Sie weiß es. Er wird sagen: Rate, du Schlange. Und tatsächlich sagt er: »Rate mal, Schlange, verführ mich.« An diesem Punkt wird sein gelangweilter, spöttischer Blick sich verändern, und er wird wieder ihr gehören. Wie an den anderen Tagen, wie damals. Für einen Augenblick wird er auf seine Täuschungsmanöver verzichten, für einen Augenblick wird er sich beruhigen, und sie wird ihn lieben und darin Erleichterung finden. Sie hat nicht gefragt, in wen sie sich verlieben und wen sie lieben sollte. So ist es eben geschehen, und man verzieht keine Miene über die Logik des Herzens, denn die ist immer voller Minen. Zu diesem Minenfeld gibt es keine Lagekarte. Diese Minen hat der Teufel gelegt, und der Teufel ist die Schlange, und die Schlange, das bin ich... Sie zieht Kamm und Schere aus der Kitteltasche, geht auf die Knie, setzt sich auf die Fersen, streckt den Rücken und fragt: »Jetzt?«

»Jetzt, Gina. Sieh, ich hab' mich ergeben!«

Er steht auf allen vieren, ihr Adam Stein, der Held ihres Lebens, sein Kopf ruht in ihrem Schoß. Ihr Körper erhebt sich aufrecht über ihm, und sie beginnt ihm die Haare zu schneiden, mit auffallender Geübtheit, mit Begeisterung, mit Freude. Die beiden Scherenmesser klappern lustig wie rasselnde Säbel. Sein Gesicht klebt an ihren schlanken, angenehmen Knien. Der weiße Kittel fällt rauh gegen sein Gesicht. Starker, betörender Rosmarinduft weht von Pierre Lotis Garten herüber.

In der Ferne heult eine Sirene. Ist ein Brand ausgebrochen? Wird jemand eilig ins Krankenhaus transportiert? Hierher? Auf die Krankenstation? In Arad gibt es noch kein Krankenhaus, und womöglich ist dies ein ernster Fall? Vielleicht ist jemand schwer verletzt worden: durch Unfall, Starkstrom oder die Kugel eines Grenzgängers? Diese Beduinen... Unaufhörlich wandern sie mit ihren Karawanen, auf Eseln und Kamelen, durch die dunklen Nächte. Manchmal, bei Nacht, meint er sie zu hören. Die Vögel ziehen bei ihrem Flug der Sonne entgegen über Meere, in der es keine einzige Ruheinsel gibt, wobei sie zuweilen Routen nehmen, die um ein Vielfaches länger sind als der kürzeste Weg. Und nun hat man entdeckt – so hat er irgendwo gelesen –, daß sie im Erbgedächtnis ihrer Art den Weg bewahren, den ihre Vorfahren vor Millionen von Jahren nahmen. Damals hatte es auf diesem Weg eine Insel zum Landen und Rasten gegeben. So ist es auch mit den Beduinen. Römer und Nabatäer, Byzantiner und Mamelucken, Seldschuken und Perser, Araber und Türken, Engländer und Juden, die Herrscher lösen sich ab über die Jahrhunderte. Kriege, Streitigkeiten und Mord folgen einander, die Wüste umlagert die Städte der Herrscher, Löß und Staub überdecken die herrlichen Paläste und die Häuser, die Bewässerungskanäle und die Reben, und nur sie, die Beduinen, ändern ihre Gewohnheiten nicht. Von Ost nach West, von Raub zu Handel und von Handel zu Raub ziehen sie weiter über dieselben grauenhaften, sonnenversengten Wege, durch die zerklüftete Landschaft, durchqueren die Wüste der Länge und der Breite nach. In den Nächten scheint es ihm, als höre er sie, als höre er den Beduinen mit näselnder, gedehnter Stimme – überlagert von Wind, Sand und schwarzem Himmel – der Wüste sein Lied singen: »*Wa-min-hon li-Beirut*, und von hier bis Beirut.« Und die Stimme verliert sich in den Weiten der Wüste, verschmilzt mit ihr, ist fort und vergessen. Sie kann wunderbar Haare schneiden, diese Gina. Ihre Hände sind so geübt, so meisterhaft. Meine Delila. Da kämmt und schert Delila ihren Hund, nimmt ihm seine Kraft. Warum? Wozu? Frau und Schlange – ein und dasselbe.

Der Haarschnitt ist beendet. Gina sammelt die abgefallenen weißen Strähnen zusammen, steht auf und schüttelt ihren Kittel aus. Ein paar Härchen wirbeln ihr ins Gesicht, und sie lächelt ihnen wie alten Bekannten zu. Er sieht sie einen Augenblick an, und wieder steigt die Wut in ihm hoch. Aber er macht den Mund nicht auf. Er wartet jetzt. Sie wird ein Taschenspiegelchen herausziehen, es mit ihrem heißen Aschmedai-Atem anhauchen und danach mit einem Taschentuch abwischen, das sie stets am Gürtel trägt, wird ihm den Spiegel vorhalten und ihm erlauben, den Anblick seines Gesichts zu bestaunen – das Werk ihrer Hände, seine Schönheit. Sie wird begeistert seine Schönheit preisen, und er wird das genießen. Er wird mit der Hand ihr Bein hochgleiten, hinauf zu ihrem Schenkel, zum Boot ihres Begehrens, und wird dazu sagen: »Der Halbmond ist heute fruchtbar! Ein Beben im

Mittelmeer...« Und sie wird kichern, wie üblich, mit strahlendem Gesicht. Eine Krankenschwester, wird er im Herzen sagen, eine Wachhündin, eine Gefängniswärterin. Und dann wird ihn die doppelte Begierde erfüllen, sie zu töten und gleichzeitig neu zu gebären, aus ihr, aus ihrem innersten Wesen heraus. Seine Hand wird sich in ihrem Kittel hochtasten, unsichtbar, gut versteckt, wird zu ihren zwei Orangen vorstoßen, um sie sanft zu drücken. Und jetzt, in einem ganz bestimmten Augenblick, wie bei einem Zeremoniell, wie bei einer Kulthandlung, deren streng festgesetzte Regeln nicht die geringste Abweichung erlauben, wird Ginas Hand – während die seinen noch ihre Kostbarkeiten massieren – beginnen, ihm Kronen auf sein Haupt zu setzen.

Aus der Hütte für den Hund, den Pierre einmal kaufen wollte und nicht gekauft hat, zieht Gina den gut versteckten Kasten mit dem Buntpapier: goldene, silberne und rote Rollen, blaue und gelbe, weiße und orange. Mit der Schere schneidet sie längs und quer, faltet nochmals und schneidet und wendet. Er wartet geduldig, seine Hände sind noch in ihr, ihren Juwelen ein Ständchen zu singen, und sie ist vor Erregung blaß im Gesicht, ein Bündel der Lust, aber ihre Hände arbeiten flink, schnippeln und verbinden unermüdlich – bis die Kronen fertig sind, schön und grandios. Ein Loblied auf das Buntpapier und auf die Begabung Gina Grays, seiner Hofdirne. Jetzt wird er wieder König in der Hundehütte sein.

Sie setzt ihm eine goldene Krone aufs Haupt, und ihr blasses Gesicht lächelt. Er blickt in den Spiegel, den sie ihm vor seine ernsten Züge hält: das Silberhaar lugt unter der goldenen Krone hervor. Später wird sie ihm die goldene Krone abnehmen, um ihm statt dessen lächelnd eine blaue aufzusetzen und danach eine gelbe und eine rote und eine hellblaue, viele Kronen.

Er steht auf allen vieren, auf dem Kopf eine rote Krone. Sie setzt sich eine silberne Krone auf und stellt sich ebenfalls auf alle viere. Zwei Hunde, Gesicht zu Gesicht, die Nasen aneinanderreibend, ernst. Die Sonne hängt hoch über ihnen. Schweißtropfen rinnen. Gina umarmt ihn und entkleidet ihn, bis er nackt ist. Jetzt nimmt sie ein kleines goldenes Krönchen und schmückt sein Glied. Er sieht sie mit staunenden Augen an. Er spielt nicht mehr. Er bellt sie mit Macht an, er bellt und bellt, und sie bewundert die kleine, zitternde Krone. Sein Wunderstab reckt und streckt sich zu ihren Ehren, von einer güldenen Krone umkränzt.

Später, als die Kronen schon zertreten und zerknittert sind und die Sonne sich dem westlichen Horizont zuneigt, während aus der Ferne die Glocke zum Abendessen ruft, da sagt sie: »Du vergeudest einen Haufen Zeit mit dem Kind, du könntest mehr mit mir zusammensein. Ich habe gesehen, daß es schön schreibt und was begreift. Ich hab' mir das Blatt in der Schreibmaschine angesehen. Du lebst nur für den Jungen, und das paßt nicht zu dir. Was willst du von ihm? Er ist ein Kind, er wird zerbrechen. Und diesmal wird es für immer sein. Hoffnungslos. Wirklich, laß ihn, Adam! Er ist schwach. Er braucht Liebe, Hingabe. Und du hast doch selbst jemanden nötig, auf den du dich stützen kannst.«

»Jetzt hast du Mut gekriegt! Hast irgendwelche Platitüden gefunden, du Irre!« Die Worte schießen ihm nur so heraus. »Er ist krank, aber auf dem Weg der Besserung. Bis ich kam, hatte er keinerlei Hoffnung, jetzt besteht sie. Ich fürchte mich vor dieser Hoffnung mehr als du, weil die Sache auch mein eigenes Ende ankündigt, mein umgekehrtes Ende. Nicht begreifen ist schon der halbe Trost, und ich – mein Trost ist es, nicht zu begreifen und begraben zu werden. Alles verwaist. Ich habe kein Recht, bei ihm zu sein, aber ich renn' zu ihm. Ich weiß, daß das eine Tragödie ist, aber nur für mich, nicht für ihn. Und überhaupt...« Und hier richtet er sich gerade auf, sein Gesichtsausdruck wechselt, und er starrt sie mit offenem Haß an. »Hund, Gina, Hund!«

»Was?«

»Er ist ein Hund. Kein Kind. Er ist kein Kind. Sag nicht Kind.«

Sie muß lachen. »Er tippt auf der Schreibmaschine, oder? Er versteht, wenn man mit ihm spricht, oder? Er bellt nicht mehr, du hast ein Kind aus ihm gemacht, du kleiner Herrgott. Er war ein Nichtmensch, und nun ist er ein Menschenkind!« Ihre Stimme wird weicher: »Wir haben uns so lange nicht gesehen...«

»Bist du eifersüchtig?«

Lächelnd beugt er sich zurück. Sein Rücken ist jetzt gegen den Zaun des Kräutergärtchens gelehnt, seine Augen blicken auf die Hundehütte. Mitten im Garten steht eine Vogelscheuche in Kinderkleidung: französischer Matrosenanzug mit weißem Kragen und goldenen Knöpfen, über die sich Anker winden, und eine kleine Matrosenmütze wie die Krone des Narziß. Adam salutiert vor dem blauen Matrosen mit der Narzissenkrone auf dem Haupt, und Gina donnert los: »Na und? Darf ich etwa nicht eifersüchtig sein? Hab' ich kein Recht darauf?« Ihr Gesicht nimmt einen babyhaften Ausdruck an.

»Ich würd' dich am liebsten stillen, Kindchen«, schreit er, bricht aber sofort wieder ab. Seine Augen starren auf die in der Sonne glänzende Vogelscheuche. »Die Goldknöpfe signalisieren dem Feind.«

Sie hört und sieht nichts. »Ich bin eifersüchtig. Ja, ja, ja, ja, ja.«

»Das ist gut.« Er hält einen Augenblick inne und lächelt dann: »Gut, gut, gut, gut...«, bis sie ihn entsetzt unterbricht.

»Früher mal, weißt du noch? Da waren wir viel zusammen. Haben was unternommen. Fast jede Woche hab' ich dir die Haare gekämmt und deine Köpfe mit Kronen geschmückt.« Sie kichert und wird gleich wieder ernst mit ihrem Babygesicht. »Jetzt vergehen Monate, Wolfowitz sagt Monde, Mond klingt hübscher als Monat, oder?«

»Monate oder Monde, das ist übertrieben. Die Menschen haben was zu tun, Gina.«

»Früher hast du anders gedacht, da hast du das wichtig gefunden. Ich war immer dein.«

»Du Vogelscheuche!« ruft er ihr laut zu und lächelt. Er redet, sie redet. Zwei parallele Linien, die sich nie treffen werden, nur bei kurzen, wundersamen Krönungszeremonien. Er schreit und weiß, wie sehr es beiden weh tut. Oder wie sehr es schmerzen müßte. Aber David, der König von Israel, ist gekrönt worden, ohne es selbst zu wollen, und das hat die Pläne und die Regeln und die Gesetze und die Zeremonien durcheinandergebracht.

»Weißt du, Gina, er hat keinen Menschen außer mir. Er ist allein, hat weder Eltern noch Familie, keine Brüder und Schwestern.« Und hier beginnt er zu schreien, während sein Gesicht sich zu einer Grimasse verzieht, die ihr Angst einjagt: »Nein, er hat niemanden, keine Familie, keine Eltern, keine Brüder, keine Schwestern. Und wenn er welche hat«, seine Stimme wird einen Augenblick weicher, »dann will ich nichts von ihnen wissen. Sie haben ihn verlassen, verraten haben sie ihn.« Adam greift eine Handvoll Sand und schleudert ihn zum Spaß auf Gina. Sie schüttelt den Sand nicht ab, ihr Blick fixiert ihn. Als er die grobe Wildheit des Blickes erkennt, schreckt er etwas zurück. Das ist Ginas Stärke: er fürchtet sich, verbirgt aber seine Ängste.

»Seine Eltern? Sind sie ihn besuchen gekommen? Nicht ein einziges Mal. Und warum ist er zum Hund geworden? Ich bin nicht dumm, ich weiß es. Nur ich allein bin da. Weder Gross noch Eltern, weder Nachwalter, noch Schapira, noch du. Wir beide stehen zusammen, er und ich. Gemeinsam gegen die Welt. Du wirst es nicht begreifen. Du hast vorher zu bellen versucht, war es gut?«

»Du weißt, daß ich gern belle, ich kann bellen.« Sie wacht richtig auf, führt ihren Streit. »Erinnerst du dich, wie du mir das Bellen beigebracht hast? Weißt du noch, wie ich's gelernt hab'? Ich kann gut bellen, das hast du selbst gesagt, du Schwindler, du –«

»Bellen in einer Welt von Öfen«, sagt er, ohne sie zu beachten, »von der Grenze Ostpreußens bis zur Mittelmeergrenze – Großdeutschland. Morgenthau wollte sie entmannen, und sie haben Morgenthau entmannt. Churchill hat recht gehabt, Deutschland ist der Keil; ich und David, König von Israel, bellen gegen Keile an. Es liegt viel Naivität in diesem Bellen. Wie bei meinem Dr. Weiss, wie die Naivität, die diese Vogelscheuche braucht, um hier zu stehen und dazusein und nicht zu lachen. Wie wenn man einen Drachen über einem Schlachtfeld steigen läßt oder Blumen zwischen den Leichen pflückt. Es ist mir völlig egal, was sie über ihn reden, wie er gebissen hat, wie er knurrend unter dem Laken gelegen hat. Wir sind zwei Hunde mitten im Nichts, zwei Schreie im Zentrum der Wüste, zwei Tränen auf einem Marmorgesicht, zwei Gebete in einer gottverlassenen Kirche, aber er hat da beinah Erfolg gehabt, wo sogar ich gescheitert bin. Und ich habe ihm die Maske abgenommen. Fieser Kerl. Clown. Das ist eine Frechheit. Du wirst dich nicht zwischen uns schieben. Ich werde ihn brechen, ich kann nicht wirklich ein Hund sein. Nein. Und er auch nicht. Er wird keiner sein. Hörst du? Mein Scheitern wird sein Schicksal bestimmen. So wird es sein. Es gibt keinen anderen Weg.«

Sie streichelt seinen schwitzenden Kopf. Die Krone fällt auf die Abdeckplane. Gina Gray legt seinen müden grauen Kopf in ihren Schoß. Die Vogelscheuche bildet die feindlichen Armeen, während sie selbst Sancho Pansa und er Don Quijote ist; gemeinsam werden sie die Welt vom Unrecht befreien. Aber sie weiß, daß das Unrecht tief im Herzen sitzt und daß ihr Adam deshalb langsam dahinstirbt. Auf diese Weise siegt er, und sie ist die Besiegte, die niemanden hat, der sie trösten könnte. Schließlich hat sie sich doch wie ein Ungeheuer aufgeführt, um sich so ihr eigenes Leben wählen zu können, in das kein anderer eingreifen darf. Adams Körper schmiegt sich an die Plane, an den Boden, an den Sand. Über ihnen wölbt sich ein blauer Himmel. In der Ferne ächzt die Wüste. Gina lächelt die gepflegten, weißen alten Hände des Feindes an, vertilgt sie im Herzen von der Erdoberfläche, knöpft ihren Kittel auf und entblößt ihre runden, weichen Brüste, die wie ein in der Sonne glitzernder Kupferstrom aus dem Halter quellen, und Adam drückt seinen Mund auf eine ihrer Brustwarze. Sie nimmt den Flachmann und läßt den Kognak über ihre Brüste rinnen, und Adam leckt. Sie sagt mit trauriger Stimme: »Mein Baby, mein süßes Kindchen«, und Adam saugt die sterile Kühle der schönen, in süß-säuerlichen Kognak getauchten Brustwarze. Langsam klärt sich sein Blick, und er begreift, daß er sich niemals aus den Banden befreien können wird, mit denen er sich selbst gebunden hat. »Das Wunder ist des Glaubens liebstes Kind«, hat der Weimarer Dichterfürst gesagt, der Fürst der Verfluchten und der Liebenden, der Fürst von Klein und Weiss, von Fräulein Klopfer und dem Hund der Ilse Koch, von Thomas Mann und von Jean Paul, von Hegel und Schubert, von Sturmführer Schlecht und von mir – und er dringt in Gina ein, in Gina, die Hebräerin, die lächerliche, nicht dazugehörende, in Haß wie Liebe abgrundtiefe, kompromißlose, tote Gina. Er dringt in sie ein, um dem Fürsten von Weimar zu entrinnen, der ihm diese Leiden aufgezwungen, ihm aber auch die heiligsten Augenblicke seines Lebens geschenkt hat. Für einen Augenblick liebt er Gina, und dieser Augenblick erfüllt ihn mit Furcht, denn genau in diesem Moment weiß er, daß er sein Kind bis auf den Tod haßt.

11. Kapitel

Das Wunder

Die Sache mit dem heiligen Wasser wird nach wie vor hinter verschlossenen Türen diskutiert. Beim nächsten – seligen oder unseligen – Weihnachtsfest werden die springenden Grußkarten vielleicht schon zum Export gelangen. Die Zeit verrinnt. Wolfowitz der Betrüger ist nicht gestorben, dafür aber ein schwarzer Rabe im Hof. Zwei von Schwester Spitzers Kindergartenkindern haben ihm ein rührendes Begräbnis ausgerichtet, und Adam meint, Raben umschwirrten das Institut deshalb, weil sie hier Aas in Fülle witterten. Nur lägen sie mit der Zeitwahl falsch, da sie ihr Kommen nicht mit dem Kommen des Endes zu koordinieren wüßten. Wolfowitz der Betrüger hat herausgefunden, daß »Adam« – dem Zahlenwert seiner Buchstaben nach – fünfundvierzig ergibt. Im Jahr 45 wurde Adam von Kommandant Kleins Napf errettet und kehrte nach Berlin zurück. Adam sei ein schwächliches Lebewesen, weil nach seiner Schöpfung – so meint Wolfowitz – Gott nicht gesagt hatte, daß es gut war. Deshalb erhielt er die Möglichkeit, zwischen Gut und Böse zu wählen, und Adam Stein hat ja bekanntlich das Böse gewählt. Miles Davis ist überzeugt, daß David, König von Israel, es zu einem hervorragenden Xylophonspieler bringen kann. Er kommt gut voran, und Miles hat eine Aufgabe gefunden. Adam ist mit eigenen Grübeleien beschäftigt. Er steckt mitten in einer Depression. Als Gina mit Grippe auf der Nase lag und Adam sie nicht besuchte, kriegte er einen beleidigenden Brief von ihr. Gross ist der Ansicht, daß Adam etwas für sich tun könnte, wenn er wollte, das aber ebenso nachdrücklich wie sinnloserweise ablehne. Die Schwester Schwester wartet auf Gott und läuft tagtäglich an Adam vorbei, wobei ihr Gesicht ihm wie ein mit Schnurrbart – Schnurrbärtchen – versehenes Fragezeichen erscheint. Er winkt ihr jedesmal tieftraurig zu: »Was kann man machen? Noch nicht.« Ein weiterer gottloser Tag ist vergangen und hat sich jenseits der Wüste ins ferne Meer gesenkt. Die Zeit verrinnt. In den Nachrichten war von Eindringlingen an der Nordgrenze die Rede, der irische Staatschef verkündete, daß… in den Vereinigten Staaten wandten sich Schwarze gegen... öffneten Feuerhydranten, randalierten, Kinder raubten Raub und plünderten Plunder, behelmte Polizisten schossen, ein Gouverneur sagte, daß... der Präsident kann nicht, weil... seine Popularität ist um 0,2 Prozent gesunken, in Tell Arad graben sie Vergangenheit um Vergangenheit aus, während die Zukunft von Tag zu Tag stärker wird. Mrs. Zisling ist noch immer im Kühlhaus, der Urteilsspruch steht unmittelbar bevor, -zig Anwälte lauern wie die Raben auf den Leichnam, aber sie wird man einmal nicht im Institut für Frieden und Therapie begraben. Israels König David und Kommandant Kleins Hund führen lange Gespräche. Der eine redet, und der andere schreibt. Etwas eigenartig Geheimnisvolles ist zwischen ihnen im Gange. Die Ärzte knirschen mit den Zähnen, sie haben keinerlei Erklärung. Aber es muß doch eine geben, oder? Die Bücher enthalten Hunderte von Seiten ohne Antwort, und in den Labors haben sie eine neue Droge entwickelt, Adam wird sie ausprobieren. Eine neue Ladung Hennessy, Jack Daniel's, Dewar's, Beefeater Gin, J&B, White Horse und Chivas Regal, der über zehn Jahre in Eichenfässern gelagert hat, ist im geheimen eingetroffen. Pierre Loti übergibt sie an Adam, Adam dankt es ihm mit neuen Erörterungen über das heilige Wasser und verstaut derweil das weniger heilige Wasser hinter den Heizkörpern, im Zählerkasten, in den Luftschächten, überall. Kurz gesagt, die Zeit vergeht. Juli – der jüdische Monat Aw. Am 9. Aw haben sie hier nicht getrauert. Man hätte etwas in dieser Angelegenheit unternehmen können, aber das Datum wurde irgendwie übergangen. Hier gedachten sie der Madame auf Eis und weinten an den Strömen des Whiskys.

»Die Klimaanlage ist göttlich«, sagt Wolfowitz, der momentan seine Ansichten über Gott vergessen hat. »Daran besteht kein Zweifel«, gesteht ein Kühlungsingenieur namens Jaschke Weinstein vom Atomreaktor in Dimona, der zu dem großartigen, sinneberauschenden Bœuf-Stroganoff-Abend eingeladen worden ist, »zweifellos gibt es in ganz Israel keine perfektere Klimaanlage als die im Institut.« Der Mann weiß, wovon er redet, denn er hat -zig solcher Anlagen im ganzen Land konstruiert, während diese hier von einem Fachmann aus Cleveland stammt. »Dabei ist der gar kein Jude«, sagt Gross ein wenig traurig. Allgemein weiß man ja, daß Juden eben schlauer sind. Wie Rockefeller, wie Shakespeare, wie Dante, Pasteur, Napoleon, Dostojewski, Kant und

Jung. Bei der Beerdigung des schwarzen Raben sang man Trauerlieder, während der Rabe auf einer Bahre lag, die von zwei alten Kindern getragen wurde. Sie sangen:

Rabe, Rabe, warum bist du tot?
Bald sind wir alle bei dir drunten.

Gina ist gesund geworden. Auch Adam ist wieder genesen, nachdem er sich im Verlauf eines Monats einer bestimmten Behandlung unterzogen hatte. Er ist in sein Zimmer zurückgekehrt und hat sogar eine Stunde über die Geschichte der Französischen Revolution abgehalten. Arthur hat natürlich teilgenommen – nur um dann elend hinauszustolpern, auf dem Gang zu trompeten und mit seinem alten Pfadfinderhut eine Einmannparade abzuhalten. Und an einem glühendheißen Augusttag, an dem die Haut sich anfühlt, als würde sie in Scheibchen geschnitten und ausgebraten, sieht man drei Gestalten aus dem klimatisierten Haus, aus dem kühlen Dunkel der singenden Korridore in den sonnversengten Hof hinausschlüpfen. Mittagszeit, die Sonne steht im Zenit. Furchterregender Glast ringsum. Es gibt keinen Schatten, keine Zuflucht. Bis an den Rand des Himmels nichts als glühender Sand, weiße Berge und gelblicher Löß.

Neben dem großen Betonaschenbecher halten die drei Gestalten an. Der Aschenbecher gleicht einer vielblättrigen Blütenkrone. In ihm ist Sand und um ihn herum ist Sand, Sand, so weit das Auge reicht, Sand bis ans Ende der Welt, Sand im Mund und in der Seele. Adam bleibt stehen und bedeutet dem Kind, mit Kriechen aufzuhören. Gina, die hinter ihnen hergeht, hält ebenfalls an. In dieser furchtbaren Hitze – neununddreißig Grad, hatte der Mann vom Wetterdienst gesagt, der sicher nicht einmal die halbe Wahrheit wußte –, in dieser Hitze ist Adam Stein so gekleidet wie Adam Stein, der die Premiere von *Wozzeck* in der Kölner Oper besucht: weißes Oberhemd zum feinen Maßanzug aus dem Atelier des berühmten Tornato. Elegante, fast klassische Linienführung. Eine rote Nelke im Knopfloch, schwarze Lackschuhe italienischen Fabrikats. Der Opernmäzen Stein mit Hund und Gina neben einem blumenförmigen Aschenbecher. Sand und Sonne. Der Wetteransager hat den Verstand verloren. Neununddreißig Grad? Hundertneununddreißig!

Da stehen sie. Adam betrachtet Gina. Das Kind wendet den Kopf und betrachtet sie ebenfalls. Ginas Blick verfinstert sich. Sie fordert kein Mitleid, nur ihr gutes Recht, oder sucht sie vielleicht Freundschaft? Keiner sagt ein Wort. Adam geht weiter. Das Kind kriecht im Sand hinter ihm her. Die Sonne brennt erbarmungslos. In einer Welt ohne Schattierungen und Schatten gibt es auch keine Kompromisse, keine Ecken. Alles ist scharf abgegrenzt, schwarz und weiß, du und ich, Gina und der Aschenbecher, das Institut und die Wüste.

»Sie hat keine Selbstachtung, die fehlt ihr.« Er spricht zu dem Kind, und das Kind lächelt die Wüste an, die sich so dicht unter seiner Nase befindet. Gina wird nichts sagen, nicht in diesem Augenblick. Sie denkt und grübelt noch weiter. Sie sind zu dritt. Es wird ihm nichts helfen, meint sie, innerlich lächelnd. Und Adam sagt: »Das heilige Dreigespann – Vater, Sohn und Heiliger Geist.« Dann muß er lachen: »Vater und Sohn, na ja, aber der Heilige Geist? Gina? Gina...«

Der Vater und der Heilige Geist schreiten voran. Der Sohn kriecht auf allen vieren. Sie haben schon den großen Hof überquert. Vorbei an den verlassenen Schachtischen, dem in der Sonne kochenden Goldfischteich, der Allee mit den frisch gepflanzten, erst taillenhohen Zypressen und Tamarisken, haben sie den hohen Zaun erreicht, der die Wüste ausgrenzt, als wollte er sagen: Hier ist das Institut, dort das Ödland. Arad scheint so nahe. Diese neuerbaute Stadt aus Beton – ruhelos und schön, kühn und trutzig –, die keine Wurzeln besitzt und dafür in alten Tells nach dem Gestern sucht. Die Besitzer des neueröffneten Blumenladens lassen einen Taubenschwarm ausfliegen, und die ganze Stadt ist versammelt und applaudiert. Adam schwitzt, dem Heiligen Geist läuft das Wasser in Strömen runter. Das Kind, der Sohn, ist von der Hitze ganz erschlagen. Von weitem wirken die drei wie drei Käfer auf einer riesigen weißen Stoffbahn. Oder auf einer Eisfläche. Reglos stehen sie da. Bei dieser furchtbaren Hitze erschwert jede Bewegung das Atmen. Die Muskeln sind schlaff, der Körper ist erschöpft. In seiner Kleidung sieht Adam wie ein Flicken auf der Wüste aus. Er spürt und weiß das, aber es stört ihn nicht. Er ist für diesen Augenblick geboren worden. So sagte er später und lachte über seine Einfälle.

Das Kind, der Sohn, zieht einen Zettel aus der Tasche und hält ihn Adam hin. Adam beugt sich nieder, nimmt ihn in die Hand, liest ihn und sagt: »Sicher, völlig in Ordnung.«

»Was hat er gesagt?« fragt Gina.

»Das ist nicht deine Sache!« Das Kind lächelt ihn an, stolz über den klugen, mutigen Vater. »Schäm dich, Adam«, flüstert Herbert, der weit weg ist, aber seine Stimme doch deutlich hören läßt. »Auf wen willst du denn Eindruck machen?«

Gina senkt die Augen: »Adam?«

»Was ist, Gina?« Seine Stimme ist etwas weicher, versöhnlicher. »Gut, er hat geschrieben, ich solle nicht vergessen, wer er ist.«

Sie nickt. Das Wasser weicht dem Mäzen der schönen Künste den eleganten Anzug durch. Er bellt: »Marsch, Hundchen!«

Das Kind wendet den Kopf. Seine blauen Augen, unter denen zwei violette Säckchen hängen, sehen Adam einen langen Augenblick an. Dann senkt es sie und kriecht auf den Zaun zu. Unterwegs hält es inne, zögert, blickt hilfesuchend auf Adam, der sich weigert, den Blick zu erwidern, und schleicht weiter. Adam geht auf und ab, die Hände auf dem Rücken verschränkt. Er ist damit beschäftigt, sich zu verstellen. Gina bleibt stumm im Hintergrund. Das Kind erreicht den Zaun und sinkt davor nieder. Regt sich nicht. Rührt sich nicht. »Was ist mit dir?« sagt Adam mit lauter Stimme. Das Kind streckt eine sonnverdorrte Hand aus, umklammert den Zaun – die Drähte, deren Zwischenräume jetzt wie Bienenwaben aussehen. Mit der Hand im Honig drin versucht es sich aufzurichten. Es schwitzt, Schweißtropfen rinnen ihm über den Körper, bringen seine Augen zum Tränen, sein Körper bebt. Wie Arthurs stromgeladene Lokomotive, die sich nicht vom Fleck rühren konnte, denkt Gina schweigend, das Gesicht so weiß wie die Wüste. Der Hundeleib des Kindes – das schon auf der Olivetti geschrieben und Xylophon gespielt hat und weiß, daß eine Hure eine gläsernen Hintern hat – will sich nicht aufrichten.

»Versuch's, David, du wirst sehen, daß du's kannst.« Die Worte sind ihr rausgerutscht.

»Sag nichts. Schweig! Du gehörst nicht dazu!«

»Adam...« Sie glüht, ist am Verbrennen. »Laß doch, sei mal einen Augenblick Kamerad, was ist denn dabei?«

»Du verstehst gar nichts!« Seine Augen sind wie zwei giftige Pfeile. Das Kind sieht und hört nichts. Die Hitze blendet. Mit zusammengebissenen Lippen macht es einen erneuten Versuch. Seine rechte Hand klammert sich an den Zaun und bemüht sich, den Körper hochzuziehen. Wie ein Kran. Mit Macht. Aber vergebens. Das Kind landet auf dem Bauch und bleibt mit dem Gesicht in den Sand gedrückt liegen. Adam sieht das Fiasko mit eigenen Augen.

»Es ist alles wegen ihr«, sagt er. Sie schweigt. Er tritt an das Kind heran, das im glühenden Sand vor ihm liegt, und sagt leise: »Du elender Köter! Ich hab' alles für dich getan! Was habe ich nicht alles gemacht? Und jetzt, wo ich dich um etwas bitte, das mir wichtig ist, da kannst du's nicht? Nein! Geh und bitt' einen Hund um Gefälligkeiten! Wozu hab' ich dir all die Geschenke gebracht, wozu habe ich gehungert und mich aufgeopfert? Wozu? Für wen? Für einen beschissenen Hund. Daß er steht!« Und er schreit aus Leibeskräften: »Steh auf... Hund!«

Doch der Sohn kann nicht. Er versucht es, er bemüht sich mit übermenschlichen Kräften, aber es geht nicht, er bringt's nicht fertig. »Eine geometrische Tragödie in einer gezähmten Wüste«, sagt Herbert von weitem und lacht. Adam erschrickt von dem Lachen. Jetzt sieht er, wie lächerlich er ist – als sei er in Festkleidung gekommen, um sich ein geschmackloses Melodrama anzugucken.

Adam schreit. Seine Schreie werden von der glühenden Wüste verschluckt: »Was ist denn dabei, mal aufzustehen? Jeder Dummkopf kann stehen. Jeder Idiot. Jeder Schmock. Gina Gray steht. Dr. Gross steht, Wolfowitz steht, sogar Arthur steht. Und du, David, König von Israel, sollst nicht stehen können?«

Das Kind versucht's noch mal. Seine Arme strecken sich. Sein ganzer Wille, seine gesamte kindliche Kraft sind auf das Gitter vor ihm gerichtet, auf die Hände, die sich daran klammern, aber jene vor Jahrmillionen eingetretene Metamorphose, die das Gesicht der Welt veränderte und die Schöpfungsordnung umkrempelte, jener prähistorische Übergang zur aufrechten Haltung will sich nicht einstellen. Und Adam, als Mensch, als Mäzen der Opernkunst, ist bis in die tiefste Seele gekränkt. Er ist gekränkt im Namen des ganzen Menschengeschlechts, das er in diesem Augenblick, bei dieser grotesken Szene, vertritt. Er ist beleidigt wegen der gegebenen Geschenke, wegen der gehegten Erwartungen, weil er gehofft hatte, er könnte Gross und Gina und Schapira und Gott vor den Kopf stoßen, und ihm das nun nicht gelingt. Er geht zum Hund hin, beugt sich über ihn und verpaßt ihm eine schallende Ohrfeige. Der Hund erschrickt und fängt an zu jaulen. Bis ins Herz getroffen, verbirgt er sein beschämtes Gesicht in den Händen. Schweißgeruch steigt von ihm auf; er schwitzt vor Grauen und vor Schmerz.

Gina hat ihren Standort verlassen und geht auf das Kind zu, aber Adam hält sie mit Nachdruck zurück. Jetzt ist er wieder wie immer, hochmütig und selbstsicher. Er rückt die Nelke im Knopfloch zurecht, lächelt hämisch und schreit Gina an: »Ich hab' dir gesagt, du sollst dich nicht einmischen, hab' dich gewarnt! Hab' ich das etwa nicht? Ich hab' dir gesagt, du sollst deine hübsche Nase nicht in Dinge stecken... Schau, ich bin hier. Er ist dort. Du wirst keine Brücke sein, nicht zu mir und nicht zu ihm. Du bist fremd hier. Ich hab' dir erlaubt mitzukommen, das ist alles. Vergiß nicht, daß er mir gehört, nicht dir.« Er wendet sich ab und blickt das Kind mit überlegener Miene an. Das Kind liegt noch immer zusammengerollt da und hält sich die Wange. Gina blickt zu Adam, auf seinen Rücken. Sein Kragen sitzt jetzt unordentlich, sein Jackett ist durchgeschwitzt und zerknittert, seine Hose mit Sand bedeckt. Sie empfindet eine gewisse Entspannung, als habe sie für seine Unnachgiebigkeit, für sein grausames Lächeln Rache genommen. Doch das erneute Wimmern des Kindes läßt sie ihre Gedanken vergessen.

»Du bist kein Hund mehr, aber auch noch kein Kind, was bist du also? Ein Gecko? Ein Blutegel? Ein Waschlappen?«

Das Kind preßt das Gesicht in den Sand und beginnt den Sand zu essen, sein Mund knetet den trockenen, glühenden Sand. Es zerkaut ihn, wie es damals vor Monaten, vor hundert Jahren das Blatt Papier zerkaut hat.

»Das Hündchen kaut, dieser Blutegel, so gewinnt er seine Sicherheit! Lächerlich, armselig.«

»Wie ein Kind«, sagt Gina mit verkniffenem Mund, aber er antwortet ihr nicht. Er geht zum Kind, läßt sich auf alle viere nieder und umarmt es. Die Nelke ist ihm aus dem Knopfloch gefallen. Das Gesicht des Clowns öffnet sich, Tränen rinnen ihm aus den Augen. Das Kind spürt die Tränen, die ihm das Gesicht streicheln, sieht die Tränen, die in den Sand fallen. Nun weint auch das Kind. Sie trinken einander, strecken ohne jede Scham die Zunge heraus, um die Tränen des anderen aufzulecken, während sie sich wie Brüder, wie Freunde umarmt halten.

David, der König von Israel, blickt zum Himmel auf, die Sonne blendet ihn. Er kriecht an den Zaun, feucht von Schweiß und Tränen, reckt die Arme, versucht es wieder und wieder. Er zieht sich ein Stück hoch und fällt um, richtet sich wieder ein wenig auf und sackt ab, sinkt nieder und bleibt ausgestreckt im Sand unter der Sonne liegen, völlig erledigt.

Gina steht ängstlich an ihrem Platz, wie angenagelt. Adam richtet sich auf, blickt schweigend das Kind an. Ein toter Sommermittag. Eintausenddreihundertzwanzig Grad Celsius. In der Ferne ruft die Glocke zum Mittagessen. Kohlmeisen mit Leberfüllung in Diamantensauce, in Gold geröstete Kartoffeln, grüne Bohnen, in Marmor glasiert. Klimaanlage, Beaujolais 1956, weißer Aschkelon, roter Avdat, *mousse au chocolat* mit Schlagsahne. Tödliche Mittagssonne in der Wüste. Raben und Geier. Zwei Grashüpfer im Sand. Großer Gott der Wüste, eine Million zweitausendvierunddreißig Grad Celsius.

»Nicht aufgeben, Kind«, flüstert Adam, »es wird schon. Du wirst sehen!«

Das Kind richtet sich erneut auf. Seine Hände klammern sich an den Zaun, und diesmal gleitet es nicht ab. Sein Körper ächzt, jeder Muskel ist wie ein Bogen gespannt. Jeder Knochen sucht sich seinen Platz. Sein Rumpf streckt sich immer höher, einen Zentimeter des Grauens nach dem anderen. Jeder Zentimeter weiter in die Senkrechte entspricht einer Million Jahre Evolution. Der Hund wird ein Mensch werden, und der Adam, der einst ein Hund war, schaut erstaunt zu. Die Kreise schließen sich. Ist das die Quadratur des Kreises? Es ist furchtbar. Adam senkt die Augen. Die Hände des Hundes halten sich am Zaun fest, als sei er die Erlösung. Sie bluten. Sind zerkratzt. Sein Gesicht ist grau, von Schweiß und Tränen überströmt. Seine Hose ist zerrissen, das Hemd zerfetzt. Immer weiter richtet er sich auf. Und Adam senkt den Blick immer tiefer, seine Züge werden immer verschlossener, bis er ausruft: »Schon gut!« Erstarrtes Grauen klingt aus seiner heiseren Stimme: »Schon gut, Kind.«

»Adam, er schafft's. Was tust du denn? Laß ihn. Er schafft es!«

»Hure!« schreit er. »Laß die Finger von ihm, laß die Finger von mir! David, genug für einen Tag, genug!« Seine Stimme wird flehend: »Genug für heute, hörst du mich? Wir versuchen's wieder, ein andermal. Ich kann nicht, ich sterbe, auch ich. Genug, du bist verkratzt, die Sonne verbrennt uns.«

Sie starrt ihn verwundert an. In den hintersten Gehirnfalten versteht sie ihn, will es aber nicht zugeben.

Das Kind hört nicht. Weigert sich zu hören. Seine Ohren sind verschlossen. Zum erstenmal seit Jahren ist sein Kopf hoch erhoben zwischen Himmel und Erde. Fast gerade steht es auf zwei Beinen, kommt der Sonne und dem Himmel näher.

»Ich flehe dich an, David, hör auf, du blutest, genug! Alles wegen ihr. Diese Hure. Das Kind möchte liegen, und sie stellt es auf die Beine. Alles will sie aufstellen. Diese Hure, diese Idiotin. Ich bin krank, habe Schmerzen. Der Leib, diese Kleidung da. Ich bin lächerlich. Ich werde zu Klein gehen, ihm die Stiefel lecken. Er wird denken, der Vergewaltiger Klopstein hätte sie wieder geputzt. Ich werde schändlich sterben wie Ruth und Gretchen und Lotte. Kind, genug!«

Der Leib des heiligen Sohnes hangelt sich in die Höhe. Der Heilige Geist murmelt etwas von einem Wunder, von geistiger Erhebung. Und der Vater? Den Vater haben sie betrogen. Er schreit lautlos, müde, verloren.

Das Kind nimmt die Hände vom Zaun. Seine Beine sind fast gerade, sein Körper hält sich nahezu aufrecht. Seine Hände bluten. So steht es einen Augenblick frei da, und alles dreht sich unter ihm. Die Welt um ihn herum gerät ins Fliegen, die Erde beginnt zu tanzen, gibt nach, entflieht ihm unter den Füßen, verschwindet, und da fällt es, sein Körper schlägt dumpf auf dem Boden auf. Der gebeugt stehende Adam macht auf dem Absatz kehrt und flüchtet auf das Haus zu. Gina bückt sich zu dem Kind, zu seinem Kind, hinunter. Und sein Kind weist sie zurück. Mit weit aufgerissenen Augen, in deren Pupillen sie die Demütigung sieht. Sie flüstert ihm ins Ohr: »Du bist ein Held, David, du bist ein Mann!« Aber er schlägt mit dem Kopf auf den Sand und weint. »Du hast es geschafft!« flüstert sie, »du bist ein Mann, du bist unser Junge, seiner und meiner. Ich bin stolz auf dich.« Ihr Gesicht strahlt. Aber er greift eine Handvoll Sand und schleudert ihn mit dem letzten Rest an Kraft, der ihm noch verblieben ist, auf sie. Zwei Käfer schlürfen Sand.

*

Dr. Nachum Gross, der dank Mrs. Rebecca Zislings weiser Vorausschau von seinem Posten als einfacher Arzt an der Nervenheilanstalt in Jaffa zum Direktor des prachtvollen Instituts in Arad aufgestiegen ist, hat wie jeden Morgen seine kleine Villa verlassen und ist um 7.40 Uhr im Institut eingetroffen. Wenn es nicht wegen seiner Frau wäre, die ihm mit ihren Vorhaltungen das Leben verbittert, würde er im Institut leben und sich die unnötigen Fahrten ersparen. Aber dagegen wehrt sie sich mit allem Nachdruck. Was sie allerdings nicht daran hindert, in die Institutsküche durchzuwählen und bei Pierre Loti »was Besonderes« zum Abendessen zu bestellen. Tagtäglich bringt ihr einer der Angestellten die Speisen in Thermosbehältern und Spezialtöpfen ins Haus. Dr. Gross weigert sich, mit ihr darüber zu streiten oder zu verhandeln. Genug, daß er sie aus Tel Aviv weggeholt hat, aus der netten Wohnung in der Dubnowstraße, genug, daß er sie in den Negev, in die Wüste, geschleppt hat, »zu den Raben«, wie sie es zähneknirschend ausdrückt, in dieses Inferno, zu den »Meschuggenen«, genug, daß es hier keinen passablen Frisör gibt, keine Schaufenster, kein Warenhaus, keine »vernünftige« Schule, kein Theater und keine Konzerte.

Sie fürchtet sich geradezu vor den Meschuggenen ihres Mannes, vor dem Haus, vor den Ärzten mit ihrem übertriebenem Ernst. Sie sitzt gern zurückgezogen in ihrem Haus (das Mrs. Zisling ebenfalls von »Tamir, Gat, Allon & Co.« hat planen und bauen lassen, so daß es darin an nichts fehlt) und spielt ein bißchen Karten mit ihren beiden Freundinnen Selda und Debora, diesen Glückspilzen, denen ein besseres Leben beschieden ist, als sie selbst es hat: die eine ist mit einem kleinen Beamten verheiratet, die andere mit einem Busfahrer. »Nur ich hab' einen Irrenarzt heiraten müssen. Der ist nicht weniger meschugge als seine Meschuggenen da«, pflegt sie ihren Freundinnen zu gestehen. »Manchmal redet er wirklich höchst eigenartig. Einmal hat er in meiner Nase nach Fliegen gesucht. Gelegentlich schreit er völlig ohne Zusammenhang, einfach so: ›Steinschlag!‹ Und ich frag' ihn: ›Woher denn? Was für ein Steinschlag?‹ Dann zeigt er nur auf den Himmel und wird ganz traurig im Gesicht. Einmal hat er sogar im Schlaf geweint und hinterher losgelacht.«

Der Morgen ist noch kühl. Dr. Gross parkt seinen grauen Plymouth in der schattigen Garage und betritt das Institut. Er begegnet Pfleger Schapira, grüßt ihn und geht in sein Sprechzimmer. Dort setzt er sich an den Schreibtisch, liest die über Nacht eingelaufenen Berichte, nimmt eine Zigarette aus der rein silbernen Dose, die sich mit den Klängen von *Hava Nagila* öffnet, zündet sie an und saugt den Rauch ein. Ein gewöhnlicher Morgen, ein gewöhnlicher Tag.

Auf seinem Tisch liegt ein Telegramm, das heute morgen von einem Rechtsanwalt namens Abe Steiner aus Cleveland eingetroffen ist: URTEIL ÜBER LEICHNAM STEHT BEVOR STOP AUSSICHTEN AUF LEICHNAM IM INSTITUT GROSS STOP WENN JA ÜBERSENDE ICH LEICHE PER FLUGZEUG STOP AUFWENDIGES BEGRÄBNIS ANGEBRACHT STOP ENDERGEBNISSE TELEGRAFISCH STOP. Dr. Gross überfliegt das Telegramm und sinnt über Mrs. Zislings Leiche im Kühlhaus nach. Sind ihre Augen offen oder geschlossen? Adam hat ihm einmal gesagt, wem es nicht gelinge, sich mit einer Rasierklinge umzubringen, dem werde gar nichts gelingen. Vor vielen Jahren einmal hatte sich ein hübsches junges Mädchen in Dr. Gross verliebt, aber er, der damals noch nicht Dr. Gross war, heiratete Xanthippe Klein. Wie man sich bettet, so liegt man. Seine Frau Sara Klein gehört seiner Ansicht nach zu der Sorte Frauen, die nach allem, was in den letzten tausend Jahren gesagt und gedacht worden ist, noch immer felsenfest glauben, daß – sobald ein Paar ein Zimmer betritt und die Tür hinter sich abschließt – folgende Punkte außer Zweifel stehen: (1) Es ist ein schweres Verbrechen geschehen. (2) Der Mann war sicher ein elender Taugenichts. (3) Die Frau hätte mehr verdient gehabt. (4) Der Mann ist trauriger wieder rausgekommen. (5) Die Frau wird hinterher klüger geworden sein. Abgesehen davon hat sie tausend Vorwürfe, Spielkarten, dumme Freundinnen und Ehrgeiz. Sie betet insgeheim, daß ihm irgendein Preis verliehen werden möge. Ein Nobelpreis beispielsweise wäre geeignet, sie für alle Leiden zu entschädigen. Dabei erscheint es ihr unwichtig, wofür er einen Preis erhält, Hauptsache, daß. Der Oberste der Meschuggenen zu sein ist in ihren Augen schlimmer, als der letzte unter den Normalen zu sein, und an dieser Schwanzposition hält sie mit allen Kräften fest, auch wenn es zuweilen weh tut.

Gina klopft an die Sprechzimmertür und tritt mit einem Silbertablett ein, auf dem eine dampfende Kaffeekanne, ein Milchtöpfchen, Zucker, eine Tasse mit Untertasse, frische, warme, in eine weiße Serviette eingewickelte Brötchen, Marmelade, Butter und – als freundschaftliche Geste von Pierre Loti – auch scharfer, aromatisch duftender Matjes stehen.

Gina lächelt ihn an. Tief im Herzen mag sie ihn, vor allem deswegen, weil er der Institutsleiter ist. Gina weiß, daß sie nach reichlich simplen Maßstäben vorgeht, aber sie kann nicht anders. Ihr Lächeln beim Eintreten ist irgendwie mangelhaft, starr, wie auf Befehl. Aber Dr. Gross liebt Ginas mangelhaftes Lächeln, das wilde Triebe in ihm weckt. Beim Anblick ihres Lächelns ist er imstande, sich einen Augenblick stürmische Orgien vorzustellen oder das, was er für stürmische Orgien hält, denn er hat noch nie im Leben an einer stürmischen Orgie teilgenommen. Übrigens auch an keiner nichtstürmischen. Ginas melodramatisches Lächeln (wie er es bei sich nennt) rettet ihn jeden Morgen. Ohne ausdrückliche Worte haben sie eine ständige Ordnung eingeführt, die zum Ritual geworden ist: sie, und nicht eines der Küchenmädchen, bringt ihm sein Frühstück. Sie lächelt ihn dabei an, und ihr Lächeln bewahrt ihn vor plötzlicher Verliebtheit und sie vor der Notwendigkeit, sich jemandem hinzugeben, den sie nicht liebt. Einmal hatte er sie im Spaß gefragt, ob sie ihm zu Willen sein würde, wenn er das von ihr verlangte, und sie hatte ihm ohne Zögern geantwortet: »Ja sicher« und dabei gelächelt, und schon waren ihm stürmische Orgien in den Sinn gekommen, und er war gerettet. Ginas Lächeln ähnelt den Kartenspielen seiner Frau, den ermüdenden Gesprächen mit ihren zwei Freundinnen, den Cremes auf ihren Gesichtern, den Einkaufstouren, dem Blättern im Adreßbüchlein, um festzustellen, wen man für Freitag abend einladen muß.

Dr. Gross greift zum Hörer, blinzelt Gina, die ihm den dampfendheißen Kaffee einschenkt, spitzbübisch zu und wählt. »Hallo? Frau? Mein Frauchen?« Er wartet, lauscht, runzelt die Stirn. »Ich habe Sehnsucht!« Wieder eine Pause. »Ja, um acht Uhr morgens! Auf Wiedersehen.« Der Hörer wird zornig auf die Gabel geknallt. Morgen Morgen, Gina Gina, Ehefrau Ehefrau, Kaffee Kaffee.

Der massige, hünenhafte Dr. Gross, der in Jerusalem geboren ist, nimmt einen Schluck von dem ausgezeichneten Kaffee, beißt in ein Brötchen und breitet die Morgenzeitung vor sich aus. Er blättert sie durch, aber die Nachrichten interessieren ihn heute morgen nicht. Was kann auch schon interessanter sein als der Besuch, den er gestern abend, vor seiner Heimfahrt, Adam Stein auf der Krankenstation abgestattet hat? Sie unterhielten sich über den Film, der am Vorabend auf der Krankenstation gelaufen war. »Der Film war ziemlich mittelmäßig«, meinte Adam, »die Kameraführung war zu statisch, während sonst alles rumsauste. Langweilig. Die Szene mit dem Schußwechsel haben wir schon in einunddreißig anderen Filmen gesehen. Aber folgendes ist interessant: Der Hauptdarsteller, James Cagney, hat im Verlauf des Films 4222 Worte gesprochen, während seine Partnerin, deren Namen ich nicht weiß, 2050 Worte Text hatte und als Schauspielerin viel überzeugender wirkte als er.« Was soll nach einem solchen Gespräch Dr. Gross noch an der Morgenzeitung interessieren? Ein Streik im Haifaer Hafen (schon wieder!), ein Stoppelfeld in der Gegend um Tel Kazir ist abgebrannt (das ist weit weg, in Galiläa), der syrische Staatschef hat verkündet, sein Land werde Israel vernichten (haben wir schon gehört! werden sie nicht tun!), die Sowjetunion will liefern, die Vereinigten Staaten erklären, die Popularität des philippinischen Präsidenten geht zurück, Gefahr für die Demokratie in Griechenland, auf Zypern ist ein türkischer Staatsbürger getötet worden, in Tel Aviv hat man einem Touristen ein Paar Ohrringe gestohlen... Er geht zum Anzeigenteil über. Den liest er mit großem Interesse. Gina räumt seinen Tisch auf, sortiert den Papierkram, öffnet die Jalousien, wischt den Staub von einigen dicken Ordnern. Jemand verkündet per Zeitungsannonce, er sei gutaussehend und wohlhabend, besitze Erfahrung und ein Auto und suche nun eine schöne und gute Frau zwecks Eheschließung – für eine glückliche Ehe natürlich. Ein junger Ingenieur lobt sich in der Öffentlichkeit. Jeeps können bei einer Versteigerung erworben werden. Letzte Gelegenheit, sich *My Fair Lady* anzusehen. In Beer Scheva steht ein dreistöckiges Bürogebäude zum Verkauf. Dr. Gross beendet die Zeitungslektüre, beendet das Frühstück und geht zur täglichen Visite. Gina bleibt mit ihrem mangelhaften Lächeln im Zimmer zurück. Sie wird jetzt seinen Tisch vollends aufräumen.

Dr. Gross geht an abgeschalteten Heizkörpern vorbei, hinter denen Adam Stein seine diversen Flaschen versteckt. Er sieht sie nicht. Die Dauermusik spielt den *Persischen Basar*; danach wird

Scheherazade kommen und dann *Hava Nagila*. Das Anschlagbrett ist von schwachem Neonlicht erhellt. Von weitem sieht es wie der Altar einer kleinen Wallfahrtskirche aus: eine gelblichgraue Fläche, vom Licht beschienene Rahmen, einige Schmuckelemente. Neben dem Anschlagbrett wohnt der Astronom Sonnenmann, dessen Zimmer Dr. Gross jetzt betritt. Sonnenmann sitzt am Fenster hinter einem Tisch, auf dem ein Teleskop steht. Sein Leben lang hatte er davon geträumt, Astronom zu werden – Sonnenmann, Galileo Sonnenmann. Aber statt dessen hatte er in einem Jerusalemer Postamt gearbeitet. Er war 1947 auf der *Schabtai Lodjinski* ins Land gekommen, nachdem es dem Schiff gelungen war, die britische Blockade zu durchbrechen und nachts in Küstennähe Anker zu werfen, so daß Sonnenmann auf den Schultern eines breitgebauten Mannes an Land getragen wurde, dessen Namen er nie erfuhr, obwohl er ihn seinerzeit begeistert geküßt hatte. Hinterher lebte er eine Zeitlang in einem Kibbuz, verließ ihn, ging nach Jerusalem, mietete sich ein kleines Zimmer im Bucharenviertel und wollte mit aller Kraft Astronom werden, doch fehlte ihm das nötige Geld für ein Fernrohr. Deshalb fand er Arbeit bei der Post, sortierte Briefe und brachte es schließlich bis zum Sortierer zweiter Klasse. Jahre später traf ihn die Schwester Schwester in Tel Aviv auf der Allenbystraße, gegenüber der Eisdiele Whitman, wo er vor der öffentlichen Toilette stand und die in die Erde hinunterführenden Stufen betrachtete – in der festen Überzeugung, dies sei der Eingang zu der berühmten Tel Aviver Untergrundbahn, der Bahn, die ihn zum verborgenen Glück bringen werde. Er war müde und ausgelaugt. Im Krieg hatte man ihm einen Finger der rechten Hand abgehackt, und ein Auge war fast erblindet. Jetzt hatte er irgendwohin fahren wollen und war in dieser stinkenden Toilette gelandet. Auf den Bürgersteig zurückgekehrt, trug er bereits ein langes weißes Gewand und Sandalen. Seine andere Kleidung hatte er am Toiletteneingang weggeworfen. In den weißbehandschuhten Händen hielt er ein Stück Gummischlauch, durch den er in den Himmel blickte, während er mit sich selbst sprach. Die Leute beachteten ihn kaum. Jemand warf ihm eine Zehn-Agurot-Münze zu, lachte und ging seiner Wege. Ein kleiner Junge versuchte ihm ein Bein zu stellen. Auf dem nahen Karmel-Markt stand ein dicker Metzger mit Fett- und Blutspritzern auf der Schürze und sah Sonnenmann träge zu. »He, du da!« rief er. »Was bist du denn? Verrückt?« Worauf er in seinen Laden zurückkehrte, sein Beil schwang und ein totes Huhn zerstückelte.

»Ich bin Galileo Galilei«, hatte er zur Schwester Schwester gesagt, als sie näher auf ihn zugekommen war und ihn interessiert beobachtet hatte. »Ich wollte mit der Untergrundbahn irgendwo hinfahren, aber es gab keine Bahn mehr. Den Talar habe ich von meiner seligen Mutter bekommen, ich bin Astronom.«

Seine Augen glühten, als er dies der Schwester Schwester erzählte, deren Schnurrbärtchen zitterte. In Sonnenmann und seiner weißen Robe erkannte die Schwester Schwester irgendein Zeichen, auch wenn sie nicht recht wußte, was es genau war. Seine Gestalt erschien ihr wie ein Abschnitt in der Heilsgeschichte: jemand, der den Himmel kitzeln wollte, so daß doch vielleicht ein Tröpfchen austreten würde, das dann wieder verdunsten und auf seinem Weg nach oben Gott an die Wüste und an die glitzernden Sterne erinnern könnte. »Du kommst mit mir«, hatte sie zu Sonnenmann gesagt. »Du wirst dich hinsetzen und die Himmelskörper erforschen, und falls du einen himmlischen Wagen durch die Lüfte brausen siehst, teilst du mir das mit, und wir ziehen alle gemeinsam aus... wohlvorbereitet.« Er verstand nicht, worauf sie mit ihren Worten abzielte, und sie verstand nicht, worauf er abzielte, aber ohne daß sie es wußten, verbanden sich von nun an ihre Schicksale.

Und tatsächlich konnte er hier im Institut, zum erstenmal in seinem Leben, ein richtiger Astronom sein. Er holte sich ein Spielzeuggewehr aus Schwester Spitzers Kindergarten, schraubte den Lauf ab, verschloß ihn mit zwei rußgeschwärzten Glasstükken, die er mit großer Geduld in der im Erdgeschoß befindlichen Werkstatt angefertigt hatte – nach dem Sternkundebuch eines gewissen Rabbi Jehuda Basiliki aus Saloniki. Dieses Rohr montierte er auf einen Drehzapfen, den er eigenhändig aus zwei Holzstückchen und einer amerikanischen Quaker-Oates-Dose (holländischer Herstellung) gebaut hatte, und nun pflegt er an seinem Fenster zu sitzen und verborgenen Sternen nachzuforschen. Den Himmelswagen hat er bisher noch nicht entdeckt, aber die Schwester Schwester drängt ihn nicht übermäßig.

Nach seiner Meinung sind die Tage nichts als die öden Zwischenräume zwischen den Nächten, eine himmelschreiende Vergeudung. Er haßt die Tage, verabscheut das Licht und die Sonne; sie verbittern sein Leben, ruinieren ihm die Zukunft. »Ich lebe jetzt fünfzig Jahre«, sagte er einmal, »davon habe ich zwanzig Jahre mit Schlafen verbracht. Jetzt schlafe ich tagsüber, weil die Tage wertlos sind. Um zehn Uhr morgens gehe ich ins Bett, stehe um fünf Uhr nachmittags auf, gehe zum Therapeuten, zum Analytiker, zu meinen Leiden. Und so vergeude ich noch einige Jährchen im Schlaf. Wenn der Tag doch nur aus Nacht bestehen würde! Vierundzwanzig Stunden Nacht, wie in Alaska. Aber ich sitze hier in der Wüste, die Sterne sind klar und schön, die Nächte lyrisch und still, und ich kann endlich... brauche keine Briefe mehr zu sortieren. Im Warschauer Getto war ich kein Astronom. Mein Vater hatte einen kleinen Laden, dann kamen die Deutschen.«

Dr. Gross fragt ihn nach seinem Befinden. Hat er irgendwelche Klagen? Probleme? Wünsche? Nein, hat er nicht. Es ist alles in Ordnung, mehr oder weniger. Warum sollte er sich auch beschweren. Was fehlt ihm denn? Briefe sortieren? Nein danke. Laßt mich nur am Fenster sitzen bis zum Tag meines Todes. Ein Teil seiner Beobachtungen ist schon klassifiziert und abgeheftet. Dort drüben in jenen grauen Ordnern, im Schrank. Eines Tages wird er seine Ergebnisse veröffentlichen und damit einen Sturm in der Welt der Wissenschaft auslösen. Man wird ihn verfolgen, das weiß er, aber diesmal wird Galilei nicht widerrufen! Nein und noch mal nein. Genug, daß es damals höhere Gewalt und verborgene Gründe gegeben hat – heute nicht. Man kann widerstehen, mit Entschlossenheit.

Dr. Gross verabschiedet sich von ihm, um seinen Weg fortzusetzen. Er macht Notizen, stellt seine Bewertungen auf, denkt über verschiedene Verbesserungen nach, die hier und dort gemacht werden könnten. Als nächstes besucht er Schwester Spitzers Kindergarten, in dem schon die ersten Vorbereitungen auf die langsam näherrückenden Hohen Feiertage zu Herbstbeginn im Gange sind. Noch ist ein Monat Zeit bis dahin, aber hier werden schon die passenden Lieder gesungen, die besonderen Merkmale des Neujahrsfestes diskutiert und die des Versöhnungstags natürlich, des Jom Kippur, der wiederum nichts mit Purim zu tun hat, dem Tag, an dem das *pur*, das Los, geworfen wurde. Ihm fällt ein Vortrag ein, den sein verstorbener Großvater einmal im großen Lehrhaus Josefs des Gerechten in Jerusalem gehalten hatte, als er selbst noch ein kleiner Junge gewesen war. Großvater hatte damals davon gesprochen, daß Sühne und Versöhnung – nicht das Los – das Schicksal des in Ewigkeit auserwählten Israel bestimmten. Sicher dreht er sich jetzt im Grabe um angesichts seines geliebten Enkels, der sich mit all diesen ketzerischen Lehren hier abgibt. Er schaut kurz bei Arthur Fein, Adam Stein, Miles Davis, Wolfowitz und den Schwester-Schwestern vorbei. Er tadelt Frau Tamir, weil sie den melancholischen Jungen nicht in Ruhe läßt, unterhält sich mit Herrn Levinstein, Frau Duwdewani, Jaschke Perez, Dov Nachmani, untersucht den neuen Patienten, der diese Woche eingeliefert worden ist, und lächelt Miguel de Salvaro zu, der in seinem hübschen, mit christlichen Heiligenbildern ausgeschmückten Zimmer über »Sexualität und Christentum« arbeitet. Die Votivbilder an den Wänden stammen aus Büchern, die Adam bei der Tel Aviver Buchhandlung Da'at für Miguel bestellt hatte.

Ein normaler Spätsommertag im Institut. Dr. Gross kehrt in sein Zimmer zurück, das nun – frisch geputzt und abgestaubt – eine wunderbare Ruhe ausstrahlt. Draußen gleißt die Sonne. Er zieht den orange Vorhang zu und überfliegt die Papiere, die man ihm inzwischen auf den Tisch gelegt hat: die wöchentliche Kostenaufstellung, die Medikamentenrechnung. Pierre Loti schaut einen Moment herein; sie besprechen verschiedene Küchenfragen und gehen gemeinsam den Speiseplan durch, den Pierre für die kommende Woche vorschlägt. Gross greift zum Hörer, wählt die Nummer des Gesundheitsministeriums und bittet, man möge ihm zwei weitere Schwestern schicken. Lohnerhöhung wird zugesichert, ebenso Unterkunft und diverse andere Vergünstigungen – kein Problem, man reißt sich um solche Stellen. Er verhandelt mit dem Leiter des Reinigungsdienstes über die neuen Müllschlucker, die kürzlich aus Amerika eingetroffen sind. Mit dem Gärtner spricht er über Neuanpflanzungen auf der Westseite – Zypressen, Tamarisken. Er macht sich eine Notiz, daß er beim Wüstenforschungsinstitut in Beer Scheva nachfragen muß, was man am besten pflanzen sollte. Vielleicht lohnt es sich, eine neue Art auszuprobieren...

Später, gegen Mittag, treten einige Ärzte, Therapeuten und Analytiker ein, die Probleme haben. Jeden Tag kommen sie um diese Stunde, um in informellem Rahmen ihr Herz auszuschütten. Tagtäglich sitzen sie bei Orangen- und Grapefruitsaftflaschen, Kürbiskernen, Erdnüssen und manchmal schwarzem Kaffee zusammen. Und auch diesmal gleitet das Gespräch wieder auf *den* Problemfall namens Adam Stein über. Adam Stein und das Kind. Adam Stein und Uriel Bloch. Vielen Ärzten fällt es schwer, untätig zuzusehen, die Vorgänge nur zu beobachten und im übrigen Dr. Gross' Autorität anzuerkennen, dessen ausdrückliche Anweisungen ihnen gebietet, weder störend im Wege zu stehen noch laut ihre Meinung zu bekunden. Zwi Erd, der sich einige Reputation erworben und auch eine interessante Studie über neue Wege bei der Behandlung schizophrener Kinder veröffentlicht hat, macht seiner Wut Luft: »Wo liegt die Grenze, Nachum? Du erlaubst ihm, Schnapsflaschen hinter jedem Heizkörper zu verbergen, den Patienten sinnlose Vorträge zu halten, ein Liebesverhältnis mit einer Schwester zu unterhalten, die einen verantwortungsvollen Posten hat und deren Arbeit für das Institut wichtig ist, Gelder von Patienten entgegenzunehmen und es riskant anzulegen – und all das nur ein Jahr, nachdem er eine Frau zu erwürgen versucht hat, und trotz seines sehr ernsten Zustands. Würden strenge Ordnung und Zucht in diesem Fall nicht bessere Ergebnisse erzielen als das jetzige völlige Gewährenlassen? Im Mittelpunkt steht natürlich das Kind, Uriel Bloch. Du erlaubst Adam, dieses arme Kind zu mißhandeln, um dessen Heilung wir uns nun schon jahrelang bemühen... das...«

»Das... was? Bitte, Zwi, beende den Satz!« Dr. Gross zündet sich eine Zigarette an, zieht den Rauch ein und richtet sich etwas gerader auf. »Was? Das Kind? Hatten wir denn irgendwelche Hoffnung gesehen? Die winzigste Aussicht? Heute geht dieses Kind aufrecht! Es tippt auf der Schreibmaschine, es reagiert, es hat das Laken abgeworfen, es hört zu, es unterhält sich – noch nicht durch Reden, aber es schreibt. Das nennst du Mißhandlung?«

»Ja... wer vollbringt denn all diese Wunder?« fragt Dr. Erd beharrlich. Seine Stimme klingt zynisch. »Wer, Adam Stein? Erlaube mir, Nachum, dir eine Geschichte zu erzählen. Ein Mann beklagte sich einmal über starke Bauchschmerzen, die ihn nach dem Genuß von einem Glas Tee befallen hätten. Auf die Frage, seit wann denn ein Glas Tee Bauchschmerzen verursachen könne, berichtete er, er sei in ein Restaurant gegangen, habe zwei Portionen gehackte Leber bestellt, sie aufgegessen und sich bestens gefühlt – keinerlei Magenschmerzen. Dann aß er Gemüsesuppe mit Knödeln – nichts –, aß Schnitzel mit Kartoffeln, Nudeln, Auberginensalat, Tomatensalat, etwas Sesampaste, Milz und Leber, nicht viel – von Beschwerden keine Rede! Selbst der Wein schadete nichts. Er trank zwei Gläser Rotwein und fühlte sich ausgezeichnet: der Magen – kerngesund. Und Brot? Oh, was für ein Brot! Weiß und warm. Einen halben Laib hat er davon verdrückt. Darauf bestellte er sich Eis mit Sahne, und wieder war alles in Ordnung. Aber dann hat er ein einziges Glas Tee mit etwas Zitrone getrunken, und da kam's auf einmal – der Bauch wollte platzen vor Schmerzen! Verstehst du? Seit Jahren bemühen wir uns, versuchen alles, um eine Besserung zu erzielen, tun unermüdlich unsere Arbeit, und nach alldem tritt das Glas Tee in Form Seiner Hoheit, Adam Stein, auf den Plan, schenkt dem Kind zwei Bonbons, bellt es einmal kurz an, und schon springt das Kind in Habtachtstellung und ist geheilt? Seien wir doch realistisch. Es ist kaum zu glauben, einfach unglaublich, dieser Fortschritt, den das Kind gemacht hat. Aber die Tatsache, daß wir schon alle Hoffnungen auf seine Rettung aufgegeben hatten, als Adam Stein auftauchte, berechtigt uns immer noch nicht dazu, Adam allein das Verdienst zuzuschreiben und auf unseren eigenen Anteil zu verzichten.«

Dr. Gross drückt die Zigarette im Aschenbecher aus, erhebt sich von seinem Stuhl und geht im Zimmer auf und ab. »Sag mir, Zwi, beneidest du das Kind?«

»Beneiden?«

»Nein. Du beneidest es nicht, und das ist das Problem. Adam Stein ist neidisch auf das Kind. Und darin liegt der Unterschied. Das ist der kleine, feine Unterschied. Was du gesagt hast, beruht nicht auf Wirklichkeit. Adam Stein ist da auf den Plan getreten, wo wir gescheitert sind, und wir sollten die Dinge besser beim Namen nennen. Das Verwunderlichste ist jedoch, daß Adam Stein – ohne das eine oder das andere zu wollen – dabei ebenfalls den Weg der Besserung angetreten hat. Die beiden schwersten Fälle, die wir hier hatten, heilen einander. Hund heilt Hund, wie großartig das ist! Und ihr – statt Gott auf Knien zu danken, rümpft ihr die Nase... Die erworbenen Diplome scheuern euch auf der stolzen Brust, die Bücher, die ihr gelesen habt, stoßen euch auf und vergießen Tränen aus euren Augen. Ihr seid beleidigt. Habt keine Angst, es ist erlaubt, laßt das Wunder geschehen, begrüßt es freudig, behaltet die Übersicht, aber stört den Ablauf nicht. Wir sind Marsmenschen – mit deiner geschätzten Erlaubnis, Zwi –, Marsmenschen, die zu begreifen versuchen, was der elenden Ameise weh tut, die da weit weg, auf der Erdkugel, im Sand rumkrabbelt, oder vielleicht sollte man richtiger sagen, daß wir die Ameisen auf der Erde sind, die die Schmerzen des Marsmenschen verstehen möchten... Ein Wunder ist geschehen. Ein Schwindler ist einem Hund begegnet, und wir werden schweigen, werden den Dingen lauschen, sie nicht verstehen, abwarten. Man darf davon nicht auf sonstige Fälle schließen. Was für den einen gut ist, kann für andere schlecht sein. Doch wir werden beim Zuhören lernen und um Erfolg beten...«

»Aber was tut das zur Sache?« Dr. Nachwalter, der bisher geschwiegen hat, putzt sich die Brille und setzt sie auf die Nase. »Wenn es so ist, warum erlaubst du dann nicht allen Kranken, sich gegenseitig zu heilen, und wir setzen uns daneben und spielen Karten?«

»Keine schlechte Idee!« Dr. Gross lacht, aber sein Gesicht wird gleich wieder ernst. Es wurmt ihn, es ärgert ihn, daß er das tut, was er tut, es verdrießt ihn, daß er zu erklären gezwungen ist, es stört ihn, zu wissen, daß er recht hat, so gern er auch im Unrecht sein würde.

»Adams ungeheure Zerstörungskraft, seine Genialität, seine meisterhafte Schwindelei... Wenn er diese Kräfte für positive Ziele einsetzen, sich selbst heilen könnte, wäre das etwas Erhabenes, Großartiges. Aber Adam Stein sieht keine Neugeburt vor seinen Augen, er ist keinen Augenblick bereit, aus den Tiefen des Todes geboren zu werden und im Mutterschoß zu sterben... Du sprichst mit mir in medizinischen Begriffen. Ich weiß, ich kenne sie, ich habe sie studiert und mir die Finger verbrannt und glaube immer noch daran. Aber vielleicht werden wir aufgrund des Wunders, das sich hier vor unseren Augen ereignet, zu einer Einsicht gelangen, die uns Bücher niemals vermitteln können?«

»Du bist schon wieder bei deinem Defätismus angelangt, Nachum.« Zwi Erd glüht im ganzen Gesicht. »Wir schreiten vorwärts, langsam, Schritt für Schritt. Frau Altschüler, die vor einigen Jahren noch ein hoffnungsloser Fall war, ist heute fast geheilt. Der Kontakt ist hergestellt, es gibt eine Verbindung, hier und da kann man auf wesentliche Erfolge verweisen, sogar bei uns hier. Du bist ein hoffnungsloser Gemütsmensch, Nachum.«

»Moment mal, Zwi, nein, das ist es nicht.«

»Doch, doch. Hoffnungslos. Und trotzdem bewundere ich dich, das weißt du. Deinetwegen bin ich ans Institut gekommen, nicht wegen der glänzenden Bedingungen. Aber du verblüffst mich jedesmal von neuem. Manchmal scheint es mir, als wärst du selber fast... fast krank, wollte ich sagen... aber ich werde es nicht sagen. Du wirst von vorübergehenden Stimmungen gepackt. Musen, Inspirationen... Wie ein Dichter. Ich zweifle nicht an deinen Fähigkeiten, an deinen Leistungen, aber hier, in diesem Fall, hast du alle Zügel schießen lassen. Du bist in die Grube gefallen, die du dir selbst gegraben hast. Die beiden heilen einander nicht. Die eingetretene Besserung ist auf unsere Tätigkeit zurückzuführen. Das Verhältnis zwischen dem Mann und dem Kind ist nur für die beiden selber ein Wunder, vielleicht auch für dich – und das macht mir Sorgen, denn für uns ist dieses Wunder eine Katastrophe, und du wirst es noch bereuen. Hör auf mich! Du benimmst dich wie ein Dichter unter Wissenschaftlern, du bist lyrisch in Labors. Das ist schön, das ist zauberhaft, das ist elegant, aber es ist gefährlich.«

»Du weißt, Zwi, ich stimme mit dir überein.« Dr. Gross lächelt – unwillkürlich lächelt er. Seine großen, schwarzen, verträumten Augen ruhen auf dem energischen jungen Kollegen. »Es ist alles richtig und doch nicht richtig. Wir haben ihnen nicht geholfen, haben darauf verzichtet, und mit Recht, denn wir hatten keine Wahl. Sie machen Fortschritte aufeinander zu. Ich weiß nicht warum, aber ich werde sie nicht aufhalten. Auch wenn das Ende noch so bitter sein sollte, auch wenn ich es zu bereuen hätte und zum Rücktritt gezwungen wäre – ich werde diesem Ochsen, der da drischt, nicht das Maul verbinden, und ich allein werde die Entscheidung fällen! Uns gelingt es, den Schnupfen der Krebskranken zu kurieren, und mehr nicht! Diese beiden sind über den Schnupfen hinausgedrungen, in die angegriffenen Gewebe der Seele hinein. Ich werde den Hut vor ihnen abnehmen, werde wie ein aufgeregter Jüngling dastehen und warten. Und wenn der Tag gekommen ist, werde ich vortreten und ihnen Goldmedaillen an die Brust heften. Diese Medaillen werden den Stechenden wie den Gestochenen piksen, aber sie werden stolze Brüste zieren. Ich glaube, weil ich nicht weiß; du weißt, weil du glaubst. Du wirst auch noch älter werden, Zwi, wie ich. Adam Stein ist ein Einstein des Zirkus, der die Hölle am eigenen Leib vom Ende bis zum Eingang durchpflügt hat. Und als er am Eingang angelangt ist, steht da ein Hund und bellt... Was wird geschehen? Wie geht es weiter? Wir werden abwarten und zuschauen, weiser werden oder uns umbringen, aber stören werden wir nicht.«

Dr. Gross steht auf, verschränkt die Arme hinter dem Rücken und geht im Zimmer auf und ab... Sein massiger Körper erfüllt den Raum, sein Blick ist nachdenklich, trübe, fern.

»Adam Stein wird sterben, sein Hund wird nicht genesen. Ich weiß, alles arbeitet gegen mich. Warum tötet er sich selbst? Warum ist er zu dem Hund gegangen? Warum stellt er sich im einen Augenblick der Aufgabe und tritt im nächsten wieder den Rückzug an? Ich weiß es nicht, alles ist nebulös. Er wird scheitern, er muß scheitern, oder vielleicht... vielleicht doch nicht? Adam hat einen großartigen Sinn fürs Theatralische. Er spielt mit uns allen, und ich... Ich liebe ihn. Ich gebe es zu. Es wäre schade, wenn er sterben würde, sehr schade. Er spielt mit uns wie in einem Marionettentheater, zieht an den Fäden und weiß, daß er spielt, genießt das Spiel. Das ist das einzige, was ihm geblieben ist. Er freut sich beim Anblick der inneren Auflösung, die in seinem Körper vor sich geht. Das ist seine Rache. Eine unverständliche, kompromißlose, erstaunliche Rache. Wir wirken in seinen Augen wie dumme, begriffsstutzige Kinder. Vielleicht hat er recht. Aber trotz allem, zuweilen, wenn er sich vergißt, plötzlich... Versteht ihr nicht? Er ist fähig zu lieben, mehr als jeder von uns hier. Er liebt dieses Kind, den Uriel, seinen David, König von Israel. Und das ist schön, das ist edel. Ihr macht ein saures Gesicht. Die Wissenschaft? Soll die Wissenschaft zum Teufel gehen. Angesichts dieser Liebe steht die Wissenschaft blaß und armselig da. Adam Stein trägt den Untergang in sich, und doch ist er ins Netz gegangen und hat zu lieben gelernt. Du nennst mich einen hoffnungslosen Gemütsmenschen! Ich bin stolz auf dieses Etikett, das du mir angehängt hast. Adam sagte mir einmal auf die Frage, warum es uns nicht gelungen sei, ihn zu heilen: ›Das war Ihre Aufgabe, da erfolgreich zu sein, nicht meine. Ich bin zum

Scheitern bestimmt...‹ So hat er gesagt. Uns obliegt es, Wolfowitz und Miles Davis, Frau Baum und Frau Tamir, Ruben Schiloach und Arthur Fein zu retten, sie vor sich selbst zu retten. Das ist schwer, eine unmögliche Aufgabe. Der Feind hält sich bedeckt, offenbart seine Intrigen nicht – ein listiger Schwindler. Und dann plötzlich sind sie sich begegnet, Hund trifft Hund, ja, zwei Hunde. Und die Flamme war entzündet. Schon in der Begegnung an sich liegt das Wunder, da war Gottes Hand am Werk. Das ist die Rettung, die – vielleicht unbewußt – jedem Mord, jedem Tod, jedem Untergang, jedem Jammertal, jeder Ausweglosigkeit, jeder Verzweiflung innewohnt. Im Neid zwischen den beiden Hunden findet sich die Liebe, und wir sind unfähig, ihren Sinn zu begreifen. Das ist die Liebe des Todes zum Körper, die Liebe Gottes zum Ermordeten, wie unser Wolfowitz sagt... Wir müssen die Augen aufhalten, ohne einzugreifen, müssen beten und das Spiel bis zum bitteren Ende weiterspielen. Wir sind nicht klüger als sie, wir sind nur gesünder, und selbst das ist noch zweifelhaft. Sie tragen die Geheimnisse in sich, die wir aufdecken möchten, und sie leiden, nicht wir. In ihrem verborgenen, wundersamen Hirn...«

Dr. Gross sinkt in seinen Schreibtischsessel, blättert in den Papieren auf dem Tisch und hält ein Blatt hoch, um die Blässe seines Gesichts zu verbergen. Nachwalter fällt ein, daß er erwartet wird. Zwi Erd starrt auf das Schaubild an der Wand. Die anderen erheben sich und gehen einer nach dem anderen hinaus. Dr. Gross quetscht zwischen den Zähnen hindurch: »Hoffnungsloser Gemütsmensch! Ich werde dir noch zeigen, was Poesie im Labor ist!« Und der begabte, ehrgeizige junge Zwi Erd, der es noch weit bringen wird, lacht durch die Tränen, die sich in seinen Augen gesammelt haben.

12. Kapitel

Eine Nacht in der Wüste

Seit dem Augenblick, in dem David, König von Israel, auf den Beinen stand, war Adam Stein schwer krank. Er lag auf der Krankenstation, das Kind blieb in seinem Zimmer eingeschlossen. Zwischen ihnen, zwischen den beiden Polen, lebte und atmete das Institut. Schwester Spitzers Kindergartenkinder sangen:

Ein gutes neues Jahr für Mami,
Ein gutes neues Jahr für Papi.

Adam wollte nichts hören. Was für ein Kind? Was für ein Hund? Er trug eine Dornenkrone auf dem Haupt, und der Name der Krone lautete Gina. Ich habe kein Kind. David, König von Israel, liegt in Jerusalem begraben, sein Sohn Salomo regierte nach ihm. Das Kind war in seinem Zimmer eingesperrt. Alle anderen warteten gespannt. Arthur hatte eine Wette veranstaltet: fünfzig meinten, Adam werde zu dem Kind hingehen, zweiundsechzig sagten, die Sache sei vorbei.

Eines Nachts, als Adam schon auf dem Weg der Besserung war und im Krankenzimmer auf und ab ging, während David, König von Israel, noch immer hinter verschlossener Tür saß, lag die ältere Schwester Schwester in tiefen Schlummer versunken in ihrem Bett. Da erschien ihr ein weißgeflügelter Engel, der an ihrer Bettkante stand und ihr zuflüsterte: »Schwesterle, der ersehnte Tag, er ist gekommen.« Er wiederholte diesen Satz siebenmal und sagte dann: »Mein kleines Schwesterle, mein treuer Liebling, der Tag des Gerichts naht, rüstet euch für den großen Tag, die Widderhörner des Messias werden bald erschallen, mein gutes, schönes Schwesterle...«

In derselben Nacht zu genau derselben Stunde saß der Astronom Sonnenmann am Fenster und guckte durch sein Teleskop. Er sah einen Kometen am Himmel aufleuchten. In der Milchstraße entstand ein Sternwirbel, und einige Sterne sprangen einen Moment lang wie Geißböcke. Zur selben Stunde sah Miguel de Salvaro, der gerade eines seiner Bücher las, furchtbare Blitze und ein tosendes Unwetter im Fenster. (Als er das am nächsten Morgen erzählte, wunderten sich alle, denn der Himmel war die ganze Nacht über klar gewesen.)

In jener Nacht zur selben Stunde hatte Dr. Gross eine Reifenpanne, als er langsam auf sein Haus in Arad zufuhr. Pierre Loti schreckte zur nämlichen Stunde aus dem Schlaf hoch, spürte ein Würgen im Hals, mußte sich lange übergeben und stöhnte vor Schmerzen, die ihm blitzartig durch den Kopf jagten, doch nach kurzer Zeit schlief er wieder ein und vergaß völlig, was ihm geschehen war.

Noch weitere sonderbare Dinge ereigneten sich in dieser gleichen Schicksalsstunde, wie sich alsbald herausstellen sollte: Wolfowitz der Betrüger erwachte von einem Nickerchen und hatte einen Augenblick das Gefühl, er könne sich aus einem teuflischen Netz befreien, das seine Füße umfing. Auch meinte er den Tod aufhalten zu können, und sei es nur für kurze Zeit. Er blickte auf seine Uhr: fünf Minuten nach elf. Eine Stunde später zeigte sie wieder fünf Minuten nach elf. Um fünf nach elf blieb der Aufzug zwischen dem zweiten und dritten Stock stecken, und der große Kühlschrank in Pierre Lotis Küche gab seinen Geist auf.

Die Schwester Schwester fand, daß all diese Tatsachen sichere Zeichen von untrüglicher Bedeutung seien: Der große Tag war nahe. Deswegen fastete sie den ganzen nächsten Tag, um ihre Seele auf den Schöpfer auszurichten. Auf dem Bett sitzend, grübelte sie über Gott nach. Kaum war sie nachts eingeschlafen, erschien ihr der Engel zum zweitenmal. Er stand am Rand des Bettes, das auf einmal groß und breit allein in der Wüste zu sein schien, deren Wände Wasserwälle und deren Decke die Himmel waren – und flüsterte mit angenehmer, bezaubernder Stimme: »Schwesterchen, Schwesterchen...« Worauf sie traurig, mit dem Kummer einer alten Frau, deren Körper von den Wanzen geliebt worden war und deren Oberlippe ein feines schwarzes Schnurrbärtchen zierte, antwortete: »Gestern hast du mich Schwesterle gerufen, heute Schwesterchen, ich sehe Zeichen und verstehe sie nicht, mein Leib schmerzt, ich habe den ganzen Tag nichts gegessen.« Der Engel lächelte ihr zu, und angesichts des süßen Lächelns, das sich über sein Gesicht breitete, bedauerte sie ihre Worte. Er wisperte: »Dienstag nacht, in der Wüste, ein flacher Hügel mit einem verdorrten Dornbusch, auf dem Gipfel eine

Spalte, dahinter eine Anhöhe in der Form eines Widders und daneben ein Dickicht, auf dem langen Weg nach Elat, hundert Schritte in Richtung Gasa.«

Als die Schwester Schwester zutiefst berührt und erregt aus dem Schlaf erwachte, fiel sie auf die Knie und betete. Wenn doch Mrs. Zisling bei ihr wäre! Aber Mrs. Zisling lag im Kühlhaus in Cleveland, Ohio.

Die Schwester Schwester beendete ihr Gebet und ging sofort hinaus, um das Erforderliche zu planen, zu organisieren, in die Wege zu leiten. Bis Dienstag mußte alles bereit sein. Der Schöpfer hatte die auserwählte Stunde nicht zufällig bestimmt. Er hatte seine verborgenen Gründe. Und ihr oblag es, den Seher zu seinem Gott zu bringen. Sie selbst war nur ein Botengänger, das wußte sie. Ebenso wie sie wußte, daß der wahre Mittler, der Prophet, sich weigern würde zu gehen, so daß sie ihn dazu bringen mußte, sich trotzdem zu erheben und auszuziehen, denn das Schicksal des Volkes und der ganzen Welt war in seine Hände gegeben. Die Bürde dieses Schicksals lastete so schwer, daß die Schwester Schwester sich in einer Art Rauschzustand befand, der nicht von ihr wich, ehe sie alle einige Tage später durch das hintere Tor des Instituts in die Wüste hinauszogen.

Obwohl Wolfowitz zwischen Glauben und Unglauben schwankte, versuchte er in Augenblicken der Ernüchterung, in denen er eher Furcht als Zweifel empfand, die Bedeutung der Zeichen herabzuspielen. »Es ist kein Regen gefallen, man hat keinen einzigen Blitz gesehen, eine reine Häufung von Zufällen. Das zufällige Zusammenfallen mehrerer Ereignisse ist weder ein Zeichen noch ein Wunder. Die Prophetie ist heute nur noch den Narren gegeben, und Gott ist tot. Und wenn er nicht gestorben ist, hat er sicher zu tun, oder er spielt. Weißt du auch, womit er spielt, Schwester? Mit dem Leviatan. Wie es geschrieben steht: ›Der Leviatan, den du geformt hast, um mit ihm zu spielen.‹ Er sitzt dort im Himmel und spielt mit dem Leviatan wie mit einem Stofftier. Zieht ihn am Schwanz, sperrt ihm den Rachen auf – ist beschäftigt.«

Arthur Fein war aufgeregt, was er dem schönen Ruben und Frau Tamir mit folgender Argumentation erklärte: Zwar seien alle der sicheren Überzeugung, daß Gott sich Adam Stein als Gesprächspartner erwählen werde, aber sie würden bald eines

Besseren belehrt werden. Da nämlich seine Leiden größer als die Adams gewesen seien, er aber – im Gegensatz zu Adam – weder Verrat geübt noch seine Frau und seine beiden Töchter getötet oder als Clown seine Späße im Haus des Todes getrieben habe, werde Gott gerade mit ihm sprechen. So sagte Arthur Fein, der Großpurifikator, der ehrliche Mann, der Schokoladensoldat, und lachte.

Die Schwester Schwester war wie neugeboren. Ihr Gesicht strahlte, und insgesamt sah sie zehn, zwanzig Jahre jünger aus. Sie lief auf den Gartenwegen, in den Korridoren, zwischen den Zimmern herum und sang:

Wär' ich ein Säugling und du meine Amme,
Saugt' ich an schöner Brust, zu löschen meinen Durst.
Wär' ich ein Zelt und du mein Bewohner,
Erfreuten wir uns der Liebe, erstarkten mit dem Alter.
Wär' ich eine Zunge und du meine Antwort,
Schwieg' ich in brennendem Begehren, sänge dir Lieder...

Am Dienstag abend um zehn Uhr schließlich versammeln sich an die zwanzig Männer und Frauen neben dem großen Kühlschrank in Pierre Lotis Küche. Dann ergeht das Zeichen. Der hintere Ausgang beim Kräutergarten wird aufgestoßen, und gesetzten Schrittes in die Nacht hinausgleitend, verläßt das große Volk den Hof des synthetischen Zisling-Tempels und wird von der Dunkelheit der weiten, allumfassenden Wüste verschluckt. Die Nacht ist klar und schön. Der Himmel gleicht gehämmertem Kupfer. Sterne glitzern zu Tausenden, traubengleiche Goldkleckschen in unendlicher Vielzahl. An der Spitze des Volkes schreitet die Schwester Schwester im weißen, knöchellangen Gewand, in ihrem weißen Brautkleid aus Seide und Spitze. Auf dem Kopf trägt sie einen Kranz aus glänzenden Plastikblumen. Alle sind weiß gekleidet, außer Pierre Loti und Adam Stein. Da Pierre Loti weiß und spürt, daß er fremd ist, sich im Herzen auch danach sehnt, es zu bleiben, trotzdem aber auch wie einer des Volkes sein möchte, hat er Bundhosen aus Kord angezogen und einen Tirolerhut mit Feder aufgesetzt. An den Hut hat er ein weißes Stoffetikett genäht, auf das in goldenen Lettern »Jerusalem« aufgestickt ist. In der Hand hält er einen geschnitzten Bergstock.

Adam Stein trägt einen breitkrempigen schwarzen Hut aus dem Atelier A.N. Fischer, Berlin, zum dunklen Anzug mit weißem, bis oben hin zugeknöpften Hemd und weinroter Krawatte. Alle übrigen sind ganz in Weiß gekleidet, weiß vom Scheitel bis zur Sohle. Sie halten sich an den Händen und schreiten stumm in die Wüste hinaus.

Miles hat seine Trompete mitgebracht und Arthur die Trommel.

Heuschrecken wandern durchs öde Land, ihre Schritte verschluckt der Sand. Keiner spricht, keiner erhebt die Stimme. Sie fürchten sich. Halten einander an den Händen. Im Gänsemarsch. Die gewundene Schlange kehrt in ihr Haus zurück, in Weiß, den Kopf mit Plastikblüten geschmückt, Schwesterchen an der Spitze, mit wachen Augen die Nacht durchdringend. Eine gewisse Unruhe erfaßt den weiten Himmel. Nichts bewegt sich, und doch ist alles in Bewegung. Hier fällt eine Sternschnuppe, dort fliegt ein fernes Flugzeug, seine Lichter blinken auf und ab, aber das Geräusch seiner Motoren bleibt unhörbar. Verwunschene Wüstennacht, voll stillem Murmeln oder murmelnder Stille. Adam weiß, es ist der Staub der langsam zermahlenen Knochen, der Staub, den die in Toravorhänge gehüllten Engel von dort hergebracht und hier ausgeschüttet haben, was wiederum beweist, daß keine Energie verlorengeht. Die Knochen werden zurückkehren in ihre Heimat. Und das ist der Weg, den er beschreitet.

Das Institut wird immer kleiner, immer winziger. Seine bunten Lichter entschwinden zwischen den Hügeln. Gleich wird es nicht mehr zu sehen sein, wird von der Dunkelheit aufgesogen werden, die ihre Umgebung immer tiefer einhüllt. Jeder hält seines Nächsten Hand. Ein leichtes Beben setzt sich von Hand zu Hand fort. Stürme in Edom, in Moab, im Land des Negev, in Paran, in den Wüsten Ammons. Könige gewaltigen Namens kämpften in dieser dunklen Wüste: Kedor-Laomer, der König von Elam, und Tidal, der König der Völker, und Amrafel, der König von Schinar, und Arjoch, der König von Ellasar, und der König von Sodom und der König von Gomorra. Hier ist Abram, hier sind Lot und seine Frau. Hier sind Geister, Wahnbilder und die Wege der Völker: Griechen, Römer und Mamelucken, Ägypter, Araber und Chaldäer, Babylonier, Assyrer und Christen,

Hebräer und Juden... Land des Salzes, Land des Wüstenginsters, Land des Kupfers. Land der Berge und Wadis, Land der Milane, Geier und Adler, Land des Melchisedek, Priester des Gottes, der der Höchste genannt wird. Sie gehen Hand in Hand mit der Schwester Schwester voran. Adam raucht Ascot. Ein Zahn klappert. Und noch ein Zahn und noch einer. Einer nach dem anderen beginnen alle Zähne zu klappern: weiße Zähne, schwarze Zähne, Goldzähne, Zahnbrücken, Kronen. Die verschlungenen Hände übertragen den Strom, das dumpfe Klappern. Alle klappern. Der nächtliche Wüstenwind ist frisch, kalt. Die Wüste glimmt vor Kälte bei Nacht. Die Körper schrumpfen, zittern, erstarren. Das Klappern gebiert ein Brummen und Seufzen, das Seufzen gebiert ein Husten und Murren und einen leisen Singsang: Gott! Wo bist du? Wo? »Er kann auch eine Sie sein!« stellt Arthur plötzlich fest. Aber keiner hört es. Das erste Wort ist gesprochen, und keiner hat zugehört. Er kann eine Sie sein! Oder ein Einzeller oder ein Aal oder eine Aalin? Kein Mensch reagiert. Krrrr...

Die Beine eilen nicht mehr. Jemand hat sich von seinem Gefährten gelöst und noch einer und noch einer. Schon bilden sie keine lange Reihe mehr, die auf die Herrlichkeit zuschreitet. Die Füße sind schwer, die Kälte geht in die Knochen, das Murren wird lauter. Adam Vasco da Gama Stein achtet nicht auf das Murren. Kleine Leute murren, große Menschen weinen. Sein breitkrempiger Hut steht ihm ausgezeichnet in dieser großen Stunde, und er wäre der erste, das zuzugeben, und vielleicht auch der letzte. Sein Gang ist fest, sein Körper kräftig. Das ist ein anderer, ein neuer Adam, jeden Morgen neu, immer überraschend – das sagt er sich selbst im Innern. Und jetzt ist der Morgen einer neuen Epoche angebrochen. Arthurs Trommel tanzt auf seinem Oberschenkel, und sein Mund stößt Seufzer aus. Sein Gesicht brennt vor Kälte, seine Füße sind geschwollen. »Sicher habe ich Pocken, jede einen Quadratmeter groß.« Plötzlich ist er überzeugt, absolut sicher, daß man ihn betrogen hat. Schakale heulen, ein Steinkauz schreit aus einer versteckten Spalte, weit weg. Die aufgehende Mondsichel läßt den Sand erbleichen. Das blasse Mondlicht gießt etwas Weichheit und Wärme über die kalte Erde aus. Doch zwischen Wärme und Erde marschiert wütend der betrogene Schokoladensoldat. Er hätte jemanden töten, ihn verbrennen mögen – oder weinen. Aber er hat keinen Partner. Miles ist überzeugt, daß Adam Gott hinters Licht führen wird, deshalb hat er den Weg angetreten. Er stellt sich vor, wie Adam Gott Grundstücke in einer nicht existierenden Stadt verkaufen wird, Operngebäude, die nie gebaut werden, vom Erdboden vertilgte Städte, Schlösser und Burgen im Ozean, in die Lüfte entschwebende Goldtürme, und das alles noch mit gefälschten Grundbuchtiteln.

Ein Schrei zerreißt die Wüste: »Schwesterchen! Wie lange noch?«

»Bald, mein Kind.« Ihre Augen sind auf das vor ihr ausgebreitete Dunkel gerichtet. Sie ist von ihrer Vision durchglüht, spürt weder Kälte noch Wind, weder Murren noch Klappern. Sie sieht Adam und ist stolz auf ihn. Sie beide stehen auf einer Stufe, weit über den anderen. Sie beide wußten und wissen. Alle anderen bilden die Herde. Und die Herde muß man mit starker Hand führen, das weiß sie. Sie murren, klappern mit den Zähnen, und – was noch schlimmer ist, aber ihren Augen entgeht – sie haben aufgehört ihr zu vertrauen. Sie sind Kinder, Kinder, die ihre Mutter auf einer belebten Straße verloren haben und jetzt zwischen fremden, feindlichen Beinen umherirren.

Der Auszug, der als Prozession begann, ein Mann nach dem anderen, Hand in Hand, die Augen von der Vision erfüllt, erscheint Adam jetzt eher wie der Treck einer geschlagenen Armee, einer Armee, die Glaube und Richtung, Schuhe und Zusammenhalt verloren hat. Jeder für sich, allein, in der Wüste. Das Ziel ist zwar das gleiche, aber jeder bleibt sich selbst überlassen, sich und seinen Ängsten, und es gibt keinen, der ihm Mut zusprechen, ihn befeuern würde.

Die Kälte ist furchtbar, und nun macht sich bei ihnen auch der Durst bemerkbar. Das Gehen ermüdet, kein Mensch weiß, wohin. Das haben sie schon vergessen. Sie wollen zurück. Aber wo ist das? Alles ist dunkel, eintönig, furchterregend. Bedrohliche Formen umschließen sie, Berge in Gestalt von Ungeheuern. Dazu der kalte Wind und der Durst. Pierre Loti hat eine kleine Feldflasche mitgenommen, aber die ist längst ausgetrunken. Die vor Kälte aufgesprungenen Lippen verlangen nach Wasser. Adam sieht eine Prozession bemützter Johnny Walkers, gutes Bier, Amstel oder Tuborg. Grüne Flaschen, riesige Gläser mit aufgemalten Clowns, Bier vom Faß, aus dem Keller.

»Meine Zuversicht ist in Gott«, singt Schwesterchen. »Ich habe laut zum Herrn gerufen…« Der Plastikblumenkranz weht stolz auf ihrem Kopf. »Da erhörte er mich von seinem heiligen Berg, Sela. Ich lege mich nieder und schlafe ein, ich wache wieder auf, denn der Herr beschützt mich.« Nein, sie braucht nicht zu leiden wegen dieser Kleingeister. Nicht darauf hat sie viele Jahre lang gewartet und gehofft. Sie sind durstig – sollen sie eben darben! Die Geburtswehen der Erlösung sind schwer… »Seht, der Herr fährt auf einer leichten Wolke daher«, und sie wollen Saft. Die dunkle Wüste bringt sie in Erregung. Sie betrachtet die Macht der Schöpfung. Sie sieht Zeichen an jedem Ort, in jeder Ritze, in jedem Windhauch.

Die Zeit vergeht, Stunde um Stunde. Die Menschen fallen im Stehen um, sinken ohnmächtig auf die kalte Erde, müde, verwirrt, ausgelaugt. Sie weinen trockenen Auges. Miles zittert. Arthur schlägt mit der Hand auf den Boden und wirbelt dichten Lößstaub auf, der die Atemwege verstopft.

Auch die Schwester Schwester bricht plötzlich zusammen. Ohne daß sie es gemerkt hätte, sind ihre Füße gestolpert, und sie ist hingefallen. Als sie wieder aufstehen will, versagen ihr die Beine den Dienst. Die Kälte beginnt mit scharfen Zähnen an ihr zu nagen. Ihr weißes Kleid fühlt sich an wie eine Eishülle, die bald brechen wird. Adam tritt zu ihr, sucht den Horizont ab und sagt ruhig: »Verzweifle nicht, Schwesterchen.« Sie hebt die Augen, blickt ihn an.

»Man stellt uns auf die Probe, Schwesterchen… Dein Gott ist eine harte Nuß – er hat kein Erbarmen. Wie sein Haus. Schau dir die Wüste an – sie ist erbarmungslos. Wir müssen weitergehen, es bleibt keine andere Wahl.«

»Du hast recht, Adam. Einen Moment bin ich gestrauchelt. Da, ich werde aufstehen.« Er reicht ihr die Hand, ein Clown in von Hamdungs Garderobe vor dem Hintergrund der Berge Moabs. Gott könnte einen Lachanfall kriegen. Sie ergreift seine Hand, kreuzt die vor Kälte blaugeschwollenen Beine und erhebt sich. Jetzt wird sie den Berg im Sturm erklimmen: »Geseufzt habe ich und bin gestrauchelt, doch jetzt, Herr, werde ich zu dir kommen. Mein Lied wird erklingen auf deiner Zither…« Wieder ist sie von der Vision ergriffen. »Taubendung in der Wüste war und bleibe ich, aber kostbares Licht wird mein Gesicht erleuchten. Ich werde deine treue Dienerin sein, o Herr, mein Gott, und du tue mit mir nach deinem Willen. Strafe! Strafe! Strafe!«

Ihre Lippen wispern. Mit halbem Ohr hört sie Adam sagen: »Ich gehe allein weiter. Ich werde mich umsehen, die Lage prüfen. Ich bin gleich wieder da.« Sie wirft ihm einen verwunderten Blick zu und fährt fort, ihr Haupt im Gebet zu wiegen. »Herr, wer darf weilen in deinem Zelt? Wer darf wohnen auf deinem heiligen Berg? Wer untadelig lebt und Gerechtigkeit übt und die Wahrheit redet von Herzen...«

Adam hört es. Nicht diesen Gott zu suchen, sind sie ausgezogen, aber es gibt keinen Weg zurück. Sie ist gutgläubig, das Schwesterchen, und die Welt ist voller Überraschungen. Und wer weiß? Er betrachtet seine Genossen, die da auf der kalten Erde hingestreckt liegen, verschließt seine Ohren vor ihrem Flehen, verschließt sich ihren niedergeschlagenen Blicken, ihren gequälten Körpern, und macht sich auf den Weg. Er geht. Die Wüste ähnelt sich, wiederholt sich. Die einzelnen Hügel unterscheiden sich voneinander und sind doch wieder gleich. Bis du den nächsten erreichst, hast du die Form des vorherigen vergessen. Eine Art organisiertes Chaos oder eine von der Tohuwabohu AG organisierte Wesenheit. Kaugummi Gottes. Er kaut die Berge und Hügel, knetet sie, nimmt sie als rosige Klümpchen aus dem Mund, zieht sie ein wenig in die Länge und Breite und wirft sie auf die Erde. Da werden sie hart und stehen nebeneinander, Berg an Berg, Wüste mit Felsspalten, Steinkauz und Adler. Adam geht immer noch, schreitet voran. Sein Herz pocht. Woher hat er diese Kraft? Woraus schöpft er diese Stärke? Ist er nicht durstig? In der Tasche trägt er wohlverborgen eine Feldflasche. Nein, er hat keinen Durst. Und die Beine? Zwei Wochen nach der Operation? Jene Kleingläubigen da hinter ihm, sie verstehen es nicht...

Er schuldet es ihnen. Er weiß nicht, warum, für sich selbst fürchtet er nicht. Er möchte, würde so gern, wenn er könnte, und sei es nur ein einziges Mal, etwas für irgendeine Allgemeinheit tun. Und dies ist die Gelegenheit, die ihm gegeben ist. Einen Augenblick scheint es ihm, als sei er schon kein Schwindler mehr. Doch sofort erklärt er sich wie erleichtert, daß das nur eine höhere Stufe der Schwindelei sei. Er wandert, beobachtet und kehrt nach einer knappen Stunde wieder zu seiner Menschenherde zurück. Alle liegen auf dem Boden, nur die Schwester

Schwester steht. Er fängt ihre Blicke auf, es sind keine anklagenden, sondern flehende Blicke.

Sie sind erwartungsvoll. Wenn er jetzt ausriefe: Wir haben uns getäuscht! Es gibt keinen Weg! würden sie ihre Seele aushauchen und kläglich verenden. Wüstentote. Kleine Kinder schauen ihn an, heben ihre Augen zur Kindergärtnerin auf. Er ist Schwester Spitzer und Dr. Gross in einer Person. Das macht ihm Mut. Er lächelt: »Schwesterchen, mir nach!« Und alle stehen auf, wie auf Befehl. Sie haben wieder einen Anführer. Es gibt einen Weg, jemand weiß, wo's langgeht. Sie laufen durch die kältestarre Wüste, und die Schwester Schwester singt mit näselnder Stimme: »Wie lange noch, Herr, vergißt du mich ganz? Wie lange noch verbirgst du dein Gesicht vor mir?«

Die Wanderer gehen dicht nebeneinander, berühren einander fast, laufen in besessenem, gequältem Tempo, eine Gemeinde der Elenden und Geschlagenen. Adam schreitet voran. Seine Hand hält die Hand der Schwester Schwester. Ihr Gesicht ist von heiligem Glanz erfüllt, der – nach Miles Davis' Auffassung – die Hyänen abschreckt, die hier zu Dutzenden rumlaufen. »Die Hyäne wird kommen und dich auffressen«, pflegte Tante Nachtsche zu sagen, »die Hyäne hypnotisiert dich und schleppt dich in ihren Wüstenbau, und da verspeist sie dich ohne Salz.« Die gute Tante Nachtsche... Es hieß, sie denke nicht umsonst immer an Hyänen, denn sie sei selber eine. Sie wohnte in Ekron, am Rand des Dorfes zwischen den Granatäpfelbäumen. Die Araber behaupteten, sie gleiche Raschid Abul-Dschadschi, dem »Vater der Hühner«, der sich in die Hühnerställe schlich, um die Hennen zu hypnotisieren, damit sie ihm nachliefen. Adam hypnotisiert Schwesterchen, Schwesterchen hypnotisiert uns, wir werden die Hyäne hypnotisieren. Tante Nachtsche hat ihren Mann hypnotisiert, bis er gestorben ist.

Neben einem dunklen Hügel hält Adam an und befiehlt allen, ebenfalls stehenzubleiben. Er zieht die flache Flasche aus der Jakkentasche und schwenkt sie vor ihren Gesichtern. Ein Lächeln liegt auf seinen Zügen, es geht ihm plötzlich gut. Aller Augen sind auf die Flasche gerichtet, als sei sie die Rettung. Arthur bricht in schreiendes, hysterisches Weinen aus: »Das ist Wodka! Er betrügt uns, das ist Wodka!« Seine Augen brennen, trotz der Nacht, trotz der Finsternis.

»Nein, es ist Wasser! Einer nach dem anderen, bitte. Nur die Lippen benetzen«, sagt Adam mit einem Siegeslächeln, und sie kommen mit weit aufgerissenen Augen, knien vor ihm nieder und saugen an der Flasche, bis er den gerade Trinkenden mit Gewalt wegdrängt, um die nächste durstige Seele heranzulassen.

»Jetzt wartet hier auf mich! Ich bin gleich zurück.« In seiner Stimme liegt die Autorität, die sich alle wünschen. Sie lassen sich auf der Stelle nieder, wickeln sich in ihre dünnen Hemden und Blusen, von Kälte umhüllt. Nur die Schwester Schwester fällt auf die Knie und singt im Flüsterton ein Dankeslied: »Eli, Eli, Eli – mein Gott, mein Gott, mein Gott«, wie eine verkratzte Schallplatte.

Miles, den der Schluck Wasser neu belebt hat, versucht, seine Trompete zu blasen. Der besiegte Arthur muß sich ihm mit der Trommel anschließen, aber er ist starr vor Kälte. Wird die Musik sie erretten? Die Schwester Schwester wispert: »Ich weiß: Staunenswert sind deine Werke. Als ich geformt wurde im Dunkeln, kunstvoll gewirkt in den Tiefen der Erde, waren meine Glieder dir nicht verborgen...« Miles trompetet, *Take the A Train, Lullaby of Birdland* und *Zena, Zena*. Ein kalter Gestank hängt in der Luft. Alles ist klar und dunkel zugleich. Adam ist weggegangen. Die zusammengerollt daliegenden Menschen zittern. Sie wollen nicht sterben. Um sie her Wüste: Löwen, Tiger, Geier, Falken, Adler. Die werden in den Felsspalten ihr Fleisch verzehren. Gott wird sich nicht offenbaren. Dr. Gross wird sie in die Beruhigungszelle sperren. Wenn Adam doch nur zurückkäme! Sie, die Betrogenen, halten sich an die Musik von Miles und Arthur, die versuchen, sich etwas aufzuwärmen, zu vergessen, in die Arme der lieblichen Melodien zu flüchten, die gegen die kalte, grausame Wüste ankämpfen. Der alte Gigolo ist zu Gott gegangen, seine Geliebte betet. Arthur knirscht mit den Zähnen. Schwesterchen wird einen Sohn gebären, den Sohn des Heiligen Geistes. Alles ist verloren. *Take the A Train to Harlem*. Wo ist dieses Harlem? Und was hat es mit dieser Wüste zu tun? Er blinzelt auf seinen Arm. Manchmal, wenn er spürt, daß alles verloren ist, betrachtet er die Nummer. Die Nummer ist eine Identitätskarte, die ihm von höchster Stelle gegeben ist, deshalb ist ihre Bedeutung so groß, und in dem Augenblick, in dem Arthur auf die blaue Nummer blickt, tut es ihm jemand anders nach, ohne daß er wüßte, warum. Wenn Arthur hinschaut, schaue ich auch hin. Es gibt momentan nichts anderes zu tun. Daher vergehen keine zehn Minuten, bis siebzehn numerierte Arme sich an die Purimparty erinnern und sich im Takt der Musik hin- und herwiegen. So wird es einem wärmer – und klarer. Die hergestellte Verbindung ist hartnäckig, unbegreiflich, aber beruhigend. Die Nummern tanzen in der Wüste, und Adam, der Dirigent des Nummernensembles, wird es spüren und etwas tun, wird ein Wunder wirken. Damit wir hier lebendig rauskommen.

»Welcher Haß«, wundert sich Pierre Loti, jedesmal von neuem, angesichts der erhobenen Arme, der dazugehörigen Gesichter. Das wenige, was sie getrunken haben, hat den Durst nur noch verschärft, hat ihn tausendmal verstärkt. Die Schwester Schwester murmelt: »Eli, Eli«, ist in ihre Vision versunken. Bald wird ein großer, gewaltiger Morgen anbrechen, und wir werden gerettet sein. Da stehen wir unmittelbar vor der Erlösung, und alle sind gebrochen und zu Boden geschmettert. Pierre kommt es vor, als säßen sie im Dschungel und erzählten einem raubgierigen Löwen Witze, während der nur darauf wartet, bis sie damit fertig sind, so daß er zu lachen aufhören kann, und dann … Miles und Arthur spielen New Yorker Jazz für eine Wüste, die ihre letzte Hoffnung auf eine vorsichtige Annäherung an den grausamen Gott verschlungen hat, denn wenn er sich heute nicht offenbart, besteht keine Hoffnung mehr.

Und Adam geht tatsächlich auf Gott zu. Allein wandert er zwischen den Hügeln. Einen Augenblick verspottet er sich selbst, doch wie aus diesem eigenen Selbst steigt ein anderes Wesen herauf, das seine Sinne verwirrt, das ihn auf das Ungewisse zulenkt, das ihm sagt: »Du bist ein Abgesandter! Geh!« Ausgerechnet er, der ehemalige Hund, der ehemalige Clown, der ehemalige Student, der ehemalige Weltmann, gerade er wird – aufgrund eigenartiger Kombinationen im Alptraum einer alten Frau, deren Körper und Schnurrbärtchen von Mücken und Wanzen geliebt wurden – der Prophet, der Abgesandte sein. Kaum zu glauben. Dabei möchte er gerade umgekehrt glauben, daß man umdrehen und ihnen die Wahrheit knallhart ins Gesicht werfen müßte, wie aus der Pistole geschossen: Nichts. Keine Offenbarung. Lüge. Lachhaft. War nur ein Scherz.

Das ist doch Torheit, ein Glaube der Verrückten. Aber er geht weiter, legt langsam seine letzten Clownsallüren ab und glaubt. Er ist ein kleiner Junge, sehnsüchtig und selbstvergessen. Herbert ist verschwunden, Gina ist nichts als ein ferner Traum, und er, ja, er wird von Angesicht zu Angesicht vor ihm stehen und mit ganzer Kraft glauben. Die Sonne wird aufgehen, und ich werde in ihr sein.

Und da, genau zu dieser Stunde, hört er die Stimme zu sich sprechen. Aus der Wüste spricht die rätselhafte, ermahnende, bekannte, belustigte, befehlende Stimme. Bist du es, Herbert? Nein! Er wird Herbert nicht erlauben, diese große Stunde zu vernebeln, sie mit Füßen zu treten. Wer bist du? Die Stimme kichert. So bekannt klingt sie und doch auch fremd. Ironie der Wüste. Und Adam in seinem kindlichen Glauben flüstert: »Ich bin Adam Stein, der Selbstvernichter.« Er grinst einen Moment. Der Schwindler ist für den Bruchteil einer Sekunde zu sich selbst zurückgekehrt. Die Stimme bricht in schallendes Gelächter aus, das die ganze Wüste wie ein Kitzeln mitreißt, und Adam denkt bei sich: »Wie schade.« Und jetzt, als er genug Mut gesammelt hat, um die Augen weit offen auf die Dunkelheit zu richten, sieht er ihn vor sich stehen – auf einer Anhöhe mit Dornbusch, neben einem weiteren Hügel, haargenau wie es der Engel der Schwester Schwester erklärt hat. Adam fällt auf die Knie und wundert sich keineswegs, als Kommandant Kleins Stimme zu ihm spricht, sondern er schaut geradeaus und sieht und möchte lachen. Denn die Schwester Schwester hat tatsächlich recht gehabt.

Er kann nicht auf den Beinen stehen. Er muß auf den Knien bleiben. Sein Klein lächelt. Er trägt einen eleganten braunen Anzug. Die dreieckige Spitze eines Kavaliertaschentuchs lacht ihm aus der Brusttasche. Auf dem Kopf trägt er einen Tropenhelm im Stil britischer Offiziere. Kommandant Klein lächelt. »Jetzt setz dich hin, mein Adam, und erzähl mir, warum du vor mir geflohen bist. Ich habe dich gesucht.« Adam setzt sich und zieht eine Zigarettenschachtel aus der Tasche, entnimmt ihr eine Zigarette, zündet sie an und raucht. Gott bietet er keine Zigarette an. Klein bittet auch nicht darum, sondern blickt ihn mit unendlich traurigem Gesicht an. »Die Ungläubigen sterben schön, Adam«, sagt er mit väterlich mitfühlender Stimme, »und du hättest schön sterben können. Du bist vor mir geflüchtet, hast dich davongemacht, bist hierhergekommen. Warum? Du gehörst doch nicht hierher! Du bist wie ich, du bist Teil der Asche, du wirst keine Blume in der Wüste werden. Du warst und bleibst Dung, der Galgenbäume wachsen läßt. Du hattest Angst, weiterhin zu kommen und mir den Brautpreis, das Schweigegeld, die Mitgift, den Buhlerlohn zu bringen. Ich war hungrig und durstig ohne dich. Du hattest kein Recht, Adam. Ich könnte dir viele Geschichten erzählen, schöne, traurige Geschichten. Ich werde eine davon auswählen: Eines Tages vor vielen Jahren wanderte ein junger Mann durch die Straßen Berlins und sehnte sich nach dem Tod. Seine Liebste hatte ihn verlassen und einen anderen geheiratet. Ja, die Ungetreue hatte ihn sogar zur Hochzeit eingeladen, und er war hingegangen. Als der junge Mann nun unendlich traurig durch die Stadt irrte, geriet er in eine Zirkusvorstellung und sah einen berühmten Clown. Der Clown war weise, schlau und lustig, er spielte Geige und Gitarre, er erriet die dämliche Vergangenheit zweier alter Damen, deren Hutfedern wie Hahnenkämme aufragten, er brachte die Leute zum Lachen – der Clown war ein echtes Wundermittel, und der junge Mann war gerettet. Er achtete nicht mehr auf die Gifttabletten in seiner Tasche, die einzunehmen er vorher fest beschlossen hatte. Jahre vergingen, bis der junge Mann den Clown in der Schlange stehen sah, im eleganten Anzug, in der Hand einen stattlichen Koffer. Allerdings war der Mann, der da hinter dem Tisch saß, nicht mehr der Jüngling, der einst den Zirkus besucht hatte. Er war ein Beamter, der etwas zu sagen hatte: der nach rechts, der nach links. Als er den Clown entdeckte, mußte er lachen, und der Clown lächelte unwillkürlich zurück. Der Clown kannte ihn nicht. Wie hätte er auch wissen sollen, daß er diesen Mann zehn Jahre früher vor dem Tod gerettet hatte? Der Befehl erging, und der Clown wurde aufgefordert, zur Seite zu treten, weder nach rechts noch nach links weiterzugehen. Der Clown war gerettet. Und wer hatte den Clown gerettet? Der Jüngling, der seinerzeit die Gifttabletten nicht genommen hatte.

Wieder vergingen Jahre, der junge Mann alterte noch mehr und kehrte elend, verwundet, arm und hungrig nach Hause zurück. Seine Frau war bei einem Bombenangriff umgekommen, der Sohn war vermißt. Um zu überleben, mußte er essen, und der Clown fand sich bereit, ihn zu retten. Leben um Leben. Aber der Hundenapf blieb wie eine offene Wunde zwischen ihnen bestehen – nicht das Verlangen nach Rache. Weder der eine noch der andere waren zum Rächer geboren. Rachelust ist ein primitiver Charakterzug; geistig gefestigte Menschen rächen sich nicht. Der Clown brachte ihm ein paar Groschen in einem aufgeblasenen Kondom, und der gealterte junge Mann änderte seinen Namen. Er saß zurückgezogen in seinem Zimmer, lernte semitische Sprachen und verfaßte zu seiner eigenen Unterhaltung ein Wörterbuch für eine neue Sprache. Es fehlte ihm an nichts. Bis der Clown eines Tages verschwand und der Mann einsam, hungrig und verloren zurückblieb. Und da hatte er die Wahl – sich in einen stehlenden, bellenden Gassenköter zu verwandeln oder auf die Straße hinauszutreten und es so wie alle andern zu machen: nämlich den draußen lächelnden Ami freundlich zu begrüßen, einen kleinen Laden zu eröffnen, gestohlene Ware aufzukaufen und feilzubieten, ein Andenkengeschäft zu gründen, ein inzwischen nicht mehr junges Fräulein namens Klopfer zu heiraten, das einst auf seinen Knien gesessen und die aus dem Schornstein aufsteigenden Rauchringe aktenmäßig erfaßt hatte: Jakob, Rachel, Lea, Abraham, Hirsch, Mottel – ein Ring nach dem anderen –, Geburtsdatum, Geburtsort, Todesursache. Aber er weigerte sich zu heiraten, weigerte sich, ein Hund zu werden, weigerte sich, Handel zu treiben. Wenn er gewollt hätte, wäre es ihm ohne weiteres möglich gewesen, ein Hund auf den Straßen Berlins zu werden, zu bellen, an Selbsthaß zu erkranken, öffentlich Reue zu üben, Anne Franks Bilder bei einem Umzug zu tragen, zu schreien und zu weinen. Gemeinsam, ein ganzes Volk, ein halbes Volk. Er hätte gestehen und nach Argentinien auswandern oder aber schlau sein und in den diplomatischen Dienst eintreten, sich an dem Wirtschaftswunder beteiligen, einen glänzenden Opel kaufen, sonntags zum Angeln und Jagen in den Wald fahren, blonde Kinder zeugen und für den United Jewish Appeal spenden können.

Statt dessen hat er sich in Gott verwandelt. Er ist hierhergekommen, in die Wüste, und er fragt: Was suchst du, Adam? Am Ende aller Wege steht doch Klein und wartet auf dich. Warum willst du das nicht einsehen und verzichten? Warum verschwindestdu nicht freiwillig für immer? Bring nicht die besten Teile der Menschheit gegen dich auf, geh! Immer und ewig werde ich dich am Ende aller Straßen erwarten. Und da hilft dir nichts: aufgeblasene Präservative, Münzen, Pistolen, Glaube, Gewehre, Atombombe, Sozialismus, Schluckimpfung gegen Kinderlähmung, Nobelpreise für Physik, guter Wille – alles vergebens. Entweder du verschwindest, oder du bringst mich um. Ein für allemal. Wenn es dir gelingt, hast du eine gewisse Chance, gerettet zu werden. Aber die Wahl liegt in deiner Hand, und du wirst mich nicht umbringen. Du kannst es nicht. Die Geschichte ist eine traurige Angelegenheit, sie besitzt weder Sinn noch Logik. Die Zukunft ist in Nebel gehüllt. Alles hängt von dir ab. Von dir allein.«

Adam schaut genauer hin. Klein hat sich seit damals nicht verändert. Die Schläfen sind ein wenig ergraut, aber es ist dieselbe Nase, derselbe sinnliche Mund, dasselbe Lächeln. Adam möchte gern fragen, aber es hat ihm die Sprache verschlagen. Ihm, der immer die richtigen Worte gefunden hat. Was ist richtig? Was ist nicht richtig? Gott schlägt die Beine übereinander und setzt sich Adam gegenüber hin. Sie blicken einander an. So einfach ist das: er in der Gegenwart Gottes. Und er hätte fragen können. Nach dem Leid. Nach der unlogischen Logik dahinter. Nach den kleinen Kindern, nach dem, was sein und was nicht sein wird. Klein erinnert sich daran, daß Adam ihn einmal vergeblich gebeten hatte, sich die Zähne putzen zu dürfen. »Was hätte ich auch anderes tun sollen? Konnte ich etwa nach Berlin schreiben, um die Erlaubnis einzuholen, dem Gesuch eines gewissen Hundes stattzugeben, der sich die Zähne putzen möchte? Aber du wirst selbst zugeben, daß ich ein Auge zugedrückt habe. In meiner Abwesenheit hast du einmal meine Zahnpasta und meine gelbe Lux geklaut und dir über dem Waschbecken die Zähne geputzt. Lange habe ich hinter dir gestanden und es nicht fertiggebracht, dich aufzuhalten. Mein Herz ließ es nicht zu.« Adam denkt über seine Worte nach. Er hat ein Herz. Ich wäre nicht nach Berlin zurückgekehrt, wenn er keines hätte. Aber es hat auch andere gegeben, und wie wird er das verstehen? Wird er fragen? »Die jüdische Geschichte ist vorbei«, sagt Adam, »oder sie beginnt erst. Du bist überflüssig. Umbringen kann ich dich nicht, und sei es nur wegen jener Zahnpasta. Wir leben auf einem Friedhof, du und ich. Du kannst kommen, um die Blumen auf den Gräbern zu pflegen. Retten wirst du nichts mehr.« Gott mustert ihn lange. Sie blicken einander in die Augen.

Klein erinnert sich an jenen Tag im Zirkus. Sie verkauften

damals Blutwürstchen am Eingang, und er aß zwei oder drei davon und auch ein herrliches Eis... Adam hat das nicht mehr im Gedächtnis. Er bedauert Frau Kleins Tod. Ihre Schenkel waren heiß und ihre kleinen Brüste ein wenig plattgedrückt. Ihm fällt ein, wie Gott an der Bettkante schnarchte. Wie hatte er es erfahren? Hatte sie es ihm erzählt? »Mein Lieber, mein Kleinchen, heute habe ich mit einem Hund geschlafen... Ich war müde und traurig. Vor dem Fenster stieg Rauch auf. Ich war noch nicht an den Rauch gewöhnt, an den Geruch davon. Der Gedanke war fremd und reizvoll, das muß ich zugeben. Rauch. All unsere Nachbarn! Weißt du noch, wie wir in der Wilhelmstraße gewohnt haben und Frau Seligmann dem kleinen Adolf Klavierunterricht gab? Da steigt sie auf: ein Rauchkringel! Das ist schon schwer. Und plötzlich war da so ein Hund, der einen zum Lachen bringt, da wollte ich ein bißchen... Und die Sache hatte auch was Verführerisches an sich... Ein Hund im Bett, das Herz fing wild zu schlagen an... Es tut mir furchtbar leid, mein Lieber, und du hattest soviel Wermut getrunken und warst impotent wie eine Gurke.« Klein hat sich das sicher angehört und mit dem Kopf genickt: »Aber natürlich, gewiß doch, mein Liebes.« Und dann ist er aus dem Krieg zurückgekehrt. Welch eine Schande. Er war ausgezogen, eine Welt zu retten, und hatte nichts weiter geschafft, als ein paar Untermenschen vom Erdboden zu vertilgen. Und wo war die neue Ordnung? Er kam hungrig und allein zurück. Selbst ich hatte mich noch nicht eingefunden. Wo haben wir uns zum erstenmal getroffen, nach all den Jahren? Ja, er ist damals auf der Straße betteln gegangen oder sah zumindest wie ein Bettler aus: abgerissen, ausgebeult, elend. Vier Jahre hat er Hauchhausen geleitet und ist bis zum Ende treu geblieben. Für sich selbst hat er keinen Pfennig geklaut. Zwei Sessel aus Warschau und einen Kronleuchter, das war alles. Der Rauch war sein einziger Beitrag für das Volk, für die Tradition, für die Ewigkeit. Die Zähne schickte er dem Staatsschatz, über die Schätze führte er Buch. Ehrlich, loyal und gehorsam. Ein armseliger Mann. Auf der Straße las er die Zigarettenkippen auf, die amerikanische Soldaten großspurig wegwarfen. Als ich ihn fand, weinten wir. Wir weinten beide in der Bar von Frau Glanz. Sie meinte, ich sollte sie heiraten, diese abgetakelte Alte. Ihr Mann, so sagte sie, sei bereits abberufen worden, um ihr einen Platz im Paradies zu reservieren, aber bis dahin blieben ihr noch ein paar Jährchen. Also warum nicht? Ja, warum eigentlich nicht? Ich war reich, der Mercedes ließ die Augen der Leute hervorquellen, zog neidische Blicke auf sich. Dadurch holte ich viel von dem defätistischen Geist heraus, der schon in einigen von ihnen zu pulsieren begonnen hatte. Diese Reue, dieser Trübsinn, dieses Sichdrücken vor der Schuld. Die Schuld fand ich schön; ich wollte sie triumphieren sehen. Währungsreform und Wirtschaftswunder kamen zur rechten Zeit. Wenn es mir möglich gewesen wäre, hätte ich sie selber eingeführt. Der Sieger darf sich nicht zu sehr in Kummer versenken. Alles, was du, Gott, zugelassen und befohlen hast, muß von Natur aus sittlich und schön sein. Deswegen durfte man weder fliehen noch traurig sein, noch zu beschuldigen versuchen. Und du weißt, daß ich nicht angeklagt habe. Klein bricht in Gelächter aus. Wie damals, in Frau Glanzens Bar, als Adam das Kondom aus der Tasche zog, einen hübschen weißen Ballon, es aufblies und klingende Münzen hineinschob. Und wieder vergehen einige Sekunden der Überlegung. Was sollen sie einander noch sagen?

»Warum bist du gekommen?«

»Ich bin gekommen, damit du mich tötest.«

»Ich kann nicht.«

»Doch, du kannst und mußt es.« Er lacht. Und es gibt nichts Furchtbareres als einen lachenden Gott.

»Ich kann nicht. Ich habe weder die Erlaubnis noch die Kraft, noch das Recht dazu. Wenn ich könnte, Weiss …«

Klein bellt: »Hier bin ich nicht Weiss, vergiß ihn! Hier bin ich Klein, kapiert?«

»Ich kann nicht«, wiederholt Adam flüsternd. »Damit wäre nichts gelöst. Und außerdem liebe ich dich. Ich weiß, daß du ein Schuft bist, aber ich liebe dich. Ich schmähe dich und werde doch in die Wüste gehen, dich zu suchen. Wir sind beide verloren. Und dies sind Geisterstimmen: Jude zu Jude, Gott zu Gottessohn, Mensch zu Menschenvater. Das ist der einzige Dialog, der in diesen synthetischen, genickbrecherischen Tagen noch Sinn hat, aber im wesentlichen ist er eine verlorene Sache. Du, Gott, wirst am Ende aller Wege auf mich warten. Ich werde nicht töten. Ich kann es nicht, und das ist schade. Sehr schade.

*

Arthur hat zu trommeln aufgehört. Er möchte einschlafen, träumen, sonderbare Namen in altägyptischer Schrift aufschreiben, sich etwas von dem Druck befreien. Miles ist halb erfroren in den kalten Sand gesunken. Frieren, fror, gefroren. Ich friere, du frierst, er sie es friert, wir frieren, ihr friert, sie frieren. Wenn jetzt ein Adler vom Himmel runterflöge, um an mir zu lecken, dächte er sicher, ich wäre ein Eis am Stiel. »Ein Adler schleckte gestern Eis in der Wüste Paran.« Der Adler wird morgen wiederkommen. Der Adler wird seine Bauchschmerzen überwinden. Es gibt nichts Besseres als Paranwüsten-Eiscreme. Vier Uhr morgens. Bald bricht die Dämmerung an. Wo sind wir? Warum kommt Adam nicht wieder? Nicht, daß er sich geirrt hätte. Er hat sich und uns getäuscht. Und den Irreführern sei keine Hoffnung! Wir werden verrückt, werden ohnmächtig vor Kälte. Wie soll das ausgehen? Wir werden sterben, und keiner wird es wissen. Der Sand wird uns begraben, schwarze Raben werden uns die Augen aushacken. Gott hat sich verborgen. Alles ist vergebens. Die Jungfer Schwester mit ihren vergeblichen Träumen. Diese Lügnerin. Sie und der Schwindler, sie und der Clown halten uns zum Narren. Alles ist verloren. Arthur steigt das Blut in den Kopf. Seht mal die Jungfer Schwester mit ihren murmelnden Lippen. »Du Lügnerin!« schreit er. »Die Wanzen haben deinen Körper gar nicht geliebt, dein Mann ist vor Scham gestorben, ist vor Trübsal krank geworden, dein Schnurrbart ist ein Verbrechen gegen die Ästhetik! Hör auf mich, diese Wanzen sind über dich hergefallen, weil du einen Monat lang nicht geduscht hast!«

Und da rafft er sich auf, voller Tatkraft und Stärke. Alle werfen ihm staunende Blicke zu. Diese Trauergestalten, im Löß zusammengerollt, mit der Erde, auf der Erde und schon halb in der Erde erstarrt: verzweifelt, hoffnungslos. Er springt auf, rennt umher, sammelt ein paar Ginsterzweige, und schon ist es nicht mehr so kalt. Er schichtet eine Pyramide aus den hier und dort zusammengetragenen Zweigen auf, kramt in den Taschen, holt eine Streichholzschachtel heraus und zündet das Reisig an.

Und du findest in der ganzen Wüste, von den Rändern der Golfstaaten bis zum Katharinenkloster am Dschebel Mussa, keinen herzerquickenderen, rührenderen und schmerzlicheren Anblick als diesen in seinem zarten Pianissimo. Arthur steht über dem Feuer und facht es an, bis der Scheiterhaufen in Brand gerät.

Die Reiser entflammen schnell. Wüstenginster brennt gut. Und Arthur ruft aus dem Feuer, sein Gesicht rot von den Flammen: »Adam Stein wird nicht wiederkehren. Wir werden alles reinigen, müssen die Dämonen ausräuchern. Ihretwegen sind wir hierhergekommen, ihretwegen werden wir sterben...« Gemessenen Schrittes geht der Schokoladensoldat (der während des versiegelten Abschnitts 1939–1945 in einem Labyrinth, in unterirdischen Gängen gelebt hat und, als er ans Licht hinaustrat, zum Brandleger, zum Sündenreiniger geworden ist) auf die Schwester Schwester zu, die – in ihren Visionen befangen – nichts anderes sieht, und zieht sie hinter sich her. Sie leistet ihm keinen Widerstand. Sein schnelles Handeln hat sie derart überrascht, daß sie sich wie versteinert über den kältestarren Boden schleifen läßt. Ihr Kleid bleibt an Unebenheiten hängen und zerreißt. Eine Dämonin in Weiß. Plastikblumen auf dem Kopf – eine Frau. Ins Feuer! Hinein in die Flammen! Die Geister werden stumm entfliehen. Ihr Mund murmelt im Gebet. Ihr Körper gibt ihm nach. Arthur schleift sie, und siehe, welches Wunder: zwanzig Menschen erwachen zum Leben. Das Feuer, die über den Boden schleifende Schwester Schwester, der schreiende Arthur, der sich verzögernde Adam tun ihre Wirkung. Erst in dem Augenblick, in dem ihr Körper, oder richtiger, ihr Kleid, das Feuer berührt – da erst erhebt sich die Frau in der erstarrten Schwester, der Leib unter seiner Seelenhülle, und sie beginnt, mit dem Engel der Vernichtung zu kämpfen. Sie weiß nicht, mit wem sie ringt. Sie ist in ihre Phantasien versunken. Aber sie spürt die Gefahr noch rechtzeitig, ruft um Hilfe. Kein Mensch achtet auf ihr Rufen. Eine erstarrt glotzende Herde. Das Kleid wird versengt und zerreißt. Arthurs Züge flackern im Licht. Er schleudert ihren Gürtel samt den Fetzen ihres Kleides ins Feuer, vor Aufregung bebend. Und die Schwester Schwester in ihrer Nacktheit flüstert: »Ich vergebe dir, ich vergebe...« und zittert ebenfalls – mit hängenden Brüsten, blauen Schenkeln, schlaffem Bauch, auf dem Kopf einen Plastikblütenkranz. Die Schwester Schwester weiß nicht, daß sie nackt ist. Ihre Lippen murmeln immer noch. So nah ist sie dem Ziel ihrer Seele, so nah der Verwirklichung ihres Traums, und nun will Arthur Fein, der gelbe Dämon, ihr die unmittelbar bevorstehende Erfüllung verweigern, die sich hier vor ihren Augen in der dunklen, alles erstickenden Wüste ereignen soll – die Offenbarung, die völlige Erlösung bringen wird. Sie erinnert sich an die Traumbilder, in denen sie sich selbst mit der Wüste paarte. Das hat sie niemandem enthüllt, nicht einmal Mrs. Zisling.

Von kaltem Schweiß bedeckt, von Angst geschüttelt, möchte sie weinen. Im Traum hatte sie der Wüste Kinder geboren, die zu Steinen und Felsen geworden waren, und einmal war ihrem Schoß sogar ein Adler entsprungen, der sie lächelnd mit seinem Glasauge betrachtete, während er noch durch die Nabelschnur mit ihr verbunden war. Sie merkt immer noch nicht, daß sie nackt ist. Ihr Mund murmelt. Das Feuer verstärkt nur ihr Traumbewußtsein, die Intensität ihrer Sinnesempfindungen. Sie ist weder hier noch dort. Sie befindet sich in der Tiefe, in den unterirdischen Gängen, an dem Ort, an dem eine wunderbare Wahrheit verborgen liegt. Sie wiegt sich, schwingt zwischen Kälte und Hitze, von der Dunkelheit zum Feuerglanz und erscheint Arthur wie eine Dämonin, die neben dem heiligen Feuer tanzt. Von Staunen gepackt, denkt er an seine Beatrice. Hat er sie etwa nicht geliebt? Kein Mensch steht auf, wird auch nicht aufstehen. Sogar der wohlerzogene Pierre Loti schaut tatenlos zu. Klebt erstarrt am Boden, am Sand. Pierre schämt sich seiner selbst, sucht nach Mut, betet um irgendein Wunder, das ihn hochtreiben möge, damit er als Ritter vortreten und diese alte Frau aus dem Feuer retten könnte, aber er ist unfähig sich zu erheben. Als Arthur aus seinem grauenhaften Traum erwacht und sieht, was er mit eigenen Händen angerichtet hat, springt er wie von einer Schlange gebissen auf und rennt von Mann zu Mann, reißt hier einen Hut, dort ein Taschentuch oder einen Ärmel herunter, aber es ist alles vergebens. Schwester Schwesters Körper ist versengt und verbrennt immer weiter.

Gerettet wird die Schwester Schwester durch Miguel de Salvaros Zeitungen. Der erstarrte Miguel rafft sich aus seiner Ohnmacht auf, faßt die Schwester Schwester an der Hand, wälzt sie im Sand und umhüllt sie mit seinen Zeitungen. Es tut ihm unendlich leid um den Verlust dieser Blätter, denn sie sind das einzige, was ihm von seiner Vergangenheit geblieben ist: *New York Times, Philadelphia Courier, Le Monde, La Nation, Indian Times, Observer, Davar, Time Magazine, Life, Der Spiegel* – all die Zeitungen, in denen Miguels Geschichte abgedruckt ist, all die Millionen Wörter über ihn, ohne eine einzige wirkliche

Handlung. Eigentlich hatte er sie auf den Altar hingeben wollen, wenn die Offenbarung tatsächlich eintreffen sollte, an die zu glauben er sich weigerte, obwohl er überzeugt war, sein diesbezüglicher Unglaube beruhe auf einem schweren Herzen und bösen Gedanken. Er hätte seine Geschichte als Zeichen für die Größe und Geistesgröße eines Mannes, eines Clowns, auf den Altar gelegt, der keinen einzigen Artikel geschrieben und ihn doch aus tiefem Morast errettet hatte.

Und da, als die Schwester Schwester noch in Miguel de Salvaros traurige Geschichte gehüllt daliegt, die in zwanzig Sprachen auf ihrem Körper erzählt wird, während der Reisighaufen noch flakkert und seine Funken nach allen Seiten versprüht, kommt Adam Stein zurück und tritt mitten unter die Versammelten. Stille breitet sich aus. Alle starren ihn mit fragenden, flehenden, sehnenden Blicken an. Sein Mund ist zusammengepreßt, aller Augen hängen an seinen fest verschlossenen Lippen. Bis er endlich sagt: »Das Goldene Kalb.« Und sie, die in die Weltpresse Gehüllte, murmelt schmerzlich: »Da nahm das ganze Volk die goldenen Ohrringe ab...« Adam steht vor ihr nicht wie ein von Gott Zurückgekehrter, sondern eher wie ein Schüler, der etwas ausgefressen hat. Arthurs Stimme fährt mit Bestimmtheit dazwischen: »Kein Kalb und kein falscher Messias. Es war kalt, die Kleider sind verbrannt, sie ist kein Goldenes Kalb, wir sind durstig, wo ist Gott?«

»Ihr Ungläubigen und Verstockten«, sagt Adam. Nicht zu ihnen spricht er, sondern zu dem wunderbaren, in Trauer gehüllten, in heiligem Grauen befangenen Schwesterchen. Adam lächelt ihr zu. Er ist müde. Sein Kopf droht zu bersten. Sturmführer Arthur geht ihm auf die Nerven. Aber durch den Schmerz und die Müdigkeit hindurch spürt er die Wandlung, die in seinem Innern eingetreten ist. Er hat keine Worte, um sie auszudrücken. Die Worte sind dazu bestimmt, verständliche Erscheinungen wiederzugeben. Ein Mensch sagt sie dem anderen, ihr Medium ist die Telegraphenleitung; deren Zeichen, deren Funken sind klare Buchstaben, bekannte Symbole. Aber wie soll er eine Vision definieren? Wie soll er das Traumbild schildern, das er gesehen hat? Würden sie denn glauben, daß Kommandant Klein... Würden sie es verstehen? Und wenn sie es verständen – könnten sie dann weiterleben? Und auf welche Weise würden sie ihre Unfähigkeit dazu ausdrücken? Dr. Gross würde ihn sicher dazu verhören.

Adam hat den langen Weg beschritten. Auf dem kurzen Weg kann man Meskalin kauen und die Himmelspforten aufgehen sehen. Man kann etwas *Cannabis sativa* oder *Lophophora williamsii* rauchen, und schon sieht alles einfach aus. Die Wege öffnen sich, das Paradies senkt sich zu dir herab, und du bist in ihm und es ist in dir. Doch alles ist künstlich und verfälscht. Das Erlebnis ist nur eingebildet. Das Erlebnisbewußtsein ist noch kein Erlebnis und das Bewußtseinserlebnis noch kein Bewußtsein. Zu Kommandant Klein völlig nüchtern in der Wüste zu gelangen, das ist ein wahres Erlebnis. Er spürt die innere Erhebung, kann die anderen aber nicht daran beteiligen. Sie müssen vor dem Tor jenseits der Mauer als törichte Gräser stehenbleiben. Er wird sich ihrer erbarmen. Alle Gesichter, alle Augen, alle Erwartungen sind ihm zugewandt. Jetzt wird er sagen: »Es war alles gelogen«, und sie werden schweigen, traurig und verloren. Er sagt es wirklich, und sie glauben es nicht. All die Leugner von vorhin – nun leugnen sie nicht mehr. Dies war die letzte Gelegenheit, und sie wurde verpaßt, wie immer. »Mit Rücksicht auf den schlechten Zustand des durchschnittlichen Juden habe ich mich, mit unendlichem Bedauern, gezwungen gesehen, meine Offenbarungen auf einen späteren Zeitpunkt zu verschieben. Der genaue Termin wird in der alle drei Jahrhunderte stattfindenden Sitzung des Generalstabs bestimmt werden, die auf den 13. Tag des dritten Jahrtausends im 96. Lichtjahr angesetzt ist und in den Wäldern am Nationalfluß Main stattfinden wird... Bedaure, es tut mir wirklich aufrichtig leid...« Sie glauben es nicht. Er schreit sie an, brüllt ihnen ins Gesicht: »Ihr Irren, nix is, nichts, *ain, nothing, rien*! Der Ballon ist geplatzt, geblieben ist bloß die Luft, Null Komma nix. Schaut euch die Frau Schwester an, das Schwesterchen, da habt ihr die Trauer in Person! Seht doch, konzentriert euch. Das ist die Schwesterlichkeit in ihrer umfassendsten Form, die Idee der Schwesterlichkeit, die heilige Schwesterlichkeit. Es bleibt nichts mehr zu erwarten. Du hast umsonst ein Haus gebaut, hast vergebens gewartet. Er wird nicht kommen.«

Die Trauer legt sich wie Frühtau über die Wüste. Sie läßt die Sonne aufgehen, trocknet die Kälte, wärmt den Sand und Löß, erhellt den Horizont. Die furchtbare Trauer. Adam lacht: Er ist gekommen, ja, er war da. Aber jetzt glauben sie nicht mehr. Das ist die Hölle: Ein Mensch ruft zum anderen, und keiner hört es.

Die Wüste erwacht zum Leben. Der Morgen steigt im Osten herauf. Schön, heilig, heiliger als Kommandant Klein, der da irgendwo zwischen den Spalten versprengt ist und Wiener Blutwürste zum Frühstück ißt. Die Trauer, die den neuen Tag geboren hat, gebiert die Hitze, und die Hitze sorgt für neuen Hunger und neuen Durst, und alles liegt weit offen da. Kein Baum, kein Haus, keine Stadt, kein Dorf – Öde. Ein warmer Wind kommt auf. Wir werden sterben, bald sind wir tot.

*

Fünf Befehlswagen der Armee, drei Jeeps und ein Aufklärungsflugzeug suchen nach den Ausreißern. Seit einigen Stunden durchkämmen sie bereits die Wüste. »Zwanzig Geisteskranke aus dem Zisling-Institut für Frieden und Therapie in Arad sind letzte Nacht in die Wüste entflohen.«

In der Morgenzeitung schreibt »unser Korrespondent für seelische Krankheiten«: »... Das ultramoderne Institut, das in scharfem Kontrast zur umgebenden Felslandschaft der jüdäischen Berge einerseits und zu der in ihm untergebrachten Patientengruppe andererseits steht, ist bekanntlich von der Witwe des amerikanisch-jüdischen Industriellen Joseph Zisling erbaut worden, der in jungen Jahren ein Handelsimperium mit Sitz in seiner Heimatstadt Cleveland begründete. Nach seinem Tode übernahm seine Frau als Alleinerbin die Geschäftsleitung der Zisling Corporation und baute sie zu einem der größten amerikanischen Industriekonzerne aus. Im vergangenen Jahr allein belief sich der Nettoertrag auf 420 Millionen Dollar bei einem Gesamtumsatz von über 2,5 Milliarden. Das Institut, das auf der ganzen Welt nicht seinesgleichen hat, beherbergt überwiegend Holocaust-Flüchtlinge, denen die Grauen der damaligen Zeit nicht von der Seele gewichen sind, während sie jetzt nach den neuesten wissenschaftlichen Erkenntnissen behandelt werden. Dutzende von Ärzten, Schwestern und Therapeuten bemühen sich nach Kräften um ihr Wohl und eine Besserung ihres seelischen Zustands.«

Nach einer genaueren Beschreibung der architektonischen Gestaltung und medizinischen Funktionsweise des Hauses fährt »unser Korrespondent« mit folgenden Worten fort: »Am gestrigen Abend nun sind zwanzig Geisteskranke auf höchst sonderbare Weise vom Dunkel der Wüste verschluckt worden, nachdem sie – wir mir ausdrücklich mitgeteilt wurde – ausgezogen waren, um Gott zu suchen. Seit den frühen Nachtstunden, in denen die Institutsleitung von der Flucht erfuhr, sind verzweifelte Bemühungen im Gange, den Flüchtigen auf die Spur zu kommen, bisher jedoch ohne Ergebnis. Offenbar haben sie sich in den zahlreichen Wadis verlaufen und irren jetzt in der Wüste umher. Es ist anzunehmen, daß man sie nach Tagesanbruch auffinden wird.« Im weiteren berichtet der Korrespondent für Geisteskrankheiten über Adam Stein, die Schwester Schwester und Miles Davis in zahlreichen Einzelheiten, die er von publizitätssüchtigen Schwestern und einigen auf höhere Ehren bedachten Pflegern zusammengetragen hat. Adam Stein und Miles Davis, die Schwester Schwester, Wolfowitz der Betrüger, Miguel de Salvaro und Frau Nechama Merimowitz werden die Helden des Tages. Kinder fragen einander: »Nu, haben sie die Irren schon eingefangen?« Frau Schapira ruft in Beer Scheva von ihrem Balkon herunter: »Dalia, Joni, schnell nach Hause! Sonst kommen noch die Meschuggenen!« Ein kleiner Rotschopf in Aschdod rennt durch die Straßen und schreit: »Letzte Nachrichten! Die Verrückten verdursten!« Und Kol Israel läßt mit gleichförmig-monotonem Tonfall Gina Grays Herz erzittern: »Heute morgen um neun Uhr dreißig sind vier der Flüchtlinge am Rand der Wüste Paran aufgefunden worden. Ihr Zustand war...«

Adam Stein, der nicht klug vorgegangen ist, der die Dinge nicht so gesagt, so erzählt hat, wie sie waren – mit der Folge, daß alle einander fremd geworden, auseinandergelaufen und einzeln in der Wüste verschwunden sind, jeder mit seinen Fragen und Rätseln –, Adam ist allein zurückgeblieben. Er fürchtet sich nicht. Die Nähe des Todes und sein Geruch jagen ihm keine Angst ein. Eher fürchtet er sich vor sich selber, vor seiner Kraft, vor seinem Selbsthaß. Die Sonne brennt erbarmungslos. Adam und die Wüste. Ein Dankeslied: Du und ich. Ist die Wüste männlich oder weiblich? Momentan hat er es vergessen. Im Hebräischen ist sie männlich, im Deutschen weiblich... So weit das Auge reicht, Felsen, Berge, Wadis, Löß, Staub, ein einsamer Wüstenginster und noch einer. Die Sträucher saugen wie Skorpione, mit der Hartnäckigkeit hebräischer Zeloten, die Sandkörner aus. Eine ferne Sykomore stützt den Himmel mit ihrer weitverzweigten Krone, die Adam wie eine vielarmige indische Göttin erscheint, die Göttin der Weisheit, oder war es die Göttin der Dummheit gewesen? Er kann sich nicht erinnern. Ihre Brüste waren frei, das Gesicht glich einer Maske. Berlin 1919. Erinnerst du dich, Weiss? Weiss ist nicht da. Verschwunden. Weisskind, Weissmein, wo bist du? Weissgott, Weissführer?

Kein Weiss, kein Klein – nur Wüste. Wo ist die Grenze? Er wird noch nach Ägypten reinkommen und Nasser auf seine Fehler aufmerksam machen. Er wird den Nil überqueren und die Pyramiden besichtigen. Den Nil sehen und sterben! Hier lebendig zu sein, bedeutet ein japanischer Soldat zu sein, ein umzingelter Skorpion. Erinnerst du dich, Weissiboy, wie wir einen Skorpion gesehen haben? Im Zoologischen Garten, in einem gläsernen Behälter. Da hat er sich zusammengerollt wie Nijinski und sich den eigenen Stachel in den Kopf gestoßen. So hat er sich umgebracht, aus begeisterter Eigenliebe – biologisches Harakiri. Japanisches Rittertum ist anthropologisches Harakiri. Der Himmel hängt da wie eine Katastrophe, die Erde ist der Fußschemel der Gottheit. Im Lager bestanden die Häuser aus rotem Backstein. Da habe ich alles verstanden. Sogar die Schornsteine habe ich verstanden. Klein behauptete: »Gute Schornsteine. Hans Peschmil hat sie gebaut. Erinnerst du dich? Bremen? 1931? Bremer Architekturpreis. Sein Bild ist damals in der Presse erschienen. Du mußt dich an ihn erinnern. Er hatte Sommersprossen im Gesicht, und seine Frau ist mit diesem Schauspieler durchgebrannt, wie hieß er noch … dieser Engländer. Eines Tages habe ich ihn auf der Straße getroffen und ihm vorgeschlagen: ›Hans, du baust mir einen Schornstein, der den Rauch filtert, damit sich der Geruch nicht so ausbreitet.‹ Hans dachte einen Augenblick nach und sagte dann: ›Gut, aber unter einer Bedingung: Ästhetik für mich, Funktionalität für dich. Das heißt, die Schornsteine müssen schön sein zum Wohle meiner Seele und funktional zum Wohle deiner Seele.‹ Wir einigten uns mit Handschlag.« Nachtigallen im Paradies. Und hier in der Wüste Adler. Dort haben Götter die Hölle gebaut, und hier ist die Hölle, die einen Gott hervorgebracht hat. Jener mit seinen roten Backsteinen ist mir vertraut, während dieser hier mir fremd ist. Ich bin fremd, du bist fremd, wir sind alle fremd. Kehren wir zurück, gehn wir. Klein hat recht gehabt. Ich verliere meine geistige Klarheit. Die Wüste läßt sich weder auslegen noch in Beziehung setzen, sie hat weder Zukunft noch Vergangenheit. Beim Stellvertreter Gottes ging es menschlicher zu. Dort, an jenem Ort, der das Gegenteil von Paran darstellt, war es menschlich, deswegen konnte man dort so anonym sterben.

Er taumelt halb ohnmächtig durch die pralle Sonne, schwitzt vor Erschöpfung, verliert die Richtung. Der Staub bedeckt seine Augen, dringt ihm in den Hals, in die Nase, in den Magen, aber er geht. Wohin, das weiß er nicht. Er wird nicht ankommen, aber er muß weiterlaufen. Es ist zu heiß, um im Sitzen zu sterben. Ich werde pinkeln! Er versucht's, hat aber keine Flüssigkeit mehr in sich. Plötzlich, wie in einem fernen, versunkenen Traum, den man wieder einzufangen sucht, nimmt seine Netzhaut weit vor ihm irgendein Geschehen, eine Bewegung wahr. Zwei Gestalten tauchen in der Ferne auf und verschwinden. Und wieder schweben sie aus den Nebeln herauf, die sein müdes, erschöpftes Hirn umwallen. Ein Zelt, der Rauch eines Lagerfeuers, ein Mann schwenkt die Arme. Quatsch, ein Traum. Und da ist eine Frau, sie wird größer und kleiner, wächst und schrumpft, bis sie verschwunden ist. Die Sonne blendet, die verbrannte Haut platzt auf, die elegante Kleidung ist zerrissen und verbeult, der Hut sitzt schief. Da ist die Spitze des Hügels, dort stehen sie in der Ferne, winken mit den Händen. Fata Morgana! Er rennt, er wird sie erreichen, wird ankommen. Zwei Gestalten blicken ihn an. Er mustert sie, und die Welt beginnt sich zu drehen. Er sieht zwei rauchende Holzscheite. Einen Augenblick lodern sie auf, und sofort darauf verwandeln sie sich in substanzlose Negative: wie in einem Stummfilm schwingen sie hin und her. Von der anderen Seite – kommt Gretchen. Laß mich Bach für dich geigen, mein Schatz.

Als er aus seiner Ohnmacht erwacht, ist alles stockfinster. Er schlägt die Augen auf und gewöhnt sich langsam an die Dunkelheit. Er liegt in einem Zelt, auf einer weichen Mohairdecke. Am Leib trägt er Kleider, die nicht ihm gehören. Durch den Zelteingang lugt der Sternenhimmel. Eine Frauenstimme ist zu hören. Die Frau spricht deutsch, ein angenehmes, altes Deutsch, wie das von Ruthchen. Sie sagt: »Ein Glück, noch eine Stunde in der Wüste, und er wäre tot gewesen.«

Wo bin ich? Wer sind sie? Höhlenräuber? Spione? Bin ich etwa in Ägypten angekommen? SS-Leute, die Gamal Abd-el Nassers Übungslager bewachen? Oder ist das Hitler, dem die Flucht doch noch gelungen ist, und dann gleich bis hierher? Wer würde auch auf die Idee kommen, in Israel nach ihm zu suchen? Womöglich sitzt er in der Wüste, schreibt eine Neuausgabe der Bibel, redet mit Gott? Dann wär's kein Wunder, daß Klein nicht mehr Weiss ist.

Herbert Stein, Heidelberg 1923, kriecht aus dem Zelt und blickt sich forschend um. Drei Gestalten ums Lagerfeuer. Über dem Feuer ein Dreifuß. Aus dem davon herabhängenden Topf steigt appetitlicher Duft auf. Neben dem Feuer steht eine kleine Karbidlampe, die ein starkes, helles Licht abgibt. Der Mann trägt Khakikleidung mit Pullover, die Frau hat sich in ein schwarzes Umschlagtuch gehüllt, unter dem ebenfalls Khakihosen hervorlugen. Bei ihnen sitzt Josef Graetz, der Adam anschaut und nickt: auf und ab, wie David, der König von Israel, in einer Art verhaltenen Freude. Herbert Stein ist die Sache etwas peinlich und ungemütlich. Josef Graetz wird sicher meinen, ich sei Adam. Wie soll ich seinen Irrtum korrigieren? Er tritt zu ihnen, läßt sich neben dem Feuer nieder und stellt sich vor: »Herbert Stein, sehr angenehm.« Die beiden, die ihm die Hand drücken, sind Günther Schloss und seine Frau Ruth, Archäologen an der Hebräischen Universität in Jerusalem, die jetzt vorübergehend am Institut zur Erforschung des Negev tätig sind. Josef Graetz hat sich ihnen angeschlossen. Nein, sicherlich ist er nicht plötzlich zum Archäologen geworden. Wieso das denn? Er lacht kurz auf und jagt Herbert Stein dadurch einen Schauder über den Rücken. Günther Schloss legt den kleinen Psalter zur Seite, in dem er vor Herberts Erscheinen gelesen hat, und erklärt: »Vor einigen Wochen sind hier die Fundamente eines antiken Gebäudes entdeckt worden, und wir beschäftigen uns vorläufig mit dem Abstecken und kartographischen Erfassen des Geländes. Die eigentlichen Ausgrabungen werden, so Gott will, in zwei Monaten beginnen. Manche meinen, es liege hier das alte Elam verborgen, andere halten es einfach für eine römische Festung, die zu byzantinischen Zeiten ausgebessert wurde und den Nabatäern diente, später einen Grenzposten der Kreuzritter bildete und schließlich einen türkischen Khan abgab. Wir haben bereits einige interessante Münzen und auch Tonkrüge gefunden. Zwei Sarkophage, die nicht weit von hier in einer Höhle entdeckt wurden, sind ein verläßliches Zeichen dafür, daß es hier irgendwann einmal eine jüdische Siedlung gegeben haben muß...« Günther Schloss spricht ruhig, während Herbert zuhört, den ihm von Ruth vorgesetzten Kaffee trinkt und auf den Sternenhimmel über den fernen Bergsilhouetten schaut. »Man vermutet, daß sich das Grab eines arabischen Heiligen namens Omri unweit von hier am Eingang des Wadi al-Abyad befindet.« Günther spricht den arabischen Namen al-Abyad so erstaunlich genau aus, und doch klingt er dabei so fremdartig, so deutsch. »Die Legende berichtet«, fährt Günther mit seiner eintönigen Stimme fort, »daß einmal, als die Beduinen zum Grab des Heiligen pilgerten, um ihre Gelübde zu erfüllen, ein furchtbarer Sturm aus der Wüste aufkam, der ihre Zelte hochwirbelte und ihre Herden auseinandertrieb. Die Beduinen, die dem Stamm der Tiaha angehörten, kämpften gegen den Sturm an, sammelten ihre Ziegen und Schafe wieder ein und ergriffen so schnell sie konnten die Flucht. Seither ist der heilige Omri in Schmach und Schande gefallen, weil er die Gebete seiner Abkömmlinge und Anhänger nicht erhört und den Wind nicht aufgehalten hat. Bis zum heutigen Tag verfluchen sie einander mit der Formel: ›Möge Allah dich zu Omri heimholen.‹ Das ist doch interessant, diese persönliche Beziehung zwischen dem Heiligen und seinen Nachkommen. Der Heilige hat eine bestimmte Aufgabe, und wenn er die nicht erfüllt, wird er zum Schandfleck.«

Herbert lächelt, und Ruth sagt: »Nun ist er gerade erst gerettet, und schon fütterst du ihn mit Geschichten über untreue Heilige. Erst muß er mal was essen. Wir haben im Transistorradio von der Flucht gehört, und Josef Graetz hat uns von Ihnen erzählt. Morgen früh kommt ein Geländewagen, der uns unsere Verpflegung bringt. Der kann Sie nach Arad mitnehmen.« Jenseits der Berge ist jetzt klar ein bedrohliches Gewitter zu sehen. Herbert kostet von der Mahlzeit, die man ihm vorsetzt. Dabei verkündet er mit Nachdruck: »Ich bin nicht Adam. Ich bin Herbert. Wir sind Zwillinge.« Keiner antwortet. Sie beobachten ihn interessiert, als verständen sie. Er weiß, daß sie nichts verstehen, er aber besser daran tut, sich nicht weiter über dieses Thema auszulassen, es hat keinen Sinn. Und sofort sagt er lachend: »Danke. Sonst wäre ich jetzt sicher schon tot.« Worauf Ruth erwidert:

»Sie hatten Ihre gesamte Körperflüssigkeit verloren. So trocken wie der Wüstenwind waren Sie. Ich habe Ihnen mit einer Pipette Wasser eingeträufelt. Stundenlang. Tropf tropf tropf tropf, wie Regen. Und Sie haben geschluckt und gewürgt und erbrochen. Aber ganz langsam, Tropfen um Tropfen, sind Sie wieder zum Leben erwacht.«

Die Atmosphäre ist angenehm, kultiviert, ihrer Umgebung fremd, und bei dieser Fremdheit spürt Herbert, daß er nach Hause zurückgekehrt ist. Dr. Franz Sturheim wird eine Vorlesungsreihe über den tiefgreifenden Unterschied zwischen Ethik und Moral eröffnen: Abraham, Isaak und die Opferung – das ist Ethik, Agamemnon und seine Tochter – das ist Moralität. Das Seminar über die Kritik der reinen Vernunft läuft schon länger. Heidelberg – die grünen Bäume, die Himbeerblüten, die Rosenbüsche, die alte Mauer und die Glocken unter den Kirchturmspitzen. Junge Männer mit frischen Narben auf der Wange, ein glatzköpfiger Professor, Diskussionen, Arbeitsgemeinschaft für Hebräisch. Alle drei sind sorgfältig gekleidet. Günther Schloss liest in seinem kleinen Psalter. Bald wird er ihn neben sich legen und Goethe zur Hand nehmen, *Faust, Zweiter Teil*. Ruth näht Knöpfe an eine Jacke. Neben dem Zelt steht ein Paar sauber geputzter Schuhe mit Schuhspannern darin, damit sie nicht ihre Form verlieren. Wann hat er zum letztenmal Schuhspanner gesehen? Und wer rasiert sich heute noch mit dem Rasiermesser?

»Es ist töricht, Gott in dieser Wüste zu suchen, Adam«, sagt Josef Graetz.

»Herbert.«

»Herbert Stein?« Herbert nickt. »Ja, Herbert, es ist töricht. Entschuldige, aber ich konnte nicht umhin, das zu sagen. Diese Suche hat etwas Satanisches an sich, einen atavistischen Grundzug. Das Judentum kann sich nicht allein auf Gott gründen. Es umfaßt den gesamten Glauben, und diesen Glauben, eben das Judentum, kannst du nicht in der Wüste, in einer Höhle, zwischen den Felsen finden…«

»Der Jude glaubt nicht«, zitiert Günther Franz Rosenzweig, »denn der Jude ist selbst der Glaube.«

»Nein!« fährt Josef dazwischen, »das habe ich nicht gemeint.«

Herbert setzt die Kaffeetasse ab und sagt: »Sie sind ehrbare Menschen. Zur Ehre gesellt sich jeweils noch ein akademischer

Grad. Sie sind ehrbare Akademiker in der Wüste, und das verwirrt mich. Das Judentum Hillels des Älteren ist nicht *das* Judentum, sondern nur ein Teil des Judentums, da hilft Ihnen nichts. Das Judentum ist die Gesamtheit: ein eifersüchtiger Gott, ein Gott, der seine Leute verlassen und verraten hat, der geflohen ist. Moral und Unmoral, Mord und Erbarmen. Das Judentum ist beängstigend, drohend und wohltuend zugleich. Daran zu glauben heißt, an eine sinnlose Verordnung zu glauben, und deshalb sind wir Gott suchen gegangen. Auch Mose ist ausgezogen und Samuel und Elija und Saul. Das Judentum Ihren Stils ist in Rauchringen verweht. Aber das werden Sie nie begreifen. Fragen Sie Herrn Graetz, der hat das Judentum in seiner Schande und in seinem Glanz gesehen, während jemand, der hier ungenannt bleiben soll, die Leiche seiner Tochter zum Lachen brachte. Das war Ihr Judentum, als es sich selbst im Spiegel betrachtete. Und das war nur ein Teil seiner Schande. Das Wunder des Judentums muß man von beiden Seiten des Rauchrings her verstehen. Er steigt zum Himmel auf, um Vergebung für sich selbst zu erbitten...«

Ruth Schloss möchte das Thema wechseln. »Günther, du mit deiner Philosophie, hier in der Wüste... Überall die Philosophie, ich bin nur die Nebenfrau.«

Herbert betrachtet den Mann. An den Füßen trägt Günther warme Hausschuhe mit gelblichen Wollschlingen. Das Transistorradio spielt jetzt Bruckners Sechste Symphonie. Wüstennacht. Bruckner. *Faust II.* Psalmen. Rauchringe. Sie lächeln einander an, trinken den Kaffee, den Ruth nach Beduinenart kocht, unterhalten sich. Werden sie denn des großen Immanuel und ihres Königsbergs niemals müde?

Josef Graetz nickt ein. Diese fernen Dinge. Günther und Herbert sehen einander in die Augen. Hier zwischen Umm el-Fatach und Ras el-Omri sitzen sie und versuchen beide, die ferne, schöne, ausgelöschte Vergangenheit aus den Augen des anderen zu fischen. Herbert sucht Herbert-Heidelberg in Günthers Augen, und Günther sucht Günther-Heidelberg in Herberts Augen. Günther sieht zwei Günther mitten in der Wüste, in dem alten, vertrauten Deutsch. Herbert sieht zwei Adams, die Gottführer Klein in der Wüste suchen. »Verloren«, hört er sich selber sagen, »verloren in alle Ewigkeit.«

13. Kapitel
Ein alter Araber

Ein armer lahmer alter Araber
Heiratete eine arme lahme alte Araberin,
Und sie bekamen einen armen lahmen Sohn,
Der heiratete eine arme lahme alte Araberin,
Und sie bekamen…

In alle Himmelsrichtungen sind die Gottsucher ausgeschwirrt. Adam wird am Morgen mit dem Geländewagen eintreffen. Josef Graetz wird sich ohne ein Lächeln von ihm verabschieden. Weitere Nummerntote wird man noch einsammeln. »Bis heute morgen neun Uhr sind im ganzen Wüstengebiet fünfzehn der zwanzig Geisteskranken wieder aufgefunden worden, die gestern abend aus dem Institut für Frieden und Therapie in Arad entflohen waren. Die Suche nach den fünf Verbleibenden wird fortgesetzt…« Der schöne Ruben war per Anhalter in Elat gelandet, wo er im Ende-der-Welt-Klub auftauchte und das von Adam Stein verfaßte Empfehlungsschreiben vorzeigte. Am nächsten Tag brachte man ihn ins Institut zurück. Miles Davis kam im Lastwagen eines Arabers aus Nazaret, der mit einer Ladung Tonerde nach Norden unterwegs war, immerhin bis Beer Scheva. Dort betrat Miles ein kleines Kaffeehaus, setzte sich an einen Ecktisch und bestellte bei der triefäugigen Serviererin mit der Knitterschürze zwei harte Eier mit einer Tasse Kaffee. An einem Nebentisch saß eine australische Giraffe, die ihn anlächelte. Sie sah die Trompete in seiner Hand, hörte ihn – auf englisch – zwei harte Eier und Kaffee bestellen, musterte sein zerzaustes Haar und die Sonnenbrille über den Augen und wußte sofort, daß ein Mann so recht nach ihrem Herzen von einem fernen Planeten geradewegs in ihr Leben hineingefallen war. Die Giraffe siedelte an seinen Tisch über und sagte unvermittelt, daß sie Anna heiße, er sie aber hier, in Israel, Chana rufen könne, und er sagte ihr gleich, mit überraschender Offenheit, daß er nun hoffe, seine Papiere und Ausweise in Ordnung zu bringen, um endlich nach New York zurückzukehren. Sie freut sich. Vielleicht können sie zusammen fahren. Sie hat dort eine ausgezeichnete Adresse. Er erzählt ihr von einem Dichter namens Pierre Loti, mit dem gemeinsam er sich in der Wüste verlaufen habe: ein Antisemit und Judenhasser, der mit einer arabischen Geheimkommission ins Land gekommen sei. Er erzählt Chana-Anna – der australischen Giraffe mit den grünen Augen, den strohblonden Haaren, dem langen Hals, um den sie einen goldenen Davidstern baumeln hat, den übereinandergeschlagenen Beinen, auf denen der Rocksaum bis über die hübschen Knie hochgerutscht ist, während sie sich mit den Zehennägeln des einen Fußes das andere Bein kratzt –, er erzählt ihr von den Spionen, die er im Negev geschnappt hat. Er erzählt ihr, er sei in New York geboren und habe in Elat seine Trompete geblasen. Er erzählt ihr, man habe ihn wegen des Verkaufs von LSD an Minderjährige festgenommen. Sie möchte eigentlich nach Indien weiterfahren und von dort auf dem Heimweg noch Japan mitnehmen. Europa und Amerika hat sie nämlich schon bereist, ist einmal um die Welt rumgefahren. Sogar in Jordanien war sie mit einem gefälschten Paß. Jetzt ist sie auf dem Weg nach Elat, um von dort mit dem Schiff nach Persien auszulaufen, aber mit Miles wäre sie auch bereit, New York anzusteuern. Sie hat da eine ausgezeichnete Adresse.

Gleich und gleich gesellt sich gern. Als er einen Augenblick aufsteht, um den Salzstreuer von Nebentisch zu holen, stellt er fest, daß er im Stehen so groß ist wie sie im Sitzen. Wenn dem so ist, wie können wir dann miteinander gehen? Das wäre ja wirklich eine schiefe Sache. Das soll eine Frau sein? Glatte zweieinhalb Meter! Miles Davis nennt diese unannehmbare Aussicht insgeheim eine visuelle Katastrophe.

Aber Chana-Anna möchte unbedingt auf die Straße hinaus. Und Miles gibt nach. Sie gehen nebeneinanderher. Aus dem zweiten Stock ruft's zum vierten Stock hinauf: Wie geht's? Aus dem vierten Stock ertönt die Antwort: Gut, mein Schatz! Prima Luft hier oben... Sie ist stolz auf ihn. Zwei kleinwüchsige Jemeniten sagen: »Guck mal, wie groß die ist...« Und die Polin, die am Ende der Trumpeldorstraße Schlipse und Jeans verkauft, lächelt durch ihre blitzenden, echt silbernen Zähne hindurch und sagt mit einer ausladenden Geste: »Macht nichts, im Bett gleicht sich das wieder aus!« Miles möchte sich in den Bus setzen. Dort würden die Höhen sich aneinander angleichen, nach dem Gesetz der kommunizierenden Röhren – Giraffe und Trompeter. Aber sie möchte spazierengehen, Schaufenster anschauen, die Läden abklappern, über den Markt bummeln, ins Wadi zum Abrahamsbrunnen runterlaufen, zum Wäldchen, zum Ulpan, möchte einen Aperitif im Hotel Neot Midbar trinken. Geld hat sie. »Mach dir keine Sorge, ich hab' viel Geld. Mein Daddy ist ganz verrückt nach mir. Nimm, hat er gesagt, fahr los, mach, was dir gefällt, nur behalt deinen Daddy immer lieb...« Miles lacht. In einem Kiosk am Ende der Trumpeldorstraße, am Rande des Wadis, das hinter dem Viertel mit den Blechhütten, dem Markt und den dreckigen Wohnhöhlen vorbeiführt, befindet sich ein kleines Studio, das er schon lange aufsuchen wollte. Für eine nicht allzu große Geldsumme und einen bestimmten Anteil an den zu erwartenden Entschädigungsleistungen kann man sich hier Papiere, Ausweise und eine Nummer auf dem Arm verschaffen. Der Ort ist bekannt. Jeder Straßenhändler kann einem sagen, wo er ist. Dahin geht Miles nun. Der Name des Inhabers lautet Naftali Klein, ehemals Dr. Weiss. Jetzt hat er seinen Namen in Naftali Klein geändert und besitzt einen kleinen Kiosk in der Altstadt, am Ende der Trumpeldorstraße, im Marktgelände zwischen den Blechhütten und Baracken.

Chana-Anna, die Giraffe, setzt sich und wartet. Miles nimmt auf einem Zahnarztstuhl in Naftali Kleins Kiosk Platz, und Klein tätowiert seinen Arm. Die Wahl ist auf eine Majdaneker Nummer gefallen. Zusätzlich bekommt er den Lagerplan, eine Liste der Offiziere, den Namen des Leiters, eine Beschreibung der Örtlichkeiten, des Lageralltags, der besonderen Kennzeichen und so weiter sowie Ausweise auf den Namen Abraham, Sohn des Salomo Cohen. Anna-Chana bezahlt. Ihr lieber Daddy hat ihr ja viel Geld gegeben. Sie reist per Autostop in der Welt herum, spart das Geld, und Miles kriegt zweihundert israelische Pfund. Jetzt kann er Wiedergutmachung in Höhe von zehntausend Mark bekommen, von denen er an Naftali Klein alias Dr. Weiss fünf Prozent abführen muß. Der Vertrag wird mit roter Tinte unterzeichnet. Doch Miles hat gar nicht die Absicht, Wiedergutmachung zu beantragen. Er wollte einfach eine blaue Nummer auf den Arm tätowiert haben und weiter nichts. Und die zweihundert Pfund, die Chana-Anna, die Giraffe, ihm gegeben hat, stehen ihm für die Leiden zu, die er durchmachen mußte, als er mit dieser Bohnenstange vom einen Ende Beer Schevas zum anderen gelaufen ist und dabei auf Schritt und Tritt ausgelacht und verspottet wurde. Nur Naftali Klein, früher Weiss, lacht nicht. Er hat einen großen Hund im Kiosk, den er Rex nennt. Miles hört, wie er Rex zuruft: »Adam, Platz!«, und Adam setzt sich. Miles lacht. »Waruuum lachen Sie, moin Herr?« fragt Naftali, worauf Miles ihm erzählt, er sei in einem Inhaftierungslager eingesperrt, weil sie ihn wegen Spionageverdacht nicht wieder nach Amerika zurückkehren ließen, und in diesem Lager befinde sich auch ein Mann, der Adam heiße, und dieser Adam habe einen Hund namens David, König von Israel, und nun lacht Naftali Klein.

Chana-Anna sieht einen Heiligenschein um Naftali Kleins Haupt. Einen Moment meint sie, Jesus sei erschienen, und spreizt die Beine vor Aufregung. Aber nichts geschieht. Miles erhält eine Nummer und die Möglichkeit, zehntausend Mark zu bekommen, minus fünf Prozent für den Mann, dessen Hund Rex oder Adam heißt. Naftali Klein prüft die Nummer. Er ist mit seinem Werk zufrieden. Chana-Anna findet ebenfalls, daß er seine Sache gut gemacht habe. Eine kleine freundliche Frau, die im Nachbarkiosk arbeitet, kommt herein und inspiziert den Arm. Nach ihrer Meinung müßte die Ziffer 7 blasser sein. In Majdanek seien die Siebener immer etwas blaß ausgefallen. Naftali Klein nimmt ein Fläschchen vom Regal, taucht einen Wattebausch in die gelbe Flüssigkeit und reibt damit über die 7. Die Frau nickt. Miles Davis besitzt jetzt eine Heimat, ein Haus, eine Vergangenheit, einen Stammbaum. Alle gratulieren ihm, klopfen ihm auf die Schulter. Chana-Anna, die Giraffe, zieht ihn mit sich auf ihr Zimmer in einem kleinen Hotel gegenüber dem Beduinenmarkt, der morgen, wie jeden Donnerstag, stattfinden wird. In ihrem bescheidenen Raum können sie sitzen und auf die Beduinen warten. Miles wird für sie Trompete spielen, wird ihr von Lester Young und Miles Davis erzählen. Sie wird zuhören, seufzen, Arrak trinken, grüne Oliven essen und die Nummer auf seinem Arm auswendig lernen. Sie werden einander lieben und gemeinsam auf die Beduinen warten, die morgen eintreffen sollen.

Die morgen in Beer Scheva zu erwartenden Beduinen ziehen derweil durch die Wüste. Und ebenfalls durch die Wüste wandert – in Miguel de Salvaros Schande eingehüllt – die ältere Schwester

Schwester. Sie irrt durch die Wüste, die Wüste ihrer gewaltigen Träume, in der Gott sich nun doch nicht hat offenbaren wollen. Es ist heiß. Der berüchtigte Ostwind heult durch das erbarmungslose, zerklüftete, öde Wadi. Sie ist durstig, müde und erschöpft. Sie wünscht sich etwas Schatten. Doch auf der ganzen riesigen Kupferfläche aus der Werkstatt Aschmedais und Genossen gibt es nicht das kleinste Fleckchen Schatten. Ein schmaler Streifen ihrer Oberlippe ist der einzige beschattete Ort im weiten Wüstenrund. Wie angewurzelt bleibt sie stehen, unfähig, einen weiteren Schritt zu tun. Die Beine gehorchen ihr nicht mehr. Als sie nun so reglos auf der Stelle verharrt, trocken, wie eine verendende Vogelscheuche, sieht sie die Beduinenkarawane, die nach Beer Scheva zieht. An der Spitze schreitet ein schwarzer, in Lumpen gekleideter Junge mit einem Stock in der Hand. Hinter ihm läuft eine graue Eselin mit ihrem ebenfalls grauen schönäugigen Sohn. Darauf folgen langsam und gemächlich zwei Kamele und dahinter schließlich fünf Beduinen in ihren Abayas, mit Stöcken in der Hand. Schwarz sind sie, tiefschwarz. Als sie die in Zeitungen gehüllte, tränenüberströmte Frau fast erreicht haben, halten sie an. Die Eselin und ihr Junges schauen träge, und die Beduinen sagen nichts.

Das Herz flattert ihr, aber sie ist längst über die Angst hinaus. Das weiß sie. Während sie die schwarzen Gestalten betrachtet, hat sie nur einen Gedanken im Kopf: Männer, Menschen, Leute, Geschöpfe. Es wird ihr warm ums Herz, als sehe sie in der Ankunft der Beduinen ein großes Geschenk und als sei ihr Herz unfähig, den Dank wirklich auszudrücken. Sie ist kein kahler Strauch in der Wüste mehr. Sie ist unter Menschen. Und Menschen – seien es nun Beduinen oder Wilde vom Mond – werden sie nicht sterben lassen. Sie blickt sie an und bricht in lautloses Weinen aus. Die Ströme ihrer stillen Tränen, die letzte Flüssigkeit, die ihr Körper noch aufzubieten hat, spülen über ihr Gesicht auf dem Weg zu ihrem hitzeglühenden Leib, als sie plötzlich, wie aus einer verschwommenen Erinnerung heraus, beide Hände wie schützend über die Brust breitet.

Der alte Mann, der aus der Gruppe herausgetreten ist, beobachtet sie mit begehrlichen Augen. Sein Blick ruht auf ihrem Körper, gleitet über ihre fast nackten Beine mit den hervortretenden Adern und wieder hinauf bis zu ihrem Schnurrbärtchen. Dann sagt der Alte: »Friede und Segen, Frau. Du bist sicher ein Dschinn.« Die Beduinen nicken, und einer beginnt wild zu trillern, wobei er sich mit den Fingern auf die Lippen schlägt. Der Alte wirft ihm einen wütenden Blick zu, und die Schwester Schwester sagt: »Ich bin wirklich ein Geist.« Ihr ist klar, daß sie etwas sagen muß, nicht ablassen, reden – egal was. »Ich bin vom Weg nach Arad abgekommen. Ich muß nach Arad.«

Einer der Beduinen trägt eine Pistole am Gürtel und kaut begierig an einem Kaugummi. Seine kleinen olivgrünen Augen blitzen vor Begierde. An den Füßen trägt er gelbe Sandalen. Unter seiner Abaya sind Schnüre mit Uhren, Füllfederhaltern und Feuerzeugen zu erkennen. Um den ganzen Leib winden sich die glitzernden Waren. Sie staunt beim Anblick dieses wandelnden, Kaugummi kauenden Kramladens, der so schwarz wie Teer ist. Als der Mann jetzt den Mund aufreißt, lugt daraus ein einzelner Goldzahn hervor, der allein dadurch, daß er menschlich und verständlich ist, die Schwester Schwester gewissermaßen zu gewinnen und zu ermutigen vermag. Der Beduine sagt: »Wir dich abschlachten, Frau Dschinn, du sehen Uhren und Füller...«

Der Alte tritt lächelnd näher wie jemand, der eine Anschlagtafel liest. Er läßt die Augen auf den schwarzen Buchstaben ruhen und zwinkert dann: »Man muß ihr nicht angst machen, warum angst machen?«

»Ja, warum denn schon?« lacht der Uhrenumwundene mit seinem einen Goldzahn und spuckt wütend aus.

»Ihr sprecht Hebräisch?« Sie versucht unwillkürlich, ihrer Stimme einen kindlich-flehenden Ton zu verleihen, um ein böses, unerträgliches Urteil abzuwenden. Trotz ihres Alters und ihrer peinlichen Lage scheint es ihrem sonnverbrannten Hirn einen Augenblick, als lasse ihre Stimme ihre sechzig Lebensjahre erkennen.

Der Uhrenbeduine grinst den Alten an, während er mit den Augen die Schwester Schwester begehrt. »Wir sind Beduinen von Staat Israel, wir sprechen bißchen Hebräisch, jede Woche aufm Markt von Beer Scheva.« Er lacht: »Und aufm Markt von Hebron, aufm Markt von Gasa. Wir haben nix Grenzen. Wir sind Söhne von Wind. Du wissen, was wir machen?«

»Hirten«, begeistert sie sich, »ihr müßt Hirten sein!«

Er bricht in Gelächter aus. »Hirten...« Das Lachen durchlöchert ihre Zeitungen. Ihre Arme umklammern immer noch ihren verdorrten Leib. Ihr Mund ist ausgetrocknet, bald wird sie überhaupt nicht mehr sprechen können. »Wir Schmuggler, *ya Sitt*! Schmuggler! Vorhin wir Befehlswagen von Militär gesehn, und wir uns versteckt... Uns nix schnappen.«

Der Alte öffnet die Lippen einen Spaltbreit und reibt sich die Hände. Schließlich muß er Eindruck machen vor dem weißen Dschinn. Er deutet auf die schwarzen Buchstaben, die ihm in die Augen stechen, denn er möchte sichergehen, daß dies keine furchtbaren Worte sind, kein Gebet oder Geisterschwur.

»Kannst du lesen?«

»Ah, die Zeitungen! Die Kleider sind verbrannt«, sagt sie.

»Weiße Dschinns sterben in Wüste!« bemerkt der junge Uhrenbehangene. »Lesen, nicht lesen, macht nix aus, sterben in Wüste!« Und seine Augen begehren, streicheln, lechzen.

Sie steht wie angenagelt auf der Stelle, mehr verwirrt als verängstigt. Geister sterben in der Wüste. Hat sie etwa nicht gewußt, daß sie sterben wird? Hunger, Durst, Hitze, Beduinen. Alles das gleiche, oder? Aber hier an diesem stinkenden Ort, zu glühender Mittagsstunde, vor den beharrlichen Beduinen, die ihren von zerrissenem, feuchtem Zeitungspapier umhüllten Körper mit den Augen zerstückeln, sinkt diese alte Frau, die allem entflohen ist, die Gott in der Wüste gesucht und statt dessen Schmerz und Seelenleid gefunden, die ihr Leben schon abgeschrieben und alle Hoffnung aufgegeben hat, doch tatsächlich auf die Knie und fleht um ihr Leben. Die von Sand und Steinen ausgehende Glut verbrennt ihr die Haut. Als sie flehentlich die Arme ausbreitet, fallen die Zeitungen von ihr ab. Und sie weiß schon nicht mehr, worum sie eigentlich bittet: zu sterben, verbrannt zu werden, eine Ausgestoßene zu sein oder ein Stück Stoff zu finden, um ihre Blöße zu bedecken. Das Kamel, das so friedlich wiederkäut, ist mit Stoffballen in Fülle beladen.

Der uhrenbehangene Beduine bebt am ganzen Körper. Das Grinsen ist von seinem Gesicht gewichen. Er fällt auf die Knie und beginnt mit den Händen ihren verbrannten Rücken zu massieren. Der Alte steht lachend über ihm. Seine Goldzähne funkeln in der Wüste, und vor ihren Augen verschwimmt alles. Der Alte dort über ihr ist lachender Dunst. Seinen Körper sieht sie nicht mehr. Der schwarze Junge holt eine Abaya von einem der

Sättel und breitet sie auf dem Sand aus. Die starräugige Schwester Schwester wird auf die Abaya gezerrt. Ihr weißer Körper glänzt in der Sonne. Der Uhrenbeduine zieht die Hose aus. Der Alte lacht wieder. Der Junge ruft: »Ja ja ja«, versteckt sich hinter dem Alten und senkt die Augen. Die Schwester Schwester gibt keinen Laut von sich. Wie tot, als wäre ihre ganze Persönlichkeit durch die Hitze und Erniedrigung ausgelöscht. So eine Alte wie ich! Sogar sie selbst hat nie recht geglaubt, daß die Wanzen sie damals wirklich und wahrhaftig liebten. Jetzt sieht ihr Auge den uhrenbehangenen Beduinen. Sein Gesicht klebt förmlich auf ihr, seine Augen weichen nicht von ihrem weißen alten Leib. Sie sieht seine Beinmuskeln, seine riesigen Hände, seine feuersprühenden Augen. Wenn er ihr sagte, er sei ein Gott, würde sie ihm glauben. Etwas an seinem verkrampften Lächeln, an seinen Goldzähnen, an seinem untersetzten Körper, an seinem gequälten Gesicht erinnert sie an geistige Höhenflüge, ruft ferne Träume in ihr wach. Sie wird selbst die Schande ihres leeren Lebens rächen, sich rächen für ihre dumme Schwester, für das Versagen, den Ehemann, das Schnurrbärtchen, die Rasierklingen, die Wälder, das Lager, Zypern, die Stacheldrahtzäune, das elende Schiff, das feindliche Erez-Israel, die Kinder, die Bananen und Sahne futtern und patriotische Lieder singen.

Der Alte beugt sich über sie. Der Junge verbirgt sich und lacht laut auf. Die übrigen Beduinen haben sich in den Schatten der Kamele gesetzt und scheinen eingeschlafen zu sein. Scharfer Tabakgeruch dringt aus ihren Mündern. Der Alte streckt die Hand aus, umfaßt damit eine ihrer Brüste und läßt sie wieder los. Die wegsackende Brust weckt seinen Zorn. Er sagt etwas auf arabisch und erhebt sich. Der junge Uhrenbehangene legt sich auf sie. Der Alte verbirgt stöhnend das Gesicht in beiden Händen. Der Junge nimmt Reißaus und versteckt sich hinter einem Kamel. Das Kamel hebt den Kopf und käut wieder. Und die Sonne brennt und brennt.

Der Alte sagt jetzt: »Ohne Dolche! Sie ist ein Mann! Sie ist eine Heldin! Sie schreit nicht!« Der schwarze Gott erhebt sich und blickt sie an. Er sieht eine alte Frau. Die Mordwut glüht ihm in den Augen. Aber er steckt den Dolch in die Scheide zurück und tritt hinter eines der Kamele.

Im selben Augenblick steht einer der dösenden Beduinen auf, geht auf die Schwester Schwester zu und wirft sich über sie. Sie liegt mit weit aufgerissenen Augen unter ihm und beobachtet den schwarzen Gott, der jetzt hinter dem Kamel pinkelt. Mit aller Kraft konzentriert sie sich auf den starken Strahl, der in den trokkenen Sand eindringt. Sie möchte erbrechen, weinen, aber ihre Tränen sind vertrocknet, ihre Augen starren auf den vollen Strom – und da geschieht das Wunder, das rettende Wunder, dessentwegen sie aufstehen und fortleben und weiter hoffen und glauben wird, ohne noch einmal zu straucheln. Ein Sonnenstrahl, der sich in dem Urinstrom bricht, färbt ihn in allen Farben des Regenbogens. Die schillernden Streifen hängen am Horizont, und jenseits davon sieht sie die blasse Gestalt eines Engels. Er möchte zu ihr gehen, kommt aber nicht näher, sondern verharrt in der Ferne und sieht sie durch den farbigen Regenbogen an. Er mag sie. Er gibt ihr irgendeinen Wink, aber sie versteht ihn nicht. Doch das bedrückt sie nicht zu sehr. Schon viel Unrecht hat sie in ihrem Leben erfahren, und jetzt zeichnet sich, wie immer, die Rettung ab. Ein Wunder ist vollbracht, ein Zeichen gegeben worden. Und auf einmal begreift sie auch, was das Zeichen bedeutet.

So liegt sie elend und halb ohnmächtig da. Sie küßt ihren blauen Arm, küßt die Hand des Beduinen, der sich von ihr erhebt und dabei dumpfe Töne ausstößt, als redete er tief aus dem Bauch. Sie lächelt dem Alten zu, als er ihr jetzt lachend eine Abaya zuwirft. Seine blitzenden Goldzähne lassen den Engel verlöschen, und sie flüstert: »Als Merkzeichen zwischen deinen Augen«, und der Alte fragt: »Wie?«, und sie sagt: »Danke«, und der Alte sagt: »Sie hat danke gesagt«, und der junge Mann spuckt aus, und der Junge rennt weinend davon und versteckt sich hinter der Abaya des Alten. Sie hüllt sich in die Abaya und trinkt von dem schalen Wasser, das ihr der Uhrenbehangene mit der Ergebenheit eines Jungen hinhält, der weiß, daß Gott ihn auf frischer Tat ertappt hat. Ob er den Engel ebenfalls gesehen hat? Sie sinnt und trinkt. Dann steht sie auf, um gestärkt fortzugehen, zerbrechlich, aber deshalb auch rein, ja sogar glücklich. Die Beduinen winken ihr mit ihren schwarzen, schrundigen Händen nach, bis sie außer Sicht ist.

Der Hubschrauberpilot, der sie entdeckt hat, funkt: »Wir haben eine alte Irre mit Abaya gefunden. Sie lacht immerzu. Nennt sich Schwester Schwester. Sie hat einen Engel in der Wüste gesehen. Jemand hat hinter irgend'nem Kamel gepinkelt. Verzeihung – ich zitier' ja bloß.«

14. Kapitel

Kind und Hund

Sofort nach seiner Rückkehr ins Institut fragt Adam nach dem Kind. Gina fragt er nicht, aber sie freut sich, daß er wieder da ist. Als sie ihn jedoch zu Gesicht bekommt, reißt sie die Klappe auf und schreit ihn an. All ihre Sorgen sind in diesem Schrei enthalten. Er versetzt ihr eine Ohrfeige, um sie zum Schweigen zu bringen, und küßt sie gleich danach beruhigend auf den Mund. Dann erzählt sie ihm: »Dein David hat den ganzen Tag am Transistor gehockt und Nachrichten gehört. Er kann aufrecht sitzen, er kann stehen, wirklich bewundernswert. Die Ärzte blinzeln durch die Luke und gehen weiter, trauen ihren Augen nicht. Er wollte niemanden sehen, nur Nachrichten hören. Als durchgesagt wurde, daß sie dich bei diesen Archäologen gefunden haben, hat er das Radio an die Wand geschleudert.«

Ein trauriger Mann namens Adam Findegott Stein vergräbt das Gesicht in den Händen und wankt auf die Krankenstation zu, um innerhalb einer Woche eine der beiden Nieren zu zerstören, mit denen der Schöpfer ihn ausgestattet hat.

Dr. Gross will die Ausbruchsaffäre gründlich geklärt wissen. Dazu versammelt er alle im Speisesaal – außer Herbert, der schwer krank im Krankenzimmer liegt, aber einen Brief folgenden Wortlauts verfaßt hat: »Die Verantwortung für die Flucht liegt allein bei mir. Ich bin Gott suchen gegangen und habe ihn nicht gefunden, oder vielleicht bin ich nicht bereit zu verraten, was ich gefunden habe. Alle, die an dem Auszug in die Wüste teilnahmen, haben das unter meinem ausschließlichen Einfluß getan, und deswegen bitte ich, sie von jeglicher Strafe zu befreien.«

Demgegenüber behauptet die Schwester Schwester, es sei ihre Schuld, wobei sie sich aber sicherheitshalber auf eine Autorität namens Mrs. Zisling beruft und das erzählt, was alle schon zur Genüge wissen: Wie sie nämlich Mrs. Zisling dafür begeistert habe, dieses Institut zu bauen, »damit wir alle – sobald der Tag gekommen ist – zu Gott hingehen und seine Worte hören können. Von diesem Umstand abgesehen«, fährt die Schwester Schwester fort und bringt mit ihren frohlockenden Augen die ernst dreinschauenden Ärzte in Verlegenheit, »war ich die Hauptschuldige. Nicht Adam und auch kein anderer. Ich habe einen Engel zwischen den Hügeln gesehen. Und ich weiß, daß Gott sich jetzt nicht offenbaren wird. Und es ist auch besser so.«

»Die auf deinem Arm eingeritzte Nummer ist Gott«, ruft Wolfowitz wütend und bricht gleich darauf in Gelächter aus. Bei diesen Worten lachen alle, und die Ärzte versuchen schon gar nicht mehr, ihren Sinn zu begreifen. Wie immer bleibt – trotz aller gegenteiligen Bemühungen – eine Kluft bestehen zwischen dem wohlabgewogenen, partiellen Verständnis der Ärzte und der Fähigkeit dieser anderen, sich zu einer Art Geheimgesellschaft zusammenzuschließen, die auf einer unverständlichen Wahrheit beruht. Noch immer lacht alles, während die Ärzte sich räuspern und Vermerke in ihre blauen Notizbücher mit dem Emblem des Instituts eintragen. Als Miles Wolfowitz' Worte hört, hebt er seinen Arm, entblößt ihn und zeigt allen seine Nummer. Arthur befühlt den Arm. Die Schwester Schwester schmatzt mit den Lippen. »Saubere Arbeit«, sagt Wolfowitz, »auch du hast jetzt einen Erbteil im Paradies!«, und wieder wird gelacht. Zum zweitenmal in seinem Leben hat Miles ein Gefühl der Zugehörigkeit.

Das Ermittlungsverfahren endet mit einer Generalamnestie, unter der Zusicherung, daß sich Derartiges nicht wiederholen werde, sowie mit einem erbitterten Streit zwischen den Ärzten, aus dem Dr. Gross jedoch trotz allem als Sieger hervorgeht. Nach seiner Meinung ist schon die Tatsache, daß die Schwester Schwester gelächelt hat, Grund genug, das ganze Unternehmen gutzuheißen. Der schöne Ruben erzählt überall phantastische Geschichten über seine Großtaten in Elat, Miles hat ein Heim gefunden, und Adam – Adam ist wieder schwer krank, aber wann ist er das nicht? Sogar Pierre Loti wird begnadigt. Ihn hat ein Befehlswagen des Militärs in einem entlegenen Wadi aufgefunden, in dem er halb ohnmächtig von der Hitze herumirrte. Am Tag nach dem klärenden Gespräch ist er nach Beer Scheva gefahren, um dort zum erstenmal seit vielen Jahren in einer Kirche zu beten und Gott zu danken. Die Kirche, jene armselige Wohnung der Missionarin Mrs. Samit und ihrer weißhäutigen Kinder, war für dieses Ereignis festlich geschmückt worden.

*

Eines Tages beweist Adam Talmudkenntnisse. Nur hat er aus diesem ganzen umfangreichen Werk ausgerechnet den Schluß gezogen, daß er sich selbst auf dem Altar vertilgen wolle. Im Talmud heiße es, so sagt er Dr. Gross bei der Visite, daß man den Unwissenden sogar am Jom Kippur abstechen dürfe. Das habe Rabbi gelehrt, der auf den Zuruf seiner Diskussionspartner: Sag, ihn schächten! geantwortet habe: Das eine (rituelles Schächten) erfordert einen Segensspruch, und das andere (nichtrituelles Abstechen) erfordert keinen Segensspruch. »Das gilt auch für mich«, sagt Adam, »für mich ist kein Segensspruch erforderlich. Hund und Schwein ähneln einander. Ich steche mich selber ab, und Sie brauchen weder einen Segen dabei zu sprechen noch die Heiligungen nach dem Tod vorzunehmen.« Gross versucht ihn zu beruhigen, doch Adam stampft mit den Füßen auf und fängt an mit Herbert zu reden. Sie sprechen von Ruth und von Gretchen und von David, dem König Israels. Adam sagt, es sei alles nur zufällig und sinnlos: »Einmal haben wir gedacht, das Leben sei eine Tragödie, und es lag eine süße Erhabenheit in diesem Gedanken, doch dann kreuzte so ein Narr, ein Gefreiter, ein Kunstmaler auf und bewies uns, daß das Leben eine Komödie ist, eine schwarze, traurige Komödie. Und Gott ist kein anderer als Kommandant Klein – was eher traurig als unerklärlich ist.«

Die meisten Stunden des Tages lebt Adam, der von seiner Reise zu Herbert zurückgekehrt ist und nun zu sich selbst zurückfinden muß, in völliger Dunkelheit. Herbert taucht nicht mehr auf. Gina kommt tagtäglich, setzt sich neben ihn, aber er in seiner starren Bewußtlosigkeit achtet nicht auf sie. Der Henker Adam Steins wohnt im Innern seines eigenen Herzens. Sie spricht ihn an, doch er hört nicht zu. Er hört sie aus weiter Ferne, ohne ihren Worten zu lauschen. In seinem Herzen trägt er, neben dem Sitz des Henkers, das verblaßte Negativbild eines Hundes, und der Hund ist ihm verhaßt. Dieser Hund hat versucht, sich auf ihn zu stützen, hat gemeint, er könne sich auf Adams Trümmern regenerieren. Deshalb verabscheut er ihn innerlich. Das Gift des Hasses pocht in ihm, und das ist das einzig Angenehme, das ihn am Leben hält. Dieser Junge wird es nicht wagen, hierherzukommen.

Doch er kommt. Gina sieht ihn auf dem Boden seines Zimmers, seiner Hundehütte, ausgestreckt. Das Fenster ist geschlossen, und in dem Raum hängt ein unerträglicher Gestank. Als sie eintritt, jault er. »Da liegt ein armer kranker Mann«, sagt sie, »und du gehst ihn nicht einmal besuchen.« Das Kind bellt und rollt sich in der Ecke zusammen. Sie muß über das Bellen lachen: »Purim ist vorüber, Kind, und du bist kein Hund. Tu nicht so, als ob.« Der Junge knurrt, springt auf sie zu, beißt aber nicht. Mit bleichem, haßerfülltem Gesicht blickt sie ihn an – geradewegs in die Augen. Er zieht sich zurück und mahlt mit den Zähnen: ein enttäuschender Anblick, fast wie ein Hund, schicksalsergeben. Als er eben nicht mehr beißen konnte, hat das seinem Stolz einen harten Fußtritt versetzt.

»Hör mal zu! Dein Kumpel ist krank, sehr krank. Er wird sterben. Er hat alles für dich getan, und du sitzt hier und tippst auf seiner Schreibmaschine Flüche wie ein minderbemitteltes Kind. Schäm dich... Er ist in die Wüste gegangen und hat dich verlassen? Na und? Schuldet er dir was? Der Mann, der dich liebt, ist drauf und dran zu sterben, Junge. Und du schweigst. Schimpf und Schande über dich!«

Die Worte erreichen ihn zwar, prallen aber an ihm ab wie Kugeln an einer Panzerweste. Zweifellos wäre er hier einsam und verzweifelt liegengeblieben, wäre nicht aufgestanden, hätte sich nicht zu erheben gewagt, wenn da nicht eine Wendung gewesen wäre, die alle Panzer durchdrang: »Der Mann, der dich liebt.« Kaum hat sie das gesagt, da sieht sie ihn erröten, merkt, wie er zerbricht, wie er am Boden zerstört ist. »Die Worte sind zu ihm durchgedrungen«, fährt es ihr heraus, »sie haben ihn erreicht und sind nicht an ihm abgeprallt.« Sie haben sich in ihm festgesetzt und leuchten nun wie eine Verkehrsampel aus ihm heraus. Als das Signal auf Grün umspringt, freut sie sich an dem erstaunlichen Anblick selbst: sie sieht mit eigenen Augen eine Seele, die einen Körper annimmt.

Er senkt die Augen und beginnt auf die Tür zuzukriechen. Er kriecht vom Zimmer auf den Korridor, langsam, weil das Kriechen ihm schon schwerer fällt. Er beschnuppert die Schuhe der Passanten, bewegt sich aber doch stetig vorwärts in Richtung auf Adams Zimmer. Adam erwartet ihn bereits. Ein besonderer Sinn hat Adam gesagt, daß ihn ein Hund besuchen kommt. Kommandant Stein stellt den Napf zurecht. Gäste sind unterwegs, Adam! Warum bellst du nicht ein bißchen? Und da bellt Adam tatsächlich.

Herr Sturmführer Schwein, sehen Sie... die Lage ist einfach und bequem: meine beiden Hunde, Rex und Adam, werden eine Vorstellung für den Ausschuß zur Förderung der Arbeitsmoral in den befreiten Gebieten geben, und ich bin völlig sicher, daß wir den gewünschten Auftrag erhalten werden. Gar kein Zweifel. Bei uns kommt die Arbeit billiger. Wir sind näher an Berlin. Wir haben das Problem der zweiten Tagesmahlzeit gelöst, und wir arbeiten mit einer großen Umlaufrate von drei Wochen pro Arbeiter, während man sie in Auschwitz schon nach zwei Wochen verbrennt. Wenn Sie mich fragen, sage ich Ihnen, daß ich das für dumm halte. Die dritte Woche, mein lieber Herr Sturmführer Schwein, ist entscheidend! Und wenn Heinrich mir aufmerksam zuhören würde, käme er ganz gewiß zu dem Schluß, daß meine Methoden denen von Höß oder Frank und vielen anderen weit überlegen sind... Ich habe die Sache mit Hilfe eines Statistikexperten von der Universität Leipzig überprüft, und er hat eindeutig festgestellt, daß ein Arbeitstag bei uns anderthalb Arbeitstagen in jedem anderen Lager entspricht... Deshalb bin ich überzeugt, mein lieber Sturmführer Schwein, daß wir den Auftrag erhalten werden... Meine Hunde werden die Ausschußmitglieder unterhalten und ihnen die Sitzung im Lager angenehmer gestalten. Sie wissen, dieser Geruch... Adam, ich will, daß du heute Rex beschnüffelst, daß ihr eure Nasen aneinanderreibt und daß du ihm diesmal die zusätzliche Fleischportion läßt, die ich euch zuwerfen werde. Ist das klar? Und hinterher bellt ihr euch an. Das wird urkomisch sein... Der Hund kommt näher, ich weiß es. Hunde rieche ich aus einer Entfernung von einer Million Lichtjahren. Und der Hund ist unterwegs. Im Trappistenkloster Latrun sagen die Mönche, die ewiges Schweigen gelobt haben, nur einen Satz, wenn sie aneinander vorbeigehen: Gedenke des Todes! Nur das. Und das werde ich zu dem Hund auch sagen... Gedenke des Todes! Laß mich sterben, laß mich in Ruhe, gib dem Kaiser, was des Kaisers ist, und gib Adam Stein seinen Tod.

In dem Augenblick, in dem das Kind hereinkommt, erleidet Adam einen furchtbaren Schmerzanfall, bis er einschläft und etwas träumt, an das er sich hinterher nicht zu erinnern vermag. Als er schließlich die Augen aufschlägt und das Zimmer unklar und verschwommen wahrnimmt, sieht er die Augen des Hundes auf sich gerichtet.

Was willst du, Kind? denkt er schweigend. Er möchte reden, die Wut steigt in ihm auf. Will er denn wütend sein? Nein. Aber die Zorngötter kümmern sich nicht um seinen Willen. »Wer bist du? Was suchst du hier?« Die Worte kommen wie scharfe Geschosse. Der verwirrte Junge sieht ihn mit verwunderten Augen an und schürzt die Lippen. Armer Hund. Die Beine sakken ihm weg, so daß er auf den Knien zu Füßen des weißen Betts im grünen Zimmer landet.

»Du bist nicht von hier, du gehörst nicht dazu. Was willst du von mir?«

Der Junge versucht zu antworten, aber der Mund bleibt ihm offenstehen. Die Maschine, die Olivetti, hat er nicht dabei. Wie soll er sprechen? Aus seiner Kehle dringt ein Röcheln. Er springt zu dem Nachttisch neben dem Bett und zieht den abgewetzten Geldbeutel aus Adams Hosentasche. Darin findet er ein paar Banknoten, ein Taschenmesser und einen kleinen Füller in Form eines Regenschirms. Mit wachsender Nervosität kramt er jetzt in der Schublade herum. Adam verfolgt seine Bewegungen mit den Augen. Der Junge findet einen Schreibblock, nimmt den Füller und beginnt zu zeichnen. Er zeichnet einen Hund, doch der Hund sieht lächerlich aus: sein Kopf ist zu groß, die Augen sind von der Seite wiedergegeben, obwohl der ganze Hund von vorn gezeichnet ist. Das Kind reicht Adam das fertige Bild. Adam wirft einen Blick darauf und zerreißt es sofort in winzige Fetzen, die er fortschleudert. Sie wirbeln durch die Luft, landen hinter dem Heizkörper vorm Fenster. »Waschlappen!« sagt Adam. Der Junge gibt nicht auf, seine Hände zittern, aber er läßt sich nicht unterkriegen. Auf dem nächsten Blatt zeichnet er einen dicken Mann mit Chaplin-Hut und Stöckchen. Der dicke Mann rennt hinter dem Hund her. Die Zeichnung ist ein Witz: der Hund ist zu groß, der Mann zu häßlich, seine Nase ist winzig, die Ohren sind überdimensional, und in seinem nackten Bauch sitzt ein Fisch. Adam nimmt die Zeichnung entgegen und zerreißt sie mit einem giftigen Lächeln. Die Schnipsel wirft er gegen das geschlossene Fenster. »Eine synthetische Welt!« sagt er. »Mrs. Zisling hat uns alle ruiniert, in dreifachem Bogen hat sie auf uns gepißt, das Hirn hat sie uns ausgedörrt.« Fast lacht er. Seine Lippen öffnen sich wie berstend zu einem gezwungenen Lächeln. Sein Körper brennt. Der Junge zeichnet weiter. Blatt auf Blatt kritzelt er voll, reißt es ab und reicht es Adam, der die zerfetzten Seiten ans geschlossene Fenster wirft. Adam versinkt in einen Dämmerzustand. Er weiß, wer das Kind ist, und weiß nicht, wer er selber ist. Er möchte es wissen und doch wieder nicht wissen. Er bekommt die Zeichnungen und sieht sie nicht einmal mehr an. Sein Herz zerreißt bei jedem Riß, aber zu mehr ist er nicht fähig.

Das Junge hat den Block aufgebraucht. Er wirft einen Blick auf das mit Papierschnipseln übersäte Zimmer, tritt ans Bett, richtet sich auf, und ganz plötzlich, ohne jegliche Vorwarnung, küßt er Adam Steins Gesicht, wobei Tränen aus seinen Augen auf das Gesicht des alten Mannes rinnen. Die Tränen erinnern Adam an irgend etwas. Was ist es? Er strengt sein Gehirn an. Woran, verdammt noch mal, erinnern ihn diese albernen Tränen? Ihm fällt ein sandiger Kuß ein. Und dann weiß er es auf einmal. Seine Tochter Ruth. Plötzlich hat sie ein Gesicht, er sieht sie vor seinen Augen, zum Greifen nahe. Er möchte fliehen, jeden Kontakt vermeiden – zu spät. Um Verzeihung bitten kann er nicht.

Er ringt mit Engeln. Er ringt mit Zauberern und Hexenmeistern. Das Lächeln kommt aus seinem Herzen – das Lächeln, das er sich geweigert hatte zu lächeln, das Lächeln, das wieder, wie ein Keil, in die Räder des Todes geraten wird. Das Lächeln bleibt einen Moment am Hund hängen, rutscht auf den Boden weiter und ruht auf einem Viertel Hund, den ein Hund gezeichnet und ein Hund zerrissen hat. Und das abgebildete Hundegesicht – ein Boxer? – hat einen Zahn, einen Goldzahn, umgeben von einem Rauchring. Von der Zeichnung steigt Adams Lächeln zu dem schwer atmenden Hund auf, der ihn trotz allem besuchen gekommen ist. Vier Augen: zwei freudige, zwei verwirrte. Ein Kontakt ist hergestellt. Inmitten all des Morasts, zwischen dem Tod und dem Bruchteil davor – und trotz einer meerestiefen Hündischkeit – ein Augenblickskontakt. Ein Lächeln hat sich entzündet und ist sofort verlöscht, sagt Adam Stein bei sich und vergißt einen Moment lang alles. Ruthchen, Gina, Gross, Weiss, David, Josef Graetz. Eine wunderbare Welt, der man ein Loblied singen muß. Ein Lächeln. Noch ein Lächeln. »Hör mal, Kind, wenn du das nächste Mal einen Hund zeichnest, schau in den Spiegel! Und wenn du mich zeichnest, sieh mich an. Dann wirst du etwas Wunderbares erleben: die Zeichnung wird umgekehrt rauskommen. Der Mann wird ein Hund sein, der Hund wird ein Kind sein.

Und du wirst deinen alten Vater rausführen, damit er an einem Alleebaum das Bein heben kann.« Adam lacht, und das Kind lacht. Und im Fenster sinkt die Sonne in die Wüste wie ein roter Ball, auf dem ein furchtbares Inferno angefacht wird.

15. Kapitel
Eine Guillotine

Wolfowitz der Betrüger, der nie betrogen hat, hat sich eine gebrauchte Guillotine gekauft. Eines Tages hat er in der Zeitung folgende Anzeige gelesen:

Zu verkaufen:
GEBRAUCHTE GUILLOTINE
Gut erhalten. 75 × 100 cm. Motorbetrieben.
(Auch Antrieb durch Fußpedal möglich.) Eimer für
abgetrennte Teile wird gratis mitgeliefert.
Zum Schneiden.
Bitte senden Sie Ihr Kaufangebot an:
»Mehiran«, Abteilung für Guillotinen,
Postfach 7494, Tel Aviv.

Er griff sofort zu. Denn sein größter Ärger ist das, was er »die Verstellungskünste des Schicksals« nennt. »Ich hätte längst sterben müssen und bin nicht gestorben«, erklärt er Adam. »Die Schwester Schwester ist von afrikanischen Wanzen gestochen worden und hat dabei die Liebe entdeckt, und nachdem sie die Liebe entdeckt hatte, hat sie Gott gefunden und auf seine Offenbarung gewartet, und am Ende hat ein schwarzer Beduine sie vergewaltigt. Und du? Du hast aller Welt verkündet, daß du sterben würdest, und kein Mensch hat den geringsten Zweifel daran gehabt, daß du eingehst, doch siehe da: du läufst wie ein junger Ziegenbock in der Gegend rum, gesund wie ein Wildochse, und heckst auch noch Pläne aus... Und die Toravorhänge? Ja, von denen will ich dir erzählen. Du erinnerst dich doch an die Toravorhänge, die die Engel aus den Synagogen in ganz Polen rausholten – das wegen der Gutherzigkeit der Polen und der tiefen psychologischen Erkenntnisfähigkeit der Deutschen judenrein wurde –, um im Himmel Gebetsschals aus ihnen zu machen?« Sie sitzen sich gegenüber. Wolfowitz freut sich an dem Gedanken, daß die neu gekaufte Guillotine ihm dazu verhelfen werde, sein Lebensziel zu verwirklichen. Adam kratzt sich am Kopf. Es ist ein müder, träge dahinschleichender Tag. Er weiß nicht, was er tun soll. Die Dinge ereignen sich, ohne daß er Herrschaft über sie hätte. Wolfowitz ist Feuer und Flamme, er will reden, soll er eben.

»Ich war ein Flüchtling damals«, sagt Nechama Wolfowitz' Vater, »und nach Kriegsende gelangte ich irgendwie nach Paris. Meine selige Mutter hatte dort einen Bruder, der sich während des Krieges in den Wäldern versteckt gehalten und mit Schreinerarbeiten durchgeschlagen hatte. Der war gleich nach Kriegsende nach Paris gegangen und hatte eine kleine Werkstatt zur Herstellung antiker Möbel eröffnet. Die antiken Möbel aus seiner Produktion verkaufte er auf dem Flohmarkt, hauptsächlich an amerikanische Soldaten und später dann, so ab 1948/49, auch an Touristen, die von da an in Scharen kamen. Ich hab' Anschluß bei ihm gesucht, denn ich hatte sonst niemanden, zu dem ich hätte gehen können. Nechama hatte ich noch nicht wiedergefunden, ich dachte, sie wäre nicht mehr am Leben. Einmal, als ich in dem kleinen Kellerraum bei ihm saß, trat ein kleinwüchsiger, buckliger Jude ein, dessen Gesicht ganz rot und vernarbt war und wie eine Rosine aussah. Er trug eine abgewetzte Ledertasche bei sich. Seine Kleidung war ärmlich. Alles war abgeschabt und zerknittert, aber seine Augen strahlten einen Glanz aus, der unsere Herzen – das meines Onkels und meines – mit Bewunderung erfüllte. Seine Augen schienen förmlich aus seinem Gesicht herauszuspringen. Es lag ein wilder, erhabener Ausdruck in ihnen, als sei der Mann ein Urhebräer. Er sprach nicht, sondern deutete nur auf seinen Mund, als wollte er sagen: Ich kann nicht sprechen! Er setzte sich auf ein Sitzkissen, das mein Onkel mal irgendwo aufgetrieben hatte, entnahm seiner abgewetzten Mappe ein zusammengerolltes Stück Papier, übergab es uns, ließ den Kopf auf die Brust sinken und wartete höflich, dabei aber auch schwermütig, bis wir fertig gelesen hatten. Die Papierrolle war alt, vergilbt und fleckig. Der Text lautete folgendermaßen:

An alle Betroffenen:

Der Träger dieser Urkunde ist ein Flohmensch, ein Greuel, ein rastloser Wanderer, der es sich selbst auferlegt hat, unstet und flüchtig durch die Welt zu ziehen. Habt kein Mitleid mit ihm, und erspart ihm nicht euren Zorn. Am ersten Mittelfeiertag des Laub-

hüttenfestes im Jahr 5689 (1929 nach der Rechnung der Völker) war der Träger dieser Urkunde ein leichtfertiger junger Mann im Städtchen Czortkow in Galizien, verheiratet mit einer netten Frau und Vater von zwei Töchtern: Regina und Temima. An dem besagten Mittelfeiertag nahm seine Tochter Temima, das unschuldigste Mädchen der Stadt, den Nähkasten ihrer Mutter und begann, mit den Nadeln zu spielen, und aus kindlicher Ausgelassenheit hätte sie beinah den Fingerhut verschluckt. Angesichts dieses unschuldigen Spiels brach der Träger dieser Urkunde in wutschnaubendes Gebrüll gegen seine Tochter aus und griff sogar seine zarte, gutherzige Frau an, weil sie ihren Töchtern erlaube, alles zu tun, was ihnen beliebe. Dieser Zornesausbruch entstammte einem üblen Feuer, das in ihm loderte, und die Sache mit den Nadeln diente ihm nur als äußerer Vorwand, als er nun mit lauter Stimme fluchte: ›Ihr trübt mir mein kurzes Leben, ihr laßt eurem Vater keine Ruhe. Ihr bringt ihn um den Verstand. Möget ihr doch allesamt in Flammen aufgehen!‹ Nachdem dieser Taugenichts seine Schreie und Flüche ausgestoßen hatte, verließ er das Haus. Doch kaum hatte er seine Schritte auf das Wirtshaus am Ende der Straße zugelenkt, da sprang das Feuer aus dem Herd, auf dem gerade das Mittagsmahl kochte, und verbrannte das kleine Holzhaus zusammen mit seinen drei Engeln. Das Haus wurde in derartiger Hast ein Opfer der Flammen, daß es schien, als wollte der Teufel den Fluch so geschwind wie irgend möglich nutzen.

Sieben Tage saß der Träger dieser Urkunde wie betäubt und versteinert da, und danach ging er mit gebeugtem Haupt und verwirrter Seele zu dem großen Gelehrten, der Leuchte Israels, dem heiligen Rabbi von Czortkow. Der Rabbi hörte sich die Geschichte an, und der Träger dieses Dokuments sah mit eigenen Augen, wie sich noch in seiner Anwesenheit zwei Haare in dem schönen, heiligen Bart des Rabbis weiß färbten, während die Herrlichkeit Gottes aus den Augen des heiligen Mannes leuchtete. Er spürte sogar, daß ein wenig von dem Glanz an seinen eigenen Augen haftenblieb, denn es gibt keinen Unwürdigeren als ihn, und die Unwürdigen können sich etwas von dem Glanz Gottes anheften, damit sie jederzeit das Ausmaß ihrer Unwürdigkeit zu erkennen vermögen.

Als der heilige Rabbi seine Überlegungen abgeschlossen hatte, sagte er: ›Wenn der Mund solch große Kraft besitzt, muß man ihn zum Schweigen verurteilen.‹ Der Träger dieses Dokuments nahm das Urteil an und ließ seit diesem Tag des Jahres 5689 kein einziges Wort über seine Lippen kommen, sondern er bewahrt sich seine Kraft für den Zeitpunkt, in dem er in die Hölle gelangt, wo man seine Lippen tausendundein Jahr foltern wird, indem er mit lauter, gewaltiger Stimme die Flüche wiederholen muß, die er gegen Frau und Töchter ausgestoßen hat, mögen ihre Seelen ins ewige Leben versammelt werden.

Als der Träger dieses Dokuments auf der Flucht aus Czortkow in den Wäldern den Nazis in die Hände fiel, befahlen sie ihm, das Gebet ›Herr der Welt‹ nackt im Schnee stehend zu singen. Auf seine Weigerung hin schlugen sie ihn mörderisch, aber mit der Hilfe Gottes, gelobt sei er, konnte er ihnen entkommen und – ein Zeichen für den mächtigen Hohn des blinden Schicksals – starb nicht von ihrer Hand. Wehe dem Schicksal, das ihm solches antat! Die meisten Einwohner des heiligen Städtchens wurden abgeschlachtet, während der Träger dieses Dokuments, der durch die böse Rede seines Mundes eine heilige Frau und zwei Engelchen verbrannt hatte, am Leben blieb.

Der Träger dieses Dokuments hat sich selbst auferlegt, unstet und flüchtig umherzuziehen. In seinem Bündel nun trägt er wunderschöne, zarte Toravorhänge, getränkt mit der Liebe Israels und unendlicher Trauer, Toravorhänge, die von als Juden verkleideten Engeln aus den zerstörten Synagogen ganz Europas gerettet worden sind. Den Verkaufserlös für die Vorhänge – abzüglich eines geringen Betrags für das Allernötigste an Wasser und Brot – führt der Träger dieses Dokuments an den Worterforschungsfonds ab. Dieser ist nach dem Krieg von einigen Talmudgelehrten eingerichtet worden, die das Inferno überlebt haben, an ihrer Spitze der hochgelehrte Enkel des heiligen Rabbis von Czortkow, R. Meir Ben-Mosche. Ziel des Fonds ist es, den gewaltigen, unbegreiflichen Einfluß zu erforschen, den das Wort auf die Tat ausübt, die Verordnung auf das Schicksal, das ›Es werde Licht‹ auf die Schöpfung, das ›Zerschmetterte‹ auf das Schicksal unseres niedergedrückten Volkes. Das Wesen der heiligen hebräischen Worte, ihre Wahrhaftigkeit, ihre Beziehung zu den himmlischen Mächten, ihr Einfluß auf die Wege des Kosmos sollen untersucht werden, um die Sache von Grund auf zu verstehen und die

Andeutungen zu begreifen, die sich in der Heiligen Schrift und den späteren Auslegungen der Rabbinen, in den Werken des Maimonides und den Aussprüchen des heiligen Ari finden. Denn jedem Schuljungen ist völlig klar, daß eine tiefverwurzelte, bis an den Fußschemel des Thrones reichende Verbindung besteht zwischen dem hebräischen Wort und den umwälzenden Ereignissen, den Holocausts und den Wundertaten. Die Erforschung der Worte kann dem Volk Erlösung bringen, das die Bedeutung der Worte vergessen und sie durch große Verbrechen und furchtbare Sünden mit Füßen getreten hat.

Unterzeichnet von dem verächtlichsten aller Menschen
Josef Kaufmann

Und am Rand des Schreibens ist hinzugefügt:

Hiermit bestätige ich, daß alles, was in diesem Dokument geschrieben steht, mir als vollkommen wahr bekannt ist, und setze zur Bekräftigung meine Unterschrift darunter, womit ich dem Gesagten Wirksamkeit verleihe.

Dienstag, den 8. Aw 5705 (17. Juli 1945)
Unterzeichnet von:
R. Meir Nachman von Czortkow, möge man seiner als eines Heiligen gedenken, Sohn des R. Scheschet, des großen Gelehrten, Leuchte des Volkes, Freude der Welt, Krone Israels – wehe, die Erde bedeckt doch die Besten.«

Wolfowitz blickt Adam an. Adam trinkt aus einer kleinen Flasche, die er, verborgen in der Jackentasche, bei sich trägt – Old Crow. Wolfowitz lächelt: »Kapierst du?«

»Gewiß, gewiß.« Adam sinnt über das »unstet und flüchtig« als selbstauferlegtes Gebot nach. »Er gehört unserem Orden an, als Ehrenmitglied! Alles ist vorbestimmt, aber die Willensfreiheit bleibt bestehen, die Freiheit, sich selbst zu zerstören!«

»Als ich fertiggelesen hatte«, sagt Wolfowitz, »hob ich die Augen, betrachtete diese hebräische Rosine da vor mir und wurde ganz von Mitleid für ihn erfüllt. Gott sitzt gemütlich in seinem Himmel, saugt kühlen Traubensaft durch einen langen Strohhalm, und der da hat sich selber Schweigen auferlegt. Aber irgendwas ist mir widerfahren, als diese bucklige Rosine so vor mir stand. Seine nackte Gestalt im Schnee. Dreißig Jahre Stummheit. Das beeindruckte mich so stark – ganz unwillkürlich –, stärker als die Vision von Gott, der sich im Anblick der Krematorien an kühlem Saft labt. Ich weiß nicht, warum, aber der Glaube dieses Juden war mir plötzlich tausendmal wichtiger als mein Haß gegen den Schöpfer, als das Staunen über die Kellerdecke, unter der Nechama in den Stein hineingewachsen ist. Oder womöglich sah ich damals zum erstenmal, mit furchtbarem Nachdruck, daß Leute wie ich und du, Adam – und das ist vielleicht die größte Ironie –, daß wir doch glauben. Wir sind keine Atheisten, kein bißchen. Wir hassen den Schöpfer, bekämpfen ihn, schießen mit Kanonen auf ihn, aber man führt schließlich keinen Krieg gegen einen Feind, der nicht existiert...«

Adam, der Kommandant Klein in der Wüste vor sich sieht, nickt verständnisvoll mit dem Kopf, während Wolfowitz einen Moment nachdenkt, ehe er augenzwinkernd sagt: »Ja sicher, du mußt es wissen. Natürlich weißt du es. Wer denn sonst? Wozu erzähl' ich dir das? Ich erinnere mich, der Jude zog einige Toravorhänge aus seinem Sack, und mein Onkel Herschel, der sich schon in Polen sehr gut mit Judaica ausgekannt hatte, kaufte ihm zwei ab: einen aus dem sechzehnten Jahrhundert, der früher den Toraschrein in der Synagoge des großen Zaddiks, Rabbi Malmelin aus Lemech, in dem Städtchen Trioke bei Tarnopol geziert hat, und einen zweiten aus dem achtzehnten Jahrhundert aus der Synagoge der Chassidim des Baal Schem Tow in Lwow.

Der alte Jude nahm sein Dokument und das Geld, verstaute alles in seinem Sack und schickte sich an zu gehen. Er weigerte sich, etwas zu essen oder zu trinken. Bevor er den Keller verließ, trat er auf mich zu, nestelte an meinem Ärmel herum, rollte ihn mit einer hastigen Bewegung hoch und küßte... küßte die blaue Nummer auf meinem Arm. Dann ging er weinend davon. Ich hörte sein Schluchzen, als er draußen die Pariser Straße entlanglief, im strömenden Regen, und sah, wie er beinah mit einem großen englischen Touristen in braunem Tweedanzug zusammenstieß, dem es mit seiner Kamera gerade noch gelang, einen Schnappschuß von ihm zu machen.

Und jetzt, Adam, komme ich zu dem, was man gemeinhin als Pointe bezeichnet. Das heißt diese ganze lange, ermüdende Geschichte habe ich dir nur erzählt, um das sagen zu können, was ich jetzt sagen werde… Noch nie habe ich diese Geschichte irgend jemandem erzählt, nein, nein, keinem Menschen…

Einige Wochen später kam der bekannte jüdische Maler Moni Zion in Onkel Herschels Laden und kaufte den alten Toravorhang aus der Rabbi-Lemech-Synagoge in Trioke. Er war klein gewachsen, sein graues Haar spielte im Wind. Die Kriegsjahre hatte er in London verbracht, und nun war er, reich und berühmt, nach Paris zurückgekehrt und hatte sich ein erstklassiges Atelier gekauft, in dem er, wie wir hörten – und wer unter den damaligen Pariser Juden verfolgte nicht erregt jeden Schritt unseres berühmten Malers –, glänzende Feste veranstaltete, zu denen die Großen des Staates erschienen, um in Gegenwart des begnadeten Künstlers Wein zu trinken, seine Bilder zu erwerben und den Worten aus seinem Munde zu lauschen. Schließlich verwirklichte sich in ihm das Schriftwort: ›Denn von Zion wird die Weisung ausgehen.‹

Rund einen Monat, nachdem unser hochgelobter Maler den Toravorhang erworben hatte (für einen hohen Preis, denn mein Onkel hatte sich keinerlei fromme Gelübde auferlegt und handelte nicht zum Wohle des Himmels allein), verlief sich eines Tages ein reicher amerikanischer Tourist in den Laden und kaufte bei uns eine komplette Zimmereinrichtung im Barockstil, die Herschel im Hof hinter dem Keller eigenhändig angefertigt hatte. Der Tourist bat mich, ihm das Haus des großen Moni Zion zu zeigen, damit es ihm ›vergönnt sein möge‹, so sagte er, zwei, drei Gemälde von ihm zu erwerben. Nachdem ich den Maler angerufen und ihm die Sache erklärt hatte, wurden wir für denselben Abend um neun Uhr in sein Haus geladen.

Ich will dich nicht mit langwierigen Schilderungen aufhalten. Die Wohnung unseres großen Malers war wirklich eine Perle. Die wunderbaren Möbel, die Bilder, die Ausgestaltung, die Teppiche – alles höchst geschmackvoll. Seine charmante Frau, die ihn um Kopflänge überragte, setzte uns erstklassigen Calvados vor.

Nach dem Begrüßungstrunk führte der Maler uns in das Allerheiligste, in sein Atelier, an den Ort, an dem er seine Bilder aus dem schöpft, was er zuvor schon als seinen Heißhunger nach Judentum beschrieben hatte: ›Die Gottheit selbst hat mich mit einem unbändigen Verlangen nach Judentum überschüttet, nach seinen Symbolen, seiner heiligen Sprache, seiner Vergangenheit, den Überlebenden des Holocaust – diesen rauchenden Holzscheiten gemäß dem Prophetenwort –, meiner Tante Miriam, die den Märtyrertod starb... Und diese Gottheit erhöht mich und heiligt meine Hände und malt für mich – und ich, der ich die Technik des Malens bei den Franzosen gelernt habe, helfe ihr in großer Bescheidenheit, ihre höchsteigenen Gedanken zum Ausdruck zu bringen...‹

Soweit seine Worte... und ich muß dir sagen, Adam, daß sie einen unauslöschlichen Eindruck auf mich machten. Ich war nicht weniger erregt als jener Tourist, der schon wie ein welkes Blatt zitterte angesichts dieser Heiligkeit, die in wenigen Minuten ihm ganz allein gehören sollte.

Mitten im Atelier, auf einer hübschen, mit Seide und Musselin bezogenen Liege, saß ein nacktes, üppiges Modell. Zwei Schüler unseres berühmten Meisters waren damit beschäftigt, es zu Papier zu bringen. Ich gebe zu, daß mich eine gewisse Erregung beim Anblick dieser Frau erfaßte, angesichts ihrer rosig weißen Haut, ihrer festen, hohen Brüste und des kleinen goldenen Kreuzes, das zwischen ihnen tanzte. Der Tourist ging im Zimmer auf und ab, ohne die Frau zu beachten. Er prüfte die Gemälde des Künstlers, doch ich wandte meinen Blick nicht von ihr ab, von ihren wunderbaren Schenkeln, ihrem flachen Bauch, ihrem herrlichen schwarzen Haar, das ihr in Wellen über den Rücken floß. Sie sah mich mit lachenden Augen an. Offenbar gab es etwas in meinem Ausdruck, das mich preisgab. Sicher wirkte ich wie ein kleiner Junge, der einen verbotenen Blick riskiert, und das amüsierte sie. Sie kaute gelangweilt an ihrem Kaugummi. Als sie die Lider hob, lächelten mich zwei blaue Weiher an. Und da senkte ich auf einmal in dumpfer Furcht und Verwirrung die Augen und sah unter ihr den Toravorhang aus dem sechzehnten Jahrhundert liegen. Mit einem Schlag – als sei ich ein anderer Mensch geworden – sah ich die betenden Engel in solchen Gebetsschals, sah die zerstörte Synagoge, auf deren glühende Asche deutsche Soldaten pinkelten, sah einen Ukrainer mit buschigen Augenbrauen eine Torarolle wegschleppen und deren Krone in den nahen Fluß werfen. Ich sah Nechama, hörte die Fußstapfen des Schöpfers, das grelle Lachen der Sieger und das Weinen, das aus den Rauchringen drang. Ich sah die unstet und flüchtig durch die Welt wandernde Rosine, diesen schweigenden, leidenden, sich selbst kasteienden Mann, und die Bilder verschwammen miteinander: das Blut und Nechama und der Rabbi aus Czortkow und das goldene Kreuz zwischen den Brüsten und der weißhaarige Maler und seine schlanke Frau – verstehst du? Es war nicht wegen der Ehre des Schöpfers, der längst aus meinem Herzen vertilgt ist, sondern wegen der Ehre der Besiegten, unserer unschuldigen, arglosen Leute... Unendliche Trauer verwirrte mir die Sinne, das Blut stieg mir zu Kopf – ich fiel über die weiße Kuh her, riß den Vorhang unter ihr weg. Sie sprang entsetzt auf – ihren Kaugummi kauend, verblüfft, schön, menschlich. Ich entfloh, so schnell ich konnte. Zur Metro, durch die Straßen, zum Haus eines Freundes... bis sie mich schnappten.

Kein Mensch hat es verstanden. Ich hab's nicht zu erklären versucht. Und damit ist die Geschichte zu Ende. Ich weiß nicht, warum ich sie dir erzählt habe. Ich habe mir eine Guillotine zugelegt, die – was ich nicht wußte – zum Schneiden von Plastik dient. Wenn Nechamas Kopf aus Plastik gewesen wäre, wäre sie gerettet und Gott freigesprochen worden. Ich habe mir die Guillotine gekauft, damit ich sie ungestört betrachten kann. Die gewaltigen Möglichkeiten, die sie verkörpert. Damit ich das Grauen in Erinnerung behalte, das hier in diesem Haus gelegentlich zu verschwinden beginnt – was dieser törichte Gross dann den Anfang der Genesung nennt, das heißt des Vergessens. Sie wird hier stehen, und wenn ich will, kann ich meinen Kopf darunterlegen und dem pochenden Schmerz ein Ende bereiten. Das ist, wie ich vorhin gesagt habe, die Verstellungskunst des Schicksals. Die Toravorhänge haben ihren Platz auf den Schultern der Engel und unter dem Hintern von Huren gefunden. Der Tod liegt in der Guillotine und nicht in mir. Gott trinkt Saft, und ich beweine sein Schicksal. Die Schwester Schwester sieht einen Engel Gottes im Urinstrahl eines Beduinen. Gelobt sei der Herr, der mir das Leben gegeben hat, damit ich sterben kann.«

16. Kapitel

Wassermelonen! Wassermelonen!

Sonntag, der Ruhetag für den unbeschnittenen Arbeiter. Die kleine Kirche in Beer Scheva bildet ein Symbol für die Hartnäkkigkeit der Juden, denn klein war sie, und klein ist sie geblieben. Mme. Loti, deren Asthma fast verschwunden ist, knabbert leckere, mürbe Anisplätzchen und unterhält sich mit ihrer Freundin, Mrs. Samit. Seitdem Pierre in der Wüste errettet worden ist, fügt sie ihrem Gebet stets einen weiteren Psalm hinzu. Nein, sie werden nicht mehr von hier wegziehen. Ehrlich gesagt, es gefällt ihnen in Arad. Pierre ist glücklich, als habe er sein Lebensziel entdeckt. Und sie? Sie kann sich nicht beschweren. Das hier ist nicht gerade Paris, wissen Sie, aber andererseits ... die Bedingungen hier, die Kühlung, die Heizung, die Wohnung, das Auto, der Urlaub und all das.

Der Sonntag ist Besuchstag im Institut. Ruthchen ist Adam ein paarmal besuchen gekommen, aber da er sich bisher stets geweigert hat, sie zu empfangen, rechnet er jetzt nicht mehr mit ihr. Der Enkel, Ruths Sohn, ist noch zu klein, und Josef Graetz würde sich nie ins Institut begeben. Keiner kommt. Deshalb interessieren Adam die Besuchstage nicht besonders, und der Sonntag bildet nur einen ziemlich belanglosen Übergang von Samstag auf Montag, während der Montag wieder nur von Sonntag auf Dienstag überleitet. Adam hat so seine Erklärungen. Was sollte er schließlich den verehrten Gästen erzählen? Und würden sie es denn verstehen? Würden sie unsere Lebensweise wirklich zu erforschen suchen? Oder unsere Seelen? Nehmen wir an, es kommt jemand ins Institut und sieht im Hof ein Altkind Schach spielen, und das Altkind sieht für ihn wie jeder andere aus, bis es den Mund auftut und sagt: »Ich bin zweiundvierzig Jahre alt. Als sie mich herbrachten, war ich einundvierzig, und jetzt bin ich genau fünf Jahre hier.« Dann wird sich doch der Besucher erstaunt fragen, wo vier Jahre geblieben sind. Und vielleicht könnte man es auch erklären: im Institut verrinnt die Zeit nur langsam. Ein Jahr draußen entspricht vier Jahren hier, wie das Jahr des Hundes sieben Jahren und das der Fliege eintausend Jahren entspricht. Wer soll das begreifen? Und außerdem: die Gäste empfinden aus irgendeinem Grund Schuldgefühle, weil sie fähig sind, draußen zu leben, während wir hier sind. So ist der Lauf der Welt.

Ein Sonntag Anfang September. Draußen ist die Hitze auf dem Siedepunkt angelangt. Im gekühlten Institut lächeln die Menschen auf den schwarzen Teppichen. Adam Stein und David, König von Israel, gehen den Korridor entlang. Die versteckten Lautsprecher spielen die Lieder aus *South Pacific*, gesungen von Mary Martin und Perry Como mit Geigen- und Harfenbegleitung. Adam zieht eine Flasche Remy Martin hervor und genehmigt sich einen Schluck. »Hör mal, Kind, ich habe einen Beweis, daß der Herr ein grausamer Gott ist. Nimm die Pessach-Haggada und schau dir das Lied vom Lämmchen und dem Schlächter an. Es heißt dort, die Katze fraß das Lämmchen, ja? Wenn also die Katze das Lämmchen aufgefressen hat, ist sie nichts anderes als eine Mörderin, klar? Der Hund, der die Katze zerriß, hat deshalb eine gerechte Tat vollbracht, nämlich die Übeltäterin bestraft. Warum hat ihn dann der Stock totgeschlagen? Es folgt demnach, daß der Stock ein übler Schurke war und als solcher zu Recht vom Feuer verbrannt worden ist. Warum mußte das Wasser aber das Feuer auslöschen? Da hat das Wasser eine schwere Sünde auf sich geladen! Und der Ochse, der die Wasserquelle leertrank, war ein Gerechter, während der Schlächter, der ihn abstach, als Erzverbrecher bezeichnet werden muß. Der Todesengel, der den Schlächter aufsuchte, handelte hingegen völlig gerecht. Fazit: Der Heilige, gelobt sei er, der den Würgeengel tötete, verhielt sich nicht richtig.«

David hebt die Augen zu ihm auf und läßt sie auf seinen Kognak trinkenden Lippen ruhen. Er kennt den Herrn Stein und wartet ab. Adam stellt die Flasche an ihren Platz zurück. Es ist ihm irgendwie leichter zumute. Er hat Remy Martin genossen, hat Gottes Torheit bewiesen, nun dürfen sie ihrer Wege gehen. Sonntag, Ruhetag der Christen und Besuchstag im Institut der Mrs. Zisling, Friede ihrem Eisblock. »Und was den Remy Martin anbetrifft... dazu lassen sich ewige Gedanken formulieren! Remy Martin fließt wie Öl die Kehle hinunter, der normale israelische Weinbrand kratzt wie eine Feile. Der erstere, das ist ein passendes Getränk für jemanden, der auf die Clownerie verzichtet hat, mein junger Freund, der angefangen hat Zigarren zu rauchen

– echte Havannas! – und das Leben als einen nicht besonders gelungenen Witz zu betrachten, das man tunlichst mit höflichem Verhalten gegenüber anderen und ohne den geringsten Verzicht auf einen der wirklich echten Genüsse für sich selbst durchläuft. So spricht Adam Stein am Sonntag.«

Das Haar des Jungen ist kürzlich geschnitten worden, sein Gesicht ist kaum wiederzuerkennen. Er läuft aufrecht. Seine Augenhöhlen, diese Trauerringe, wirken etwas weicher, und das Blau seiner Augen paßt gut zu der rosigen Gesichtsfarbe, die er bekommen hat, seitdem er an die Sonne geht. Sein Teint ist nicht mehr so bleich wie vorher, aber aus seinen Augen spricht immer noch unerklärliche Traurigkeit, unbegreifliche Verwunderung.

Adam trägt das Xylophon und schwatzt. Er ist in gehobener Stimmung. Der Remy Martin hat eine wohltuende Wirkung auf ihn ausgeübt. Er wird mit Leuten zusammenkommen, er hat seine Pläne. Nicht in der Sache mit dem heiligen Wasser! Diesmal handelt es sich um wirklich wichtige Dinge. Noch aus einem weiteren Grund ist er gutgelaunt: in letzter Zeit führt er einen Feldzug zur Rettung von Mrs. Zislings Leiche, einen Krieg auf Gedeih und Verderb. Er wird es diesen Advokaten zeigen... Er wird die sterblichen Überreste dieser Frau ins Institut bringen, sie soll an dem Ort begraben werden, an dem ihr Herz ist... Mit theatralischem Pathos hat er versprochen, alles in die Wege zu leiten, er hat Briefe geschrieben und ist auf den Kriegspfad gegangen. Und jetzt schreitet er in hellem Anzug und weinrotem Hemd, die ihm das Aussehen eines Dichterrebellen verleihen, mit dem Xylophon in der Hand dahin, neben sich David, den König von Israel, und sinnt darüber nach, was am heutigen Krankenbesuchstag geschehen wird. Das Kind hat er sorgfältig und wohlüberlegt angezogen: kurze Hosen betonen seine langen, schlanken Beine, die sich erst vor zwei Monaten zum erstenmal gestreckt haben, dazu ein Polohemd mit offenem Kragen und rote Mädchensandalen, damit er »mitleidiges Lächeln erregt«. Das ist der Plan.

Der Vortragssaal ist gerammelt voll. Die Klimaanlage arbeitet auf Hochtouren. Leise Festmusik schwingt durch die Luft, Pierre Lotis Delikatessen entspannen die Atmosphäre und erleichtern diese stets ermüdenden, leicht peinlichen Begegnungen. Heute hat Pierre Loti winzige Fleischbällchen in einer Soße aus Knoblauch, Zwiebeln, Dill und Wein zubereitet, kleine Fische in Orangensaft, vermischt mit Meerrettich und geschlagenem Eigelb, nußgefülltes Halva-Gebäck in aromatischem Cointreau getränkt und noch das eine oder andere mehr. Die Musik dämpft den Lärm der Stimmen. Lächeln, Händedrücken, Verkostung feiner Speisen, Kaffeeschlürfen mit geschlossenen Augen...

Adam Stein bedeutet dem Kind, sich in eine Ecke zu stellen, und der Junge gehorcht. Dann legt er das Xylophon neben das Kind und geht im Saal umher. Er lächelt seine Mitmenschen an, begrüßt Freunde, mustert interessiert die Gesichter der Besucher, der Gäste, die ihm bisher unbekannt sind, und versucht vorsichtig, hier und dort die Aufmerksamkeit auf sich zu lenken. Stein auf Stein errichtet er die Grundlage für das Gebäude, das er zu bauen gedenkt. In anderen Worten: er ist höchst aktiv. David, König von Israel, steht dicht neben dem Xylophon in der Saalecke. David David David David, wir werden siegen, sagt Adam bei sich. Wir werden die erste Geige spielen, einen Psalm Davids. Wart's nur ab! Ich werde dir zeigen, was glänzende Schwindelei ist, dir, der du der Schwindelei entsagt hast und wieder ein Kind geworden bist, nach dem sich plötzlich mein Herz verzehrt.

Adam geht auf Frau Birnbaum zu, die bis vor zwei Monaten noch in völliger Stummheit befangen war. Adam mochte sie schon damals in Jaffa, als sie reglos und mit ins Leere blickenden Augen in der Zimmerecke zu sitzen pflegte, als sei sie von Schaumstoffringen umgeben. Früher, als sie noch in der Lewinskystraße in Tel Aviv wohnte, setzten ihr die Kinder auf der Straße zu, indem sie vor ihrem Fenster johlten und die Stimmen von Hunden, Katzen, Tigern und Pferden nachahmten. Dann trat sie zu ihnen ans Fenster – dazu johlten sie ja – und wartete mit weit aufgerissenen Augen auf die schrecklichen Löwen, die gleich herbeistürzen würden, um sie zu zerfleischen. Mit neunzehn Jahren hatte Frau Birnbaum nämlich Bruno Birnbaum geheiratet, der häufig nach Afrika fuhr, um dort den Jägern im Tschad und im Kongo Raubtiere für die Zoos in Europa abzukaufen. Frau Birnbaum kennt Adam noch aus den Tagen, in denen er von ihrem Bruno Elefanten, Löwen, Bären, Papageien und andere Tiere für seinen Zirkus erstanden hatte. Bei Hitlers Machtübernahme hatte Bruno seine Papageien und seltenen Vögel dann verkauft und war mit seiner Frau nach Erez-Israel übersiedelt.

Als sie Adam nach über zwanzig Jahren wiederbegegnete, erkannte sie ihn nicht mehr. Sie litt an völligem Gedächtnisschwund. Ihr Gesicht war ganz verschrumpelt und von einer leeren Miene geprägt, als schwebe sie in fernen Welten. Ihre Augen waren ausdruckslos, und mit zitternden Händen umklammerte sie ihren Leib, um ihn vor jeder Berührung, jeder körperlichen Annäherung abzuschirmen.

»Sie verbirgt sich hinter sich selbst«, hatte Dr. Gross einmal gesagt. Nachdem Bruno gestorben war, so erzählte sie Adam, als ihre Genesung einsetzte, habe sie furchtbare Alpträume geträumt. Löwen sprangen sie von allen Seiten an, um sich an ihr zu rächen. Die Kinder und Enkel aller für Bruno gefangenen Bestien kamen, um Vergeltung für die verlorene Freiheit zu üben. Die Löwen und Elefanten belagerten das Haus. Einmal, zu später Nachtstunde, kletterte ein schwarzer Kater auf ihren Balkon und kratzte an die Fensterscheibe. Als Frau Birnbaum ihr Gesicht dem Fenster zuwandte, wurde sie vom herabscheinenden Licht einer Straßenlaterne geblendet, so daß sie den Kater für einen Panther hielt. Mit einem Kopfstoß durchbrach sie das dünne Fensterglas, packte den Kater mit flinken Händen und erwürgte ihn. Der Ärmste hauchte seine Seele auf ihrer Schürze aus. Sie lachte laut, denn sie war sicher, sie hätte einen Panther erlegt, der gekommen war, um sie zu zerfetzen. Von da an wurden ihre Alpträume bei Nacht und ihre Schreckensvisionen bei Tag immer schlimmer, bis man sie nach Jaffa brachte und von dort hierher.

In dem Moment, in dem Adam auf Frau Birnbaum, »die genesende Frau«, zugeht, steigt sie – gemäß Adams vorherigen Anweisungen – auf einen Stuhl, streicht das orange Kleid glatt, das sie zu Ehren des großen Tages angezogen hat, klatscht in die Hände und beginnt, sobald alles in ihre Richtung blickt, mit ihrer Ansprache folgenden Wortlauts: »Meine Damen und Herren, bitte verzeihen Sie mir, daß ich die Ruhe Ihres Treffens störe, aber zweifellos gibt es Umstände, unter denen wir gelegentlich unsere Aufmerksamkeit von unserer unmittelbaren Umgebung abwenden und die Dinge sehen müssen, die gewöhnlich an den Rand gedrängt werden. Damit meine ich diesen Jungen«, und dabei schwenkt sie ihre zarte, gepflegte, schlaffe Hand in Richtung auf David, den König von Israel, der verzweifelt die Hände ringt, das Gesicht kreidebleich, während die Augen dem Flug einer wahnwitzigen Fliege nachstarren, die aus Versehen in diesen klimatisierten, synthetischen Zisling-Tempel geraten ist. »Ja, diesen Jungen da. Bitte sehen Sie sich ihn an! Erinnern Sie sich nicht an ihn? Sie alle haben von ihm gesprochen. Vielleicht hatten Sie noch nicht das Vergnügen, ihn kennenzulernen, aber sein Ruf hat Sie sicher erreicht. Im Zimmer abgekapselt, angekettet, in ein stinkendes Laken gehüllt, gebeugt... Meine Damen und Herren, dieser schöne, zarte Junge, dessen blaue Augen Sie jetzt anschauen, war ein Hund. Ja, ein Hund. Ganz einfach. Er bellte, fraß aus dem Napf, stank, lag an der Kette und ging dem Tod entgegen – als Hund.« Hier hält sie einen Augenblick inne. Kunstpause. Sie hat Adams Lektion gut gelernt. Dann, als alles schweigt und die Stille schwer und drückend auf dem Raum lastet, fährt sie fort: »Wissen Sie, wer ihn geheilt hat? Haben die Ärzte ihn kuriert? War es Dr. Gross? Die Wissenschaft? Die Schwestern und Pfleger? Nein. Adam Stein hat ihn geheilt! Und heute, elf Monate nachdem sich Adam Stein und der Hund erstmals begegneten, möchte der Hund, der wieder zum Jungen geworden ist, seinem Lehrer und Retter ein Geschenk machen. Meine Damen und Herren, würden Sie bitte so gut sein, für einige Minuten Platz zu nehmen, um es diesem Jungen, David, König Israels, der aus der hündischen Vergessenheit auferstanden ist, zu ermöglichen, zu Ehren seines rettenden Meisters einige Weisen auf dem Xylophon zu spielen?«

Zustimmendes Gemurmel. Nickende Köpfe, staunende Blicke, Schuld, die zur leichten Verbeugung erstarrt. Sie erinnern sich an den Hund. Sie haben von ihm gesprochen, und da steht er vor ihnen. Kurze Hosen, staksige Beine. Die Leute schreiten zu den Stühlen und setzen sich. Adam, der hinter Pierre Loti steht, gibt David ein hastig angedeutetes Zeichen, das kein Mensch mitkriegt. Und wie ein Roboter, wie eine Spielzeugpuppe, wie eine folgsame Marionette gehorcht der Junge. Seine Hände sind noch nicht völlig gezähmt. Die langen, gepflegten Finger – zehn Knochen mit Haut drumrum – tasten nervös nach den Klöppeln. Adam murmelt »Jetzt!«, und zu sich selbst sagt er, während er hinter Pierres Rücken noch einen Schluck aus dem Flachmann nimmt, den er rasch aus der Tasche gezogen hat (Johnny Walker, Black Label): Du bist beschissen, Kind, du bist ein Hundegrab. Heute mache ich dich endgültig fertig!

Die Hände des Roboters befühlen die gelackten Holzstäbchen, die im Neonlicht des Saales glänzen. Er hebt die Ellbogen an den Körper, seine Unterarme heben sich elastisch. Nun schlägt er die Stäbchen an. Das Ballett eines gezähmten Hundes, sagt sich Adam mit einer Mischung aus Wut und Stolz. Der Stammbaum, mein Herr: Fischeier, Frösche, ein einäugiger Esel und der Hund. Die Kunst hat keine Zukunft, wenn jeder Hund Musik machen kann! Wenn ihr wollt, ist es kein Märchen! Stille im Raum. Das Gesicht des Jungen glüht, ist von einer schüchternen Röte überzogen. Und die Hände spielen. Die Töne jagen einander. Miles hat ihm *Every Man Has a Woman* beigebracht. Das ist echter Jazz auf dem Weg zu Gott, denkt Miles. Harlem, Lady Day, eine verkehrte Welt. Schwindlernetze sind in diesem Augenblick in den Klängen aufgeflogen. Die Schwindler sind geschnappt und eingelocht worden. Es war einmal ein Sheriff, der ermordete die Kinder von Scottsboro, machte Nechama Wolfowitz' Kellerdecke niedriger und tötete Ruth Stein. Ein Hundekind spielt Jazz in der Wüste von Arad, und Miles sieht vor seinem geistigen Auge eine dunkle Straße unweit der Knox Avenue. Ein Junge streckt die Hand aus und schreit: »Du bist weißer Müll!«, stopft ihn in die schwarze Mülltonne und schließt den Deckel über ihm, womit dem Leidenstanz ein Ende bereitet ist. So wie dieser Hund da spielt, hat nur Bird Parker gespielt. Heute lernen die jungen Leute Jazz-Harmonien im College, und das ist gerade so, als wollte man zukünftigen Metzgern ihr Handwerk auf der Universität beibringen.

Adam lacht bei sich, ist aber gespannt auf das Geschehen konzentriert. Mein armseliger Embryo unterhält die Philister, und bald kann man die Hauptaufgabe anpacken. Seine Gedanken werden vom Applaus unterbrochen. Alle klopfen dem Jungen anerkennend auf die Schulter, streicheln ihn mit ihren Blicken, setzen ihm freudig Siegeskränze aufs Haupt. Doch seine Hundefinger zittern, und da ergreifen sie die Flucht vor ihm, als erinnerten sie sich; der eine möchte sich plötzlich wieder einem Verwandten zuwenden, der andere seinem Ehepartner oder Kind. Adam zieht ihn ans Buffet, gibt ihm zu essen und zu trinken und bittet ihn zu warten. »Ich bin gleich wieder da!« sagt er. Adam geht davon, vorbei an dem Astronomen Sonnenmann, der auf allen vieren läuft und wiehert wie ein Pferd, während seine dreijährige Tochter auf seinem Rücken reitet.

Eine hochgewachsene Dame steht mit dem Rücken zur Schwester Schwester, die sich mit zwei Herren in dunklen Anzügen unterhält. Verwandte offenbar. Sie sehen wie Diamantenhändler aus oder wie Zinswucherer oder auch wie Dozenten der Tel Aviver Universität. Die große Dame küßt ihren dreißigjährigen melancholischen Sohn, der einmal an einer von Miles' Jam Sessions teilnehmen wollte, aber sofort vor dem Lärm Reißaus nahm. Er mag Watte, Ruhe, Blumen, die Farbe Rot und weiche Hausschuhe. Die mit übertriebener Eleganz gekleidete Frau küßt den jungen Mann, der im stillen leidet. In seinem Ausdruck mischen sich Widerwille und Gelassenheit. Wortlos kramt er in der Handtasche, die sie über dem Arm hängen hat. Er entnimmt ihr einen Lippenstift in glänzender Metallhülse, einen schwarzen Augenbrauenstift, eine Wimpernbürste, eine Nagelschere und ein rundes Spiegelchen mit hübschem Goldrahmen, das altbabylonischem Schmuck nachempfunden zu sein scheint. Diese Gegenstände schmiegt er an seine kußfreie Wange, und einen Augenblick lang, während die Dinge auf seiner Wange ruhen, beruhigt sich seine Miene. Nachts wird er die gestohlenen Güter (die er jeden Sonntag stibitzt und montags zurückgibt) auf dem Stuhl neben seinem Bett aufbauen, wird sich ausziehen, das Radio einschalten und mit einem glücklichen Lächeln, das Gesicht unverwandt auf den Stuhl gerichtet, der leisen Nachtmusik lauschen.

Adam geht an ihm wie an den anderen vorbei. Er weiß, daß sie von Zeit zu Zeit einen hastig verstohlenen Blick auf das Kind werfen werden. Er weiß, daß sie praktisch schon seiner Idee verfallen sind, auch wenn sie es noch nicht gemerkt haben. Der Junge hat sie mit Hoffnung erfüllt. Sein mutiger Auftritt und sein schönes Spiel haben verborgene Instinkte in ihnen geweckt: bei Frau Birnbaum starke Eifersucht, bei anderen plötzlich aufkeimende Liebe zu Freunden und Bekannten. Die Erinnerung an das Leid eint sie.

Er bleibt bei Wolfowitz dem Betrüger und seiner Tochter Nechama stehen. Nechamas Kopf ist wie immer in ein schwarzes Tuch gehüllt. Um sie herum sind noch einige andere Leute versammelt, darunter auch die überelegante alte Dame, die vorher ihren Lippen- und Augenbrauenstifte klauenden Sohn geküßt hat. »So ein Wunder, wirklich kaum zu glauben«, sagt Nechama Wolfowitz. »Ich weiß noch, daß er gekrochen ist wie... daß er...«

»Gebellt hat!« ruft der junge Mann begeistert mit sehr bleichem Gesicht. »Ich erinnere mich, wie er bellte und einem angst machte. Einmal hat er Schapira gebissen, und ein anderes Mal hat er mitten im Speisesaal in Jaffa seinen Haufen hingesetzt. Einmal hat er einer Schwester das Kleid zerrissen, ich weiß nicht mehr, wie sie hieß, und einmal hat er mich angebellt, daß ich gleich eine Krise gekriegt hab'...«

»Die Wahrheit sieht so aus«, sagt Adam, indem er sich in das Grüppchen hineindrängt, »ich werde Ihnen sagen, wie es gewesen ist. Damit Sie sich bloß keine Märchen aufbinden lassen. Unter uns...« Alle sind ganz Ohr, er spürt, wie seine Stärke die Oberhand gewinnt. »Sie« – und alle wissen, wen er meint: Dr. Gross, Nachwalter, Gina, Schapira, Dr. Erd, Watson, Freud, Jung, Adler, Pawlow, Hypnotiseur Harlap, sie, die Herrschenden, die Obrigkeit, die Verordnungsgeber, die Muskelmenschen –, »ja, sie haben versucht ihn zu heilen. Zehn Jahre bemühen sie sich schon, ohne Erfolg. Bis ich aufgetaucht bin... Und ich sage Ihnen im Vertrauen: das ärgert sie, das macht sie verrückt, das läßt ihr blaues Blut kochen, das bringt sie um den Verstand. Sie sind eifersüchtig auf mich, und deshalb stellen sie ihm nach. Nicht mir, mir können sie nichts anhaben. Sie quälen ihn – sie rächen sich an ihm wegen ihrer eigenen Hilflosigkeit.«

»Wer?« Sara Brodi, eine winzige Frau mit einem Eierpflaumengesicht, hebt die Brauen. Ihre Stimme klingt schrill, leicht schnarrend. »Wer quält diesen schönen Jungen?«

»Sie, die Schufte«, antwortet Adam echauffiert und mit verkniffenem Mund. »Insulin geben sie ihm, Elektroschocks. Sie haben ihn gefesselt, gefoltert, aber nichts hat gewirkt. Die Geheimnisse des Herzens verstehen sie nicht, werden sie nie begreifen. Klimaanlage – ja! Weinen – nein. Ich hingegen... Ich habe ihm beigebracht zu stehen, zu schreiben. Er ist ein intelligenter Junge, begabt. Haben Sie gehört, wie er spielte? Sie sind eifersüchtig auf mich. Und was tun sie? Sie rächen sich an dem armen Jungen. Sie rügen und mißhandeln ihn. Aber ich werde ihnen den Wind aus den Segeln nehmen, ich werde ihnen zeigen, was zu tun ist... diese Dreckskerle. Ich bin stärker als jedes Schicksal, und das verzeihen sie mir nicht. Alle Welt liebt mittelmäßige Ärzte und haßt die Magier, die Welt liebt die Sänger und haßt die Seher. So ist das. Magier stehlen diesen Musterknaben, diesen Ärzten ihre selbstherrliche Arroganz... Sie, diese kleinen Diplomtechniker, sprechen Josuas Widderhörnern die Kraft ab, die Mauern von Jericho zum Einsturz zu bringen, bloß weil sie selbst mal gelernt haben, wie man Sprengstoff legt.«

Adam plant seine Rede wie ein erstklassiger Architekt. Jedes Wort, jeder Satz ist wohldurchdacht. Alle Ohren sind gespitzt, alle Herzen aufnahmebereit. Der Zuhörerkreis wächst zusehends. Blicke hängen sich an den Jungen, der in der Ecke steht. Adam weiß, daß die Leute insgeheim einen Groll gegen dieses nette Gefängnis hegen. In der Tiefe ihres Herzens würden sie hier lieber eine Schlangengrube, ein türkisches Zuchthaus, ein nationalsozialistisches Konzentrationslager sehen, etwas Grausames und Unmenschliches, um wirkliches Mitgefühl empfinden zu können. Aber hier ist alles schön, sauber, glänzend... Und nun taucht da plötzlich Adam Stein auf und verkündet ihnen, daß unter der sterilen Hülle, jenseits der lächelnden Gesichter und des exquisiten Essens, hinter Klimaanlage und Heizung, unter der Dauermusik und Pierre Lotis Weinkellern Grausamkeit, Bosheit verborgen liegen – also genau das, was sie hier gesucht haben. Dadurch wird ihnen leichter ums Herz. Mitleid und Schuldgefühle kommen gleichermaßen zu ihrem Recht.

»Und die Eifersucht! Oh, wie sie eifersüchtig sind«, fährt Adam fort, während der Kreis um ihn noch mehr wächst. »Die Eifersucht ist Haß, bohrender Haß. Und sie stoßen zu, mißhandeln diesen armen Jungen. Xylophon? Das Xylophon, das Sie eben sahen, ist diese Woche sechsmal kaputt gewesen. Und wer, meinen Sie, hat das Xylophon beschädigt? Und wer hat die Tür vor dem Weinen des Jungen verschlossen? Ah! Was soll man da noch viele Worte machen. Es ist alles klar. Ein Patient, der nach ihrer Meinung keine Heilungsaussichten mehr hat, wird bei ihnen nicht Xylophon spielen! Sie verweigern ihm Nahrung, sie sperren ihn in ein stinkiges Zimmer ein, damit er wieder zum Hund wird... Seine Eltern weigern sich, ihn zu besuchen. Die Ärzte und Pfleger setzen ihm zu. Aber das Schlimmste von allem, ja, das Allerfurchtbarste – obwohl es Ihnen vielleicht unwichtig vorkommen wird – ist die Tatsache, daß sie ihm das vorenthalten, von dem sie wissen, daß er es mehr als alles andere liebt: Wassermelonen.«

Verwundertes Gemurmel setzt ein und erstirbt. Die pflaumengesichtige Frau Brodi kichert einen Augenblick. Ein sorgfältig gekleideter Mann mittleren Alters wiederholt flüsternd: »Wassermelonen, Wassermelonen...«

»Ja, Wassermelonen«, sagt Adam Stein. »Es ist lächerlich, aber einfach! Der Junge ist verrückt auf Wassermelonen. Was kann man machen? Jeder Mensch hat insgeheim so eine kleine, schlichte, natürliche Begierde. Was ist dabei? Wer bestimmt, was groß und was klein ist? Der Junge möchte Wassermelonen. Er hat Briefe an die Leitung des Hauses geschrieben, aber nur Ablehnungen erhalten. Als ich ihm eine Wassermelone brachte, haben sie sie ihm geklaut. Jetzt würden sie das nicht mehr wagen! Aber wo soll ich hier im Institut Wassermelonen hernehmen? Sobald ich an der Küche vorbeilaufe, verstecken sie doch sofort alle Melonen. Sie haben sogar einen Wächter hingestellt, dessen einzige Aufgabe darin besteht, mir den Zugang zum Wassermelonenkühlschrank zu verwehren – und das in völligem Gegensatz zu Mrs. Zislings letztwilliger Verfügung. Oh, wie würde sie sich im Grabe umdrehen, wenn sie eines hätte! Doch wer soll ihnen Einhalt gebieten? Hier sind sie allmächtig. Auf Ihre Fragen hin würden sie es sicher energisch abstreiten, aber es ist eine Tatsache. Sie rächen sich an mir, indem sie ihn quälen. Scheußlich ist das. Wenn ich doch nur eine Wassermelone für ihn besorgen könnte! Eine einzige Wassermelone...«

Adam führt den Satz nicht zu Ende, sondern verläßt die Gruppe unter irgendeinem Vorwand, um sich sofort unter eine andere zu mischen. Dort wiederholt er die Geschichte, er verschärft oder übertreibt, erweitert oder verkürzt sie, je nach dem Mienenspiel seiner Zuhörer. Von Gruppe zu Gruppe fortschreitend, erzählt er die Gruselgeschichte von den Wassermelonen. Wassermelonenblicke, schuldbewußte und schmerzerfüllte Blicke richten sich auf den Jungen. Adam facht die Blicke an wie jemand, der Reisig ins brennende Feuer wirft.

David, König Israels, würde am liebsten die Flucht ergreifen. Die neugierigen Blicke durchbohren ihn wie Pfeile. Aber Adam hat ihm befohlen, sich nicht von der Stelle zu bewegen, und so traut er sich nicht. Die Besuchszeit geht zu Ende. Die Leute verabschieden sich. Adam verläßt die letzte Gruppe, nimmt David, König von Israel, bei der Hand und zieht ihn hinter sich her. Das Xylophon bleibt auf seinem Platz stehen. Sie gehen durch den

Korridor. Adam ist guter Stimmung und pfeift *Mackie Messer.* In seiner Jugend hatte die große Lotte Lenya dieses Lied einmal allein ihm zu Ehren gesungen, auf einer Gesellschaft, die Ludwig Meier für die jüdischen Stars von Berlin gab. Die Flurmusik wispert »Laß Blumen für mich sprechen«. Die Schnulze regt ihn auf.

Der Junge weint, doch Adam achtet nicht weiter auf seine Tränen. Sie werden ihm heute nicht den Sieg verderben, werden sein Glück nicht trüben. Nein, ihr guten Menschen, ihr müßt nicht weinen... Wir werden unseren Herzbuben retten, den Welterfreuer, wir werden ihn David Hurensohn, Hurs Sohn, Muschis Sohn, Mahats Sohn, Jahats Sohn, Korachs Sohn, Etnis Sohn, Simmas Sohn, Israels Sohn nennen. Meine Damen und Herren, achten Sie auf die sonderbare Assoziationskette: sie beginnt mit Hurensohn und endet mit Israels Sohn. Beweist das nicht etwas? Ah, wir werden den Hurensohn retten, wir werden ihm Wassermelonen verschaffen, zu Hunderten! Ich werde Ihnen ein Geheimnis verraten, werte Herrschaften: ich habe ihn noch nie selbst gefragt. Es ist durchaus möglich, kann sehr wohl sein, ist vielleicht sogar hochwahrscheinlich, das unser liebes Hurensöhnchen Wassermelonen geradezu verabscheut. Ja, haben Sie überhaupt mal einen Hund Wassermelonen fressen sehen?

Jetzt stößt der Junge in panischer Angst einen Laut aus. Es ist weder ein Hundebellen noch ein Menschenschrei, sondern irgend etwas Dazwischenliegendes. Adams Gesicht wird plötzlich kreideweiß. Sie sind vor seiner Zimmertür angekommen, und ohne zu wissen, warum und wieso, öffnet er die Tür, tritt – bleich, entsetzt, stumm, von Schmerz zerrissen – ein und knallt seinem Kind die Tür vor der Nase zu.

*

Eine Woche ist vergangen, und wieder ist es Sonntag – Besuchstag im Zisling-Institut für Frieden und Therapie. Auf der Zufahrtsstraße zum Institut taucht ein grüner Chevrolet, Modell 1958, auf. Die Antenne ist abgebrochen, ein Scheibenwischer fehlt. Die Bremsen quietschen, der Wagen hält. Adam Stein geht lächelnd auf das Auto zu. Das Fenster öffnet sich, eine große dunkelgrüne Kugel wird ihm übergeben. Er murmelt etwas, der Wagen wendet und fährt davon. Adam reicht die Kugel an Gina weiter, Gina rennt zu Arthur Fein, der sich hinter einem Pfosten versteckt hält, Arthur nimmt die Kugel und verschwindet damit eilig im Hof, um sie Pierres Frau, Felicia, zu bringen. Pierres Frau händigt sie ihrer Tochter aus, die die Kugel in die Küche weiterbefördert. Pierre packt sie und legt sie neben den großen Kühlschrank. Arthur kehrt zu seinem Versteck zurück. Ein roter Simca mit dem Kennzeichen 208842 hält an. Gina tritt ans Wagenfenster und erhält vom Fahrer ein Paket: eine grüne Kugel. Adam steht neben einer jungen, erst kürzlich angepflanzten Zypresse und winkt mit der Hand. Oben biegen zwei Wagen um die Kurve! Gina bedankt sich eilig beim Fahrer und macht eine Handbewegung, als wollte sie sagen: Sie können weiterfahren! Sie rennt mit der Kugel zum schönen Ruben, der neben einer Schubkarre mit Abdeckplane steht. Ruben schlägt die Plane zurück, Gina legt die Kugel in die Karre, und schon fahren die zwei Wagen nacheinander vor. Ruben packt die Plane, rennt damit zwischen die beiden Autos und verdeckt den Insassen des hinteren Wagens die Sicht auf das, was im vorderen geschieht. Gina ruft dem Fahrer mit einem Fingerzeig auf Ruben lachend zu: »Er ist vom Wetterdienst, er prüft die Windgeschwindigkeit!« Und die Plane flattert tatsächlich im Wind. Der Fahrer lächelt, hebt eine grüne Kugel hoch und hält sie Gina hin. Gleichzeitig bekommt Adam eine grüne Kugel vom Fahrer des zweiten Wagens. Adam rennt davon, verschwindet aus der Sicht, Ruben tritt zur Seite. Beide Wagen setzen sich in Bewegung. Gina und Adam legen ihre Kugeln in die Schubkarre, die Ruben zu Felicia hinführt. Felicia schiebt sie zu Arthur, Arthur zu Pierres Tochter, Pierres Tochter fährt damit in die Küche. Pierre nimmt die Kugeln heraus und legt sie neben den großen Kühlschrank. Seine Tochter kehrt hastig mit der Schubkarre zurück. Ein weiteres Auto nähert sich. Adam hält es an. Ein Mann übergibt ihm eine grüne Kugel.

»Für den armen Jungen. Eine Wassermelone! Ich bin sicher, daß die anderen nicht daran gedacht haben.«

»Nein! Nur Sie«, sagt Adam.

Der Mann startet und fährt frohgelaunt davon.

Um die Kurve braust ein Auto. Adam wirft Arthur die Wassermelone zu. Arthur gerät durch den Aufprall ins Stolpern, fällt, kriecht mit der Wassermelone zu Gina und übergibt sie ihr. Gina reicht sie an Ruben weiter, Ruben legt sie in die Karre, Gina bedeckt sie mit der Plane. Der schnelle Wagen kommt zum Halten. Gina rennt zur Straße zurück und wirft dem Fahrer ein bezauberndes Lächeln zu. Sie möchte Zeit gewinnen, damit Arthur sich ungestört davonmachen kann. Der Fahrer soll schließlich Arthur nicht kriechen sehen. Nein, er hat nichts gesehen. Noch eine Wassermelone. Ein Autobus kommt den Berg hochgeschnaubt und stoppt quietschend. Der Fahrer zieht einen Beduinenkorb mit an die zehn Wassermelonen hervor. Die Fahrgäste lächeln gutmütig durch die wegen der Klimatisierung geschlossenen Fenster. Adam dankt ihnen mit begeistertem Winken. Eine Ente flitzt herauf. Der Bus fährt ab. Adam schleift den schweren Korb zu der jungen Zypresse. Der schöne Ruben und Arthur springen herbei und bemächtigen sich des Korbs.

Der Deux-Chevaux ist angekommen. Gina kippt auf der Straße um. Der Fahrer stürzt aus dem Wagen und bemüht sich, ihre Lebensgeister wieder zu wecken. (Mit dem einen Auge sieht sie alles, das andere hält sie geschlossen – ein Trick, den sie dem Schwindler abgeguckt hat.) Arthur und der schöne Ruben rennen derweil Hals über Kopf zur Schubkarre, schütten den Korbinhalt hinein und schieben sie zu Pierres Frau. Pierres Frau schiebt sie zu ihrer Tochter, ihre Tochter zu Pierre, Pierre leert die Karre und übergibt sie wieder an seine Tochter... Die Tochter bringt die Schubkarre der Mutter, die Mutter dem schönen Ruben – Gina ist aus ihrer Ohnmacht erwacht. Adam kommt, um dem Fahrer die Wassermelone abzunehmen. Die Melone wird unter die Plane gerollt und zugedeckt. Es weht ein heißer Wind. Ein weiteres Auto nähert sich. Die Ente ist weggefahren. Adam nimmt die Wassermelone entgegen und übergibt sie an Arthur, Arthur an Gina. Gina läuft damit zum schönen Ruben. Ruben reicht sie – mit herrlichem Spagat! – an Pierres Tochter weiter. Pierres Tochter übergibt an Muttern, Mutter an Pierre. Wieder hält ein Wagen. Ein schwarzer Ford, dicht gefolgt von einem weißen Triumph. Adam zieht einen Ballon aus der Tasche, den er schnell aufbläst. Die Augen des Fahrers starren auf den anschwellenden Ballon. Gina tritt ans Fenster des Triumph und erhält vom Fahrer eine Wassermelone ausgehändigt. Sie übergibt an Ruben, Ruben an Arthur, Arthur an Pierres Tochter. Adam wirft den Ballon in die Luft, die Frau neben dem Fahrer lacht. Der Ballon hat die Form einer schwarzohrigen Mickymaus. Adam erhält noch eine Wassermelone und rollt sie weg. Arthur springt herbei und legt sich über sie, Ruben holt die Schubkarre. Gina schleift die Melone zu Pierre, Pierres Frau und Tochter schieben die Schubkarre. Heiß ist es. Drei Wagen folgen aufeinander. Adam läßt noch einen Ballon steigen. Arthur bläst seine Trompete. Gina rückt ihren Strumpf zurecht und zeigt ein herrliches Bein. Jeder Fahrer guckt sich was anderes an. Der schöne Ruben läuft anmutig mit der Plane. »Er ist vom Wetterdienst«, sagt Gina und streicht sich über den Oberschenkel. Der Fahrer wirft ihr eine Wassermelone nebst Kuß durch die Luft. Nur er, die anderen natürlich nicht! Das kennt man doch! Gina an Arhur, Arthur an Adam, Adam an Felicia, Felicia an Pierre. Arthur trompetet weiter, Gina fällt erneut in Ohnmacht. Der Fahrer und seine Frau springen aus dem Wagen, um sie wiederzubeleben.

Adam schnappt sich zwei Wassermelonen und rollt sie davon. Ruben kehrt mit dem Schubkarren zurück, Pierres Frau und Tochter eilen zu Hilfe. Die Wassermelonen rollen auf den Karren. Arthur schnappt die Plane. Sie wird über die Melonen gebreitet. Gina beendet ihre Ohnmacht. Der Fahrer läßt den Wagen an, aber seine Frau möchte noch die Wüste aufnehmen. Adam schreit: »Militärgebiet! Fotografieren verboten!« Erschrocken kehrt die Frau auf ihren Platz zurück. Sie fahren weg. Ein weiterer Wagen trifft ein. Arthur kommt angerannt, übergibt an Adam, Adam an Ruben, Ruben an Gina, Gina an Felicia, Felicia an ihre Tochter, die Tochter an ihren Vater, der Vater an den Kühlschrank. Heiß. Die Aktion ist gelungen.

Während die Gäste sich allesamt im Kulturraum unterhalten, Kaffee trinken, mürbes Gebäck und königliche Delikatessen naschen, steht Adam in der Küche und betrachtet die Wassermelonenpyramide. Pierre steht neben ihm. In der Hand hält er Block und Bleistift, und sie zählen und zählen. Noch sind sie nicht zu einer Übereinkunft gelangt. Adam behauptet, es seien dreihundertzwanzig Wassermelonen. Pierre ist auf dreihundertacht gekommen. Der Streit endet mit einem Kompromiß: dreihundertfünfzehn. In Wahrheit weiß Adam sehr wohl, daß es nur dreihundert sind. Pierre weiß es ebenfalls. Aber sie tun so, als ob – der eine der Schwindelei zuliebe, der andere Adam zuliebe.

Pierre: »Gut. Dreihundertfünfzehn Wassermelonen! Das heißt neunhundert Pfund.«

Adam (sich den Schädel kratzend): »Eintausendeinhundert.«

Pierre (zögernd): »Neunhundertfünfzig?«

Adam (schnell): »Tausendsechzig. Keinen Piaster weniger.«

Pierre (zuvorkommend lächelnd): »Neunhundert... fünf... undneunzig...?«

Adam (wie aus der Pistole geschossen): »Abgemacht, tausendzehn.«

Pierre: »Tausend?«

Adam: »Eintausendfünf.«

Pierre: Fünf?!«

Pierre Loti öffnet die Kasse, entnimmt ihr zwanzig Fünfzig-Pfund-Noten und hält sie Adam mit feierlicher Geste hin. Adam wartet auf weitere fünf Pfund. Pierre hätte sie vergessen, Adam nicht.

Adam ist selig heute. Schon lange, sehr lange, ist er nicht mehr so glücklich gewesen. Er hat die ganze Aktion von Anfang bis Ende organisiert, und alles hat wie am Schnürchen geklappt, ohne einen einzigen Fehler. Wie hat er das doch ausgeheckt, geplant und durchgeführt! Er schmeichelt sich selbst, ohne rot zu werden. Er denkt an die Besucher, an den roten Simca, den Deux-Chevaux, die lachende Frau im schwarzen Ford, den klimatisierten Bus, sinnt über die Gäste nach. Jetzt schlürfen sie Kaffee, knabbern Gebäck, sind glücklich. Er weiß, daß jeder von ihnen etwas Süßes in der Kehle spürt, eine süße Ausgelassenheit, als hätten sie eine große Tat vollbracht, wären so richtig über die Stränge geschlagen.

Sie werden einander das süße Geheimnis nicht verraten. Jeder wird denken, nur er, er allein habe an den armen Jungen gedacht. All die anderen Nichtsnutze hätten ihn vergessen. Und so wird jeder in seinen eigenen Augen erhöht: erstens, weil er etwas mitgebracht hat und die anderen nicht, und zweitens, weil er sich entschlossen hat, das geheimzuhalten. Diese Zurückhaltung salbt alle mit leicht angeknackstem Eigenstolz. Die Stolzen und die Angeknacksten trinken Kaffee und nippen Saft, sie lächeln und sind glücklich.

Abends sitzt Adam in seinem Zimmer Gina gegenüber und erklärt ihr mit leiser, eintöniger Stimme: »Du fährst nach Tel Aviv und gehst zu Herrn Seligmann, Montefiorestraße 72. Dem übergibst du das Geld und weist ihn an, Aktien der Firma Atidot zu erwerben. Dann wartest du bis zum nächsten Tag und kehrst um elf Uhr morgens zu ihm zurück, nachdem eine Konjunkturveränderung eingetreten und der Wert der Aktien um fünf Prozent gestiegen ist. Dafür garantiere ich. Danach rufst du Süßkind an, Telefonnummer 324511, und richtest ihm aus, Adam Stein habe gebeten, Plan 100 unverzüglich und ohne jeglichen Aufschub in die Tat umzusetzen. Er wird dir glauben und die Stadtverwaltung anläuten, wo man ihm mitteilen wird, daß man tatsächlich beschlossen hat, eine Brücke über den Jarkon zu bauen, so daß die Grundstückspreise auf der anderen Seite des Flusses heute enorm in die Höhe schnellen werden. Süßkind erhält von dir das Geld, das du vorher von Seligmann abgeholt hast, nach Hinzufügung der fünf Prozent, und wird es in indexgebundenen Kurzdarlehen investieren...«

Er erklärt, sie notiert. Jedes Wort. Es ist alles recht kompliziert und verwirrend, aber sie wird alle Aufträge erfüllen. Und tatsächlich fährt Gina für drei Tage nach Tel Aviv. Als sie danach ins Institut zurückkehrt, trägt sie in ihrer Handtasche einen Sparbrief der Bank Leumi auf den Namen David, König von Israel, in dem bescheinigt wird, daß der Inhaber den Betrag von 3210 israelischen Pfund in Kurzzeitanleihen angelegt hat und – falls er die Anleihen ein halbes Jahr unangetastet läßt und innerhalb dieses halben Jahres keine Agora von der Bank abhebt – einen Zuschlag von 650 israelischen Pfund zu der obengenannten Summe erhält. Adam wird diesen Betrag in Aktien investieren, wird ein Grundstück anschaffen, etwas verkaufen und neu erwerben. Im Lauf eines einzigen Jahres, wie einst zu Wirtschaftswunderzeiten, wird der alte Hund den jungen Hund in einen eigenständigen König verwandeln.

»Er wird auf uns alle scheißen«, sagt Adam Stein, »auf alle zusammen.«

»Und auf dich?« lacht sie. Sie fühlt sich wohl, sie hat was getan.

»Auch auf mich, auf alle. Ein König! Jeder Hund – ein König.«

17. Kapitel

Ein Brief

Lieber Josef,

in Fortführung meines vorigen Briefes, den ich mittendrin abzubrechen gezwungen war, will ich mich bemühen, mir selbst gegenüber ehrlich und – wenn möglich – auch mutig zu sein und die Geschichte zu beenden, die ich dir, so gut ich konnte, im letzten Brief zu erzählen versucht habe, von dem du schriebst, er sei »der längste Satz« gewesen, den du in deinem Leben gelesen hättest.

Ich bin – zumindest dir – eine Erklärung schuldig, oder richtiger, einen Erklärungsversuch, das, was man hier ein Nachwort nennt. Und ich muß dies in einer Form tun, die einem Clown wie mir angemessen und doch einem Mann der Wissenschaft wie dir verständlich ist. Hast du dich einmal gefragt, ob es eine wirkliche – theoretische und praktische – Verständigung zwischen einem Clown und einem Chemiker geben kann? Während der erstere den Schmerz verlacht, möchte der letztere ihn mit verschiedenen Experimenten heilen. Der eine verspottet sich selbst, der andere sucht die Natur des Universums von Grund auf zu erforschen. Mir scheint, es gibt keine Brücke, die den Abgrund zu überbrükken vermöchte, der zwischen Chemie und Humor trennt, denn sie sind unversöhnliche Gegensätze, und ebenso gegensätzlich sind wir. Zwischen uns, zwischen dir und mir, wird für immer Ruths Grab liegen. Ich habe sie in die Welt gesetzt, und du hast sie geliebt. Mir war noch nicht einmal das vergönnt.

Ich werde also in einfachen Worten und kurzen Sätzen – denn deine Andeutungen hinsichtlich meines verworrenen Stils haben mich betrübt – dir haargenau zu schildern versuchen, was nach der Wassermelonenaffäre geschehen ist. Gina kehrte bekanntlich mit einem ansehnlichen Sparbrief in der Tasche aus Tel Aviv zurück, und da dem noch einige weitere Unternehmungen dieser Art folgten, hat der Junge das Institut letzten Endes als reicher Mensch verlassen. Doch ich greife den Dingen voraus.

Ja. Gleich darauf wurde ich wieder krank. Das heißt, jetzt kann ich ohne jeden Zweifel sagen, daß ich die ganze Zeit über krank gewesen bin, doch damals sah das Ganze wie ein Geistertanz aus: Adam Stein ist völlig bei sich, leitet tausend Angelegenheiten, hält Vorträge über alle möglichen und unmöglichen Themen – und dann ist er plötzlich krank. Eine Operation und noch eine, und die Krankheit wird immer schlimmer, bis man nur noch das Ende vor Augen hat. Adam Stein bestimmt den Tag seines Todes und das Quantum seiner Leiden, um alsdann auf sein Ende zuzugehen. Ganz einfach, auf dem geradesten Weg. Und tatsächlich erkrankte ich wieder und weigerte mich, den Jungen zu empfangen. Gina flehte, aber ich versiegelte die Quelle der Barmherzigkeit. Ich wollte ihn nicht mehr wiedersehen. Ich fürchtete, er würde nur immer abhängiger von mir werden. Ich wollte frei sein, wollte ungebunden sterben, mich mit derselben Freiheit peinigen, mit der ich meinen Tod beschleunigt hatte. Mein Himmel war schwarz. Herbert verspottete mich, und bei diesem Anfall – der, so eigenartig die Sache auch erscheinen mag, wirklich der letzte war – versank ich in völlige Bewußtlosigkeit. Nur das erregte Wispern meines Zwillings und das Murmeln Ginas, meiner verrückten Gina, standen mir noch bei.

Als die Entscheidung fiel, mich erneut zu operieren, schien eine wunderbare Sonne durch mein Zimmerfenster. Ich erinnere mich, daß ich an Mrs. Zisling dachte, die einige Tage vorher im Hof des Instituts zur ewigen Ruhe gebettet worden war, ohne daß ich an der Beerdigung teilgenommen hätte. In meinem Irrsinn glaubte ich, daß eine Frau, deren Leichnam so lange gefroren gewesen war, meiner Anwesenheit nicht würdig sei. Das sagte ich Gina, die sehr traurig wurde, als sie meine Worte hörte. Sie rauchte eine Zigarette, saß an meinem Kopfende und ließ ihre Finger spielerisch durch meine Haare gleiten. Ich hatte Angst vor ihren liebenden Fingern. Ich haßte die Liebe. Fürchtete mich vor Mrs. Zislings Leiche. Mit ihrer Beisetzung war etwas Großes zu Ende gegangen. Sie setzte den Schlußpunkt unter eine Welt, deren privater und – vor allem – geheimer Messias ich gewesen war. Diese Geheimnisse kannte nur ich. Selbst Herbert weihte ich nicht in den Kern der Dinge ein. In meinen Gesprächen mit ihm hütete ich mich, die gutherzige Amerikanerin zu erwähnen. Bei der Beerdigungsfeier, so sagte man mir, sangen die Schwester-Schwestern schöne, traurige Lieder. Und Dr. Gross hielt eine ergreifende Ansprache. Pierre Loti erzählte mir, die Familienangehörigen hätten sich erst wieder beruhigt, nachdem sie bei ihm ein einzigartiges Bœuf Stroganoff gegessen hätten. Nun waren sie wieder nach Cleveland zurückgefahren, und Dr. Gross ordnete meine Operation an.

Mein lieber Dr. Gross. Wenn ich gelegentlich an ihn denke, weiß ich zuverlässig, daß ich mich nach ihm sehnen werde, obwohl es mir auch ohne ihn gutgeht. Welch sonderbares und gewaltiges Feuer schwelt in der Seele dieses Mannes. Ein Mensch, der zum Dichter ausersehen war und Arzt geworden ist. Sein ganzes Leben ist eine Suche, eine unermüdliche, unablässige Suche nach dem Rätsel der Normalität. Und bis zum heutigen Tag ist er nicht völlig davon überzeugt, daß die geistige Normalität wirklich erhaben ist.

Auf dem Weg in den Operationssaal, unterwegs zu meiner letzten Operation (so sagten die Ärzte, und Dr. Gross stimmte schließlich nach heftigem Streit mit ihnen überein), hielten Gina und der Junge die Bahre an, auf der ich gefahren wurde. Das Zusammentreffen mit ihnen schien von der Hand des Schicksals bewirkt. Der Junge weinte. Wie liebte ich seine schönen blauen Augen. Er weinte, und Gina sprach in abgehackten Sätzen. Ich erinnere mich an ihre Worte. Wie die Prägenadel in das Fleisch der Mutterplatte schneidet und die Musik in ihr bewahrt, so haben sich ihre Worte in mein Fleisch eingegraben und sind nicht verblaßt. Bis zum heutigen Tag, an dem ich in der schönen Pension meines alten Ruthchens sitze und die Fäden meiner Träume an dem Fenster spinne, das auf die dickstämmigen, den Jarkon überschattenden Eukalyptusbäume blickt, spüre ich, wie mein Körper umläuft und ihre Worte meinen Hautritzen entgleiten, als sei ich eine Schallplatte, die sie, Gina, damals geschnitten hat. Ich weiß nicht, warum ich nach Tel Aviv zurückgekehrt bin. Vielleicht erinnert diese Stadt mich ein wenig an einen weißen, formlosen Vorort von Berlin, wo ich einst die zeugte, die später, mit einem goldenen Kreuz um den Hals, deine Frau wurde.

Mein Kind weinte. Du siehst, ich nenne ihn »mein Kind«, obwohl du ihn als Hund kennengelernt hast. Nein, er war kein Hund mehr. Als er an der Bahre stand, auf der zwei Pfleger mich in den Operationssaal schoben, wußte ich, daß er kein Hund ist und nie wieder ein Hund sein wird. Und da zerbrach in meinem Herzen etwas, von dessen Vorhandensein ich nichts gewußt hatte. Es zerbrach in mir eine verborgene Kraft, deren Existenz alle außer mir erkannt hatten – die Kraft, mich selbst derart zu verabscheuen. Sobald ich den Jungen sah, rief ich nach Herbert, aber Herbert weigerte sich zu kommen. Gina sagte: »Du hast ihn reich gemacht, hast ihn auf eigene Füße gestellt, hast einen Menschen aus ihm gemacht, und nun spielst du ihm gegenüber den Fremden. Du bist grausam, du bist ein hoffnungsloser Fall, du wirst sterben. Du kannst nicht lieben. Du haßt nicht nur dich selber, sondern auch deine Töchter, deine Frau, den Jungen und mich.«

Ihre Worte verblüfften mich nicht. Sie war schön, als sie sprach. Kein Muskel regte sich in ihrem weißen Gesicht. Ihre Augen bohrten wie Dolche. Und als ich nun vergeblich nach Herbert rief, klammerte ich mich an die Gestalt des Jungen und merkte, daß ich Mitleid mit ihm empfand. Und was noch schlimmer ist: daß ich mich selbst bemitleidete, ja sogar auch Gina. Gegen dieses Mitgefühl versuchte ich mich mit verzweifelten Kräften zu wehren. Ich sagte zu ihr: »Er weiß gar nichts. Geld macht einen Hund nicht zum Menschen. Ich bin ein Hund, und so habe ich mich an ihm gerächt. Ich bin ein Hund geblieben, während er nichts als ein Zwitter ist, weder Kind noch Hund.« Meine Worte klangen – auch für sie – belanglos. Der Junge lächelte sogar unter Tränen, als begriffe er, daß ich kapituliert hatte. Wer so lange Zeit auf allen vieren verbracht hat und ein Hund gewesen ist, vermag Sinne zu entwickeln, die ein normaler Mensch gar nicht kennt. In uns, in mir und in ihm, bestand ein verborgener Sinn dieser Art, der es uns ermöglichte, das Geheime und Unsichtbare zu verstehen.

Im Institut für Frieden und Therapie hat es nie eine fabelhaftere Irre gegeben als Gina. Auch nach ihr sehne ich mich. Aber zu ihr kann ich nicht zurückkehren. Ohne meinen Wahnsinn bin ich eine Tabula morta, eine glatte Null. Ohne meine Geisteskrankheit würden sich ihre Sinne endgültig verwirren, das weiß sie. Ein geschlagenes Jahr befinde ich mich jetzt schon außerhalb des Instituts, und sie hat mich noch nicht besucht. Auf meine Briefe antwortet sie nicht. Jede Woche schreibt sie an Adam Stein. Woche für Woche bekomme ich Briefe mit der Anschrift: Adam Stein, Hund & Co. Die Briefe sind nicht für mich bestimmt. Sie richten sich an den Adam, den sie im Institut gekannt hat. Mich erkennt sie nicht an, und ich kann sie verstehen. Sie hat nur einen Mann in ihrem Leben geliebt, und diesen Mann habe ich ermordet. In dem Moment, in dem ich gesund wurde, hat man Adam Stein begraben. Gina trauert immer noch um ihn.

Ich stand also auf dem Korridor, der kranke, im Sterben liegende Adam Stein. Über mich gebeugt eine schöne, wütende Frau und ein weinender Junge, der unter Tränen lächelt. Und da, mein lieber Josef – nie werde ich die Gewandtheit dieses blitzartigen Handelns vergessen –, griffen der Junge und Gina sich die Bahre und entflohen damit auf mein Zimmer. Schreiend versuchte ich sie daran zu hindern, aber mein Brüllen half nichts. Die beiden verblüfften Pfleger rannten uns nach, doch Gina gelang es, so geschickt zu manövrieren, daß sie weit hinter uns zurückblieben. Ich war elend und verärgert. Ich brüllte. Gina knallte mit Wucht die Tür ins Schloß, während die Pfleger draußen schrien und fluchten. Gina schaltete das Radio ein; flotte Marschmusik überdeckte das wütende Toben vor der Tür. Der Junge trat zu mir heran und küßte mich. Er küßte mich auf den Mund und schmiegte den Kopf an meine Schulter. Das tat mir gut. Ich rief nach Herbert, aber Herbert kam nicht. Gina löste die Halteriemen, und zusammen mit dem Jungen, der sich schon richtig sicher auf den Beinen hielt, hob sie mich auf mein Bett.

Gina behauptete, all diese Operationen hätten keinen Sinn. Das einzige, was ich brauchte, um glücklich und verrückt zu sein (sie machte keinen Unterschied zwischen diesen beiden Gemütszuständen, das muß man zu ihren Gunsten sagen), sei Liebe. Und hier, so sagte sie, ständen zwei, die mich liebten. Sie und der Junge. Und ehe ich noch begriff, was geschah, zog sie ihren Kittel aus und stieg zu mir ins Bett. Der Junge saß derweil auf der Bettkante und kaute an seinen Fingernägeln.

Dr. Gross rief von der anderen Seite der Tür nach Gina. Gina machte das Radio aus, verbarg ein Lächeln, das schon ihre Mundwinkel umspielte, und sagte: »Gross, stören Sie nicht. Ich weiß, was ich tue. Glauben Sie mir, es ist alles in bester Ordnung. Der Junge ist hier. Adam wird nichts passieren. Ich schwör's Ihnen.« Sie redete, sie schrie. Nie werde ich begreifen, wo sie diese Überzeugungskraft hernahm, aber tatsächlich bewegte sie Dr. Gross zu dem Glauben, daß schon alles seine Richtigkeit habe, daß man die Operation ruhig aufschieben könne. Dr. Gross zog mit den zwei Pflegern ab. Als die ersehnte Ruhe eingetreten war, fing Gina an zu lachen, und langsam, langsam stimmten der Junge und ich mit ein.

Wir liebten uns. Der Junge spürte es, obwohl er nicht hinschaute. Er wird es mir sicher nie verzeihen, aber in irgendeinem versteckten Winkel meines Gehirns wußte ich, daß ich ihn mir näherbrachte und doch gleichzeitig ihn auch von mir abnabelte. Und das wollte ich offenbar. Das wollte auch sie, die Adlerin. Er weinte still. Die Tränen rollten ihm über die Wangen. Er wandte mir nicht das Gesicht zu. Ich spürte seine Tränen hinter seinem aufrechten Rücken und den angespannten Muskeln.

Das war das letzte Mal, daß Adam Stein mit Gina schlief. Am nächsten Tag, als der Junge zu Untersuchungen abgeholt wurde und Gina wieder in mein Zimmer kam, fand sie mich in höchst sonderbarer Stimmung vor.

Nach Ablauf eines ganzen Tages war es mir gelungen, Herbert wieder aufzustöbern, und plötzlich wußte ich, daß das unsere letzte Begegnung sein würde. Ich weiß nicht, wie ich darauf kam, daß ich Herbert nicht wiedersehen würde: er ist doch mein Zwillingsbruder, und ich hatte lange Zeit mit ihm zugebracht.

Als Gina eintrat, überfließend vor Liebe und Gift, wie jene Schlange im Paradies, die aus Liebe zu Adam sein Schicksal besiegelte, befahl ich ihr, mit Herbert zu schlafen. Das Bild erscheint mir heute sowohl eigenartig als auch enttäuschend. Doch ich muß betonen, daß Adam Stein, der Gina befahl, mit Herbert zu schlafen, nicht Herbert war. Dafür verbürge ich mich. Heute kann ich ohne Einschränkung sagen, daß Adam Stein wirklich beobachtend in der Ecke gestanden hat. Genau so, wie ich es einen Tag zuvor von dem Jungen gern geglaubt hätte, als ich mit Gina schlief und er an seinen Nägeln knabberte. Aber hier, in Ruthchens ruhiger Pension, vermag man sich eine solch beängstigende Szene kaum vorzustellen.

Gina zog sich aus, weil sie sich Adam Steins Befehlen nicht widersetzen konnte. Sie nahm Herberts Körper klagend an. Sie fluchte vor Schmerz und Scham. Aber Adams verborgene Augen wachten über sie, und solange das Schäferstündchen andauerte, ließ Adam seine Anweisungen hören. Die Stimme befahl zu lächeln, und das Klagen hörte auf. Die Stimme befahl, Herberts Leib zu küssen, die Stimme befahl ihr, zu schreien, wenn der

Höhepunkt ihrer Lust erreicht sei. Und tatsächlich schrie Gina, und als Adam ihren Schrei hörte, lachte er, und beim Klang des Lachens und des Schreiens stand Herbert auf und verschwand auf Nimmerwiedersehen.

Mein lieber Josef, es liegt ein Grauen in der Begegnung mit dem Ende. Damals, als ich die letzte Vertreterin meiner Familie verloren hatte, als ich vollständig und endgültig verwaist war und keinen Menschen mehr auf der Welt besaß, erst da sah ich dieses Grauen in seinem vollen Ausmaß. Und bei diesem Anblick kam dann auch das Ende des Traums von seinem Tod, dieses Traums, den Herbert lange Zeit mit großer Ausdauer in meiner Seele wachgehalten hatte. Wenn Herbert tot ist, muß Adam leben. Ich spürte, daß ich Herbert ein lebendes Grabmal sein mußte, ebenso wie dein Sohn mir ein Grabmal sein wird.

Gina weinte. Auch ich habe geweint. Wir beweinten unseren Bruder, unseren Geliebten. Gina vergaß ihre Schmach. Jetzt war nur noch ich übriggeblieben. Ich rief nach Herbert, flehte ihn an, aber er weigerte sich zu kommen.

Als Dr. Gross erfuhr, daß Herbert verschwunden war, leuchtete ein Lächeln in seinen schwarzen Augen auf. Dieser Adamsfreund war derart glücklich, daß er sich, wie Gina mir hinterher erzählte, vor Freude einen antrank und reichlich unsicheren Schrittes, dafür aber aus voller Kehle singend, zu Hause ankam.

Mein lieber Josef Graetz, ich sitze jetzt in dem hübschen Zimmer, das ich vor einigen Jahren bei meiner letzten Übersiedlung ins Institut für Frieden und Therapie verlassen hatte. Ruthchen freut sich, daß ich wieder da bin. Obwohl ich ihre Briefe nie beantwortet habe, strahlt ihr Gesicht nun vor Glück. Jeden Abend sitzen wir im Wohnzimmer, Ruthchen schenkt guten französischen Kognak in feine Gläser, und beim Licht der alten Tischlampe hören wir Musik und unterhalten uns. Wie liebe ich ihr Deutsch, die Melodie der Worte, die ruhige, streichelnde Redeweise, so heimelig wie alte Tapeten. Gelegentlich überkommt uns wieder die Verrücktheit der Jugend, so daß wir in ihr Zimmer hinaufgehen. Ihr Bett ist weich und mit schöner rosa Wäsche bezogen. Ich meine, daß ich so auch sterben werde: alt und müde und sorglos wie ein Kind. Ruthchen kümmert sich um mich. Und ich schenke ihr unendliche Freude. Ich bin bei ihr, und sie braucht mich.

Doch ich möchte auf die Dinge zurückkommen, die mich letzten Endes wieder zu Ruthchen hingeführt haben.

Mein Kind wurde gesund, und mich störte das auf einmal nicht mehr. So entschied sich Dr. Gross zu einem Experiment, einem Test à la Adam Stein. Ich bin überzeugt, daß dieser Versuch einige Elemente der Schwindelei enthielt, die er von seinem Meister, das heißt dem Schreiber dieser Zeilen, gelernt hatte.

Eines Tages rief Dr. Gross mich auf sein Zimmer, um mir die lange, ermüdende Geschichte eines Mannes zu erzählen, der mit einem Kleidungsstück seines Bruders ins Institut gekommen war. Wie sich herausstellte, war sein Bruder unter mysteriösen Umständen gestorben, und nun wollte der Mann weitere Einzelheiten über ihn erfahren, und da er von Adam Stein gehört hatte... Er, das heißt Dr. Nachum Gross, hatte versprochen, ihm seine Bitte zu erfüllen. »Und bitte, Adam, tun Sie mir – um meinet- und unserer Freundschaft willen – den Gefallen, diesen Stoff zu befühlen.«

Ich befühlte ihn. Lange fuhren meine Finger zitternd über das Gewebe, bis ich in Wut geriet. »Kein Mensch ist gestorben.« So sagte ich. »Die ganze Geschichte haben Sie sich aus den Fingern gesogen. Lüge«, schrie ich, »eine Schande ist das...« Dr. Gross saß in seinem Schreibtischsessel, seine beiden Augen wie Scheinwerfer auf mich gerichtet. »Niemand ist gestorben«, wiederholte ich. »Und es wird auch keiner sterben. Der Eigentümer dieses Stoffes lebt und wird noch viele Jahre leben. Er ist nicht krank. Oder war er vielleicht schwer krank und ist genesen? Ich weiß es nicht. Etwas bleibt unklar... Der Mann muß es erfahren!« schrie ich. Das ist der Kummer der Betrogenen... »Sie müssen mir sagen, daß er genesen ist«, rief ich. »Womöglich weiß er es nicht, und dieses Unwissen hat etwas Grauenhaftes an sich. Ich bin erschüttert... angsterfüllt...«

Und dann erfuhr Adam Stein, daß dieses Stück Stoff da ihm gehörte. Man hatte es aus einem seiner Anzüge herausgeschnitten. Adam Stein freute sich dermaßen über Dr. Gross' List, daß er den Hünen auf beide Wangen küssen mußte. Und als er auf sein Zimmer zurückgekehrt war, lag er lange da, die Augen zur Decke gerichtet, und lächelte wie ein ertappter Jüngling.

Da ich mich nicht zu lang fassen möchte, sondern, mein lieber Josef, zum Ende der Sache vorstoßen will – oder auch zu deren

Anfang, wenn wir unseren netten Jungen zum Ausgangspunkt nehmen –, muß ich einen bestimmten Abschnitt überspringen, der im wesentlichen die Anpassung an die Veränderungen betrifft, die sich jetzt ganz offensichtlich vollzogen. Dieser Anpassungsprozeß bestand in einem langsamen, stetigen Fortschreiten auf die endgültige Klärung hin, die deshalb nicht mehr überraschend kam. Ich wurde gesund. Nach und nach hörten die peinigenden Alpträume auf. Das war so eigenartig, so wunderbar, so unerklärlich, daß man die Dinge kaum zu begreifen vermag. Mehrmals war ich in den letzten Jahren aus dem einen oder anderen Krankenhaus in die Welt draußen entlassen worden. Aber das waren vorübergehende Erholungsphasen von geringem Wert. Jedesmal wußten wir, die Ärzte und ich, daß ich nach einiger Zeit zurückkehren würde. Doch jetzt, nach Ablauf von eineinhalb Jahren, sollte ich weggehen und nicht mehr wiederkommen. Dr. Gross wußte es, ich wußte es, Gina wußte es, und Ruthchen wußte es. Sie hat gespürt, mein altes Mädchen, daß ich zurückkehren würde. Obwohl ich ihr nie geschrieben hatte, machte sie mein früheres Zimmer frei, strich es neu (übermalte die alten Tapeten mit einem hübschen Hellgelb) und wartete auf mich. Und ich kam wirklich. Wie schön und still und verhalten war unsere Begegnung!

In jenen Tagen der letzten Anpassung an meine Genesung geschah etwas, was Licht auf mein Verhältnis zu mir selbst und zu dem Jungen warf, mir endgültig die Augen öffnete und mich von mysteriösen, wahnsinnig machenden Alpträumen befreite.

Als ich eines schönen Tages unweit von Schwester Spitzers Kindergarten im Hof saß und mit den Augen die Schachspieler und Ballonhalter verfolgte (ich habe dir im vorigen Brief von ihnen erzählt), kam der Junge und setzte sich neben mich.

Bevor ich in den Hof hinausgegangen war, hatte ich mich von Miles Davis verabschiedet. Miles war entlassen worden und schickte sich an, nach Hause zu fahren. Man konnte ihn schwerlich als vollständig geheilt bezeichnen, aber seit dem Tag, an dem er mir gestanden hatte, daß er nie in New York gewesen sei, ging es bergauf mit ihm. Jetzt, nach einer gründlichen Behandlung, meinten die Ärzte, daß er wohl irgendwie außerhalb der Institutsmauern zurechtkommen werde. Ich denke, er wird noch dahinter zurückkehren, aber wer weiß? Vielleicht auch nicht. Wir verabschiedeten uns herzlich voneinander. Ich glaube nicht, daß wir uns je wiedersehen werden. Menschen, die lange Zeit in einer Institution dieser Art miteinander verbracht haben, ähneln den Passagieren, die sich an Deck eines Schiffes begegnet sind: man befreundet sich für einen bestimmten Zeitabschnitt, verlebt intensive, abwechslungsreiche Stunden miteinander, trifft sich draußen aber trotz aller feierlichen Versprechungen nicht wieder. Wie ich hörte, ist Miles nach New York geflogen, aber nach einigen Tagen eingeschüchtert, wenn nicht sogar enttäuscht, in sein Tel Aviver Elternhaus zurückgekehrt. Jetzt soll er angeblich in einem neueröffneten Nachtklub in Jaffa spielen. Ich bin froh, daß er seinen Platz, zumindest vorläufig, gefunden hat.

Wir saßen auf der Bank, der Junge und ich. Es war ein herrlicher Tag. Ich hielt die Augen geschlossen und stellte mich schlafend, aber meine Blicke verfolgten ihn durch die Lider. Er beobachtete mich aufmerksam. Ich merkte, daß er nicht sicher war, ob ich wirklich schliefe. Er erhob sich und ging auf und ab. Nahe an unserem Sitzplatz war eine große Anschlagtafel angebracht. Der Junge blieb davor stehen und starrte auf die Tafel, den Rücken mir zugewandt. Aus der Ferne erschallte das Glockenzeichen, das zum Mittagessen rief. Ich stand nicht auf. Ich blieb sitzen und betrachtete den Jungen, sein aufrechtes Rückgrat.

Und nun geschah etwas Sonderbares. Aus der Anschlagtafel drang eine Stimme. Die Stimme las, erst zittrig, dann immer fester, eine Anzeige vor, die ich vor einigen Monaten dort angeschlagen hatte. Die Stimme war fremd, ich hatte sie noch nie gehört. Sie sagte: »An alle Interessenten. Ich freue mich, ankündigen zu können, daß ich am 10. dieses Monats, abends, 20.00 Uhr, mein Seminar über Malerei und Bildhauerei fortsetzen werde. Der Themenbereich umfaßt die Geschichte der Kunst von den Malereien des Steinzeitmenschen bis heute, darunter die Kunst im alten Ägypten, Assyrien, Griechenland, Rom, Byzanz, die Kunst des Mittelalters aus gänzlich neuer Sicht, der Renaissance...«

Die Stimme las weiter. Wer war das? Einen Moment dachte ich: Vielleicht ist Herbert zurückgekehrt? Aber Herbert hat nicht so gesprochen. Hatte ich womöglich wieder angefangen, Stimmen zu hören? Die Sekunden zerschellten und zerbrachen die Uhr der Rätseleien und die Uhr der Tagträume. Der Hund sprach. Mit dem Rücken zu mir. Der Hund hatte den Mund aufgetan, und seine Stimme war so schön wie seine Augen, wie sein aufrechtes Rückgrat. Wir waren genesen, er und ich. Warum? Bis heute habe ich nicht den kleinsten Zipfel einer Antwort. Auch Dr. Gross nicht. Gott weiß sicher die Erklärung, aber seit jener furchtbaren Begegnung in der Wüste sprechen wir nicht mehr miteinander.

Der Junge wandte sich nicht zu mir um. Ich wußte, daß er weinte. »Bist du sicher, daß die Liebe allmächtig ist?« fragte ich ihn. Er bewegte den Kopf auf und ab. Ich bellte leise und lachte dann. Er drehte mir nicht das Gesicht zu. Er zitterte. Seine Hände tasteten nach mir. Ich streckte die Hand aus, und er umfaßte sie, zeigte mir aber noch nicht sein Gesicht. Wir blieben im Niemandsland. Von nun an konnten wir uns nur mit den Fingerspitzen berühren, wie alle Menschen. Nur in den schwarzen Tagen des Wahnsinns hatten wir es vermocht, das Pochen unserer Herzen in Einklang zu bringen, unsere Herzen aneinanderzureiben.

Arthur starb Ende des Monats. Eines Tages war Arthur entflohen. Man suchte mehrere Tage nach ihm. Als man ihn entdeckte, war er bereits tot. Er hatte sich bis Elat durchgeschlagen, war an den Strand hinuntergegangen und hatte nach seiner Beatrice Ausschau gehalten. Als er sie nicht fand, fuhr er wieder zu der Schule seiner Tochter im Kibbuz. Aber er betrat das Gebäude gar nicht erst, offenbar hatte er Angst. Statt dessen zwängte er sich zwischen die Zweige eines riesigen Maulbeerfeigenbaums, und dort saß er, bis man ihn leblos auffand. Kein Mensch weiß, wie er gestorben ist. Die Obduktion ergab einen Herzschaden. Aber auch darin lag keine Antwort. Bevor er aus dem Institut weggelaufen war, hatte er einige Namen in seiner Hieroglyphenschrift aufgezeichnet:

1. Adam Stein. Hund. Früher Lager Hauchhausen. Heute: Tierschutzverein, Bne Brak. Schurke. Wird nicht sterben! Nein!

2. Dr. Gross. Früher Klein. Lager Hauchhausen.

3. David, König von Israel. Früher König, heute Hund. Verräter.

4. Beatrice. Holland. Amsterdam. Straße der Gefällten Träume. Nummer 1939–1945. Dunkle Gänge. Keine Antwort. Tötet mich! Bitte.

Nachdem wir ihn begraben hatten, wußte ich, daß ich bald

weggehen würde, und ich wußte auch, daß David, König von Israel, gemeinsam mit mir gehen würde. Ich traf die letzten Vorbereitungen. Ich nahm Abschied von vielen Menschen. Es ist interessant, daß solche irrenden Seelen wie die unsrigen sich derart miteinander verbinden. Jemand, der in eine psychiatrische Klinik gerät, wird sicher gleich die Fremdheit spüren, die zwischen den Patienten herrscht, diese fast völlige Abkapselung. In unserem Institut dagegen haben sich zahlreiche Kontakte entwikkelt. Die Menschen lieben oder brauchen einander, und schon allein aus diesem Grund (neben vielen weiteren) kommt dem von Dr. Gross eingeschlagenen Weg außerordentliche Bedeutung zu, und ihm selbst gebührt Lob und Ehre dafür. Miguel und Wolfowitz der Betrüger sind unzertrennliche Freunde geworden. Aber verabschiedet haben sie sich nicht von mir, als ich ging. Schade.

Als ich mich von den Schwester-Schwestern verabschiedete, wußte ich nicht, was ich ihnen sagen sollte. Wir blickten einander mit großer Trauer an. Aber wir weinten nicht. Wir erwähnten nicht, was gewesen war, sprachen kein Wort über die Wüste und die Offenbarung Gottes. Ich hielt ihre alten, ineinander verschlungenen Hände in meinen, und meine Blicke liebkosten ihre Augen. Pierre Loti wirkte energisch und beherrscht. Er freute sich über meine Entlassung, war aber sicher, daß ich zurückkommen würde. Er wünschte mir gleichzeitig Genesung und Rückkehr. Nein, er wird nicht nach Frankreich zurückgehen. Es gefällt ihm hier auch ohne Adam Stein. Wir nahmen eine festliche Mahlzeit ein und tranken vorzüglichen Wein, den Pierre für mich aus dem Keller geholt hatte. Es wurden keine Reden gehalten. Nur die ältere Schwester Schwester summte unter ihrem Bärtchen. Pierre Loti verkündete mir feierlich, daß ich trotz meines Weggangs Partner der Glückwunschkartengesellschaft bleiben würde. Sobald die Dinge ins Rollen kämen, könnte ich auch von draußen mitarbeiten. Ich dankte ihm und versprach, die Verbindung nicht abreißen zu lassen.

Der Abschied von Dr. Gross war schmerzlicher. Ich kann ihn dir hier nicht schildern. In den Beziehungen, die sich zwischen ihm und mir entwickelt haben, liegt ein Geheimnis verborgen, das ich jetzt, da ich das Krankenhaus verlassen habe, unmöglich erörtern kann. Dr. Gross glaubt voll und ganz an meine Genesung, während ich nicht so recht weiß. Meine Zweifel sind groß.

Bei meiner Entlassung fand er sich in gewisser Weise damit ab, daß er mich nicht zu heilen vermocht hatte, wobei er andererseits sehr klar sah, daß meine Heilung nur mit seiner Hilfe möglich gewesen war. Ich stimme nicht mit der Behauptung überein, daß ich den Jungen kuriert haben soll. Der Junge hat sich selbst geheilt, mit meiner – nicht unbedingt willentlich geleisteten – Unterstützung.

Und Gina... Gina hat nicht eigentlich von mir Abschied genommen. Bevor ich das genaue Datum meiner Entlassung wußte, kam sie zu mir, und wir unterhielten uns. Als sie mich mit traurigen Augen anblickte, sah ich, wie stark sie zwischen Haß und Liebe hin- und hergerissen war. In der ganzen Zeit unserer Liebe (oder wie immer du dieses Verhältnis nennen magst) habe ich nie so klar diese ebenso wunderbare wie erschütternde Kluft wahrgenommen. Vorher hatte ich Haß und Liebe vermengt gesehen. Jetzt sah ich die beiden Seiten getrennt: Haß für sich und Liebe für sich. Der Anblick war furchtbar. Sie war häßlich und wunderbar zugleich. Ich hätte sie küssen und töten mögen. Ich blieb höflich und kühl. Wir sprachen über das schöne Wetter. Das war ebenso idiotisch wie eine Grabfeier für einen Menschen, der die Augen seiner Seele noch nicht geschlossen hat.

Möge sie gesegnet sein unter den Frauen, diese schöne Frau. Ohne sie wäre mir das Leben zur Hölle geworden. In ihr finden sich die ganze Unschuld, Einfalt und Schönheit einer Lasterhaftigkeit, die in einer strenger Gesetzlichkeit und absolutem Gehorsam unterworfenen Welt leben muß. Ähnlich einem Adlerauge, das ein Blumenfeld beobachtet und mit seinem Blick alles Schöne und Gute zertritt. Aber in ihrer Bosheit war viel Gutes enthalten. Stets strebte sie nach einem höheren Ziel: nach der unmöglichen Vermählung von Tod und Liebe, von Kuß und Untergang. Sie sagte zu mir: »Du hast das Feuer besiegt, jetzt wirst du verbrennen.« Und dann lächelte sie: »Du hast mich geliebt!«, und sie gab mir nicht die Gelegenheit, ihr zu antworten. Ich wollte ihr sagen, daß ich sie wirklich geliebt habe, ja. Aber sie hätte es mir doch nicht geglaubt.

Werde ich ins Institut zurückkehren? Mein lieber Josef, Dr. Gross nimmt es nicht an. Gina meint, ja. Sie ist überzeugt, daß man niemals gesund wird. Und du? Meinst du, daß ich genesen bin? Ich selbst weiß es einfach nicht, ich weiß nicht... Ruthchen möchte glauben, daß alles wieder schön und gut werden wird. Aber ist es denn jemals schön und gut gewesen? Sie kocht mir leckere Sachen. Ich lese viel, höre Rundfunk und Schallplatten. Höre mir Jazz an. Miles Davis hat die Liebe zu dieser wunderbaren Musik in mir geweckt. Ich höre auch Bach und Monteverdi, und besonders häufig lausche ich dem Requiem von Berlioz. Das ist ein großartiges Werk. Es spricht mich ganz speziell an, als gebe es ein Geheimnis zwischen uns. Den Tod habe ich nicht mehr in den Fingerspitzen. Ich kann ihm keine Befehle mehr geben, er wird kommen, wann er will. Auch kann ich mich nicht mehr krank machen oder mein Ende herbeiführen. Ich bin gewissermaßen geschrumpft. Mit der Gesundung bin ich ein gewöhnlicher Mensch geworden. Die geistige Normalität ist bequem, angenehm, unterhaltsam, aber sie ermangelt der Größe, sie kennt weder wirkliche Freude noch die furchtbare, herzzerreißende Trauer.

Am letzten Tag nahm ich den Jungen an der Hand, und gemeinsam verließen wir mein Zimmer. Ich übergab ihm das Schlüsselbund, das ich ihm einmal versprochen hatte. Er begriff und lächelte. Das schuldete er mir. Eine Tür nach der anderen schloß er auf, ein Tor und noch ein Tor, und wir gingen, er zuerst und ich hinter ihm. Eine umgekehrte Via Dolorosa… Wir gelangten an das Ende des Hofs, zu dem alten Kurden. Auch dieses Tor öffnete David, König von Israel. Danach wartete ich ab, weil ich ihm einmal – als er winselnd zurückwich und mich in die Hand biß – gesagt hatte, den letzten Schlüssel könne er gegen das Institut schleudern und das Institut werde in Flammen aufgehen. Und nun hielt er den letzten Schlüssel in der Hand. Er hob die Augen zu mir auf, sah mich an, blickte auf den Schlüssel und dann wieder auf mich. Ich wartete. Wir warteten beide. Ein Moment der Spannung hing in der Luft, bis der Junge sich umwandte und den Schlüssel dem alten Kurden aushändigte, von dem er sich dann mit einem Händedruck verabschiedete.

Ich trat auf ihn zu und umarmte ihn. Ein weißer Vauxhall wartete. Seine Eltern waren ihn abholen gekommen. Wir umarmten uns erneut, ehe er auf seine Eltern zuging. Einmal wandte er sich noch nach mir um, und ich lächelte ihm zu. Dann ging ich zu dem Taxi, das auf der anderen Seite des Instituts auf mich wartete.

Ich weiß nicht, wie er heißt, ich weiß nicht, wer seine Eltern sind, wie sein Familienname lautet, wo er wohnt, bei welcher Bank das Kapital verborgen liegt, das ich für ihn zusammengetragen habe. Und er weiß nicht, wo ich wohne. Wir waren zwei Hunde, als wir einander kennenlernten, und jetzt, da wir Menschen sind, wird eine große, glühende Wüste zwischen uns bleiben.

Ruthchen hat mir eben Schokoladenkuchen und eine Tasse dampfenden Kaffee aufs Zimmer gebracht. Ich nippe an dem Kaffee und möchte bald schließen. Mein lieber Josef, das ist die ganze Geschichte, auch wenn sie kein wirkliches Ende hat. Geistige Normalität ist traurig. Nichts passiert. Ich lebe heute in einem schönen und guten Tal. Die Gipfel sind fort und verschwunden, ebenso wie die drohenden Wüsten. Und ich springe nicht mehr ins Feuer, denn ich hätte Angst, mich zu verbrennen.

Werde ich dich und deinen Sohn sehen? Ich hoffe, ja. Was werde ich mit den Jahren anfangen, die mir verblieben sind? Ich weiß es nicht. Ich werde nachdenken, grübeln, langsam sterben. Und der Junge? Mein Kind? Was macht er jetzt? Wo ist er? Ich habe Sehnsucht nach ihm. Aber es ist nicht richtig, weiter über ihn nachzusinnen. Er muß sein Leben ohne mich leben. Er ist ein schöner Junge, und ich bin sicher, daß er es schaffen wird. Wie der Tod hat auch die Liebe eine dunkle, unverständliche, verhüllte Seite. Sind wir wirklich und wahrhaftig zum Lieben geboren? Ruthchen weint unten im Wohnzimmer. Ich höre ihr trockenes, leises, trauriges Schluchzen. Heute ist ihr Geburtstag, und sie ist sicher, daß ich ihn vergessen habe. In meiner Tasche steckt eine hübsch verpackte, wunderbare goldene Uhr, die ich für sie ausgesucht habe. Ich werde sie ihr später überreichen, wenn sich der Abend senkt und die Dunkelheit dichter wird und wir beim roten Kerzenlicht französischen Kognak trinken.

Mein lieber Josef, Schalom und alles Gute. Möge alles, was war, nicht mehr geschehen, und alles, was geschieht, nie gewesen sein, und möge ein Hund zum anderen sprechen.

Inhalt

1. Kapitel
Der Clown
9

2. Kapitel
Mrs. Zisling
46

3. Kapitel
Der Schwindler
64

4. Kapitel
Das Bellen
90

5. Kapitel
Kommandant Klein
137

6. Kapitel
Der ewige Passagier
160

7. Kapitel
Der Großpurifikator
194

8. Kapitel
Olivetti
219

9. Kapitel
Wolfowitz der Betrüger
236

10. Kapitel
David, König von Israel
271

11. Kapitel
Das Wunder
302

12. Kapitel
Eine Nacht in der Wüste
325

13. Kapitel
Ein alter Araber
356

14. Kapitel
Kind und Hund
365

15. Kapitel
Eine Guillotine
373

16. Kapitel
Wassermelonen! Wassermelonen!
382

17. Kapitel
Ein Brief
399